한국
아동청소년문학
장르론

아동청소년문학총서 02

한국 아동청소년문학 장르론

2013년 5월 17일 1판 1쇄 인쇄 / 2013년 5월 29일 1판 1쇄 발행

지은이 김상욱 외 / 엮은이 한국아동청소년문학학회 / 펴낸이 임은주
펴낸곳 도서출판 청동거울 / 출판등록 1998년 5월 14일 제406-2011-000051호
주소 (413-756) 경기도 파주시 문발동 파주출판도시 534-4 301호
전화 031) 955-1816(관리부) 031) 955-1817(편집부) / 팩스 031) 955-1819
전자우편 cheong1998@hanmail.net / 홈페이지 www.cheongstory.com

편집주간 조태봉 / 책임편집 김은선
출력 · 인쇄 재원프린팅 / 제책 정문제책사

책값은 뒤표지에 있습니다.
잘못 만들어진 책은 바꾸어 드립니다.

First published in Korea in 2013 by CheongDongKeoWool Publishing Co.
Printed in Korea.

ISBN 978-89-5749-152-2 (94810)
ISBN 978-89-5749-141-6(세트)

이 도서의 국립중앙도서관 출판시도서목록(CIP)은 e-CIP 홈페이지(http://www.nl.go.kr/ecip)와
국가자료공동목록시스템(http://www.nl.go.kr/kolisnet)에서 이용하실 수 있습니다.
(CIP제어번호: CIP2013006923)

아동청소년문학총서 02

한국 아동청소년문학 장르론

◆

김상욱 외 지음
한국아동청소년문학학회 엮음

청동거울

머리말

아동청소년문학학회가 출범한 지 6년이 지나고 7년차에 접어들었다. 학회는 모름지기 학술 연구를 목적으로 하는 단체이다. 학회지는 단체의 출판 활동의 산물이며, 학술대회는 단체의 정향을 드러내는 의제를 설정하는 연구 활동의 결절점이다. 그 의제 설정의 일환으로 학회는 한국 아동문학사의 궤적을 되짚는 한편, 주요한 쟁점들을 검토해 왔다. 아동문학과 정치의 관련성이나 1920년대 아동문학 형성기의 면모를 밝히는 것이 이들 작업의 결과였다. 그러나 학회가 가장 공들여 기획한 주제는 아동문학의 장르와 용어 문제였다. 학문의 체계화를 위해 가장 필요한 것은 조직이나 매체에 앞서 용어의 정의가, 용어에 따른 장르의 획정이 필수적이기 때문이다.

학술적인 담론공동체가 제대로 된 공동체로 작동하기 위해서는 무엇보다 용어의 통일이 선결되어야 한다. 용어는 동일한 경기에서 사용하는 동일한 장비들과 흡사하다. 야구 경기에서 누군가는 알루미늄 배트를 누군가는 나무로 된 배트를 사용한다면, 그 경기는 마치 기울어진 축구 경기장처럼 공정하지도 적절하지도 않을 것이다. 같은 기표가 동일한 기의를 담고 동일한 이미지와 값을 갖지 않는 한 학술적 논의의 진척은 무망하다. 담론이 다르다는 것은 이미 같은 영역에 있지 않은 것이며, 같은 결론에 도달한다는 것은 불가능하기 때문이다. 대척을 이루는 혹은 쌍벽을 이루는 또 다른 학회인 한국아동문학학회 또한 용어의 문제를 거론한 것도 같은 문제의식일 것이다.

뿐만 아니라 용어의 문제는 개별적인 작품의 평가와 직결되어 있다는 점에서 비평적 논의의 중핵이기도 하다. 용어를 포함하는 장르의 논의는 당연하게도 장르의 내포와 외연을 확정하고자 하며, 이는 결국 중심과 외연의 얼개를 그려보임으로써 구체적인 작품이 중심인지 경계인지 외연인지를 가늠할 수 있게 해 준다. 따라서 장르의 본질을 장악하는 것은 향후 아동문학의 발전 방향을 기획하는 작업이기도 하다.

물론 한두 번의 기획발표가, 또 몇몇 발표된 논문에서 담고 있는 주장으로 용어가 확정되고, 공중 또한 장차 그 용어의 의미로 단단하게 사용하리라는 희망은 부질없다. 용어는 마치 언어의 사회적 속성과 마찬가지로 한 번 통용되면 쉽게 달라지지도 않는다. 우리는 다만 쟁점을 분명히 하고, 기원을 따져물음으로써 향후의 방향을 제시할 수 있을 따름이다. 그럼에도 그 노력들을 통해 논의의 끝이 아니라 출발점으로 삼음으로써 명료한 방향을 갖게 될 것이다.

이 책은 학회가 첫 번째로 선보이는 단행본이다. 장르를 확정하고, 장르에 내재된 용어들을 정리함으로써 아동청소년문학의 학문적 체계화에 기여하고자 하였다. 필진으로 참여해 준 많은 연구자들에게 고마움을 전한다. 그리고 책임편집을 맡아 일일이 단행본의 취지에 맞게 개별적인 연구를 조율해 준 여을환 선생의 노고와 함께 어려운 사정에도 기꺼이 출판을 맡아준 청동거울의 조태봉 선생에게도 고마움을 전한다. 이 책으로 말미암아 아동문학 용어의 사용이 한결 섬세하게 접근해야 할 뿐만 아니라 향후 아동문학의 발전과 긴밀하게 연결되어 있음을 자각함으로써 학문적 토대가 한결 단단해지고 넓어지기를 기대한다.

2013년 3월

봄내에서 김상욱

| 차 례 |

제3부 현단계 아동청소년문학의 장르와 용어

제4부 외국 아동청소년문학의 장르와 용어

- 일제 강점기 아동문학 서사 장르의 용어와 개념 고찰_조은숙
- 일제 강점기 동요, 동시명의 시대적 고찰_박영기
- 한국 근대 아동극 장르의 용어와 개념 고찰_임지연

제1부

일제 강점기 아동문학의 장르와 용어

일제 강점기 아동문학 서사 장르의 용어와 개념 고찰

아동 잡지에 나타난 '동화'와 '소설' 관련 용어를 중심으로

조은숙

1. 서론: 장르, 문학적 실천의 제도

이 글은 우리 사회에 아동문학이 형성·전개되었던 일제강점기를 대상으로 아동문학 서사 장르에 사용되었던 용어들을 분석함으로써 아동문학을 둘러싼 문학적 실천의 제 양상을 살펴보고자 하는 데 목적이 있다. 특히 당시의 상황에서 아동용 정기 간행물들은 아동문학의 장르 운동이 가장 활발하게 펼쳐졌던 매체 공간이었음을 감안하여 이들에 나타난 '동화' 및 '소설'의 하위 장르 명칭과 그 용례를 대상으로 이러한 문제를 살펴보고자 한다.

장르(genre)는 프랑스어로 '종류'를 뜻하는 말이라고 한다. 말 뜻 그대로, 장르는 문학 텍스트들을 구별하여 갈래 짓는 기능을 한다. 그러나 장르의 기능이 단지 이미 생산된 텍스트를 사후적으로 감별하는 소극적인 차원에만 있는 것은 아니다. 장르는 작가가 무엇을 어떻게 쓸 것인가

조은숙

childist@hanmail.net 춘천교대 국어교육과 교수, 아동문학평론가. 저서로 『한국 아동문학의 형성』 『모던라이프 언파레드』(공저) 『근대 한국의 일상생활과 미디어』(공저) 『텍스트 읽기』(공저) 들이 있으며, 평론으로 「사춘기 '초딩'들이 몰려온다」 「낯선 징후와 함께」 「아동문학의 독자를 생각한다」 들을 썼다.

구상하는 순간 이미 작동하기 시작하여 창작의 전 과정에 지대한 영향을 미친다. 또한 완성된 작품을 읽는 독자에게 장르 정보는 적합한 독서 방법을 안내해 주는 매뉴얼 같은 역할을 하기도 한다. 연구자나 비평가가 작품을 평가하는 작업에도 장르는 판단의 준거를 제공한다. 요컨대 장르는 창작, 감상, 비평 등 문학 활동 전반을 안정적으로 반복 실행시키는 역할을 한다는 의미에서 일종의 '제도'라고 할 수 있다.[1] 그러나 장르의 체계가 언제나 안정적으로 고정되어 있는 것은 아니다. 오히려 장르는 시대적 사회적 맥락에 따라 끊임없이 생성되고 소멸하며 전이되고 혼합되는 역동적인 변화상을 보여준다. 다변하는 역사적 장르종(種)들은 각 시대의 문학적 실천이 지향하는 바를 예민하게 반영하여 보여주는 지표가 된다고 할 수 있다.[2]

그러나 지금까지 우리 아동문학 연구는 아동문학 장르의 역사적 역동성을 조명하는 작업보다는 장르의 본질적 이해를 위한 이론적 수준의 연구에 치중해 온 감이 있다. 물론 장르의 규범적 연구는 반드시 필요한 것이지만, 장르 연구의 이론들은 대개 서구 문학의 양식사적 전개를 기준으로 삼고 있는 것이어서 식민지 근대의 조건에서 이루어진 우리 아동문학의 실제적 경험을 포괄하기에는 부족한 경우가 많다. 이는 결과적으로 우리 아동문학의 역사를 진지한 성찰의 과정 없이 쉽게 부정하거나 폄하하게 만드는 원인을 제공하기도 한다. 따라서 이 글은 우리 아동문학의 사적 전개 과정에서 발생하였던 다양한 장르 용어들에 관심을

---

1 Harry Levin은 문학의 종류는 일종의 제도(institution)로서 존재한다고 보았다. 그는 제도로서 존재한다는 것은 빌딩이나 예배당, 신전처럼 존재하는 것이 아니라 교회나 대학, 국가처럼 주체의 실천적 활동 과정에 구조적으로 작용함으로써 존재하는 것이라고 보았다. 그는 우리가 현존하는 제도를 통해 활동하고, 자신을 표현할 수 있고, 더 나아가 새로운 제도를 창조할 수 있는 것처럼 제도로서의 문학 장르에 대해서도 참여와 개조 양자가 모두 가능하다고 보았다. Harry Levin, *Literature as an institution*, Criticism, 1948(르네 웰렉 오스틴 워렌, 이경수 역, 『문학의 이론』, 문예출판사, 1987, 336쪽에서 재인용)

2 김준오는 "장르 변화의 과정은 다름 아닌 문학의 변화를 야기시키는 과정이며 이 과정 자체가 문학사의 등가물"이라고 보았다. 김준오, 「문학사와 장르 변화」, 『문학사와 장르』, 문학과지성사, 2000, 12쪽.

둠으로써 아동문학 장르에 대한 논의를 실증적으로 보완하고자 한다.

아동문학 장르의 전체적인 면모를 살피기 위해서는 되도록 많은 자료를 검토하여 비교 분석하는 작업이 필요하다. 그러나 아동문학 연구에서 언제나 먼저 부딪히게 되는 어려움은 자료의 수집과 정리의 문제이다. 일제강점기 아동 잡지 자료는 잘 보존되어 있지 않은 것은 물론이거니와 남아 있는 자료도 접근이 어려운 경우가 많아, 자료의 데이터베이스화를 기대하는 일은 아직 요원해 보인다. 이 글 또한 그러한 제약을 비껴가기는 어려웠다. 다만 이 글은 아동문학의 역사적 장르를 검토하기 위한 시론으로서 우선, 일제강점기에 발행되었던 아동잡지 중 아동문학사적으로 특별한 의미를 지니고 있다고 판단되거나, 비교적 오랜 기간 안정적으로 발행되어 변화의 양상을 관찰하기에 유용한 잡지 몇 종을 기본 자료로 선택하여 목차와 제목, 광고 등에 나타난 장르 용어들을 정리함으로써 통시적 고찰의 기초를 마련하고자 하였다. 목차와 제목, 광고 등은 잡지 편집의 지향이 가장 확실하게 드러나는 공간이다. 한정된 지면 위에 잡지에 수록된 글들을 경제적이고 효과적으로 알리기 위해서는 분류와 정리가 필수적이기 때문이다. 당시에 아동문학 텍스트들을 어떻게 분류하고 무엇이라고 지칭했는가 하는 것은 그 자체 아동문학에 대한 인식의 틀을 보여주는 것이라고 해도 과언이 아닐 것이다. 한편 본문의 제 2장에서는 이와 같은 통시적 점검 과정에서 당시에 장르의 경계를 만들어 내는 데 유력한 기제가 되었다고 판단되는 것들을 추출하여 장르를 분화시키고 특성화시켰던 요인들을 다시 짚어 보고자 하였다. 하나의 장르는 다른 것과의 구별을 통해서 존립한다. 어떤 장르가 마치 단독으로 출현한 것처럼 보이더라도 그것의 배후에는 언제나 특정한 '관계'들이 연동되어 있기 마련이다. 장르의 경계와 그것이 만들어내는 체계에 대해 살펴보는 것은 문학적 담론의 생산 구조가 어떻게 구성되고 있는가를 확인하는 작업과도 통하는 일일 것이다.

이 글에서 사용한 일제강점기 잡지 목록은 아래와 같다. 특히 통시적 점검을 위해 이 글에서 집중적인 분석 대상으로 삼은 것은 1910년대 신문관의 아동잡지(『붉은져고리』, 『아이들보이』, 『새별』), 1920년대 전반부터 1930년대 전반까지 발행되었던 개벽사의 『어린이』, 1930년대 후반에 창간되어 1940년까지 발행되었던 조선일보사의 『소년』이다.

[기본 자료]

간행물명	발행 연도	발행인/편집인	발행소
붉은져고리	1913. 1~1913. 6	최창선/최남선	신문관
아이들보이	1913. 9~1914. 10	최창선/최남선	신문관
새별	1913. 9~1915. 1	최창선/최남선	신문관
어린이	1923. 3~1934. 7	김옥빈 등/방정환, 이정호, 신형철, 최영주 등	개벽사
소년	1937. 4~1940. 12	방응모/윤석중, 이석훈, 김영수	조선일보사

2. 아동 잡지에 나타난 서사 장르 용어의 통시적 고찰

1) 신문관의 아동 잡지에 나타난 서사 장르 용어

지금까지 확인된 바에 의하면, '동화(童話)'라는 용어가 처음 등장한 것은 최남선이 발행한 잡지 『소년』의 지면에서이다. '동화'라는 말은 『소년』 2년 5권(1909. 5. 1)에 수록된 「何故로, 쏫이 通一年, 픠지, 안나뇨」[3]라는 글의 제목 앞에 붙어 있던 '쏫에 關한 동화'라는 구절에서 처

3 하우쏘온, 「何故로, 쏫이 通一年, 픠지, 안나뇨」, 『소년』 2년 5권, 신문관, 1909. 5.
대지의 여신 데메테르의 딸 페르세포네를 지하 세계의 왕인 헤데스가 납치하였는데, 페르세포네가 지하 세계에 머물 때 석류를 받아먹는 바람에 일년 중 6개월은 지하 세계에 머무르게 되었다는 그리스 신화를 번안한 것이다. '하우쏘온 原著'라고 되어 있다.

음 사용되었다. 그러나 그후 『소년』의 지면에서 '동화'라는 말은 더 이상 찾아보기 어렵다. 1910년대에 발행된 아동 잡지 『붉은져고리』, 『아이들보이』, 『새별』에도 역시 '동화'라는 용어는 거의 눈에 띄지 않는다. '동화'라는 용어 대신 "ᄌᆡ미 잇는 이약이"[4] 정도가 서사 장르를 지시하는 표현으로 사용되고 있었을 따름이다. 이는 신문관 아동 잡지가 글의 종류를 밝히는 것에 대체로 무감한 편이었기 때문이기도 하다. 그럼에도 불구하고 글의 종류에 대한 인식을 간접적으로나마 엿볼 수 있는 부분이 있었으니, 다름 아닌 잡지의 광고문이다. 『아이들보이』 12호(1914. 8)에는 폐간된 『붉은져고리』의 지난 호를 한꺼번에 묶어 판매한다는 합장본 광고가 실려 있었는데, '동화'라는 용어는 이때 다시 등장한다.

掲載 要目

詩歌—은진미륵 · 첫봄 · 나비놀이 外 八篇

古談—온달 · 솔거 外 數篇

童話—따님의 갓 곳('간 곳'의 오기인 듯—인용자) · 네 동생 · 밧고아 괘('패'의 오기인 듯—인용자)

寓話—數十篇

訓話—버릇 · 고지식 · 힘을 오로지 함 外 七篇

史談—鄭夢周 · 金時習 · 늬유톤 · 나폴레온 · 쉑스피어 · 린컨 · 와싱톤 · 프랭크린 等

學藝—용 올라감 · 飛行船과 飛行機 等 數篇

의사 보기—問題 · 解答 幷 二十 餘篇

笑話—數十題 · 戲畵 十餘 · 揷畵 無數 其他

—『아이들 보이』 12호, 신문관, 1914. 8 (홍일식, 『육당연구』, 1959, 35쪽에서 재인용)

4 「인ᄉᆞ 엿쥽ᄂᆞᆫ 말ᄉᆞᆷ」, 『붉은져고리』 1년 1호, 1913. 1. 1.

위의 광고문에서 '동화'라는 용어는 「따님의 간 곳」, 「네 아오 동생」, 「밧고아 패」 등 그림 형제의 메르헨을 번역한 작품을 지칭하면서 사용되었다. 그런데 이와 같은 분류법에서 의문스러운 점은 「바보 온달」이나 「세 가지 소원」처럼 우리의 옛이야기를 아동 독자를 위해 다시 쓴 작품은 왜 '동화'라는 이름을 얻지 못하고 '고담(古談)'으로 분류되었을까 하는 것이다. 가령 솔거의 이야기를 다룬 「세 가지 소원」과 같은 작품은 지금 우리의 분류 감각에 따르자면, 역사동화 혹은 역사 환상동화라고 이름 붙일 만한 예가 된다. 「세 가지 소원」은 그림 그리기를 좋아하는 아이 솔거가 몇 차례의 환상적 시험을 거친 후에 마침내 훌륭한 화공의 꿈을 이룬다는 내용의 이야기이다. 이 작품은 '솔거'라는 역사적 인물의 이름과 대표적인 행적 정도만 취했을 뿐 작가의 해석에 힘입어 완전히 새롭게 창작된 것이라고 볼 수 있다. 그러나 위의 광고문에서 엿볼 수 있는 것처럼 당시에 '동화'라는 어휘는 메르헨과 같은 서구의 옛이야기에만 사용되는 협소한 범주를 가지고 있었다. 이는 '사담'의 항목에 '정몽주', '김시습'과 같은 우리 역사상의 위인들과 '뉴튼', '나폴레옹', '링컨', '워싱턴', '프랭클린'과 같은 서양의 위인들을 다룬 전기문이 나란히 배치되어 있었던 것과는 차이가 있는 것이다. 다른 나라의 옛이야기는 '동화'라 부르고, 자기 민족의 고유한 이야기들에 대해서는 '고담'이라 부르는 이러한 분리 감각은, 1910년대에는 아직 '동화'라는 어휘가 아동을 위한 서사 장르를 총칭하는 상위어로서는 물론이거니와, 일반적인 문학 개념어로도 작용하지 못했음을 보여주는 것이다. 1910년대의 상황에서 '동화'란 용어는 외래 문물에 부착되어 들어온 '상표'와 같은 것이어서 번역 텍스트와 분리해서는 통용되지 못했던 것이며, 한자어이기는 해도 생경한 신문명어로서 잘 해독되지 않는 외래어와 마찬가지였다고 볼 수 있다.[5] 앞서 언급한 것처럼 장르라는 것을 문학적 실천을 반복적으로 가능하게 하는 제도라고 이해해 본다면, 1910년대에 이르러 아동만을 위한 잡지가 처음으로 기획되고 이에 따라 아동용 읽을거리를 만들어내기 위한 서사적 실험이 활발하게 벌어졌던 것은 분명한 사실이지만, 그것이 '동화'를 중심으로 한 아동문학의 장르적 정착이 이루어졌음을 의미하는 것은 아니라고 할 수 있을 것이다.

대신 1910년대 아동 잡지에서 아동을 위한 서사 장르들을 지칭하는 데 보다 높은 활용도를 보였던 것은 '이약이'라는 용어였던 것으로 보인다. 다음은 『청춘』 4호에 실렸던 『새별』 16호의 광고문과 『새별』 16호의 실제 목차이다.

> 一月 五日 發行의 本誌에는 한샘子의 「굽은 다리 겻흐로서」에는 換歲의 意義와 新年에 處하는 道를 精論하야 新春의 一警策이 되게 하얏스며 「西國名話集」에는 와싱톤의 어린아이 살리든 義勇談과 윌리앰텔의 정복자에게 失死不屈한 壯烈談과 안더쓴의 석냥장수 계집애 이약이와 成吉思汗의 성내든 버릇 고친 來歷 等 여러 가지 佳話를 내엇스며 (…)
>
> ―「今月의 『새별』」, 『청춘』 4호, 1915. 1. 1, 96쪽

西國名話集

一. 가장 貴한 行爲

二. 성냥팔이 處女

三. 매가 님검 살닌 이약이

5 비슷한 시기 일본에서 '동화'라는 어휘는 아동용 읽을거리를 지칭하던 '오또기바나시' 등과 경합을 벌이던 여러 용어 중 하나였다고 한다. 일본에서 '동화'라는 용어가 '오또기바나시' 대신 자리 잡게 된 것은 낭만적 아동관을 피력했던 잡지 『빨간새』(1918) 이후라는 것이 일본 아동문학계의 일반적인 상식이다. 따라서 1910년대에 조선의 아동 잡지에 출현했던 '동화'라는 말 또한 지금 우리가 생각하는 개념이나 위상과는 차이가 있었을 것으로 추정할 수 있다. 한편 일본에서는 '동화'라는 말이 에도 시대부터 사용되었던 연원이 있었기 때문에 재래의 이미지를 벗고 근대 문학 예술의 장르명으로 재인식시키는 것이 과제가 되었다고 한다면, 우리의 경우에는 '동화'라는 어휘 자체가 생소한 '신문명어'였으므로 이를 친근하게 받아들이고 적용시키는 것이 관건이 되었으리라 짐작된다.
가와하라 카즈에, 『어린이관의 근대』, 소명출판, 2007, 21~72쪽 참조.

四. 와싱톤이 어린이를 살리다

五. 텔이 自己 아들 머리 우에 노힌 林檎을 쏘다

六. 征服者 윌리암의 세 아들

—「목차」, 『새별』 16호, 신문관, 1915. 1

'의용담', '장렬담', '가화' 등에서 볼 수 있듯 광고에서 드러내고 있는 것은 주로 이야기의 소재와 내용에 관련한 정보이다. 이러한 이야기들에는 워싱턴이나 칭기즈칸과 같은 역사적 인물의 일화뿐만 아니라 안데르센의 「성냥팔이 소녀」와 같은 창작메르헨도 들어 있었지만, 잡지의 지면 위에는 그것이 사실이냐 허구냐 채록된 것이냐 창작된 것이냐 하는 것은 그다지 중요한 분류 자질로 드러나지 않았다. 안데르센의 「성냥팔이 소녀」와 같은 작품도 교양으로 알아야 할 서구의 '유명한 이야이(名話)'들 중 하나였을 뿐, 동화나 허구적 창작물로서의 가치를 특별히 대접받지는 못했음을 알 수 있다. 이는 앞서 살핀 『붉은져고리』 광고에서 '고담'과 '동화' 항목을 가르는 기준으로 허구성이나 독창성, 문학적 예술성 등이 중요한 준거로 작용하지 않았던 것과 마찬가지이다. 1910년대의 아동 잡지에서 중요한 것은 우선 아동에게 유익하고 재미있는 읽을거리를 만들어 내는 일, 그 자체였다. 물론 이에 따라 '이야기'에 대한 인식은 획기적으로 전환되었다. 『아이들보이』에서 "샹급 잇는 이약이 모음"[6]을 벌였던 것에서 볼 수 있듯, 항간에 떠돌아다니는 옛이야기들이 바야흐로 상금을 걸고 모을 만큼 귀중한 가치를 지닌 것으로 재인식되었던 것도 바로 이때이다. 그러나 이와 같은 이야기의 가치에 대한 인식이 아동을 위한 문학 예술 장르로서의 '동화'의 개념에 닿아 있는 것이었다고 보기는 어려울 것 같다. '동화'가 문학이나 예술로

6 『아이들보이』는 제2호부터 "샹급 잇는 이약이 모음" 광고를 내고 독자들에게 각 지역에서 민족의 고유한 옛이야기들을 수집해 보내줄 것을 부탁했다.

서의 개념을 수용하면서 아동문학의 서사 장르로서 특권적인 지위를 갖기 시작한 것은 1920년대 이후의 일이라고 볼 수 있다.

2) 개벽사의 아동 잡지『어린이』에 나타난 서사 장르 용어

잘 알려져 있는 것처럼 1923년 3월에 창간된『어린이』는 아동문학에 대한 사회적 인식을 넓게 확산시킨 일제강점기 대표적인 아동 잡지이다.『어린이』는 1923년부터 1934년 7월까지 12년 동안 통권 122호를 냈다.[7]『어린이』는 앞에서 살펴본 신문관 잡지와는 달리 아동문학 장르에 대한 인식을 강하게 드러냈다. 특히 '동화'는 처음부터 잡지의 중심적인 위치를 차지했다. 창간호만 살펴보더라도, 창간사에 해당하는 글들이 실렸던 제1면을 제외한다면, 가장 먼저 실렸던 글이 안데르센의「석냥파리 소녀」였다.『새별』에 실렸을 때에는 "안더쓴의 석냥장수 계집애 이약이"로 소개되었던 이 작품이 몇 년 후 '名作童話'라는 문구와 함께 다시 등장했던 것이다.「석냥파리 소녀」는 방정환이 번역한 것으로, 제2~3면에 실려 있었다. 또한 같은 호 10면과 11면에는 '불란서 童話'라는 설명과 함께「작난군의 귀신」이라는 이야기가 소개되고 있었다.[8] 창간호 전체의 지면이 총 12면이었던 것을 생각해 보면 양으로 보더라도 적지 않은 비중이다. 1923년 무렵은 이미 번안 동화집『사랑의 선물』을 비롯하여 여러 동화들이 선보였던 때였으며, 방정환의「새로 개척되는 동화에 관하야」[9] 등 동화에 관한 아동문학론도 발표되기 시작했던 즈음이었다. 이러

7 해방 이후 1948년 5월에 복간되어 1949년 12월까지 15호가 더 나왔으나, 이 글은 일제강점기에 한정해서 다루고 있으므로 이에 대해서는 살피지 않았다.

8 또한 동화는 아니지만 〈혹부리 영감〉을 각색하여 만든「노래주머니」라는 '동화극'도 실려 있었다.『어린이』 창간호의 마지막 면(12면)에는 다음 호의 내용을 예고하는 광고가 실려 있었는데, 여기에서「노래주머니」를 "朝鮮童話 혹쟁이의 演劇"이라고 소개하고 있다. 창간호에 아동극을 실었던 것은, 물론 여러 장르를 균형 있게 골고루 소개하기 위한 배려였겠지만, 아동극의 바탕이 된 이야기를 '조선동화'로 소개했던 것은 '불란서동화', '이태리동화' 등 다른 민족의 이야기와 나란한 자리에 조선의 옛이야기를 소개하고자 했던 동기가 작용했으리라고 짐작할 수 있다.

한 시기에 잡지 『어린이』는 동화 작품을 활발하게 소개함으로써 동화의 어휘와 개념을 실질적으로 보급시켜 나가는 데 큰 역할을 했다.

그러나 그렇다고 해서 동화의 장르적 정착이 단번에 이루어질 수 있었던 것은 아니었다. 「새로 개척되는 동화에 관하야」에서 방정환이 간파했듯, 동화는 번역되고, 발굴되며, 창작되는 복합적인 노력이 집적되는 과정에서 개척될 수 있는 새로운 영토였기 때문이다. 더욱이 동화의 이념형인 낭만적이고 시대 초월적인 문학예술을 꿈꾸기에는 식민지 조선의 현실은 너무나 척박했다. 아동문학 개척의 다기한 경로와 모색을 보여주듯 『어린이』의 지면에는 다채로운 장르명과 이를 수식하는 용어들이 출몰하고 있었다. 한편 아동을 위한 사사로 동화와 같은 '이야기'의 양식만이 채택되었던 것은 아니었다. 『어린이』 창간 초기부터 조금씩 실리기 시작했던 소설 장르의 작품들은 20년대 중반을 넘어서면서부터 적지 않은 비중으로 실리게 되었으며, 1930년대 초반 무렵에는 오히려 동화보다도 더 많은 양이 수록되는 현상을 보이기까지 했다. 일제 강점기에 '동화'와 '소설' 장르는 아동문학 서사의 방향을 이끄는 두 개의 중심축 역할을 했다고 할 수 있다. 아동문학 서사는 '동화'와 '소설'에 여러 가지 수식어들을 붙이면서 특정한 요소들을 부각시키고 이를 통해 장르의 범주를 분화시키는 장르 운동을 활발하게 펼쳐 나갔다. 예를 들어 『어린이』에 나타난 '동화' 관련 용어로는 명작동화, 역사동화, 신동화, 새동화, 전설동화, 창작동화, 신작동화, 유치원동화, 유년동화 등이 있었으며, '소설' 관련 용어로는 소년소설, 소녀소설, 유치원소설, 아동소설, 학생소설, 연작소설, 연재소설, 입지소설, 용장소설, 사실소설, 농촌소설, 탐정소설, 화성소설, 사진소설, 영화소설 등이 있었다.

『어린이』에 '동화' 및 '소설' 장르 작품들이 수록되었던 전체적인 양

9 소파, 「새로 개척되는 동화에 관하야」, 『개벽』 31호, 1923. 1.

상을 이해하기 쉽도록 그래프로 표시해 보면 다음과 같다.

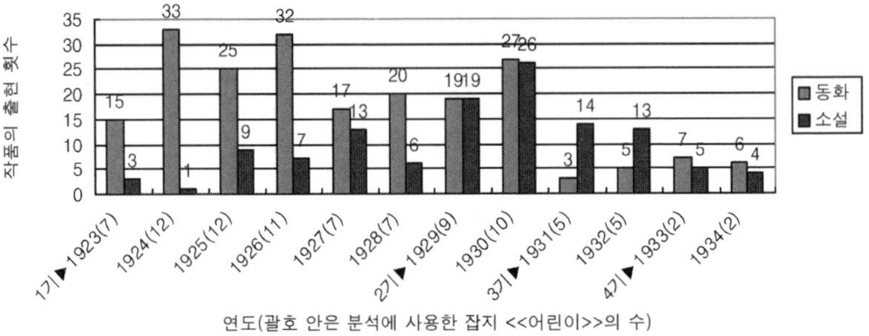

잡지 『어린이』의 '동화' 및 '소설' 수록 양상[10]

전체 시기를 변화의 추이에 따라 구분해 보면 대략 네 기간으로 나누어 볼 수 있다. 제1기는 1923년부터 1928년까지로 동화 장르의 출현 빈도가 월등히 많았던 때이다. 제2기는 1929년부터 1930년까지 약 2년간으로 동화와 소설의 출현 빈도가 거의 비슷했던 시기이다. 제3기는 1931년부터 1932년까지로 소설 장르가 동화보다 훨씬 많이 출현하는 양상을 보였다. 제4기는 1933년부터 1934년까지로 동화가 소설보다 약간 더 많이 출현하기는 하지만 거의 비슷한 정도를 보인 때라고 할 수 있다.

먼저 제1기(1923~1928년)는 동화 장르가 가장 활발하게 소개되었던 때로 색동회 회원들의 활약이 두드러졌던 때이다. 안데르센의 「석냥파리 소녀」(방정환 역, 1권 1호), 그림 형제의 「일곱 마리 까마귀」(염원모 역, 1권 8호)와 같은 번역물이 '동화'로서 소개되었던 것은 물론이지만, 우리의 옛이야기도 **'전설동화'**(강우촌, 「장재연못」, 2권 4호 등), **'조선동화'**(노직이, 「망두석 재판」, 4권 5호 등) 등의 이름으로 소개되었다. 또한 역사

10 『어린이』는 1976년에 보성사에서 영인한 것을 사용하였으며, 동화와 소설 장르 작품의 출현의 빈도는 다음 사항을 원칙으로 하여 산출하였다.
1. 하나의 작품이 연재된 경우, 수록된 횟수만큼 가산한다.
2. 같은 작품이 재수록된 경우에도 수록된 횟수만큼 가산한다.
3. 목차에는 있으나 검열 등으로 삭제 당해 수록되지 못한 작품은 포함시키지 않는다.

이야기를 소재로 한 「고주몽의 이약이」(손진태, 1권 9호), 「명장 강감찬」(손진태, 3권 5호) 등이 **'역사동화'**라는 명칭으로 소개되었으며, 옛이야기의 모티프를 활용하여 새로 쓰기 한 작품이 **'신동화'**(고한승, 「백일홍 이야기」, 1권 11호 등), **'새동화'**(진장섭, 「은하수」) 등의 이름으로 발표되기도 했다. 한편 이 시기에 소설 장르는 동화에 비하면 그다지 많이 소개되지 않았다. 발간 첫 해인 1923년에는 '사진소설' 「영호의 사정」(1권 7호~11호) 한 편만이 연재되었으며, 1924년에도 방정환이 쓴 **'소년소설'** 「졸업의 날」(2권 4호) 한 편 정도가 수록되었을 따름이다. 1925년부터 1928년에 이르는 기간에는 수록 횟수가 다소 증가한 것으로 보이지만 이 또한 장편 탐정소설이나 연작소설이 몇 회에 걸쳐 수록되었기 때문이지 다양한 작품이 실려서 생긴 결과는 아니었다. 그러나 이 시기의 소설 장르는, 「영호의 사정」(1권 7호~11호)처럼 사진과 서사를 결합시킨 **'사진소설'**이라든지, 여러 작가들이 돌아가면서 릴레이로 쓰는 **'연작소설'**(「오인(五人) 동무」, 5권 3호~6권 5호) 등과 같이 아동을 위한 소설의 형식을 개발하기 위한 독특한 시도들을 선보이고 있어 관심을 끈다. 특히 방정환이 연재했던 **'탐정소설'**들은 독자들에게 열렬한 호응을 불러일으키며 크게 인기를 끌었던 것으로 보인다. 또한 1928년 7월호부터는 '소녀란'이 신설되는데 이때 처음으로 **'소녀소설'**이라는 명칭으로 「옥점이의 마조막 하소연」(최의순)이라는 작품이 실리게 된다. 이후에도 '소녀소설'은 계속 수록되었지만, 이와 같은 젠더에 따른 장르 분화는 동화에는 나타나지 않고 주로 소설에만 두드러졌다는 것이 특징이다.

제2기(1929~1930)는 소설의 출현 빈도가 크게 늘어 동화와 엇비슷해진 시기이다. 이 시기에는 제1기에 비해 동화 관련 장르 용어는 그다지 새로운 것이 나타나지 않았고, 오히려 간략하게 '동화'라고만 표시하는 경우가 많았던 것으로 보인다. 새롭게 등장했던 동화 장르 용어로 눈에 띄는 것은 **'유치원동화'**이다. '유치원동화'는 짧고 우화적인 형식으로 활자도 큰 것을 사용하여 인쇄하였다. 동화에 비해 소년소설류가 늘어나는 등 상대적으로 나이가 많은 독자층에게 관심이 쏠리는 것이 주된 경향이었던 이 시기에, 어린 유치원생을 독자로 주목한 현상도 동시에 나타났다는 점이 흥미롭다. 이 시기는 소설 장르의 수록 횟수가 늘어났을 뿐 아니라 소설에 대한 정보를 보충해주는 관련 용어도 다양해져 소설의 편폭이 확대되었음을 엿볼 수 있다는 것이 특색이다. **'입지소설'**(이태준, 「눈물의 입학」, 8권 1호)과 같이 내용에 대한 정보를 주는 용어가 있는가 하면, **'합작소설'**(연성흠 · 이정호 · 최병화, 「아름다운 희생」, 7권 9호~8권 1호)처럼 여러 작가가 함께 쓴다는 창작 방식에 대해 알려주는 용어도 등장했다. 또한 이 시기에는 지금의 분류로는 공상과학소설이라고 해야 할 「천공의 용소년」(허문일 번안, 8권 8호~8권 9호)과 같은 번역물이 **'화성소설'**이라는 이름으로 소개되기도 했다.

제3기(1931~1932)는 소설의 수록 횟수가 동화보다 월등히 많았던 때이다. 이 시기는 방정환이 작고한 직후이며,[11] 계급주의 아동문학의 영향을 강하게 받아 사실적인 수기나 르포 형식의 글들이 많이 수록되었던 시기이다. 소설에 대한 관심이 집중되었던 때였으므로, 소설 장르가 좀더 다양하게 분화되는 것을 보이는 것이 특색이다. 특히 이 시기에는 '유치원소설'(이태준, 「몰라쟁이 엄마」, 9권 2호), '소년소설', '소설' 등 독자의 연령층에 따라 소설 장르가 체계화되는 현상을 보였다. 독자 대상층에 대한 인식이 보다 세분화되었으며 이를 중심으로 장르 체계의 일관성 있는 틀을 구축하려는 시도가 이루어진 것이었다고 볼 수 있을 것이다. 또한 이전 시기에는 소설류의 대부분이 '소년소설'로 소개되고 있었지만, 이 시기에는 '소년'이라는 표지 없이 '소설'이라고만 소개되는 작품들이 부쩍 많아졌다. 때로는 소년소설보다도 소설로 표기된 작품이

11 방정환이 1931년 7월 23일 운명했는데 이미 1931년 봄부터 건강이 악화된 상태라 잡지 편집 등에 크게 관여하지 못했을 가능성이 크다. 이상금, 『사랑의 선물』, 한림출판사, 2005, 602쪽 참조.

더 많이 수록되는 경우도 있었다. 예를 들어 10권 7호에는 **'유년동화'**(이태준, 「슬퍼하는 나무」) 1편, '소년소설'(백학서, 「출가자의 편지」) 1편이었던 데에 반해, '소설'은 「흙 한 짐」(정홍필), 「보리 이삭 줍는 소녀」(이동우) 등 2편이 실려 있었다. 뒤에서 살피겠지만, 이러한 현상은 비슷한 시기 다른 아동 잡지에서도 발견되는 점이다.

이처럼 소설에 관심이 집중되는 현상은 제4기(1933~1934)에 이르러 다시 조정되는 양상을 보인다. 제4기는 동화와 소설의 비중이 비슷해졌을 뿐 아니라, 장르 용어 또한 새로운 변모를 보이지 않고 단순화된다는 것이 특징이다. 즉 동화 장르는 '동화'라고만 표시되고 별다른 수식어가 붙지 않는 경우가 많았으며, 소설의 경우에도 '장편', '연재', '아동', '소년' 정도의 기본적인 표지 정도만 나타날 뿐이었다.

3) 조선일보사의 아동 잡지 『소년』에 나타난 서사 장르 용어

『소년』은 1937년부터 1940년까지 조선일보사에서 발행한 아동 잡지로 윤석중 등이 편집을 맡았으며, 발행기간 동안에는 비교적 안정적으로 나왔던 아동 잡지이다. 『소년』에는 '동화'와 '소설'이 대체적으로 비슷한 비중을 차지했던 것으로 보인다. 작품의 장르별 수록 횟수를 그래프로 표시하면 다음과 같다.

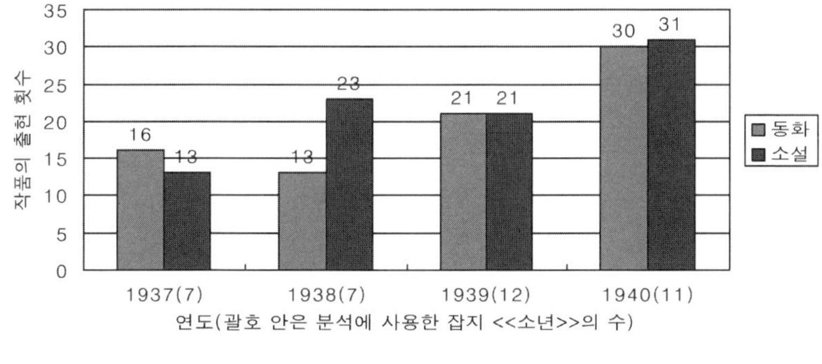

물론 『소년』의 편집 방식이 매호마다 비슷한 양상을 보였던 것은 아니었다. 또한 위의 그래프가 보여주는 것과 같은 안정적 구도가 당시의 일반적인 현상이었는가는 다른 잡지와의 비교를 거친 후에야 결론을 내릴 수 있을 것이다. 그러나 일단 『소년』의 경우만으로 미루어 보자면, 일제강점기 후반에 아동 잡지의 지면은 아동문학 서사 장르의 두 축이 되는 '동화'와 '소설'로 균형감 있게 배분되고 있었다고 볼 수 있다.

『소년』에 사용된 동화 관련 장르 용어로 특별한 것은 많이 눈에 띄지 않는다. 다만 『어린이』에서는 옛이야기를 재화한 이야기를 '전설동화' 등으로 불렀다면 『소년』은 **'전래동화'**(박영일, 「소 되었던 사람」, 4권 4호)라고 불렀다는 것 등을 전과 달라진 점으로 꼽을 수 있다. 또한 목차에는 '동화'라고 하고 본문에는 '옛날이야기'(김복진, 「산 동화줄 썩은 동아줄」, 1권 1호)라고 한 경우도 눈에 띄었으며, 의인화동화를 **'동물동화'**(계산순, 「게와 원숭이」, 2권 1호)라고 부른 경우도 있었다.

소설 장르 용어에는 **'학교소설'**(송창일, 「부끄럼」, 2권 3호), **'가정소설'**(쥬을 르나-르, 이헌구 역, 「빨강머리」, 3권 9호~4권 2호), **'우정소설'**(현덕, 「잃엇든 우정」, 3권 10호), **'모험소설'**(사우춘, 「선머슴 무용전」, 2권 1호~2권 8호 등)과 같이 내용에 대한 정보를 주는 용어들이 많이 사용되었으며, '소녀소설' 등 젠더를 기준으로 한 구분도 여전히 나타나고 있었다.

한편 독자 연령에 따른 장르의 세분화와 체계화는 동화와 소설 모두에서 공통적으로 나타난 현상이었다. 예를 들어 4권 11호에서 「호랑이 애기」(이영철), 「씨름장수」(신정언), 「타호장군」(최여성) 등은 '동화'로, 「꾀 많은 쥐」(이주훈), 「할멈과 암탉」(김상수)은 '유년동화'로 소개되었다. '동화'와 '유년동화'(혹은 **'애기동화'**, '유치원동화')가 구별되고 있었던 것이다. 또한 소설 장르의 경우에는 독자층이 동화보다 더 세분화되어 '유년소설', '소년소설', '소설'로 소개되고 있었는데 이는 앞에서 살펴본 『어린이』에도 비슷하게 나타났던 현상이다. 이상과 같은 잡지 『소년』의 장르 용어들은, 아동문학 형성과 전개 과정에서 왕성하게 펼쳐졌던 장르 운동이 일제강점기 말에 이르러 둔화되기 시작했으며, 이는 장르의 세분화가 어느 정도 이루어져 안정적으로 자리잡게 되었음을 보여주는 것이라고 할 수 있을 것이다.

3. '동화'와 '소설'을 가로지르는 차이의 산출 용어들

1) 아동서사와 '이야기'

(1) 과거와의 접속: 고래동화, 고대동화, 전설동화, 야담동화, 역사동화, 전래동화

동화의 첫 번째 경쟁 상대는 '옛이야기'였다. 최초의 본격적인 아동문학론이라고 할 수 있는 「새로 개척되는 동화에 관하야」에서 방정환은 동화를 "아동의 설화" 혹은 "아동을 위하야의 설화"라고 정의 내린다.[12] 덧붙여 흔히 아이들에게 들려주는 이야기를 '옛날이야기'라고 하지만 결코 옛날이야기만 동화가 아니니 다만 "이약이라고 하는 것이 加合할 것"이라고 했다. 방정환에 따르자면, 동화란 아동을 위한 이야기이지만 예로부터 아이들에게 들려주었던 옛날이야기만으로 한정되는 그 무엇은 아니었다. 즉 방정환이 염두에 두었던 그 무엇의 모델에는 독일 민족

12 최근의 연구에서 밝혀졌듯, 방정환의 이와 같은 정의는 일본의 민속학자 타카키의 정의를 빌려온 것이다. 타카키의 관심이 민속학적인 것에 있었으므로, 옛이야기의 수집을 통해 동화 문학의 건설을 주장하고자 했던 방정환의 기본 취지에 부합될 수 있었다. 그러나 동화의 가치를 설명하는 부분에는 오가와 미메이 등의 낭만적 예술 문학으로서의 동화론을 수용함으로써 글 전체가 일관성 있는 짜임을 갖지는 못하게 되었다. 방정환의 아동문학관은 민족주의적이고 현실적인 관심과 낭만적인 예술에 대한 지향 사이에서 진동하고 있었다고 볼 수 있을 것이다. 이정현, 「방정환의 동화론 「새로 개척되는 동화에 관하야」에 대한 고찰」, 『아동청소년문학연구』 3호, 2008.12

에게 용감성을 길러준 "구리무 兄弟의 童話", 영국 민족에게 견인성과 보수성을 길러준 "-惡魔退治의 三大童話" 같은 것 이외에도, "英國 오스카-와일드", "白義耳 메-텔링"과 같은 작가들의 창작 예술로서의 동화가 있었던 것이지만, 동화의 개념을 조선에 처음 소개하는 상황에서 그는 "누구나 아는 바 「해와 달」, 「흥부와 놀부」, 「콩쥐 팟쥐」, 「별주부(톡긔의 간)」 등과 가튼" 옛이야기를 예로 들 수밖에 없었다. 이처럼 옛이야기와 동화의 지시 대상이 서로 겹쳐짐으로써 '古來童話'라는 표현은 자연스럽게 받아들여졌다. 1922년 개벽사는 옛이야기를 공모하면서 '朝鮮古來童話募集'이라는 표현을 사용했는데, 이는 1910년대에 『아이들보이』가 옛이야기를 현상 공모하면서 이를 단지 "상급주는 이약이 모음"이라고 했던 것과는 차이가 있는 것이다. 그런데 '고래동화'라는 표현은 각 민족은 자신들만의 고유한 이야기의 전통을 가지고 있다는 생각을 바탕에 두고 있는 것이므로, '조선동화'처럼 민족을 드러내는 용어와도 친연성을 가지고 있었다. '고래동화'는 동화와 과거의 시간을 접속시키는 표현인 동시에 동화와 민족 고유의 시원과도 연결 짓는 용어였던 것이다. 1930년대 중반 이후에는 비슷한 의미로 '전래동화'라는 용어가 더 많이 사용되게 된다. 예를 들어 1934년 『신가정』에는 전영택이 「심청전」, 「콩쥐팥쥐」 등을 '전래동화'라는 용어로 소개하고 있었다.

'전설동화'라는 표현이 『어린이』에 처음 사용된 것은 2권 4호(1924. 4)에 실린 강우촌의 「장재연못」에서였다. 고래동화보다 약 1~2년쯤 뒤에 나타난 이 표현은 1924년경에 집중적으로 사용되었다. 「물ㅅ고기의 내력」(추강, 2권 6호), 「생명의 종소래」(박달성, 2권 9호), 「텬제봉의 홍수」(유순호, 2권 11호) 등이 모두 같은 해에 발표된 이야기들이다. 제목만 보아도 알 수 있듯 지역에 내려오는 전설을 동화로 만든 이야기들이다. '전설동화'는 '고래동화'와 비슷한 표현처럼 보이지만, '전설'이 동화의 재료로 사용되었음을 드러내는 용어라는 점에서 약간 차이가 있다. 한

편 전설뿐 아니라, 각종 옛이야기들 예컨대 고담, 사화, 기담, 야담 등도 동화의 재료로 사용될 수 있었는데, '전설동화', '역사동화', '야담동화' 등은 바탕이 된 옛이야기의 종류를 명시적으로 드러낸 용어라고 할 수 있다. 그런데 이렇게 소재에 대한 인식을 드러낸다는 것은 옛이야기 자체가 동화는 아니라는 생각, 즉 옛이야기가 아동문학이 되려면 '동화화'하는 작업을 거쳐야 된다는 인식을 엿보게 하는 것이라고 할 수 있을 것이다. 「장재연못」의 끝에는 "진주에 장재 연못은 지금도 잇난대 그 연못에 관한 전설을 童話로 써본 것임니다"라는 문장이 붙어 있었다. 전설을 동화로 장르 변환시켰다는 글쓰기의 자의식을 엿볼 수 있는 대목이다.

이처럼 옛이야기의 소재적 측면보다 '동화화'하는 작업을 보다 강하게 의식하면서 사용된 용어로 '신동화' 혹은 '새동화'를 들 수 있다. 이에 대해서는 뒤에서 다시 다루도록 하겠다.

(2) 현재와의 접속: 사실동화, 사실소설, 실화소설

이야기와 동화와의 교섭과 경쟁은 옛이야기에서만 이루어졌던 것이 아니다. 아동 잡지의 지면에는 동화나 소설처럼 문학 장르화된 이야기들 외에도 미담(美談), 애화(哀話), 실화(實話) 등 각종 이야기들이 존재하고 있었다. 『어린이』지에 처음 등장한 '소년소설'은 1924년 4월에 방정환이 발표한 「졸업의 날」(2권 4호)이었는데, 이는 영호라는 고등보통학교 학생이 가난한 처지에서도 어렵게 고학하며 우수한 성적으로 졸업하게 되었지만 그간 뒷바라지 해주던 어머니가 졸업식도 못 보고 두 달 전에 돌아가신 것을 생각하며 슬픔의 눈물을 흘린다는 내용이다. 이 작품이 소개된 후 독자들은 "소년소설 「졸업의 날」을 낡고는 몸서리치면서 책상에 엎드려 작고 울엇"다면서 "그 불상한 이 영호는 지금 사라잇슴닛가 그것도 사실소설임닛가"라고 물어왔다. 이에 방정환은 "그것이 꼭 고대로 사실이라고는 할 수 업스나 이 세상에는 그와 가티 불상한 일이 퍽 만히 잇다고 생각합니다. 우선 우리 어머니도 그럿케 도라가섯습니다. 나도 지금도 그것을 낡으면 작고 웁니다"라고 답했다.[13] 당시의 아동독자들에게 소설의 감동은 이와 같은 '실감'에 있었다고 할 수 있다. 주변에 흔하게 있는 '실제의 일'이며, 나도 겪을 수 있는 어떤 사실이라는 '공감'은 독자와 작가, 독자와 독자를 하나로 연결시켜 주는 강한 힘이었다. 어떤 작품을 읽고 나도 울었다는 표현은 작품에 대해 깊은 감동을 받았다는 것이며, 다른 사람과 같은 감정을 공유했다는 징표가 되고 있었다. 1930년 5월에 발표된 소년소설 「영화의 넉두리」(민봉호, 『어린이』 8권 5호)는 서두를 "이 이야기는 실지로 우리곳(信州)에 잇는 최영화(崔永華)라는 가엽슨 소년의 실화(實話) 한 토막을 소설노 써노흔 것임을 말해둡니다"라는 문장으로 시작하고 있었다. 또 1931년 2월 '사실소설'이라는 용어로 소개된 「경희의 마즈막」(『어린이』 9권 2호)에는 "이 짧고도 외로운 애화(哀話)는 억지로 내가 만들어 논 것은 아닙니다. 이 이야기는 작년 녀름에 사실노 내가 보고 들은 것을 다만 붓끗으로 대강대강 뼈만 추려서 그리어 논 것입니다"라는 설명이 덧붙어져 있었다. 물론 이 소설들이 실제로 있었던 일을 그대로 옮긴 것인지는 정확히 알 수 없다. 그러나 분명한 것은 당시에 아동문학 서사들은 이처럼 '사실감'에 크게 힘입으면서 문학적 감동을 만들어 내고 있었으며, 독자들은 이러한 감동을 적극적으로 확인하기를 원했다는 점이다. 특히 이는 인격적 서술자를 매개로 전달되는 이야기 형식의 동화보다는 현실을 그대로 보여주는 것 같은 현전(現前)의 서술 장치를 활용하는 소설 장르에 주로 기대되는 바였고, 계급주의 아동문학이 강하게 영향을 미쳤던 1930년을 전후하여

13 「독자담화실」, 『어린이』 2권 6호, 1924. 7. 1, 42~43쪽.

더욱 두드러지게 나타났다. 당시에 '사실소설'이라는 용어는 때로 사실적 기법을 사용한다거나 혹은 사실주의적 관점을 수용했다는 의미가 아니라, 그야말로 실제 있었던 일을 담고 있다는 '실화소설'의 의미로 사용되는 경우도 있었다. 문학적 감동을 주는 문제에서 사실을 전달한다는 신뢰를 구축하는 일에 비한다면 기법의 문제는 부차적인 것으로 여겼다고도 볼 수 있을 것이다.

2) 아동서사와 '작가'
: 신동화, 새동화, 신작동화, 창작동화, 창작소설

'신동화(新童話)', '새동화' 등은 옛이야기를 새롭게 썼다는 의미를 강조한 표현으로 글쓰기의 자의식을 드러내는 표현이다. 이는 동화와 재래의 옛이야기를 차별화한 전략적 어휘라고 할 수 있다. '신동화', '새동화' 등의 용어가 옛이야기를 과거화함으로써 근대 문학 장르로서의 동화의 위상을 확고하게 하는 효과를 발휘하는 것이라고 할 때, 그것을 가능하게 하는 것은 작가의 창작 의식이라고 할 수 있다. 『어린이』에서 '신동화'라는 용어는 1923년 12월에 발표된 고한승의 「백일홍 이야기」(1권 11호)에서 처음 사용되었다.[14] 「백일홍 이야기」는 백일홍의 꽃전설 이야기를 가운데 두고, 현재의 시공간에 대한 서술이 앞과 뒤에서 액자처럼 감싸고 있는 작품이다. 현재적 인물 정희라는 아이 앞에 백일홍의 넋이 나타나 자신의 "슬픈 신세 이약이"를 들려주는 것으로 되어 있다. 옛이야기의 시공간을 현재로부터 아득한 거리로 멀어지게 만들어 아련한 느낌이 강조되도록 서술하고 있음을 알 수 있다. 이와 비슷한 표현으

14 「백일홍 이야기」는 『어린이』 1권 10호와 11호에 두 회에 걸쳐 연재되었는데, 1회에는 그냥 '동화'라고만 소개되었다.

로 '새동화'(진장섭, 「은하수」, 『어린이』 2권 4호), '신작동화'(홍은성, 「이상한 보배」, 『어린이』 6권 2호) 등이 있다. 이런 표현들은 주로 자신의 글쓰기에 대한 자의식이 컸던 작가의 작품에서 자주 사용된 것으로 생각된다. 고장환의 작품은 『어린이』뿐 아니라 『새ㅅ별』에서도 '신동화', '최신동화'라는 용어로 소개되었으며, 그의 작품집 『무지개』는 번역동화집이 아니라 창작동화집이라는 것이 강조되어 선전되기도 했다. 마해송과 이태준도 창작에 대한 자인식을 강하게 보였던 작가로 꼽을 수 있다. 이들의 동화나 소설에도 '창작'이라는 표현이 덧붙는 경우가 자주 눈에 띄었다. 1927년 1월에 발표된 마해송의 「소년특사」는 『어린이』에서 '창작동화'라는 용어가 처음 사용된 작품이다. 다음은 마해송이 1926년 7월에 「홍길동」이라는 작품을 『신소년』에 연재하기 시작하면서 쓴 작가의 말의 부분인데, 동화적 글쓰기에 대한 작가의 의지가 강하게 피력되고 있음을 살필 수 있다.

> 나는 이것 ᄒᆞᆫ아를 童話로 쓰기위해서 一年이상의 時間과 努力을 들엿습니다. 이것은 물론 유명ᄒᆞᆫ 조선고대의 社會小說입니다. 이것을 童話化 ᄒᆞᆯ ᄯᅢ에 나는 原作에 拘束밧지 안코 내 마음대로 대담ᄒᆞ게 집필ᄒᆞ고져 합니다. 원작에 滋味잇는 곳만 쌥아서 내 마음대로 쓰는 것이닛가 原作과는 아조 달은 洪吉童이가 되는지 몰습니다.
>
> (…) ᄒᆞᆫ번 써보아서 자미없스면 다시 ᄯᅩ ᄒᆞᆫ번 씨고 그래도 부족하면 ᄯᅩ다시 써서 자미잇는 완전ᄒᆞᆫ 동화를 만들려고 합니다.
>
> 이 홍길동을 자미잇고 유익ᄒᆞᆫ 完全ᄒᆞᆫ 童話로 만들기 위ᄒᆞ야 열 번이ᄅᆞ도 다시 쓰기를 안하것습니다.
>
> —마해송, 「홍길동」, 『신소년』 4권 7호, 1926. 7, 30쪽

초창기 아동문학에서 옛이야기와 공거하던 동화는 글쓰기에 대한 작

가의 자의식이 두드러지게 되는 것을 계기로 옛이야기와 차별화하면서 문학 장르로서의 정체성을 다져나갈 수 있었다고 볼 수 있을 것이다.

3) 아동서사와 '독자'
: 유년동화, 애기동화, 유년소설, 아동소설, 소년소설, 유치원소설, 학생소설, 소년소설, 소녀소설

아동문학은 외부적 조건에 크게 영향 받는 장르이다. 특히 '아동'은 아동문학의 내부에 작용하는 외적 조건으로서 장르적 체계를 구성하는 데에 중요한 기준으로 작용한다. 앞에서도 살펴보았듯이 독자의 연령이나 학제적 체계는 아동문학의 동화와 소설을 분화시키는 중요한 준거로 작용했다. 동화는 '유년동화'와 '동화'로, 소설은 '소년소설'과 '소설'로 분화되는 경향을 보였던 것이 대체적인 추세였음을 생각해 본다면, 동화가 좀더 어린 연령층을 대상으로 하고 소설은 좀더 나이가 많은 연령층을 주 독자 대상으로 삼고 있었다고 볼 수도 있을 것이다. 그러나 '유년소설', '유치원소설' 등의 용어도 적지 않게 출현하고 있었다는 사실로 미루어 볼 때, 소설은 그 잡종적인 성격상 모든 연령층에 적합한 양식으로 적응해 나가려는 노력을 보여주고 있었다고 볼 수도 있을 것이다. 한편 1920년대 중반 이후에 나타난 '소녀소설'은 아동문학의 장에서 나타난 젠더화 현상을 목격하게 한다. 이에 대해서는 용어의 문제뿐 아니라 텍스트의 내용과 형식상 특성에 대한 구체적인 분석이 함께 이루어져야 논의될 수 있을 것이므로, 추후 다른 지면에서 보다 깊이 논의되어야 할 것 같다.

4. 결론

이 글은 일제강점기 우리 아동문학에 나타났던 서사 장르 관련 용어를 중심으로 아동문학을 둘러싼 제반 문학적 실천의 양상을 살펴보고자 하였다. 일제강점기는 우리 사회에 아동문학의 개념이 처음으로 도입되고, 장르가 제도화되어 전개되었던 때이다. 이 시기 아동 잡지의 지면에는 글의 종류를 지시하는 다양한 용어들이 어지럽게 출몰하였던 것을 살필 수 있다. 이들은 같은 잡지에서도 일관성 없이 제시될 때도 많아, 그때그때 임의적으로 붙여진 것이거나 문학 장르에 대한 인식이 부족하여 생긴 과도적인 현상으로 보이기도 한다. 그러나 앞서 언급한 것처럼, 장르가 문학적 실천을 가능하게 하는 제도로서 기능하는 것이라고 한다면, 이러한 장르 용어의 난상은 혼란스럽고 과도적인 것이라기보다 오히려 문학적 모색의 과정을 반영하는 구체적이고 생생한 표현이라고 볼 수 있을 것이다. 아동문학은 단수로서의 동화나 소설이 아니라 무수한 이름을 갖는 동화들, 소설들로 존재했던 것이며, 이러한 복수의 기획 속에서 아동문학의 정체성은 구성되고 있었던 것이다.

통시적 검토를 위해 선택한 3종의 잡지의 분석 결과를 요약하면 다음과 같다. 첫째, 1910년대 아동 잡지에서는 아동을 위한 이야기의 가치는 재인식되었으나, 그것이 문학 장르에 대한 인식으로 표현되지는 않았다. 이때 간헐적으로 나타난 '동화'라는 어휘는 아직 아동서사를 총칭하는 상위어로서 기능하지 않았던 것으로 보인다. 또한 당시에는 허구성이나 독창성 등의 표지가 장르를 분화시키는 중심 요소로 작용하지 않았다고 할 수 있다. 둘째, 『어린이』는 아동문학의 장르가 제도적으로 정착되었던 때였던 만큼, 아동 서사 장르가 세분화되고 체계화되는 모습을 활발하게 보여주었다. 이에 따라 다양한 장르 용어들이 속출되는 현상이 나타났다. 20년대 초반은 동화를 중심으로 아동문학 서사 장르의 개척이 이루어졌다면, 20년대 중반 이후에는 소설도 아동서사 장르 운동의 한 축을 담당하기 시작한다. 1930년대 초 1, 2년 동안에는 계급주의 아동문학의 영향으로 소설의 영역에 관심이 편중되기도 하였으나, 곧 동화와 소설이 서로 균형감 있게 배분되는 모습을 보였다. 셋째, 1930년대 후반에 발행되었던 『소년』은 동화와 소설을 중심으로 왕성하게 펼쳐졌던 장르 운동이 둔화되어 안정적으로 자리잡는 양상을 보여준다. 특히 이 시기에는 그 전부터 지속되어 왔던 연령화에 의한 장르 구분이 보다 확실한 구도로 정착되는 모습을 보여준다. 이와 같은 장르 분류의 방식은 해방 이후 아동문학에서도 지속적으로 확인된다.

일제강점기에 '동화' 및 '소설'은 옛이야기를 비롯하여 미담, 애화, 실화, 사화 등 각종 이야기와 교섭하고 경쟁하는 과정에서 문학 장르로서의 위상을 확보해 나갔다. 특히 작가의 창작 의식, 독자의 대상의 문제 등 외부적 조건들은 아동문학 장르를 문학화, 예술화, 연령화, 젠더화하는 방향으로 이끄는 요인으로 작용하였으며 이러한 과정에서 장르의 경계가 만들어지고 차이의 체계가 구성될 수 있었다.

이 글은 몇 개의 잡지에 한정하여 논의를 일반화했다는 한계를 지니고 있다. 앞으로 좀더 많은 자료의 보충을 통해 이번 논의의 결과를 재검토하는 기회가 있어야 할 것이다. 또한 이 글은 주로 장르 명칭이 확실하게 드러난 경우에만 관심을 집중함으로 인해, 장르의 이름이 붙여지지 않았던 많은 텍스트들에 대해서는 간과할 수밖에 없었다는 근본적인 한계를 지니고 있다. 장르명이 붙여지지는 않았으나 아동문학의 실제를 만들어나갔던 텍스트들에 대한 폭넓은 고찰은 아동문학이 형성되어 온 과정을 이해하는 데에 필수적인 과제가 될 것이다. 이후 아동문학의 장르 연구는 장르의 명칭과 개념뿐 아니라, 실제 텍스트들의 양식적 변화 과정에 대해서도 주의를 기울이는 방향으로 구체화될 필요가 있을 것이다.

참고문헌

『소년』(신문관), 『붉은져고리』(신문관), 『아이들보이』(신문관), 『새별』(신문관), 『어린이』(개벽사), 『소년』(조선일보사)

가와하라 카즈에, 『어린이관의 근대』, 소명출판, 2007
김준오, 「문학사와 장르 변화」, 『문학사와 장르』, 문학과지성사, 2000
르네 웰렉 · 오스틴 워렌, 이경수 역, 『문학의 이론』, 문예출판사, 1987
이상금, 『사랑의 선물』, 한림출판사, 2005
이정현, 「방정환의 동화론 「새로 개척되는 동화에 관하야」에 대한 고찰」, 『아동청소년문학연구』 3호, 2008.1
조은숙, 『한국 아동문학의 형성』, 소명출판, 2009

일제 강점기 동요, 동시명의 시대적 고찰

박영기

1. 들어가는 말

현재 한국아동문학의 장르 규범에서는 시(詩)의 하위범주로 동요와 동시를 함께 놓기도 하고, 혹은 동요를 '정형시로서의 동시'로 분류하여 동시의 하위 장르로 포함하기도 한다.[1] 그러나 실제로 동요의 역사에 비해 동시의 역사는 극히 짧은 편이라고 할 수 있다. 동요란 명칭은 신라시대의 「서동요」와 개화기 이후 《대한매일신보》 1907년 7월 5일자 '잡보'란에 실린 '하늘이 ᄀᆞᄅᆞ치신 동요(童謠) 담박고 타령'에서 포착된다. 그런데 이 때의 동요라는 명칭은 '참요'적 의미가 강했고, 어린이의 노래라는 의미의 '동요'(전래동요, 창작동요 포함)는 1908년 『소년』에서 사용된 후, 1920년대에 들어서서 신문, 잡지에 빈번하게 등장하는 장르명으로 정착하게 된다. 이에 비해 동시란 장르 명칭은 1923년 『금성』 창간호에 처음 등장하지만,[2] 1930년대 중·후반에 이르러서야 낯설지 않은 용어가 된다.

박영기
yo3cutedoll@hanmail.net 아동문학평론가. 한국외국어대, 한국교원대, 덕성여대, 춘천교대 강사. 저서 『한국근대아동문학교육사』 『청개구리들의 독서논술』 『아동문학프리즘』이 있다.

2. 「서동요」와 《대한매일신보》, 『소년』의 '동요(童謠)'

지금까지 「구지가」와 함께 흔히 전래동요의 기원격으로 삼고 있는 것이 「서동요」이다. 그러나 이 노래 제목이 '서동의 노래'란 뜻인지, '서동의 동요'라고 해서 동요란 장르명을 포함하고 있는 것인지 확실하지 않다. 다만 서동이 아이들에게 마를 나누어 주면서 이 노래를 부르도록 시키고, 이로써 온 나라 안에 소문이 퍼져서 선화공주가 서동에게 시집가게 된 설화를 보건대, 당시에 아이들이 불렀던 노래라는 점만이 확실하다고 할 수 있다. 그러나 이 노래가 불렸던 당시에도 동요란 명칭이 널리 사용되었는지, 특히 어린이의 노래라는 의미로 사용되었는지에 대해서는 쉽게 그 증거가 포착되지 않는다.[3] 어린이에 대한 정당한 인식과 개념이 존재하지 않았던 전근대의 시기에 어린이를 위한 노래가 따로 존재하였다고 생각하기 어렵고, 1908년 『소년』 이전에 등장하는 동요란 명칭은 '참요'라는 다른 의미도 가지고 있었기 때문이다. 「서동요」도 동요란 명칭이 참요로 쓰인 경우에 해당한다. 따라서 현재 전래동요라고 부르는 옛 어린이의 노래들은 '요', '민요'라는 넓은 범주 안에 자연스럽게 섞여 있었을 것으로 추측해 볼 수 있다.[4]

이러한 점은 버들쇠 유지영이 「동요를 지시려는 분씌」[5]에서 언급한 '새야새야 파랑새야'나 유도순이 「조선의 동요자랑」[6]에서 소개한 '인경

---

1 이 글의 마지막 페이지 별지 참고.

2 동시란 용어는 지금까지 『어린이』 1926년 4권 1호에 실린 손진태의 「옵바 인제는 돌아오서요」에서 처음 사용되었다는 것이 통설처럼 되어 있었다. 그러나 김제곤은 「1920년대 창작동요의 발생과 정착과정 연구」(아동청소년문학학회, 2008. 여름학술대회 세미나)에서 제해만(1996)의 논문을 재인용하면서, 『금성』 창간호(1923. 11.)에 수록된 백기만의 「청개구리」에서 '동시'란 용어가 처음 사용되었다는 것을 재확인하였다.

3 한영란은 그의 논문에서 1910년대 이전의 동요는 아동성에 주목한 것이라기보다는 전파자, 유포자로서의 역할을 한다는 측면만 고려하여 단순히 '아동이 부르는 노래'이기에 동요라고 지칭하였다고 보고 있다. 즉, 이때의 동요 개념에서는 '謠'의 기능에 더욱 가치를 부여하였고, '童'의 경우는 단순한 유포자의 의미를 갖는다고 보는 것이다. 한영란, 「동요 개념의 전개양상 연구—1910년대 이전의 문헌에 나타난 '동요' 인식을 중심으로」, 『어문학』 제85집, 2003.

땡 바라땡'(술래잡기 노래), '왁새덕새 너오만이'(놀려주는 노래), '동모동모 동갑동모'(집을 묻는 노래), '별따러가세 달따러가세~'(상상력이 표현된 노래), '형님형님 사촌형님'(가련한 형제의 노래)과 홍은성이 「조선동요의 당면임무」[7]에서 좋은 동요의 표준으로 제시한 '달아달아 밝은 달아', 김상엽이 「조선전래동요집(2)」[8]에 으뜸이라고 소개한 '타박네야' 등이 어린이와 어른 모두가 함께 불렀을 법한 노래들인 것을 보면 잘 알 수 있다.

개화기 이후 동요란 명칭은 1907년 7월~8월 사이 《대한매일신보》 '잡보'란에 실린 일련의 동요들에서 그 흔적을 찾을 수 있다. '하늘이 ᄀᆞ르치신 동요 담박고 타령'(7월 5일), '만세밧이 란동의 동요'(8월 11일), '에누다리 진동의 동요'(8월 14일), '에누다리 진동의 동요 속'(8월 15일), '농부가 기동의 동요'(8월 20일), '활동가 오동의 동요'(8월 22일), '활동가 오동의 동요 속'(8월 23일), '홍타령 미동의 동요'(8월 29일), '검가 신동의 동요'(8월 31일)이 그것이다. 《대한매일신보》의 잡보는 오늘날의 정치, 사회란에 속하는 것인데, 여기에 동요가 실린 것은 예외적인 경우였다. 장성남은 그의 연구[9]에서 이런 종류의 시가류를 일종의 '개작민요'로 보고 있다. 이들 동요의 내용을 검토해 보면 사회비판, 풍속교화 등이 대부분이어서, 아동들의 동심이 살아 있는 전래동요나 창작동요와는 일정 정도 거리가 있다. 예를 들면 '하늘이 ᄀᆞ르치신 동요 담박고 타

4 이러한 점과 관련하여 송완순은 「조선동요의 사적고찰(2)」(『새벗』 5권 3호, 1929, 80~94쪽)에서 '재래에는 민요와 동요의 경계가 불명확하여 어린이들이 좋지 않은 민요를 부르고 자라는 것'에 대해 우려의 입장을 표명한 바 있다. 송완순은 '在來에도 兒童讀者의 童謠가 더러 있었으나 그것은 眞正한 童謠가 못되었고, 다만 兒童들만이 불렀기 때문에 동요였지, 실은 似而非童謠이었다'라고 하면서 유도순의 창작동요 「별」, 정지용의 「산에서 온 새」, 한정동의 「별」을 소개하면서 이 노래들을 '참말동요'라고 칭하였다.

5 버들쇠, 「동요를 지시려는 분씌」, 『어린이』 2권 2호.

6 유도순, 「조선의 동요자랑」, 『어린이』 7권 3호, 51~53쪽.

7 홍은성, 「조선동요의 당면임무」, 『아희생활』 6권 4호, 5쪽.

8 김상엽, 「조선전래동요집(2)」, 『아희생활』, 1936년 11월, 30~31쪽.

9 장성남, 「대한매일신보 시가의 존재 양상과 주제 표출 방식」, 대전대 박사학위논문, 2005. 2.

령'은 외국 사람들에게 우리의 땅을 팔면 다시 찾기 어려우니 죽더라도 굶더라도 팔지 말자는 내용이고,[10] '에누다리 진동의 동요'(8월 14일)는 나라가 위기에 처했으니 각각의 위치에서 최선을 다하여 우리의 것을 지켜내자는 것으로 모두 사회성이 강한 내용이다.

> ᄋᆡ고ᄋᆡ고 설움이야 우리일을 엇지ᄒᆞᆯ고
> 죽쟈ᄒᆞ니 죽기실코 살쟈ᄒᆞ니 살수업네
> 젼정은 말나가고 국권은 업서졋네
> 인심은 미약ᄒᆞ고 ᄉᆡᆼ업은 됴잔ᄒᆞ니사
> 롬마다 슈심이오 집집마다 탄식이라 (미완)
>
> ―「에누다리 진동의 동요」 일부[11]

이처럼 강한 사회성을 지닌 노래인데도 불구하고 동요라는 명칭을 붙인 것은 「서동요」와 같이 일종의 참요적 성격을 지닌 동요라는 점을 부각시키고자 한 것이다. 일본의 경우에도 고대가요의 전통 중에서 동요가 "당시의 사회적 사건과 관련이 깊다. 누군가를 풍자하기도 하고 사회적 이변의 전조 등을 암시하는 노래"[12]였다고 한다. 따라서 여기에서의 동요는 아동의 순수 심성이 발현된 그것과는 다르며, 오히려 전통 민요에서 나오는 표현을 채택해서 변형을 꾀한 것으로 보는 것이 옳을 것이다.[13]

그러나 1908년 『소년』에 나타나는 동요란 명칭은 '전래동요'를 의미하여서, 기존에 동요란 명칭이 포함하였던 참요적 요소는 사라지고 어린이들이 부르던 옛 노래로 그 의미가 한정되어진다. 제1권 제1호의

---

10 박영기, 앞의 논문, 2008, 126~127쪽 참고.
11 《대한매일신보》, 1907년 8월 14일 '잡보'란.
12 최충희 외, 『일본시가문학사』, 태학사, 2004, 18쪽.
13 박영기, 앞의 논문, 127쪽 참고.

「소년통신」란을 보면 독자에게 '사시는 곳에 있는 명승, 고적, 특수한 풍습, 방언, 속언, 인물, 산물, 기이한 자연현상, 학교 교훈, 동요, 전설에 관한 것을 한 가지나 두 가지나 되는 대로 적어보내기'[14]를 요청하고 있다. 여기에서 어린이 독자가 사는 곳에 있는 동요란 그곳에 전해 내려오는 전래동요를 의미하는 것이 되는 것이다.

3. 창가(唱歌)와 동화요(童話謠)

1908년 『소년』의 「소년통신」란에서 전국 각지의 동요를 수집하는 것의 의미는 한국의 전통적인 모든 것을 소중히 여기고 계승하자는 뜻 가운데 하나로 포함되어 있는 것이었다. 그러나 당시 한국의 전래동요는 바람직하게 계승되지 못했고, 일본에서 들어온 창가에 밀려서 설 자리를 잃고 있었다. 1896년 시가를 처음 수록한 개화기 교과서 『신정심상소학』에는 이미 창가, 신체시가 수록되었고,[15] 1908년 『노동야학독본』에는 개화가사가 수록되어서 창가, 신체시, 개화가사가 공존하여 어린이들이 이를 향유하는 양상을 띠었지만, 1910년대에 오면 교과서의 시가는 창가 일색을 이루고 말기 때문이다. 본래 창가(唱歌, しょうか, 쇼우까)라는 용어는 본래 우리말이 아니며, 일본에서 신교육령이 발표되던 1879년, 음악취조소(音樂取調所)라는 이름으로 양악을 다루는 연구기관이 설치되면서 1881년 일본 문부성 발행으로 펴낸 『소학창가집』에서 비롯된 일본식 낱말이다.[16] 우리나라에서는 《독립신문》, 《황성신문》, 《대한매일신보》 등에 널리 발표되면서 종교적, 교육적 목적에 부합하는

14 「소년통신」, 『소년』 제1권 제1호, 1908. 81쪽.
15 「입은혼아이라」(신체시), 「훈련이라」(창가), 「비호기를 권함이라」(신체시), 「소경이라」(신체시), 「정성이라」(신체시).
16 한용희, 『한국동요음악사』, 세광음악출판사, 1988, 30쪽.

형태의 시가로 발전하기 시작하였다.

창가는 교과서에 수록되면서 음악교육과 결합되는 양상을 보이기 시작하였는데, 『보통교육창가집』은 창가교육에서 빼놓을 수 없는 중요한 역할을 하였다. 이 책은 "1910년 5월에 나온 학부편찬 제1집으로 한국정부 인쇄국에서 박아낸 교과서판 60쪽짜리였다. 그해 8월 29일 우리나라가 일본에 먹혀버려 국권을 강탈당하기 석 달 전에 나온 책이었다. 그 뒤 조선총독부 발행으로 같은 내용을 박아 보통학교에서 창가시간에 배우게 되었다."[17] 이 책은 오른편에는 창가가사가, 왼편에는 근대식 악보가 그려져 있는 본격적인 음악(창가)교과서였다. 대부분이 일본에서 건너온 일본식 창가 일색이었다.

《황성신문》에 실린 이 창가집 관련 기사를 보면 '지방 각 사립학교에서 편술하는 불량의 창가를 무시케 한다함은 누보한 바이어니와 교육에 관한 보통적 창가를 학부에서 목하편술중'[18]이라는 말이 나온다. 여기에서 말하는 불량창가는 당시에 유행하던 저항적 애국가를 말하는데, 학부로서는 이런 불량창가를 방지하기 위해 이 창가집의 편찬을 서두르지 않을 수 없었다.[19] 1번 「안(雁)」은 1892년 3월에 발행된 일본의 『소학창가』 첫머리에 실려 있던 것으로 일본의 전래동요를 이자와 슈지(伊澤修二)가 개작한 것이다.[20] 2번 「월(月)」은 일본의 『국정소학독본창가집 심상과』(권상, 1904)의 제2곡을 한국어로 번역한 것이다. 6번 「토와 귀(兎와 龜)」는 1901년 일본에서 발행된 유년창가집의 노래이다. 노우소(納所辨次郎)가 작곡한 것으로 가사까지 그대로 직역한 것이다. 가사는 원래 이시하라(石原和三郎)가 작사했다.[21] 이외에도 대부분의 창가가 일

17 윤석중, 「한국동요문학소사」, 대한민국예술원 문학분과, 1990, 28~29쪽.
18 《황성신문》, 융희 4년(1910), 1월 9일자.
19 전명자, 「한국개화기의 창가교육에 관한 역사적 고찰」, 숙명여자대학교 교육대학원 음악교육 석사학위논문, 1986, 50~51쪽 참조.
20 『본방음악교육사』, 일본교육음악회편, 1938, 172쪽(전명자 위의 논문에서 재인용).
21 김병선, 『창가와 신시의 형성 연구』, 소명출판, 2007, 168~178쪽 참고.

본의 창가를 그대로 복사해 온 것으로 볼 수 있다. 『보통교육창가집』의 이러한 성격은 이 교과서가 본격적으로 사용되는 1차 조선교육령 시기: 구교육령(1911~1922년)의 창가교육의 성격을 일본식 창가교육으로 결정지어주는 매제 역할을 하게 된다.[22]

第 一 雁
기럭아 기럭아 날러라.
큰기럭은 압흐로,
適은기럭은 뒤흐로
사의조케 날러라.

第 二 月
아바님 어마님 속히 나와 보시오.
밝은달이 소셧소.
둥글고 둥글어 공과 갓치 둥글게
뎌산우에 소셧소.

일본식 창가의 범람 속에서 최남선은 『붉은져고리』(1913)와 『아이들보이』(1913)를 통해 순우리말 창가와 동화요를 발표하게 된다. 『붉은져고리』에는 매회 첫 부분에 우리말 창가를 수록하여 당시 보통학교 음악교과서인 『보통교육창가집』에 맞추어 노래를 부를 수 있도록 하였다.

1. 「은진미력」(1년 1회)—『보통교육창가집』 제 6번 「兎와 龜」
2. 「바둑이」(1년 2회)—『보통교육창가집』 제 13번 「漂衣」

22 박영기, 앞의 논문, 30~31쪽 참고.

3. 「눈구경」(1년 3회)－『보통교육창가집』 제 8번 「移秧」

4. 「우리오누」(1년 4회)－『보통교육창가집』 제 25번 「公德」

5. 「첫봄」(1년 7호)－『보통교육창가집』 제 20번 「四節歌」

6. 「봄새 흔흔 허물」(1년 8호)

7. 「나비놀이」(1년 9호)

8. 「고든 마음의 갑흠」[23](1년 10호)

9. 「잔디 밧」(1년 11호)

1년 2회의 「바둑이」는 당시 교과서에 수록되었던 일본식 창가와는 여러 면에서 달랐다. 동시대 창가의 대부분은 제목부터 일본식이었고, 새로 엮어낸 창가집도 외국곡에다 일본식 한자말을 노래로 옮겨 놓은 것이 다수였다. 그러나 최남선의 순우리말 창가는 일본식 창가의 의도적이고 목적적인 측면이나 교육적, 교훈적, 계몽적 성격을 배제하고 서정적인 감정의 표출이 잘 드러난다. 바둑이를 친구삼아 즐겁게 생활하는 어린이의 정서가 잘 들어나 있고, 동심의 순수성이 살아 있는 순우리말 창가이다. 최남선은 창가를 소개하기에 앞서 이 노래를 짓게 된 배경이나 계기를 말하기도 하고, 어떻게 이 노래를 즐겨야 할지에 대해 간단하게 언급하는 형식을 취하였다.

(바둑이ᄂᆞᆫ 우리집에서 기르ᄂᆞᆫ 얼럭개 일홈이외다 엇더케 사람을 갓가이 ᄯᅡ르고 말을 잘 듯ᄂᆞᆫ지 나와 집안 사람들만 귀여할 뿐만아니라 보ᄂᆞᆫ이마다 칭찬ᄒᆞ지 안ᄂᆞᆫ이가 업ᄉᆞᆸᄂᆡ다. 그럼으로 나ᄂᆞᆫ 공부를 잘ᄒᆞ야 시험이나 도강에 ᄭᅳᆺ수만히 어든 자랑을 ᄒᆞᆫ 다음에ᄂᆞᆫ 반ᄃᆞ시 바둑이 자랑을 합ᄂᆡ다. 남들이 넘어 그리ᄒᆞᆫ다고 비웃기도 ᄒᆞ나 저절로 자랑이 ᄒᆞ고 십어서 아니ᄒᆞ지 못ᄒᆞᆸᄂᆡ다. 그ᄲᅮᆫ 아니라

23 옛이야기 '금도끼 은도끼'를 창가로 엮었다.

나도 저 개처럼 어른의 식히심을 잘 ᄒᆞ고 이르심을 잘들어 모든 사람에게 그런 귀염을 바드려ᄒᆞᆸᄂᆡ다. 그를 위ᄒᆞ야 이런 글을 지엇ᄉᆞᆸᄂᆡ다.)

우리집바둑이ᄂᆞᆫ 어엿브지오　아춤마다학교에 가ᄂᆞᆫᄯᆡ되면
문밧게대령ᄒᆡᆺ다 압장나서서　검둥둥동구ᄭᆞ지 ᄯᅱ어나와요
우리집바둑이ᄂᆞᆫ 어엿브지요　원체로서오랴면 소리만나도
어느덧압헤와서 ᄭᅩ리를치며　깃븜으로남먼저 마자줍ᄂᆡ다.
야드를ᄒᆞᆫ털이며 날신ᄒᆞᆫ허리　모양도곱거니와 말도잘들어
공일마다다리고 들에나가서　원하로시달녀도 실타안히요
보ᄂᆞᆫ이ᄂᆞᆫ아모도 어엿브대요　동무들도부러워 안ᄂᆞᆫ이업서
바둑이ᄂᆞᆫᄯᅩ업ᄂᆞᆫ 정든벗이니　언제든지위ᄒᆞ고 사랑ᄒᆞᆸᄂᆡ다.

—「바둑이」 전문

특별히 1년 10호에 수록된 「고든 마음의 갑흠」은 옛이야기 '금도끼 은도끼'를 창가로 엮은 것으로, 옛이야기를 창가에 결합시킨 실험적인 텍스트라고 할 수 있다. 다른 이름으로 '동화요'라고 부를 수 있는 노래이다. 그러나 당시 음악 교과서였던 『보통교육창가집』 6번에 이시하라(石原和三郞)가 이솝우화 '토끼와 거북이'를 창가 형식으로 개작한 동화요 「兎와 龜」[24]를 번역 수록하고 있으므로, 최남선이 이러한 '일본의 동화요'를 보고 영향을 받아서, 한국의 전래동화를 각색한 작품을 썼을 것이라는 가능성도 배제할 수 없다.

건너말리ᄉᆡᆼ원이　나무갓다가
잘못ᄒᆞ야독긔를　물에ᄯᅥ러쳐

24 1901년 일본에서 발행된 유년창가집의 노래, 이시하라(石原和三郞) 작사.

먹고사ᄂᆞᆫ밋쳔을　업시ᄒᆞ고서
엇지ᄒᆞᆯ줄몰나서　울고잇ᄂᆞᆫᄃᆡ

검님게서물로서　소사나오셔
이ᄉᆞ져드르시고　들어가더니
얼마잇다금독긔　들고나오셔
이것이네것이냐　무르십ᄂᆡ다.

—최남선, 「고든 마음의 갑흠」 중[25]

第 六 兎과 龜
여보 여보 거북님 ᄂᆡ말드러보　천지간 동물 중에 네발 가지고
뎌갓치 느린거름 처음보와라　이상타 그ᄃᆡ 거름 엇지 그런가
여보 여보 톡기님 무ᄉᆞᆷ말인가　그러ᄒᆞ면 나ᄒᆞ고 경주ᄒᆞ려나
여긔셔 바로ᄯᅥ나 뎌산ᄭᆞ지에　누구라 먼져가나 ᄂᆡ기ᄒᆡ보세
아모리 뎌거북이 속히거러도　밤ᄭᆞ지 걸닐지니 잠깐잠자고
쳔쳔히 가드ᄅᆡ도 뎌못밋츨가　콜콜 ᄯᅩ 콜콜 톡기 코곤다.
아ᄎᆞᆺᄎᆞ너머잣다 어셔 가보자　ᄶᅡᆼ동 ᄶᅡᆼ동 ᄯᅩ ᄶᅡᆼ동 톡기, 닷는다
거북은 쉬지안코 먼져 갓도다　자랑ᄒᆞ든 톡기는 어이 느졋나

—이시하라(石原和三郎), 「兎와 龜」

최남선이 창작한 동화요들은 내용상 옛이야기를 차용한 것이지만, 형식적인 면에서 7·5조 창가와 같은 형식을 가지고 있었으므로, '창가'로 불리고 있었다. 그러나 1910년대 당시에 이런 종류의 창가를 따로 동화요라고 지칭하거나 '동화요'라는 장르 명칭을 사용하였던 것은 아니

25 박영기, 앞의 논문, 75~78쪽.

다.[26] 최남선은 『아이들보이』에도 자신이 옛이야기를 개작한 동화요(당시로선 창가)를, 『새별』(1915년 1월, 16호)에는 외배(이광수)가 쓴 「허생전」을 수록하였다.[27] 이후 동화요는 1930년대 국어교과서 『보통학교 조선어독본』에 동화요 「두더지」(3권 25)가 수록되면서 독립적 시가 형식으로서 보편적 가치를 인정받는다.[28]

4. 줄글, 귀글

『아이들보이』(1913)에는 '줄글', '귀글'이라는 용어가 등장하기도 하였다. 「샹급잇는 글짓느기」의 투고 규칙으로 제시한 조건을 보면 '줄글, 귀글' 모두 좋은데, 반드시 조선말로 지어야 한다고 하고 있다. 여기에서 줄글은 산문, 귀글은 운문을 말하는 것이다. 7호에 실린 셋째 장원 작품은 '부산부 사하면 송정동의 김윤오' 어린이가 투고한 「새봄」과 「저녁 빗」이라는 시가인데, 이 중에서 「새봄」을 살펴보면 이 시가는 창가형식으로 7·7조를 맞추어 쓴 흔적이 보이며, 우리말을 사용하여 창

26 본 논문은 2009년 2월 한국아동청소년 학술대회에서 발표한 논문을 수정한 것이다. 발표시에는 '동화요'란 명칭이 해방 이후에 등장한 것으로 발표하였다. 1966년 이석현이 동화시집 『메아리의 집』(성바오로 출판사)을 상재하였고, 이재철의 『한국현대아동문학사』(1978)에 최남선의 '동화요'에 대해 소개하고 있다는 것이 주요 내용이었다. 그러나 필자가 추후 자료를 조사한 바에 의하면 『어린이』 8권 5호(1930. 5, 38~41쪽.)에 동화시라는 용어가 사용되고 있다는 것을 확인할 수 있었다. 21세 현직 학생인 李璟魯가 동화시 「혹쑤리이야기」를 투고한 것을 알 수 있다. 작가는 『어린이』 창간호에 실린 동화극을 노래로 고쳐 써 본 것이라고 창작의도를 밝히고 있다.

27 『아이들보이』에 수록된 동화요는 다음과 같다. 「자라영감 토끼생원」(1호, 1913. 9), 「홍부 놀부」(2~3호, 1913, 11), 「심청」(4~5호, 1913. 12~1914. 1), 「세 선비」(6~8호, 1914. 2~4), 「은나거라」(9호, 1914. 5), 「나무군으로 신션」(10~11호, 1914. 7), 「남잡이가 저잡이」(12호, 1914. 8)

28 (一) 어느날 두더지가 생각하기를/「괭이보다 굿세인 개령감을/大將으로 삼으면은 조을것이다.」
(二) 개령감을 맛나보고 의논을한즉/개령감은 머리저어 對答합니다/「나로서도 범에게는 對敵못한다.」
(三) 虎생원을 맛나보고 의논을한즉/虎생원은 머리저어 대답합니다/「나로서도 사람에겐 敵手안된다.」 —중략—
(九) 돌아와서 두더지가 생각하기를/「그러타면 이世上 넓은天地에/무엇보담 强한것은 나이로구나.」
—「두더지」(3권 25과) 중에서

가를 지은 것을 알 수 있다. 그런데도 『아이들보이』에서는 '창가'라는 표현을 쓰지 않고, '귀글'(운문)이라는 말로 이를 대신 표현하였으며, 「아이들 신문」란에 좋은 '귀글'을 수록하여 이를 표본으로 삼게 하였다. 아래의 귀글(7·5조 창가)은 우리말의 아름다움을 잘 표현해 주는 작품이어서 소개한다.

소낙이는죽죽잘 오기는ᄒᆞ나
비옷아니가지신 우리아버지
어느고랑에서서 마지시ᄂᆞᆫ지
뉘엳들고나서매 볏발이슬몃[29]

최남선에 의해서 주도된 순우리말 창가를 보면 창가에서 '창작동요'로 진전되는 양상을 보인다. 위 제시문의 귀글도 1920년대에 등장하는 창작동요와 비교해 보았을 때 차이를 발견하기 어렵다. 기존에 창가와 창작동요의 경계를 확연하게 지워주는 요소로 꼽았던 계몽성이나 교훈성이 사라진 순수 동심의 심성이 발현된 순우리말 창가들이 이미 1910년대 초반에 등장하고 있었던 것을 확인할 수 있다. 그리고 실제로 순우리말 창가들과 7·5조의 창작동요들을 단순히 놓고 보았을 때에는 무엇이 순우리말 창가인지 창작동요인지 구분하기 어려운 경우가 많았다.

5. 창가(唱歌)와 새동요(童謠), 창작동요(創作童謠)

창가는 개화기 이후 광범위하게 사용되었다. 본격적인 장르 명칭 외

29 『아이들보이』 제7호, 1913년, 23쪽. (박영기, 앞의 논문, 79~80쪽 참고.)

에 '동화요'를 포함하는 용어로 쓰이기도 하고, '가창'의 의미도 가지며, 넓은 의미로 '음악' 교과를 의미하기도 하였다. 창가는 일본식 창가에서 비롯되었지만, 1910년대 최남선의 순우리말 창가를 거치면서 창작동요로 변신할 준비를 한다.

동요는 목적성을 가진 창가와 달리 순수 동심으로 만든 노래이다. 특히, '졸업식 날 노래', '스승의 날 노래', '운동회 날 노래' 등의 일본식 창가처럼 학교 행사나 의식에 수반되는 노래들과는 창작의 의도부터 다르며, 우리 전통의 전래동요가 가진 순수 동심을 계승하는 지점에 서 있다. 그러나 동요를 실제로 부를 때는 여전히 '창가'를 부른다고 말하는 것이 통례였다. 1927년 유석조가 낸 『소년소녀 교육 유행 창가집』에도 윤극영의 「반달」이 실려 있으니,[30] 당시 창가와 동요의 경계가 모호하였다는 사실을 알 수 있다.[31]

현재적 시점에서 일상적으로 사용되는 창작동요로서의 '동요'란 명칭은 『어린이』에 처음 등장한다. 『어린이』(1923) 1권 1호의 「현상 글뽑기」[32]를 보면 학교 작문시간에 쓴 '동요'를 투고하라고 요청하는 글을 확인할 수 있는데, 여기에서 동요란 '창작동요'를 의미한다. 아동들이 작문시간에 쓴 동요가 전래동요일 수는 없기 때문이다. 그러나 당시 『어린이』에서는 때로는 동요라는 장르적 명칭이 '전래동요', '창작동요'를 모두 포함하는 용어로 혼용되어 사용되기도 하였다. 『어린이』의 〈동요란〉[33]을 보면 '전래동요' 「파랑새」와 버들쇠 유지영의 동요 「봄이 오면」이 동요란 이름 아래 함께 수록되어 있는 것을 확인할 수 있다.

30 윤석중, 앞의 논문, 31쪽.
31 박영기, 앞의 논문, 114쪽.
32 『어린이』, 제1권 1호, 12쪽.
33 『어린이』, 제1권 1호, 9쪽.

童謠

<u>파랑새</u>

새야새야　파랑새야
녹두남재　안지말아
녹두꼿이　썰어지면
청포장사　울고간다

파랑새 해설 (雨村)

<u>봄이오면</u>

나는나는　봄이오면
버들가지　꺽거다가
피리내여　입에물고
라레라레　재미스러

나는나는　봄이오면
진달래와　개나리로
금강산을　꾸며노코
솟곱작난　재미스러
(버들쇠)

이러한 명칭상의 혼용이 어느 때부터 확실하게 구별되는지를 정확히 파악할 수는 없지만, 1923년 『어린이』 8호에 보면 〈가을노리 소년소녀 대회〉에서 '새동요'[34]를 정순철 선생이 독창으로 부른다는 안내가 나와 있는 것을 보건대, 창작동요라는 명칭은 사용되지 않았지만 새로운 동요라고 하여서 창작동요에 대해 이미 인식하고 있었다는 것을 알 수 있다. 버들쇠 유지영이 쓴 「동요지시려는 분씌」(『어린이』, 1924. 2, 26쪽)에도 '녯적동요', '새동요'라고 구분하여 사용하였다. 1924년 1월 『어린이』에 수록된 윤극영의 「설날」도 '동요'라고 지시하고 있을 뿐 다른 말이 없다가, 1924년 11월에 오면 윤극영의 「반달」을 '신동요'라고 새롭게 지시하였다.

그러다가 1925년 7월 『신소년』의 「투고환영」란을 보면 동요를 '재래

34 동화, 동화극에는 '새'라는 수식어가 붙어 있지 않았다.

동요'와 '창작동요'로 구분하여 사용하고 있어서 이즈음부터 '창작동요'에 대한 인식이 깊어지고, 명칭상으로도 독립되어 쓰인 것을 알 수 있다. 이 잡지에 투고할 수 있는 문제는 크게 '작문', '동요'로 나타나는데, 동요 투고 조건을 보면 '용지는 全上, 行數는 八行 이내로 하되 재래에 잇던 것이면 〈재래〉, 창작이면 〈창작〉이라고 문제 우에 쓰시오'라고 규정하고 있다.

그러나 실제로 '창작동요'란 명칭은 이 시기 아동매체의 지면상에 별로 드러나 있지 않다. '동요'라는 용어가 범박하게 '재래'와 '창작' 모두를 아우르는 용어로 자연스럽게 사용되었다고 볼 수 있다. 따라서 창작동요로 명시되어 발표된 최초의 동요를 찾는 일은 그리 큰 의미가 없다고 볼 수 있다. 동요는 1930년대에 들어서서 아동자유시 즉, '동시'가 새롭게 주목받기 시작할 때까지 아동들의 열렬한 관심을 받으며 성장했으며, 동시 운동이 일어난 이후에도 동시에 비해 결코 뒤지지 않는 사랑을 받았다.[35]

이처럼 창작동요에 대한 관심이 높아진 이유로 대략 세 가지 정도로 생각해 볼 수 있다.[36] 먼저 창가에서 벗어나 전래동요를 다시 읽고, 전래동요에 나타난 순수 동심을 계승하는 차원에서 창작동요운동을 벌이자는 입장이 나타난 것이다. 둘째는 윤복진이 「아동문학강좌, 동요짓는 법(3)」[37]에서 지적한 대로 일본 내지의 문학운동과 예술운동에 적지 않

---

35 박영기, 앞의 논문, 128쪽.

36 김제곤은 앞의 글에서 "우리 전승동요에 대한 새로운 인식이 가능하게 된 것은 사실 순전한 자각에 의해서였다기보다 일본을 중추로 하여 들어온 서구 신사조와의 접촉에 의해 촉발된 측면이 크다. 주지하다시피 18세기 말부터 19세기 초에 걸쳐 유럽에서 일어난 낭만주의 문학의 출발은 자국 민담과 민요에 대한 수집에서 시작되었다. 일본에서의 민요의 발견 또한 국민문학운동이 전개되던 시점에 촉발되었다고 알려져 있다. 우리 민요에 대한 인식 또한 근대 국가 수립에 대한 열망과 그것이 좌절되던 시기에 새롭게 대두되었다. 우리에게 있어 민요 인식은 갑오개혁(1894), 한일합병(1910), 3·1운동(1919) 등 이른바 우리 나름의 근대 기획이 외부에 의해 좌절되는 과정에서 차츰 발아하여 개화했다고 보는 것이 타당할 것이다"라고 하여 이 시기 전래동요에 대한 관심이 서구의 영향에 힘입은 바가 큰 것으로 보았다.

37 윤복진, 「아동문학강좌, 동요짓는 법(3)」, 『동화』, 2권 2호, 3월.

은 자극과 충동을 받은 측면이 있다. 마지막으로는 카프 내에서 일어난 프롤레타리아 동요 운동의 여파이기도 하였다.

김제곤은 그의 연구에서 이 시기 전래동요에 대한 관심을 두 번째 측면 즉, 서구(일본)의 영향에 힘입은 바가 큰 것으로 보았다.[38] 실제로 일본에서는 1919년 이후 창가를 배격하고 동요[39]를 주창하는 운동이 벌어졌는데, 이를 통해 여러 동요집이 출판되고 동요의 황금기를 구가하게 된다.[40] 이러한 일본의 동요 운동은 한국에도 영향을 끼쳤고, 당시 한국에서 발표된 동요이론들이 대부분이 일본의 사이죠 야소(西條八十)의 「동요의 뜻과 짓는 법」, 노구치 우죠(野口雨情)의 「동요론」, 기다하라 하꾸슈(北原白秋)의 「동요론」을 참고서적으로 삼아 이 이론을 번역 소개한 수준이었던 것도 사실이었다.

그러나 19세기 초 유럽의 민담, 민요 수집과 전통에 대한 관심은 자국민족주의 이데올로기의 강화와 맥을 같이 하며, 다른 측면에서는 제국의 영토를 넓혀가기 위한 제국들의 의도가 반영된 것이기도 하였다.[41] 일본의 경우 또한 여기에서 예외는 아니었다. 따라서 이 시기 창작동요에 대한 관심이 서구의 영향으로 촉발된 점은 인정하지만, 무엇보다 창가에서 벗어나 순수 서정이 살아 있는 노래를 아동들에게 주어야겠다는

38 우리 전승동요에 대한 새로운 인식이 가능하게 된 것은 사실 순전한 자각에 의해서였다기보다 일본을 중추로 하여 들어온 서구 신사조와의 접촉에 의해 촉발된 측면이 크다. 주지하다시피 18세기 말부터 19세기 초에 걸쳐 유럽에서 일어난 낭만주의 문학의 출발은 자국 민담과 민요에 대한 수집에서 시작되었다. 일본에서의 민요의 발견 또한 국민문학운동이 전개되던 시점에 촉발되었다고 알려져 있다. 우리 민요에 대한 인식 또한 근대 국가 수립에 대한 열망과 그것이 좌절되던 시기에 새롭게 대두되었다. 우리에게 있어 민요 인식은 갑오개혁(1894), 한일합병(1910), 3 · 1운동(1919) 등 이른바 우리 나름의 근대 기획이 외부에 의해 좌절되는 과정에서 차츰 발아하여 개화했다고 보는 것이 타당할 것이다. 김제곤, 앞의 글.

39 일본의 경우, 동요라고 불리는 새로운 장르의 노래는 1918년 7월 스즈끼 미에키치(鈴木三重吉, 1882~1936)가 창간한 월간잡지 『아까이 토리〔赤い鳥〕』에 의해 탄생되었으며, 거기에 게재되어 있던 사이죠 야소〔西條八十〕의 『카나리아』(かなりあ)가 일본 동요의 제1호이다. 이것에 의해 이전의 것은 동요가 아닌 '창가' 혹은 '동가(童歌)'가 된다. 김지은, 「한국동요와 일본동요의 변천 과정 비교 연구」, 한양대학교 석사학위논문, 2006, 42~45쪽 참고.

40 김지은, 위의 논문, 42~45쪽.

41 19세기는 서구 열강의 세계 지배 구도가 확립되는 시기였다.

자각에서 출발하였다는 점에 주목해야 할 것이다. 김태오는 「동요운동의 당면임무」[42]에서 창가가 가지고 있는 공리성을 비판하고 소년시대의 공상과 고운 마음씨를 소중하게 여기면서 예술로서의 동요운동을 적극 제창하였고, 김은영은 「유치원음악과 노래(동요)에 대하야」[43]에서 창가에서 벗어나 '창작동요'를 권장해야 하는 필연성을 제시하였다.

재래(在來)조선에서 유치원이나 보통학교에서 배우는 창가는 어린이의 맘과는 조금도 부칠성이 없는 대개는 공리적(公利的)목적을 가지고 지은 노래이기 때문에 자기 소년시대의 공상(空想)과 곱고 깨끗한 맘성을 돌아보지 않고 다만 이지(理智) 그것에만 팔려서 마침내 평범한 수공품(手工品)을 만들어 교훈과 지식을 넣어 주겠다는 공리적 가요(歌謠)이기 때문에 어린이의 감정생활에는 하등의 교섭이 없었던 것은 누구나 부인할 수 없는 사실일 것입니다. 세상에서 불러야 아모재미도 없고 부자연에 빠지거나 사리만 밝히거나한 창가만 유치원이나 소학교 과정에까지 넣어서 지금껏 배우게 한 것은 암만 생각해보아도 찬성할 수 없는 일입니다…… 예술적 향기가 있는 새로운 동요를 유치원이나 보통학교과정에 넣어 교수하게 하여야 할 것이니 이 역시 동요운동의 당면임무의 하나임을 제창(提唱)합니다.[44]

그리고 창가와 다른 점은 창가라는 것은 너무 산문적(散文的)이어서 무미건조한 내용을 가진 것뿐입니다. 그러므로 이 새 의미의 동요를 짓는 태도는 공리적(公利的)이 아니요, 아동이 가진 아름다운 공상(空想)과 순진한 정서(情緖)를 조금도 상치 아니하고 풍부한 예술적 내용을 가진 가사(歌詞)와 곡조(曲調) 즉 단순하고 조화가 잘 되는 것으로 아동의 능력이 미치리만치 긴 것으로

42 김태오, 「동요운동의 당면임무」, 『아희생활』, 6권 4호.
43 김은영, 「유치원음악과 노래(동요)에 대하야」, 『아희생활』, 1934. 4.
44 김태오, 앞의 평문.

그들에게 제공해서 종래 재래의 창가의 결점을 보충하려 하는 것이 신흥 동요 운동의 목적입니다.[45]

창작동요가 가지는 중요성에 대한 의식적 자각은 창작동요를 적극 권장하는 한편, 전래동요를 찾아서 꾸준하게 소개하는 측면으로 이어졌다.[46] 1928년 『어린이』 6권 6호에는 「특고 재래동요모집」이라는 광고가 실려 있다. 이 글에서 강조하는 것은 우리 재래의 좋은 동요가 그대로 흙속에 묻히지 않도록 지금 우리가 힘들여 모아 놓아야 한다는 것이다. 그 의식의 저변에는 창작동요가 황금기를 누리면서 어린이의 세상을 윤택하게 만들었지만, 이러한 동요의 뿌리가 되는 우리의 재래동요에 대한 관심을 놓으면 안 된다는 생각이 놓여 있다.

조선에 동요운동이 새로 이러난 후로 남의 나라에 지지 않는 좋은 동요가 적지 않게 생겨나서 어린이의 세상을 저윽이 윤택하게 한 것은 한없이 기쁜 일입니다. 좋은 동요가 뜻있는 이 가없어서 그대로 흙속에 파묻혀 있는 것을 지금 우리가 힘들여 모아 놓지 않으면 누가 이일을 하겠습니까. 우리 어린이 독자가 온 조선 십삽에 없는 곳이 없으니 이들이 각각 자기 지방 것을 써 보내서 모으면 단번에 온 조선 것이 한데 모이겠습니다. 그러면 그것을 추리고 추려서 어린이에 내고 나중에는 한데 모아서 널리 내외국에 발표하겠습니다.[47]

유도순도 「조선의 동요자랑」[48]에서 남에게 자랑할 것이 별로 없는 우리가 자랑할 수 있는 유일한 것이 바로 동요라고 주저 없이 이야기하였

45 김은영, 앞의 평문.
46 버들쇠가 언급한 '새야새야 파랑새야', 유도순의 '인경쨍 바라쨍', '왁새덕새 너오만이', '동모동모 동갑동모', 홍은성의 '달아달아 밝은 달아', 雪崗學人의 '답풀답풀 다방머리', '새야새야 웃녁새야', '새야새야 파랑새야' 등이 그것이다.
47 『어린이』 6권 6호, 1928, 5쪽.
48 유도순, 「조선의 동요자랑」, 『어린이』 7권 3호, 51~53쪽.

다. 동요는 노래의 생각과 아름다움이 못하지 않고, 기쁨과 슬픔과 웃음을 표현하는 데 부족함이 조금도 없으며, 동요는 우리의 성정을 표시하는 영구한 존재로서, 어린이뿐만 아니라 백성들의 귀중한 보배가 될 것이라고 하였다.[49]

마지막으로 창작동요에 대한 관심을 높이는 데 공헌한 카프(KAPF)의 '프로 동요운동'을 좀더 살펴보면, 프로계열의 문사들은 아동들에게 프롤레타리아의 계급의식을 불어넣어 주고 현실적 각성을 촉구할 수 있는 동요 창작법에 대해 많은 고민을 하였고, 기존의 동요와 다른 새로운 프로동요의 창작에 이바지했다.[50] 한 예로, 雪崗學人 김태오는 「(동요강화) 현대동요연구 1」[51]에서 아동들이 동요를 부르지 못하고 농촌, 공장, 어촌 등지에서 노동하는 현실을 짚어내면서 이들에게 예술적 향기가 높고, 노동소년의 빛나는 앞길을 열어줄 수 있는 굳센 지도성을 가진 힘찬 노래를 요구하였다. 그는 이 글에서 먼저, 동요는 노래를 부르는 것에 그 가치가 있다고 하였다. 그런데 어린이들이 동요를 부르지 못하고 농촌, 공장에서 피땀을 흘리는 것이 현실이므로, 이들에게 참된 것 새로운 것을 많이 주어야 한다고 생각한다. 그는 노래하는 것이 인류의 본능이라는 점에 주목하면서, 우리나라에서 예전부터 어린이들이 부르던 전래동요들을 소개하고 동요를 지상의 천사라고 명명한다. 그리고는 주요한의 「종소리」를 신흥 동요로써 깨끗하고 건전한 예술적 가치가 있는 시라고 소개하는데, 그 이유는 이 시가 조선의 현실을 묘사하고, 어린이들의 앞길을 열어주는 지도성이 있기 때문이라고 말하였다.[52]

---

49 박영기, 앞의 논문, 129~130쪽 참고.

50 김병호, 「동요강화(1)」(『신소년』, 1930년 10월), 이동규, 「동요를 쓰려는 동무들에게」(『신소년』, 1931. 11), 김병호, 「조선신동요집을 읽고」(『신소년』, 1932. 7), 김관, 「우리들은 어떠한 노래를 불너야 조흔가」(『별나라』, 1931. 4), 박세영, 「고식화한 영역을 넘어서-동요, 동시 창작가에게」(『별나라』, 1932. 3), 박세영, 「동요, 동시는 어떻게 쓸가(2)」(『별나라』, 1932. 12), 박세영, 「동요, 동시는 어떻게 쓸가(3)」(『별나라』, 1934. 1) 등.

51 설강학인, 「(동요강화) 현대동요연구 1」, 『아희생활』, 1932. 7, 26~31쪽.

52 박영기, 앞의 논문, 140~141쪽.

일제 강점기 동요운동은 식민지 조선의 어린이들에게 큰 영향을 끼쳤다. 특별한 악보도 필요 없이 입에서 입으로 전해져 부르던 동요는 어린이들에게 위로와 기쁨이 되었다. 그리고는 자신들이 지은 동요를 어린이 잡지에 투고하여 스스로 소년문사가 되었다. 윤석중의 말 그대로 "우리나라 현대 동요는 어른이 지어준 것이 아니라 어린이 스스로 앞장서서 개척해 나간 거나 다름없었다."[53]

6. 동시(童詩), 소년시(少年詩)

동시란 용어는 1923년 『금성』에 수록된 백기만의 동시 「靑개고리」와 손진태의 「별 I」에서 처음 사용되었다. 이후 『어린이』 1926년 4권 1호에 손진태의 「옵바 인제는 돌아오서요」에서 다시 사용되면서 용어상으로 이미 존재하고 있었지만, 동요의 인기와 관심에 밀려서 1930년대 중·후반에 들어서야 비로소 그 존재감을 획득할 수 있었다.

靑개고리
—동시—

백기만

靑개고리는 장마때에 운다, 장마때에 슬프게 운다, 장마때에 목이 아프도록 운다.

靑개고리는 불효한 자식이었다, 어머니의 시키시는 말씀을 한번도 들어본

53 윤석중, 앞의 논문, 64쪽.

적이 없었다.

어머니 개고리가 「오날은 산에 가서 놀아라」 하면, 靑개고리는 반드시 물에 가서 놀았었다. 또 「물가에 가서놀아라」 하면 그는 기어이 산으로만 갔었느니라. -중략-

(이것은 우리의 어떤 지방에 전해오는 아이들 이야기를 시로 쓴것이외다.)[54]

별똥

—동시—

손진태

어머니, 제게 말하셨지오,
어제밤에 별똥이 떨어졌을 때,
「저 별똥을 먹으면 죽잖는다」고.

새벽에 나혼자 앞산 넘어로
그 별똥을 주우러 갔다 왔어요.
아무리 찾아도 모르겠어요.
어머니, 별똥이 어찌 생겼소? (1923. 10. 2. 밤)[55]

『별나라』(1927) 2호 「투고를 환영합니다」[56]를 보면 동요와 '시'가 구별되어 사용되기 시작하고, 『신소년』(1931)에서도 「투고환영」[57]란에 동요와 함께 '소년시'를 투고해 달라는 내용으로 광고가 바뀌는데, 이러한

54 백기만, 「청개고리」, 『금성』, 1923. 11. 32쪽.
55 손진태, 「별 I」, 『금성』, 1923. 11, 34쪽.
56 「투고를 환영합니다」, 『별나라』 2호, 1927, 33쪽.
57 『신소년』, 1931년 5월, 25쪽.

현상은 '시'가 자기만의 영역을 확보하면서 분화되는 양상을 보여주는 것이다. 이때에 시는 '소년시'와 특별히 차이가 없이 혼재되어 사용되고 있었고, 초창기에는 동시라는 용어보다 '시'나 '소년시'가 빈번하게 사용되었다.

1930년대 초반에 들어서서 동시에 대한 인식이 높아지던 때에 동시에 대한 이론을 처음으로 내놓은 이는 박세영인데, 그는 「동요, 동시는 어떻게 쓸가(3)」[58]에서 동요와 동시의 차이에 대해 언급하면서, 기다하라 하꾸슈(北原白秋)[59]의 '아동자유시'를 소개하였다. 기다하라에 따르면 어린애들이 일상 구절~ 말하는 것이 모두 '시'라고 한다. 철없는 아이들이 저절로 하는 말 자체가 시인 것이다. 실상 동요는 아동의 자유시에서 나온 것인데 이것을 글자를 맞추어서(정형률) 꾸며 놓은 것이 동요라고 설명하고 있다. 즉, 아이들의 입에서 나오는 말들이 모두 넓은 의미에서 시인데, 여기에 자수를 맞추면 동요라는 뜻이다.

여기에서 기다하라 하꾸슈(北原白秋)가 사용한 아동자유시라는 용어는 동시라는 말이 보편화되기 이전에 '시적 동요', '요적 동시'라는 명칭들과 함께 당시 범박하게 사용되던 말이었다. 1937년을 전후해서는 박영종, 김영일이 기다하라의 영향을 받아서 자유시론에 대한 이론을 내놓고 자유시 운동을 펼쳤는데, "이 운동은 동요에서 동시로 넘어오는 획기적인 전기를 마련하였다. 그들은 동요가 갖는 정형의 굴레를 완전히 벗어던지고, 형식상 성인문학의 자유시와 같은 명실상부한 동시들을 발표하기 시작하였다."[60]

그러나 동시는 동요에 비해 당시로선 그리 큰 관심을 받지 못했다. 1926년 『어린이』에 손진태의 「옵바 인제는 돌아오서요」가 수록되기는

58 박세영, 「동요, 동시는 어떻게 쓸가(3)」, 『별나라』, 1934. 1, 31~32쪽.
59 일본 동심주의 동요시인의 대가. 1921년 『예술자유교육』 잡지 주재.
60 이재철, 『아동문학개론』, 서문당, 2003, 126~127쪽.

하였지만, 『어린이』에서도 동요에 밀려 동시를 찾아보기 어려웠다. 이러한 배경에는 당시 동시에 대한 일종의 편견이 작용하고 있었던 것으로 보인다. 구봉학인 송완순이 1930년 《중외일보》에 발표한 「동시말살론」[61]을 보면, 동요와 동시라는 구분은 어른에 의해 의도적으로 행해진 것이며, 아동에게는 무의식적으로 부르는 '동요'만이 있다고 하면서 동시의 무용론을 주장했다. 그에 따르면 시는 '읊흐는 노래'이고 요는 '불르는 노래'인데, '읊흐는 노래'인 시는 따로 공부를 해야 하고, '불르는 노래'는 따로 공부를 하지 않아도 무의식적으로 나오는 노래이기 때문에, 어른에 있어서는 시가 모든 노래의 대표가 되지만 아동에게는 '요'가 모든 노래의 대표가 된다는 것이다. 이러한 견해는 그가 《조선일보》에 발표한 「푸로레 동요론」[62]에도 그대로 계승되면서 동요가 프롤레타리아 아동의 계급투쟁의 행진곡이라는 이론을 정립해 나가게 된다.

이처럼 동시의 무용론을 주장하는 글들이 일간지에 발표되는 사회적 분위기 속에서 『별나라』, 『신소년』에 차츰 '시'나 '소년시'라는 용어가 등장하기 시작하였다.[63] 『별나라』, 『신소년』에서는 동시라는 용어보다 소년시라는 용어를 많이 사용하였다. 그 이유는 소년시가 동시보다 높은 연령을 포괄하는 용어였으며, 동시라는 용어와의 차별성을 통해 아동들에게 프롤레타리아적 품성을 전달해 줄 수 있다는 의도가 담겨져 있었다고 볼 수 있다. 이러한 점은 『어린이』에서 동시라는 용어를 많이 사용한 것과 대비를 이룬다.[64] 그렇지만 정작 시를 수록할 때에는 '시'라고 쓰거나 별다른 지시 없이 시만 수록하고 있는 경우가 다수였다.

61 九峰學人, 「동시말살론」, 《중외일보》, 1930. 4. 26~5. 3.
62 九峰學人, 「푸로레 동요론」, 《조선일보》, 1930. 7. 5~22.
63 박영기, 앞의 논문, 144~145쪽 참고.

가을 꿈(童詩)

한정동

산넘고 바다건너
멀고먼 나라
밤마다 가다마는
그린 꿈나라.
—이하 생략

—『어린이』, 1926. 12, 40쪽

詩

박고경

형!
잘 가 그리고
얼른 가

64 이원수는 "동요가 동시를 노래부르기 알맞게 만든 것을 가리켜 부르는 이름이라면, 입으로 소리내어 노래부르기보다 마음 속으로 노래할 수 있는 동시는 자유시 혹은 소년시라고 이름할 수 있다"고 하여서 동시와 자유시, 혹은 소년시를 따로 생각하지 않았다. 그리고 동시가 발전하게 된 필연적 이유로 일제의 수탈이라는 시대적 상황에 주목했다. "순전히 노동력을 제공하고 착취를 당하는 처지에서 일본 노동 계급의 사회주의 사상에 동조하는 프롤레타리아 문학 운동이 일어나게 되고, 이와 함께 빈농과 노동자 근로 대중의 자녀로서의 아동에게 있을 수 있는 현실주의적인 동시가 생기기 시작했다. 이러한 동시는 그때까지의 동심 존중이나, 아동을 천사와 같은 것으로 보고 현실 사회와는 격리시켜 놓고 노래한 동요나, 혹은 개인적인 감상에서 미를 찾으려 한 동요와는 달리 의사를 표명하는 시가 필요했고, 또 그러기 위해서는 노래로서가 아닌 자유율의 시를 쓰지 않고서는 그 뜻을 드러내기 어려웠던 것이다. 여기서 비로소 자유시로서의 동시가 아동에게 주어진 것이다." 이원수, 『아동문학입문』, 소년한길, 2001, 69~70쪽 참고.

언제 어느 곳서
또 만날는지
그것을 기약할 수는 없는
형!
우리들의 이별을
참 나는 하기 싫어 죽겠지.

—『신소년』, 1932. 7. 20쪽

눈오는 저녁

이원수

복순아!
엄마가 아니 왔지
빠빠가 먹구 싶어 찬눈을 먹니?

눈! 눈! 해는 지고 길은 어두워져도
너희 엄마는 아니 오네

집집엔 따뜻이 등불이 켜졌는데
캄캄한 방 찬 방에서 복순아
일터에 간 엄마를 부르고 울었구나
두 눈이 퉁퉁 붓고.

—『신소년』 1932. 2, 30쪽

少年詩

진달래 꽃

김우철

1.
진달래꽃이 간밤에 피었다
아저씨들이 가신 지도 벌써 일 년!

2.
아저씨들의 얼굴이 보고 싶어서
눈 맞으며 칠십리 길을 걸어갔던
지나 겨울을 생각하면!
주먹이 쥐어진다.
「어린애」라고 돌려보내지 않는 것을
울며불며 조르다 못해
눈길을 밟으며
돌아오던 생각을 하면! —이하 생략
(북쪽 농장에서)

—『별나라』, 1932. 4, 51쪽

소년시라는 용어를 자주 쓰던 『별나라』에서 1932년 2~3월호에 박일의 '동시' 「우리들은」을 통해 동시라는 명칭을 사용하기 시작하였음을 확인할 수 있으며, 『신소년』에서도 1932년 8월호에 홍북원의 '동시' 「피무든 편지」가 소개된다.[65]

65 박영기, 앞의 논문, 144쪽.

童詩

우리들은

박일

우리들은 뜨거운 태양아래서
푸르른 자연의 품속에서
아저씨들과 함께 땅을 파고 씨를 뿌리고
때로는 소를 치고 나무를 베고
그리고는 야학에—노동학원에

우리들은 사나운 물결치는 바닷가에서
자욱이 둘러싸는 안개 속에서
아저씨들과 함께 배를 젓고 조개를 캐고
때로는 미역을 따고 그물을 깁고
그리고는 야학에—노동학원에 (이하생략)

—『별나라』, 1932. 2~3 합본, 51쪽

그러나 1935년『신아동』1권 1호에서는 아직 동시라는 말은 나타나지 않으며 오로지 '시'와 '동요'로 나누어서 작품을 수록하였다.『아희생활』의 경우에도 '신시'와 '동요'라는 용어가 나타나지만, 역시 '동시'라는 표현을 쓰지 않고 있다.『아희생활』은 1935년 11월~1936년 2월에 걸쳐「신시독본」[66]을 연재하다가, 1940년 2월에 이르러서야「신시독

66 당시 잡지에서 '~독본'의 형식으로 된 읽을거리들이 풍부하게 실려 있는 것을 확인할 수 있는데, 이들 '독본'들은 교과서 과외 독물로서, 교과서에서 충족되지 못한 부분들을 채워주는 역할을 담당하였다. 개화기 이래 국어교과서의 명칭 대부분이 '~독본'식인데, 여기에 '신시', '동시', '동요' 혹은 '건강', '시국' 등의 말을 붙여서 '신시독복', '건강독본' 등으로 제목을 정하여 어린이들의 교과서 외 보충 교재로 사용되었다.

본」이 박영종이 쓴 「동시독본」으로 제목이 바뀌게 되는 것을 확인할 수 있다. 이전 시기와 달리 명확하게 '동시'라는 용어가 나타나기 시작했다. 이러한 변화는 전술한 바와 같이 1937년 전후 박영종, 김영일이 시도한 자유시론이 동시의 본령을 찾게 만들었고, 다양한 동시들을 발표하게 되면서 자연스럽게 일어난 것으로 보인다. 즉, 동시란 용어는 1930년대 말~1940년대 초에 이르러서야 비로소 널리 사용되게 된다.[67]

7. 아동시조(兒童時調)

시조에 대한 관심은 일제에 대항하여 우리의 전통적인 시가를 잊지 않고 바르게 계승하려는 의지와 맞물려, 개화기 이래 식민지 기간 동안 계속된다. 1908년 『소년』에서는 1년 2권부터 「녯 사람은 이런 시를 짓쳤소」라는 코너를 만들어서 시조를 소개했으며, 『청춘』(1914) 1호에서는 〈시조한역〉이라는 제목으로 시조를 소개, 이를 한문으로 번역하였다. 12호에서는 〈고금시조선〉에서 약 52수에 달하는 시조를 소개하고 있다. 이후 1920년대의 『어린이』 외 다수의 잡지들에서 지속적으로 시조를 게재하였다.

이러한 관심은 1926년 5월 최남선이 「조선국민문학으로서의 시조」[68] 라는 글을 『조선문단』에 발표하면서 시조부흥론이 부각되고, 1930년대 말에는 일제에 대한 대항으로서 역량 있는 시조시인들이 다수의 시조를

---

67 박영기, 앞의 논문, 200쪽 참고.

68 최남선은 "시조가 조선인의 손으로 인류의 운율계에 제출된 일 시형이며, 음파의 우에 던져진 조선아(朝鮮我)의 그림자이다. 어떻게 자기 그대로를 가락 있는 말로 그려낼까하여 조선인이 오랫동안 여러 가지로 애를 쓰고서 이때까지 도달한 골이다. 조선심의 방사성과 조선어의 섬유조직이 가장 압착된 상태에서 표현된 '공든탑'이다"라고 하면서 시조를 부활시키는 것이 우리 문학에 생명을 불어 넣는 것이라고 역설하였다. 최남선, 「조선국민문학으로서의 시조」, 『조선문단』 제16호, 1926. 5.

창작하는 분위기 속에서 계속된다.

아동문학계에서도 시조에 대한 관심은 높았다. 1940년 이귀조가 《동아일보》에 발표한 「아동시조의 제창」[69]으로 확대된다. 이귀조는 이 글에서 7·5조, 8·5조의 외래형들이 아동 호흡에 부적합하다는 것을 지적하면서 구전동민요의 형식인 4·4조, 4·3조, 3·3·4조로서 동요를 제작하는 것이 좋을 것이라고 한 자신의 말을 상기시킨다. 그리고 외래형식인 7·5조를 파괴하고, 자유형으로 나가려는 지향성을 취하면서도 정형률에 향수를 느끼고 있다는 자신의 입장을 들어 아동시조를 제안하였다.[70]

8. 나가는 말: 동시와 동요의 관계 설정 문제

지금까지 식민지기 동요, 동시명을 통시적으로 고찰해 보았다. 동요는 식민지기 전체를 통틀어 동시보다 많은 사랑을 받았지만, 해방 이후에는 동시에 밀리는 역전 현상을 보여주었다. 현재는 많은 사람들이 동요를 어린이의 노래라고 생각하기 때문에, 이에 대해 '시'라는 차별적 의미를 드러내는 것으로 '동요시'라는 명칭도 나타나게 되었다. 즉, 동요에서 곡조가 빠지면 남는 것이 바로 동요시가 되는 것이다. 그러나 이러한 용어상의 문제가 확실하게 정리되지는 않고 있다. 작가나 비평가에 따라서 사용하는 용어에 차이가 있다.

또, 동시와 동요의 관계 설정도 사용하는 이에 따라 다르다. 원로 동시인 신현득은 얼마전 「한국동시100년-정형동시(동요)를 중심으로」[71]

69 이귀조, 「아동시조의 제창」, 《동아일보》, 1940. 5. 29.
70 이귀조의 이러한 주장이 실제 '아동시조' 창작으로 이어졌는지 미처 확인하지 못했다. 다음 연구를 기약한다.
71 신현득, 「한국동시 100년-정형동시(동요)를 중심으로」, 『한국아동문학연구』 15호, 2008. 12.

라는 소논문을 발표하였다. 제목을 보면 동요를 '정형동시'라고 하여서, 동시의 하위범주로 설정하고 있는 것을 알 수 있다. 이는 이원수의 장르론[72]과 같은 입장이다. 이재철의 장르론[73]에 따르면 정형동시와 동요는 같은 명칭으로 사용할 수 없다. 지금까지 동요와 동시를 같은 층위에서 논의해 왔던 필자의 입장에서 볼 때에는 정형동시라는 명칭이 조금 불편하게 여겨졌다. 동화시나 동시조가 놓일 엄격한 자리를 찾기도 애매했다. 그렇다면 어린이들이 직접 쓴 아동시는 어디쯤 놓아두는 것이 좋을까? 또, 아동자유시, 시적동요, 요적동시라는 표현은 여전히 유효한 것일까? 해결하지 못한 과제로 남겨둔다.

72 이원수, 「동시가 오랫동안 정형동시—동요로서의 형태를 가지게 된 것은…」, 앞의 책, 69쪽.
73 이재철, 『아동문학개론』, 서문당, 1983, 105쪽.

| 별지 |

이원수와 이재철의 장르 구분

① 이원수, 『아동문학입문』, 소년한길, 2001, 24~25쪽.

"아동문학을 그 형태에 따라 분류하면 운문과 산문으로 크게 나눌 수 있다. 즉, 운문으로 동시(자유시와 정형시), 산문으로는 동화 · 소년소설 · 동극(희곡) 등이다. 그러나 이것들은 다시 여러 갈래로 세분할 수도 있으니, 동화나 소년소설을 단편 · 중편 · 장편으로 분류하고 동극을 단막물 · 다막물로 분류하는 것도 필요하다.

그러나 동시에 있어서 자유시와 정형시의 분류는 또 하나의 다른 분류를 필요하게 한다. 즉 동요와 자유시와의 관계가 그것이다. 동요는 위의 분류에서는 동시에 포함되어 있다. 즉, 정형시로서의 동시다. 동시의 발생은 동요라는 이름과 정형률의 형태를 가지고 나온 전래동에서 보게 되어 있다. 따라서 역사적으로 볼 때 동요는 아동문학의 운문의 시초를 이루고 있는 것이다. 그러나 현대 문학으로서의 분류에 있어서는 동요를 동시의 내적인 한 장르로 치는 것이 당연하리라 생각한다."

<table>
<tr><td rowspan="7">아동문학</td><td rowspan="2">운문</td><td rowspan="2">동시</td><td>자유시</td></tr>
<tr><td>정형시(동요)</td></tr>
<tr><td rowspan="5">산문</td><td>동화</td><td>단편</td></tr>
<tr><td rowspan="2">소년소설</td><td>중편</td></tr>
<tr><td>장편</td></tr>
<tr><td rowspan="2">동극(희곡)</td><td>단막물</td></tr>
<tr><td>다막물</td></tr>
</table>

② 이재철, 『아동문학개론』, 서문당, 1983, 105쪽.

아동문학	시	동요	전래동요	구전동요
				정착동요
			창작동요	
		동시	정형시형(정형동시)	서정시형
			자유시형(자유동시)	서경시형
			산문시형(산문동시)	서사시형(동화시)
	소설	동화	전래동화	
			창작동화	
		(생활동화)		
		아동소설	개작소설	
			창작소설	
			실화소설	
	희곡	아동극	생활극	
			동화극	
		아동시나리오	영화	
			TV	
			라디오	

한국 근대 아동극 장르의 용어와 개념 고찰

임지연

1. 서론

이 글은 우리나라에서 본격적으로 아동극이 형성 전개되었던 일제시대 아동극의 장르 용어와 개념을 분석함으로써 한국 근대 아동극의 형성과 실천의 양상을 살펴보는 데 목적이 있다.

그간 아동극에 대한 연구는 희곡과 아동문학의 전 영역에서 가장 부진한 영역 중에 하나였다. 아동극 연구의 기반이 미흡한 현 시점에서 현재까지 근대 아동극에 관한 연구는 주로 아동극 작품의 주제 및 인물을 중심으로 한 내용적 특성을 밝히는 것이 대부분이었다. 그런데 근대 아동극의 역사적 실천과 의미를 이해하기 위해서는 근대 아동극의 문학적 요소와 더불어 문학 외부에 놓인 담론의 개입과 해석도 함께 고찰해야 한다. 희곡, 무대, 배우, 관중 등의 여러 요소가 어우러져 현장에서 실현되는 아동극의 경우 다른 장르에 비해 '극'에 대한 당대의 기대치와

임지연
lim9097@hanmail.net 아동문학평론가. 아동문학 강사. 한일아동문학연구회에서 일본 아동문학과 한국의 아동문학을 비교 연구하고 있다. 『몸도 튼튼 마음도 튼튼』 등의 저서와 『올빼미의 눈』(엮음) 『팥죽 할머니』(엮음) 『기관차 야에몽』(번역) 등을 냈고, 평론으로 「송영의 아동문학 연구」 「윤석중의 아동극 활동 고찰」 등을 발표했다.

외부적 계기가 장르 형성에 많은 영향을 미치기 때문이다. 특히, 아동극의 발흥기에 아동극을 규정하는 장르 용어가 당대 사람들에게 어떻게 인식되고, 호명되기 시작했는가를 규명하는 것은 아동극 연구의 기초를 마련한다는 점에서 시급하다.

본고에서는 이러한 점에 착안해 한국 아동극 장르 용어의 사용 실태를 실증적으로 고찰함으로써, 한국 아동극의 역사적 실체에 접근하기 위한 단초를 마련하고, 한국 아동극 이해의 지평을 넓히고자 한다. 아동극의 경우 '문학'으로서의 아동극과 '공연'으로서의 아동극 양쪽의 개념을 통칭하기 때문에 양쪽을 모두 분석 범위에 놓았다. 자료는 아동극 작품과 비평이 실려 있는 아동 잡지 및 신문, 교과서, 연극 평론지 등 접근 가능한 자료를 미흡하나마 최대한 꼼꼼히 살펴보고자 했다.[1]

아동극 용어의 경우 종합매체의 특성상 공연 형식에 따라, 연기자에 따라, 내용에 따라 방대하게 난립해 있어서 중심을 어떻게 잡고 정리를 해야 하는가가 관건이었다. 그런데 자료를 분석하다 보니 일제시대의 경우 아동극 용어의 사용 양상이 각 시기별로 미묘하게 변화해 갔다. 즉, 연기자, 공연 형식, 내용 등의 아동극을 구성하는 요소에 대한 인식에 따라 용어의 사용도 달라졌다. 따라서 근대 아동극이 발생하고 난 후 사람들이 아동극을 어떻게 인식해 나가며 받아들이고 발전시키고 있는가를 이해하기 위해서는 아동극 장르 용어를 등장 시기에 따라 살펴보는 것이 필요했다. 새로운 아동극 장르 용어의 등장은 아동극이 형성 발

1 일제 시대의 대표적인 아동 잡지 『어린이』(개벽사, 1923. 3~1934, 1976년 보성사에서 영인한 것을 참고), 20년대 후반과 30년대 중반까지 널리 퍼졌던 프롤레타리아 아동문학 잡지 『별나라』(별나라사, 1926. 6~1934. 12), 『신소년』(신소년사, 1923. 10~1934. 5, 『별나라』와 『신소년』은 20년대 자료 확인이 어려워 30년대 이후 자료를 참고하였다), 그리고 30년대 후반에 창간되어 40년까지 발행되었던 『소년』(조선일보사, 1937. 4~1940. 12)과 신문자료 중에서는 일제 시대 전반에 걸쳐 꾸준히 아동극 작품을 게재한 《동아일보》, 《조선일보》, 《매일신보》, 《중외일보》 등을 기본 텍스트로 하였다.
특히 공연 관련 자료를 분석하는 데는 일제 시대 연극 관련 기사와 광고 자료를 정리한 『한국 근대 연극사 자료집(1~3권)』(안광희, 역락, 2001)과 근대 아동극의 공연 계보를 정리한 박재현의 논문 「한국 근대 아동극 연구」(동국대학교 석사논문, 2002)의 도움이 컸다.

전해 나간 과정을 그대로 보여주기 때문이다. 이에 따라 본고에서는 아동극의 유형별 장르 용어의 등장을 통시적으로 고찰하고 그 의미를 살펴보고자 한다.

2. 아동극의 등장과 각 유형별 장르 용어의 사용

아동극의 용어를 논하기에 앞서 전제되어야 할 것은 아동극의 기원과 범위의 문제이다. 현재까지 아동극은 성인극과 대비되는 개념으로 관객과 상연자를 양분하여 각각의 교집합과 합집합의 범주에 아동을 상정하면서 다양하게 논의되어 왔다. 그런데 그 양상이 워낙 복잡하다 보니 최근의 논문들에서는 모제스 골드벅(Moses Goldburg)의 "아동극은 아동에 의한 그리고 아동들을 위한 모든 형태의 연극"[2]이라는 가장 넓은 의미의 아동극(성인들이 상연하여 아이들이 관람하는 공연 예술에서부터, 아이들 교육에 일환으로 이루어지는 교육연극, 창의적 연극 등의 비공연적 연극 모두를 포함하는 것이다) 개념을 인용하며 범위를 상정하고 있다. 본고에서도 아동극 담론에 대한 역사적 특징은 뒤로 하고 넓은 의미의 아동극, 즉 극 활동에 아동이 연관된 모든 극의 통칭으로서 접근하여 실천 형태를 밝혀내고자 한다.

아동극의 기원을 이야기할 때는 흔히 종교적 기원설과 유희적 기원설에 근거하여 고대 아동들이 즐기던 놀이나 종교극[3]까지 거슬러 올라가기도 한다. 하지만, '아동'과 '무대'를 근대적 아동극의 중심적인 키워

2 권순철이 「한국 아동극 연구」(5쪽)에서 이와 같이 인용하면서 이후 논문에서 아동극의 개념을 규정할 때 지속적으로 재인용되어 왔다.

3 주평은 아동극의 기원으로 고대 아이들의 놀이와 신라 화랑들의 노래와 춤, 이조시대의 산대놀이 등을 미분화된 아동극의 모습이라 하였고(『교사를 위한 아동극 입문』, 26쪽), 권순철은 신극 이전에 배재학당에서 노블번안의 성극 『양치는 목자』가 1897년에 상연됨으로써 한국 아동극이 첫선을 보였다고 할 수 있다고 하였다. 「한국 아동극 연구」, 중앙대학교 석사논문, 1989, 20쪽.

드로 삼았을 때 우리나라에서 본격적으로 아동극이 등장한 것은 현대적인 극장과 전문적인 배우가 출현하여 신극을 상연하면서 한국 근대연극이 시작된 시기[4] 이후가 될 것이다. 실제로 이 시기가 되면 일간지를 통해 연극 공연 소식이 올라오기 시작한다. 아동극에 대한 기사 역시 '아동'을 연극 활동에서 새롭게 인식하며 성인극과는 다른 범주에서 새로이 등장하고 있다.

그런데 비슷한 시기 아동을 대상으로 발행된 『붉은져고리』(신문관, 1913. 1~1913. 6), 『아이들보이』(신문관, 1913. 9~1914. 10), 『새별』(신문관, 1913. 9~1915. 1)에는 아동극의 단초가 될 만한 작품을 찾아볼 수 없었다. 이는 일제시대 교과서[5]도 마찬가지였다. 신문관에서 발행된 위의 세 잡지는 당시 아동을 대상으로 한 잡지로서 본격적으로 아동문학 장르가 구분되어 있지는 않지만 각 장르의 모태가 되는 작품들이 '이약이'란 형태로 실려 있다. 1910년대에 이미 아동극 공연 기사가 빈번하였고, 일제시대 전반에 걸쳐 학예회 관련 기사가 단연 많은 부분을 차지하고 있음을 상기할 때 이는 의아한 일이 아닐 수 없었다. 필자는 이를 통해 일제시대 아동극의 한 단면을 확인할 수 있었다.

즉, 1923년 『어린이』지가 창간되어 아동문학의 장르가 본격적으로 분화되어 발전하기 이전에 아동극은 '희곡'보다는 배우들을 중심으로 한 공연 형식으로 발전하였고, 학교에서도 문학의 범주보다는 학예회 행사 등의 공연 활동 위주로 진행되었다는 것이다.

'근대극'으로서의 아동극은 원작과 무대의 분리를 전제로 '대본'의 활

---

4 1902년 협률사의 설립은 전통의 열린 마당에서의 연희가 실내 무대의 연극으로 전환하게 되는 한 계기를 마련해 준다. 이는 무대와 객석의 분리를 전제로 하는 '극장'의 설립을 의미하며, 놀이가 하나의 상품으로 판매되는 근대적 여가의 개념의 성립을 의미한다. 이후 줄거리를 지닌 대본을 근거로 한 독립작품 「은세계」가 1908년 원각사에서 공연됨으로써 한국근대연극의 출발점이 되었다. 양승국, 「근대극에서의 한국연극론의 가능성」, 한국극예술학회 주최 2002년 전국 학술발표대회 자료집, 2002, 23~25 쪽 참조.

5 『朝鮮總督府國語教科書』 1~10권, 책사랑, 2007.

성화가 전제되어야 한다. 그런데 초창기 연극의 경우 소위 구찌다데식 이라는 것인바 고정된 대본이 없이 연극의 줄거리와 배역의 성격만 알아가지고 배우 각자가 요령껏 상대역에 대응해 가는 방식이었다. 그리고 행동선도 일정한 연출자의 지시 없이 각자 요령껏 적당한 위치와 움직임을 취하는 것이었다.[6] 따라서 근대극에서 배우는 연극의 요소 중 먼저 주요하게 각인된다.

1900년대 이후 신문자료의 공연 기사를 통해 살펴본 결과 아동극 장르 용어도 어린 연극, 아해연극 등 연기자를 중심으로 한 용어가 가장 먼저 등장하였다.

1) 연기자를 중심으로 한 용어 사용－1910년대 초반 이후[7]

: 어린 연극, 어린이연극, 아동연극, 유아연극, 아해연극, 유년소인극, 소년회 소인극, 소년극 등

1920년대 전반까지 아동극에 관한 소식은 각 학교에서 이루어진 학예회 기사를 통해 가장 많이 확인할 수 있다. 학예회에 대한 최초의 기록은 1909년 7월 20일 《대한민보》에 게재된 「齊校 學藝會」에서 찾을 수 있었다. 이후 1910년 6월 4일 《대한매일신보》에 게재된 「演關教育」에서 '嶠南學生親睦會에서 明日에 獎忠壇 內에서 運動會를 開ᄒᆞ고 運動과 教育에 關ᄒᆞᆫ 奇觀的 演劇을 設行ᄒᆞᆯ터인ᄃᆡ……'라고 하여 학생들이 연극을 상연하였음을 짐작케하는 글을 찾을 수 있다. 그런데 이때까지는 아동극에 대해 따로 명명된 장르명이 없었고, 이 당시 이야기하는 '학생'의 범주는 현재 아동과 청년의 범위를 포괄하기 때문에 '학생'이

6 유민영, 『우리시대 연극운동사』, 단국대출판부, 1990, 39～40쪽 참조.

7 본고에서 아동극 용어 사용 시기를 시작 연대만 밝힌 것은 용어들이 시작된 시기 이후 사라짐 없이 일제시대 전반에 걸쳐 사용되었기 때문이다. 따라서 2장에서 언급하는 시기 구별은 각 용어가 처음 사용되는 시기를 중심으로 구분지었으며 이후에는 모든 용어가 함께 사용되었음을 명기해둔다.

라는 용어만 가지고는 아동극의 테두리 안에 넣기 애매한 측면이 있다.

보다 확실하게 일반극이 아닌 아동극으로 특화시켜 명명된 최초의 기록은 1913년 8월 29일 《매일신보》에 게재된 「仁川 兒童演劇 弊害」를 통해 확인할 수 있었다.

> 근일 인천 각 동리에셔는 삼ᄉ일젼에 여러 **어린ᄋᆞ히들**이 자긔의 부모 되는 사ᄅᆞᆷ을 속이고 다쇠의 금젼을 엇어다가 모다 허비ᄒᆞᆯ ᄲᅮᆫ 안이라 몸의 괴로옴을 이져바리고 소위 신파연극단(新派演劇團)이라는 ᄒᆞᆫ 큰 됴치 못ᄒᆞᆫ 단을 죠직ᄒᆞ야 가지고 ᄆᆡ일 밤마다 ᄒᆞᆫ곳에 모혀 밤이 깁도록 연극이라는 것을 흥힝ᄒᆞ야 구경코져 ᄒᆞ는 ᄋᆞ히들에게는 샹당ᄒᆞᆫ 돈을 밧고…… (밑줄 필자)

이 기사에서는 아이들의 정확한 연령대를 확인할 수는 없다. 하지만 성인이 아닌 아이들이 스스로 연극단을 만들어 공연을 하고, 연극을 관람하는 다른 아이들에게 돈을 받았다고 하면서 기존 어른들의 연극과는 다른 용어인 '兒童演劇'을 타이틀로 하고 있다. 연극에서 새롭게 '아동'을 인식하며 새로운 용어가 등장한 것이다. 이후 1913년 10월 10일 《매일신보》에 「어린ᄋᆡ 연극이 낫셔」란 제목으로 기사가 실렸는데 다음과 같다.

> 요ᄉᆞ이 인쳔에셔는 **어린ᄋᆞ히들**이 모혀셔 소위 신파 연극을 흥힝ᄒᆞ야 볼 ᄆᆞ음으로 연습ᄒᆞᆫ다는 말은 임의 드럿스나……경셩 남부 관뎌슈구문 안 밤 나무골이라는 곳에셔 어린ᄋᆞ히 이십여 명이 쥬야로 모혀셔 신파 연극을 연습ᄒᆞ야 온 결과 능히 무ᄃᆡ에셔 츌연ᄒᆞᆯ 가치가 잇다 ᄒᆞ야 이젼 소리군으로 단이던 리츈식(李春植)이라는 쟈가 ᄌᆞ칭 단쟝이 되어 가지고 금명일간 황금유원 안 림시 흥힝쟝에셔 ᄀᆡ연한다는ᄃᆡ…… (밑줄 필자)

《매일신보》에는 이후에도 이들에 대한 기사가 3회에나 더 실려 있다. 어린아이들이 조직한 연극 조직은 '연미단'이라는 것, 단장은 도원환(都元桓)으로 당시 15세였으며 16일 밤부터 『天理循環』이란 예제로 황금유원에서 흥행하였다는 것, 이후 경찰서에서 주임 리춘식을 호출하여 불온당한 언동을 못하게 하고 방송하였다는 내용 등을 보도했다. 당시에 새롭게 등장한 아이들의 연극 활동이 사람들에게 매우 이례적인 사건으로 인식되었으며 관심을 모았다는 것을 짐작할 수 있다. 그런데 여기에서 주목할 것은 보도 타이틀이다. 당시 자신들이 배우로 전면에 나선 아이들의 연극에 어떤 타이틀을 붙일 것인가가 새로운 고민이었을 것이다. 이를 반증하듯이 동일한 아이들의 소식을 보도하는 데도 매회 타이틀이 조금씩 변했다.

「어린ᄋᆡ 연극이 낫셔」(《매일신보》, 1913. 10. 10), 「어린이 연극이 나와」(《매일신보》, 1913. 10. 15), 「幼兒演劇의 注意」(《매일신보》, 1913. 10. 19), 「어린이 연극은 뎡지」(《매일신보》, 1913. 10. 24), 주로 '어린이 연극'이란 용어가 많이 쓰였으나 '유아연극'도 쓰였다. 당시 단장이 15세였던 것을 감안할 때 '유아'란 용어가 어린이와 특별히 구분되지 않은 채 같은 의미로 쓰인 듯하다. 이후에도 '아해연극'(《매일신보》, 1913. 11. 16), '천도 유학생 素人劇'(《동아일보》, 1921. 9. 4), '定平 소년단 소인극'(《동아일보》, 1921. 9. 5), '함평 유년 소인극'(《동아일보》, 1921. 9. 13) 등 학예회와 성탄제 소식을 제외한 아동극 소식 타이틀은 연기하는 주체인 '아동'을 중심으로 인식한 한 용어를 쓰고 있었다. 타이틀은 '어린이' '아해' '아동' '어린이' '유아' 등 아동을 지칭한 용어가 다양하게 쓰였다. 또 눈에 띄는 것은 '소인극'이다. 소인극은 20년대 이후 본격적으로 시작되어 일제시대 말까지 꾸준히 나오는 용어이다. 본디 素人劇의 어원에 대해서 확실한 기원은 알 수 없으나 전문극이 아닌 농민, 노동자, 학생 등에서 진행되는 아마추어 극을 통칭한다. 이재철은 『아동문학개론』

(서문당, 1986, 199쪽)에서 '아동이 자기들을 위하여 출연하는 데 의의를 보이기 위한 연극'을 素人演劇이라 하였다. 하지만 소인극은 일제시대 전반에 걸쳐 아동극 이외에도 노동자, 농민, 학생 등 모든 아마추어 극에 두루 붙었던 용어였다.[8] 따라서 전문 극단이 아닌 일반 아동들이 상연한 아동극을 칭할 때 그냥 '소인극'이라는 용어를 쓰기도 했다. 아동극에서는 그 앞에 '○○소년단', '○○유년', '○○소년회' 등 구체적으로 상연 아동들의 명칭을 함께 쓰는 경우가 많았다.

우리나라에서 본격적으로 신극운동이 시작된 이후 극장을 찾는 최대 관객은 학생들[9]이었으며 이들은 자신의 관극 경험을 통해 자발적으로 연극 조직을 결성해 연극 활동을 시작하였고, 각 학교에서는 학예회 등의 활동을 통해 아동극이 상연되기 시작하였다. 어린이들의 조직적인 연극 활동과 무대 상연은 이전에 없었던 새로운 활동이었으며 이를 명명한 새로운 장르 용어가 필요했을 것이다. 그런데 당시에는 아직 '희곡'으로서의 아동극 대본은 없었고 즉흥적인 연기 활동이 주가 되었다. 따라서 아동극 장르 용어의 탄생은 연기하는 주체인 '아동'을 새롭게 인식하면서 기존 연극과는 다른 새로운 연극 용어로 선보이게 되었다. 물론 아동극의 내용은 일반극과 마찬가지로 종교극을 제외하고는 당시 유행했던 신파극이 주를 이루었으며, 아동의 감성을 따로 상정한 예술 형식으로서의 '아동극'과는 거리가 있었다. 따라서 본격적으로 아동극

---

8 소인극 운동은 아마추어 예술운동이자 민족 운동의 일환으로 진행된다. 3·1운동 이후 민족운동의 일익을 학생들이 맡게 되면서 강연회도 유행했지만 연극, 음악, 문학 등 예술운동 또한 활발했다. 그것은 20년 봄, 동경에서 유학생들이 극예술협회를 조직하고 근대극운동의 시동을 걸면서부터 국내의 몇 곳에서도 소인극 운동이 조금씩 보이기 시작했다. 이후 소인극 운동은 학생회와 청년회, 그리고 청년종교회를 통해 활발히 전개된다. 유민영, 『한국근대연극사』, 단국대출판부, 1996, 514~515쪽 참조.
이중에 아동을 대상으로 한 소인극 운동도 함께 진행되었음을 아동극 관련 공연 소식을 통해 짐작할 수 있다.

9 개화기 관객층의 상당 부분은 초중등학생이었고 일반 성인층은 학생들보다 적었던 것 같다. 성인층은 주로 상류층이 연극 관객층을 형성했던 것이 아닌가 싶다. 당시만 하더라도 서울에는 개화 열풍을 타고 세워진 신식학교가 수십 개가 있었다. 소학교로부터 중학교에 이르기까지 사범학교, 외국학교, 의학교, 농상공학교 등이 있었고, 관립이 10여 개, 사립이 또한 그에 못지 않았다. 유민영, 위의 책, 70쪽.

본이 활자화되기 이전에 아동극에 대한 장르 용어는 그 내용에 대한 변별성은 논외로 한 채 새롭게 등장한 어린이 연기자를 중심으로 인식한 용어가 주로 사용된 것이다. 물론 이렇게 연기자 중심의 아동극 용어는 이후에도 지속적으로 사용되었다.

2) 공연 형식을 중심으로 한 용어-1910년대 후반 이후
: 가극, 무용극, 동가극, 창가극, 대화극, 야외극

아동극 관련 기사에서 극형식에 대한 용어가 구체적으로 사용되기 시작한 것은 1910년 후반 이후부터 확인할 수 있었다. 1918년 12월 25일 《매일신보》에 「성탄 축하 가극」이라는 기사를 보면 승동예배당 주일학교학생들이 성탄절에 「세상은 일장춘몽」(몽환극), 「동정의 눈물」(3막의 가극), 「리왕직 동물원」(가장극)을 상연한다는 것이다. 이후 「歌劇大會를 觀하고」(《매일신보》, 1920. 12. 14), 「幼年歌劇會를 見ᄒᆞ고」(《매일신보》 1920. 12. 25~28), 「開城 少女歌劇會를 보고」(매일신보,1920. 12. 31), 「天眞爛漫ᄒᆞᆫ 幼年歌劇」(《매일신보》, 1921. 5. 22), 「幼年歌劇大會」(《매일신보》, 1921. 10. 24), 「天道教少年 歌劇舞蹈班」(《매일신보》, 1922. 6. 26) 기사 중 '喜歌劇 『마리의 긔적』 外', 「방학여행」(소녀대화극, 『어린이』, 1927. 7), 「도적과 현인」(대화극, 『어린이』, 1927. 12), 「음악선생」(방학희가극, 『어린이』, 1928. 7), 「어린掃除夫」(야외극, 『별나라』, 1931. 7), 「四季」(창가극, 『별나라』, 1934. 4), 「꽃피어라」(동가극, 《조선중앙일보》, 1935. 5. 4) 등 공연 형식과 관련된 아동극 용어가 쓰였다.

이 중에서 20년대에 가장 많이 쓰인 것은 가극이다. 당시 공연 형식이 대부분 가극의 형태였음을 짐작할 수 있다. 현재까지 연극 관람평 중 가장 앞선 글로 발견된 노자영의 「歌劇大會를 觀하고」(《매일신보》, 1920. 12. 14) 또한 가극 관람평이었으며 20년대에 들어서면 각종 가극 대회와 '소년 가극단', '유년 가극단', '소녀 가극단' 등이 만들어지면서 활발하게 활동을 한다. 따라서 이 시기 신문 기사에서 가장 많이 볼 수 있는 아동극 용어는 '가극'이었다. 이후 희곡 작품에서 '대화극', '창가극', '야외극' 등의 다양한 용어들이 발견된다.

이는 앞서 전술한 '어린이 극' 등의 용어와는 또 다른 양상이었다. 이전의 아동극 장르 용어는 연기자인 아동을 상정한 용어였다. 그러나 점차 아동극에 대한 인식이 공연 형식으로까지 확장되면서 연기자뿐만 아니라 공연 형식을 나타내는 장르 용어를 사용하게 된다. 즉, 근대 아동극이 형성되기 시작하는 초기에는 아이들이 어른들이 하는 공연을 흉내낸 신파극을 상연하는 모습을 보고 '어린이 연극' 등의 장르 용어를 사용했다면, 이후 다양한 형식의 공연이 발달함에 따라 아동극 장르 용어도 새롭게 등장하고 있음을 알 수 있다.

3) 공연 목적에 따른 용어-1920년대 초반 이후

: 불교선전극, 구제극, 위안극, 교육극, 학습극

현장성이 강하고 대중적인 힘이 강한 연극의 특성상 특정한 목적을 가지고 대중들을 모으기 위한 방편으로 연극이 활용되기 시작하였다. 실제로 1907년 초부터 각급 연극장에서는 자선공연을 갖기 시작했다. 물론 자선공연은 연극에 국한된 것이 아니고, 음악, 무용, 활동사진 등 상연물이 모두 포함되었다. 자선공연장으로서 광무대를 위시해서 협률사, 연흥사, 단성사, 장안사 등 당시 극장들이 모두 나섰다. 이러한 자선 공연은 고아원 유지비를 위한 것 외에 학교 유지를 보조하기 위해서도 실시되었다. 대중은 연극장을 통해서 모금운동에 나섰고, 연극은 적잖은 기여를 했다. 이것이야말로 한국연극사상 연극이 최초로 사회인식을 한 것이며, 그것이 작품 내적이 아닌 순전히 외부 상황의 민족운동

열기에 쫓은 극히 외연적으로 표출되었던 것이다.[10]

아동극과 관련된 공연 소식에도 공연 목적에 따른 용어가 사용되었다. 「불교선전극」(《매일신보》, 1921. 2. 23), 「소년회 수해 구제극」(《동아일보》, 1923. 9. 7), 「원산에 震災 구제극」(《동아일보》, 1923. 9. 23), 「해주소년회 구제극」(《조선일보》, 1924. 6. 12) 등 주로 종교 포교나 기금 모금을 위한 연극 상연 소식을 다루는 기사에서 이러한 용어가 사용되었다. 이를 통해 이는 당시 아동극의 기능이 어떻게 실행되고 있었는지를 엿볼 수 있다.

또한 '교육극', '교육연극'이란 용어도 나타나기 시작한다. 「신정의 교육劇, 진남 화순군 능주청년회」(《조선일보》, 1923. 1. 12), 「太仁學生教育演劇. 光陽下浦校와 河東校 通學生들이 연합하야」(《조선일보》, 1924. 1. 23)에서 확인할 수 있다. 엄밀히 말해서 '교육극', '교육연극' 등의 용어는 연극의 목적과 내용에 따른 광범위한 용어로서 아동극의 장르 용어로 한정하기엔 무리가 따른다. 배우, 관객이 아동만이 아니라 여러 연령층을 포괄하기 때문이다. 어쨌든, '교육극'이라는 장르 명칭은 아동극의 하위 내지 주변 장르로서 일제시대 전반에 걸쳐 꾸준히 제기되었다. 1930년대에 들어오면 일선학교에서 아동들의 학습지도를 위해 교과서(국어, 역사, 과학, 도덕 등)를 간단히 극화하여 교실에서 공연했던 것으로 전해진다. 이러한 학습극은 일본 선생들에 의해 경성 사범학교에 소개되어 30년대 초등학교에서 전국적으로 실시[11]하였다고 한다.

일제시대에는 아동극이 민족운동의 일환으로 계몽을 목적으로 한 공연과 프롤레타리아 예술 운동의 한 방편으로 적극 활용되었다. 20년대 중반 이후에는 각 기관 별로 '동요·동극의 밤' 등의 행사들이 마련되었으며, 프롤레타리아 아동극 운동의 일환으로 동극 연구단체인 '앵봉회'

---

10 유민영, 앞의 책, 77~78쪽 참조.

11 홍은표, 「아동극의 어제와 오늘」, 『아동문학평론』, 1976년 여름호, 56쪽 참조.

가 건설되고 아동극에 대한 연구 및 비평 작업에 힘을 쏟았다. 사회 비판의 목소리를 강하게 담았던 공연의 경우 중지 명령이 내려지고 해산되는 등의 일도 있었으니 이는 일제시대 아동극이 갖는 특수한 역할과 가치를 반증하는 것이다.

용어 사용의 변화는 그 장르에 대한 인식과 기능의 문제와 함께한다. '아동극'은 '아동'과 '극'이 결합된 '문학'인 동시에 문학과 사회가 공존하는 '담론'이다. 오늘날 아동극은 개인적으로 소비하는 문화양식의 의미가 크지만, 일제시대 '아동극'은 민족의 이념을 공유하는 '문화운동'의 장이자 정치적 광장에서 발현하는 예술양식으로서의 의미가 컸다. 따라서 상연 목적을 전면에 내세운 아동극 용어의 사용은 일제시대 아동극의 사회적 기능에 대한 인식이 확산되고 있는 과정을 나타낸다.

4) 내용에 따른 용어-1920년대 초반 이후

: 동화극, 동요극, 리과극, 소녀비극, 가정극, 희극, 종교극 등

1920년대에 들어오면 아동극의 내용에 따른 용어가 사용되기 시작한다. 「瑞山學藝會 盛況」(《동아일보》, 1921. 1. 25) 기사에 따르면 서산공립보통학교 6학년 중심으로 학예회를 개최하여 동화극을 상연하였다고 하였는데, 작품은 「不良學生의 最後」, 「惡庶母의 陰害」이다. 「천도교 소년회 동화극」(《조선일보》, 1921. 11. 21)의 기사에 소녀비극 「언니를 차즈려」가, 「고아구제 연극회 개최」(《동아일보》, 1922. 12. 29)의 기사에서 인정극 「苦盡甘來」, 희극 「奇緣」의 상연 기사 등이 올라와 내용에 따른 용어가 구체적으로 쓰이기 시작했다.

이후 아동극 대본이 어린이 잡지와 신문을 통해 공식적으로 활자화되기 시작하면서 각 아동극 앞에는 내용에 따른 용어가 따라붙는다. 그 중에서 가장 많았던 것은 동화극이다. 현재까지 발견된 동화극 극본 중 최

초는 『어린이』지 창간호(1923. 3)에 실린 방정환의 「노래 주머니」다. 「노래주머니」는 전래동화인 '혹부리 영감'을 동극으로 각색한 것이다. 당시까지 생소했던 동화극이 이 작품을 통해 본격적으로 활성화됐다고 할 수 있다. 이후 『어린이』에는 총 34편의 아동극이 발표되었는데 그 중에 절반인 17편[12]이 동화극이라는 타이틀을 달고 발표되었다. 30년대 이후에는 내용에 상관없이 거의 모든 동화가 '아동극'이라는 타이틀로 발표된 것을 감안하면 『어린이』에 실린 아동극은 대부분 동화극이었다고 해도 과언이 아니다. 당시까지만 해도 생소했던 동화극이 일제시대에 아동극의 대표 장르로 확산될 수 있었던 데는 방정환과 『어린이』지 필자들의 역할이 컸다는 것을 알 수 있다.

윤석중은 동요극 「울지마라 간난아」[13](《중외일보》, 1930년 5. 22~5. 26, 총 5회)를 발표하였다. 이는 현재 극본으로 확인할 수 있는 최초의 동요극이다. 동요극은 동요를 모티프로 극화시킨 작품으로 극 내용에 모티프가 되었던 동요를 삽입함으로써 내용을 전달하는 작품이다. 이 작품

12 17편의 작품 목록은 다음과 같다.
당시 『어린이』지에는 목차 제목과 실제 작품 제목의 표기가 조금씩 다른 부분이 있었다. 여기에서는 실제 작품 제목 표기에 따른다.
「노래 주머니」(방정환, 1923. 3~4), 「톡기의 재판」(방정환, 1923. 10), 「멘아리」(김운정, 1924. 3), 「싀골쥐 서울쥐」(김운정, 1925. 3),「장님과 코끼리」(마해송, 1925. 5), 「부자의 심리」(김철오, 1925. 6), 「씃없는 녯말」(김일석, 1925. 9), 「솔나무」(정인섭, 1926. 3), 「白鷺의 死」(정인섭, 1926. 5), 「잠자는 미인」(정인섭, 1926. 7), 「어머니의 선물」(정인섭, 1926. 9), 「여호의 목숨」(정인섭, 1927. 1), 「꾀바른 톡기」(신고송, 1927. 2), 「달 속에 톡기」(경화, 1929. 4), 「거짓말 王子와 정말 王子」(최경화, 1929. 5), 「세가지 대답」(박승진, 1929. 12)
이 중 「달 속에 톡기」(경화, 1929. 4)와 「거짓말 王子와 정말 王子」(최경화, 1929. 5)는 선행 논문에서 각각 게재 시기를 1924년 2월과 1929년 6월로 기록하였는데, 필자가 다시 확인해 본 결과 발표시기가 잘못되어 있었다. 이는 국내 최초 아동극 논문이 었던 「한국 아동극 연구－1950년 이전에 발표된 Lese drama를 중심으로」(진성희, 단국대학교, 1985)」에서 잘못 기록한 것으로 이후 논문에서도 정확한 확인 없이 재인용되었기 때문이다. 이에 본고에서 바로잡는다.

13 「울지마라 간난아」는 윤석중의 동요 「굽떠러진 나막신」을 모티프로 극화한 동요극이다. 극에 삽입되는 노래는 홍난파가 작곡을 했다. 이후 윤석중은 「울지마라 간난아」 1편에서 등장하는 간난이, 개똥이, 돌쇠 등을 중심으로 한 아동극을 시리즈로 발표한다. 지금까지 확인된 「울지마라 간난아」시리즈는 1편 「울지마라 간난아」(《중외일보》, 1930. 5. 22~5. 26), 2편 「달을 뺏긴 아이들」(《동아일보》, 1930. 11. 27~12. 1), 3편 「선생님 없는 학교」(《동아일보》, 1931. 5. 3~5. 6), 4편 「바로그날 생긴 일」(《동아일보》, 1931. 8. 1~8. 12)이다. 이와 관련된 자세한 내용은 졸고, 「윤석중 아동극 연구」(인하대학교 석사논문, 2010) 참조.

이후 남궁낭(南宮浪)의 「허수아비」[14](《동아일보》, 1930. 12. 9~12. 12), 고장환의 「봄동산의 춤」(《조선일보》 1933. 1. 28~1. 31), 김태오 「양양 양돼지」(《조선일보》, 1933. 8. 16~8. 25) 등이 동요극으로 발표되었다. 이밖에 엄형의 「四季」(『별나라』, 1934. 9)와 박일의 「사람은 엇덧케생기엿나」(『별나라』, 1934. 4)가 이과극으로, 송영의 「지리 이약이」(『별나라』, 1934. 4)가 지리극으로 발표되었다. 이 중 엄형의 「四季」는 전편이 1934년 4월에 실렸는데, 그때는 이과극이 아닌 창가극으로 발표되었다. 1934년 9월호에서는 목차에 理科劇으로 소개된 것에 반해 실제 작품에는 창가극으로 되어 있다. 이를 통해 당시 아동극 장르 용어가 같은 작품이라도 형식과 내용에 따라 그때 그때 다른 용어가 사용되었음을 알 수 있다.

아동극 내용에 따른 장르 용어의 등장은 아동극 대본이 아동 잡지 등을 통해 안정적으로 게재되기 시작하는 시기와 맞물린다. 아동극이 공연 형식뿐만 아니라 희곡으로서 문학 장르의 한 장르로 읽히면서 작품 내용도 다양해졌다. 20년대 이후 아동극 내용에 따른 장르 용어의 등장은 이제 아동의 정서에 맞는 내용을 아동극에서 다양하게 모색하고 있음을 나타낸다. 이전 시기에는 주로 아동극이 '어린이에 의한' 연극을 지칭하는 것이라면, 이제 본격적으로 '어린이를 위한', '어린이의 연극'에 대해 인식하고 있는 것이다.

14 그 동안 《동아일보》에 게재된 작품 목록은 「1920~30년대 한국 아동극 연구-『어린이』, 《동아일보》, 《조선일보》에 발표된 작품을 중심으로」(박희옥, 울산대학교 석사학위 논문)에서 밝힌 총 29편(목록에는 30편으로 되어 있으나 이는 제목을 바꿔 연재한 윤석중의 한 작품을 두 작품으로 잘못 처리했기 때문이다)의 목록이 재인용되었으나 필자가 다시 확인한 결과 총 3편이 더 있었다.
새로 확인된 작품은 다음과 같다. 남주역 「마리의 죄」(아동극 1막, 1926. 2. 26), 윤석중 「달을 뺏긴 아이들」(동요극 1막, 1930. 11. 27~12. 1), 남궁낭 「허수아비」(동요극 1막, 1930. 12. 9~12. 12)

5) 아동극 통칭으로서의 용어–1920년대 중반 이후
: 동극, 아동극

전술한 바와 같이 아동극은 내용과 형식, 목적, 연기자에 따라 다양한 용어가 따라 다녔다. 그런데 이러한 용어의 사용이 20년대 후반으로 넘어 오면서 '동극'이나 '아동극'으로 통칭되는 경우가 늘어난다.

아동극에 대한 본격적인 논의는 1923년 7월에 색동회와 어린이사 주최로 열린 '전 조선 소년 지도자대회' 소식을 알리는 기사[15]에서 확인할 수 있다. 기사에 따르면 당시 소년 문제를 철저하게 연구하고자 소년 지도자 대회가 7월 23일부터 28일까지 경성 경운동 천도교실에서 진행되는데 2일째 논의 항목에 동화극과 아동극이 들어 있다. 1923년 3월 『어린이』 창간호에 동화극이 처음 실리기 시작하면서 아동극 논의도 본격화되기 시작하여 그해 여름에 논의 안건으로 상정된 것이다. 물론 이 당시 논의의 주는 동화극이었고, 동화극의 문제를 논의하면서 아동극이라는 용어를 언급한 것이다. 이 당시에는 동화극이 아동극의 대표적인 장르 용어로 사용됨으로써 '동화극'과 '아동극' 용어가 혼란스럽게 사용되고 있다.

제2일

(四) 동화극 : 조준기

가) 동화의 희곡화와 정신적 가치

나) 동화극의 제작과 연출

다) 아동극 반대자와 그 논거

(五) 동화극의 실제 : 고한승

15 《조선일보》, 1923. 6. 10.

가) 아동극 소재 취택(取擇) 문제

나) 상연에 관한 제 주의

위에서 4의 다)항에서 아동극에 대한 논의의 초점이 '아동극 반대자와 그 논거'인 점으로 미루어 보아 당시에는 아동극의 효용 가치가 아직까지 사회에서 안정적으로 받아들여지지 않았음을 알 수 있다. 초창기 아동극의 처지를 엿볼 수 있다.

그런데 동화극이 본격적으로 실리기 시작한 『어린이』를 살펴보다 한 가지 재미있는 사실을 발견하였다. 목차를 보면 동요, 동화, 동시, 지식기행 등 각 작품마다 장르명이 붙어 있는데, 아동극의 경우 목차에서는 '연극'이라 붙어 있고, 실제 작품에서는 동화극 등의 장르명이 붙어 있는 것이다. 이후 목차에서 '연극'이라는 타이틀은 점차 동극으로 바뀌어 간다. 그 양상을 다음 표에서 정리해 보았다.

『어린이』지 목차에 나타난 아동극 장르 용어의 사용 양상[16]

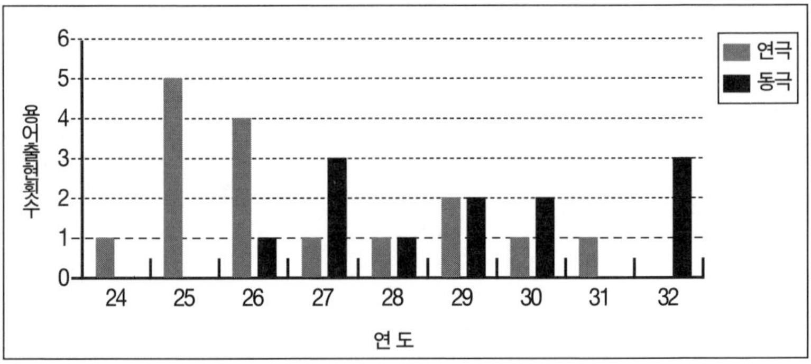

16 『어린이』는 1976년 보성사에서 영인한 것을 사용하였다.
1. 연재물인 경우 한 작품으로 계산하였다.
2. 1923년의 경우 영인하는 과정에서 원판에서 유실된 목차가 새로 작성되었다. 1976년 영인본의 경우 실제 작품에 붙어 있는 장르 용어가 목차에 그대로 사용되었다. 이는 목차와 실제 작품에 용어가 다르게 붙어 있는 원판과는 다른 것이다. 따라서 영인본으로는 23년도 목차를 정확히 확인하기 어려워 불가피하게 표에서 뺐다.

위의 표를 보면 목차에서 25년까지는 '연극'이라는 용어만 쓰였다가 26년에 처음 '동극'이라는 용어를 사용하기 시작한다. 이후 점차 '동극'이라는 용어의 비중이 늘어나다가 32년에는 '동극'이라는 용어만 사용하고 있음을 알 수 있다. 이를 통해 연극이라 통칭되던 아동극이 점차 '동극'이라는 용어로 바뀌어 가고 있음을 알 수 있다.

일제시대 아동극 작품의 아동극 장르 용어 사용 양상
–『어린이』『소년』《동아일보》『소년』을 중심으로

	24년 이전	25~29년	30~34년	35~39년	40년 이후
어린이/소년	3 : 2	18 : 3	2 : 6	0 : 3	0 : 1
동아일보		3 : 1	6 : 1	6 : 13	1 : 1
조선일보		2 : 9	3 : 1	1 : 2	
총계	3 : 2	23: 13	11 : 8	7 : 18	1 : 2

* 동화극 외 용어 사용 : 아동극, 동극의 용어 사용 작품 출현 횟수

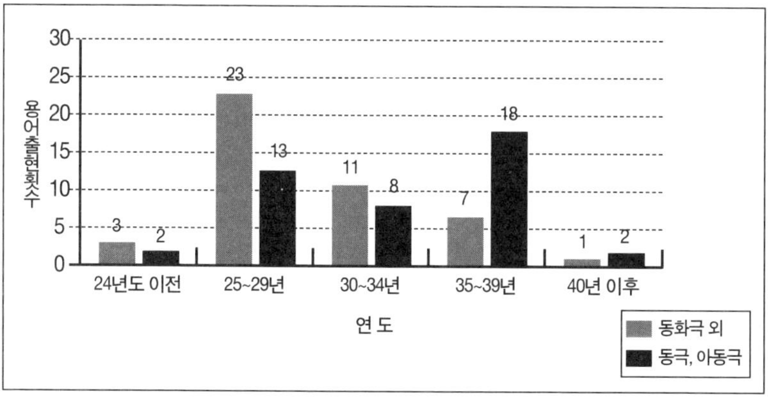

위의 표를 보면 30년대 이전까지만 해도 동화극, 동요극 등 작품의 내용이 타이틀이 되던 용어가 점차 아동극, 동극 등으로 통일되어 감을

볼 수 있다.

이는 아동극이 문화예술과 아동문학의 한 장르로 정착하기 시작하고, 아동극 연구 단체의 출현[17]과 아동극 비평[18]의 본격화, 아동극집이 발간[19]되면서 아동극 장르에 대한 인식이 향상되고 있는 시기와 맞물린다. 즉, 아동극에 대한 학문적 인식이 정착됨에 따라 아동극 비평문과 아동극집을 통해 아동극에 대한 장르 용어가 '아동극', '동극'으로 통칭되고 있는 것이다.

6) 새로운 매체의 등장-20년대 후반 이후
: 아동방송극, 방송동극, 라디오 드라마, 아동시나리오

한국 방송의 역사는 조선총독부가 황국신민화 운동을 효율적으로 펼치기 위해 1927년 2월 16일 한국 최초의 방송국인 경성방송국(JODK)을 개국시킴으로써 시작되었다. 초기 방송 내용은 일본 위주의 편성이었으므로 한국민의 정체성이나 민족의 정서는 개발하지 못했고, 간혹

17 '짜리아회'(1925년), 경성보육학교 학생들의 '아동극연구회'(1927년), 프롤레타리아 아동극 연구단체 '앵봉회'(1929년), '오로라 아동극 연구회'(1929년), '조선아동극방송연구회'(1929년), '신흥아동예술연구소'(1931년) 등

18 현재까지 필자가 확인한 일제시대 아동극 관련 비평문은 다음과 같다.
정인섭 『藝術 教育과 兒童劇의 效果』(《조선일보》 26. 08. 24~31),
이정호 『兒童劇에 對하여』(《조선일보》 27. 12. 13~21),
심　훈 『京城保育學校의 兒童劇 公演을 보고』(《조선일보》 27. 12. 16~18),
심　훈 『兒童劇과 少年映畵 』(《조선일보》 28. 05. 06~09),
유치진 『家庭과 學校를 爲한 簡單한 人形劇 - 그 理論과 실제』(《매일신보》 33. 06. 13~26,),
남석종 『兒童劇 問題-童謠劇을 中心으로』(《조선일보》 34. 01. 19~25,),
민화경 『兒童劇에 관한 短篇的인 所感一節』(『우리들』 3호, 34. 03,),
김봉면 『童劇에 對한 片論』(『예술』 1, 35. 01,),
송창일 『兒童劇 小考』(《조선중앙일보》 35. 05. 25~06. 02,)
김종명 『아동극 소론』(『가톨릭청년』 36. 06~09),
목해균 『동극과 동극작가』(《매일신보》 42. 03. 19)

19 지금까지 출판이 확인된 일제시대 아동극집은 다음과 같다.
박누월 『소년소녀아동명극선집』(영창서관, 1929), 배덕영 『아동극집』(1934), 고장환 『현대명작아동극선집』(영창서관, 1937), 김상덕 편 『세계명작아동극집』(동화사, 1937년)

남도 잡가, 서도 민요, 가야금 병창 등의 공연이 중계 방송되는 수준이었다.[20] 이 중 아동용 방송시간대에는 동요나 아동문학가들의 구연이 많은 부분을 차지하였을 것으로 보인다.

지금까지는 1927년 12월에 '경성보육학교 아동극연구회'가 제작한 〈콩이 삶아질 때까지〉가 아동극 방송사상 최초라고 언급되어 있다. 그러나 실제로 아동극 관련 보도자료를 찾아보니 이미 7개월 전인 1927년 5월 23일 JODK에서 고한승의 동화극 「달님과 햇님」이 가나다 회원에 의해 방송된 것을 알 수 있었다.(《중외일보》, 27. 5. 22, 《동아일보》, 《매일신보》, 27. 5. 23), 이후 1928년 5월 26일에 남산 일요학교 생도들에 의해 아동극 「카피라城의 깃븜」(《동아일보》, 《매일신보》, 《중외일보》, 28. 5. 26)이 방송되었던 기록 등이 있다. 1933년 4월 26일 경성방송국이 기존의 단일 방송에서 제1방송과 제2방송으로 나뉘어 제2방송을 한국어 방송으로 편성함에 따라 라디오 청취율이 높아지고 라디오 드라마의 수요 또한 증가했다. 이에 30년대에 이르면 꽤 많은 작품들이 방송을 탔다. 물론 대부분의 작품들이 이미 발표된 희곡 작품과 무대화 되었던 것을 옮겨 놓은 것이고 장르 용어도 '아동극'이라 명명한 것이 대부분이었다. 그런데 1929년 7월 24일 《조선일보》에 실린 '조선아동극방송연구회' 창립에 관한 소식이 이채롭다. 내용은 다음과 같다.

> 아즉 조선에 잇서서는 어른들을 본위로 한 라듸오만 잇고 **아동을 본위로 한 라듸오극**은 업슴을 유감으로 생각하야 금번 김영팔(金永八), 박루월(朴淚月) 량씨의 발긔로 일반 아동극을 보급할 목뎍으로 조선아동극방송연구회(朝鮮兒童劇放送硏究會)를 창립 하얏는데 사무소는 시내 종로 륙뎡목 이백일번디의 일에 두엇다 하여 힘쓸사람은 다음과 갓다더라 (밑줄 필자)

20 양진문, 『한국 방송극의 형성과 전개양상에 대한 연구』, 조선대학교 석사논문, 2003, 7쪽 참조.

라고 하여 주간, 연출부, 출연부의 이름을 실었다. 《동아일보》(1924. 7. 25)에는 「방송아동극 연구」라는 같은 내용의 기사를 타이틀로 싣고 있다. '아동을 본위로한 라듸오극' 즉, 아동극 중 방송극에 해당하는 장르를 새롭게 인식하며 방송용 아동극의 장르명이 따로 명명되기 시작한 것이다. 이후 박누월의 「어듸로 가나」가 《중외일보》 석간(1930. 1. 28~2. 2)에 '아동방송극'이라는 타이틀로 6회에 걸쳐 연재되었다. 이러한 라디오 드라마는 해방 이후 본격적으로 정립되기 시작한다. 단순히 무대극을 그대로 방송에 옮겨 놓은 형태가 아니라 라디오 드라마의 특성을 고려하여 방송만을 위한 방송극이 편성되고 제작되었다. 당시 활동하던 작가로는 홍은표, 김래성, 김영수, 유호 등이 있다.

그런데 방송극의 경우 그간 아동극의 영역으로 언급되기는 하였으나 그 활동이 소소하여 본격적으로 연구되지는 못했다. 해방 이전에 발표되었던 아동극에 대한 논의는 인상비평이나 효용론이 대부분이었다. 그나마 아동극에 포함되는 복잡한 여러 장르들을 이재철이 『아동문학개론』(문운당, 1967년)에서 구체적으로 정리[21]해 놓았는데, 이후 간행된 아동문학 개론서와 아동극 이론서에서 관점에 따라 약간 축소되고 위치 변화만 있을 뿐 특별한 이견 없이 비슷하게 인용되고 있다. 이재철은 아동극을 연기자, 소재, 아동극사, 형태 등을 기준으로 분류하고 있다. 그중 '라디오 드라마'는 소재에 의한 분류 안에 들어가 있다. 그런데 같은 저서 181쪽에는 아동문학의 여러 장르를 시, 소설, 희곡으로 구분하면서, 희곡 안에 아동극과 아동시나리오를 구분해 놓았다.[22] 이는 희곡이

21 이재철은 아동극에 대한 장르를 다음과 같이 정리해 놓았다.
(A) 연기자에 의한 분류(전문연극, 소인연극), (B)아동극사에 의한 분류(성극, 동화극, 학교극, 아동극), (C)내용에 의한 분류(생활극, 동화극, 의인극, 사극, 민화극, 명작극, 번역극, 창작극, 작문극, 학습극, 행사극, 심리극, (D) 형태에 의한 분류(대사극, 음악극, 가면극, 무언극, 아동시극, 창극 · 집단 낭창, 독백극, 대화극, 조합극, 기록극, 단극, 즉흥극, 광대놀이, 집단극, 낭독극) (E) 소재에 의한 분류(인형극, 가면조작극, 즉물극, 그림자극, 그림극, 연쇄극, 라디오드라마 텔레비젼드라마) (F)장소에 의한 분류(교실극 · 강당극 · 회장극, 가정극 · 무대극, 원형극장극, 야외극, 炬火극, 탁상극)
『아동문학개론』, 문운당, 1967년, 268~272쪽.

라는 큰 분류 안에 아동극과 아동시나리오를 따로 분류해 놓아 '아동극'이라는 장르 용어의 개념 및 '아동시나리오'의 범주에 혼란을 보이고 있다.

3. 결론

이상으로 한국 아동극의 장르를 용어와 개념을 중심으로 살펴보았다.

우리나라 아동극은 일제시대 근대 연극의 시작과 궤를 같이한다. 물론 초창기 아이들의 연극 활동은 개화기 이후 교회에서 진행된 성극 활동이 많은 부분을 차지하였다. 하지만 기존에 쓰였던 '연극'이라는 용어 대신 '아동극'의 장르 용어가 따로 쓰이기 시작한 것은 아이들이 당시 유행했던 신파연극을 연습하면서 연극단을 조직한 것이 이슈가 되기 시작하면서부터이다. 어른이 아닌 아이들이 하는 연극, 즉, '연기자로서의 아동'을 새롭게 인식하면서라고 할 수 있다. 그후 점차 아동을 본위로 한 내용이나 형식 등이 발달하면서 아동극의 장르가 분화하기 시작하고 새로운 장르 용어가 등장한다. 이러한 용어는 각 시기별로 사용양상이 미묘하게 변화되어 갔다. 즉, 연기자, 공연 형식, 내용 등의 아동극을 구성하는 요소에 대한 인식에 따라 용어의 사용도 달라졌다.

상연 목적을 전면에 내세운 아동극 용어의 사용은 아동극의 사회적 기능에 대한 인식이 확산되었음을 나타낸다고 볼 수 있다. 20년대 이후 아동극 내용에 따른 장르 용어의 등장은 이제 아동의 정서에 맞는 내용

22 아동문학 – 희곡 – 아동극 – 생활극 – 학교극
– 동화극 – 아동극단극
– 아동 시나리오
여기에서는 아동시나리오 안에 구체적인 장르 구분은 하지 않았다. 이후 이재철의 또 다른 저서 『(개정판) 아동문학개론』(서문당, 1983, 105쪽)에서 아동시나리오 안에 '영화', 'TV', '라디오'가 삽입되어 있다.

을 아동극에서 다양하게 모색하고 있음을 나타낸다. 이전 시기에는 주로 아동극이 '어린이에 의한' 연극을 지칭하는 것이었다면, 이제 본격적으로 '어린이를 위한', '어린이의 연극'에 대해 인식하고 있는 것이다. 다양하게 사용되던 아동극 장르 용어가 '아동극', '동극'으로 통칭되기 시작한 것은 20년대 중반 이후이다. 이는 아동극이 문화예술과 아동문학의 한 장르로 정착하기 시작하고, 아동극 연구 단체의 출현과 아동극 비평의 본격화, 아동극집이 발간되면서 아동극 장르에 대한 인식이 향상되고 있는 시기와 맞물린다. 즉, 아동극에 대한 학문적 인식이 정착됨에 따라 아동극 비평문과 아동극집을 통해 다양하게 쓰였던 아동극에 대한 장르 용어가 '아동극', '동극'으로 통칭되고 있는 것이다.

문학에서 장르는 사회적 문화적 상황에 따라 끊임없이 변하고 새로운 담론을 창출해낸다. 특히, 아동극의 경우 현장에서 상연되는 장르로써 그 시대와 가장 민감하게 호흡한다. 현재까지 아동극에 대한 연구는 일제시대에 발표된 아동극 작품의 내용을 중심한 연구에 편중되어 있다. 그리고 잘못된 서지 사항이 지속적으로 인용되고 있는 실정이다. 이에 본고에서는 최대한 많은 자료를 통해 정확한 서지 사항을 밝히려 하였다. 좁은 지면을 통해 다양한 아동극의 장르 용어를 다루다 보니 미처 담지 못한 부분이 많다. 특히, 아동극의 각 장르적 실천 형태와 특징을 구체적으로 살펴보지 못했다. 일제시대에 상연된 '가극'과 '동화극', '동요극' 등 각각의 장르적 특징도 추후 기회를 통해 밝히고자 한다.

장르의 경계는 유연하고 역동적이다. 아동극의 경우 다채로운 하위 장르가 성립되어 있고 근대문학 형성기에 있기 마련인 용어의 혼란이 여전히 존재한다. 앞으로 여러 과제들을 좀더 구체적으로 밝혀야 함을 제기하면서 결론을 대신한다.

참고문헌

1. 기본자료

『어린이』, 『별나라』, 『신소년』, 『소년』(조선일보사), 《동아일보》, 《조선일보》, 《매일신보》, 《중외일보》, 『한국 근대 연극사 자료집(1~3권)』(안광희, 역락, 2001), 『朝鮮總督府國語教科書』(1~10권, 책사랑, 2007) 등

2. 국내외 논저

권순철, 「한국 아동극 연구」, 중앙대학교 석사논문, 1989.

박재현, 「한국 근대 아동극 연구」, 동국대학교 석사논문, 2002

박희옥, 「1920~30년대 한국 아동극 연구」, 울산대학교 석사논문, 1998.

송명호, 『아동극 연출과 지도』, 장학출판사, 1982.

______, 『유아극의 이론과 실제』, 백록출판사, 1983.

양승국, 「근대극에서의 한국연극론의 가능성」, 한국극예술학회 주최 2002년 전국 학술발표대회 자료집. 2002.

양진문, 「한국 방송극의 형성과 전개양상에 대한 연구」, 조선대학교 석사논문, 2003

유민영, 『우리시대 연극운동사』, 단국대출판부, 1990.

______, 『한국근대연극사』, 단국대출판부, 1996

이영준, 『아동극 교실』, 상서각, 1986.

이재철, 『아동문학개론』, 문운당, 1967년,

______, 『(개정판) 아동문학개론』, 서문당, 1983

임지연, 「윤석중 아동극 연구」, 인하대학교 석사논문, 2010.

주　평, 『교사를 위한 아동극 입문』, 백록출판사, 1975.

주　평, 어효선, 홍문구, 『학교극사전』, 교학사, 1961.

진성희, 「한국 아동극 연구-1950년 이전에 발표된 Lese-drama를 중심으로」, 단국대학교 석사논문, 1985

홍은표, 「아동극의 어제와 오늘」, 『아동문학평론』, 1976년 여름호.

- 해방 이후 아동문학 서사 장르 용어에 대한 고찰_원종찬
- 해방 이후 아동문학 운문 장르 명칭에 대한 고찰_김제곤

제2부

해방 이후
아동문학의 장르와 용어

해방 이후 아동문학 서사 장르 용어에 대한 고찰

원종찬

1. 머리말

본고는 1945년 8·15 해방 이후 우리 아동문학의 현장에서 서사 장르를 어떻게 구분했고 어떤 용어들을 써왔는지 살펴보고자 한다. 해방 이전의 서사 장르 용어는 조은숙이 고찰한 바 있으니,[1] 이는 그 후속작업에 해당한다. 조은숙의 논문에서 해방 이전의 서사 장르 용어를 고찰한 결과는 다음과 같다.

> 첫째, 1910년대 아동 잡지에서는 아동을 위한 이야기의 가치는 재인식되었으나, 그것이 문학 장르의 인식으로 나타나지는 않았다. 이때 간헐적으로 나타난 '동화'라는 어휘는 아직 아동 서사를 총칭하는 상위어로서 기능하지 못하고 있었다. 또한 당시에는 허구성이나 독창성 등의 표지가 장르를 특화시키는 기제로 작용하지 못하고 있었다고 할 수 있다. 둘째, 『어린이』는 아동문학의 장

원종찬
wjc92@hanmail.net 인하대 한국어문학과 교수. 아동문학평론가. 저서로 『아동문학과 비평정신』 『동화와 어린이』 『한국아동문학의 쟁점』 『한국근대문학의 재조명』 『북한의 아동문학』, 편저서로 『현덕 전집』 『권정생의 삶과 문학』 들이 있다.

르가 제도적으로 정착되었던 때였던 만큼, 아동 서사 장르가 세분화되고 체계화되는 모습을 활발하게 보여주었다. 이에 따라 다양한 장르 용어들이 속출되는 현상이 나타났다. 20년대 초반은 동화를 중심으로 아동문학 서사 장르의 개척이 이루어졌다면, 20년대 중반 이후에는 소설도 아동 서사 장르 운동의 한 축을 담당하기 시작한다. 1930년대 초 1~2년간에는 계급주의 아동문학의 영향으로 소설의 영역에 관심이 편중되기도 하였으나, 곧 동화와 소설이 서로 균형감 있게 배분되는 모습을 보였다. 셋째, 1930년대 후반에 발행되었던 『소년』은 동화와 소설을 중심으로 왕성하게 펼쳐졌던 장르 운동이 둔화되어 안정적으로 자리잡는 양상을 보여준다. 특히 이 시기에는 그 전부터 지속되어 왔던 연령화에 의한 장르 구분이 보다 확실한 구도로 정착되는 모습을 보여준다. 이와 같은 장르 분류의 방식은 해방 이후 아동문학에서도 지속적으로 확인된다.[2]

하지만 오늘날 한국 아동문학에는 '소설'의 자리가 없다. 이와 같은 장르 구분 및 용어의 혼란은 아동문학을 둘러싼 논의에서 상호소통을 가로막는다. 이 문제를 해결하려면 본격적인 장르 논의가 요청되는데, 본고는 우선 장르 용어와 관련해서 실증적인 기초를 마련하는 데 중점을 두었다. 본고의 주안점은 시대별로 주요 문헌자료에 나타난 서사 장르 용어를 살피는 일이다.

사실상 한국 아동문학의 서사 장르에서 발생하는 혼란은 '동화'의 개념 및 범주를 둘러싼 문제라고 할 수 있다. 아동문학 안에서 동화와 소설을 어떻게 구분할 것인가? 소설(소년소설, 아동소설)을 아동문학의 장르로 볼 것인가, 아니면 모두 동화라고 할 것인가? 장르 용어는 결국 장르 이론에 걸려 있는 것이다. 다른 나라의 경우는 아동문학의 범주에 엄

1 조은숙, 「식민지시기 아동문학 서사 장르의 용어와 개념 고찰」, 한국아동청소년문학학회 2009년 겨울 학술대회 자료집 『아동문학의 장르와 용어의 재검토』, 2009.

2 조은숙, 위의 글, 85쪽.

연히 소설(小說, novel)이 포함되어 있다. 이미 필자는 우리 나라도 아동문학의 서사 장르 안에 서로 다른 성격을 지닌 작품군(群)이 나란히 존재해왔고 이에 대해 크게 동화와 소년소설로 구분해 왔는데 어느 시점에선가 모두 동화로 통칭되면서 혼란이 가중되었음을 밝힌 바 있다.[3] 물론 동화와 소년소설의 경계가 분명하다면 문제는 간단했을 것이지만 경계가 모호한 탓에 편의상 어느 하나로 용어가 정리된 측면이 없지 않다. 그러나 서로 다른 성격을 지닌 작품군이 나란히 존재하는데도 경계가 모호한 것은 장르의 본질을 이루는 불가피한 측면인 것이지 편의적인 용어를 정당화할 만한 모순은 아니다. 때문에 필자는 아동문학의 서사 장르를 동화로 통칭하게 된 더욱 결정적인 요인으로 경계의 모호성보다는 한국 아동문학의 현실주의적 성격을 꼽는다. 아동문학은 어린이 독자를 겨냥해서 성립하는바, 한국 아동문학은 10세 이하보다 이상의 독자를 기반으로 하는 창작이 주류를 이루었고, 이는 동화(비현실성·환상성)보다 소년소설(현실성·사실성)이 발달하는 장르 불균형의 원인이 되었다. 하지만 성인문학과 대(對)를 이루는 대표적인 장르 용어를 내세우고자 사실동화(생활동화)를 상정해서 점점 동화의 범주를 확대해갔고, 그러다 보니 어느 순간 아동문학의 서사 장르에서 소설을 추방시키는 결과에 이르게 된 것이다.

장르 용어를 둘러싼 이와 같은 '논의'는 차후의 일이다. 제한된 지면에 '논의'의 기초자료를 효과적으로 제공하기 위해서라도 초점을 분명히 해둘 필요가 있겠다. '연애·순정·희망·애국·감격·시대·명랑' 등의 한정사를 붙여서 편집자가 자의적으로 만든 여러 변종 용어들은 있는 그대로 드러내겠지만 궁극적인 고찰의 대상은 아니다. 본고가 추적하려는 것은 기본 장르로서의 동화와 소설이며, 특히 소설 관련 용어가

3 졸고, 「한국 동화 장르에 대한 연구」, 『민족문학사연구』 제30호, 2006.

어느 시기의 어느 자료에 어떻게 드러나고 또 사라지는가에 대한 관심이다. 이 점이 충족되는 한에서는 더 이상의 상세한 문헌 조사와 작품 분석을 시도하지 않았다. 해방 이후부터 반세기 넘게 발행된 아동문학 관계 자료는 양도 엄청날 뿐만 아니라 접근하고자 해도 구할 수 없는 것들이 대부분이다. 오랜 기간 발행된 연속간행물은 전체를 온전히 구해 보기도 힘들다. 다행히 문학사적으로 중요하다고 여겨지는 자료들은 일부 누락분이 포함된 채로 대부분 검토할 수 있었다. 한편, 본고는 장르 용어가 표시된 목차 확인에만 주력하고 작품 내용은 살피지 않았다. 장르 용어의 정합성 여부는 차후 본격적인 장르 '논의'에서 이뤄져야 할 일이라고 보았기 때문이다.

본고의 검토 대상은 다음 몇 가지로 구분된다. 첫째는 연속간행물이다. 문예지는 작품의 일차적인 발표 무대인 만큼 창작현장에서 작품을 어떻게 구분했고 어떤 장르 용어들을 붙였는지 살필 수 있다. 둘째는 아동문학 선집 또는 전집류이다. 각종 선집·전집은 장르별로 구분해서 작품을 수록하고 있기에 거기에서 어떤 장르 용어들을 붙였는지 살필 수 있다. 셋째는 개인 창작집이다. 출판사에서 발행한 개인 창작집의 표지에서 어떤 장르 용어들을 붙였는지 살필 수 있다. 넷째는 아동문학에 관한 이론과 연구의 성과물이다. 60년대 이후 아동문학 장르를 둘러싼 논의가 간헐적으로 이뤄졌고 개론서와 문학사 저술도 나온 만큼 여기에서 어떤 용어로 어떻게 장르를 구분했는지 살필 수 있다.

2. 아동문학 서사 장르 용어의 통시적 검토

1) 해방 직후: 동화와 소설 장르 용어가 공존한 시기

해방이 되자마자 어린이 독자를 대상으로 하는 연속간행물이 수없이 쏟아져 나왔다. 기본적인 장르 용어는 해방 이전과 큰 차이가 없다.

계급주의를 표방한 『별나라』(1945. 12. 속간 1호)는 동화, 소년소설로 구분해서 작품을 실었다.

윤석중이 주도한 『주간소학생』(1946. 2~1947. 4)에는 이야기, 동화, 장편과학동화, 학교소설, 역사소설 등의 용어가 보인다. 월간으로 전환한 『소학생』(1947. 4~1950. 6)에는 동화, 소설, 장편모험소설, 장편소설, 소년소설, 모험소설 등의 용어가 보인다.

고한승에 의해 속간된 『어린이』(1948. 5~1949. 12)는 동화, 소설로 구분해서 작품을 실었다. 본문에는 소년소설이라고 이름을 붙였다. 소년소녀 장편소설이라는 용어도 보인다.

『새동무』(1946. 12~1949)에는 동화, 소설, 장편소설 등의 용어가 보인다. 1947년 11월호는 '특선 소년소설'이라는 꼭지를 두어 여러 편의 작품을 실었다. 본문에는 유년소설이라고 이름을 붙인 것도 있다.

『진달래』(1947. 1~1949. 12)에는 동화, 장편연재소설, 장편과학소설, 과학탐정소설, 소녀소설, 단편소설, 중편소설, 장편소설 등의 용어가 보인다. 제호를 바꾸어 발행한 『어린이나라』(1949. 1~1950. 5)에는 동화, 소년소설, 연재소설, 모험소설, 역사소설 등의 용어가 보인다.

『아동구락부』(1950. 1~1950. 5)에는 동화, 연재소설, 과학탐정소설, 중편소설, 연재동화, 소녀소설 등의 용어가 보인다.

『소년』(1948. 9~1949. 12)에는 동화, 연재소년소녀소설, 소년소설, 명랑소설, 소설, 시대소설, 아기네소설 등의 용어가 보인다.[4]

이상에서 알 수 있듯이 해방 직후의 연속간행물들은 '동화'와 함께 다양한 한정사를 붙인 '소설' 장르 용어를 쓰고 있었다. 거의 모든 잡지들에서 '동화'라고 지칭한 작품보다는 '소설'이라고 지칭한 작품들이 절대 다수를 차지한다. 그런데 '동화'라고 지칭한 작품 중에도 아이들의 생활을 사실적으로 그린 작품들이 많았다. 그만큼 사실적 경향이 우세했다는 것, 그리고 동화와 소설의 경계가 불분명했다는 것을 말해준다. 아동문학 서사 장르 용어의 정합성은 처음부터 논란의 불씨를 지니고 있었던 것이다.

이 시기에 선집 형태의 작품집도 선을 보였다. 우리 나라 아동문학 선집의 결정판으로 가장 이른 시기에 나온 것은 1938년 조선일보사 발행의 『조선아동문학집』이다. 아동문학 장르 용어가 해방 이전에 난립하고 있었음은 조은숙의 논문에서 확인된 바이지만, 기본 장르는 일찍이 확립되어 있었음을 보여주는 자료가 바로 『조선아동문학집』이다. 여기에서는 '동요, 동화, 동극, 소년소설'로 구분해서 작품을 수록했다. 일제시대에는 '동시'보다 '동요'가 지배적인 명칭이었다는 사실을 알 수 있고, 그밖에 기본 장르 명칭에는 큰 변화가 없었다.

임인수 편, 유년동화·동시집 『어디만큼 왔냐』(동지사아동원, 1948)는 표지가 말해주듯이 동화, 동시로 구분해서 작품을 실었다. 유년의 생활을 그린 작품들을 유년동화라고 지칭했는데, 역시 동화와 소설의 경계가 불분명했다는 사실을 말해준다. 또한 유년 대상의 작품집에서도 사실적 경향이 우세했음을 알 수 있다.

윤석중 편, 소학생 임시증간 『소년소설 특집』(아협, 1949)은 표지가 말해주듯이 소년소설만을 골라서 엮은 작품집이다. "더 길게 설명할 것도 없이 대체 이렇게 훌륭한 소설이 한꺼번에 실린 것을 여러분은 보신 일

4 필자가 지금까지 확인한 바로는 '명랑소설'이라는 용어가 처음 등장한 것은 『소년』 1948년 12월호이다.

이 있습니까? 소설 일곱 편에 동화가 한 편, 얼마나 장합니까?"라는 편집자의 말로 미루어볼 때, 동화로 지칭된 작품이 하나 실렸음을 알 수 있다. 확인해 보니 김요섭의 「진달래와 고향」이었다. 진달래를 화자로 삼은 의인화 수법의 작품이었기에 소년소설로 묻어가지 않고 따로 동화라고 소개한 것이다.

2) 1950년대: 동화와 소설 장르 용어가 공존한 시기

1950년대에도 역시 어린이를 독자 대상으로 하는 연속간행물이 많이 나왔다. 6·25 동란을 겪으면서 아동문단은 남북으로 재편되었다.[5] 남한에서는 문학적 지향을 달리하는 두 계열로 분화되는 경향이 나타났다. 그 한 축은 이원수로서 『소년세계』를 주재했고, 또 다른 한 축은 강소천으로서 『어린이다이제스트』와 『새벗』을 주재했다.[6]

『소년세계』(1952. 7~1956. 9)에는 동화, 소설, 사진소설, 소년소설, 소녀소설, 연재소설, 애국소설, 명작소설, 역사소설, 순정소설, 모험소설, 탐정소설, 과학모험연재소설 등의 용어가 보인다. 그런데 『어린이다이제스트』(1952. 9~1954. 1)는 '동화와 이야기', '세계 명작과 동화' 등으로 작품을 구분했고, 소설 장르 용어가 보이지 않는다. 이런 차이는 이원수가 주도한 『소년세계』가 강소천이 주도한 『어린이다이제스트』보다 리얼리즘 색채를 강하게 지녔기 때문이라고 판단된다. 그렇지만 『새벗』(1952. 1~1971, 78년 복간)에는 동화, 소설, 소년소설 등의 용어가 보인다. 손창섭의 「싸우는 아이」, 김요섭의 「장미극장」, 이원수의 「아이들의 호수」는 '인기 연재소설'이라는 이름을 달고 있다.

5 북한에서는 처음부터 한결같이 동화와 소설을 분명하게 구분해오고 있다. 조선작가동맹의 기관지 『아동문학』(1947~현재) 참조.

6 분단시대의 아동문단 상황에 관해서는 졸고, 「이원수와 70년대 아동문단의 전환」(『문학교육학』 제28호, 2009)을 참조 바람.

이밖에도 필자가 확인할 수 있었던 50년대 어린이 대상의 연속간행물은 모두 동화와 소설 장르 용어를 함께 썼으며, 해방 직후와 마찬가지로 동화라고 지칭된 것보다는 소설이라고 지칭된 작품수가 압도적으로 많았다. 『어린이동산』(1956. 4~1957. 1)에는 동화, 아기소설, 세계명작소설, 연재소설, 어린이소설, 소년소설 등의 용어가 보인다. 『어린이세계』(1956. 7. 창간호)는 동화, 소설로 작품을 구분해서 실었다. 『소년생활』(1958. 11. 창간호)에는 동화, 역사소설, 순정소설, 노래소설, 명랑소설, 스포츠소설, 영화소설, 토막소설 등의 용어가 보인다. 1959년 1월호로 가면, 연재소설, 역사소설, 입지소설, 비극소설, 순정소설, 감격미담, 사진소설 영웅소설, 그림동화, 과학소설 등의 용어를 작품마다 붙여서 소개하고 있는데, 이는 당시 이목을 끌던 청소년잡지 『학원』의 영향이라고 여겨진다.

초등학교 취학률이 낮았던 해방 이전에는 아동 잡지가 청소년 독자까지 포괄했지만, 초등학교 취학률이 높아진 해방 이후로 와서는 초등학생을 대상으로 하는 것과 중등학생을 대상으로 하는 것으로 나뉘었다. 앞서 검토한 것들은 모두 초등학생을 겨냥한 것들이고, 중등학생 곧 청소년을 위한 연속간행물로는 『학원』(1952. 11~1991. 7)을 꼽을 수 있다. 여기에서는 단편소설, 연재소설, 소년소설, 소녀소설, 희망소설, 애국소설, 역사소설, 동화, 탐정소설, 감격소설, 명랑소설, 인정소설, 실화소설, 순정동화, 영웅소설, 추억동화, 사진소설, 시대소설, 동물동화, 고대소설, 박애소설, 전기소설, 서부소설, 동물소설, 영화소설, 농촌소설 등의 용어가 보인다. 동화라고 지칭된 작품은 극소수로 어쩌다가 보일 뿐이었다. 역시 청소년 잡지인 『학생계』(1954. 4. 창간호)에는 동화란 용어가 없고, 장편역사소설, 연재탐정소설, 소년소설, 연재유모어소설, 순정소년소설, 연재순정소설 등의 용어가 보인다.[7]

50년대에도 아동문학선집을 찾아볼 수 있다. 남북 아동문단이 재편되고 나서 아동문인은 한국문학가협회 아동문학 분과에 소속되었는바, 아동문인단체가 처음으로 태동한 것은 1954년에 만들어진 한국아동문학회였다(회장 한정동, 부회장 이원수와 김영일). 여기에서 아동문학선집을 발행했는데, 한국아동문학회 편 『현대한국아동문학선집』(동국문화사, 1955)이 그것이다. '동요, 동화, 소설, 동극'으로 구분해서 작품을 수록했다. '소설'은 '소년소설'을 가리키는 것이라고 보면, 1938년 조선일보사 발행의 『조선아동문학집』과 동일한 장르 구분법이다.

3) 1960년대: 동화와 소설 장르 용어가 공존한 시기

60년대로 와서 주목할 만한 현상은 아동문학 독본, 선집, 전집의 발행이 본격화되고 아동문학의 이론과 비평을 싣는 전문적인 연속간행물이 나타나기 시작했다는 것이다. 1960년 4·19와 함께 분단체제에 대한 저항의 물결이 일어났으나 1961년 5·16 직후 군사정부의 사회단체 통폐합조치에 따라 모든 문인단체는 한국문인협회(1961)로 강제 통합되었다. 문단주도권을 둘러싼 갈등, 진보 대 보수 문학이념의 표출, 아동문학 이론의 정비, 아동문학사 서술과 정전화 작업 등은 이러한 시대상황과 무관하지 않다.

장르 구분 및 용어와 관련해서도 성인 대상의 아동문예지와 이론서의 비중이 높아졌다. 어린이 대상의 연속간행물은 50년대부터 이어져온 『새벗』과 60년대에 새로 발간된 『새소년』, 『어깨동무』 정도를 살펴볼 수 있다. 『새소년』(1964. 5~1966. 10)에는 동화, 연재소설, 역사소설, 순정소녀소설, 역사모험소설, 공상과학소설, 명랑소년소설, 명랑소설 등의 용어가 보이고, 『어깨동무』(1967. 1. 창간호)에는 동화, 역사소설, 모

7 이하 중등학생 대상의 청소년물은 장르 용어의 경쟁이 없었다고 여겨지므로 더 이상 검토하지 않기로 한다.

험소설, 추리소설 등의 용어가 보인다.

을유문화사에서 1961년부터 발행하기 시작하여 1962년 완간한 『한국아동문학독본』(전 10권)은 1권 방정환(동화, 소년소설, 동요, 동극, 수필), 2권 마해송(동화, 노래, 동극, 수필), 3권 윤석중, 4권 이주홍(동시, 동화, 동극, 소년소설, 수필), 5권 이원수(소년소설, 동화, 동시, 동극, 수필), 6권 강소천(소년소설, 동화, 동요, 동시, 노래, 동극, 수필), 7권 임인수(동화, 소설, 동시, 수필, 평론), 8권 박화목(소년소설, 동화, 동시, 동극, 평론, 수필), 9권 전래동화, 10권 전래동요 등으로 편집되었다. 아동 서사 장르는 동화와 소년소설을 기본 장르로 인식했음을 알 수 있다.

민중서관에서 1961년부터 발행하기 시작하여 1962년 완간한 『한국아동문학전집』(전 12권)은 작가별로 작품을 수록했는데 목차에서 동화 작품에 대해서는 따로 밝히지 않고, 소년소설 작품(주로 중·장편)에 대해서만 제목 옆에 '소설'이라고 밝혀 놓았다.

그런데 1968년 정음사에서 발행한 한국문인협회 편, 『신문학60년 대표작전집』의 제6권 '희곡·아동문학' 편에는 동시와 동화로만 구분해서 작품을 실었다. 성인문학과 더불어 아동문학을 바라볼 때에는 '시'와 '소설'에 대응하여 각각 '동시'와 '동화'가 대표적인 장르 용어로 선택되었음을 알 수 있다.

이후 오늘날까지의 아동문학 대표작선집(계몽사, 웅진, 프뢰벨, 삼성출판사 등)은 목차에 작가 이름과 작품 제목만을 소개하는 식이다. 더러는 선집 표지에 '동시' 또는 '동화' 편이라고 대표작 수록 작품집의 성격을 규정한 것들이 보인다.

1963년 배영사에서 발행한 『강소천 아동문학전집』(전 6권)도 장르 구분 없이 작품 제목만 밝혀 놓았다. 그런데 같은 출판사에서 발행한 『아동문학』에 나오는 전집 광고에서는 "강소천 씨의 아동문학생활 30년의 총결산이다. 동화, 소년소설, 동요, 동시 등을 정선한 한국 초유의 개인 아동문학전집이다."[8]라고 했다.

1961년 대한교육연합회에서 '교육기술총서 제4집'으로 『아동문학의 지도와 감상』을 펴냈다. 초등교사를 위한 지도이론서가 발행되기 시작한 것이다. 목차를 보면 '한국아동문학소사(윤석중)', '아동문학과 교육'(최태호), '동요·동시의 지도와 감상'(박목월), '동화의 지도와 감상'(강소천), '아동극의 지도와 감상'(홍문구), '한국아동문학서지'(윤석중) 등 서정 장르는 '동요·동시'로 지칭했음에 비해 서사 장르는 '동화'로 지칭하고 있음을 볼 수 있다. 그렇지만 강소천의 「동화의 지도와 감상」에는 '동화'를 다음과 같이 설명해 놓았다.

> 동화를 협의로 잡으면 소년소설, 동극 들과 같이 산문에 속하는 아동문학의 한 종류이다.
>
> 그러나 광의로 잡으면 동화는 신화, 옛날이야기, 우화, 전설, 영웅담, 역사담, 자연담, 그리고 창작동화 등을 들 수 있다.
>
> 한 마디로 해서 구전(口傳)에서 오늘의 문학 동화와 소년소설까지를 총칭할 수도 있다.[9]

윤석중의 「한국아동문학서지」에는 동요집, 동요선집, 동화집, 소년소녀소설, 장편동화, 그림얘기, 동요시집, 장편소설, 소년소설, 소설, 아동극집, 학생극집, 동극집 등의 용어가 보인다. 이는 작품집의 표지에 나온 장르 용어일 것이다.

1962년부터 1969년까지 총 19집이 나온 부정기 연속간행물 『아동문학』은 강소천, 김동리, 박목월, 조지훈, 최태호가 편집위원으로 참여했는데, 아동문학 담론을 활성화시킨 전문지로서 역할이 컸다. 목차는 동

8 『아동문학』 4집, 배영사, 1963, 76쪽.
9 강소천, 「동화의 지도와 감상」, 대한교육연회 편, 『아동문학의 지도와 감상』, 1961, 55쪽.

시, 동화, 평론 등으로 구분했지만(8집과 11집에서는 동시와 동화·소년소설로 구분), 작품모집 공고에는 '동화·소설, 동시·동요, 동극, 평론'으로 구분했다.

『아동문학』은 1집 '아동문학이란 무엇인가?', 2집 '동화와 소설', 3집 '동요와 동시의 구분' 등 매호 '심포지움' 특집을 꾸며 아동문학의 장르론을 펼쳤다. 2집의 심포지움에는 강소천의 「동화와 소설」이란 발제문과 조지훈, 김동리, 박목월, 최태호의 토론문이 실려 있다. 강소천은 "여기에서 소설이라 함은 소년소설(아동을 위한 소설)을 말한다."고 하면서, 문학의 형식으로 따지면 동화나 소년소설은 성인문학의 소설 곧 산문에 속하는데 동화는 소년소설에 비해 산문보다 시에 가깝다고 주장했다. 동화와 소년소설을 그 나름으로 구별했으며 아동서사 장르에 두 가지가 공존하고 있다는 사실이 전제된 글이다. 이에 대해 조지훈, 김동리, 박목월은 저마다의 논리로 동화와 소년소설의 특징과 차이점을 설명했고, 최태호만이 동화와 소설을 구별하는 데에 회의를 드러냈다.[10]

5집의 심포지움 '아동문학의 문제점'에서는 백철의 발제문이 주목된다. 백철은 아동문학의 장르를 시와 소설에 대질(對質)한 독립적인 문학양식으로 인정할 수 없다면서 현대의 아동문학은 동요, 동화가 아니라 시, 소설이 되어야 할 것이라고 주장했다. 이에 대해 이희복과 김동리의 토론문이 실렸지만 뚜렷한 찬반토론은 이뤄지지 않았다. 9집의 '동화시 좌담'에서는 김요섭의 발언이 주목된다. 그는 동화가 생활동화 때문에 동화의 본질을 잃는다면서 동화시운동이 벌어질 필요가 있다고 주장했다. 12집에 실린 이원수의 「아동문학 프롬나아드」는 『숲 속 나라』를 둘러싸고 임인수와의 논쟁을 벌인 것으로, 동화와 소년소설을 확실하게 구별해야 한다는 주장을 담았다. 11집에 실린 임인수의 「6·25 전후의

10 논자들의 장르이론을 따지고 평가하는 일은 본고의 범위를 벗어나므로 생략하기로 한다.

아동상」은 『숲 속 나라』의 주인공 노마가 숲속나라에 가게 되는 장면에서 필연성이 결핍되었다고 논했는데, 이원수는 이런 지적을 두고 "임씨가 동화와 소년소설을 혼동"한 데에서 비롯되었다고 본 것이다.

1965년 이원수는 경희대 여자 초급대학에서 아동문학을 강의하면서 『아동문학 입문』을 썼다. 이는 국내 최초로 정립된 아동문학개론이라 할 수 있는데, '동시(자유시와 정형시), 동화, 소년소설, 동극'으로 장르를 구분해서 설명했다.

단행본 출판물로서는 최초라 할 수 있는 이재철의 『아동문학개론』(문우당, 1967)은 '동요, 동시, 동화, 아동소설, 아동극'으로 장르를 구분했다.

4) 1970~80년대: 동화가 소설 장르 용어를 대신해가는 시기

70년대부터는 학습과 오락만화의 비중이 커진 아동 잡지보다는 작가, 연구자, 출판편집인 등을 상대로 하는 전문 문예지들이 작품의 주된 발표 무대가 되었다. 성인 대상의 전문 문예지들은, 독자의 눈길을 끌기 위해 작품마다 붙이곤 했던 '○○소설'류의 잡다한 장르 용어를 쓰지 않았다. 그 때문인지 동시, 동화, 평론 등으로 간단하게 꼭지를 나누었고, 이는 동화가 아동문학의 서사 장르를 대표하는 통칭으로서 자리잡는 계기로 작용했다. 장르 이론과 장르 용어의 사용 사이에 괴리가 드러나기 시작한 것이다. 또한 70년대에는 독자적인 집행체계를 지닌 아동문학 단체들이 결성되어 서로 경쟁했다. 이와 직간접으로 연관된 문예지들이 속속 발행되었으며 평론이 활성화되었다. 아동문학 평론집과 문학사 저술이 등장한 것도 이 시기였다.

김요섭은 1970년부터 1974년까지 『아동문학사상』 총 10집을 발행했다. 단행본 체제 아동문학연구지로서 창작의 비중은 미미했는데 시, 동화로 구분해서 실었다.

한국아동문학가협회의 기관지로서 1972년부터 1975년까지 총 5집이 발행된 『한국아동문학』은 동시, 동화로 구분해서 작품을 실었다.[11]

한국아동문학회의 준기관지격인 『현대아동문학』(1973. 9. 창간호)은 동요, 동시, 동화, 소년소설로 구분해서 작품을 실었다. 1973년 12월 『아동문학』이라는 제호로 다시 창간되었는데 여기에서는 동화, 연재동화 등의 용어만 보인다.

1976년 5월 이재철에 의해 창간되어 지금까지 발행되고 있는 계간 『아동문학평론』은 시, 동화 또는 동시, 동화로 구분해서 작품을 실었다. 하지만 본문에서는 '계간 동시 총평', '계간 동화·소년소설 총평' 등의 꼭지명을 썼다. 책 끝에 한 계절 동안 발표된 작품목록을 실으면서도 서사 장르는 '동화·소년소설'이라고 했다. 창간호는 장르별 아동문학의 현주소를 검토했는데, 박홍근이 「소년소설의 어제와 오늘」을 썼다. 9호는 '동화와 아동소설' 특집으로 작품을 실었다. 신인추천작품을 동시, 동화, 소년소설, 동극, 아동문학평론으로 구분해서 모집하는 광고도 보인다.

1976년 5월 광주에서 창간된 『아동문예』는 동시, 동화로 구분해서 작품을 수록했다. 더러 소설(7호, 8호)이라는 용어도 보인다.

70년대부터는 연구서와 평론집의 출간으로 아동문학의 이론이 결실을 맺기 시작했다. 이재철은 방대한 자료를 정리해서 『한국현대아동문학사』(일지사, 1978)를 펴냈다. '동요, 동시, 동화, 아동소설(소년소설)'로 장르를 구분했는데, 도표 상으로는 동화와 아동소설 사이에 생활동화를 괄호로 넣었다. 이밖에도 장르론을 포함하고 있는 아동문학 관련 서적은 대부분 동화와 아동소설을 구분하고 있다. 석용원(『아동문학 개설』, 예문관, 1974; 증보판 『아동문학원론』, 학연사, 1992), 이상현(『한국아동문학론』,

11 4집은 『아동문학의 전통성과 서민성』, 5집은 『동시, 그 시론과 문제성』이란 제목을 가진 단행본 체제였다.

동화출판공사, 1976; 『아동문학강의』, 일지사, 1985), 유창근(『현대 아동문학의 이해』, 동문사, 1997)이 그러하고, 김현희·홍순정 공저 『아동문학』(한국방송대학교출판부, 1993), 채종옥·이경화·김소양 공저 『아동문학』(공동체, 2006) 등이 그러하다.

이원수, 이재철과 함께 한국 아동문학의 이론 확립에 크게 기여한 이오덕은 장르 이론에서 특히 문제적이다. 그는 70~80년대에 가장 치열하게 비평 활동을 전개했는데, 첫 평론집 『시정신과 유희정신』(창작과비평사, 1977)은 주로 동시를 다룬 것이다. 서사 장르에 관한 것은 이윤복의 일기 『저 하늘에도 슬픔이』를 다룬 「동심의 승리」를 뺀다면 「아이들은 어떤 동화를 재미있게 읽는가」 하나뿐이다. '한국 창작동화가 아동에게 수용되는 경향에 관한 조사연구'라는 부제가 달린 이 글은 한국자유교육협회에서 벌이는 독서운동의 하나로 "75년도 초등학교 아동들이 읽게 되어 있었던 책" 중에서 『한국 동화 선집』에 대한 아이들의 반응을 조사 분석한 것이다. 『한국 동화 선집』은 직접 확인할 수 없었는데, 이오덕에 따르면 "한국의 창작동화 84편을 학년별로 나눠 엮은" 대표작 선집이다. 편자는 이원수, 박홍근, 이석현이고, 3, 4, 5, 6학년용 총 4권으로 발행되었다. 분석 대상이 된 수록작품 가운데 방정환의 「삼태성」, 최병화의 「즐거운 메아리」, 노양근의 「열 세 동무」 등 과거에 소설로 분류되었던 작품들이 일괄적으로 '동화 선집'이란 표제 아래 묶여 있다. 이오덕 또한 이들 작품을 모두 '동화'라고 지칭했다.

이오덕은 주로 서사 장르를 다룬 두 번째 평론집 『어린이를 지키는 문학』(백산서당, 1984)에서도 「동화를 어떻게 쓸 것인가?」, 「창작동화의 문제점」, 「표절동화론」 등 통칭으로서의 '동화'라는 용어를 즐겨 썼다. 이원수 문학전집 제2권 '숲속나라 오월의 노래'의 해설로 쓴 「동심의 나라와 자전적 소설」에서 겨우 '소설'이란 용어가 보이는데, 이는 이원수 문학전집이 동화와 소년소설로 구분되어 엮인 데 따른 결과일 것이다. 아동문학에서 소설 관련 용어를 쓰지 않게 된 배경의 하나로 70~80년대에 가장 왕성한 활동을 보인 이오덕의 용법을 꼽을 수 있다. 그는 동화를 공상동화와 생활동화로 나누고 유아기, 유년기, 소년기로 갈수록 공상동화에서 생활동화의 비중이 커진다는 도표를 그려 보임으로써 소년소설의 자리를 지웠다. "이 생활동화는 소년소설과의 경계가 모호하다. 소년기에 읽게 되는 많은 동화가 생활동화이며, 따라서 소년 소녀들은 자연스럽게 소설의 독자로 성장하게 되는 것이다."[12] 하는 구절로 보아, 이오덕 역시 소년소설을 아동 서사 장르로 상정하고는 있지만, 그의 이론 어디에서도 소년소설에 관한 설명을 찾아볼 수 없다.[13]

이오덕이 주도해서 발행한 부정기간행물 『살아 있는 아동문학』(1983)과 『겨레와 어린이』(1986)도 동시, 동화로 구분해서 작품을 실었다.

그렇지만 동화와 소년소설을 구분하는 장르 관습이 적어도 80년대까지는 이어지고 있었다. 개인 창작집의 장르 표시에 관해서는 아동문학 관계 자료를 가장 많이 소장하고 있는 이재철의 「한국아동문학 서지」(『세계아동문학사전』, 계몽사, 1989)를 참조하는 것으로 어느 정도 해결할 수 있다. 이재철의 서지 연구는 1921년부터 1988년까지 국내에서 발행된 아동문학 창작집을 연도별로 정리해 놓았는데, '동화집'과 '소년소설집'이라는 장르 표시가 줄곧 빠짐없이 확인된다.

1981년에 나온 이원수전집과 2000년대에도 간행된 바 있는 방정환 전집도 동화와 소년소설을 구분해서 작품을 수록했다.

1977년 첫 권을 펴내서 지금까지 이어지고 있는 창비아동문고는 동화집, 장편동화, 소년소설, 역사소설 등의 장르 용어를 붙여왔다.

12 이오덕, 「동화를 어떻게 쓸 것인가?」, 『어린이를 지키는 문학』, 백산서당, 1984, 64쪽.

13 흔히 입에 올리고 있는 '동화작가', '오늘의 동화' 같은 말에서 보듯이, 대체로 70년대 이후부터는 '동화'가 아동문학의 서사 장르를 대표해 왔다고 볼 수 있다. 문제는 동화가 유일한 기본 장르인 양 행세한 점이겠는데, 이 원인에 대해서는 별도의 문학사회학적 고찰이 필요할 것이다.

5) 1990년대~현재: 동화만 남고 소설 장르 용어가 거의 사라진 시기

90년대로 와서 동화와 소년소설을 구분한 연속간행물은 거의 찾아볼 수 없다. 이오덕이 주도한 한국어린이문학협의회에서 엮은 『한국의 동화문학』(친구, 1990), 『우리 어린이문학』(지식산업사, 1993), 『민들레를 사랑하는 아이들』(지식산업사, 1996) 등은 동시, 동화로 구분해서 작품을 실었다.

이오덕 이후 세대에서 발행한 연속간행물도 마찬가지다. 『아침햇살』(1995년 봄호 창간), 『시와동화』(1997년 가을호 창간), 『어린이문학』(1998년 11월호 창간), 『창비어린이』(2003년 여름호 창간), 『어린이와문학』(2005년 8월호 창간), 『어린이책이야기』(2008년 봄호 창간) 등이 모두 동시, 동화로 구분해서 작품을 싣고 있다. 최근에는 청소년소설이 새로 추가되는 경향이다.

선집류는 '남북어린이가 함께 보는 창작동화'(전 5권, 사계절, 1991), '광복 60년 동안 가장 빛나는 남북한 창작동화'(전 3권, 효리원, 2005)에서 보듯 아예 '동화'를 표제로 내걸은 것들이 많다. 예외라면 '겨레아동문학선집'(전 10권, 보리, 1999)이 '동화·소년소설 편'과 '동요·동시 편'으로 구분해서 겨우 용어만 과거의 관례를 따랐을 뿐이다. 창비아동문고도 김중미의 『괭이부리말 아이들』(2000)이나 김남중의 『기찻길 옆동네』(2004)처럼 현실적인 경험을 그린 장편의 경우는 소년소설이라는 용어를 붙여왔다.

오늘날에는 일반 독자뿐 아니라 연구자와 평론가들조차도 '소년소설 『몽실 언니』'(1983)로 발행된 것을 '동화 『몽실 언니』'라고 말하는 데 익숙해져 있다. 이처럼 장르 용어의 혼선이 문제가 되자 『아침햇살』 2001년 봄호에서는 '동화와 소년소설' 담론 특집을 내건 적이 있다. 조대현,

원종찬, 선안나 등 여기에 참여한 논자는 모두 동화와 소년소설을 구분해야 한다는 견해였지만 상황은 달라지지 않았다. 이후 세미나와 학술대회 형식으로도 아동문학 장르 논의가 이루어졌는데, 이재복은 동화 용어를 해체하고 대신에 판타지, 아동소설, 창작옛이야기를, 김상욱은 통칭으로서의 동화를 전제로 현실주의 동화, 판타지 동화를 제안한 바 있다.[14]

3. 맺음말—과거 장르구분에 대한 보완

한국 아동문학 서사 장르는 1920년대부터 1960년대까지는 동화와 소설이 나란히 공존했으나, 1970년대부터 동화가 서사 장르를 대표하는 통칭으로 쓰이기 시작해서, 1990년대에 이르면 소설 장르 용어는 거의 사라진다. 이것은 아동문학 서사 장르의 변화일까, 아니면 서사 장르 용어의 변화일까? 동화와 소설로 각각 지칭된 것들에 어떤 장르상의 변화가 발생했다고 판단할 근거는 없다. 동화가 현실에서 경험할 수 없는 인물·사건·배경을 지닌 비현실(초자연)적인 스토리를 특징으로 하는 것이라면, 리얼리즘 동화운동의 영향으로 현실에서 경험할 수 있는 인물·사건·배경을 지닌 스토리 창작이 독려된 것은 엄밀히 말해 동화의 확대가 아니라 아동문학 안에서 소설의 확대로 봐야 할 성질이다. 그러나 리얼리즘 동화운동의 제창자들은 독자 연령의 높고 낮음에 관계없이 현실적인 스토리를 강조했고, 상대적으로 낮은 연령에는 사실동화 또는 생활동화라고 지칭함으로써 실질적으로는 동화의 영역을 축소시켰다.

---

14 이재복, 「창작의 물꼬를 터주는 장르 용어를 찾아서」, 보림출판사 창사 30주년 기념 세미나 자료집 『어린이문학 용어 짚어보기』, 2006; 김상욱, 「아동문학의 장르와 용어」, 한국아동청소년문학학회 2009년 겨울 학술대회 자료집 『아동문학의 장르와 용어의 재검토』, 2009.

현실적인 생활이야기를 사실동화·생활동화라고 지칭하면서 동화로 분류한 것은 공상적이고 환상적인 스토리가 태부족한 우리 아동문학의 불가피한 선택이었는지도 모른다. 의인동화와 전래동화를 제외한다면 한국 아동문학의 서사 장르는 거의 사실동화 곧 소년소설에 해당하는 것들이었기 때문이다. 독자 연령이라는 막연한 근거 말고는 사실동화·생활동화와 소년소설의 차이를 명쾌하게 보여준 장르 이론을 아직까지 찾아볼 수 없다.[15]

현실논리를 초월하는 풍부한 공상의 세계가 동화의 근간이라면, 이런 종류의 창작이 일정한 흐름을 이룬 것은 60년대에 한 차례, 그리고 90년대 이후의 현상이다. 60년대에 김요섭이 제창한 '환상동화'는 뚜렷한 작품의 성과를 남기지 못하고 '생활동화'에 밀려났다. 동화 장르의 탐구에는 열의를 보였지만 아동현실에 대한 탐구가 결여되었기 때문에 당대 창작 현실에 뿌리내리지 못하고 독자의 호응도 얻을 수 없었던 것이다. 이에 비할 때 90년대 중반부터 채인선, 위기철, 김옥, 임정자, 김리리, 김기정 등에 의해 선보인 것으로 아이들의 생활세계를 공상적 요소와 접맥시키려는 일련의 창작 경향은 한층 뚜렷한 역사적 기반을 갖는 것이었다. 시민사회가 발달하면서 동화의 주된 연령층인 10세 이하의 어린이독자가 급속히 떠올랐는데, 그들의 생활세계가 이전에 비해 훨씬 협소화·평준화해가고 있기 때문이다.

새로운 장르 논의의 필요성은 유아(그림책)부터 청소년(소설)에 이르기까지 아동문학의 독자가 전면적으로 확대된 사정과 무관하지 않다. 이런 상황에서 소년소설을 동화로 해소하는 것(동화의 외연 확장)이 바람

15 동화가 스토리 중심이고 소설이 좀더 복잡한 플롯 중심의 서사 형태라고 규정하는 것도 한 방법일 수 있지만, 현실적으로 경험 가능한 '스토리 중심의 동화'(생활동화·사실동화)와 '플롯 중심의 소년소설'을 경계지우는 일은 상당히 어렵다. 동화를 초월적 경험을 담은 이야기로 제한할 경우, 유년을 대상으로 한 이태준과 현덕의 짤막한 작품은 현실적으로 경험 가능한 이야기라서 동화로 치면 예외적이라 할 수 있는데, 이들 작품은 '시적'인 특성이 고도로 발휘된 것들이라서 다른 생활동화·사실동화로 지칭된 작품들과는 구분이 가능하리라고 본다.

직한가, 아니면 사실동화를 소년소설로 해소하는 것(동화와 소년소설의 구분)이 바람직한가? 장르는 본디 유동적이니 동화의 경계를 넓게 잡는 것이 편리할 수도 있지만, 그리하면 장르의 본질과 특질이 희석되는 문제점이 생겨난다. 환상·과장·의인화를 특질로 하는 동화는 보통 10세 이하, 현실생활의 묘사를 중심으로 하는 소년소설은 10세 이상의 어린 이독자를 기반으로 한다. 방정환, 마해송, 이주홍, 현덕, 이원수, 권정생 등 과거의 주요 작가들은 대부분 동화와 소년소설이라는 두 개의 장르에 걸쳐 작품 활동을 벌였다. 예컨대 「강아지똥」과 『몽실 언니』는 각각 낮은 연령과 높은 연령에 대응하는 동화와 소년소설이었다. 그런데 오늘날의 작가들은 기본적인 장르 인식이 불철저한 편이다. 탈근대 담론과 관련한 장르 해체 양상이 영향을 미치고 있지만, 최소한 동화의 개연성과 소설의 개연성은 구별될 필요가 있다. 동화의 개연성은 객관현실을 자기중심적으로 바라보며 물활론적 사고가 자연스러운 10세 이하 어린이의 인식론적 특성과 맞물린 것이다. 물론 소설의 개연성은 동화와는 다른 기준을 갖는다.

'저학년동화'라는 불필요한 용어가 생겨난 것도 실은 아동문학에서 소설을 배제한 데 따른 결과라고 보인다. 10세 이하에 기반을 둔 동화의 전통이 취약한 우리 실정에서 동화라는 용어가 소설까지 대신하려 들면 정작 소설에 압도되어 동화가 희생된다. 과거에는 '동화·소년소설'로 작품을 모집했는데, 어느새 '동화'로만 작품을 모집하다 보니 소년소설이 거의 동화를 대신하는 형국이고, 그래서 이제는 동화를 '저학년·고학년' 부문으로 모집하는 지경에 이르게 된 것만 보아도 그렇다. '저학년동화'라는 용어에 담긴 핵심은 소설과는 개연성을 달리하는 자유분방한 상상력이 아니겠는가? 즉 '저학년동화·고학년동화'보다는 '동화·소년소설'이 한층 원칙적이고 자연스러운 장르 구분법인 것이며, 우리에겐 아직도 개척의 여지가 많은 동화 자체를 위해서라도 그것과 나란히 소설 장르 용어가 아동문학에서 요구되는 것이다.

요컨대 아동문학에서 소설이 사라진 것이 서사 장르의 변화가 아니라 장르 용어의 변화라고 할 것 같으면, 향후 논의의 초점은 '아동문학에서 소설을 배제할 경우 얻는 것과 잃는 것은 무엇인가?'로 모아져야 할 것이라고 생각한다. 통칭으로서의 동화만으로 장르론을 펼칠 때 불가피하게 되살아날 수밖에 없는 사실동화·생활동화·리얼리즘동화·현실주의 동화 등의 용어는 동화의 본질과 특질에 대한 이해를 가로막을 뿐만 아니라 소설로서 지녀야 할 현실성을 동화의 이름으로 곡해하는 통로가 된다. 예전에 필자는 아동문학의 서사 장르를 논하면서 '공상동화·생활동화·판타지·소년소설'의 관계를 도표로 제시한 적이 있다.[16] 이는 이원수, 이오덕의 장르론과 용어를 계속 받아 안으려는 의도였지만 결과적으로는 절충적인 것에 지나지 않았다. 아동문학의 서사 장르에 소년소설을 포함시켰음에도 동화에 대해 다소 불철저했던 것이다. 용어에 내포된 의미상으로 공상동화·환상동화·저학년동화는 일종의 이중형용이고 생활동화·사실동화·고학년동화는 모순형용이라고 판단되기에, 이제는 '동화'와 '소년소설(아동소설)'을 기본 장르로 하고 '판타지'는 그 어느 쪽과도 결합할 수 있는 하나의 양식이자 또 다른 층위의 용어로서 이해하고자 한다.

16 졸고, 「동화와 판타지」, 『어린이문학』, 2001년 7월호.

참고문헌

1. 기본자료

① 연속간행물

『별나라』, 『새동무』, 『새벗』, 『새소년』, 『소년』, 『소년생활』, 『소년세계』, 『소학생』, 『시와동화』, 『아동구락부』, 『아동문예』, 『아동문학』, 『아동문학사상』, 『아동문학평론』, 『아침햇살』, 『어깨동무』, 『어린이』, 『어린이나라』, 『어린이다이제스트』, 『어린이동산』, 『어린이문학』, 『어린이세계』, 『어린이와 문학』, 『어린이책이야기』, 『주간소학생』, 『진달래』, 『창비어린이』, 『학생계』, 『학원』, 『한국아동문학』, 『현대아동문학』 등.

② 선집 · 전집

『강소천아동문학전집』, 배영사, 1963.

『겨레아동문학선집』, 보리, 1999.

『광복 60년 동안 가장 빛나는 남북한 창작동화』, 효리원, 2005.

『남북어린이가 함께 보는 창작동화』, 사계절, 1991.

『방정환문집』, 방정환재단, 2001.

『이원수아동문학전집』, 웅진, 1981.

『한국아동문학독본』(전 10권), 을유문화사, 1962.

『한국아동문학전집』(전 12권), 민중서관, 1962.

윤석중 편, 소학생 임시증간 『소년소설 특집』, 아협, 1949.

임인수 편, 유년동화 · 동시집 『어디만큼 왔냐』, 동지사아동원, 1948.

조선일보 출판부 편, 『조선아동문학집』, 조선일보사, 1938.

한국문인협회 편, 신문학60년 대표작전집 제6권 『희곡 아동문학』, 정음사, 1968.

한국아동문학회 편, 『현대한국아동문학선집』, 동국문화사, 1955.

2. 논저

김상욱, 「아동문학의 장르와 용어」, 한국아동청소년문학학회 2009년 겨울 학술대회 자료집 『아동문학의 장르와 용어의 재검토』, 2009.
김현희 · 홍순정 공저, 『아동문학』, 한국방송대학교출판부, 1993.
대한교육연합회 편, 『아동문학의 지도와 감상』, 동아출판사, 1961.
석용원, 『아동문학 개설』, 예문관, 1974(증보판, 『아동문학원론』, 학연사, 1992).
원종찬, 「동화와 판타지」, 『어린이문학』, 2001년 7월호.
______, 「이원수와 70년대 아동문단의 전환」, 『문학교육학』 제28호, 2009.
______, 「한국 동화 장르에 대한 연구」, 『민족문학사연구』 제30호, 2006.
유창근, 『현대 아동문학의 이해』, 동문사, 1997.
이상현, 『아동문학강의』, 일지사, 1985.
______, 『한국아동문학론』, 동화출판공사, 1976.
이오덕, 『시정신과 유희정신』, 창작과비평사, 1977.
______, 『어린이를 지키는 문학』, 백산서당, 1984.
이재복, 「창작의 물꼬를 터주는 장르 용어를 찾아서」, 보림출판사 창사 30주년 기념 세미나 자료집 『어린이문학 용어 짚어보기』, 2006.
이재철, 『세계아동문학사전』, 계몽사, 1989.
______, 『아동문학개론』, 문우당, 1967(개고판, 서문당, 1983).
______, 『한국현대아동문학사』, 일지사, 1978.
조은숙, 「식민지시기 아동문학 서사 장르의 용어와 개념 고찰」, 한국아동청소년문학학회 2009년 겨울 학술대회 자료집 『아동문학의 장르와 용어의 재검토』, 2009.
채종옥 · 이경화 · 김소양 공저, 『아동문학』, 공동체, 2006.

해방 이후 아동문학 운문 장르 명칭에 대한 고찰

김제곤

1. 들어가며

현재 아동문학 운문 장르를 지칭하는 명칭은 '동시'라는 용어로 통용되고 있다. 그러나 우리가 흔히 동시라 통칭하는 아동문학 운문 장르의 명칭과 관련한 문제는 생각보다 복잡한 양상을 띤다. 해방 이후만 보더라도 운문 장르를 둘러싸고 전개된 논의들과 그 논의 과정에서 제기된 장르 명칭들은 제법 복잡다기한 측면이 있다. 실제 작품집과 발표 지면의 목차에 나타나는 운문 장르 작품의 명칭 또한 지금의 '동시집' '동시'라는 용어로 수렴되기까지 여러 단계를 거쳐 온 것이 확인된다.

아동문학에 대한 연구 성과가 충분히 축적되지 못한 탓에 이러한 과정에 대한 천착이 아직 심도 있게 이루어지지 못하고 있는 실정이다.[1] 이 자리에서는 해방 이후 전개된 운문 장르의 개념들을 둘러싼 여러 논의들과 아동문학 운문 장르 용어 사용에 대한 실증적 검토를 시도하여

김제곤
jegoniid@hanmail.net 인천삼산초교 교사, 아동문학평론가. 인하대 국문과에서 박사학위를 받았다. 평론집 『아동문학의 현실과 꿈』을 냈다.

그러한 문제를 보완해 보고자 한다.

먼저 해방 이후 발간된 운문창작집들이 표방한 장르 명칭을 조사하여, 창작자나 편집자 그리고 독자들에게 주로 통용되던 운문 장르 명칭이 무엇인가를 살피고자 한다. 이어 해방 후 간행된 아동문학 잡지 목차에 드러난 장르 명칭들을 검토해 실제 작품 발표에서 운문 장르의 작품을 지칭하는 명칭으로 어떤 용어가 쓰였는지를 확인하고자 한다. 이어 살필 것은 아동문학 이론서들에 드러난 운문 장르에 대한 논의 및 운문 장르에 대한 논쟁의 과정에 대한 탐색이다. 이를 검토함으로써 해방 후 전개된 이른바 아동문학 운문 장르의 명칭에 대한 윤곽이 드러나지 않을까 생각한다.

2. 운문창작집과 아동문학 잡지에 쓰인 명칭

1) 운문창작집에 쓰인 명칭

이재철이 엮은 『세계아동문학사전』(계몽사, 1989) 부록 '한국아동문학서지'에는 1921년부터 1988년까지 발간된 아동문학 관련 창작집들의 목록이 수록되어 있다. 이 목록은 특히 1946년 이후 각 해에 발간된 아동문학 관련 창작집을 동화·소년소설, 동요·동시, 기타의 세 분야로 나누어 그 목록을 싣고 있다. 이 목록에서 주목을 요하는 것은 운문창작집들이 표방한 장르 명칭이다. 해방기에서 5~60년대를 거쳐 80년대 말에 이르는 동안 발간된 운문창작집들의 장르 명칭은 뚜렷한 변화를

1 다만 박영기에 의해서 일제 강점기에 전개된 동시 및 동요 장르 명칭에 대한 고찰이 행해진 바 있다. 박영기, 「일제강점기 동시 및 동요 장르명의 통시적 고찰」, 『아동청소년문학연구』, 한국아동청소년문학학회, 2009. 6, 103~138쪽.

겪어 온 것을 알 수 있다. 이것을 정리하면 다음과 같다.

출간 연도	운문창작집에 쓰인 명칭													합계
	동요집	동시집	동요동시집	동요시집	서사동시집	장동시집	동시조집	유년동시집	소년시집	시집	어린이를 위한 시집	아동시집	노래모음집	
1946	2	2	1											5
1947			1	1					1					3
1948	2							1		2				5
1949	3	1												4
1950	2	1												3
1951	2												1	3
1952	3	2												5
1953		1												1
1954	3		1											4
1955	1	1												2
1956	1	4												5
1957	2			1										3
1958	1	1	1											3
1959		2												2
1960	1	1									1			3
1961		3	1	1										5
1962		2	1											3
1963	1	6												7
1964		8	1											9
1965		4	2	1										7
1966	1	8		1										10
1967		7	1											8
1968		6												6
1969		5												5
1970		3	1											4
1971		2												2
1972		6	1											7
1973		10												10
1974		15												15
1975		13												13
1976		10		1										11
1977		13												13
1978		16										1		17

1979		22	6								1			29
1980		27	2											29
1981	1	23												24
1982	1	30												31
1983	3	28												31
1984	1	29												30
1985	2	26	1		1									30
1986		29					1							30
1987		55				1								56
1988	1	36	1											38
합계	34	458	22	6	1	1	1	1	1	2	2	1	1	531

위에서 드러난 바와 같이 1946년부터 1988년에 이르는 시기 출간된 운문창작집의 명칭은 생각보다 다양하다는 것을 알 수 있다. 그러나 사용된 명칭을 출간된 양을 기준으로 나열하면 '동시집'이라는 명칭이 압도적인 다수를 차지하는 것을 알 수 있다.

동시집(458권), 동요집(34권), 동요동시집(22권), 동요시집(6권), 시집(2권), 어린이를 위한 시집(2권), 서사동시집(1권), 장동시집(1권), 동시조집(1권), 유년동시집(1권), 소년시집(1권), 아동시집(1권), 노래모음집(1권)

여러 명칭들 가운데 단연 두각을 보이는 것은 '동시집'이라는 용어다. 1950년대까지만 해도 대체로 동요집이 동시집보다 상회했다고 할 수 있지만, 1961년부터는 동시집이 우위를 점하면서 그 위치가 단 한 차례도 역전되지 않는다. 전체적인 발행 편수가 증가하는 속에서 동시집은 동요집과 편차를 계속 벌려가다가, 1973년부터는 그 편차가 10종을 넘어서고 압도적인 우위가 계속 유지된 것을 알 수 있다. 이런 흐름에서 추정하건대 '동시'가 1960년대에 아동문학 운문 장르를 대표하는 용어로서 정착이 되어 갔던 것을 알 수 있다. 60년대 이후에도 '동요집'은 '동요집' 혹은 '동요동시집'이라는 명칭으로 선집이나 전집 형태의 책으로 출간이 되었을 때 간간히 쓰이긴 하지만, 그 양으로 보았을 때 아동문학 운문 장르를 대표하게 된 용어인 '동시집'에는 전연 미치지 못하고 있다.

비록 출간된 양은 적지만 장르 명칭 중 눈에 띄는 명칭들이 있다. 가령 '서사동시집, 장동시집, 동요시집, 유년동시집, 소년시집'이 그것인데, 이 가운데 비교적 많이 쓰인 것이 바로 '동요시집'이라는 용어다. 이재철의 목록을 근거로 할 때 해방 이후 운문 장르 명칭을 동요시집이라 맨 처음 붙인 것은 1947년 김원룡이 낸 『내 고향』(새동무사)이다. 이 시집을 입수하지 못한 탓에 함부로 단정할 수 없지만, 같은 해 같은 출판사에서 간행된 이원수의 『종달새』를 '동요동시집'이라 이름붙인 것으로 보았을 때 이 시집의 성격이 이원수의 것처럼 동요와 동시를 함께 묶어낸 것으로 보이지는 않는다.[2] 이 시집의 작품들은 아무래도 '동요 작품' 쪽에 기반을 두고 있었을 것이다. 그런데 아마도 동요를 시에 가깝게 인식하게 하려는 의도에서 '동요시집'이라는 명칭을 붙이지 않았나 싶다. 동요에서 시적 동요로의 이행은 이미 일제 때부터 시도된 바 있지만, 해방 전에 나왔던 동요집 가운데는 '동요시집'이란 명칭을 구체적으로 붙인 시집이 없는 것으로 봐서 동요에 시라는 말을 붙여 동요를 시로 인식하게 하려는 태도는 해방 직후에 비로소 본격적으로 시도되지 않았는가 싶다. 그러나 '동요시집'이라는 용어는 1947년 한 번, 1957년 한 번, 1961~1967년 사이 세 번, 1976년 한 번을 마지막으로 더 이상 쓰이지 않는다.[3] 이

2 최근 한정호는 「광복기 경남 · 부산지역의 아동문학 연구—남대우 · 이원수 · 김원룡의 동시집을 중심으로」(『한국문학논총』 40호, 한국문학회, 2005, 350~357쪽)에서 해방기 나온 남대우의 『우리동무』, 이원수의 『종달새』, 김원룡의 『내 고향』을 비교적 상세히 언급한 바 있는데, 그는 이 시집들을 모두 '동시집'이라 일컫고 있다. 한정호는 그러나 김원룡의 『내 고향』이 가지는 특징을 다만 내용면에서 살피고 있어 아쉬움을 준다.

3 1946년부터 1976년까지 간행된 작품집 가운데 '동요시집' 명칭을 붙인 작품집들은 다음과 같다.
김원룡, 『내 고향』(새동무사, 1947)
김신철, 『은하수』(향문사, 1957)
어효선, 『봄 오는 소리』(교학사, 1961)
이준범, 『팔려가는 송아지』(출판사 불명, 1965)
엄기원, 『나뭇잎 하나』(문왕출판사, 1966)
엄기원, 『어린이 만세』(시문학사, 1976)

는 '동요시'를 포괄하는 용어로서 '동시'라는 용어가 강력한 위상을 확보했기 때문이 아닌가 한다.

'유년동시집' '소년시집'에서 쓰인 '유년동시' '소년시'라는 용어는 산문에서 '유년동화' '소년소설'이란 용어와 대비되겠는데, 이는 아무래도 작품을 수용하는 독자층을 고려하여 생겨난 용어로 추정된다. 그나마 이 용어는 해방기 발간된 작품집에 쓰이다가 1948년을 마지막으로 더는 보이지 않는다.[4]

'서사동시집' '장동시집'은 1985년과 1987년에 나온 작품집[5]에 각각 쓰였는데, 전후로 그 용례가 쉽게 발견되지 않는 것으로 보아 거의 단발적인 실험에 그친 장르 명칭이라 할 수 있다. 이재철은 『세계아동문학사전』에서 서사동시를 일컬어 "객관적으로 인생 사회의 여러 가지 사상(事象)을 율문의 형태로 표현한 장동시"라 정의하면서 이는 "운문으로 된 장편 서사 문예의 일종"으로 "영웅이나 위인, 전설적 인물 또는 민족적 집단의 운명적 사건 등을 중심으로 장중 웅대하게 읊은 객관적인 장형 동시"라 풀이하고 있다. 이는 시를 이른바 서사시, 극시, 서정시로 삼분하여 나누는 서구시 분류법에 의거한 정의라 할 수 있겠는데, 그러나 이는 우리 아동문학의 풍토에서는 작품으로 쉽게 실현될 수 없는 태생적 한계를 지녔음으로 해서 동시의 새로운 형식으로 살아날 수 없었던 것으로 파악된다.

1948년 간행된 두 권의 '시집'은 각각 타고르 시와 장만영 시인의 시 작품을 엮은 시집이라는 점에서 이른바 성인시 가운데 어린이에게 줄 만한 시 모음집을 가리키는 성격이 짙으며, 1979년 나온 '어린이를 위한 시집'인 『꽃 속에 묻힌 집』(창작과비평사)은 성인시, 동시, 어린이시를

4 '소년시집'의 명칭을 아예 표제로 단 서창근의 『소년시집』(서울대학 예과 출판부, 1947)과 임인수가 엮은 『유년동화동시집』(동지사 아동원, 1948)이 유일하다.

5 두 권의 작품집은 박성만, 『지금 싸움이 한창 급하니』(아동문예사, 1985)와 이종기의 『희말라야 앵무새』(청산서원, 1987)이다.

함께 엮고 있다는 점에서 또한 앞의 '시집'과 비슷한 성격을 지닌다. 이른바 '시집'의 '시'란 용어는 성인시, 동시, 어린이시를 포괄하는 상위 개념으로 쓰였던 것이다. 단 1960년 발간된 윤석중의 『어린이를 위한 윤석중 시집』(학급문고간행회)은 '동요' 혹은 '동시'로 분류될 작품들의 모음이라는 점에서 앞의 '시집'들에 실린 작품들과 구별된다.

2) 아동문학 잡지에 쓰인 명칭

다음으로 살펴보고자 하는 것은 아동문학 잡지에 쓰인 운문 장르 명칭이다. 해방 이후 지금까지 발간된 잡지 가운데 살펴본 자료는 『소학생』(1946. 2~1950. 6, 1947. 4. 21. 통권 45호까지는 주간), 『소년』(1948. 8~1950. 6), 『소년세계』(1952. 7~1956. 9), 『어린이다이제스트』(1952. 9~1954. 1), 『아동문학』(1962. 10~1969. 5), 『아동문학평론』(1976. 6~현재), 『아동문예』(1976. 5~현재), 『새싹문학』(1977. 3~현재) 들이다.

해방직후부터 주간 신문 형태로 간행되다 1947년 5월부터 월간잡지 형태로 전환하여 1950년 한국전쟁 직전까지 나온 『소학생』은 제목에서 드러나는 바와 같이 초등학교 학령에 해당하는 아동을 주 독자층으로 하는 잡지였다. 잡지가 지니는 이런 특성은 운문 장르의 성격을 규정하는 요인으로 작용하였을 것으로 짐작된다. 『소학생』에 드러나는 운문 장르 명칭으로 가장 많이 드러난 것은 '동요'이다. 대부분의 창작 운문들은 '동요'라는 명칭으로 소개되며, 박목월은 「동요 짓는 법」이라는 제목으로 동요 작법을 연재하고 독자들을 대상으로 '동요·작문'을 모집하여 이에 뽑힌 아동이 쓴 운문을 "동요 당선 작품"으로 소개한다. 이는 당시 『소학생』이 동요에 중점을 두었음을 의미한다. 동요는 간혹 곡보와 함께 실렸는데 이때 동요는 '노래'라는 명칭으로 소개되기도 하였다. 이런 동요와 비교해 '동시'라는 명칭을 붙인 작품들은 상대적으로 적게 실린 것을 알 수 있다.

역시 해방기에 나왔던 『소년』은 여러모로 『소학생』과 비교된다. 역시 제목에서 알 수 있는 바와 같이 『소년』은 초등학교 고학년 이상의 '소년기'의 아동들을 주 독자층으로 삼은 잡지였다. 따라서 운문 장르 명칭이나 성격을 소년기 아동들에게 맞추려고 한 의도가 또렷하게 감지된다. 창간호 앞쪽에는 윤석중이 가사를 쓰고 윤극영이 작곡한 「노래가 없고 보면」이라는 작품이 실렸는데, 이를 굳이 '새가요'라 소개하고 있다. 이어 조미리의 「약속」, 이종성의 「아침의 노래」, 김원룡의 「시골밤」 들을 모두 '소년시'라 이름 붙이고 있는데, 이 시들은 지금의 '동시'의 성격을 지니는 작품들이라 할 수 있다. '소년시'는 '소년의 시'라는 의미와 '『소년』 잡지에 실리는 시'라는 의미를 함께 지니고 있었다. 이를 통해 추측해 보건대, 『소년』은 소년기의 독자를 상정해 놓고 초등학교 아동들이 향유하는 '동요'와는 층위가 다른 '시'를 지향하려고 했음을 알 수 있다. 『소년』에서는 이원수, 조미리 등의 시인을 심사위원으로 정해 독자 투고 작품을 선별해 싣고 간략한 평을 붙이기도 하였는데, 그런 독자 작품들을 '소년의 시'라 명명했다.

『소년세계』에 특징적으로 드러나는 것은 '동시'라는 용어가 '동요'에 비해 월등히 많이 쓰이고 있다는 점이다. 시인들의 작품은 대개 '동시' 혹은 '시'로 소개되며 독자 투고 작품들 또한 '동시'라는 명칭을 붙이고 있다. 이에 비해 '동요'는 '동시'보다 소개되는 양이 그리 많지 않고, 실리더라도 "부르는 노래" 혹은 '노래' 등의 의미로 동시와 그 층위를 달리하여 다루고 있음을 알 수 있다. 이는 앞서 『소년』의 경우처럼 '소년기' 아동을 주 독자층으로 삼는 잡지의 성격에 기인한 때문으로 보인다.

비슷한 시기에 간행된 『어린이다이제스트』는 또 그 잡지가 겨냥한 독자의 성격상 주로 '동요'들을 다루고 있는 것이 특징으로 드러난다. "동요 감상" 혹은 "노래와 감상" "창작 동요와 외국 동요"와 같은 목차 이름에서 짐작할 수 있는바, 이 잡지가 주로 표방하고 추구한 장르 명칭은 '동요'였다.

같은 아동문학 잡지이긴 하지만 1960년대 초반 간행된 『아동문학』과 1970년대 초반 간행된 『아동문학평론』은 엄밀한 의미에서 앞 시기 언급한 잡지들과 그 성격을 달리하는 잡지들이라 할 수 있다. 앞 시기 잡지들이 독자 대상을 아동 혹은 소년들에 맞추고 있는 점에 비추어 이 잡지들이 겨냥한 독자는 사실 아이들이 아니라 어른 독자에 가깝다. 따라서 앞서 언급한 잡지들과 수평 비교를 할 수 없는 한계가 따르는데, 어쨌든 이 잡지들에 실린 목차들을 확인해 보건대 운문은 모두 '동시'라는 용어로 단일화되어 있는 것을 볼 수 있다. 가령 『아동문학』 4집 25쪽에는 "역량 있는 신인들의 작품"을 모집한다는 공고가 나오고 작품 종목으로 "동시·동요 3편 이내"라는 작품 규정이 붙어 있는데, 7집에 추천된 작품들은 모두 동시로 추천된 작품들이고 이후 목차에도 따로 동요란은 마련되지 않는다. 『아동문학』은 이른바 "동화, 평론, 아동극, 수필" 등의 아동문학 타 장르 명칭과 함께 '동시'를 운문 장르의 대표적 용어로 설정하게 된 것이다.

『아동문학평론』의 경우도 이와 크게 다르지 않다. 이 잡지 역시 '동시'란 용어는 아동문학 운문 장르를 대표하는 용어로 쓰이고 있다. 앞서의 『아동문학』 잡지가 형식적으로나마 '동요'를 뽑는다는 원고모집 공고를 내었던 데 반해, 『아동문학평론』 2호 "신인 추천작품 모집"란을 보면 아예 "동시: 장시 제외 5편 이상"이라는 단서만을 붙여 놓은 것으로 보아서 '동요'라는 장르 명칭은 아예 배제하고 있음을 알 수 있다. 60년대와 70년대 각각 아동문학이론을 정립하기 위한 목적에서 생겨난 『아동문학』과 『아동문학평론』은 아동문학의 운문 장르를 '동시'라는 용어 아래 수렴시키고 있음을 알 수 있다.

1976년 5월 창간되어 오늘에 이르고 있는 『아동문예』는 운문 분야의 창작란을 '동시'로 단일화하여 사용하고 있다. 역시 1977년 3월에 창간되어 현재까지 꾸준히 간행되고 있는 『새싹문학』은 비교적 다양한 용어들을 사용한 것이 드러난다. 여기에 실린 작품들은 "동요, 시, 노래, 이야기동요, 어린이시, 그림동시, 동시조" 등 다양한 장르 명칭이 사용되고 있다. 그러나 역시 사용된 빈도수를 보면 '동시'라는 용어가 단연 선두를 차지하는 것을 알 수 있다.

2000년을 전후로 창간된 『시와동화』, 『아침햇살』, 『어린이문학』, 『한국동시문학』, 『창비어린이』, 『어린이와문학』, 『오늘의동시문학』 잡지들 역시 아동문학 운문 장르 명칭을 '동시'로 통칭하고 있다. 작품의 성격이 기존 동시의 형식을 벗어난 경우에 한해 '동화시'나 '이야기가 있는 동시' 등의 명칭을 부여하기도 하는데, 이는 극히 드문 사례에 속한다.

이상에서 작품집의 명칭이 80년대 후반으로 올수록 '동시집'이라는 단일한 용어로 수렴된 것처럼 잡지에 쓰인 장르 명칭 또한 '동시'로 단일화되어 간 것을 알 수 있다.

3. 운문 장르에 대한 논의에서 나타난 명칭

다음으로 살펴볼 것은 이른바 '동요론' '동시론' '아동문학론' 들에 나타나는 운문 장르의 명칭이다. 운문 장르에 대한 논의들을 살펴보면 동요와 동시의 기본 성격을 구명하고 장르 간 경계를 설정하려는 시도 아래 여러 용어들이 파생되어 쓰였음을 알 수 있다. 이를 편의상 해방 직후부터 1950년대, 1960년대, 1970년대, 1980년대 이후로 나누어 살펴보고자 한다.

1) 1945~1950년대

이 시기에 나타나는 아동문학론 가운데 특별히 '동시 장르론'이라 이를 만한 이론들이 얼마나 있었는지를 세밀히 파악하는 데는 필자의 역량이 모자란다. 편의상 1949년 김철수가 낸 『동요 짓는 법』(고려서적, 1949)과 1957년에 출간된 박목월의 『동시교실』(아데네사, 1957)에 나타난 논의들을 중심으로 살펴보기로 하겠다.

> 어린이 동무들이 곡조에 맞춰서 부를 수 있는 것이 **동요**입니다. (2쪽)

> 앞에서 "동요는 어린이와 여러분들의 생활 속에서 어떤 광경을 노래로 부를 수 있도록 나타낸 것"이 동요라고 했습니다. 그렇게 "노래로 부를 수 있는 동요"란 그것이 노래이고 노래만 행(行)과 글자 수(字數)가 절(節)마다 맞어야만 부르기에 편한데 **동시**는 **자유시**라고도 하는 만큼 그 행과 글자 수가 절마다 다를 뿐 아니라 절까지 고르지 못하고 어떤 광경을 산과 들에 풀포기 나듯 자유스럽게 그린 것을 말합니다. (6쪽)

> 같은 동심의 세계를 그린 것이고 그것이 줄글은 아니면서도 행과 글자 수가 절마다 고른 것은 **동요**라 하고 행과 글자 수, 또 절까지 고르지가 않고 자유스러운 것은 **동시**, **어린이 자유시**라고 부릅니다. (8쪽)

김철수는 이 글에서 동요란 "어린이가 곡조에 맞춰 부를 수 있는 것"으로 "행과 글자 수가 절마다 맞어야만 하는 것"이라 소개하고 이에 비해 동시란 "행과 글자 수, 또 절까지 고르지 않고 자유스러운 것"으로 "자유시" 혹은 "어린이 자유시"라고 부른다고 적고 있다. 김철수가 사용한 '자유시'란 용어는 해방기에 새롭게 대두된 것이라기보다는 사실

1930년대 후반기 이미 등장한 용어라 할 수 있다. 즉 1937년을 전후하여 박영종, 김영일이 기타하라 하쿠슈(北原白秋)의 영향을 받아서 펼친 자유시론이 그 예라 할 것이다. 김철수는 김영일 「다람쥐」, 남대우 「산울림」을 인용한 뒤 "이런 것을 동시라 부르게 된"다고 밝히고 있다.[6] 김철수가 동요와 동시를 구분하는 기준은 행과 자수, 절이 정형화되었는가 아닌가의 여부다. 다분히 외형적으로 나타난 시의 율격만을 기준으로 두 장르를 구분하고 있음을 알 수 있다.

박목월이 펴낸 『동시교실』에서도 역시 동요와 동시를 구분하여 설명한 부분이 나타난다. 박목월은 '동요와 동시는 어떻게 다르나?'란 제목의 글에서 다음과 같이 두 용어의 차이를 구분하고 있다.

> 우리나라에는 옛날부터 내려오는 동요가 많다. "달아달아 밝은 달아"도 "새야새야 파랑새야"도 옛날 동요다. 그것은 글자가 네 개씩, 四四조다. 그래서 **동요**라는 것은 노래하기 위한 것이다. (…) 노래이기 때문에 가락을 고르고, 다듬어야 한다. 그러므로, 글자를 四·三으로 꼭 맞추어 그 가락을 고르었다.
>
> 그러나, **동시**는 단정하게 가락을 다듬을 필요가 없다. 여러분 가슴에 이는 느낌을 따라, 그윽한 생각(感情)의 물결을 속삭이듯 나타내면 된다. 동시는 노래하기보다는 생각하고 조용히 속삭이는 것이기 때문이다.(37~38쪽)

동요를 노래하기 위한 것이라 보는 박목월의 태도는 앞에서 본 김철수의 설명과 크게 다르지 않은 것을 알 수 있다. 다만 박목월은 동시를 설명하는 데서 김철수와 약간 다른 설명을 덧붙이고 있다. 그는 동시가 "가락을 다듬을 필요가 없"다고 말할 뿐더러 "노래하기보다는 생각하고 조용히 속삭이는"것이라는 말을 덧붙인다. 그는 이것을 좀더 자세히 설

---

6 김철수, 『동요 짓는 법』, 고려서적, 1949, 7~8쪽.

명하기 위해 "외국시인"이 분류한 동요와 동시의 차이를 소개한다.[7] 이에 따르면 동요란 "노래한 것, 가락을 고르게 뽑아 노래하기를 주로 한 것, 느낌이나 생각을 밖으로 나타낸 것, 박자의 아름다움이 있는 것"으로 요약되며, 동시란 "속삭인 것, 그윽한 감정의 가는 물결을 속삭이듯 나타낸 것, 안으로 생각하는 힘이 센 것, 생각의 흐름이 그윽하게 잔조로운 것"으로 요약된다. 한 가지 특기할 일은 박목월이 독자들에게 "동요보다 동시를 써야 한다"고 강조하고 있다[8]는 점이다. 그는 동요가 "잡혀진 가락(定型) 속에 새로운 느낌이나 생각을 담기가 힘이 들고, 능난한 솜씨가 필요"함을 역설하면서, 독자 "여러분"이 "참된 자기의 생각을 깊이 살펴서 담기" 위해서는 동요보다 동시를 쓰는 편이 낫다고 말하고 있다.[9]

김철수의 『동요 짓는 법』과 박목월이 『동시교실』의 독자로 상정한 이는 다름 아닌 어린이들이었다. 김철수나 박목월의 인식 속에 아직 동시를 쓰는 작자로서 어른과 아동시를 쓰는 작자로서의 어린이가 따로 구별되지 않고 있었음을 확인할 수 있다.

2) 1960년대

1960년대는 앞 시기인 50년대와 비교해 아동문학 이론에 대한 탐색이 보다 적극적으로 개진되던 시기였다. 1960년대는 "동시사상 최초의

7 박목월, 『동시 교실』(아데네사, 1957), 39쪽.
8 박목월, 위의 책, 39쪽.
9 박목월, 위의 책, 39~40쪽. 박목월이 해방 직후 『주간 소학생』지에 '동요 짓는 법'을 연재한 당사자란 점에서 그의 이런 발언은 주목을 요한다. 그가 『동시교실』을 내게 되는 1950년대 후반은 우리 동요가 이미 "성인 사회의 유행가와 비슷한 비시적 가사로 전락해"(이원수, 「아동문학개관 Ⅰ」, 『동시동화작법』, 웅진출판, 1984, 200쪽)가던 때였다. 이른바 "군가조, 행진곡조의 동요"가 횡행하던 시기(이원수,「아동문학개관 Ⅱ」, 『동시동화작법』, 웅진출판, 1984, 206쪽)였다. 박목월의 동시 쓰기 권유에는 율격의 속박을 견뎌내지 못하는 어린이들에 대한 배려와 함께 당시 동요가 지니는 그런 비시적 한계를 벗어나려 한 의도가 들어 있었던 것이 아닌가 추측된다.

문학운동"으로 일컬어지는 "본격동시운동"이 전개된 시기이자, 이원수의 평론활동이 본격적으로 개시된 시기이며, 이른바 "최초의 순수 아동문학 전문지"인 『아동문학』지가 창간(1962. 10)되고, 이어 "최초의 본격 아동문학이론"이라 일컬어지는 이재철의 『아동문학개론』(문운당, 1967)이 출간된 시기였다.[10] 1960년대는 "존폐 위기에 직면할 정도로 위축 상태를 보였던" 1950년대와는 다르게 "진정한 의미의 평론문학이 정착될 가능성을 보여준 연대"였던 것이다.[11]

60년대 순수아동문학전문지를 표방한 『아동문학』은 3호(1963. 1) 특집으로 "동요와 동시의 구분"이라는 주제의 심포지엄을 마련한다. 박목월은 발제 형식의 글에서 동요와 동시를 각각 "어린이들이 부르기를 전제한 노래"와 "부르는 것을 전제로 하지 않는 시"로 정의한다. 이는 앞서 『동시교실』에서 그가 밝힌 동요, 동시의 개념과 크게 어긋나는 것이 아니었다. 그는 한마디로 말해서 동요란 "어린이들의 노래에 봉사하는 것"이며 동시란 "어린이들의 특수한 내재적인 정서나 특수한 시적 감동에 봉사하는 것"이라 말할 수 있다고 전제한 뒤, 그렇다면 "외재율을 위주로 한 정형시"는 모두 동요인가 반문하고 있다. 그는 정형시 가운데도 "요적 가락이 시적 절실한 감정이나 정서로 말미암아 그 작품의 본질적인 세계와 밀접한 관련을 맺었을 때"는 그것을 "동요라 해도 무방하고 동시라 해도 무방하다"고 밝힌다. 즉 그는 동요를 음악에 대한 보조적인 구실을 하는 '가요 가사적 동요'와 음악의 보조적 역할을 넘어서 언어의 순수한 세계를 노래 부르는 '시적 동요'로 나눈 뒤, 이런 시적 동요를 동요와 동시의 "겹먹는(二重的) 부분"(경계)에 배치해두려 하였다.

이러한 박목월의 발제문에 대하여 강소천, 조지훈, 김동리, 최태호가

10 1960년대 아동문학 비평의 흐름을 개관하려면 이재철의 『현대한국아동문학사』(일지사, 1978), 584~589쪽을 참조할 것.

11 이재철, 위의 책, 582~583쪽 참조.

각각의 의견을 제시한다. 강소천은 「같은 나무에 달리는 과일」이라는 제목의 글에서 본래 동요는 '시'라기보다 '가요'적인 성격으로 출발했으나 동요가 차츰 예술성을 지니게 됨에 따라 "동요도 시다"라는 인식을 하게 되어 동요가 동시로 옮아왔다고 밝히고 있다. 그는 "둘을 구별하기 위하여 내용과 형식으로 따질 때, 그것이 시적인 내용을 가졌다 해도, 동요적인 형식을 가졌을 때, 그와 반대로 시적인 내용은 아니지만, 자유로운 리듬을 가졌을 때, 그 어느 쪽을 표준하느냐 하는 어려운 문제에 부딪히게 된다"고 하며 둘을 "막연히 대별할 수는 있어도 꼬집어 양자를 구별하는 일은 어려운 일"임을 주장한다.

조지훈은 「노래와 시의 관계」에서 "동요와 동시라는 구별이 필요하게 된 것은 시가 자유시로 씌어지면서부터의 일"이라고 전제한 뒤, 동요와 동시의 구별을 단순히 "시형식의 정형과 정형 아닌 것"으로 나눌 수 없음을 주장한다. 그는 동요와 동시의 구분을 "음악적 율조에 치중되어 노래함으로써 동심이 꿈이 더 살아나도록 지어졌느냐(동요) 아니면 이에 지적 부조(浮彫)에 치중되어 읽고 생각함으로써 동심의 꿈이 더 깊어지도록 지어졌느냐(동시) 하는 식으로 내재율(內在律)과 내적심상(內的心像)의 강약과 심천(深淺)에서 찾을 수밖에 없다"고 주장한다. 그는 이러한 기준에 따라 편의상 동요를 노래적인 동요(가창동요)와 시적인 동요(형상동요)로 동시를 노래적인 동시(정형동시)와 시적인 동시(자유동시)로 구분할 수 있다고 전제하며, 동요와 동시가 서로 겹치는 부분에 위치한 시적 동요와 노래적 동시를 묶어 '동요시'란 명칭으로 부를 것을 제안하였다.

김동리는 「동요와 동시는 형식적인 면에서밖에 구별되지 않는다」라는 글에서 그는 동시가 본질적으로 노래에 가까운 것이며, '아동다움'이라는 수식어가 붙음으로 해서 '알기 쉬움'을 동반함으로 근본적으로 동시는 '요'에 가까운 성격을 지닐 수밖에 없음을 전제한 뒤 "동시와 대비되는 동요가 어디까지나 창작동요를 가리키는 것이라면 이 양자는 본질적으로 구분될 아무런 조건이 없다"고 주장한다. 그러나 둘을 이미 구별해 쓰는 것이 상례라면 형식적인 면에서 동요는 '아동문학의 정형시'로 동시는 '아동문학의 자유시'로 구분할 수 있다고 밝혔다.

최태호는 「동시와 동요의 바탕」에서 박목월의 주장에 대체로 동조하는 의견을 펼친다. 그는 우선 외재율을 바탕으로 한 동요와 내재율을 바탕으로 한 동시의 차이를 설명한다. 그는 동시가 "생각해서 맛볼 수 있고 노래가 아니라도 읊어서 꿈꿀 수 있고 시의 생명을 위주로 써서 노래의 형식에 매이지 않는 새로운 경지"를 개척했다고 밝힌다. 그러나 그는 상대적으로 내재율을 바탕으로 한 동시만이 중요하다고 보지는 않는다. 동요가 "가요적인 요소가 있어 그 속에 시심이 담길 수 없다고 보는 것"은 잘못된 생각이라는 것이다. 그는 동요 가운데 "외형적인 율조를 가지고 있으면서 동시와 동요의 양면을 품고 있는" 작품을 예로 들며 "동요와 동시의 같은 밑바닥을 발견해야겠다"고 주장하고 있다.

1960년대 본격적인 평론 활동을 전개한 이원수는 「아동문학입문」(1965)이란 글에서 동시 장르에 대한 언급을 하고 있다. 그는 아동문학을 형태에 따라 분류하면 운문과 산문으로 크게 나눌 수 있다고 전제한 뒤 운문으로는 동시가 있다고 밝힌다. 이때 동시는 단지 동요와 구별되는 용어가 아니라 '자유시'와 '정형시'를 함께 포괄하는 넓은 개념으로 쓰이고 있다.

> 동시에 있어서 자유시와 정형시의 분류는 또 하나의 다른 분류를 필요하게 된다. 즉 동요와 자유시와의 관계가 그것이다. 동요는 위에서의 분류에서는 동시에 포함되어 있다. 즉 **정형시로서의 동시**다.[12]

12 이원수, 「아동문학입문」, 『아동문학입문』, 웅진출판, 1984, 25쪽.

해방기 때 김철수나 50년대 박목월, 그리고 앞서 소개한 『아동문학』 지의 여러 논자들이 자유시로서의 동시와 정형률을 가진 노래로서의 동요를 구분하여 보았던 것과는 다르게 이원수는 자유시와 정형시로의 동요를 아예 동시라는 용어 아래 같이 넣고 있다.

그는 "동요가 아동의 노래-시이면서 정형률에 의한 노래로 존재하는 데 비해서, 동시-자유시는 노래 부르기 위한 것이기보다, 심정에 깊이 느끼며 읊조릴 시로서 자연히 내재율의 형식을 갖게 된다"[13]고 적고 있다. 동요는 부르는 것이고 동시(자유시)는 읊는 것이라는 설명에서 우리는 앞서 박목월 등이 제시한 동요와 동시의 개념을 자연스럽게 연상하게 된다. 그렇다면 그가 자유시로서의 동시와 다른 자리에 있던 동요를 굳이 동시의 하위 장르로 설정한 까닭이 무엇일까? 그것은 문학성의 기준에 도달된 동요와 단순한 '노래의 가사' 자리에서 머물러 있던 '사이비 동요'와의 경계를 설정하기 위한 목적 때문이다. 50년대 대두된 '비시적 노래 가사'가 지니는 한계를 극복하기 위한 방안으로 그는 '시'가 되는 동요 개념을 추구했고 그 과정에서 동요를 동시의 하위 장르로 포함시키게 된 것이다.

이원수는 박목월의 『동시교실』이 표방하는 것처럼 아동으로 하여금 기성 시인의 작품을 모범으로 삼아 시 쓰기를 익히는 방법을 권장하지 않았다.[14] 그는 "어린이가 시를 쓰고자 하는 마음은 곧 시를 지니는 마음"이라고 전제한 뒤 "그 마음을 아무 거리낌 없이 발휘하여 아무런 것에도 구애됨이 없이 표현하도록 지도"할 것을 주문한다. 그는 "어린이

13 이원수, 위의 책, 30쪽.

14 이원수의 이런 태도를 확인할 수 있는 대목은 여러 글에서 발견된다. 가령 "어린이들에게 시의 유사품을 많이 보여 줌으로해서 시 아닌 것을 시로 잘못 알고, 스스로의 작품에까지 나쁜 영향을 받게 되는 일을 들 수 있다."(「시와 교육」, 『아동문학입문』, 웅진출판, 1984, 312쪽)라든가 "사실 국민 학교 아동들의 시를 보면 정형률의 동요를 흉내낸 것이 너무도 많다. 형식뿐 아니라 내용까지도 흉내내고 있다. (…) 이러한 아동들의 동요 모방은 그들의 마음의 세계를 좁혀 주고 있다는 중대한 사실을 보게 해 준다."(「아동문학 프롬나아드」, 『아동문학입문』, 웅진출판, 1984, 232쪽)라는 대목에서 그런 태도를 엿볼 수 있다.

가 느끼고 어린이가 쓰는 시야말로 어른들의 전용어나 어른들의 감정으로 된 시보다 더 연소한 사람들의 마음을 움직일 수 있다"고 본 것이다.[15] 이원수의 이런 태도는 앞서의 박목월에게서는 발견할 수 없는 것으로서 그는 이른바 어른이 쓴 동시와 어린이가 쓴 시를, 그 개념은 물론 창작 방법에서부터 명확히 구분하려고 하였던 것을 알 수 있다. 그러나 한 가지 유념할 것은 어린이가 쓴 시를 지칭하는 용어로 그는 '아동시'란 말 외에도 '어린이들의 동시'[16] '어린이가 쓴 동시'[17]라는 말을 씀으로 해서 혼란을 주고 있다. 이원수에게 아동시라는 기의는 분명히 형성되었지만 그것을 독립적으로 지칭할 기표가 아직 확립되지 못하였던 것이다. 이런 점에 비추어 볼 때, 이오덕이 같은 해에 낸 『글짓기 교육의 이론과 실제』(아인각, 1965)는 주목을 요한다. 그는 여기서 시를 어른이 쓴 시와 어린이가 쓴 시로 구분하고 어른이 쓴 시를 다시 일반시와 동요·동시로 나눈 뒤, 어린이가 쓴 시를 그런 시들과 구별해 어린이시로 부르자고 제안하였다.[18] 어린이가 쓴 시로서 '아동시'란 기표가 비로소 이오덕에 의해 분명히 제기되었던 것이다.

이재철은 『아동문학개론』에서 아동문학의 장르를 크게 시, 소설, 희곡으로 삼분한 뒤, 시의 장르를 다시 동요와 동시로 대별한다. 그는 동요를 전래동요와 창작동요로 나누고, 동시를 자유동시, 산문동시로 나누고 있다. 동시는 다시 내용 여하에 따라 서정시적 동시, 서경시적 동시, 서사시적 동시로 분류할 수 있다고 보았다. 그가 도표로 제시한 시의 분류는 다음과 같다.[19]

---

15 이원수, 「시와 교육」, 위의 책, 306~307쪽.
16 이원수, 「동시작법」, 『동시 동화 작법』, 웅진출판, 1984, 83쪽.
17 이원수, 「아동 작품 지도」, 『아동과 문학』, 웅진출판, 1984, 181쪽.
18 이오덕, 『글짓기 교육의 이론과 실제』, 아인각, 1965, 228쪽.
19 이재철, 『아동문학개론』, 문운당, 1967, 173~215쪽 참조.

<table>
<tr><td rowspan="6">시</td><td rowspan="3">동요</td><td rowspan="2">전래동요</td><td>구전동요</td></tr>
<tr><td>기재동요</td></tr>
<tr><td>창작동요</td><td></td></tr>
<tr><td rowspan="3">동시</td><td rowspan="2">자유동시</td><td>서정동시</td></tr>
<tr><td>서경동시</td></tr>
<tr><td>산문동시</td><td>서사동시(동화시)</td></tr>
</table>

이재철은 『아동문학개론』의 제4편 '아동문학 각론' 장에서 장르론과 동요론, 동시론들을 기술하고 있는데, 이 내용들을 읽어보면 동요, 동시를 구분하려는 방식은 1960년대 초반 『아동문학』지에서 논의된 '동요와 동시의 구분'법을 많이 기대고 있는 듯 보인다.[20] 다만 동요의 한 장르로 '전래동요'를 포함시키고 있다는 점과 동시를 자유동시와 산문동시로 나누어 보고 있는 점, 동시를 내용상으로 서정동시, 서경동시, 서사동시로 세분화하고 있는 점들은 이전의 논자들에게서 발견할 수 없는 점이다.[21]

3) 1970년대

60년대 초부터 일어난 평론에 대한 관심, 아동문학 이론의 체계화 움직임은 70년대 들어와서도 계속되었다. 60년대 『아동문학』지가 일정부분 아동문학 이론 형성에 이바지한 것처럼 70년대 초반에 등장한 『아동문학사상』과 『아동문학평론』 같은 잡지들은 아동문학의 이론화에 적극적 관심을 표명하였다. 1970년대는 또한 60년대 본격동시운동의 결

20 이재철은 '동요와 동시의 차이'를 언급하는 자리에 강소천, 박목월, 조지훈의 글을 인용하고 있다. 특히 동요와 동시를 네 가지 유형으로 분류한 조지훈의 분류법을 표로 자세히 그려 소개한 점이 눈에 띈다. 이재철, 위의 책, 181~186쪽 참조.

21 이재철은 또한 동시를 내용면에서 서정동시, 서사동시, 서경동시로 구분했으며, 아동문학의 특수성을 고려할 때 내용면에서 일반동시와 동화시로 나누거나, 또는 그 형식면에서 보통 호칭되고 있는 일반동시(단시)와 산문동시, 장동시로 나누어 볼 수 있다고 하였다. 그리고 시풍(詩風)에 따라 음악적인 동시, 회화적인 동시, 지적인 동시로 구분할 수 있다고도 하였다. 이재철, 위의 책, 203쪽 참조.

과 생겨난 동시의 난해성 문제가 대두되어 이오덕과 박경용, 이상현 들 간에 동시 논쟁이 치열하게 벌어진 시기였다.

이 시기 운문 장르 명칭과 관련하여 주목할 것은 무엇보다 이오덕이 펴낸 『아동시론』(세종문화사, 1973)과 『시정신과 유희정신』(창작과비평사, 1977)이 아닌가 한다. 이오덕은 이 저작들을 통해 그가 『글짓기 교육의 이론과 실제』에서 제기한 문제—어른이 쓰는 '동시'와 어린이가 쓰는 '아동시(어린이시)'를 명확히 구분해 볼 것—를 재차 주장하였다. 이 시기에 간행된 석용원의 『아동문학개설』(예문관, 1974), 박화목의 『교사를 위한 동시교실』(백록출판사, 1976), 유경환의 『현대동시론』(배영사, 1979)에도 운문 장르 용어와 관련한 언급들이 나타난다.

전술한 바와 같이 60년대는 본격적인 동시 운동이 전개된 시기였다. 그 뒤를 잇는 70년대는 앞선 약 10년간의 본격동시운동이 반성과 점검을 요청받던 시기였다고 할 수 있다. 그래서 동시의 난해성 문제가 대두된다거나 '동요의 복권'이 강조된다거나 하는 움직임이 일어났다. 김요섭은 60년대 전개된 본격동시운동으로 말미암아 실종되다시피 한 동요의 복권을 주장한다. 그는 『동요와 시의 전망』(아동문학사상·7, 보진재, 1972)의 머리말 성격을 지닌 「동요복권」이란 글에서 다음과 같은 말을 하고 있다.

> 우리는 이제 아무런 열쇠도 되어주지 못하고 난맥만을 이루는 그 숱한 시론에서 해방되어 이론 이전의 원점, 때묻지 않은 신선한 언어를 **동요** 속에서 소생시켜야 할 것이다.[22]

김요섭의 이런 발언은 얼핏 60년대 전개된 '본격동시론'에 대한 일종

---

22 김요섭 책임편집, 『동요와 시의 전망』, 보진재, 1972, 13쪽.

의 반성을 촉구하는 의미를 담고 있는 듯 보인다. 그는 60년대 아동문단이 동요를 단지 "목가적 풍경 속의 낡은 고향집"으로밖에 생각하지 못한 한계가 없었는지 반문한다. 그는 "원초적 생명력을 담은 역동적인 동요란 형식이야말로 어떤 의미에서는 오늘날 우리의 시가 한번 돌파구를 깨뜨리는데도 귀한 역할을 할 수도 있을 것"이라고 주장한다. 말 그대로 '동요의 복권'을 주장한 발언이다. 그런데 『동요와 시의 전망』에 실린 글들이 김요섭의 이런 주장에 충실히 부응할 만한 수준을 보여주었는지는 장담하기가 어렵다. 김소운이 「전래동요의 아름다움」을, 장덕순이 「전래동요의 구조」를, 그리고 서양 동요의 역사를 짧게 언급한 B. 휼리만의 「동요의 옛날과 오늘」이 번역글로 제시되어 있을 뿐, 우리 근대 아동문학이 일구어낸 동요의 미덕을 재발견하고 새로운 동요의 전망을 제시하는 차원의 글은 발견되지 않기 때문이다. 김요섭의 '동요의 복권'은 어디까지나 선언 차원에 그친 감이 있는 것이다.

그런데 이 책에서 한 가지 유념할 일은 새로운 '동시'의 모색을 위한 글이 함께 실려 있다는 점이다. 그것은 동시 자체가 가지는 형식과 내용에서의 새로운 모색이 아니라 타 장르와의 결합 혹은 성인시와 동시의 경계 허물기를 통한 동시의 영역 넓히기다. 우화시의 가능성을 언급한 민희식의 「시와 우화」, 이종기의 「동시의 반성」, 김종해의 「순수세계의 복원」, 번역글인 「영미시단에서의 동시」 같은 글들은 이러한 면모를 보여주는 글들이다. 가령 이종기는 '동시'라는 용어를 서양에서처럼 "아동을 위한 시(Poetry for Children)"로 바꾸어 부르자고 주장[23]하며, 김종해는 "동시로서도 성공하였지만 시로서도 성공"한 정호승의 「석굴암을 오르는 영희」나 "성년의 시로 발표되었지만 동시 분야와의 한계를 구획지을 수가 없는" 서정주의 「어머니의 모래찜」이란 시를 예로 들어 "유

23 이종기, 「동시의 반성」, 위의 책, 47쪽.

년과 성년을 통틀어 시의 독자"를 확보하는 방안을 마련해보자고 주장[24]한다.

이런 점을 미루어 볼 때 『동요와 시의 전망』이 기획한 의도는 전래동요가 가지는 미덕에 대한 재발견과 함께 기존의 '동시'라는 용어가 포괄하지 못한 시들을 '아동을 위한 시'라는 용어를 통해 폭넓게 수용함으로써 어린이가 읽는 시의 영역을 확장하자는 데 맞추어져 있었던 것 같다. 이런 태도는 같은 책에 싣고 있는 창작 동시들을 모두 "시"로 소개하고 있는 데서 드러난다.

『동요와 시의 전망』에서 제기된 '아동을 위한 시'라는 용어는 1979년 출간된 유경환의 『현대동시론』에서 다시 등장한다. 유경환은 이 책에서 『동요와 시의 전망』에서 이종기가 제시한 바 있는 '어린이를 위한 시'의 개념을 적극 도입하자고 주장한다. 그는 "아동문학이라는 일본적인 사고방식에 개념화된 오류에 묻혀서, 동시와 시의 구별을 필요 이상으로 강조하거나 의식하고 있다"고 전제한 뒤, 아동문학이란 "결코 문학(성인문학)과 별개의 차원이 아니라, 문학의 한 부분을 편의상 좁은 범위로 축소해서 이름한 것뿐이"기에 "서양에서의 '어린이를 위한 시'라는 뜻처럼 동시의 정확한 개념이 정립되어야만 하겠다"고 주장한다. 그가 '어린이를 위한 시'란 용어를 새삼 제안하는 것은 "질적으로 시작품이 되지 못한 것을 써놓고 동시니 시니 구별되는 옷을 입히려드는 풍토 때문"이다.[25]

> '어린이를 위한 시'는 새로운 장르가 아니다. 종래에 있던 말, **동시** 혹은 **소년시**를 이렇게 포괄적으로 부르고 싶은 생각을 말하는 것이다. 이유는, 어린이를 위한 운문에도 필요충분 조건으로서 시적인 요건이 들어 있어야 하겠다는

24 김종해, 「순수세계의 복원」, 위의 책, 65~66쪽.
25 유경환, 『현대동시론』, 배영사, 1979, 20~21쪽.

생각의 결말 때문이다.[26]

『동요와 시의 전망』에서 '어린이를 위한 시'를 제안하면서 장르 간 결합이나 동시와 성인시의 경계 허물기에 대한 몇 가지 구체적 대안을 제시한 것과는 다르게 유경환은 다만 동시인들의 자질을 문제 삼으면서 종래 동시라는 용어를 어린이를 위한 시로 바꾸어 부르자는 주장을 하고 있는 것을 알 수 있다.

1973년 이오덕은 『아동시론』을 통해 1965년 『글짓기 교육의 이론과 실제』에서 제시한 '아동시'의 개념과 내용, 지도 방법들을 보다 체계적으로 논한다. 이오덕은 『아동시론』에서 "편의상 동시의 과거를 말함에 있어 동요시대(1945~1950)와 동시시대(1950~1960)로 구분"할 수 있다고 밝히면서 이런 언급을 하고 있다.

> 이렇게 구분하는 것은 **아동의 운문 작품**을 지칭해서 대체로 6·25 이전에는 **동요**란 명칭을 많이 썼던 것이, 50년 이후에는 **동시**로 많이 불렀던 때문이고, 작품의 내용이 50년을 경계로 해서 실질적으로 동요에서 동시로 이행된 때문이 아니다. 아니, 작품 내용에 있어서는 앞에서도 언급한 것 같이 20년 동안 거의 아무런 발전이 없었던 것이다. 그리고 이 동시시대에 뒤이어 얘기해야 할 동시의 현재(최근 10년간)도 과거의 동시시대와 조금도 다름이 없는 연속이 되고 있는 것이다.

이오덕이 말하는 아동의 운문 작품은 말 그대로 '아동이 쓰는' 운문 작품을 지칭한다. 이오덕은 아동들이 지금까지 써온 운문 작품들이 기성 시인들의 작품을 흉내 내는 "유사 모조품"에 불과했다고 비판한다.

---

26 유경환, 위의 책, 25쪽.

그는 아동들에게 성인의 기성 작품을 모방하게 하는 데서 그칠 것이 아니라 "자기 자신의 생활과 마음을 자기의 말로 쓰게 하자"고 제안한다. 이오덕은 이렇게 해서 나온 작품을 기존의 '동시'라는 용어와 구별하여 '아동시'란 명칭으로 부를 것을 재차 제안하였다. 전술한 바와 같이 그의 이런 주장은 이미 1965년 제기한 것이다. 그는 1974년 『창작과비평』 겨울호에 발표한 글 「동시란 무엇인가」에서 이것을 또다시 언급하며 어디까지나 동시는 어른이 쓰는 것임을 분명히 한다. 그러나 이는 역설적으로 당시 아동문단이 그가 주장하는 '아동시(어린이시)'란 용어를 적극적으로 수용하지 못했음을 보여주는 반증이 아닐까 한다.

석용원은 『아동문학개설』에서 아동문학의 운문 장르를 동요와 동시로 대별한 뒤 동요를 다시 가사동요(가창동요)와 시적 동요(형상동요)로 동시를 요적 동시(형상동시)와 시적 동시(자유동시)로 구분하였으며 시적 동요와 요적 동시를 묶어 동요시로 부를 수 있다고 기술하였다.[27] 석용원의 이런 장르 구분은 그가 새롭게 창안해 낸 것이 아니라 이미 60년대 조지훈이 제기한 분류방법을 그대로 따른 것에 불과하다고 볼 것이다.

박화목은 『교사를 위한 동시교실』에서 아동문학의 운문 장르를 형태상과 내용상으로 각각 분류하여 형태상으로는 정형시·자유시·산문시, 내용상으로는 서정시·서사시·담시로 나눌 수 있다고 보았으며 다시 서정시의 하위 장르로 자연시·생활시·관념시를 제시하고 있다.[28]

4) 1980년대 이후

1980년대 이후에 나온 아동문학이론서들의 장르 구분을 보면 그것들은 대개 70년대까지 형성된 장르 용어들의 범주를 크게 벗어나지 않는

27 석용원, 『아동문학개설』, 예문관, 1974, 197쪽.
28 박화목, 『교사를 위한 동시교실』, 백록출판사, 1978, 45~82쪽.

것 같다. 그것은 대개 80년대 이전 전개된 분류법을 차용한 방식이거나 그것을 혼합한 방식으로 드러난다.

이재철은 『아동문학의 이론』에서 60년대 『아동문학개론』에서 이미 언급한 것처럼 아동문학의 장르를 크게 시, 소설, 희곡으로 삼분한 뒤, 시의 장르를 다시 동요와 동시로 대별한다. 그는 동요를 전래동요와 창작동요로 나누고, 동시를 정형동시, 자유동시, 산문동시로 나누고 있다. 그가 종래에 동시를 자유동시와 산문동시로 이분화했던 것에 비해 '정형동시'라는 새로운 용어가 동시의 한 하위 장르로 삽입된 것을 알 수 있다. 이를 도식화하면 다음과 같다.

<table>
<tr><td rowspan="6">시</td><td rowspan="3">동요</td><td rowspan="2">전래동요</td><td>구전동요</td></tr>
<tr><td>기재동요</td></tr>
<tr><td>창작동요</td><td></td></tr>
<tr><td rowspan="3">동시</td><td>정형동시</td><td></td></tr>
<tr><td>자유동시</td><td></td></tr>
<tr><td>산문동시</td><td></td></tr>
</table>

위 표에서 알 수 있는 바와 같이 이재철은 아동문학에서의 시 장르에 역사성을 띤 순서 개념을 부여한다. 그의 인식에 따르면 아동문학에서의 시 장르는 전래동요(구전동요 → 정착동요로 진전) → 창작동요 → 정형동시 → 자유동시 → 산문동시 순으로 진전된 것으로 파악된다. 그는 장르 개념을 문학사적 흐름에 대입함으로써 장르 용어 간에 발생했던 문제를 얼마간 극복한다.

가령 그가 생각하는 동요는 이전 시기의 논자들이 파악한 '부르는 노래'의 성격을 여전히 지니지만 '읊는 동요'와 그 구분이 더 이상 모호해지지 않는다. 그가 정의하는 동요는 구전에서 기재의 과정을 밟아 내려온 전래동요와 1920년대 신문학의 대두와 함께 나타난 7 · 5조의 창작동요로 구분하면 되기 때문이다. 앞서 『아동문학』지의 논자들이 복잡하게 말한 동요와 동시의 구분 문제 또한 이재철의 장르 구분법에 비추어 볼 때 그리 복잡한 문제가 되지 않는다. 이재철은 창작동요에서 정형동시(시적 동요 · 요적 동시)로의 진전을 '요'에서 '시'로의 발전과정으로 파악한다. 즉 요에서 시는 가요 → 시가 → 시의 순서로 발전하게 되는데, 그가 말하는 정형동시는 동요에서 자유동시로 가는 중간 단계에서 나타난 시가 양식으로 인식하면 되는 것이다. 이렇듯 운문 장르 구분을 '전래동요에서 산문동시로' 발전하는 개념으로 파악한 이재철의 방식은 종전의 동요와 동시를 모호하게 구분하던 방식을 극복한 미덕은 있으나 한편으로 과거에 나타난 장르와 현재 나타난 장르 간에 수직적 위계를 설정하고 있다는 점에서 한계를 지니고 있다.[29]

유창근은 『현대아동문학론』(동문사, 1989)에서 아동문학의 운문 장르를 시라고 명명한 뒤 그 분류를 다음과 같이 하고 있다.[30]

<table>
<tr><td rowspan="5">시</td><td rowspan="3">동요</td><td rowspan="2">전래동요</td><td>구전동요</td></tr>
<tr><td>기재동요</td></tr>
<tr><td colspan="2">창작동요</td></tr>
<tr><td rowspan="2">동시</td><td colspan="2">자유시형 동시</td></tr>
<tr><td colspan="2">산문시형 동시</td></tr>
</table>

위의 분류는 이재철이 『아동문학개론』에서 보여주었던 분류법을 연상시킨다. 그는 같은 책에서 동시를 형식상 자유동시, 산문동시, 장동시, 동화시로 구분할 수 있으며, 내용상 서정동시, 생활동시, 관념동시, 서사동시로 구분할 수 있다고 해놓았는데,[31] 그 구분 기준이 매우 모호함을 알 수 있다. 이 역시 앞의 이재철이나 박화목의 분류법을 혼합한 것이 아닌가 생각된다.

---

29 그러나 이재철이 제시하는 정형동시와 자유동시의 구별은 참고할 만한 데가 있다. 그는 정형동시가 "음악적 평면적 유형적 표현을 하기 쉬운 운문적 정조를 바탕으로 삼"고 있는 데 반해, 자유동시는 "회화적 입체적 영상적 시적 미를 추구하고 나아가 사유적 이미지를 지향하는 생각하는 시, 곧 논리적 미까지 추구하게 된 것"이라 설명하여 둘의 차이를 구분하고 있다. 이는 두 장르 간의 차이를 단지 율격으로만 구분하려던 종래의 방식을 보완하는 시도라 여겨진다. 이재철, 『아동문학의 이론』, 형성출판사, 1984, 16~20쪽 참조.

30 유창근, 『현대아동문학론』, 동문사, 1989, 36쪽.

31 유창근, 위의 책, 110~114쪽.

70년대에 조지훈의 분류법을 그대로 차용하여 동요와 동시를 나누었던 석용원은 『아동문학원론』(학연사, 1989)에서 그것을 다음과 같이 분류하고 있다.[32]

<table>
<tr><td rowspan="5">시</td><td rowspan="3">동요</td><td colspan="2">전승동요</td></tr>
<tr><td rowspan="2">창작동요</td><td>가사동요</td></tr>
<tr><td>시적동요</td></tr>
<tr><td rowspan="2">동시</td><td colspan="2">자유시형 동시</td></tr>
<tr><td colspan="2">산문시형 동시</td></tr>
</table>

동요를 '전승동요'와 '창작동요'로 구분하고 창작동요의 하위장르로 가사동요와 시적 동요를 놓았으며, 동시를 자유시형 동시와 산문시형 동시로 나누었음을 알 수 있다. 이런 그의 변화를 단순히 70년대 이후 전개된 창작의 경향을 수용한 결과로 판단할 수 있는지는 역시 의문이다.

박민수는 『아동문학의 시학』(양서원, 1993)에서 우선 동시를 시의 하위장르로 위치시킨 뒤 그 동시를 정형동시와 자유동시로 아래와 같이 분류한다.[33]

<table>
<tr><td rowspan="6">시</td><td rowspan="6">동시</td><td rowspan="4">정형동시</td><td rowspan="3">동요시</td><td colspan="2">전승동요시</td></tr>
<tr><td rowspan="2">창작동요시</td><td>가사동요시</td></tr>
<tr><td>본격동요시</td></tr>
<tr><td colspan="3">동시조</td></tr>
<tr><td rowspan="2">자유동시</td><td colspan="3">자유시형 동시</td></tr>
<tr><td colspan="3">산문시형 동시</td></tr>
</table>

박민수의 이런 분류법은 앞서 진술한 유창근과 석용원의 분류법에 비해 독특한 면이 있다. 우선 이재철이 창작동요에서 자유동시로 이행해 가는 과정에서 나타났다고 본 '정형동시'란 용어를 아예 '정형률을 가진 아동문학의 운문'의 개념으로 넓혀 사용하고 있다.[34] 이 정형동시의 하위 장르에 그는 '동요시'와 '동시조'를 배치한다. 종래 흔히 '동요'라 명

32 석용원, 『아동문학원론』, 학연사, 1989, 201쪽.
33 박민수, 『아동문학의 시학』, 양서원, 1993, 92쪽.

명했던 장르에 '시'라는 용어를 붙였으며,[35] 이전 장르 구분에서 전혀 나타나지 않던 '동시조'를 과감하게 정형동시 안에 넣고 있다. 이는 1990년을 전후하여 '동시조'라는 형태의 창작이 활발히 이루어지고 있는 현실을 반영한 결과라 짐작된다.

최근 나온 신헌재·권혁준·곽춘옥 공저 『아동문학의 이해』(박이정, 2007)에는 동시의 유형을 형태와 내용면으로 나누어 분류하고 있다. 형태면으로는 정형동시, 자유동시, 산문동시로, 내용면으로는 서정시, 이야기시(동화시)로 나눌 수 있다고 보았다.[36] 이런 분류법은 성인시를 형식적인 관점에서 정형시, 자유시, 산문시로 나누고 내용면에서 서정시, 서사시, 극시로 유형화하는 방법을 차용한 것이다. 특이한 점은 내용면에서 성인문학의 서사시에 해당하는 갈래의 명칭을 '이야기시'로 하자고 제안한 점[37]과 극시는 거의 창작되지 않으므로 동시를 분류할 때는 극시를 포함시킬 필요가 없다고 보고 있다는 점이다.

김정진은 『아동문학의 이해』(새미, 2008)에서 "동요와 동시의 구분"이 "애매모호"함을 상기시키며, 전래동요는 구전작품과 기록된 작품으로

---

34 신현득은 최근의 논문 「한국동시 100년－정형동시(동요)를 중심으로」(『한국아동문학연구』 제15호, 한국아동문학학회, 2008. 12, 29~50쪽)에서 "동시를 정형동시와 자유동시로 크게 나누는데 정형동시는 전승동요와 창작동요, 동시조 등을 아우른 용어"라 설명하며, 현대문학 이후 시작된 정형동시의 갈래로는 "창가, 창작동요, 동시조" 등을 들 수 있다고 언급하고 있다. 신현득은 종래 동요와 구별해 보던 '창가'를 정형동시의 갈래 안으로 끌어들임으로써 창가가 지닌 문학적 위치를 보다 긍정적으로 평가하고 있다. 이를 보면 신현득이야말로 '정형동시'란 용어를 정형률을 가진 아동문학의 폭넓은 운문 개념으로 사용하고 있는 논자라 생각된다.

35 1990년대 최지훈 또한 『동시란 무엇인가』에서 '동요시'라는 용어를 다음과 같이 설명하고 있다. "동요시는 동요로 부르기 좋은 시입니다. 동요는 노랫말에 곡조를 붙여 즐겁게 부르게 된 어린이들의 노래입니다. 그러니까 동요시는 적당하고 재미난 곡을 붙여 부르면 훌륭한 노래가 될 수 있습니다. 동요의 가사라고 해서 무조건 동요시라고 할 수는 없습니다. 동요 가사, 곧 동요의 노랫말 중에는 놀이말, 재롱말도 있고 예술적 아름다움과는 거리가 먼 가사들도 많습니다. 동요시란 동요 가사들 중에서도 예술적 아름다움을 지닌 것을 말합니다. 동요시는 동요가 되기 전에 이미 문학으로서 시이기 때문입니다."(최지훈, 『동시란 무엇인가』, 민음사, 1992, 60쪽) 이 글에 나타나는 동요시의 개념은 박민수가 설정한 동요시 개념보다 60년대 조지훈이 밝힌 '동요시'의 개념과 더 가깝다고 판단된다.

36 신헌재·권혁준·곽춘옥 공저, 『아동문학의 이해』, 박이정, 2007, 136~143쪽 참조.

37 이런 제안을 한 까닭은 "동시단에서 '이야기시'라는 이름으로 시가 발표되고 있으며, 이 '이야기시'는 성인문학에서의 '서사시'와 그 성격을 달리하기 때문"이라고 적고 있다. 위의 책, 139쪽.

나눌 수 있고, "종래 동요라는 이름으로 불리던 창작동요 중 가창적 기능이 강한 요적 동요는 동요로 남게 되는 것이고, 시적 동요와 동시조는 정형동시로 다루어지게 된"다고 밝히고 있다.[38] 이는 앞에서 살펴본 박민수가 구분한 방법과 비슷한 발언이라 할 수 있다. 김정진은 또한 동시를 "형태 중심이 아닌 소재 중심으로 분류할 때 서정·서경·서사의 3종으로 나누어 볼 수 있다"고 전제하며, "동화시는 대체로 서사동시의 영역에 포함"된다고 보았다.[39]

1965년 이오덕에 의해 처음 제기되어 1970년대 이후 그 이론적 바탕이 마련된 '아동시(어린이시)'라는 명칭은 이른바 학교 현장에서 글쓰기 교육을 실천하는 교사들에 의해 확산되어 그 용어의 위상이 어느 정도 확립되었다.[40] 그러나 동시와 아동시를 구분하지 않고 쓰는 사례는 여전히 발견된다.[41] 어린이시가 본디 시를 지향하고 씌어진 문학 작품은 아니지만 이미 문학의 성격을 지니고 있다는 점에서 "어린이가 쓴 동시" 즉 '동시'라는 용어로 바꾸어 불러야 한다는 주장이 새롭게 제기된 바도 있다.[42] '아동시'라는 용어에 대한 이런 혼란은 그것이 지니는 기의보다 주로 기표를 둘러싸고 발생하는 문제라 할 수 있다. 어른이 쓴 '동시'와 구별되는 개념으로서 어린이가 쓴 '시'를 지칭하는 명칭에 대한 새로운 합의가 필요한 시점이다.

38 김정진, 『아동문학의 이해』, 새미, 2008, 52쪽.
39 김정진, 위의 책, 54쪽.
40 동시를 쓰는 이준관은 최근 동시작법을 안내하는 글에서 "동시는 어른이 쓴 시고 어린이시는 어린이가 쓴 시다. 따라서 어린이가 쓴 작품은 동시가 아니라 '어린이시' 또는 '아동시'라고 해야 한다"고 밝히고 있다. 『동시 쓰기』, 랜덤하우스, 2007, 13쪽.
41 가령 김용택이 엮은 어린이시집 『우리 형 새똥 맞았다』(파랑새어린이, 2007)나 『학교야 공차자』(보림, 2000) 들을 보면 시집의 명칭을 '동시집'이라 명명해 놓았다.
42 이지호, 「시, 동시, 어린이시」, 『문학교육학』 12호, 한국문학교육학회, 2003. 12, 245~277쪽 참조.

4. 결론

이 글은 해방 이후 전개된 아동문학 운문 장르의 명칭을 고찰하기 위한 목적으로 씌어졌다. 장르 명칭이 실제 어떻게 쓰였는지를 확인하기 위하여 1946~1988년까지의 운문 창작집에 드러난 장르 명칭과 잡지 목차에 쓰인 장르 명칭, 그리고 이론서에 나타나는 장르 구분의 사례를 중심으로 살펴보았다. 창작집에 드러난 장르 명칭은 1960년대에 '동요집'에서 주로 '동시집'으로 전환이 이루어졌음을 확인하였다. 잡지 목차에 드러난 명칭 또한 1950년대까지는 동요, 소년시, 동시 등이 혼재하다가 1960년대 동시로 단일화되는 경향을 발견할 수 있었다. 이론서에 나타나는 장르 구분은 창작집이나 잡지 목차에서 드러나는 경향과는 다르게 다소 복잡한 일면을 띤다. 50년대까지는 동요, 동시, 자유시(어린이 자유시)란 용어가 나타나다가 60년대 초 동요를 요적 동요와 시적 동요로, 동시를 요적 동시와 시적 동시로 구분하려는 경향이 나타남에 따라 동요시라는 용어가 대두되며, 이후 이재철 등에 의해 전래동요, 창작동요, 자유동시, 산문동시 등의 용어가 등장하여 아동문학의 운문 장르는 새로운 장르 개념들을 갖게 되었다. 다른 한편 동요작법 동시작법 등의 명목 아래 아동들로 하여금 성인들이 쓴 동요, 동시를 흉내 내게 한 종래의 시쓰기 지도 방법에 근본적인 변혁을 촉구하는 의미에서 이오덕에 의해 아동시 개념이 새롭게 대두되었다. 70년대에는 동시의 개념을 넓히고 질적 수준을 제고하자는 의미에서 '어린이를 위한 시'라는 용어를 도입하자는 주장 또한 제기되었다. 80년대 이후는 6, 70년대 산출된 운문 장르의 여러 개념들을 계승하면서 창작현실에서 새롭게 제기되는 용어들을 추가하는 경향을 보인다. 특히 동시조가 동요시의 하위 장르로 자리매김된다거나 동화시, 장동시, 서사동시들에 대한 보다 구체적 개념이 설정된 것은 그러한 사례 가운데 하나다.

이 글은 해방 이후 아동문학 운문 장르의 명칭의 사적 전개 과정을 살피는 데 그칠 뿐, 그 전개 과정에서 나타난 용어의 적절성 여부에 대한 판단과 장르 개념 논의에 대한 필자 나름의 의미 부여를 유보한 측면이 있다. 용어와 장르 개념에 대한 논의의 적절성 여부는 당대 산출된 구체적인 작품들과의 비교 검토를 통해서 보다 온전히 탐색될 수 있을 것이라 생각한다. 이러한 문제에 대한 본격적인 접근은 차후 과제로 미루고자 한다.

참고문헌

1. 기본자료

『소학생』, 『소년』, 『소년세계』, 『어린이다이제스트』, 『아동문학』, 『아동문학평론』, 『아동문예』, 『새싹문학』, 『시와동화』, 『아침햇살』, 『어린이문학』, 『한국동시문학』, 『창비어린이』, 『어린이와문학』, 『오늘의동시문학』

2. 참고논저

김정진, 『아동문학의 이해』, 새미, 2008.

김요섭 책임편집, 『동요와 시의 전망』, 보진재, 1972.

김용택 엮음, 『우리 형 새똥 맞았다』, 파랑새어린이, 2007.

김용택 엮음, 『학교야 공차자』, 보림, 2000.

김철수, 『동요 짓는 법』, 고려서적, 1949.

박목월, 『동시 교실』, 아데네사, 1957.

박민수, 『아동문학의 시학』, 양서원 1993.

박영기, 「일제강점기 동시 및 동요 장르명의 통시적 고찰」, 『아동청소년문학연구』제4호, 한국아동청소년문학학회, 2009. 6, 103~138쪽.

박화목, 『교사를 위한 동시교실』, 백록출판사, 1976.

석용원, 『아동문학개설』, 예문관, 1974.

______, 『아동문학원론』, 학연사 1989.

신헌재 · 권혁준 · 곽춘옥 공저, 『아동문학의 이해』, 박이정, 2007.

신현득, 「한국동시 100년—정형동시(동요)를 중심으로」, 『한국아동문학연구』 제15호, 한국아동문학학회, 2008. 12, 29~50쪽.

유경환, 『현대동시론』, 배영사, 1979.

유창근, 『현대아동문학론』, 동문사, 1989.

이오덕, 『글짓기 교육의 이론과 실제』, 아인각, 1965.

이원수, 『아동문학입문』, 웅진출판, 1984.

______, 『동시 동화 작법』, 웅진출판, 1984.

______, 『아동과 문학』, 웅진출판, 1984.

이준관, 『동시 쓰기』, 랜덤하우스, 2007.
이재철, 『아동문학개론』, 문운당, 1967.
______, 『현대한국아동문학사』, 일지사, 1978.
______, 『아동문학의 이론』, 형성출판사, 1984.
______, 『세계아동문학사전』, 계몽사, 1989.
이지호, 「시, 동시, 어린이시」, 『문학교육학』 12호, 한국문학교육학회, 2003. 12, 245~277쪽.
최지훈, 『동시란 무엇인가』, 민음사, 1992.
한정호, 「광복기 경남 · 부산지역의 아동문학 연구—남대우 이원수 김원룡의 동시집을 중심으로」, 『한국문학논총』 40호, 한국문학회, 2005, 350~357쪽.

- 아동문학의 장르와 용어_김상욱
- 지난 10여 년간 동화 · 아동소설의 흐름과 장르 문제_선안나
- 현단계 아동문학 장르론에 대한 비판적 고찰_여을환
- 판타지를 바라보는 장르론적 입장_조태봉
- 옛이야기와 서사 장르 체계_이지호
- 청소년소설의 장르 용어 고찰_오세란
- 초등 문학교육 장르 용어의 통시적 고찰_권혁준

제3부
현단계
아동청소년문학의
장르와 용어

아동문학의 장르와 용어

김상욱

1. 장르의 난맥상과 아동문학

사례 1

최근 지난 2008년의 동화를 돌아보는 자리를 가졌다. 몇몇 평론가들이 모여 동향을 점검하고, 합평을 하는 자리였다. 이 자리에서 2008년 아동문학의 가장 두드러진 특성으로 '저학년' 동화의 약진을 꼽았다. 그런데 과연 '저학년 동화'란 동화의 하위 장르는 존재할 수 있는가? 그렇다면 '저학년', '중학년', '고학년' 동화도 설정이 가능한가? 자연스럽게 든 의문이었다. 같은 자리에서 최근 청소년문학의 발전 또한 인상적임이 논의되었다. 그런데 청소년문학에서 서사 장르는 왜 청소년소설인가? 청소년동화는 왜 아닌가? 현재의 청소년소설은 소설적 세계를 담아내고 있는가? 동화적 세계와 소설적 세계는 무엇이 서로 다른가? 이숱한 의문들에 관해 이 자리에서는 논의를 구체화하지는 못하였다.

김상욱
childlit@empal.com 춘천교육대학교 국어교육과 교수, 아동문학평론가. 저서로 『숲에서 어린이에게 길을 묻다』 『어린이문학의 재발견』 『국어교육의 재개념화와 문학교육』 『시의 길을 여는 새벽별 하나』 들을 썼다.

사례 2

2007년 국어과 교육과정이 개정되었다. 개정된 교육과정은 담화의 장르를 중심에 두는 것이 특징이다. 기능을 중시한 이전의 교육과정보다는 진일보한 것이다. 그런데 이 교육과정은 매 학년 지나칠 정도로 친절하게, 다루어야 할 장르의 종류를 적시하고 있다. 그 가운데 그림동화와 그림책이 혼용되고 있다. 그림동화란 용어는 정확한가? 만약 상위범주가 동화라면 가능할 법하지만, 그림책이라면 그림동화는 그릇된 용어가 아닐 수 없다. 그림책의 하위범주는 이야기그림책이 적합한 장르 명칭이 아닐까?

사례 3

최근 잭 자이프스(Jack Zipes)의 책이 번역되었다. 『동화의 정체』란 제목이다. 그러나 원래의 제목은 'Fairy Tale and The Art of Subversion'이었다. '요정담과 전복의 예술'쯤이 원제에 가까운 번역일 것이다. 그러나 고심 끝에 역자는 요정담을 '동화'로 일괄 바꾸기 함으로써, 다시 한 번 동화라는 용어가 지닌 잡식성을 입증해 주었다. 민담인가, 요정담인가? 그저 옛이야기인가?

이들 몇 가지 사례만으로도 아동문학의 용어들이 얼마나 난맥상을 보이는지 익히 짐작할 수 있다. 심지어 가장 기초적인 개념인 아동문학조차 어린이문학인지 아동문학인지 확정하기 어렵다. 이와 같은 용어의 혼란은 인문학 일반이 지닌 가치담지적인 성격으로 말미암아 끊임없이 새로운 개념어들이 부침하는 현상과 일맥상통하는 바가 없지 않다. 특히 문학은 예술적 맥락 안에서 사회적, 문화적 상황에 조응하는 가운데, 끊임없이 장르의 규범을 위반하며, 기존 장르에 변형을 가하며, 새로운 장르를 창출한다. 따라서 고정되고 규범적인 장르는 애초 존재하지 않는지도 모른다.

그러나 아동문학을 둘러싼 용어와 장르의 난맥상들을 인문학이나 문학의 특성으로 단정하고 넘어가기에는 석연치 않다. 가장 기초적인 용어의 문제는 학문과 비평을 가능케 하는 전제조건이기 때문이다. 따라서 아동문학의 학문적 정초를 위해, 또 비평 담론의 활성화를 위해 장르 및 용어의 문제는 시급히 해결해야 할 과제가 아닐 수 없다.

2. 장르론의 최근 동향과 아동문학 장르의 특수성

종류나 유형을 의미하는 라틴어 genus(종족, 혈통)로부터 나온 용어인 장르는 아리스토텔레스의 『시학』과 『수사학』 이래 문학과 수사학 분야에서 아주 종요로운 개념이 되었다. 서사시와 비극으로 시작된 장르는 서정, 서사, 극으로 헤겔(Hegel)에 이르러 안착되었으며, 이후 이어져온 전통적인 장르의 개념은 텍스트의 유형을 형식적으로 분류하는 틀로 간주되어 왔다. 이는 마치 식물의 분류처럼 유개념과 종개념, 기본 장르와 변종 장르 등으로 객관적이며 위계화된 분류 틀로 인식되어 온 것이다. 그러나 1980년대 이후 할리데이(Halliday)의 체계기능론, 바흐친(Bakhtin)의 대화주의, 최근 앤서니 기든스(Anthony Giddens)의 구조이론, 러시아의 행동체계론 등에 힘입어 장르 논의는 문학 연구의 새로운 중심으로 진입해 오고 있다. 전적으로 새로운 관점으로 장르를 보기 시작한 것이다.

전통적인 장르 개념은 근본적으로 장르를 객관적이고 중립적인 것으로 간주한다. 장르의 분류 또한 명료한 준거를 바탕으로 위계화할 수 있다고 생각한다. 그리고 개별 작품을 장르에 귀속시키는 본질적인 속성, 곧 내용과 형식의 필요 충분한 자질을 갖춘 이상적인 유형화를 시도한다. 이는 분명 문학의 엄밀한 학문적 정합성을 위해서는 아주 매혹적인 듯이 보인다. 그러나 정작 장르는 엄격한 규칙에 기대어 존재하는 것이 아니다. 개별적인 작품을 통해 규정된 것이라기보다 장르는 추상적인 일반화에 바탕을 둔 이념적 모형에 불과하기 때문이다. 따라서 장르는 엄격한 규정 아래 설정된다기보다 느슨한 가족유사성과 같은 폭넓은 닮은꼴로 존재할 따름이다. 장르의 체계는 논쟁을 허락지 않는 명료한 '지도'가 아니라, 고작해야 느슨한 합의로 존재할 뿐이다.

전통적인 장르 개념과 달리 장르를 보는 새로운 관점은 다양하게 전개되고 있다. 예컨대 로즈마린(Rosmarin)은 장르가 문학비평가의 도구일 뿐임을 공공연하게 말함으로써 학문적 체계를 근본적으로 부정한다. 특히 비비(Beebee)를 통해 문학장르와 이데올로기의 긴밀한 결합에 관해 논의되기에 이르렀다. 요컨대 장르를 지배 이데올로기를 재생산하는 사회적 통제의 수단으로 간주한다. 또한 코헨(Cohen)은 문학 장르를 고정된 것이 아니라 역동적이며 변화 가능한 것으로 간주한다. 더욱이 차이로서 장르의 특성뿐만 아니라, 장르와 장르 사이의 유사성이란 관점에도 주목하게 된다.

> 장르는 독립적으로 존재하지 않는다. 장르는 다른 장르와 경쟁하거나 대립하며, 보완하고 늘어나며, 상호연관되어 있다. 장르는 그 자체로 존재하지 않는다. 장르들의 체계 혹은 위계 속에서 명명되고 설정된다. 그리고 체계와 그 구성원들을 통해 규정된다. 따라서 장르는 다른 장르와의 연관을 떠나서는 이해될 수 없다. 따라서 특정한 시기 장르의 목적과 목표는 다른 장르와의 상호관련과 상호 구분을 통해 규정된다.[1]

이와 같은 복합적인 상호작용이야말로 오늘날 장르론의 핵심이며, 기

---

1 Cohen, History 207쪽.

존의 형식주의적인 장르론을 거부하는 것으로 나타난다. 곧 "형식주의는 텍스트에 존재하는 것을 기술하는 것으로 제한되는 반면 텍스트의 장르적 읽기는 텍스트에 존재하지 않는 것, 텍스트가 말하지 않는 것, 궁극적으로는 텍스트로 할 수 없는 것에 동등하게 기반을 두고 있다"(263)라고 Beebee는 말한다. 결국 장르는 정태적인 범주화나 텍스트의 자질들로 규정되는 것이 아니라, 작가, 독자, 과거의 텍스트들과 맥락의 상호작용을 통해 창조되는 역동적인 개념으로서 재규정되고 있는 것이다. 이런 점에서 니콜라예바의 장르 논의는 현재의 변화된 양상을 잘 보여준다.

> 장르의 개념이 단순히 도구이며, 텍스트를 논의하기 위해 사용하는 추상적인 범주임을 이해하는 것이 필수적이다. 결정적으로 특정한 책이 특정한 장르에 귀속된다고 주장할 수 없다는 점이다. 비평가의 태도와 취향에 따라 같은 텍스트가 다른 장르적 자질들을 가질 수 있다. (…) 장르는 텍스트를 간편하게 넣어둘 수 있는 파일 서랍처럼, 더 이상 폐쇄적이고 자족적인 단위로 간주될 수 없다. 장르의 경계는 유연하고 역동적이다. 이미 확립된 범주들과 실제로 맞지 않는 새로운 텍스트들이 등장할 때마다 장르는 변화한다. 그리고 가장 중요한 양상은 우리들이 더 이상 텍스트가 **장르에 속한다고 말하지 않고, 장르에 참여한다**고 말한다는 점이다. (…) 더욱이 문학텍스트를 분류하는, 단순하고 일관된 방식은 존재하지 않는다. 어떻게 장르를 다루고, 분리된 장르로서 규정하는 것은 목적에 달려 있다. (…) 마찬가지로 우리는 다양한 목적에 따라 다른 분류의 원리를 필요로 한다. 기억해야 할 가장 중요한 사실은 우리가 특정한 장르에 긴요하다고 우리가 발견하는 어떤 자질들을 우리 스스로가 결정해야만 한다는 사실이다. (Nicolajeva, 57~58)

니콜라예바의 논의에서처럼 장르는 귀속성의 범주로 존재하기보다, 개별 작품이 장르에 적극적으로 참여함으로써 기존의 장르를 변형하고 재창조한다. 전통적인 장르의 개념과 오늘날의 장르 개념을 살펴보아도 장르를 어떻게 규정하며, 어떤 장르들이 존재하는가에 관한 합의는 존재하지 않는다.

이는 아동문학이라고 해서 다르지 않다. 아동문학 역시 통합적인 하나의 장르가 아니라 상이한 여러 장르들이 폭넓게 결합하고 있는 범주이기 때문이다. 일반문학이 수 세기 동안 확립된 문학적 체계를 갖추고 있는 것과 달리, 아동문학의 장르는 일반문학과 일정하게 대응하지 않는다. 예컨대 서사, 서정, 극 등의 고전적인 장르들 가운데, 아동문학에서는 서정장르와 극장르가 거의 무의미할 정도로 주변화되어 있다. 서사장르 역시 상황은 그리 간단하지 않다. 예컨대 일반문학의 관습적인 장르의 정의에 따를 때, 아동문학의 모든 서사장르는 어린 주인공의 성장에 관한 이야기라는 점에서 성장소설이라고 지칭할 수 있다. 그러나 이와 같은 관점은 수많은 아동문학 작품의 자질들을 설명하는 데 도움이 되지 않는다.

무엇보다 아동문학은 '장르를 보는 다른 관점을 전제'[2]해야만 한다. 예컨대 판타지 장르는 일반문학에서는 주변적인 장르일 뿐이다. 그러나 『이상한 나라의 앨리스』를 비롯하여 최근의 『해리 포터』에 이르기까지 판타지는 현실주의 작품과 함께 아동문학의 가장 주요한 장르로 자리매김되고 있다. 또 장난감이야기나 동물이야기는 아동문학만의 독특한 장르로 존재하며, 그림책 역시 아동문학의 범주에서 빼놓지 못할 특징적인 장르이다. 이렇게 볼 때, 일반문학의 비평과 이론들이 문학이란 보편적 지향 속에서 아동문학의 논의에 적극적으로 검토되고 원용되어야 함은 물론이며 장르론 역시 다르지 않겠지만, 아동문학의 장르론은 특수성의 관점이 더 한층 엄밀하게 검토되어야 하는 것이다.

---

2 Nicolajeva, 50쪽.

3. 기본 장르와 하위 장르의 문제

아동문학의 장르 논의에서 가장 먼저 검토되어야 하는 것은 기본 장르의 확정이다. 전통적인 일반문학의 논의에 기댈 때, 장르의 4분법은 숱한 문제점에도 불구하고 일반적으로 통용되는 구분법(조동일)이며, 이를 바탕으로 아동문학의 기본 장르를 재구성할 수 있다. 이 가운데 평론은 아동문학의 일부를 이루고 있기는 하나, 아동문학이 어린이를 주요한 독자로 전제한다는 점에서, 엄격히 보아 아동문학의 장르로 귀속시키기는 어렵다. 오히려 평론의 하위 장르로 시평론, 소설평론, 연극평론, 아동문학평론으로 규정하는 것이 장르 구분에 따른 기본적인 원칙을 지킨다는 점에서 합리적이다. 그럼에도 여전히 아동문학평론은 아동문학의 발전과 분리해서 논의할 수 없는 특성을 지닌다. 애초 중심축인 작품과 평론이 연결되어 있다고 한다면, 개별 작품들과 아동문학평론이 동일한 범주 속에 설정되는 것 또한 자연스럽기 때문이다. 구체적인 아동문학의 기본 장르는 다음과 같이 설정할 수 있을 것이다. 그런데 이 간단한 종개념으로서의 기본 장르의 명칭조차 숱한 논란이 예상된다.

서정－시－동시

서사－소설－동화

극－희곡－동극

교술－수필－동수필, 아동문학평론

유개념으로 서정, 서사, 극, 교술이란 일반 범주와 구체적인 역사태로 존재하는 근대 이후의 장르종인 시, 소설, 희곡, 수필 등이 설정될 수 있다. 아동문학의 경우, 애초 근대적 산물이란 점에서 장르종의 역사적 변종들이 아직은 존재하지 않는다. 다만 옛이야기라는 독특한 장르가 문제될 것이다. 옛이야기는 신화, 전설, 민담 등의 상위범주인 설화, 그 가운데 어린이들의 문학으로 탈바꿈한 이야기를 총칭한다. 적어도 아동문학이 생산자의 관점이 아닌, 수용자의 관점을 중시한다고 할 때, 공시적인 지평 속에 존재하는 설화를 장르변종에서 배제한다는 것은 이치에 맞지 않는다. '어린이를 위한 설화'(이지호)라는 넓은 의미로 옛이야기란 장르 명칭을 사용하는 것은 그리 어려워 보이지 않는다. 따라서 서사장르의 경우 옛이야기와 동화가 나란히 장르변종으로 존재한다.

이와 함께 동극과 동수필은 정작 변경에 놓여 있는 장르이므로, 그리 많은 논란을 일으키지는 않을 것이다. 다만 연극의 언어적 대본이 희곡에 상응하는 '어린이를 위한 희곡'에 대한 적합한 명칭이 없는 것은 여전히 아쉽다. 동극은 이미 극예술이지 그 자체가 문학의 장르종이 될 수는 없기 때문이다. 동극과 동수필이 범주화가 무의미할 정도로 미미한 것과 달리 아동문학에는 그림책이란 독특한 장르가 설정될 수 있다. 물론 그림책의 외연은 문학으로 포괄할 수 없을 정도로 넓으며, 다만 이야기그림책과 시그림책만이 아동문학 범주 속에 편입될 수 있을 것이다. 이를 다시 정리하면 다음과 같다.

동요, 동시
옛이야기, 동화
이야기그림책, 시그림책
아동문학평론

이렇게 두고 보아도 문제는 여전히 남는다. 먼저 동시는 시와 혼용되어 쓰이고 있는 것이 현실이다. 교과서에서도 시와 동시가 혼용되고 있다. 이는 한시바삐 바로잡아야 할 것이다. 동시를 시로 통칭한다는 것은 아동문학의 특성을 무시한 것이며, 열등의식의 또 다른 발로일 뿐이다.

더욱이 동시가 시로 지칭됨으로써 동시만이 지닌 독특한 운율을 포기하고 이미지로 경사되고 만 것은 우리 동시의 발전을 위해 두고두고 뼈아픈 선택이 아닐 수 없다. 그런데 동시와 함께 동요가 1920년대와 30년대의 주도적인 서정 장르로 존재하였다. 이에 대한 평가와 현재성은 따로 더 깊은 논의를 필요로 한다.

동시와 함께 그림책도 언급하지 않을 수 없다. 이야기그림책과 시그림책이 아동문학의 범주 속에 포함된다고 할 때, 시그림책의 독자적인 존재 가능성이 문제된다. 전통적인 그림책이 글과 그림의 관계를 통해 형성되고, 글보다 그림의 역할이 주도적(Nodelman)이라고 할 때, 지금 엿볼 수 있는 시그림책은 기실 모두가 이야기그림책과 다를 바가 없다. 글 텍스트는 시이지만, 그림이 궁극적으로 서사의 형태로 이야기의 진행을 끌어가고 있기 때문이다. 윤석중의 「넉점 반」에 이영경이 그린 그림책 『넉점 반』에서 글 텍스트는 분명코 동시를 해체한 형태의 독립된 행으로 존재하며, 주도적인 그림은 서사적 장치로 작동하기 때문이다.

이렇게 정리하고도 남게 되는 것은 아동문학의 주도적인 장르인 서사 장르, 그 속에서 옛이야기와 동화의 명칭이다. 옛이야기를 민담과 요정담으로 구분하는 한편, 창작옛이야기를 글옛이야기로 지칭하자는 제안(김환희)에 이르기까지 여전히 해결해야 할 많은 과제를 남겨두고 있다. 여기에서는 다만 옛이야기와 창작옛이야기라는 범주만 설정하는 것으로 남겨둘 수밖에 없다. 그러나 창작옛이야기 역시 동화 속에 포함시켜야 하는 문제점이 뒤따르는 것은 사실이다.

동화라는 장르의 명칭에 대한 탐구는 여전히 뜨거운 논쟁을 내함하고 있다. 일본에서 수입된 동화에는 이미 어린이를 위한 설화의 의미를 내재(박숙경)하고 있으며, 방정환은 여기에 새로운 근대적 형식인 어린이를 위한 서사를 덧붙임으로써 한층 문제를 복잡하게 만들고 있다. 특히 일본은 〈빨간새〉 동인들의 선언 이후 동화는 요정담과 같은 낭만적이고 환상적인 이야기를 지칭하는 것으로 방향을 선회하였으며, 이러한 낭만적 계기는 오늘날 일상어법에서 통상적으로 지칭하는 동화의 의미로 또다시 동화 속에 인입되게 되었다. 동화의 의미는 이미 단일한 함의를 갖지 않고, 중층적이며 다층적인 방식으로 존재하는 것이다. 때로는 어린이를 위한 서사 장르 전체를 총칭하는 범주가 되기도 하며, 역사적 맥락 속에서 낭만적인 성격을 극대화하는 하위 범주로서의 동화로 쓰이고 있기도 한 것이다.

예컨대 1924년 조선총독부가 발간한 『조선동화집』의 경우 동화는 일본 메이지유신기에 사용되었던 '오또기바나시'의 의미로 '어린이를 위한 설화'의 의미로 사용되었다. 이와 같은 용법은 1927년 약 30여 개의 설화를 가려 뽑은 한충(韓沖)의 『조선동화 우리동무』가 발행되기도 했고, 한성도서주식회사에서 『동화집 황금새』, 『동화집 바다색시』를 발행하기도 하였다. 동화를 보는 이와 같은 관점은 방정환에게도 이어지고 있다.

> 외국 동화의 수입보다도 가장 중요하고 긴급한 우리 동화의 무대가 될 古來童話의 발굴이 아무것보다도 難事이다. 이야말로 실로 難 중의 難事이다.
>
> 세상 동화 문학계의 重寶라고 하는 독일의 『그림동화집』은 그림 형제가 오십년이나 장세월을 두고 지방 지방을 다니면서 고생고생 모은 것이라 한다. 일본서는 명치 때에 문부성에서 일본 고유의 동화를 모집하기 위하여 전국 각 府縣 당국으로 하여금 각 기관 내의 속학교로 명하여 그 지방 그 지방의 과거 및 현재에 구전하는 동화를 모으려 하였으나 성공하지 못하였고, 근년에 또 俚謠와 동화를 모집하려 하려다가 정부의 예산 삭감으로 또 못 이루었다고 한다. 이러한 예를 보면 고래동화의 모집이 여하히 난사인 것을 짐작할 수 있다.
>
> 이 난중의 난사임을 불관하고 개벽사가 이 뜻을 납하여 쾌연히 이번 고래동화 모집의 거에 출한 성의는 무한 감사한다. 그리고 이 의미 있는 일에 응하여

손수 동화 발굴에 협력해 주시는 응모자 제씨에게도 나는 감사를 드리려 한다.[3]

이 인용에서 알 수 있듯, 방정환에게 동화는 '고래동화'라는 용어로 '어린이를 위한 설화'로 인식된다. 그러나 방정환은 『어린이』지의 창간과 함께 '명작동화'란 이름으로 「성냥팔이 소녀」를 소개하였다. 이는 안데르센의 아동문학사적 위치로 미루어 볼 때, 쿤스트메르헨(Kunst märchen)의 의미로 사용된 것이다. 방정환은 여기에서 한 걸음 더 나아가, '동화'라는 명칭으로 창작동화를 함께 수록함으로써 동화 개념의 현재적 용법을 구축하기도 하였다.

동화(童話)의 동(童)은 아동이란 동이요, 화(話)는 설화이니, 동화라는 것은 아동의 설화 또는 아동을 위하는 설화이다. 종래 우리 민간에서는 흔히 아동에게 들려주는 이야기를 '옛날이야기'라 하나, 그것은 동화는 특히 시대와 처소의 구속을 받지 아니하고, 대개는 그 초두가 '옛날 옛적'으로 시작되는 고로 동화라면 '옛날이야기'로 알기 쉽게 된 까닭이나, 결코 옛날이야기만이 동화가 아닌 즉, 다만 '이야기'라고 하는 것이 가합(可合)할 것이다.[4]

이 인용에서처럼 '옛날이야기만이 동화가 아'님을 명확히 함으로써, 창작동화를 포함하여 동화의 외연을 확장하고 있다. 여기에 또 다른 변화가 야기되는 것은 1925년 오월회의 창립과 함께 소년운동 내부에 사회주의적 경향이 두드러지게 나타나기 시작하면서부터이다. 이 시기에 소년운동의 주도적인 범주였던 '어린이'가 '근로소년', '무산소년' 등으로 대체되는 과정[5]과 궤를 함께 하며, 리얼리즘적인 '소년소설'이 등장

3 방정환, 「새로 개척되는 동화에 관하여」, 『개벽』, 1923.1.
4 방정환, 「새로 개척되는 동화에 관하여」, 『개벽』, 1923.1. 19쪽.

하기에 이른다. 그러나 정작 '소년소설'이란 장르명을 처음으로 사용한 사람 역시 방정환이었다. 방정환은 1924년 『어린이』지에 「졸업의 날」이란 작품을 '소년소설'로 지칭하고 있다. 이는 몇 달 전 발표한 「영길이의 슬픔」(1923. 4)을 '불상한 이야기'라고 지칭한 것과 확연히 다르다. 그렇다고 방정환이 명확한 장르인식을 가진 것은 아니었다.[6] 이후 「만년샤쓰」(1927. 3)에는 다시금 '학생소설'이란 용어를 사용하고 있기 때문이다. 이후 1928년에는 '소녀소설'[7]이 또 다른 용어로 등장한다. 이후 현실주의 동화는 사실동화, 생활동화, 현실동화, 리얼리즘동화, 아동소설, 소년소설 등으로 명칭을 달리하여 사용되었다.

그러나 다채로운 하위 장르의 설정에도 불구하고 현재에 이르러 동화는 아동산문에 해당하는 모든 작품들을 총칭하는 장르명으로 존재하고 있다. 이러한 다층적인 의미를, 장르가 '비평가의 도구'(Rosmarin)라는 논거로 함부로 재단할 수 없기에 문제는 더욱 증폭된다. 당분간 총칭 범주로 동화를 사용하는 것에 만족할 수밖에 없다. 더욱이 최근의 장르론이 배제의 원리가 아닌 통합의 원리를 지향하며, 경계를 설정하는 것이 아니라 중심을 수립하는 방향으로 나아간다는 점은 이를 뒷받침하기에 충분하다.

그런데 문제는 근대문학 형성기에 항용 있기 마련인 용어의 혼란이 아직도 의연히 존재하고 있다는 점이다.

동화란 말의 가장 포괄적인 개념은 '아동에게 들려주기 위한 이야기'로 사용된다. 그러나 본래 동화란 말은 독일어의 Märchen, 영어의 fairy tales에 해당하는 말로서 옛날이야기, 민담, 민화, 우화, 신화, 전설 등과 같은 설화의 형태

5 이기훈, 「20년대 어린이의 형성과 동화」, 『역사문제연구』, No.8, 2002, 40쪽.
6 김부연, 「한국근대 소년소설의 전개과정 연구」, 『교육논총』 24권, 1995.
7 최의순, 「옥점이의 마조막 하소연」, 『어린이』, 1928. 9.

속에서 그 상징적 의미를 포착하여 개작 재화한 아동문학작품을 말한다. 그러므로 동화는 시간과 공간의 한계를 넘어서 수많은 사람들의 소망과 이상, 지혜와 상상력이 넘치는 환상의 보고이다.

본 연구자가 사용하는 동화의 개념으로 가장 적합한 용어인 메르헨의 본 뜻은 경이 혹은 기적 이야기로서 여기에는 신, 요정, 거인, 도깨비, 선녀 등 일상적 생활 주변에서 볼 수 없는 인물과 환경이 등장한다. 오늘날 우리 생활 주변의 에피소드가 동화란 이름으로 나오고 있어서 동화의 본뜻을 혼란시켰기 때문에 본 연구자가 사용한 동화(메르헨)는 이같은 생활주변의 이야기와 구별해서 사용되는 전래동화란 말과 유사개념으로 볼 수 있다.[8]

이 인용에서 '생활 주변의 에피소드', 곧 생활 현실을 바탕으로 창작된 동화는 '동화의 본뜻'에 혼란을 준다고 간주하며, 동화를 메르헨의 의미로 사용한다고 못 박고 있다. 이는 분명 시대착오적인 용례이나, 문제는 이와 같이 동화를 보는 관점이 의연히 명맥을 유지하고 있으며, 권토중래를 도모하면서 한 켠에 존재하고 있다는 점이다. 현재의 동화를 둘러싼 장르론적 논의가 유의미한 것은 바로 이 때문이다. 동화의 전통을 확립하고, 동화에 내재된 본질적인 정신을 여하히 계승, 확장할 것인가 하는 문제에 직결되어 있는 것이다.

4. 동화의 장르 설정과 하위 장르

동화는 아동문학의 가장 주도적인 장르이다. 따라서 아동문학 전체의 학문적, 비평적 논의의 성과와 수준을 가늠케 하는 시금석으로 손색이

8 김경중, 「동화의 특성과 교육적 기능에 관한 연구」, 『동광』, 1988, 5~6쪽.

없다. 그럼에도 이 시금석에 해당하는 논의가 혼란스럽다는 것은 아동문학 논의의 현 단계를 예감케 한다는 점에서 시급히 정리되고, 느슨한 수준의 합의라도 혹은 쟁점에 대한 명료한 자각이라도 한시바삐 검토되어야 한다.

물론 아동문학의 역사적 전통이 오랜 서구에서의 논의 역시 혼란스럽기는 마찬가지이다. 예컨대 니콜라예바가 아동문학 안에 설정하는 장르들을 살펴볼 수 있다. 니콜라예바는 민담, 요정담, 신화를 하나의 장르로, 판타지, 의인동화(animal story), 유머와 넌센스, 역사동화(historical ficition), 일상적 현실주의, 공식 이야기, 다문화 책, 청소년소설(Young adult novel) 등으로 분류한다. 여기에도 Fiction, Story, Novel이 혼재되어 있어 혼란을 야기하기는 우리와 다를 바가 없다. 명료한 장르 명칭이 확정되지 않고 있는 것이다. 그에 비할 때, 동화라는 총칭 장르명이나마 명확하게 지닌 우리의 사정이 상대적으로 나은 편이다.

동화는 아동문학의 산문 장르를 지칭하는 명칭이다. 그런데 운문과 산문은 극문학을 담아내지 못하는 한계를 지니며, 전통적인 장르의 삼분법 혹은 사분법과 조응하지 못하는 측면이 있다. 이에 필자는 운문, 산문, 극 등의 일반문학의 장르 명칭보다 노래, 이야기, 놀이라는 삼분법을 사용하는 것이 한층 적합한 아동문학의 장르류라고 생각한다. 어린이들에게 문학은 문학적 체계라기보다 삶의 리듬과 직결되어 있으며, 노래, 이야기, 놀이야말로 어린이들의 삶의 주요한 양식이기 때문이다.

이야기 장르에 해당하는 의식적이고 체계적인 분류[9]는 이원수에게서 비롯된다. 이원수는 동화와 소년소설을 대척의 자리에 둔다. 그리고 동화보다 소년소설이 한층 본격적인 산문문학이라고 규정하고, 동화가 공상적, 추상적인 문학 형식인 데 반해서, 소설은 현실적, 구상적인 문학

9 최근 유영진이 이에 대해 간략하게 정리하고 있다.

형식이므로 소년소설은 '리얼리티와 휴머니즘'을 지녀야 한다고 밝혔다.

> 소년소설은 동화가 공상 세계를 가지고 있어서 동심이 날아갈 수 있는 넓은 세계이기는 하지만, 현실에서 숨 쉬고 있는 아동들의 생활을 그리고 복잡한 현실 사회에서 자라는 아동을 여실한 아동으로서 작품화하기에는 적당하지 않으므로 현실적인 문학으로서 이것이 필요하게 된 것은 당연한 일이라 할 것이다.[10]

이원수는 동화와 소년소설을 나란히 아동문학에서 이야기 장르의 기본 장르로 확정하고 있는 것이다. 그러나 이원수의 현실주의적 전통을 이어받고 있는 이오덕은 이와 달리, 동화의 하위 장르로 생활동화와 공상동화를 들고 있다.

> 공상동화는 현실에서 있을 수 없는 것을 공상해서 쓴 것이다. 공상의 얘기를 쓰는 까닭은 공상 그 자체가 즐거워 쓰는 수도 있지만, 대개는 일상적인 현실의 세계로서는 보여줄 수 없는 어떤 인생의 진실을 공상 세계에서 표현해 보고자 하는 욕구 때문이다.(중략)
>
> 생활동화는 현실의 삶을 리얼하게 그려 보이는 동화다. 어린이들의 일상적인 삶, 가정과 학교와 사회에서 일어나는 여러 가지 문제를 사실적으로 그려서 어린이들에게 진실을 깨닫게 하고 참되게 살아가는 길을 생각하게 하는 얘기다.[11]

이원수는 동화와 소년소설을 아동문학의 이야기 장르를 양분하는 기본 장르의 개념으로 설정하고 있는 데 반해, 이오덕은 이를 동화라는 단

---

10 이원수, 『아동문학입문』, 웅진, 1984, 30~31쪽.
11 이오덕, 『어린이를 지키는 문학』, 백산서당, 1984, 64쪽.

일한 명칭으로 개념을 사용하며, 이 단일한 동화 개념 아래 공상동화와 생활동화로 하위 장르를 설정하고 있다. 물론 생활동화는 '삶을 리얼하게 그려 보이는 동화'이며, 현실주의 동화를 지칭한다. 생활동화라는 기존의 용법을 그대로 살려 쓴다는 한계는 있지만, 이오덕의 구분은 아주 일반적인 분류법에 충실하다. 결국 아동문학의 장르론은 두 사람의 이론적 선구자들에게서 두 가지 서로 다른 경향을 뚜렷하게 보여주고 있는 셈이다. 이원수의 이원론과 이오덕의 일원론이 그것이다. 이는 결국 동화라는 총칭 장르를 기본 장르로 하는가, 아니면 총칭 장르를 거부하고 동화와 소년소설을 나란히 기본 장르로 설정하는가가 쟁점인 것이다.

이를 이어 받은 원종찬은 다음과 같은 분류 체계를 제시한 바 있다.

방법 \ 연령	낮은 연령(동화)	높은 연령(소설)
초현실	공상동화 (전래동화와 의인동화 포함)	판타지
현실	사실(생활)동화	소년(아동)소설

원종찬은 이원수와 유사한 분류들을 보여주고 있다. 동화와 소설을 연령에 따라 구분하고, 이를 다시금 공상동화와 판타지, 사실동화와 소년소설로 구분하고 있다. 이러한 분류에서 문제되는 것은 아동문학이 이미 독자에 초점을 맞춘 장르 설정인데, 그 안에 또 하나의 연령을 구분함으로써 기본적인 원칙이 동요한다는 점이다. 이 동요는 다시금 동화와 (아동)소설이 나란히 자리잡고 있다는 점에서 증폭된다. 이는 결국 동화와 (아동)소설의 차별성을 표나게 드러내게 될 것이다. 그러나 정작 그 차이가 무엇인지를 밝히기는 쉽지 않다. 그 결과 동화는 상징성을 지닌 쿤스트메르헨(Kunstmärchen)인 창작옛이야기로 가게 될 우려를 갖는다. 또한 공상동화와 판타지, 사실(생활)동화와 소년(아동)소설의 구분 역시 자의적이기 쉽다. 그럼에도 이러한 분류가 가능한 것은 이들 각각을 구

분하는 장르적 특성들이 존재하며 굳어져 가고 있다는 점이다. 그것은 우리 동화문학만이 갖는 역사적 성격에 기인하는 바가 크다. 그러나 분류의 원칙이 갖는 비논리성과 함께 자칫 이러한 구분이 끊임없이 경계를 확장해가는 장르의 속성을 오히려 거꾸로 제한할 염려가 적지 않다는 점이다. 또 한가지 우려스러운 것은 앞서 언급한 김경중과 같은 논자들의 동화에 대한 인식을 공공연히 온존시킬 여지도 적지 않다는 점이다.

물론 이와 같은 분류의 이면에는 '공상동화'에 내재된 '반리얼리즘 또는 역사 현실로부터의 이반이라는 부정의 뉘앙스'를 털어버리고자 하는 기획이 내재된 반면, 아동소설을 통해 리얼리즘 문학정신을 명확하게 부각시키고자 하는 실천적인 의식이 개입해 있다. 이는 다음의 인용에서 잘 드러난다.

> 현재 한국 아동문학의 당면과제는 '소년소설에서 동화로의 이행'이라고 볼 수 있다. [···중략···] 생활 동화는 우리 동화 장르가 동심주의로 기울거나 어린이의 삶을 등진 비현실적인 세계로 나아가려는 데 대한 반대급부로 부상한 것으로 리얼리즘 문학정신이 바탕에 깔려 있었다. 그런데 초현실과 공상을 특징으로 하는 동화의 독자적인 양식에 비추어 이는 엄밀히 아동소설로 수렴을 해야 옳을 것이다. 오늘날처럼 아동문학의 주된 독자가 과거보다 낮은 연령으로 내려가고 있는 추세에서는 당연히 공상이야기의 비중이 더 커진다. 체험의 범위가 매우 좁은 유년기 아이들의 일상 생활을 동화의 특성에 대한 고민 없이 그저 사실적으로 그려낸 작품은 '지루한 생활동화'가 아니면 거짓화해에 따른 작위적인 교훈의 메시지로 떨어지기 십상이다. 이는 과장이든 공상이든 단순 명료한 형상에 인생을 상징적으로 반영하는 동화이거나, 연령이 높아지면서 사회적으로 확장된 체험을 인간의 문제에서 사실적으로 반영하는 소설이거나, 어느 하나를 분명히 선택했더라면 더 나아질 수 있는 것인데 양식에 대한 고민이 결여된 탓에 발생하는 문제이다.[12]

책임 있는 연구자로서 원종찬은 동화를 상징적으로, 소설을 현실적으로 현실과 관계 맺는 장르로 엄격하게 구분한다. 이 구분을 통해 '생활동화'에 현실의 가열찬 정신을 담아낼 것을 주문하고, '공상동화'에 유년기 동화의 특성을 풍부하게 살려달라는 주문이다. 그러나 이와 같은 장르 논의가 현실 속에서 작동할 때, 문제를 야기한다는 점이다.

동화와 소설을 구분하는 순간 장르의 중심축이 이동한다는 사실이다. 단일한 범주로 설정할 때와 이분법적으로 구분할 때, 중심축 역시 단일한 중심축과 분화된 중심축이 각기 존재하게 되는 것이다. 이분법적인 논의는 자연 두 가지 서로 다른 중심항의 설정을 요구하며, 이로부터 동화 전체가 갖는 공통적 자질들이 희석되거나 단순화될 우려가 적지 않다는 점이다. 이와 같은 편향은 동화에서 판타지적 자질을, 소설에서 리얼리즘적인 정신을 각기 요구하고 있는 데에서 잘 드러난다. 그러나 '낮은 학년'의 동화라고 해서 '현실주의'의 규율을 가질 수 없는 것은 아니며, '높은 학년'의 소설이라고 해서 공상성을 도외시할 수 있는 것도 아니다. 이는 결국 소설의 현실성을 위해 동화의 현실성을 희석시키거나 소홀하게 다룰 여지를 남겨두는 것이다.

이와 함께 이 같은 분류법은 아동소설의 소설화 경향을 가속화시킬 우려가 있다. 반면 동화의 비현실성을 온존시킬 여지 또한 나란히 존재한다. 이는 자칫 동화의 장르적 본질, 아동문학의 장르적 특성을 모호하게 흐려버릴 개연성 또한 없지 않다.

예컨대 최근 '낮은 동화'를 두고 유은실의 근작 『멀쩡한 이유정』을 평가한 적이 있다. 필자의 평가는 다음과 같았다.

작품집에 실린 이어지는, 다른 작품들은 여전히 관념이 승한 나머지 현실의 어린 독자와 일정한 거리를 두게 만든다. 예컨대 4학년 '이유정'이 '길치'라는

12 원종찬, 「한국 동화 장르에 관한 연구」, 『민족문학사연구』 30권, 2006, 348쪽.

사실은 다소 극단적으로 형상화되어 있고, 「새우가 없는 마을」과 「눈」은 낮은 학년의 동화는커녕 동화인가 의아하게 만드는 구석이 없지 않다. 무엇보다 이들 작품의 세계는 「할아버지 숙제」에서 보이는 통합의 세계라기보다, 「만국기 소년」과 같은 균열로 넘쳐나는 세계이기 때문이다. 따라서 이들 작품들은 낮은 학년의 동화로 함께 묶이기 힘든 측면들을 안고 있고, 의당 더 한층 단순화되었어야 했다.[13]

이 작품집에서 특히 눈길을 끄는 것은 「새우가 없는 마을」과 「눈」이다. 이들 작품은 비극적인 현실 세계에 깊이 있게 침잠하고 있는 작품이다. 그러나 이들 작품들은 결코 '낮은 학년 동화'로 묶일 수 없는 쓰라린 고통이 잠복해 있다. 물론 필자는 이들 작품들이 동화임은 분명하다고 생각한다. 그러나 동화의 끄트머리에 간신히 매달려 있는 것으로 평가하는 것이다. 명료하지 않지만 중심축을 설정해 본다면 그러하다는 것이다. 이에 대한 원종찬의 논평은 다소 어긋난다.

「새우가 없는 마을」을 필자가 높이 평가한 「할아버지 숙제」만큼이나 아이러니가 번뜩이는 유머러스하고 가슴 깊은 감동을 주는 좋은 작품으로 읽었는데, 필자는 "낮은 학년의 동화는커녕 동화인가 의아하게 만드는 구석이 없지 않다"고까지 했다.

이와 같은 비평적 평가의 차이는 흔히 있을 수 있다. 그러나 이와 같은 평가에는 작품을 동화가 아닌 소설의 관점으로 본 것이기 때문은 아닌지 의아하다. 아동소설의 축으로 중심축을 이동했을 때, 이와 같은 경계에 놓인 작품은 오히려 경계가 아닌 한층 본질에 근접하는 작품으로

---

13 김상욱, 「경계를 넘어서는 글쓰기－최근의 '낮은 학년 동화'」, 『창비어린이』, 2009년 봄호.

평가되기 때문이다. 이와 같은 경향은 김남중의 『하늘을 날다』에서도 동일하게 평가할 수 있다. 특히 작품집 속의 「거짓말」은 마치 잔혹극을 보는 듯한 느낌이 들 지경이다. 소설의 의장 속에서 아주 심도 깊게 삶의 이면을 파헤치고 있음은 분명한데도, 동화는 아니지 않을까 하는 의구심을 떨치기 힘들다는 사실이다.

이러한 경향성의 이동은 저학년동화에서도 다르지 않을 것이다. 특히 원종찬은 유년동화라고 지칭함으로써 유년기적 특징을 강화해 보이고 있다. 그러나 정작 이야기그림책의 발달로 말미암아, 이태준과 현덕, 권정생 등에 힘입어 확립된 유년동화는 기실 앞으로 소멸해갈 것이다. 고작해야 '낮은 학년'의 어린이들이 동화라는 장르 설정에 내재된 구체적인 독자들일 것이다. 이렇게 될 경우, 아동소설이 소설화하는 것과 마찬가지로 동화 또한 동화화하게 됨으로써, 왜소해질 것은 쉽게 짐작할 수 있다는 점이다.

이러저러한 이유로 필자는 아동문학의 이야기 장르를 동화라는 총칭명칭인 동화로 일원적으로 설정할 것을 이미 제안한 바 있다. 이미 동화는 다양한 함축들을 모두 포괄하면서 진전되어 왔으며, 또 진전되고 있기 때문이다. 이를 다시금 이원적으로 구분하는 것은 아동문학의 특수성을 자칫 지워버릴 염려가 없지 않다.

동화—현실주의 동화—역사적 현실주의
　　　　　　　　　—현실주의 동화
　　—판타지 동화　—전통적 판타지(옛이야기)
　　　　　　　　　—현대적 판타지

(김상욱)

물론 이러한 분류에도 문제가 없지는 않다. 이 분류는 서구의 일반적인 아동문학의 분류를 원용한 것이다. 이는 당연히 엄밀한 기준을 갖추고 있다는 점에서 체계화에 기여하는 바가 있는 반면, 우리의 역사적 현실을 충분히 고려하지 못하고 있다는 한계 역시 지니고 있다. 그래도 아동문학의 장르를 논의하는 출발선은 여기까지만으로도 충분히 가능하다. 그 이후에 펼쳐질 하위 장르들은 연구자의 목적에 따라, 비평가의 의도에 따라 얼마든지 다양하게 개발되고, 운용될 수 있기 때문이다.

그런데 원종찬이 앞서 인용한 논문의 결말로 다음과 같은 니콜라예바의 제안을 인용하고 있음은 의미심장하다.

> 오늘의 어린이는 세계문학의 지평에서 문화적 시차를 경험하지 않는 첫 세대이기도 하다. 따라서 앞으로의 장르론은 장르혼합을 비롯한 현대 아동문학의 추이 곧 "전통적인 서술 구조의 파괴나 여러 실험적 양식들의 폭넓은 사용, 시간과 공간의 얽히고설킨 사용, 증가하는 상호텍스트성, 텍스트와 현실 사이의 관계에 대한 전통적인 접근법에 제기되는 의문 같은 현상" 등을 반영하는 진전된 논의로 나아가야 한다.[14]

여기에서 원종찬이 '진전된 논의'라고 평가한 것은 니꼴라예바의 입장이다. 그리고 그 입장은 명확하게 포스트모더니즘적인 입장이다. 니콜라예바는 경계를 확장함으로써 아동문학의 외연을 확대시켜야 한다는 입장을 견지하고 있다. 그러나 니꼴라예바의 관점이 아동문학을 보는 주류의 관점이며, 타당한 것만은 아니다. 예컨대 페리 노들먼은 다른 생각을 지니고 있다. 노들먼은 아동문학의 특성이 '단순성'에 있으며, 그 단순성이 단순한 단순성이 아니라 공명을 불러일으키는 단순성이라고 설명한다. 그리고 이 공명이 무엇보다 계몽적 의지와 낭만적인 소망 충족 사이

14 원종찬, 앞의 논문, 349쪽.

의 양가적 가치가 불러일으키는 긴장 때문이라고 논의[15]한 적이 있다. 그에게는 단순성이야말로 놓칠 수 없는 아동문학의 본질이라는 것이다.

물론 경계를 확장하는 것은 환영할 만한 일이지 폄훼할 일은 아니다. 그러나 중심을 의연히 세운 가운데 경계를 확장하는 것이어야지, 중심마저 흔들리게 하는 확장이어서는 곤란하다. 왜냐하면 아동문학은 문학이 아니라, 아동문학이기 때문이다.

5. 결론

아동문학의 장르와 용어의 문제는 하루 이틀에 생겨난 어려움은 아니다. 오랜 역사적 연원을 지니고 있으며, 긴 시간에 걸쳐 역사적 특성들을 각인시키며 생성되었고 또 분화되어 왔다. 따라서 일거에 문제가 해소되고, 새로운 장르적 체계를 선언으로 구안하기도 쉽지 않다. 그럼에도 장르는 단순히 범주의 문제를 넘어, 작품의 평가와 직결되어 있기에 아무렇게나 방치해도 된다는 것은 아니다. 장르의 중심을 설정하는 한, 작품의 미적 자질의 중심항이 자연스럽게 추론되어 나오기 때문이다. 따라서 여전히 조심스러운 관점이 필요하다.

이 논의에서는 가능한 한 아동문학 용어의 체계화를 위해 단순화된 장르 개념을 설정하는 것이 필요하다는 입장을 견지해 왔다. 장르를 세심하게 구분하는 것 자체가 작가의 의식을 제한하고, 또 독자의 현실성 또한 엄격한 잣대로 구분할 우려가 있기 때문이다. 장르는 엄격한 체계라기보다 느슨한 합의로 존재할 뿐임을 상기하며, 우리 아동문학의 발전을 위해 쟁점을 선명하게 하며 논의가 한층 진척되기를 기대한다.

---

15 Perry Nodelman, "Pleasure and Genre", *Children's Literature*, Vol.28., 2쪽.

참고문헌

1.자료
『개벽』, 『어린이』

2.국내외 논저
김경중, 「동화의 특성과 교육적 기능에 관한 연구」, 『동광』, 1988.
김부연, 「한국근대 소년소설의 전개과정 연구」, 『교육논총』 24권, 1995.
김상욱, 「경계를 넘어서는 글쓰기－최근의 '낮은 학년 동화'」, 『창비어린이』, 2009년 봄호.
김환희, 『옛이야기의 발견』, 우리교육, 2007.
원종찬, 「한국 동화 장르에 관한 연구」, 『민족문학사연구』 30권, 2006.
유영진, 「동화와 소설 사이」, 『어린이와문학』, 2007년 3월호.
이기훈, 「20년대 어린이의 형성과 동화」, 『역사문제연구』, No.8, 2002.
이오덕, 『어린이를 지키는 문학』, 백산서당, 1984.
이원수, 『아동문학입문』, 웅진, 1984.
이지호, 『옛이야기와 어린이문학』, 집문당, 2006.

Beebee, T. *The Ideology of Genre*, Pennsylvania Univ. Press, 1994.
Cohen, R. "History and Genre", *New Literary History* 17, 1986.
Nicolajeva, M. *Aesthetic Approaches to Children's Literature*, Scarecrow. 2005.
Rosmarin, A. *The Power of Genre*, University of Minneapolis, 1985.
Perry Nodelman, "Pleasure and Genre", *Children's Literature*, Vol.28.

지난 10여 년간 동화·아동소설의 흐름과 장르 문제

선안나

1. 들어가며

해방 이전의 아동 서사장르의 발생과 전개 양상을 조은숙이 고찰하여 1930년대에 동화와 아동소설(소년소설)로 안정적으로 분화되었음을 일차 밝혔다.[1] 이어서 원종찬이 해방 이후 현재까지의 주요 문헌자료를 검토하여, 1960년대까지도 두 갈래 장르 명칭이 뚜렷하게 명기되었으나 70~80년대에 동화가 아동 서사장르의 통칭으로 사용되는 현상이 나타나고, 90년대 이후에는 전부 동화(생활, 사실)로 지칭되는 가운데 내용적으로는 사실적인 이야기가 대부분임을 지적하였다.[2] 결론적으로 원종찬은 아동문학에서 소설이 사라진 것이 서사 장르의 변화가 아니라 장르 용어의 변화라고 할 것 같으면, 향후 논의의 초점은 '아동문학에서 소설을 배제할 경우 얻는 것과 잃는 것은 무엇인가?'로 모아져야 할 것이라며 차후 과제를 제시하였다.

선안나
creation21@paran.com 성신여대 겸임교수, 동화작가, 아동문학평론가. 1990년 새벗문학상을 받으며 등단했다. 동화집 『떡갈나무 목욕탕』 『삼거리 점방』 등과 그림책 『너 나 우리』 『온양이』, 평론집 『아동문학과 반공 이데올로기』 『천의 얼굴을 가진 아동문학』를 펴냈다.

앞의 두 논문을 통해, 한국아동문학이 형성된 이래 서사 장르는 동화와 아동소설의 두 갈래로 자리잡아 왔으나 20세기 후반에 경계가 와해되어 21세기 초반에는 동화로만 통칭되고 있다는 객관적 진단이 내려졌다. 그러나 왜 이러한 현상이 일어난 것이며 동화와 소설의 구분은 여전히 필요한 것인지, 동화 용어의 과잉과 소설 기표의 실종이 의미하는 바는 무엇이며 어떤 문제점을 가져올 수 있는가 등등의 의문점은 여전히 남는다.

이 글에서는 기존의 문제의식을 이어받아 후속 논의를 전개하되 몇 가지 점에서 방법론을 달리하여 접근하고자 한다. 앞의 두 논문이 주요 문헌자료 검토를 통하여 장르의 역사성을 통시적으로 확인하였다면, 이 글에서는 장르 혼란이 심화된 근래 1990년 중반 이후의 아동 서사문학을 공시적으로 살펴볼 것이다. 어떤 현상이 나타난 데는 분명 원인이 있을 터, 텍스트 외적인 면과 내적인 면을 함께 살펴봄으로써 구체적 현실 진단을 해보려는 것이다. 문제의 원인을 알아야 해결 방법도 찾아볼 수 있을 것이기 때문이다.

또한 앞의 논문들은 잡지 매체를 주요하게 검토하였지만 이 글에서는 단행본 출판 현황을 우선적으로 주목하였다. 1960년대까지는 아동문학 작가군이 적었고 단행본 출간도 어려웠기에 잡지의 의미와 위상이 컸지만, 1970년대 이후에 다양한 목적의 아동 잡지들이 갈수록 범람하게 되면서 아동 잡지가 가졌던 진정성과 아우라는 차츰 퇴색되었다. 등단 관문은 지나치게 넓어졌고, 유력 출판사에서 직접 작가를 발굴함에 따라 더 많은 상금이 있고 지속적인 출판에도 유리한 출판사를 중심으로 작가들이 모이게 되었다. 이러한 현실 속에서 장르 혼란이 심화되었기 때

---

1 조은숙, 「식민지시기 아동문학 서사 장르의 용어와 개념 고찰」, 한국아동청소년문학학회 2009년 겨울 학술대회 자료집 『아동문학의 장르와 용어의 재검토』, 2009.

2 원종찬, 「해방 이후 아동문학 서사 장르 용어에 대한 고찰」, 한국아동청소년문학학회 2009년 여름 학술대회 자료집. 『아동문학의 장르와 용어의 재검토(2)－해방 이후』, 2009.

문에 잡지 매체 분석만으로는 현상을 해명하기 어렵다.

발표문의 제목이 '지난 10여 년간 동화·아동소설의 흐름과 장르 문제'이지만 기계적인 시간의 분절에 큰 의미는 없다. 다만 그 정도의 흐름은 함께 살펴야 더 분명해지는 점들이 있기에 대략적 기간을 임의로 정하였다.[3]

이 기간에 나온 단행본 전반을 다 검토할 수는 없기에 대한출판문화협회에서 발행한 『출판연감(1999~2009)』을 참조하여 아동도서 관련 자료를 중점적으로 살폈다. 아울러 각종 아동문학상 수상 작품 및 추천 도서(문화예술위원회 우수도서 등) 목록과 아동문학 전문잡지(『창비어린이』, 『아동문학평론』, 『어린이문학』)의 서평 및 계평 대상 도서 등 이 기간에 어떤 식으로든지 평가받고 언급된 작품들을 추려서 검토하였다.

이 글에서는 먼저 장르 혼합이 일어나게 된 원인을 살펴보고 구체적인 아동 서사문학 상황을 점검해볼 것이다. 이어서 동화와 아동소설의 장르적 특질에 대해 일부 짚어보고, 남은 문제들을 점검하는 것으로 아동 서사문학의 방향성을 찾아보고자 한다.

2. 1999~2008년 어린이책 출판 통계와 변화된 아동문학 환경

어린이책의 르네상스로 부를 정도로 지난 십여 년간 많은 성장과 변화가 있었다는 점은 다들 인정하는 바이다. 그런데 실제 내용은 어떠했는지 어린이책 출판 통계를 확인해 보았다.[4]

---

3 자연스러운 흐름을 읽었을 때 1998년 문민정부가 들어선 이래 참여정부 시기인 2008년까지 한국 아동문학은 그 이전과 차별화되는 많은 변화를 이루었다.

4 『출판연감』은 전 해의 통계를 집계하여 당해에 발표한다.

[표 1] 최근 10년간 아동도서 발행 부수/종수 추이 (1999~2008)[5]

최근 10년간 아동도서 발행 부수 추이		최근 10년간 아동도서 발행 종수 추이	
1999	13,645,450	1999	3,399
2000	14,067,265	2000	4,062
2001	15,510,785	2001	4,754
2002	19,957,670	2002	6,103
2003	15,774,856	2003	5,219
2004	21,345,314	2004	5,915
2005	23,760,022	2005	7,146
2006	21,103,181	2006	6,700
2007	56,747,069	2007	7,307
2008	26,886,334	2008	8,417

위의 표를 보면 1999년~2008년까지 아동도서 발행 부수는 13,240,884부가 늘어나 10년 사이에 97% 성장률을 보이고, 발행 종수는 5,018종이 늘어나 148%나 많아진 것을 볼 수 있다. 종수가 많아진 것은 아동도서가 그만큼 다양하고 섬세하게 분화하였다는 뜻이므로 질적인 성장의 기호로 받아들여도 무방하다.

〔표 1〕이 보여주듯 이 기간에 어린이책 시장은 양적으로도 팽창하였지만 내용면에서 더 많은 발전이 있었다. 그림책은 국제적인 상을 여러 차례 수상할 정도로 질적 성취를 이루었고, '동화'로 통칭된 초등학생 대상 서사물은 출판계의 핵심 키워드로 떠올랐으며, 청소년문학 시장도 분화하여 자리잡았다. 유아그림책과 초등학생용 읽기물 사이의 내용적 형태적 간극을 메우기 위해 '혼자 책을 읽고 즐기기 시작하는' 6~8세 어린이를 위한 책들도 시리즈로 꾸준히 출간되는 등, 성장기에 있는 유아, 어린이, 청소년의 각 시기별 특성에 알맞도록 맞춤형으로 책이 섬세

5 「최근 10년간 분야별 발행 부수/발행 종수 추이」, 『한국출판연감』, 대한출판문화협회, 2009, 126 109쪽.

하게 분화, 출간되었다.

이처럼 출판시장 자체는 독자의 개별성에 맞게 발전하여 갔는데, 아동 서사문학의 장르 명칭은 왜 동화와 소년소설로 분화되었던 상태에서 오히려 왜 뭉뚱그려져 동화로 통칭되게 되었을까?

원종찬은 지난 학회 발표에서 '리얼리즘 동화운동의 제창자들은 독자 연령의 높고 낮음에 관계없이 현실적인 스토리를 강조했고, 상대적으로 낮은 연령에는 사실동화 또는 생활동화라고 지칭함으로써 실질적으로는 동화의 영역을 축소시켰다'고 하였다.[6] 필자는 토론문을 통해 80년대 이후 정채봉, 안도현 등으로 이어지는 '어른을 위한 동화' 시리즈가 대중적 인기를 얻으며 상업적인 성공을 거두고, 전파력이 큰 영상매체를 통해 'TV동화'가 방영되면서 '동화'라는 용어가 사회적으로 일반화된 점을 말하였다. 아동문학 내적, 외적 요인을 함께 짚어본 셈인데, 이러한 현상의 저변에는 아동문학계 내부의 담론보다 신문이나 방송 같은 언론 매체가 사회적으로 더 강력한 영향력을 행사하게 된 문화 환경의 변화가 있다.[7]

주지하다시피 어떤 것에 대해 자세히 알수록 섬세한 차이가 크게 보이고 중요하게 느껴진다. 소수의 아동문학인들이 잡지를 매개로 활동할 때는 동화와 아동소설의 차이를 크게 느끼고 뚜렷이 구분하였지만, 어린이책의 시장성이 확인되면서 너나할 것 없이 어린이책 출판사를 차리고, 어린이를 위한 책을 쓰고, 어린이책을 평가하는 시대가 되어버리면서 서사 장르의 차이는 쉽게 무시되었다. 일반인들에게는 장르의 섬세한 특질보다 아동도서라는 기호만 뚜렷하면 충분하고, 아동소설보다는 동화의 이미지가 인지도가 높고 구매자에게 호감을 주기 때문에 자연스

6 원종찬, 「해방 이후 아동문학 서사 장르 용어에 대한 고찰」, 앞의 글.

7 MBC에서 방송한 느낌표(!) 선정 도서를 예로 들 수 있다. 이때 선정된 도서들이 단기간에 베스트셀러가 되면서, 한정된 도서시장을 독식하는 부작용도 지적되었다.

럽게 통칭 용어로 선택되었다.

참고로 「광복 이후 63년간 출판통계(1945~2008)에 실린 출판사 현황을 살펴보자.

[표 2] 1999~2008년까지 출판사 수와 평균 가격[8]

최근 10년간 출판사 수		최근 10년간 평균 가격	
1999	15,385	1999	11,832
2000	16,059	2000	12,803
2001	17,239	2001	12,902
2002	19,135	2002	14,729
2003	20,782	2003	13,432
2004	22,498	2004	12,707
2005	24,580	2005	11,258
2006	27,103	2006	11,545
2007	29,977	2007	11,872
2008	30,800	2008	12,116

10년 전에 비해 출판사 수는 두 배로 늘어난 데 비해 책값은 거의 변화가 없는 것을 볼 때 출판사끼리 경쟁이 그만큼 치열하였을 것임을 짐작할 수 있다. 1998년 IMF 이후 수많은 출판사가 도산하였고 문학의 위기, 인문학의 위기에 대한 경고와 우려의 목소리가 그치지 않았다. 이러한 현실 속에서 어린이책과 청소년책 분야만 일종의 블루오션으로 여겨졌고, 너나할 것 없이 어린이책 출판과 글쓰기에 뛰어들어들면서 출판사의 수, 발행 부수, 발행 종수는 일반문학에 대비하여 큰 성장세를 보였다. 하지만 이들 대부분이 아동문학의 고유성에 대한 충분한 이해를 바탕으로 활동한 것은 아니었다.

8 「광복 이후 63년간 출판통계(1945-2008)」, 『한국출판연감』, 대한출판문화협회, 133쪽.

아동 서사 장르 명칭의 혼란은 소수 전문가의 시대가 끝나고 시민대중의 시대로 접어든 사회변화에서 원인을 찾을 수 있다. 기존 아동문학계는 시대정신에 둔감한 채 정체되어 있는 반면, 아동문학 비전문가 혹은 초보의 입장에 서 있는 이들이 일제히 아동문학장에서 활동을 펼치면서 아동문학 고유의 자질을 섬세하게 살피기보다 기능적으로 뭉뚱그려 보는 태도가 대세로 굳어진 것이다.

90년대 이전에 활동해 왔던 작가나 연구자는 상상적이고 환상적인 속성을 지닌 동화 장르와 현실적이고 사실주의 원칙을 따르는 아동소설의 차이를 인식하고 있었으나 너무 자명하기에 굳이 논란의 필요를 느끼지 못했고, '어린이들의 이야기(童話)'라는 광의의 개념 안에 장르적 특질을 나타내는 동화와 아동소설이 포함될 수도 있다고 보았기에 사회적 대세를 묵인하는 편이었다.

아동 서사 장르의 차이를 인지하든 그렇지 못하든 90년대 이후 서사 장르의 표기를 크게 문제삼지 않는 사이에 아동 서사 장르의 기표는 어느새 동화로 획일화되었다. 반면 이 기간에 주요하게 논의된 창작품의 내용은 소설 일변도에 가까웠고, 기표와 기의의 불일치에 대한 자각과 이에 따른 연구자들의 문제의식이 아동 서사문학의 장르 탐구로 이어지게 되었다.

3. 동화 전성시대 – 그 내용은 소설 시대?

그런데 〔표 1〕을 보면서 드는 의문은, 동화로 통일된 기표와 관계없이 실제 기의는 과연 소설 일색일 뿐일까 하는 것이다. 성장기 독자를 대상으로 하는 문학책 전체가 발전해갔던 시기인데 장르로서의 동화는 창작되지 않고 아동소설만 쏟아졌다고 보기는 어려운 감이 있으며, 만약 그랬다면 그 이유는 무엇인지 알아볼 필요가 있다.

이에 임의로 2000년대 상반기인 2003년과 하반기인 2008년의 각종 아동문학상 수상작품 및 주목할 만한 도서를 표본으로 추출하여, 상상 또는 의인화 기법의 작품인지 사실주의 기법의 작품인지 살펴보았다.[9] 동화와 아동소설 장르를 구별하는 외적 자질이 일차적으로 표현 기법에 있다는 데 대체로 동의하는 데 비해 내적 자질에 대해서는 논란의 여지가 있는 만큼, 장르를 단정적으로 명기하기보다 겉으로 드러난 특성을 일단 비교해보았다.

[표 3] 2003년 각종 아동문학상 수상작 및 주목 도서 목록과 창작 기법

	문학상	작가	제목	기법		비고
				상상(의인)	사실	
1	방정환 문학상	김은숙	우주로 날아간 뒤주 왕자	○		
2	세종아동문학상	황선미	과수원을 점령하라	○		
3	한국아동문학상	이상교	안녕하세요, 전 도둑이랍니다	○	○	단편모음
4	한국어린이도서상	이상권	애벌레가 애벌레를 먹어요		○	
5	신춘문예(동아)	김혜정	하늘을 닮은 소리		○	
6	(조선)	신정순	착한 갱 아가씨		○	
7	(한국일보)	이정호	퇴깽이 이야기		○	
8	(서울신문)	이채울	강으로 간 붕어빵		○	
9	눈높이아동문학상	전다연	석기시대 아이들	○		
10	문학동네어린이상	고재은	강마을이야기 (강마을에 한번 와 볼라요?)		○	
11		전경남	신통 방통 왕집중		○	
12	새벗문학상	오은영	졸업여행	○		
13	푸른아동문학상	손호경	우포늪엔 공룡 똥구멍이 있다		○	
14		박지숙	김홍도, 무동을 그리다		○	
15	황금도깨비상	공지희	영모가 사라졌다	○		
16	mbc 창작동화	김해원	거미마을 까치여관	○		장편
17		최유성	곤줄박이 관찰일기		○	단편
18	문광부 추천도서	오승희	그림 도둑 준모		○	

9 2009년 출판연감, 문화예술연감에는 2008년 결산이 실린다.

19	문광부 추천도서	박기범	새끼 개		○	
20		송재찬	주인 없는 구두 가게	○		
21	문화예술위원회 2003아동문학 총평	황선미	일기 감추는 날		○	
22		김리리	엄마는 거짓말쟁이		○	
23		배봉기	나는 나		○	
24		임정자	동동 김동		○	
25		백승남	늑대왕 핫산	○		
26		김리리	왕봉식, 똥파리와 친구야	○		
27		이상권	황금박쥐 형제의 모험	○		
28		이상권	푸른 난쟁이와 수박머리 아저씨	○		
29		임정진	김치는 국물부터 마시자	○		
30		임정진	떴다 떴다 김치치	○		
31		박용기	64의 비밀	○		
32		김진경	거울 전쟁	○		
33		강숙인	뢰제의 나라	○		
34		강숙인	꿈도깨비	○		
35		우봉규	흰빛 검은빛	○		
36		이소완	잃어버린 겨울 방학		○	
37		고정욱	딱 한 가지 아름다운 소원	○		
38		김중미	내 동생 아영이		○	
39		선안나	꼬맹씨와 푸집댁	○		
40		장주식	깡패 진희		○	
41		장수경	지붕이 뻥 뚫렸으면 좋겠어		○	
42		노경실	새벽을 여는 아이들		○	
43		현길언	못자국		○	
44		윤정모	전쟁과 소년		○	
45		윤기현	당산나무 아랫집 계숙이네		○	
46		김정희	야시골 미륵이		○	
47		문선이	딱친구 강만기		○	
48		김기정	바나나가 뭐예유?	○		
49		위기철	무기 팔지 마세요!		○	
50		김회경	여자 농부 아랑이	○		

1~4는 한 해 동안 나왔던 창작품 가운데 우수한 작품에 수여하는 문학상이고, 5~17은 신인상이며, 18~50은 일 년 동안 출간된 도서 가운데 권위 있는 기관에서 추천하거나 언급한 작품을 정리한 것이다. 신인과 기성을 아울러 2003년 한 해 동안 발표된 창작품 가운데 눈에 띄는 것을 추려본 셈인데, 상상적 요소의 작품이 23편, 사실주의 작품이 28편으로 비율이 엇비슷하다. 실제 창작된 아동서사 작품이 소설 일색만은 아니라는 얘기다. 물론 사실주의 기법을 활용하였다고 다 소설이라고 할 수는 없지만, 일단 상상적 요소가 소설의 자질이 아님은 분명하므로 큰 특질의 구분은 가능하다.

〔표 3〕을 참고했을 때 2000년대 들어와서 특별히 동화 창작이 덜 되었다고 볼 근거는 없다. 그리고 역대 아동 서사 장르에서 사실적인 작품이 항상 다수를 차지하며 강세를 보여 왔다는 점을 참고할 때, 이전의 흐름이 이 시기에도 비슷하게 지속되었다는 유추가 가능하다.

이번에는 같은 기준으로 2008년 현황을 점검해보았다.

[표 4] 2008년 각종 아동문학상 수상작 및 주목 도서 목록과 창작 기법

	문학상	작가	제목	기법		비고
				상상(의인)	사실	
1	방정환 문학상	이상배	푸하하하 나, 도깨비야	○		
2		장성유	마고의 숲	○		
3	소천아동문학상	오은영	모자 쓴 고양이 따로	○		
4	한국아동문학상	원유순	색깔을 먹는 나무	○		
5	한국어린이도서상	장주식	토끼 청설모 까치		○	
6	신춘문예(동아)	박소명	나도 알을 품었어	○		
7	(조선)	장보영	깜나리		○	
8	(한국일보)	임정순	그 녀석 길들이기	○		
9	(서울신문)	이성율	꼬르륵		○	
10	눈높이아동문학상	윤미숙	소리 공책의 비밀	○		
		임서경	문친차누(핸펀 도둑)		○	
		이의정	꽃마차가 나가신다	○		
11	문학동네어린이문학상	이영서	책과 노니는 집		○	

12	마해송문학상	이송현	아빠가 나타났다!		○	
13	새벗문학상	박방희	까치집 아이들		○	
14	푸른아동문학상	김현실	누구 없어요?		○	
15		조향미	구경만 하기 수백번		○	
16	우리교육 어린이책작가상	최은영	살아난다면 살아난다	○		
17	mbc 창작동화	이하은	하늘목장		○	
18		조혜미	신데렐라는 사랑스러워	○		
		한아	바다 건너서 불어온 향기		○	
19	창비좋은어린이책	이은정	밥풀떼기 공주(소나기밥 공주)		○	
20		오주영	이상한 열쇠고리	○		
21	문화예술위원회 2008우수도서 (1~4분기)	박효미	길고양이 방석	○		
22		김리리	나는 꿈이 너무 많아		○	
23		양승현	늘보 가족, 검은 바다로 가다!		○	
24		유은경	생각 많은 아이	○		
25		권요원	그 녀석이 수상하다		○	
26		김기정	박뛰엄이 노는 법	○		
27		김일광	귀신고래		○	
28		박기범	미친개		○	
29		배유안	화룡소의 비구름	○		
30		이민혜	너는 나의 달콤한 ㅁㅁ		○	
32		오채	날마다 뽀끄땡스		○	청소년도서 제외
33		공지희	오늘은 기쁜 날		○	
34		박상재	술 끊은 까마귀	○		
35		안점옥	비밀 시험지		○	
36		이환제	잘 가라, 산도깨비야	○		
37		은이정	난 원래 공부 못해		○	
38		장수경	피어라 못난이꽃		○	
39		정재은	참 아름다운 생명		○	
40		이가을	그 밖에 여러 분		○	
41		김려령	내 가슴에 해마가 산다		○	
42		김현화	리남행 비행기		○	
43		길지연	모나의 용기 지팡이		○	
44		이현	장수 만세!	○		
45		이준호	할아버지의 뒤주	○		
46	『창비어린이』 선정 올해의 책	권정생	랑랑별 때때롱	○		위 목록 중복도서 제외
47		허은순	6학년 1반 구덕천		○	
48		김옥	불을 가진 아이		○	

1~5는 한 해 동안 나왔던 창작품 가운데 수여하는 문학상이고,

6~20은 신인상이며, 21~48은 일 년 동안 출간된 도서 가운데 문화예술위원회와 『창비어린이』에서 추천한 작품을 목록이 겹치지 않게 정리한 것이다. 신인과 기성을 아울러 2008년에 발표된 창작품 가운데 눈에 띄는 것을 추려보았는데, 상상적 작품이 20편, 사실주의 작품이 28편으로 2003년과 크게 다르지 않은 비율이다.

〔표 2〕와 〔표 3〕의 결과를 볼 때, 90년대 이후 기표가 '동화'로 통일된 것과는 상관없이, 아동 서사문학은 예전과 마찬가지로 상상적이고 환상적인 기법을 활용하는 갈래와 사실주의 기법을 따른 갈래로 나뉘어 창작되었음을 알 수 있다.

그런데 기존의 아동문학 문단에서는 소설에 비해 아동문학의 고유 자질이라 할 수 있는 환상성을 주목하며 동화 장르에 의미와 가치를 부여해온 데 비해, 지난 10여 년간 새로 등단하거나 활발히 활동한 작가, 연구자, 어린이책 관계자의 경우 전반적으로 높은 연령층을 위한, 현실 배경의 사실적인 소설 작품을 창작하고 조명한 경향이 확연히 뚜렷하였다.

2000년대 들어 아동문학판의 담론을 주요하게 이끌어 온 『창비어린이』의 '올해의 어린이책'을 임의로 살펴보자.

[표 5] 설문조사로 본 『창비 어린이』의 '올해의 어린이책'(2004, 2005년)[10]

	년도	작가	제목	기법		독자대상
				환상(의인)	사실	
1	2004년	김남중	기찻길 옆동네		○	고학년이상
2		이금이	유진과 유진		○	청소년
3		김기정	네버랜드 미아	○		중학년이상
4		이지현	몽실이	○		저학년
5		이경혜	어느 날 내가 죽었습니다		○	청소년
6		손호경	우포늪엔 공룡 똥구멍이 있다		○	고학년
7		김옥	축구 생각		○	저학년
8		이옥수	푸른 사다리		○	청소년
9	2005년	유은실	나의 린드그렌 선생님		○	고학년

10		김기정	해를 삼킨 아이들	○		고학년
11		문선이	지엠오 아이	○		고학년
12		최나미	엄마의 마흔 번째 생일		○	고학년
13		유은실	우리 집에 온 마고할미	○		저학년
14		김중미 외	블루시아의 가위바위보		○	고학년
15		한정기	플루토 비밀 결사대		○	고학년
16		황선미	푸른 개 장발	○		고학년

전체 16편 가운데 고학년 이상 청소년 독자를 위한 작품이 12편이며 그 대부분이 사실주의 작품이다. 『몽실이』, 『축구생각』, 『우리집에 온 마고할미』도 저학년도서라고 하지만 유년기보다 상대적으로 연령이 높은 9~11세 정도의 독자에 더 알맞은 내용이고 환상성보다는 현실성이 강하다. 『몽실이』는 개를 주인공으로 삼아 의인화기법을 썼지만 현실에 실제 있었던 일을 그대로 쓴 것이고, 『축구생각』은 철저히 사실주의 원칙을 따르는 작품이며, 『우리집에 온 마고할미』도 현실 시공간을 무대로 현실의 법칙에서 벗어나지 않는 정도에서 환상성을 가미하였다.

그림책 장르가 6세 미만의 유아를 주요 독자로 삼고 있다는 점을 고려하면, 6~10세 정도의 유년기 독자를 위한 책은 주목이나 평가의 대상 자체가 되지 않았음을 볼 수 있다. 즉 '동화'라는 이름으로 아동 서사문학이 통칭되는 가운데 고학년 이상의 독자를 위한 소설 작품이 활발히 창작되고 조명된 반면, 상대적으로 유년기 독자의 책과 동화 장르의 속성을 풍부하게 지닌 작품이 배제되고 소외되었음을 알 수 있다. 〔표 5〕는 하나의 샘플에 불과하지만, 활발히 활동하는 아동문학 관계자(작가, 연구자, 출판사 등)와 독자의 의견이 취합된 결과물이라는 점에서 2000년대 아동문학계 주요 담론의 단면을 정직하게 제시한 점이 있다.

〔표 3〕〔표 4〕〔표 5〕와 함께 다시 정리해볼 때 유년기 독자를 위한 책이 덜 창작되었거나 환상성을 구현한 작품이 창작되지 않았다고 볼 근

---

10 『창비어린이』 2004년 겨울호, 2005년 겨울호. 전체 목록에서 동시 제외.

거는 없으며, 단지 2000년대 어린이책 관련 담론이 주로 '고학년 이상' 독자 대상의 '사실주의 기법'의 소설 작품을 중심으로 이루어졌다는 결론을 내릴 수 있다. 이러한 일련의 흐름 속에서 저학년 도서 역시 사실주의 작품이 창작되고 주목되는 현상을 보였던 것이다. 2000년대 초반에 어린이책 시장에 강한 영향력을 발휘한 만큼 논란을 불러오기도 했던 어린이도서연구회의 당시 추천도서 목록을 분석해보면 현실주의 계열 작가와 사회현실 문제를 다룬 작품 일색이었던 점을 참고할 수 있을 것이다.

어린이책에서 역사의식, 사회비판의식을 반영한 작품을 주목하고 장려한 것은 지난 시기에 우리 아동문학장에 결여되었던 부분을 복권시키는 자연스럽고 필연적인 반동이고, 그러한 과정 속에서 아동문학은 외연을 확장하고 내용적으로도 풍성해졌다. 그러나 한편으로는 문학에 대한 '해석'의 문제는 옳고 그름의 명제가 아니라 시대나 관점에 따른 시각 차이가 항상 있을 수 있다는 점에서 특정 이해관계를 반영한 상징투쟁의 양상이기도 하였다. 창작, 평론, 출판시장, 독서교육단체 등 어린이책을 둘러싼 다양한 입장의 개인과 단체가, 저마다의 입장에 맞는 담론을 새롭게 생성하며 아동문학장의 주체가 되고자 하였는데, 이 과정에서 현실적이고 사실적인 소설과 대비되는 특징을 보이는 환상적 동화는 전근대성의 지표로 여겨져 배제되거나 현실을 외면한 작품으로 비난의 대상이 되기도 했다.

한편 독자와 작가의 문제도 짚어볼 수 있다. 일반문학은 독자와 구매자가 일치하지만 어린이책은 어른이 구입하여 어린이에게 주게 되는데, 어린이책에 관심을 가지는 부모와 일반 독자가 급격히 늘어나면서 소비자에 머물지 않고 직접 글을 쓰고 책을 펴내는 작가가 되고자 하는 욕구를 자연스럽게 갖게 되었다. 신진작가들이 선도하는 가운데 사실주의 기법으로 창작된 고학년 이상 청소년 도서가 활기차게 성장한 데는 이러한 어른의 관심사, 취향이 반영된 면이 크다. 이에 비해 10세 미만 유년기 독자를 위한 책은 상대적으로 관심 영역 밖이었고, 그림책과 아동소설, 청소년소설이 겉으로 판별되는 특성이 뚜렷한 데 비해 동화는 비현실적이고 허황해 보일 수도 있기에 논의 자체가 배제된 경향도 있다.

기존 아동문학계에서는 여전히 환상동화를 창작하고 가치를 탐구하는 흐름이 있었지만 사회적 영향력을 갖지 못했고, 다른 한편에서는 새로운 판타지 담론을 활발히 펼쳤지만 서양의 이론에 의존하여 당위를 제시하는 데 그친 한계를 가진다.

4. 아동 서사문학 장르의 구분

서정, 서사, 극의 삼분법은 문학이 본질적으로 나뉘어져 있는 모습을 통찰한 것으로, 하위 장르의 생성 소멸과 관계없이 존재하는 문학의 본질적인 존재 양상이다. 이에 비해 하위 장르는 시대정신을 반영하는 데 적합한 양상으로 생성과 소멸을 반복한다. 시조가 조선시대 주류문학이었으나 지금은 간신히 명맥만 유지하고 있고, 가사가 활발히 창작되다가 자취를 감춘 것처럼 말이다.

그렇다면 동화와 아동소설은 문학의 본질적인 요소일까, 시대에 따라 탄생하고 소멸되는 하위 장르의 명칭일까? 층위를 이해한다면 장르 구분에 대한 입장도 분명하게 가질 수 있다. 시대 변화에 따른 생성과 소멸의 과정에 있는 장르라면 자연스러운 흐름에 맡겨두면 될 터이고, 본질적인 요소라면 자세히 탐구하고 이해해야 할 필요가 있기 때문이다.

참고로 주변국가의 아동 서사문학 장르 분류를 살펴보면 일본은 한국과 마찬가지로 동화와 아동소설로 구별해오고 있고, 북한과 중국은 동화, 아동소설을 분류하고 우화를 중요한 갈래로 따로 설정하고 있다. 우화는 직접적으로 표현하기 어려울 때 에둘러 비판하는 데 효과적이기에, 표현의 자유가 제한된 사회주의 세계에서 주요하게 창작되고 평가되고 있었다고 볼 수 있다. 우화는 뚜렷한 알레고리를 통해 교훈이나 가르침을 주고자 하는 목적적 이야기이기에, 텍스트 자체의 자율성이나 독자 몫의 여백이 제한될 수밖에 없으므로 한국이나 일본에서는 문학의 갈래로 설정하지 않는다.

서구의 경우도 어린이 서사문학을 판타지와 리얼리즘으로 나누거나, SF를 판타지와 함께 다루기도 한다. 그 용어야 어찌되었든, 환상적이고 상상적인 이야기와 사실적이고 현실적인 이야기의 두 갈래는 아동서사문학의 기본 특질로 인정된다.

그렇다면 동화와 아동소설은 어떻게 구분할 수 있으며 왜 구분이 필요한 것일까? 이재철이 분류한 아동 서사 장르의 특징은 아래 표와 같다.

[표 6] 동화와 아동소설의 장르 특징[11]

동화(시적 환상)	아동소설
1. 전통적 문학형식이다. 2. 산문시적 문학이다. 3. 환상적 시적 상징적 문학형식이다. 4. 시공을 초월하여 자유롭게 다룬다. 5. 소박하게 요약된 미적 표현으로 인간일반의 보편적 진실을 그린다. 6. 낭만주의적 문학이다.	1. 근대적 문학형식이다. 2. 산문문학이다. 3. 현실적 구체적 문학이다. 4. 현실적이며 필연적인 것으로 다룬다. 5. 인물의 성격이나 디테일까지도 사실에 입각해서 그려야 한다. 5. 사실주의적 문학이다.

이재철의 분류가 장르적 특질을 서술하고 있는 데 비해, 원종찬은 지난 발표문에서 독자 대상을 주목하였다.

11 이재철, 『아동문학의 이론』, 형설출판사, 1994. 203쪽.

A. 동화는 보통 10세 이하, 소년소설은 그 이상의 어린이독자를 기반으로 한다. 방정환, 마해송, 이주홍, 현덕, 이원수, 권정생 등 과거의 주요작가들은 대부분 동화와 소년소설이라는 두 개의 장르에 걸쳐 작품 활동을 벌였다. 예컨대 B. 「강아지 똥」과 『몽실 언니』는 각각 낮은 연령과 높은 연령에 대응하는 동화와 소년소설이었다. (…중략…) C. 동화의 개연성은 물활론적 사고가 자연스러운 10세 이하 어린이의 인식론적 특성과 맞물린 것이다. 소설의 개연성은 물론 동화와는 다른 기준을 갖는다.

D. '저학년동화'라는 불필요한 용어가 생겨난 것도 실은 아동문학에서 소설을 배제한 데 따른 결과일 것이다. 10세 이하에 기반을 둔 동화의 전통이 취약한 우리 실정에서는 동화가 소설까지 대신하려 들면 정작 소설에 압도되어 동화가 희생된다.[12]

밑줄 그은 A를 참고할 때, 원종찬은 10세 미만 어린이의 이야기를 동화로 그 이상의 어린이를 위한 이야기를 아동소설로 부르는 것이 타당하다고 느끼는 듯하다. 그러나 시 장르가 일반 '시'와 '동시'로 독자 연령에 따라 편의적인 명칭이 붙는 것처럼 소설도 일반 '소설'과 '아동소설'로 나뉘며, 동화 역시 어린이 '동화'와 '어른 동화'로 나뉠 수 있는 관계로 보아야 할 것이다. 시와 소설 장르는 어른 문학을 기준으로 삼았기에 어린이의 문학에 편의적 명칭이 붙은 반면, 동화는 어린이의 이야기를 기준으로 삼기에 '어른을 위한 동화' '성인동화' 식의 편의적 명칭이 붙는다는 차이가 있을 뿐이다.

독일의 경우는 메르헨이라고 하여 청소년과 어른이 읽는 동화 장르가 문학의 한 전통을 이루어오고 있으며, 한국의 경우도 오랜 기간 리얼리즘 소설 일색이었으나 안도현의 '연어' 같은 어른을 위한 동화가 나와

12 원종찬, 「해방 이후 아동문학 서사 장르 용어에 대한 고찰」, 앞의 글.

꾸준한 인기를 끌고 있다. 동화라고 불리는 글은 소설과 다른 자질을 가지고 있다는 점을 참고할 때, 독자 대상의 연령에 대한 고려 이전에 문학의 본질적 갈래로 인정하는 것이 타당하다.

B에서 「강아지똥」과 『몽실 언니』를 낮은 연령과 높은 연령에 대응하는 작품으로 예를 들었지만, 「강아지똥」이 처음 발표되었을 때는 중학년 이상의 어린이가 읽기 적절한 형태였는데 나중에 그림책으로 바뀌었을 뿐이다. 필요하다면 『몽실언니』도 세부를 생략하고 저학년용 책으로 개작이 가능할 것이다. 즉 「강아지똥」과 『몽실언니』가 동화와 소설 장르를 대표할 수 있는 것은 독자 연령 때문이 아니고 장르적 특질을 뚜렷하게 구현하고 있기 때문이다. 〔표 6〕에서 제시한 동화 장르의 특질을 「강아지똥」에 대입해보면 전 항목이 일치하는 것을 발견할 수 있는 반면, 〔표 5〕의 어떤 작품도 이에 완벽하게 대응되지 않는다는 것을 알 수 있다.

만약 연령이 어린 독자를 위한 서사를 동화로 칭할 수 있다면 〔표 3〕의 『애벌레가 애벌레를 먹었어요』나 『새끼 개』도 동화로 불러야 할 것인데, 두 작품은 사실주의 기법으로 현실 원칙에 입각하여 쓴 작품으로 소설의 특징이 명확하다. 따라서 동화와 소설은 독자 연령보다는 문학적 자질로 분류해야 하는 갈래로 보아야 한다.

C의 주장은 물론 옳지만, 동화의 특질을 전체적으로 설명하지는 못한다는 점에서 좀더 폭넓게 볼 필요가 있다. 시공간의 법칙에 구애받지 않고 인간 일반의 보편적 진실을 이야기하는 동화의 성격은 옛이야기에 맥이 닿아 있다. '전통적 문학'이라든지 '낭만주의 문학'이라는 정의가 그 점을 말하고 있다.

새로 태어나는 어린이는 유년기까지 물활론적으로 사고하며, 이러한 특성은 원시인들의 애니미즘적 사고방식과 일치한다. 객관적 사실을 사실로 설명해봐야 어린이는 납득하지 못하는 경우가 더 많다. 이러한 복잡다단한 생의 이야기를 주관적으로 이해하고 받아들일 수 있도록 단순간명하게 그려 보이는 것이 동화의 핵심 기능이며, 옛이야기의 전통을 잇는 지점이다. 소설은 산업혁명 이후에 발달되기 시작했다는 점을 고려한다면, 동화는 더욱 본질적이고 핵심적인 서사문학 장르로 아동문학의 꽃이라고 할 수 있다.

유아용 그림책은 완전한 물활론의 세계를 구현하고 있지만 연령적으로 서사성을 충분히 살리기 어려운 데 비해, 학령기 어린이를 대상으로 한 동화에서는 환상성과 함께 이야기의 기능과 문학으로서의 미학 추구를 함께 할 수 있다. 좀더 세분해서 말하자면, 아직은 현실과 환상의 경계를 자유롭게 드나들 수 있는 심리적 상태에 있는 10세 미만 어린이의 동화에서 생명력 넘치는 자유로운 상상력이 단순간명하게 구현된 형태가 알맞은 반면, 중학년 이상의 독자를 위한 동화는 이야기성과 텍스트 자체의 미학을 더 풍요롭게 추구할 수 있다. 이처럼 동화는 어떤 장르보다도 본질적으로 어린이의 것이면서, 한편으로는 각 연령과 단계에 더 알맞은 형태와 내용의 동화가 있을 수 있는 것이다.

또한 D에서 원종찬은 이렇게 말했다.

> '저학년동화'라는 불필요한 용어가 생겨난 것도 실은 아동문학에서 소설을 배제한 데 따른 결과일 것이다. 10세 이하에 기반을 둔 동화의 전통이 취약한 우리 실정에서는 동화가 소설까지 대신하려 들면 정작 소설에 압도되어 동화가 희생된다.

그러나 저학년과 고학년, 어른을 위한 동화가 따로 존재할 수 있다면, '저학년 동화' 용어는 독자가 쉽게 판별하도록 하기 위한 하나의 지표로 사용될 수도 있을 것이다. 다만 지금까지 동화 장르의 고유성에 대한 이해 없이 모든 서사문학을 통칭하는 용어로 사용해왔기 때문에, 저학년 서사물이라는 정보 외에 실제 기의는 기표와 일치하지 않는 점이 문제로 지적될 수 있다.

또 아동문학에서 소설을 배제했다기보다는, 실제 동화 장르를 배제하면서 동화라는 기표를 소설이 가져다 썼다는 편이 더 정확한 표현이다. 동화가 소설을 대신하려 한 것이 아니라, 너나할 것 없이 소설을 쓰고 출판하면서 동화라는 이름을 가져다 썼기 때문에, 동화는 기표를 뺏기고 기의도 소외되는 결과를 맞았다고 봐야 한다.

5. 남은 문제

텍스트가 기법이나 세계관 모두에서 동화와 소설의 지표를 확연하게 가지고 있으면 장르 구분에 논란이 필요 없다. 필자의 『떡갈나무 목욕탕』은 누가 봐도 동화이지 소설이라 하지 않으며, 김정희의 『노근리, 그 해 여름』은 소설이지 동화라고 부르지 않는다.

그런데 동화도 아니고 소설이라 부르기도 어려운 작품이 다수 창작되면서 장르 혼란이 야기되었다. 소설처럼 현실 시공간을 배경으로 사실적으로 이야기를 전개하면서도 자아와 세계의 대립과 갈등이 현실적이지 않거나, 주관적이고 낭만적으로 세계를 통합하는 동화적 결말을 보여주는 작품들이 늘어나면서 '사실동화'니 '생활동화'니 하는 명칭이 쓰이게 되었다.

사실 연령적으로 어린 독자를 위한 '유년동화' '유년소설'의 명칭이 예전에도 없었던 것은 아니다. 그러나 이러한 명칭에는 연령에 대한 고려는 있지만 장르를 뒤섞는 혼란이 있었던 것은 아님을 주목할 필요가 있다. 즉 어린 독자에게는 그 단계에 맞는 정도의 동화와 소설의 자질을 밀고 나간 작품이 필요하고, 높은 학년의 독자에게는 또 그에 맞는 정도의 수준을 가진 동화와 소설이 따로 필요하다는 뜻이다.

아동발달이론을 참고할 때 비판력은 10세 이상이 되어야 발달하기 시작하므로, 비판정신을 근간으로 하는 소설의 특질이 10세 미만 작품에서 제대로 발휘되기는 어렵다. 그렇더라도 동화와 소설의 문학적 자질이 다른데, 연령적으로 어린 독자를 위한 이야기라고 하여 동화로 통칭하는 것은 바람직하지 않다. 고학년 이상의 독자를 위한 소설은 비판정신이 더 날카롭게 드러나도록 쓰고, 10세 미만 어린이를 위한 소설은 그 연령대에 적절한 정도의 리얼리즘을 밀고 나가는 것이 중요할 따름이다.

지금까지 우리 아동 서사문학 장르의 현실을 살펴보았다. 그 결과 동화의 기표가 지배하는 가운데 실제 기의는 소설이 대부분이라는 짐작과 다르게, 어린 연령층을 위한 책이 덜 출간되거나 상상적 이야기가 창작되지 않았던 것은 아님을 알 수 있었다. 어린이책의 창작과 담론을 담당하는 오피니언 리더 그룹이 상대적으로 자신의 관심사에 부합하는 연령이 높은 층을 대상으로 하는 사실적인 이야기를 주요하게 다루었을 뿐이며, 이러한 경향이 저학년 도서에도 전반적인 영향을 주어 결과적으로 동화 장르의 소외를 부추겼다는 평가를 할 수 있다.

기표인 언어와 기의인 사물이 서로 일치할 때 맞울림을 가지며 다 같이 참 생명을 가진다. 그런 점에서 동화와 소설 장르가 내용에 알맞은 기호로 표시되어야 하는 것이 맞다. 이 문제에 대한 아동문학계의 공감이 확산될 때, 해결 방안 또한 찾아질 수 있을 것이라 생각한다.

시와 소설의 장르 차이와 서로 다른 문학적 기능은 익히 알려져 있다. 그러나 동화와 아동소설의 차이와 서로 다른 기능은 알려지지 않았기에 장르 혼란이 가중되었다. 보이는 현상 너머 인간과 세상에 대한 보편적 진실을 통찰하여 단순간명하게 드러내는 동화와, 있는 현실을 구체적이고 개별적으로 형상화하는 소설의 기능과 독자에 미치는 영향이 어떻게 다른지 구체적으로 탐구할 필요가 있다. 시대적으로 이미 완결된 옛이야기와, 현실원칙 안에서 움직이는 소설만 어린이들에게 줄 것이 아니라, 옛이야기와 같은 방식으로 당대에 맞는 상상력과 지혜를 주는 동화 장르를 어린이에게 되돌려주는 것은 시급한 일로 보인다.

어떤 면에서 이전의 아동 서사문학이 위선적인 면이 많았다면, 지난 10여 년간 높은 연령층을 위한 소설이 주류를 이루면서 어린이책은 전반적으로 위악적 면모가 강해졌다. 거칠고 되바라진 이야기와 캐릭터가 많아지고, 머뭇거림이나 망설임의 여백이 없는 의식화된 내용을 볼 수 있다. 소설이 동화 흉내를 내며 성급한 화해로 치닫는 결말도 경계해야 겠지만, 소설에 작가의 자의식을 과도하게 투사하는 경향도 지양해야 할 요소이다. 자극적 소재와 캐릭터에 의존하지 않고, 어린이다운 인물의 자아와 세계의 대결 양상을 끝까지 진정성 있게 그려낸 소설이 나와야 하지 않을까 한다.

마지막으로 한 가지 우려스러운 것은 2000년대에 활동을 시작한 비평가, 연구자들이 한국 동화의 전통을 부인하고 배제한다는 점이다. 일제강점기와 전쟁기, 독재의 시기를 거쳐 오며 억눌린 언어들이 때론 「토끼와 원숭이」 같은 우화에 가까운 비판 작품으로, 『잔디숲 속의 이쁜이』 같은 이상성이 강한 알레고리 작품으로, 「꿈을 찍는 사진관」 같은 분단현실의 토대에서 우러난 미학적 작품으로, 다양한 형태의 동화로 표현되었다. 특히 전쟁기에 일반 소설가들은 사실주의 기법으로 아동소설을 창작한 데 비해, 아동문학인들은 일제히 환상 양식을 통해 간접적이고 은유적인 동화를 창작하여 어린이 내면을 치유하였음을 주목해야 할 것이다.

한국 동화가 어떤 모양이든 간에 역사 속에서 이 땅의 아이들과 함께해 온 양상인데, 한국에는 환상동화가 없었던 것으로 단정하고 서구와 단순비교하며 새로운 기원을 세우고자 하는 시도들은 위험해 보인다. 충분한 이해와 검토를 거친 후 극복이 있어야 할 것이나, 그러한 과정 없이 전통을 부인하고 단절하는 태도는 경계할 필요가 있다.

참고문헌

1. 기본자료

『한국출판연감』, 대한출판문화협회, 1999년~ 2009년

『한국문예연감』, 한국문화예술위원회, 2003년~2008년

『창비어린이』, 창작과비평사, 2003~2005년 각 겨울호.

2. 논문 및 단행본

원종찬, 「해방 이후 아동문학 서사 장르 용어에 대한 고찰」, 한국아동청소년문학학회 2009년 여름 학술대회 자료집 『아동문학의 장르와 용어의 재검토(2)- 해방 이후』, 2009.

이재철, 『아동문학의 이론』, 형설출판사, 1994. p203.

조은숙, 「일제강점기 아동문학 서사 장르의 용어와 개념 고찰」, 『아동청소년문학연구』 4호, 2009.

현단계 아동문학 장르론에 대한 비판적 고찰
—원종찬의 이원수 장르론 해석을 중심으로

여을환

1. 머리말

최근 아동문학 장르에 관한 논의에 새롭게 불이 붙었다. 그간 꾸준히 늘어난 아동문학 연구자층이 다양한 분야로 연구 성과를 축적해오면서 아동문학 연구의 공통 과제로 역량을 집중하는 듯한 인상이다.[1] 아동문학 장르는 2000년대 들어 아동문학 잡지와 학술 관련 행사들에서 단속적으로 이어진 주제였는데, 최근 논의에서 눈에 띄는 점 하나는, 우리 아동문학사에서 안정적으로 정착되어 아동 서사의 기본 장르로 꼽혀온 동화와 아동소설의 개념에 대해서도 새로운 각도에서 의문이 제기되고 있는 것이다.[2]

이제까지 자명해 보이던 것을 재고하여야 한다는 요청은 무엇보다도 2000년대에 아동문학 창작이 전례 없는 다양성을 보이며 확장된 사실에서 비롯한다. 그런데 지금 논자들 사이에 공준이 되고 있는 동화와 아

여을환
triview@hanmail.net (사)어린이도서연구회 사무총장. 「'어린이문학다움'에 대하여-2006년에 발표된 단편들」 「2007년 개정 교육과정에 따른 유치원 지도서의 동화 제재 활용 고찰」을 썼다.

동소설 개념은 최초의 이론적 논구인 이원수의 것에서 그대로 이어진 것이다. 알다시피 이원수는 「아동문학 입문」(1965)에서 아동문학의 정의, 그 발생과 장르에 관해 씀으로써 아동문학 이론의 기본 체계를 마련하였다. 동화와 아동소설[3]을 아동 서사의 기본 장르로 다룬 그 글의 골자는 비슷한 시기 아동문학가들의 언급이나 이재철의 『아동문학개론』(문운당, 1967)과도 상통하므로, 당시의 장르 인식을 대표한다고 보아도 될 법하다. 지난 10년의 경험이 1960년대 중반 아동문학계에서 널리 합의된 바를 정리한 이원수의 이론을 낡은 것으로 만들었음은 분명해 보이나, 그 이전 대략 40년간의 사정은 어떠했는지 궁금해진다. 이원수의 이론이 나름의 유효성을 지녔다면 어떻게 그럴 수 있었는지, 그 기간의 변화하는 창작 흐름에 대해 어떤 현실적합성을 지녔는지, 또 이론의 지체가 드러나게 된 배경에 어떤 동기들이 있었는지가 선명하게 그려지지 않기 때문이다. 요컨대 아동문학 이론의 지체가 비단 2000년대의 경험을 따라잡지 못하는 데 그치는 것인가 하는 생각이 든다. 이는 1970년대 이후 크게 분열된 아동문학계가, 특히 장르 이론과 관련하여 이원수의 이론을 어떻게 이어받고 발전시켰는가 하는 물음이기도 하다.

앞선 이원수의 장르론을 당대의 고민 속에서 적극 검토한 이는 원종

---

1 한국아동청소년문학학회는 2009년과 2010년, 두 해에 걸쳐 학술대회 주제로 아동청소년문학의 장르와 용어를 다루었다. 여기에는 그간 여러 지상에서 선도적으로 논의를 펼친 이들과 신진 연구자들이 대거 참여하여 활발히 의견을 개진하는 모습을 보였다.

2 김상욱은 동화와 아동소설의 차이를 밝히기가 쉽지 않다고 지적하고, 선안나는 동화와 아동소설의 장르 차이와 문학적 기능은 알려지지 않아 장르 혼동이 가중되었다고 한다. 김상욱, 「아동문학의 장르와 용어」, 『아동문학의 장르와 용어의 재검토』, 한국아동청소년문학학회 2009년 겨울학술대회 자료집, 2009년 2월, 17쪽. 선안나, 「지난 10여 년간 동화·아동소설의 흐름과 장르 문제」, 『현단계 아동청소년문학의 장르와 용어의 쟁점』, 한국아동청소년문학학회 2010년 겨울학술대회 자료집, 2010년 2월, 21쪽. 이들과는 다른 방향에서 김이구는 지금과 같은 폭넓은 창작 스펙트럼에 비추어 '동화/소년소설' 개념이 여전히 유효한가 의문을 던졌다. 김이구, 「어린이문학 장르 용어를 새롭게 짚어본다」, 『창비어린이』 2009년 겨울호, 235쪽.

3 이원수는 공상성을 기본 속성으로 하는 동화와 구분되는 사실적인 장르를 가리켜 '소년소설'이라 하였다. 그러나 이 글에서 이원수의 '소년소설'이 특정 연령층에 대응하는 장르로 해석될 수 없다는 논의를 하므로 연령층을 가리키는 말로 오해될 수 있는 '소년소설' 대신 '아동소설'이라 쓴다. 단 인용에서는 '소년소설'이란 말을 그대로 두었다.

찬이다. 그는 2000년대 초입에 아동문학 창작에 나타난 문제들과 씨름하면서 서사 장르론의 문제를 제기하였다. 그에 따르면, 1990년대 중반 이후 동화와 소설이란 이름으로 발표되는 작품들이 형식상 별 차이가 없으면서 완성도가 미진하였는데, 이는 장르 성격에 대한 혼란스런 이해와 관계가 깊었다. 그래서 장르 혼동의 역사적 배경을 추적하여 1930년대 중반 이후 출현한 이래로 아동문학사의 주류를 차지해온 '생활동화·사실동화'의 문제를 부각시켰는데, 이때 이원수의 장르론으로부터 동화와 아동소설의 장르 성격을 재확인하였던 것이다. 또 당시 부상하던 환상적인 서사들에 대응하자면 이원수의 장르론에서는 다뤄지지 않은 판타지론이 요구된다고 보아서 이오덕의 판타지론을 수렴하여 아동서사 장르론의 골자를 마련하였다. 그 결과 표현방법과 대상연령의 '복수 기준'에 따라 공상동화/판타지, 생활동화/소년소설의 네 가지 장르를 설정하게 된다.[4]

원종찬의 논의는 당시 아동문학 창작의 변화에 체계적으로 대응하려는 선구적인 시도였고, 그 뒤에 이어진 장르 논의에서 필수적인 출발점으로 자리잡아 오늘에 이르고 있다. 앞에서 보듯이 그는 역사적 과거로부터 현재의 형성을 성찰하고자 하였기에, 아동문학사의 구명과 장르이론의 형성이라는 두 측면에서 논의하였다. 최근 여러 논자들의 논의에서는 주로 후자의 측면에서 검토가 이루어지고 있으며, 전자의 측면은 역사적 '사실 정리'의 영역으로 간주되는 듯하다. 이 글은 그가 정리한 사실에서 재고할 여지는 없는가 하는 문제의식에서 출발한다. 현재

4 원종찬, 「동화와 소설—한국 근대동화의 반성」, 『아침햇살』, 2001. 봄호; 「동화와 판타지 1」, 『어린이문학』, 2001. 7월호; 이상 원종찬, 『동화와 어린이』, 창비, 2004. 이하 두 글에서 인용할 때는 글제목과 『동화와 어린이』의 쪽수를 밝힌다.
그는 그 뒤에도 「'일하는 아이들'과 '유희정신'을 넘어서」(『창비어린이』, 2003. 여름호), 「판타지 창작의 현재」(『창비어린이』, 2007. 겨울호), 「해방 이후 아동문학 서사 장르 용어에 대한 고찰」(『아동문학의 장르와 용어의 재검토(2)—해방 이후』, 한국아동청소년문학학회 2009년 여름학술대회 자료집) 등에서 장르에 관해 논의하였는데, 이원수 장르론에서 수습한 동화와 아동소설을 기본 장르로 보는 입장은 바꾸지 않았다. 이 글에서 다루고자 하는 이원수 장르론의 해석을 볼 수 있는 것은 앞의 두 글이다.

장르 논의에서 문제로 대두한 동화와 아동소설의 개념과 장르간 경계는 이원수의 논의에서 중요하게 다뤄졌으며, 원종찬의 이원수 장르론 검토도 그것과 직접 관련돼 있었다. 뿐만 아니라 원종찬의 논의는 오늘날 대다수 논자들이 이원수 장르론을 바라보는 창이 되고 있기 때문이다.

이 글에서는 이원수의 장르론에서 원종찬이 검토한 내용을 몇 가지로 짚어보고자 한다. 첫째, 이원수는 '생활동화'에 대해 어떻게 논의하였는가. 또 그가 '동화와 소설의 장르 혼동'에 관해 논의한 내용은 무엇인가. 둘째, 이원수의 동화와 '소년소설'은 각각 낮은 연령과 높은 연령에 대응하는 장르인가. 셋째, 이원수의 동화 개념과 판타지 장르는 어떠한 상관성이 있는가. 또는 이원수의 동화는 원종찬이 말하는 낮은 연령의 심리에 대응하는 '공상동화'에 대응하는가. 이러한 검토를 통해 이원수 장르론을 이해하는 데서 미진한 점을 드러내고, 나아가 현단계 장르 논의의 과제들을 해결하는 데서 작은 실마리나마 찾아보고자 한다.

이 같은 과제에 부응하려면 이원수가 활동한 당시의 장르 실천을 포괄적으로 검토하면서 그에 대응하는 장르 인식의 변화를 추적함이 옳다. 그러나 이 글에서는 이원수가 쓴 글의 문맥을 자세히 검토하면서 실천과의 관련을 추론하는 데 그침을 밝힌다.

2. '생활동화' 논의를 통해 본 이원수의 '동화'와 '소설'

원종찬에 따르면, 이원수는 동화와 아동소설을 아동 서사의 기본 장르로 보면서 '생활동화'를 장르 인식의 혼동으로서 비판하였다. 그는 관련된 이원수의 글로 1958년에서 1971년에 걸쳐 쓴 것들을 인용하였다.[5] 그

5 원종찬, 「동화와 소설」, 88~89쪽의 인용문.

런데 그 기간에 이원수의 관심사와 논의의 초점에는 변화가 있었다. 우선 인용한 글 가운데 1958년과 1961년에 쓴 세 편의 글에서 이원수는 '생활동화'를 직접 언급하지 않았고, 아동 서사 장르들의 경계가 아니라 일반문학과 아동문학의 경계에 더 치중하였다. 그러다 1960년대 들어 아동문학에 대한 체계적인 서술을 시도하면서 아동 서사 장르들로 관심을 집중하게 되었다. '생활동화'를 직접 언급하며 비판한 것도 이러한 변화가 나타난 뒤였다. 이어 1960년대 후반에는 동화와 아동소설의 장르 경계가 새로운 차원에서 고민거리로 대두하는데, 이때의 초점은 동화의 환상성을 구현하는 방법과 원리에 두어졌다. '생활동화'의 문제를 중요한 초점으로 삼은 원종찬은 「아동문학 입문」에서 체계화된 이원수의 논의를 기초로 그 전후 시기 글들을 해석하였고, 그 때문에 동화와 아동소설에 대한 이원수의 장르 인식을 전체적으로 살피지 못하였다고 판단된다. 아래에서는 시기에 따른 논조의 변화에 주목하여 이원수의 글을 검토하면서 '생활동화' 논의에서는 충분히 드러날 수 없었던 장르 인식의 내면을 살펴보고자 한다.

1950년대 후반 이원수의 관심은 동화가 버젓한 문학으로 자리잡는 것이었다. 1956년에 쓴 글에서 아동문학 작품이 '대체로 소품적인 것'이며 '소년소설'과 동화 어느 쪽도 본격적인 수준에 이르지 못하였음을 토로한[6] 이원수는 1958년에 다음과 같이 쓰고 있다.

> 하기야 아직도 동화가 소설적인 여러 가지 체계나 형식을 갖추지 않는다고 하여 문학으로서의 가치를 얕게 보는 평론가가 있음을 보기도 하였거니와 그

6 "동화라는 것이 6, 7매에서 20, 30매의 것이요, 소년소설도 40매를 넘는 단편이 드물고 30매 정도라는 것은 작가의 역량이 감당키 어려운 정도이니, 결국 동화는 하나의 '스토리'를 만들기보다 시적인 면을 보여주는 것이 고작이었다." 이원수, 「아동문학과 저속성」(1956), '이원수아동문학전집 28', 웅진, 1984, 127쪽. 아래에서 이원수의 글을 인용할 때는 '이원수아동문학전집'(이하 '이원수전집'으로 줄임)의 쪽수를 밝힌다. 해당 글이 쓰인 해는 『아동문학』에 실린 것을 제외하고 모두 이원수전집에 밝혀진 것을 따랐다.

런 분은 동화를 어디까지나 소설의 한 지엽(枝葉)으로 오인한 것이지 동화 자체를 알고 한 말이 못 될 것이라 생각된다.

이러한 모 문학평론가의 견해가 즉 동화를 아동의 소설로 본 까닭인지 확언키는 어려우나 직접 동화를 창작하는 편의 작가 중에도 동화를 소설의 아동판 혹은 아동용 소설로 인식하는 데서 오는 여러 가지 비정상적인 사태가 적지 않게 나타나고 있음을 보게 되었다.

〔…중략…〕

그〔오늘날에 있어서 동화라는 것의〕 개념이 두 가지로 나타나고 있으니 하나는 아동에게 주어질 옛날 얘기(전래 동화)나 아동 생활에서 취재되고 아동의 심리에 부합하는 콩트, 소품, 수필—나아가서는 아동 소설 등을 포함하는 여러 가지 종류의 문장화한 이야기이다.

다른 하나는 전래 동화 중의 일부를 포함하는 스토리를 가진 다분히 소설 형식의 산문으로서 현실적인 세태나 생활의 묘사에 국한하지 않고 환상적이요 비현실적인 가공적 이야기를 일컫는 것이다. 이것은 전자에 비해서 특히 예술적인 표현을 한 작품임을 조건으로 한다고 할 것이며 가공적인 스토리나 환상적인 이야기가 소설로서 정도가 아닌 반면에 그것은 동화의 가지는 바 특성의 하나가 되어 있다고 할 수 있다. (「문학으로서의 동화를」(1958), 이원수전집 28, 263쪽. 밑줄은 원종찬이 인용한 부분.)

밑줄 친 부분을 인용한 원종찬은, 이원수의 취지가 소설 형식의 이야기를 동화라 지칭함으로써 장르 인식에 빚어진 혼동을 문제삼는 데 있다고 보았으나, 전래동화와 소설류를 묶어서 하나로 말하고 있어서 아동 서사 장르로서 동화와 아동소설을 대비한다는 인식이 있었다고 보기는 어렵다. 「문학으로서의 동화를」은 다섯 개의 절을 포함하는 꽤 긴 분량의 글인데, 위의 인용문은 글의 서두로 글을 쓰게 된 동기를 밝힌 부분이다. 여기서 글쓴이는 일부 평론가/창작자가 동화의 문학성을 제대로 이해하지 못하고서 소설을 보는 관점에서 비판/창작하고 있음을 지적하고 있다. 이때 동화와 소설은 아동문학 서사와 일반문학 서사를 대표하는 뜻으로 쓰였다.[7] "소설로서 정도가 아닌 반면에"라 한 것은 그가 환상과 초자연 세계를 그리는 동화의 특성이 일반문학과 견주어지는 아동문학의 특수성을 대표한다고 보았기 때문이다. 일반문학의 입장에서 아동문학을 보는 것을 의식하여 아동문학과 일반문학의 경계를 분명히 하려는 뜻에서 동화에 초점을 둔 것이다.

일제강점기부터 아동 서사 장르로 동화와 아동소설이 존재했고, 이원수가 둘의 차이를 잘 알고 있었는데도, 이 글에서는 동화로서 아동 서사를 대표하는 데 별 의문이 엿보이지 않는다. 동화와 아동소설이 나란히 있는 것과, 동화로서 아동문학을 대표한다는 관습은 충돌하지 않은 채 이어지고 있었다고 할 수 있다. 여기서 동화는 일반문학과 다른 독자적인 문학으로서 아동문학을 형성하려는 의지를 대변하는 표현이었다. 일반문학과 대비하는 속에서 아동문학을 인식하고 있는 데서 아동문학 형성기의 자의식을 엿볼 수 있다. 이러한 사정은 이원수만 아니라 1960년대 초 다른 아동문학가들에게서도 확인할 수 있다.[8]

요컨대 이 시기 이원수에게 '동화와 소설은 다르다'는 명제는, 아동문학은 일반문학과 다른 고유성을 지닌 문학이며, 또 아동문학을 대표하는 동화 장르는 일반문학을 대표하는 소설과 달리 환상성을 고유한 속성으로 한다는 것을 뜻하였다.[9] '동화=아동문학'이란 관념이 널리 퍼져 있었고, 동화란 용어는 아동문학의 이념을 함축한 말로서 유통되었다.

7 같은 글에서 이렇게도 말하였다. "동화의 특성을 들어 본다면 소설과는 달리 다음의 각항이 문제될 것이다. 즉 동화는 동심의 세계에서 만들어져야 하며 그것은 동심을 떠나서는 안 된다. 그러므로 동화는 그 내용이나 서술 방식에 있어서도 직접적으로 표현하여도 무난히 진실에 도달할 수 있다. 그러나 소설에 있어서는 독자[성인-인용자]의 정신이나 그 생활로 말미암아 세속에서 헤매고 거기서 모색하여 우여곡절을 거쳐 진실에 도달한다. 이와 같이 성인과 아동의 생활의 차이, 의식의 정도차는 자연히 동화와 성인 소설과의 형태와 내용을 규정하고 있는 것이다." 이원수, 「문학으로서의 동화를」, 이원수전집 28, 264쪽.

이런 분위기에서 '동화'와 '소년소설'이란 용어가 쓰였더라도 '소년소설'은 '동화'에 견주어질 만한 의의를 갖지 못하였다.

아동문학에 대한 체계적인 서술을 처음 시도한 「아동문학」(1961)에서 이원수는 아동소설을 동화와 나란히 비중 있게 다루게 되었다.[10] 이 글과 연속선상에 있는 1965년의 글에서 아동문학이 일반문학과 다르다는 인식을 앞세우는 일부 경향을 가리켜 아동문학의 발달을 저해하는 태도라 비판하고 있음은[11] 아동문학의 독자성을 강조한 앞의 글과 크게 달라진 분위기를 보여준다.

그런데 아동 서사의 양대 장르로서 동화와 '소년소설'의 기본 성격을 밝히는 자리에서, 이원수는 두 장르가 혼동될 수 있다고 말하였다. 발생사적으로 아동문학의 시초를 마련한 안데르센의 '창작동화'를 '근대소설적 수법을 쓴 압축된 소설'이라고 하고,[12] 동화를 '소설의 한 종류'라

8 『아동문학』 2집의 특집은 "동화와 소설"이었다. 강소천이 '제안'의 글을 쓰고, 조지훈, 김동리, 박목월, 최태호가 각각 '토론'의 글을 썼다. 강소천은 동화와 소년소설에 관한 것이라 밝히면서도, 동화와 소설을 각기 아동문학과 성인문학을 가리키는 맥락에서 쓰기도 하였고, 토론자들의 글도 그러하다. 강소천의 글은 이원수의 글과 논조가 매우 흡사하다.

"소설을 쓰는 분들 가운데는, 또는 성인 문학 평론가들 가운데는 동화는 아무래도 소설만 못하다고 한다. 문학성이 희박하기 때문이라 한다. 동화에 있어서 필연성을 성인 문학의 그것과 같이 생각하기 때문이 아닌가 한다. 아동이라는 동심이라는 점, 아동이 어떻게 받아들이며, 어떻게 공감할 것인가 하는 점을 먼저 생각해야 할 것으로 믿는다. ……동화의 문장과 소설의 문장이 달라져야 하는 이유도 표현이 평명해야 한다는 문제도 동화가 아동 자신들의 것이라는 점에서 문학이 원칙적으로 '자기 표현'이라고는 하지만, 아동문학의 경우, 동화의 경우 아동을 위한다는 범위 안에서만 자기표현도 용허되는 것이라고 생각한다." 강소천, 「동화와 소설」, 『아동문학』 2집, 1962. 10, 배영사, 16~17쪽.

9 이주홍의 논의는 특히 흥미롭다. 그에 따르면, 상업출판계에서 아동문학 붐이 일고 있으나 아동문학의 예술성에 대한 이해는 부족한데 아동을 만화와 통속물에서 예술성 있는 아동문학으로 이끌려면 '재미'가 있어야 한다. 재미란 꿈, 모험 같은 아동의 생리적 욕구와 자연성에 기민하게 대응하는 것으로서 한마디로 '환상'이라 할 수 있으며, 성인문학과의 분기점은 환상성 여부에 있으니 '환상이 풍부한 문학'이라야 좋은 아동문학이라 한다. 이주홍, 「아동문학은 전진하고 있는가」, 『아동문학』 6집, 1963. 12, 배영사, 57~58쪽.

10 "아동 문학이란 것은 아동의 문학이란 점에서 특별히 공상—초현실적인 것만을 주로 삼을 필요는 없다. 따라서 아동에게 영향력을 가지는 문학으로서 가장 널리 혹은 깊이 아동에게 문학적인 효과를 줄 수 있는 것은 현대에 와서는 동화에 한정될 것이 아니다. 즉 소설의 영향력이 커진 것이다. 그러므로 우리는 동화만을 아동문학의 근본으로 삼아야 할 까닭은 없다. 소설과 동화는 같은 위치에서 아동의 문학으로 사명을 다해야 할 것이다." 「아동문학」, 1961. 1. 10, 경성대학신문, 이원수전집 28, 152쪽. 이 글에서는 동화와 소설이 각각 아동문학 서사장르의 의미로 쓰였다.

11 「아동문학 프롬나아드」, 『아동문학』 12집, 1965. 7, 배영사. (이원수전집 28, 214쪽)

12 「아동문학」, 이원수전집 28, 149쪽.

거나 '형식으로 보면 소설'이라 하기도 하였다.[13] 그에 따르면 동화와 아동소설은 기본 특성에서 혼동이 불가피하고 자연스러웠다.

> 현대 동화에는 현실적인 것과 공상적인 것이 공존하는 경우가 많은 것이 사실이다.
>
> 짐승이나 초목이나 혹은 무생물을 의인화(擬人化)하여 행동하고 생각하게 하는 것이 동화의 한 특징이지만 그것이 전래 동화에서처럼 추상적인 것이 아니요 구상적인 것으로 등장하여 하나의 독특한 성격을 가지게 됨으로써 리얼한 존재가 되며, 또 정경과 심리의 묘사가 있어서 그것을 더욱 현실적인 것으로 나타낸다.
>
> 또 현대 동화는 반드시 무생물 혹은 동물의 의인화를 필요로 하지 않고 인간만으로 진행되는 경우도 있다. 이러한 경우, 소설과의 차이는 적지아니 모호해지기도 한다. (「아동문학 입문」, 이원수전집 28, 85쪽)

> 현대 동화는 메르헨(Marchen)의 기이(奇異)·동식물·기타의 의인법, 귀신-신령의 등장 등보다는 대체로 현실 생활을 소재로 하여 그 현실 세계가 초자연적, 공상적 세계와 연결 융화되는 내용을 가지게 되었다. (위의 글, 86쪽)

여기서 이원수는 동화가 소설적인 형태, 소설적인 서술수법을 취한다는 점을 강조하였다. 전래동화의 추상성에 견주어 현대의 동화는 더욱 구상적인 형식을 띤다고 하였으니, 동화와 아동소설 두 장르의 정의에 내포된 모호함과 관련이 없지 않다. 동시에 '메르헨(전래동화)'의 정의에서 온 '동화' 개념으로 전래동화와 현대(창작)동화를 포괄하는 문제와도 관련이 된다. 이는 동화와 아동소설이 혼동될 수 없는 독자적인 형식임을 강조한[14] 원종찬의 논의에서는 부각되지 못하였다. 원종찬은, 이원수

---

13 「아동문학 입문」, 이원수전집 28, 32쪽; 「아동문학 프롬나아드」, 이원수전집 28, 218쪽.
14 원종찬, 「동화와 소설」, 72쪽.

가 「아동문학 입문」에서 '현대동화가 소설과의 거리를 단축시켰다'고 한 것을 소개하면서 '산문정신, 근대정신, 소설정신, 합리적 비판정신, 리얼리즘 문학정신 등 리얼리즘 동화운동의 이념'의 맥락에서 해석하였으나,[15] 인용문에서 보듯이 이원수는 작품의 소재와 배경, 서술 특성 등 전반적인 특성과 관련하여 기술하였다. 이러한 인식은 추상적 시공이 아니라 현실의 구체적 배경에서 합리적으로 전개되는 동화의 경향에 주목한 데서 나온 것으로, 다음 시기에 현대동화의 리얼리티에 관한 깊은 고민으로 이어진다.

이원수는 이즈음에 와서 '생활동화'를 직접 거론하여 비판하였다. 앞에 인용한 1958년에 쓴 글에서도 '생활동화'란 표현을 쓰지 않았으나[16] "아동 생활에서 취재되고 아동의 심리에 부합하는 콩트, 소품, 수필"이라 한 것은 이후 이원수가 '생활동화'를 묘사한 것과 비슷하다. 또 몇 년 뒤에는 1950~1960년의 아동문학 상황을 개관하면서 '생활동화라는 소설 형식의 출현'을 말하였으니[17] '생활동화'라는 용어를 쓰지 않았을 뿐이지 가리키는 대상은 같을 수 있다. '생활동화'가 1960년대 이전에도 쓰인 용어라면, 왜 이즈음에 이르러서야 '생활동화'라는 용어를 썼는지 생각해볼 일이겠다. 짐작하기로는, 아동문학 서사 장르에서 아동소설에 대한 인식이 부각되었다면, '생활동화'의 문제 역시 장르론의 맥락에서 새롭게 논의하게 된 것이 아닌가 생각된다.

원종찬이 동화와 아동소설의 장르 경계를 강조한 것은 '생활동화'의 문제를 살피려는 의도에서였다고 할 수 있고, 그는 '생활동화'를 "동화

---

15 원종찬, 위의 글, 79쪽.

16 이원수가 '생활동화'를 언급한 글은 「어린이와 문학」(연대 미상), 「아동문학의 방향」(『아동문학』 6집, 1963. 12, 배영사), 「아동문학 프롬나아드」(1965), 「아동문학 입문」(1965), 「아동문학의 문제점」(1966; 이상 『아동문학 입문』, 이원수전집 28)과, 「아동문학 개관 I」(1965), 「1966년의 아동문학 개관」(1967), 「한국의 아동문학」(1968), 「1970년의 아동문학 개관」(1971; 이상 『동시 동화 작법』, 이원수전집 29, 웅진, 1984) 들이다. 1961년에 쓴 글까지는 '생활동화'란 표현이 나타나지 않은 것으로 미루어 이원수가 '생활동화'란 표현을 처음 쓴 것은 그 뒷일일 가능성이 있다.

17 이원수, 「아동문학 개관I」(1965), 이원수전집 29, 198쪽.

와 소설을 명쾌하게 구분짓지 못하도록 방해한 주범"으로 보았다.[18] 이원수 역시 '생활동화'가 끼친 영향으로 동화와 아동소설 장르간 혼동을 거론하였으나[19] 앞서 말한 두 장르의 기본 특성에 역점을 두었고 '생활동화'에 대해서는 정당하게 평가할 여지가 없는 창작의 실제로서 다루었다. 그는 '생활동화'를 아동문학의 진정한 길이 될 수 없다고 보고 시종일관 비판적으로 언급하였을 뿐 장르론에서 다루지 않는다.

이원수의 장르론에서 '생활동화'와 관련이 있다고 추정되는 것은 '유년동화'이다.[20] 그는 「아동문학 입문」 '동화론'의 한 절로 '유년동화'를 다루면서 보기로 두 작품을 들었는데 두 작품 다 짧은 단편에 유아가 등장하는 사실적인 이야기이다.

> 이 동화에는 공상성이란 것은 없다. 어디까지나 사실적인 이야기다. 사실적인 이야기를 사실적인 필치로 써 내려갔다. 동화라기보다 한 편의 재미있는 생활 스케치 같이도 보인다.
>
> 유년의 문학으로서 동화와 소설을 엄격히 구별하지 않아도 좋다는 말도 있고, 유년의 소설이라고 할 것이 짧은 글에서 기대하기 어려우니 소설적인 것까지도 동화로 쳐 생활동화로 부르는 일도 있다. 그것은 하나의 편의적인 이론임을 생각하면서 이 '일 환짜리'를 동화로 가정하고 이야기한다면…… (「아동문학 입문」, 이원수전집 28, 100~101쪽)

이른바 '생활동화'로 분류됨 직한 작품들 가운데에서 유의미한 일부를 이론으로 수용하여 논한 듯한데, '사실적인 이야기'라면서도 '편의적인

18 원종찬, 「동화와 소설」, 72~73쪽.
19 이원수, 「아동문학 프롬나아드」, 이원수전집 28, 219~220쪽. 참고로 동화와 아동소설의 장르간 혼동에 관한 논의는 '생활동화'를 직접 거론하기 전인 1961년, 「아동문학」에 개요가 나타나 있다.
20 "유년을 독자로 삼아 쓴 우리나라 동화 가운데 생활동화가 대부분이다." 「아동문학 프롬나아드」, 위의책, 220쪽.

이론'이란 단서 아래 동화로 '가정'하고 논의를 이었다. 말하자면 '유년동화'를 안정적으로 자리를 잡은 장르로 보기보다 유년을 대상으로 한 문학을 이론적으로 가정하고, 당시 작품을 예로 들면서 논의를 펼쳐 보인 것이다. 여기에서는 동화와 아동소설을 가리는 문제에 대해서 일반의 태도를 언급하며 유보한 것도 눈에 띈다.[21] 그는 예로 보인 두 작품에 대해 문학으로서의 가치를 적극 인정한다. 두 작품은 이태준과 현덕의 '유년소설'과 소재와 화법이 매우 비슷한데, 알다시피 이태준과 현덕의 작품들은 오늘날 그림책으로 출간되어 있다. '유년동화' 절에서 그가 말한 여러 논의들은 유아와 저학년 아동이 읽을 산문의 특질을 잘 밝히고 있다.

이원수만 아니라 당시 다른 논자들도 이른바 '생활동화'를 특별히 주목할 만한 것으로 취급하지 않았고, 아동문학의 주변적인 현상 정도로 인식하였다.[22] 당시에 활동한 이로서 이원수를 비롯한 여러 논자들과 판이한 견해를 밝힌 이는 이재철이다. 그는 동화와 아동소설 사이에 '(생활동화)'를 두었는데, '생활동화'를 소설보다 동화로서 파악하면서 동화 장르론의 한 장으로 다루었다.

> 오늘날의 동화는 점차 그 소재나 구성에 있어서 아동소설을 닮아 가는 경향이 있다. 현실에서 소재를 취하면서 동화에 가까운 생활동화가 그것이다. 이것은 어디까지나 동화의 영역에 남아 있어야 될 성질의 것이다. 다시 말하면 생활에서 보여지는 현실을 사실적으로 그리지 않고, 동화가 취하는 수법으로 처

21 이원수가 쓴 글들에서는 '유년동화'와 '유년소설'이란 용어가 함께 쓰였다.

22 강소천은 "생활동화라는 말도 있지만, 자칫 잘못하면 훈화 같은 것으로 흘러 버릴 염려가 있다. 좋은 동화일수록 어린이들의 내면 생활을 꿰뚫을 수 있어야겠다고 생각한다"고 생활동화라 일컬어지는 것에 대해 간단히 언급하였다. 강소천, 앞의 글, 17~18쪽.
이주홍은 생활동화에 대해 이렇게 말한다. "고루한 동심주의에서 권태를 느껴 분가해 나온 것에 생활동화라는 것이 있습니다. 공상세계에서 실재 사회로 옮아 온 사실주의의 한 출장소격인 것"인데, "특히 단편동화에 있어서는 너무나 재미가 없는 것이 많"고 "이야기는커녕 창작의도도 분명치 않은 '스케취'의 경우가 더 많이 눈에 띄우"고 있다고 지적한다. 이주홍, 앞의 글, 58~59쪽.

리되어야 한다는 것이다.

> 아무리 동화가 아동소설을 닮아간다 하더라도, 동화가 가지는 산문시적이며 꿈을 그리는 독특한 본질은 없어질 수 없다. 또한 아동소설은 어디까지나 소설인 만큼 동화의 본질을 흡수하지는 못하는 것이다. 그러므로 우리는 동화를 정의하기에 앞서, 아무리 현실적이거나 생활적인 소재라도 그것을 시적으로 처리한 이상, 일단 동화의 범주에 넣어야 할 것을 잊지 말아야 될 것이다. (『아동문학개론』, 문운사, 1967, 188쪽)

이재철에 따르면 "현실적 소재를 다룬 것이 동화가 될 수 있는 것은, 그것이 표현에 있어 산문시적이며, 디테일의 묘사를 거의 하지 않기 때문"이다.[23] 여기서 그는 현대동화가 서술에서 소설적인 형태를 취하게 되었다고 한 이원수의 글을 인용하면서, 소설적인 서술 대신 현실적 소재를 넣어 '생활동화'를 설명하는 한 근거처럼 끌어 쓰고 있다. 또 '생활동화'에서 "현실적 소재는 초자연적 공상적 세계와 연결 융화되는 내용을 가지게 되었다"고 썼는데, 이 역시 이원수가 현대동화에서 현실세계와 공상 세계가 연결되는 특성이 있다고 쓴 것을 교묘하게 '생활동화'의 논리로 바꿔 쓴 것이다.[24] 이재철은 이후 아동문학사를 수정·보완하여, '1930~1940년대에 동화, 소년소설, 생활동화의 타이프가 제시되고, 1945~1950년 시기에 생활동화의 유행으로 장르가 다양화되었다'고 함으로써 '생활동화'라는 장르를 아동문학사에서 자리매김하였다.[25] 이처럼 이원수가 소설 형식이라 본 '생활동화'를 이재철은 그 시적인 특성에 초점을 두어 동화로 보고 적극 평가하고자 하였다. '생활동화'에 대해 이원수와 이주홍이 산문으로서 이야기의 결여를 주로 지목

---

23 이재철, 『아동문학개론』, 문운사, 1967, 178쪽.
24 이재철, 위의 책, 178쪽.
25 이재철, 『(개고판)아동문학개론』, 서문당, 1983, 61~76쪽 참고.

하였는데, 특수한 산문으로 다루면서 그들이 비판하는 근거를 인정하지 않았다고 볼 수 있다.[26]

이원수의 '생활동화' 논의에서 주목해볼 것은 장르 이론과 실천의 상관성이다. 장르 논의에서는 양적인 추세만 아니라[27] 질적인 판단도 중요한 고려 사항이었으며, 실천과 이론의 서로 다른 차원에 대한 고려 역시 논의의 전제가 되었다. 이원수가 '생활동화'의 유행을 이론에서 수용한 방식은 장르 실천과 이론을 각각의 차원에 걸맞게 다룬 보기라 생각된다.

앞서 말했듯 1960년대 중반 무렵까지 아동문학계에서 동화 장르의 개념이 흐릿해졌다고 보기는 어렵다. 동화의 통칭어 사용이 문제로 인식된 것은 시간이 더 흐른 뒤로, 이원수는 1969년에 이르러 동화가 아동소설까지 포함하여 통칭어로 쓰일 때 동화는 장르로는 '너무나 모호한 이름'이라고 말하였다.[28] 이렇게 된 배경에는 '환상동화'에 대한 고민

---

26 이원수는 1970년에 '생활동화'가 일상생활의 외곽을 겉도는 데서 벗어나 생활 속에 깊이 침투하는 리얼리즘으로 나아가는 변화를 환영하며 '생활동화'의 면목 일신을 기대하게 된다. 「1970년의 아동문학 개관」(1971), 이원수전집 29, 261쪽.
이와 대조적으로, 이재철은 '생활동화'가 소설로 접근하는 경향을 강하게 비판하였다. '소설적 성격의 생활동화'의 세력 확대와 '초현실적인 본격동화의 위기'를 관련지어 기술하고 아동산문문학의 헤게모니가 동화에서 소설로 넘어가는 단계가 되었다고 썼다. '개고판'에서 '생활동화'를 적극 자리매김하게 된 배경에 이 같은 '헤게모니' 의식이 반영되었다고 짐작된다. 이재철, 위의 책, 149쪽.
한편 이오덕은 리얼리즘적인 경향의 '생활동화'를 아동문학이 주력해야 할 방향으로 삼으면서 '생활동화'를 소년소설을 대체하는 장르 용어로 썼다고 한다. 원종찬, 「동화와 판타지」, 94~97쪽.

27 '생활동화'가 이론의 중점사항이 되지 않았던 사정과, 그것이 실제로 어떤 양상을 보였는가는 달리 검토할 문제다. 원종찬에 따르면, 1960년대에 '생활동화·사실동화'가 한국 아동문학의 주류였다고 한다. 원종찬, 「동화와 소설」, 72쪽.
'생활동화'의 추이에 대한 이원수의 관찰은 「1970년의 아동문학 개관」(1971), 이원수전집 29, 260~261쪽 참고. 그에 따르면 '생활동화'는 "1970년 전후를 대표할 만한 경향이 되어 우리 동화 작단을 휩쓸었었고, 그 후유증은 1970년대 후반기인 몇 년 전까지도 오히려 일각을 점유하고 있을 정도로 깊이 뿌리를 내리고 있었던 실정"이라 한다. 그런데 이 글을 쓴 때가 1971년이므로 연도 표기는 오식임이 틀림없다. 그가 쓴 아동문학 개관이나 이재철의 아동문학사 기술을 참고할 때, '1970'이라 한 것은 모두 '1960'의 오식이 아닌가 한다. '생활동화'의 추이, 아동문학사에 끼친 실제적 영향은 이 글에서 다루지 못한다.

28 이원수, 「동화 작법」(1969). 또 한 가지 특기할 점은, 이원수가 1971년에 쓴 글에서 그전과 달리 '동화'를 아동서사 장르를 총칭하는 말로 썼다는 사실이다. 그는 한 해의 아동문학을 개관하는 글을 여러 차례 썼는데 동화와 소년소설을 뚜렷이 구분하여 다루곤 하였다. 그런데 1971년에는 '동화', '동화작단' 등으로 총칭하였던 것이다. 동화 개평에서는 '소년소설', '아동소설'이란 표현이 등장한다. 「1970년의 아동 문학 개관」 참조.

이 있었다고 생각된다. 1960년대 후반으로 갈수록 환상을 구현하는 현대적인 방식들이 다양하게 실험되면서 동화 작품의 리얼리티를 둘러싼 논란이 많아졌고, 그와 함께 비로소 '동화'를 통칭어로 쓰는 문제가 이원수에게 부각되었던 것이다.

이러한 배경 상황은 원종찬이 장르 논의의 시급함을 제안한 맥락과 통한다. 원종찬의 장르론은, 1990년대 중반 이후 공상성과 판타지에 대한 관심이 크게 높아진 것을 배경으로 하고 있기 때문이다.[29] 이는 4장에서 살펴보겠다.

3. 이원수의 장르론에서 독자 연령에 관한 논의

원종찬에 따르면, 이원수의 장르론은 대상 연령과 표현 방법의 관련을 지나치게 단순화한 구분법이며, 동화와 '소년소설'은 독자 연령에 바탕한 구분으로도 볼 수 있다.[30] 대상 연령을 장르 범주화의 한 계기로 삼는 것에 대해서는 여러 논자들이 그 이론적 합리성을 의문시하였으나,[31] 이원수의 장르론에서 독자 연령이 어떻게 고려되는가를 직접 검토하지는 않았다. 이원수는 글에서 독자 연령에 관해 여러 차례 언급하였으나, 장르 이론에서 중요성은 크지 않았다고 판단된다. 그러므로 독자와 관련된 이원수의 언급을 검토하여 장르 이론과의 관련 여부를 밝힐 필요가 있다.

우선 이원수는 아동의 연령별 층차가 아동문학의 일반적 특징을 형성한다고 인식하였다. 「아동문학 입문」의 첫째 장에서, 그는 아동문학의

29 원종찬, 「동화와 판타지」, 83쪽.
30 원종찬, 위의 글, 93쪽, 101쪽, 104쪽의 언급들.
31 김경연, 「혼돈과 모색, 한국 아동문학 판타지론」, 『창비어린이』 2003. 가을호; 『우리들의 타화상』, 창비, 2008, 166~167쪽, 선안나, 앞의 글, 19쪽, 김상욱, 앞의 글, 17쪽. 이들은 각기 다른 관점에서 연령 기준의 적용을 문제시한다

독자를 5~6세에서 16~17세라 하고 그 기간에 아동의 성장은 극심한 변화를 보인다면서, 대상 독자의 계층이 많고 작품 내용에서 난이의 차가 심하다고 썼다. 그래서 아동문학은 "내용에 있어서는 유년문학, 저학년 문학, 고학년 문학, 중학생 문학 등의 계층을 이루고" 있다.[32] 독자를 고려하여 창작되는 것이 아동문학의 속성임은 널리 인정되고 있으며, 연령으로 지칭된 성장의 층차는 작가의 아동상의 일부를 이루면서 창작과정에 개입되어 장르를 불문한 모든 작품에 현상한다고 할 수 있다.

이원수는 현대 아동발달론의 용어가 아니라 학제를 중심으로 대강의 구분을 제시하였다. '대상 독자'란 표현은 창작 행위에서 작가가 의도한 독자를 말하는 것으로 이해된다. "유년을 독자로 삼아 쓴", "7세 아동에게 주는", "15세 아동에게 주는" 같은 표현들이 그러하다. 이는 독서의 맥락으로 직접 전환되기 쉬운 용법이라 할 수 있는데, 학제 중심의 구분도 실생활에서 아동을 독자로 지칭할 때 익숙한 구분법이라 생각된다. 이원수를 비롯해 당시의 아동문학가들은 교육과 독서에 관한 논의도 겸하였는데, 아동문학 논의와 독서에 관한 논의에서 두루 통용되는 용어들도 맥락에 따라서 의미가 다를 수 있고, 주로 독서의 맥락에서 쓰이게 된 용어들도 있을 것이다.

> 산문에 있어서는 단순한 내용의 동화가 저학년에게는 가장 적합할 것이며, 그것은 전래 동화 중에서도 찾을 수 있는데…….
>
> 소년소설은 대체로 저학년에게는 무리가 될 것이나, 그들의 생활을 그린 소위 생활동화가 주어지는 것은 유년소설이라고도 할 수 있는 것에 한해서이다. (「어린이와 문학」, 연대미상, 이원수전집 28, 202쪽)

---

32 이원수, 「아동문학 입문」, 이원수전집 28, 11쪽. 연령층에 따른 작품 내용의 상위에 관해서는, 유년 상대 작품에서 가족, 친구, 동식물에 대한 애정이 주가 되고, 소년기 독자 대상에서는 학교 생활, 사회 생활, 국가와 민족, 어른과 아동간 관련 생활로 넓어진다고 쓰기도 하였다. 같은 글, 23~24쪽.

「어린이와 문학」은 이원수가 아동에게 문학작품을 제공해야 하는 부모와 교사의 역할을 강조하면서 저학년에게 줄 수 있는 동요와 산문에 관하여 쓴 글이다. 실제 독자에게 적합한 읽을거리를 안내한다는 글의 맥락을 감안할 때 '전래동화', '소년소설', '유년소설' 역시 실제의 작품군을 염두에 두고 썼다고 짐작된다. 장르 이론에서 장르들을 언급할 때와 장르 실천을 감안하여 쓸 때 그 내포를 동일하게 볼 것은 아니다. 가령 이 글에서는 당시 '소년소설'이 저학년보다 높은 연령을 대상으로 쓰인 경우가 많았음을 알 수 있는데, 이것이 곧바로 '소년소설' 장르 개념을 가리킨다고 읽을 수는 없다.

독서의 맥락에서는 아동의 발달단계를 장르에 대응시켜 기술하는 경우가 흔히 있다. 당시에 쓰이던 말로 '동화기', '소설기' 따위가 그렇고, 요즘에 흔히 상정하는 '그림책기'도 그러한 예가 된다. 또 '소년소설', '소녀소설'이란 말로 독자의 성별에 따라 선호가 갈리는 작품군을 지칭하는 수도 있는데, 이는 실제 독자의 독서 성향을 반영한 용어라 할 수 있다. 최근 도서관계에서는 독자의 선택을 돕기 위해 독자 쪽에서 쉽게 이해할 수 있게 학령별 단계, 성별 독서 성향, 작품의 주제 따위를 분류의 표지로 쓰기도 한다. 작품의 사회적인 소통과 밀접한 이 용어들이 문학적인 장르와 어떻게 대응하는지 밝히고, 관련 전문가들 사이에 합의된 이해를 갖는 일도 필요하다.

독자의 연령이 여러 차원에서 쓰일 수 있음을 고려하면서, 이원수의 장르론이 독자 연령과 갖는 상관성을 살펴보자. 아동문학 이론을 체계적으로 서술하려는 시도는 「아동문학」(1961)에서 처음 모습을 나타냈고, 「아동문학 프롬나아드」(1965)와 「아동문학 입문」(1965)으로 완성된 모습을 갖추었다. 「아동문학」에서 아동문학의 발생과 동시, 동화, 소년소설 세 장르의 기본 성격을 밝힌 내용은 다음 글들에서 골자가 그대로 이어지고 있다. 이원수는 「아동문학」에서 연령에 관해 전혀 언급하지 않으면서 장르 특성을 기술하였다. 그 글의 체제는 「아동문학 입문」의 밑그림이라 보아도 좋은데, 「아동문학 입문」은 앞의 세 개의 장에서 아동문학의 정의, 기능, 형태 및 발생을 다루고, 다음 다섯 개의 장에서 장르 각론을 다루었다. 「아동문학 입문」 3장 "아동문학의 형태와 발생"에는 각론에 앞서 각 장르의 기본 성격을 썼는데, 여기에서도 연령에 관한 언급은 보이지 않는다. 이는 이원수가 장르의 기본 성격을 논하는 데서 독자 연령을 필수적인 계기로 보지 않았음을 말해 준다.

독자 연령과 장르를 연결한 언급이 보이는 것은 장르 각론에서다. 특히 특정 연령층을 주된 계기로 하여 범주화한 것으로 '유년동화'가 있다. "동화의 독자 중에서도 어린 독자, 즉 유치원에서 국민학교 3학년생 정도까지의 어린이들"에게 주어지는 동화를 '유년동화'라 한다면 "아동문학이란 것이 독자의 연령에서 온 것임과 마찬가지로 동화라는 장르 안에서의 더 작은 하나의 구분으로 해석할 수도 있을 것"이라 한 데서, 유년층 대상의 동화를 독립된 범주로 설정할 수 있다고 보았음을 알 수 있다.[33] 앞 장에서 본 대로 이원수는 이 범주의 형식 특성을 엄밀하게 규정하지 않고 '유년동화' 또는 '유년소설'이란 용어를 혼용하기도 하였다. '유년동화'는 장르론에서 엄격하게 자리잡았다기보다 시론적인 개념화의 하나였다고 볼 수 있다.

본격적인 동화는 유소년의 것이다.……

유소년의 문학으로서의 동화는 대체로 짧은 것이 상례다. 5~6세의 아동에게 주어지는 유년동화—이것은 10세 이상의 아동에게 주어지는 동화와는 크게 다른 것이 될 경우가 많다.

공상의 세계가 자기들의 실생활과 완전히 분리되지 않는 시기의 아동에게

33 이원수, 「아동문학 입문」, 이원수전집 28, 94~95쪽.

감상될 동화는 그 본질인 초자연성이 **가장 적절한 효과**를 올릴 수 있을 것이다. (「아동문학 입문」, 이원수전집 28, 88쪽, 강조는 인용자.)

소년이나 청년이나 어른들은 동화의 초자연성이나 공상성을 어떠한 가정(假定)을 거쳐 승인하지만 **유년들은 그러한 가정 없이 그냥 승인하고 따라온다.** 그런만치 동화의 특성은 충분히 효과를 내게 되고 의인법이나 공상적인 내용의 창작 방법이 무한대의 넓이를 가지고 활용되는 것이다. (위의 글, 95쪽, 강조는 인용자.)

여기서 이원수는 동화의 독자는 유년을 포함한 유소년, 곧 아동인데,[34] 같은 동화라 하여도 대상 독자에 따라 특색을 달리할 수 있고, 동화의 수법을 **수용하는** 태도가 특히 유년과 그보다 높은 연령층에서 두드러지게 달라진다고 한다. 이원수가 주로 말하고 있는 것은 초자연성을 수용하는 독자의 태도이며, 유년 독자를 대상으로 할 때 공상적인 창작방법이 '무한대의 넓이'로 활용될 수 있다는 것이다.

그런데 원종찬에 따르면, 이원수의 동화론은 '낮은 연령의 독자 심리에 초점을 둔 공상성'을 기반으로 한 것이므로 '공상동화'론이라 하여도 좋다고 한다.[35] 장르 체계가 다르므로 섣불리 대응관계를 말할 수 없으나 원종찬이 '공상동화'를 현실법칙을 체득하기 이전 연령층, '소년소설보다 낮은 연령의 아이들'과 직접 관련된다고 하였으니 이원수의 '유년동화'와 관련성이 커 보이는데, 왜 유년동화가 아닌 동화를 '공상동화'와 동일하다고 하였는지 알 수 없다. 이원수가 '유년동화'를 동화 장르 안의 한 '구분'으로 볼 수 있다고 말한 것만 보아도 이원수의 동화 장르가 '낮

34 이원수는 장르로서 동화가 어른문학으로도 있을 수 있으나 아동문학으로서의 동화는 아동을 대상으로 해서 쓰여야 하며 그것을 벗어난다면 동화 형식을 가진 성인문학의 특수 작품으로 보아야 한다고 말한 바 있다. 「아동문학 입문」, 이원수전집 28, 88쪽.

35 원종찬, 「동화와 판타지」, 93쪽.

은 연령'에 대응한 것이 아님이 드러나고, 이는 위 인용문에도 직접 언급되듯이 장르로서의 동화가 특정 연령층에 대응한다고 볼 수 없다.

「아동문학 입문」의 체제와 표현을 살펴볼 때 이원수가 서사 장르를 대상 독자의 연령과 단순하게 대응시켰다고 말할 근거는 찾기 어렵다. 앞에서 필자는 이원수의 '유년동화'를 시론적인 개념화로 파악하였는데, 그 의미를 적극적으로 파악하여 완성된 장르 범주로 본다 하더라도 이원수의 장르 체계가 일반적으로 연령에 대응한 것이라고 할 수는 없다. 연령과 장르가 같이 언급되는 다음의 표현들은 그 맥락을 잘 살펴 이해해야 할 것이다.

"7세 아동에게 주는 동화와 15세 아동에게 주는 소설의 문학적 가치" (「아동문학 입문」, 11쪽. 아래 같은 글에서 인용.)

"7세 아동이 어떤 동화에서 받는 영향…… 15세 아동이 어떤 소설에서 받는 영향" (12쪽)

"소년 소설의 대상 독자란 참으로 많은 계층을 가지고 있다고 하겠다. 10세의 아동과 15세의 아동은 지(知) · 정(情)과 함께 커다란 차이를 가지고 있을 것이며……" (106쪽)

"5~6세의 아동에게 주어지는 유년동화", "10세 이상의 아동에게 주어지는 동화" (88쪽)

이들은 독서의 기능과 효과, 대상 독자에 따른 작품 특성의 차이를 기술하기 위해 실제 독자를 환기한 것으로 읽을 수 있다. 이런 표현을 이해할 때 중요한 고려 사항은 역사적인 장르 실천의 변동이다. 이론적인 장르는 추상적인 개념이지만, 그것을 기술할 때에는 논의 당시의 구체적인 실천 양태를 반영하기 마련이다. 그럼에도 장르는 추상적 범주로서 구체적 양태와는 다른 차원에서 사고할 수 있어야 할 것이다. 이를 간과하고 구체적인 양태로부터 이론적 개념을 이해해서는 이론에 필요한 합리성에서 멀어질 수 있다. 이원수의 글에서 아동문학의 독자를 유년 및 저학년층에 치중하여 왔다거나, 장편 제작이 곤란하여 단편만이 만들어지는 불리한 환경에 있었다거나 하는 언급이 눈에 띈다.[36] 또 동화의 대상이 높은 연령으로 확대돼 간다는 언급들을 볼 수 있는데, 이 같은 장르 실천의 동향이 이론을 기술하거나 다른 실천적인 맥락에서 논의할 때 반영되었으리라 짐작할 수 있다.

덧붙여서, 대체로 인정되듯이, 역사적으로 '동화'와 '소년소설'이 상대적으로 낮은 연령과 높은 연령에 각각 대응한 작품들을 많이 낳았더라도, 그러한 관습의 역사는 장르 이론과는 다른 차원에서 좀더 구체적인 조건과 결부된 양태들이 파악되어야 할 것이다. 가령 원종찬의 다음 언급은 개념화한 관습을 역사에 도식적으로 적용한 결과로 보인다.

> 1920년대까지…… 단순한 캐릭터와 간결한 서술을 특징으로 하는 동화는 상대적으로 낮은 연령의 아이들을 독자 대상으로 삼았고, 좀더 복잡한 현실의 정황과 인물의 심리를 담은 소년소설은 그보다 높은 연령의 아이들을 대상으로 삼았다. (「동화와 소설」, 74쪽)

아동문학의 태동기라 할 1920년대에 동화와 아동소설이 각기 다른 연령층을 대상으로 창작되었을까? 당시 『어린이』 지면에 발표된 작품들로 방정환의 번안동화 및 전래동화와 '학생소설'로 표기된 「만년샤쓰」(5권 3호, 1927. 3), 그리고 '동화' 마해송의 「어머님의 선물」(3권 12호, 1925. 12)과 「바위나리와 애기별」(4권 1호, 1926. 1)과 '소년소설' 이태준의 「어린 수문장」(7권 1호, 1929. 1)은 각각 낮은 연령과 높은 연령

36 이원수, 「아동문학과 대중성」, 이원수전집 28, 160~161쪽.

을 향해 쓰인 작품이었다고 할 수 있을까? 1920년대 장르 현실과 독자에 대한 연구는 앞으로의 과제이나 당시 『어린이』지의 독자가 연령층에 따라 분화되어 있었다고 추정하기도 어려운 듯하다.[37] 연령을 장르의 주요 표지로 파악하는 것도 어느 시기에 형성된 역사적 관습이라 본다면, 실제 텍스트 분석을 통해 장르의 실체를 규명하는 작업이 이론의 발달에 긴요하다. 우리 역사에 걸맞은 이론을 형성하려는 노력이 자칫 미성숙한 이론을 온존시키는 이유가 될 수도 있겠기 때문이다.

아동의 현실(내면, 외부)이 장르를 규정하는 일의적인 계기일 수는 없다. 아동의 현실은 작품을 규정하는 내용적인 계기로서 텍스트의 형식을 이루는 다른 계기들과 함께 고려되어야 한다. 특정한 서사 패턴과 서술방식의 역사적 유행, 일반문학과의 교섭에 따라 아동문학에 수용된 문학 관습들 등 아동의 현실로 환원될 수 없는 많은 요소들이 텍스트에 관여되기 때문이다. 옛날이야기가 10세 이하 아동의 내적 현실에 부응한다고 하여, 옛날이야기의 장르 특성이 아동 현실로부터 도출될 수 없는 것과 같다. 아동의 현실이라 하더라도 텍스트를 구성하는 것은 작가들의 아동상이므로 일반화하기 쉽지 않고, 거기에 관여되는 아동기의 가설들은 말할 수 있을지언정 그러한 가설들이 특정 장르에 대응하지는 않을 것이다.

---

37 1920년대 동화의 주독자층이 낮은 연령이었다고 믿어지지 않는다. 당시 『어린이』지의 필자들은 옛날이야기를 글로 옮기면서 '현대적인' 소설 문체를 적용하였고, 인물의 배경을 현실적인 요소를 가미하여 묘사하는 수가 많았는데 주인공의 나이를 십대 중반이라 한 것이 많다. 구분된 연령층에 대한 인식은 더 뒤에 나타난 듯하다.
조은숙은, 일제강점기에 '동화'와 '소설'이라는 두 개의 축을 중심으로 하면서 차츰 독자의 연령층을 주요 계기로 장르 범주가 분화하였는데, 그러한 분화는 동화와 소설 모두에서 나타나 '동화', '유년동화', '소년소설', '소설' '유년소설'의 용어들이 생겨났다고 한다. 대체적인 분화 경향으로 미루어 동화가 좀더 어린 연령층을, 소설은 좀더 나이 많은 연령층을 주 대상 독자로 삼았다고 볼 수도 있으나, 소설 역시 유년층으로 확장되었다. 그의 연구는 용어 표기에 국한한 것이며 실제 텍스트 분석이 병행되지 않은 것이어서, 앞으로 자세한 연구가 뒤따라야 할 것이다. 조은숙, 위의 글, 참고.

4. 동화의 환상성에 관한 이원수의 논의

원종찬에 따르면, 이원수의 장르론에서 환상적인 서사 형식인 동화가 낮은 연령에 대응한 것으로 설정되었기에 높은 연령에 대응하면서 강화된 소설적 수법을 요구하는 판타지 장르론은 있을 수 없었다. 필자는, 2장에서 이원수가 동화에도 소설적 수법이 요구된다고 보았음을, 3장에서 이원수의 장르론이 독자 연령과 일반적인 상관성을 갖는다고 볼 수 없음을 밝혔다. 아래에서는 이원수의 동화 장르가 환상적인 서사 형식을 전반적으로 아우르는 것으로서 판타지 장르에 대한 예비적 고찰을 담고 있음을 보이고자 한다.

이원수에 따르면, 동화는 "공상적·상징적인 문학 형식으로서 현실의 개개의 세밀한 구상(具象)으로서 나타내지 않고 소박하게 요약된 미적 표현 속에 있는 인간 일반의 보편적인 진실을 그리는" 서사 장르다.[38] 일본에서 수용된 것으로 알려진 이 정의는 그림 형제의 메르헨과 관련이 깊다. 그런데 실제로 메르헨에 특징적인 추상적인 시공간에서의 초자연 사건은 우리 동화에서 흔치 않았던 듯하다. 일제강점기에 메르헨의 분위기를 가진 작품으로 방정환의 「사월 그믐날 밤」과 마해송의 「바위나리와 애기별」이 얼른 떠오르는데, 이런 작품들은 많지 않았다. 또, 이원수가 보기에는 아동이 생활하는 현실에서 출발하는 방식이 더 가까웠기에, 그 점을 「아동문학 입문」에서부터 언급하였다.

이원수가 「아동문학 입문」에서 현대동화의 특성을 논의하며 예시한 작품은 마해송의 『모래알 고금』과 자작 『숲 속 나라』의 '장편동화'들이며, 그는 "전자가 공상에 가탁(假託)한 도입부를 가지고 전개시킨 현실 세계라면 후자는 현실에서 공상으로 발전해 보인 동화 세계"라 해설하

38 이원수, 「아동문학 입문」, 이원수전집 28, 32쪽.

였다.[39] 모험이야기의 특성을 지니면서 인물의 성격과 심리적인 문제를 현실적으로 그린 『모래알 고금』은 이원수가 지적하듯 의인화된 화자의 존재를 빼면 공상적인 요소가 없으며, 『숲 속 나라』는 그보다 인물의 구체성이 훨씬 덜하지만 작품에 암시된 아동의 생활과 사회 현실로 미루어 볼 때 인물과 정황의 구체적인 재현이 요구된 작품이다. 그래서 두 작품에 대해 소설적 수법을 요구하게 됨은 자연스럽다.[40]

동화의 현대적 특질에 대한 이원수의 꾸준한 관심은 1970년을 전후한 논의에서 더 확장된 표현으로 나타난다. 그는 '공상성의 가능 조건', 또는 '팬터지에의 도입 방법'으로 네 가지 방식을 예로 드는데, 전래동화, 의인화 수법을 쓴 '창작동화'들과 함께 『이상한 나라의 앨리스』를 제시하였다.[41] 알다시피 『이상한 나라의 앨리스』는 현실세계와 환상세계가 독자적으로 존재하면서 통로로서 연결된 현대적 판타지의 초기작이자 대표작이다.

이러한 논의에는 당시 창작되는 '환상동화'들이 배경이 되었을 성싶다. 그는 1970년의 아동문학을 개관하는 자리에서, 김성도, 김요섭, 최효섭, 권용철 등의 동화 작품을 돌아보며 주제와 상상 세계의 결합도나

---

39 이원수, 위의 글, 86쪽.

40 임인수는 『숲 속 나라』에 대한 비평에서 이원수의 작품이 『닐스의 이상한 여행』과 같은 '구체적인 절실감'을 주지 못하며 '하나하나 생기를 띠고 살아움직'이는 인물의 창조에 이르지 못했다고 비판하였다. 임인수, 「새로운 아동상을 찾아서—"숲 속 나라"에 나타난 아동상」, 『아동문학』 11집, 1965. 4, 배영사, 8~12쪽.
임인수의 비판에, 이원수는 우리나라에서 전례가 없는 '현대동화의 형태'로 시도된 작품이라는 역사적 시초성과 실험성을 감안할 때 지나친 비판이라 응수하였다. 그는 동화라도 소설적 수법이 쓰일수록 좋다는 데에는 동감한다면서도, 『숲 속 나라』를 겨냥해 비소설적인 점만 탓하는 것이 문학사적인 이해로 보나 작품 자체의 이해로 보나 합당하지 않다고 지적하였다. 이원수, 「아동문학 프롬나아드」, 『아동문학』 12집, 1965. 7, 배영사 참고.
작품이 발표된 지 20년이 흐른 뒤의 비평이며, 비평자의 작품이 직접 개입되어 있으므로 감안해서 읽어야 하지만, 동화와 소설적 수법에 관한 논의 당시의 분위기는 느낄 수 있다.

41 이원수, 「동화 작법」(1969), 이원수전집 29, 99~103쪽. 『이상한 나라의 앨리스』를 예로 든 것은 당시 논의로 미루어 막연하게 끌어온 보기는 아니다. 현실세계와 환상세계가 공존하며 이어진 작품들이 시도되어 논의가 필요해졌을 법하고, 비평적 논란에서 자유로운 외국의 고전을 사례로 들었다고도 짐작할 수 있다.

현실에서 환상 세계로 도입하는 방식 따위를 언급하고 환상적 서사를 제약하는 요인들을 나름으로 평가하였다.[42] 이 글에서 그가 "아동소설과 동화의 본질적 차이가 문제되는 판국"[43]이라 한 것은 동화의 리얼리티에 관한 새로운 논란들을 의식한 발언으로 짐작된다. 이런 언급들로 미루어 동화는 '메르헨'적인 환상보다 소설적인 형식의 다양성으로 접근되었던 것 같다. 그렇다면 오늘날 판타지론의 주요 주제인 환상 서사의 리얼리티가 중심 문제로 떠오른 것이 자연스러운 일로 보인다.

이처럼 이원수의 동화 장르 인식은 장르 실천에 대응하면서 소설적 문법의 강화, 현실세계와 공상세계의 관련 방식, 환상의 리얼리티 따위 요즈음 판타지 장르의 주제들로 나아갔다. 그러나 다양한 환상의 방법에 대한 관심은 장르'들'의 유형론으로 발전하지는 않아서, 전래동화부터 현실세계와 환상세계를 넘나드는 서사까지 모두 동화라는 장르 속에서 사고하였다. 이원수의 동화 장르는 환상성을 특질로 하는 서사 장르를 잠재적으로 모두 포괄하는 미분화된 장르였다고 할 수 있다.

환상성, 공상성, 팬터지란 말로 동화의 환상적인 속성을 지칭할 뿐 분화된 장르 개념을 설정하지 않았으나, 동화의 유형과 관련하여 그가 중시한 것은 전래동화와 현대동화의 경계였다. 환상 양식 안에서 근대소설적 형식을 갖춘 것과 그렇지 않은 것은 그가 지속적으로 강조한 주제였다. 그가 활동한 시대의 이론적 실천적 제약을 전제로 할 때, '소년소설에 가까워진 동화'를 사고할 수 있었다는 의미에서 그의 '동화' 장르와 현대의 판타지 장르론 사이에 넘어설 수 없는 단절이 있다고 평가

42 이원수, 「1970년의 아동문학 개관」(1971), 이원수전집 29, 267~271쪽.
동화 장르의 속성을 환상성으로 본 이원수는 '환상동화', '공상동화'란 표현을 매우 드물게 썼다. 이 용어들이 쓰인 배경은 '생활동화'란 용어의 통용과 관련이 있으며, 1970년대 들어 동화의 통칭어 사용이 늘고, '생활동화'가 리얼리즘 계열의 '소년소설'을 지칭하는 말로 쓰이면서, '환상동화'가 '동화'를 대체하는 일이 생겼다.

43 이원수, 위의 글, 267쪽. 그는 김성도의 「생각하는 시계」란 작품을 가리켜 '환상 세계와 현실 세계의 조화에 어떤 극치를 이루고 있다'고 평하면서 아동소설과 동화의 본질적 차이가 문제되는 상황에서 문단에 활력소가 됨직한 성과라고 썼다.

하기는 어렵다. 적어도 이원수가 전래동화와, 안데르센에서 유래한 '창작동화'의 구별을 중시했던 것은 틀림없는 사실이다. 그가 고민한 현대동화는 '쿤스트메르헨'과 유사성이 많고, 쿤스트메르헨은 역사적으로 판타지 장르의 역사적 선구로 평가된다.[44]

이처럼 메르헨에서 가져온 이원수의 '동화' 개념과 실제로 이원수가 논의한 '동화' 장르 사이에는 상당한 긴장이 존재하였다. 그러나 이원수는 그 문제를 해결하지 않았고, 그의 장르론은 동화와 아동소설의 2대 장르를 정식화한 것으로 압축된다. 원종찬은 그 점을 옳게 보았으나 이원수의 동화론 내부에 존재하는 모호함과 긴장을 드러내지는 못하였다. 원종찬이 판타지 장르로 이어지는 이원수의 고찰을 간과한 것은 이원수가 씨름한 장르 실천의 경험을 아우르는 데 소홀했기 때문이 아닌가 한다. 그는 이원수가 주목한 '환상동화'들을 '동화'로서나 '판타지'로서나 별반 의미 있게 취급하지 않는다.[45]

원종찬은 이원수 장르론에 없는 판타지 장르를 장르 체계에 포함하기 위해 이오덕의 판타지론을 수용하였다.[46] 그런데 이오덕의 판타지론은 "'생활동화'(소년소설) 편에서 리얼리티가 결여된 '공상동화'(동화) 작품들을 비판하기 위한 준거로" 제기되었기에[47] 동화의 환상성에 관한 이원수의 문제의식과는 방향을 달리한 것이었다. 이오덕은 판타지의 의의를 일반적으로 인정하였어도, 실제 환상성을 시도한 작품들을 평가하는 데에 소극적이었다. 이는 부족하나마 실제 창작의 시도들을 적극적으로

44 김경연, 앞의 글, 163~164쪽. 이원수가 생각한 '전래동화'와 '창작동화'가 엄밀한 의미에서 '메르헨', '쿤스트메르헨'에 대응한다고 볼 수 없다. 지금도 사정이 비슷하지만 '메르헨', '쿤스트메르헨'의 개념은 우리에게 잘 알려지지 않았고, 이는 '메르헨'의 정의에서 수입된 동화 개념이 적잖이 모호한 채로 이어져오는 데 영향을 끼쳤다.

45 원종찬은 이원수가 평가한 작품들에 대해, 지금도 신춘문예에 단골로 응모하는 "동심주의의 상투적인 소재를 의인화해서 교훈을 전하고자 억지스런 상상력을 동원하는 작품들, 어른의 퇴행 심리나 감상 취향을 고백하는 데 지나지 않는 막연한 몽상의 분위기를 피워내는 작품들"과 다를 바 없다고 하였다. 원종찬, 「'일하는 아이들'과 '유희정신'을 넘어서」, 『동화와 어린이』, 33쪽.

46 이오덕의 판타지론은 「판타지와 리얼리티」, 『어린이를 지키는 문학』, 백산서당, 1984.

47 원종찬, 앞의 글, 32쪽.

평가한 이원수와 대조된다. 실제 작품현실에 대한 평가에서 원종찬은 이오덕과 비슷한 입장이었다. 그렇다면 이원수의 동화론과 관계가 깊은 '(환상)동화' 작품들은 이원수 이후에, 이오덕을 거쳐 원종찬에 이르는 현실주의 아동문학 이론가들에게서는 장르 논의에서 중요성을 갖지 못하였다고 짐작된다. 현실주의 아동문학의 관점에서는 환상성이 주목될 여지가 적어서, 다양한 형식의 환상적인 작품을 산출하였던 권정생의 작품세계도 주로 현실적인 내용의 측면에서 파악하는 논의가 압도적으로 많았다. 원종찬의 '공상동화' 개념이 1990년대 중반 이후 나타난 새로운 경향의 동화에 주로 대응되고, 역사적으로 선행한 장르 경험과는 관련성이 적어 보인다는 점도 그간 현실주의 아동문학론의 아동문학사 인식과 무관하지 않은 듯하다.[48]

원종찬은 1990년대 이전까지 공상과 판타지를 다룬 작품으로 의미 있는 성과가 거의 없었다고 보았고 그 때문에 주로 1990년대 중반 이후 동화들에서 착안하여 장르 논의를 펼쳤다. 그가 글을 쓴 2001년 이후에는 그가 주목한 몇 년의 경험을 훨씬 뛰어넘는 성과들이 나왔다. 그러니 환상 장르에 관한 논의는 최근 십여 년의 경험을 현대 아동문학 이론들에 비추어 건사하는 데 집중하여도 족할는지 모른다. 그러나 이원수가 당시 장르 실천으로부터 동화 장르의 모호함을 사고할 수 있었다면 장르 실천이 부진했다고만 할 수 없고, 이원수 이후의 경험에서 건사해야 할 성과들 역시 없지 않을 것이다. 더욱이 선대로부터 물려받아 지금 쓰는 용어들의 역사가 우리의 인식을 규정하기 때문에 용어들의 역사를 이해함은 우리 자신의 인식을 객관화하여 반성의 대상으로 삼는 일이 된다. 그런데 우리 아동문학 용어의 역사는 최근 실증 연구에서 밝혀지

48 원종찬의 장르 논의가 갖는 역사적 의의는 무엇보다도, 그간 현실주의 아동문학론의 관례적인 인식 틀을 비판하고 '공상성'의 의의를 적극 부각한 것에 있다고 할 수 있으나, 이 글의 흐름에서는 그 점을 충분히 조명할 수 없었다.

고 있듯이 수용의 역사이기도 하였다. 앞서 이원수의 동화론 내부의 긴장이라 한 것도 수입한 개념과 경험의 개념화 사이에서 비롯한 지체와 갈등으로도 볼 수 있다. 그래서 실체가 모호한 동화 용어의 합리적인 이해를 위해서도 수입한 개념과 함께 동화의 역사와 결부된 경험의 개념화 과정에 주목해야 하지 않을까 한다.

최근 여러 논자들이 지적하듯이 판타지 장르의 범주화는 동화 장르의 설정과 밀접한 관계가 있다. 세계 아동문학의 경험에서도, 역사적으로 판타지 장르는 선행한 환상 장르를 한편으로 잇고 한편으로 경계지우며 형성되었다고 한다. 서양에서 안데르센의 '쿤스트메르헨'은 시초에는 '메르헨'과 유비되었으나, '환상문학=판타지' 장르론이 출현함으로써 판타지 장르의 역사적인 선구 또는 역사적 변종으로 규정되었다.[49] 그래서 오늘날 영미권의 논의에서는 안데르센의 작품을 '근대페어리테일(modern fairytale)'로 범주화하거나 '근대판타지(modern fantasy)'의 일부로 다루고 있다. 일본에서도 판타지 장르는 역사적으로 '(창작)메르헨=예술동화' 시대의 부정을 거쳐 형성되었다고 한다. 다이쇼기(1912~1926)의 작가들은 시적·상징적 메르헨을 문학 이념으로 삼았는데, 2차 대전 이후 아동문학가들은 그러한 전통을 부정하면서 판타지와 아동소설을 개척하였다. 전시대에 '오가와 미메이 동화', '하마다 히로스케 동화' 같은 전범들을 경험하였기에 외국에서 수입한 이론을 자국의 경험에 비추어 사고할 수 있었고, 새로이 형성되는 판타지 장르와의 경계를 인식할 수 있었다고 생각된다.[50]

우리에게 용어들을 건네준 외국의 경험을 볼 때 무엇보다도 우리에게

49 일본 아동문학에 영향을 크게 끼친 독일 아동문학의 논의는 김경연, 앞의 글, 162~164쪽 참고.
50 카미 쇼이치로, 박종진 옮김, 「〈빨간 양초와 인어〉 연구」, 『未明童話の本質』, 勁草書房, 1966; 후루타 타루히, 이경옥 옮김, 「이젠 미메이와 헤어지자」, 『現代兒童文學』, くろしお出版, 1959; 이누이 토미코, 임지연 옮김, 「『어린이와 문학』에서 바라본 미메이 동화」, 『子どもと文學』, 福音館書店, 1967(이상 한일아동문학연구회, 『카미 쇼이치로 초청 강연회 자료집』, 2002. 9); 토리고에 신, 박숙경 옮김, 「일본 아동문학의 '현대'」, 『아침햇살』, 2001. 가을호.

'동화'의 개념이 모호하다는 것을 알 수 있다. 요컨대 우리 아동문학 논의에서는 '안데르센 동화', '오가와 미메이 동화'같이 판타지 장르의 발전에 선행한 역사적인 동화 장르의 경험이 실체적으로 부각되지 못하였다. 몇몇 작품이 예로 거론되기는 하였어도, 동화 장르의 전통이라 함직한 실체는 찾지 못하였다. 우리 동화의 역사에 대한 충실한 이해가 더욱 긴요해 보인다.

5. 마치며

선행 연구를 정리하여 오늘날 장르 논의의 출발점을 정초한 원종찬의 논의에서 이원수의 장르론이 합당하게 정리되었는가 살펴보았다. 몇 가지 오해를 드러낼 수 있었다. 첫째로, 이원수는 '창작동화'의 경험으로부터 동화와 아동소설이 기본 특성에서 적잖은 공통점을 지닌다고 보았고 이는 원종찬의 '생활동화' 논의에서 주목되지 못하였다. 이원수는 원종찬과 달리 장르 경계의 혼동을 일탈적인 현상만으로 본 것은 아니었다. 둘째로, 이원수의 동화와 아동소설 개념은 대상 독자의 연령을 필수적인 계기로 하여 범주화된 것이라 볼 수 없다. 원종찬은, 이원수가 연령을 언급한 구체적인 맥락을 간과하고, 장르를 기술하는 데에 반영된 장르 실천의 양태를 장르 개념과 동일시하여 장르 범주와 대상 독자의 관련을 잘못 일반화하였다. 원종찬이 우리 아동문학계가 외국과 달리 독자 연령에 바탕해서 동화와 아동소설을 구분해 왔다고 한 것은 이론과 실천의 차원에서 엄밀하게 검토되어야 할 것이다. 마지막으로, 이원수는 동화에 관해 논의하면서 환상적인 서사의 현대적인 형태, 즉 오늘날 판타지라 일컫는 양식에 대한 예비적인 고찰로 나아갔다. 원종찬은 이원수가 씨름한 '환상동화'의 경험을 소홀히 다루었고, 결과적으로 이원수의 동화론이 갖는 함의를 축소하였다.

원종찬의 장르 체계는 이원수의 장르론보다도 그의 문제의식이 싹튼 1990년대 중반 이후 아동문학 상황을 배경으로 살필 때 더 잘 이해되는 측면이 있다. 연령 기준에 따른 범주화는 1990년대 중반 이후 급속도로 전개된 아동문학의 연령 구획과 관계가 깊다. 어린이책 출판시장의 성장을 배경으로 진행된 시장의 세분화는 아동문학의 대중적인 규범이 강화되는 것과 관계가 깊기에 아동문학 이론과 비평의 신중한 접근이 요구된다. 가령 동화가 '저학년동화'로 정착되는 현상은 세계적인 아동문학 역사에서 연령 규범과 무관하게 탄생한 '메르헨'의 미적 자질들이 쇠퇴하는 현상과 무관하지 않을 것이다. 원종찬의 장르 체계가 연령 기준을 내적 준거로 포함하는 한 이론적인 모호함에 그치지 않는 위험성을 내포한다고 생각된다. 오늘날 아동문학에서 연령은 작품의 대표적인 표지로 부각되는 경향이 있으며 그러한 시장의 기획이 빠른 시간에 확산되며 규범화되는 경향을 보이기 때문이다. 따라서 연령과 관련한 작품의 표지들을 섣불리 장르화하는 것은 이론을 불안정하게 만들기 십상이다. 원종찬의 비평이 1990년대 중반 이후 아동문학의 새로운 경향들에 적극적으로 대응한 본보기임은 틀림없으나, 실제비평의 문제의식을 섣불리 이론의 영역에 적용하여 장르론의 혼란을 낳지 않았나 한다.

이제까지 아동문학 논의는 한국 아동문학 전통의 특수성을 강조한 경향이 있다. 장르를 연령과 결부시킨 원종찬의 장르 체계도 민족적 특수성을 강조한 이론이라 볼 수 있다. 1990년대 중반 이후 창작의 확대는 외국 현대 작품들의 폭발적인 수용 경험과 관계가 깊으며, 작가를 지망하는 이들은 물론이고 독자들까지 이미 보편적인 아동문학의 세례를 충분할 정도로 누리고 있다. 보편에 어두운 특수의 강조로는 이론의 발달을 기대하기 어려울 뿐 아니라 한국 아동문학이 어린이의 것이 되기 위해 무엇이 필요한지 철저하게 사고할 수 없다고 생각한다.

참고문헌

『아동문학』 1~12집, 1962. 10~1965. 7, 배영사.

이원수, 『아동문학 입문』, 이원수아동문학전집 28, 웅진, 1984.

______, 『동시 동화 작법』, 이원수아동문학전집 29, 웅진, 1984.

이재철, 『아동문학개론』, 문운사, 1967.(『(개고판)아동문학개론』, 서문당, 1983)

원종찬, 「동화와 소설-한국 근대동화의 반성」, 『아침햇살』, 2001. 봄호.(『동화와 어린이』, 창비, 2004)

______, 「동화와 판타지」, 『어린이문학』, 2001. 7월호.(『동화와 어린이』, 창비, 2004)

______, 「해방 이후 아동문학 서사 장르 용어에 대한 고찰」, 『아동청소년문학연구』 5호, 2009. 12.

김경연, 「혼돈과 모색, 한국 아동문학 판타지론」, 『창비어린이』 2003. 가을호.(『우리들의 타화상』, 창비, 2008)

조은숙, 「일제강점기 아동문학 서사 장르의 용어와 개념 고찰」, 『아동청소년문학연구』 4호, 2009. 6.

Tzvetan Todorov, *Genres du Discours*.(송덕호·조명원 역, 『담론의 장르』, 예림기획, 2004)

판타지를 바라보는 장르론적 입장

조태봉

1. 동화와 판타지 사이에서

판타지가 우리 아동문학에서 하나의 장르로 처음 대두된 것은 그리 오래전 일이 아니다. 2000년대 들어서면서 서구의 판타지 장르의 유입을 계기로 많은 관심을 불러일으킨 판타지는 아주 짧은 역사임에도 불구하고 하나의 독립된 장르로 자리매김해 가고 있는 실정이다. 그렇다고 해서 판타지 이전의 아동 서사에서 환상 장르가 전무했던 것은 아니다. 초현실적 상상의 세계에 토대를 두고 있는 동화의 세계가 바로 환상성을 본질적 특성으로 하고 있기 때문이다. 물론 동화와 판타지 장르는 환상을 주요 기제로 하고 있다는 점에서 서로 친연성을 지니고 있지만, 구조적 특질과 세계 인식 면에서는 많은 차이점을 지니고 있다.

그동안 판타지 논의에 있어 동화와의 장르적 차별성을 명확히 하지 않은 채 두 장르를 어중간하게 혼용해온 면도 적지 않다. 이러한 불명확

조태봉
kidaricho09@hanmail.net 서울여대 겸임교수. 동화작가, 아동문학평론가. 2002년 『조선일보』 신춘문예에 동화 당선. 동화집 『첨성대와 아기별똥』, 그림책 『당나귀 임금님』 들을 냈다. 평론으로는 「환상동화의 환상성과 내적 리얼리티」 「보이지 않는 세계의 시공간들」 등이 있다.

한 장르 인식은 판타지를 지칭하는 용어로 사용되고 있는 '판타지', '환상동화', '판타지동화', '판타지소설' 등의 명칭에서 드러나고 있으며, 이러한 용어의 난맥이 장르 인식에 있어 혼란을 불러일으키는 요인이 되고 있다. 즉, 환상성을 본질로 하는 동화에 환상(또는 판타지)이라는 용어를 덧붙임으로써 이중형용이라는 부적절함을 지니고 있기도 한 '환상동화' '판타지 동화'[1]는 판타지 장르와 동화의 장르적 차이를 분명하게 드러내지 못하는 단점을 지니고 있으며, 나아가 불분명한 용어 사용이 판타지와 일반 동화를 동일시하는 혼란으로 나타나기도 한다.[2] 또한 '판타지'라는 용어는 성인을 위한 대중적 장르문학으로서의 판타지와 혼란을 불러일으킨다는 점 또한 숙고해 볼 필요가 있다.[3]

현재로서는 '판타지'라는 용어가 다른 명칭에 비해 좀더 보편성을 띠고 있으며, 일반적으로 많이 쓰이고 있는 듯하다. 이러한 새로운 용어의 도입은 판타지 장르가 기존의 환상성을 본질로 하는 동화와 장르적으로 다른 특성을 지니고 있다는 인식에서 출발한다. 아동문학의 태동 이래로 동화는 환상성을 대표하는 장르로서 오랜 동안 자리매김해 왔다. 아동서사를 동화와 소년소설로 구분한 이원수는 동화의 장르적 특성을 '공상성'에 두었으며, 리얼리즘 계열의 생활동화가 등장하면서 환상성에 기반을 둔 동화는 장르상의 고유 특성에 따라 '공상동화'나 '환상동화'로 분류

1 물론 동화를 '어린이를 위한 이야기'라는 넓은 의미로 본다면 '환상(판타지)동화'가 '어린이를 위한 환상적인 이야기'를 지칭한다는 측면에서 이중형용이라고만 할 수는 없을 것이다. 그러나 이 글에서는 전통적인 의미에서의 동화 개념, 즉 환상성을 본질로 하는 장르 개념으로 사용한다. 판타지 역시 일반적인 환상 의미가 아니라 장르를 지칭하는 개념으로 사용한다.

2 '판타지 동화'는 이재복의 『판타지 동화 세계』(사계절, 2001)와 김상욱의 「아동문학의 장르와 용어」(한국아동청소년문학학회 2009년 겨울 학술대회 자료집 『아동문학의 장르와 용어의 재검토』)에서, '환상동화'는 정혜원의 「환상동화의 이중성」(박임전 외, 『동화의 환상성과 구조』, 한국학술정보, 2009)에서 '판타지'와 동일한 장르 개념으로 사용되고 있다. 나아가 이성자는 마해송, 김요섭, 김은숙의 동화에 판타지 이론을 적용해 분석하면서 '판타지동화'라는 용어를 사용하고 있다. 이성자, 「한국 현대 판타지동화 연구」, 명지대 대학원 박사학위논문, 2003.

3 필자 역시 성인용 장르문학인 판타지와 아동용 판타지를 구분하기 위해 '환상동화'라는 용어를 사용한 바 있으나 용어상의 혼란과 부적절함을 인정할 수밖에 없다. 조태봉, 「환상동화의 세계 인식과 내적 리얼리티」, 『어린이책이야기』, 2008. 봄호.

되어 왔다. 이렇듯 판타지 장르의 유입 이전에 이미 동화가 아동 서사의 환상 장르를 대변해 온 것이다. 따라서 동화와 판타지의 장르적 혼란은 이러한 역사적 과정의 어쩔 수 없는 반영이라고 볼 수 있다.

장르는 '시대적 산물로서, 장르 내적·외적 요인에 의해 생성·발전·소멸되는 변화 과정'[4]을 겪는다. 새로운 장르의 형성은 선행 장르를 모방하거나 변형 과정을 통해 이루어질 수도 있지만, 외국 문학의 영향으로 형성되고 전개되기도 한다. 특히 "외국 문학의 수용은 문학의 변화, 그러니까 장르의 변화에 영향을 미친다. 이 영향은 때로 결정적이며"[5] 기존 장르와의 충돌로 혼란을 초래하기도 한다. 현재 판타지 장르의 용어상 혼란은 판타지가 아동 서사의 내적 요구에 의해 형성되지 못하고 외국 판타지의 유입에 힘입어 형성되는 생성 과정상의 진통이라고도 할 수 있다. 서구의 판타지가 선행 장르인 요정담(fairy tale)을 토대로 생성

발전해 온 반면, 우리는 환상 장르인 동화(환상동화)가 판타지 장르 생성의 밑거름이 되어 주지 못했기 때문이다. 따라서 새로 시작하는 환상 장르는 기존의 동화 장르와 변별해 인식할 것을 요구할 수밖에 없었으며, 이에 '판타지'라는 장르적 명명이 불가피했을 것이다. 나아가 판타지의 장르적 특성에 대한 규명과 정립을 통해 두 장르 간의 변별성을 명확히 인식할 뿐 아니라 용어상의 문제를 재정비할 필요가 있다.

이 글은 판타지 장르의 내적 구조를 중심으로 장르적 특성을 규명해 보고자 한다. '장르 연구는 구조적 특성에서부터 시작되어야'[6] 하며, 환상 기제의 구성 방법이 판타지의 장르적 특성을 좌우하기 때문이다. 이러한 특성은 동화와의 변별성을 통해 더욱 명확해진다는 점에서 인접 장르에 대한 논의 또한 부분적으로나마 필요할 수밖에 없다. "〈쟝르〉는

---

4 김준오, 「문학사와 장르 변화」, 『문학사와 장르』, 문학과지성사, 2000, 41쪽.
5 위의 글, 13쪽.
6 츠베탕 토도로프, 「문학 장르」, 김현 편, 『쟝르의 이론』, 문학과지성사, 1987, 11쪽.

각각의 시대 내부에서 하나의 체계를 이루고 있"으며, "이들은 상호 관계 속에서만 정의될 수 있"[7]기 때문이다.

2. 장르로서의 판타지에 대한 논의들

아동문학에서 판타지를 하나의 장르로 바라보는 시각이 처음 등장한 것은 이오덕의 「판타지와 리얼리티」[8]에서이다. 당시 아동문학 현장에서 판타지가 논의되기는 했지만, 거의 대부분이 동화의 환상성 범주에서 판타지를 다루고 있는 실정이었다. 특히 "판타지에 대한 본격적인 논의"[9]를 시작했다고 하는 김요섭의 경우만 보더라도 동화의 본질적 속성인 '환상성'의 일환으로 판타지를 다루고 있다. 즉, 서구 판타지의 장르적 특성은 수용하면서도 동화와의 장르적 차이에 대한 인식에까지는 이르지 못한 것이다.[10] 이는 이오덕이 '판타지'를 '환상'으로 번역해선 안 된다고 질타하는 이유가 된다. 즉, 판타지를 단순히 '환상'으로 번역해 동화의 환상성으로 오인함으로써 "판타지가 문학의 장르로서 어떻게 생겨났는가"[11]를 제대로 파악하지 못하게 되고, 나아가 동화와 판타지를 동일시하게 되는 것이다.

이오덕은 판타지의 발생 근원을 메르헨에 두고 있다. 전승설화인 메르헨에서 근대의 창작메르헨이 분화되어 나오고, 여기에서 다시 판타지가 분화되어 나온 것으로 보는 것이다.[12] 그런데 여기서 중요한 것은 판

---

7 위의 글, 13쪽.

8 이 글은《嶺大新聞》1983년 10월 19일자에 게재된 후『어린이를 지키는 문학』(백산서당, 1984)에 수록되어 있다.

9 김현숙,「판타지론에 대한 고찰」,『아동문학사상』11 복간호, 물구나무, 2004. 94쪽.

10 김요섭의 판타지론은『현대 동화의 환상적 탐험』(한국문연, 1986)에 대부분의 글이 실려 있는데, 그는 서구 판타지에서 나타나는 장르적 요건을 동화의 창작원리로 인식함으로써 동화와 판타지를 동일시하는 혼란을 보이고 있다.

11 이오덕,「판타지와 리얼리티」,『어린이를 지키는 문학』, 백산서당, 1984, 103쪽.

타지의 생성 과정이 일직선상의 발전 과정이 아니라 두 단계에 걸친 분화 과정이라는 것이다.

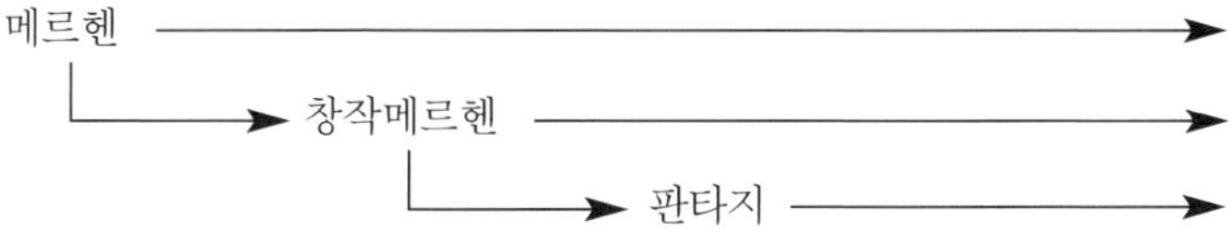

이오덕이 제시한 위 도표에서 드러나듯이 판타지 장르가 분화 과정을 통해 형성되었기 때문에 메르헨과 창작메르헨은 소멸되지 않고 판타지와 함께 공존하는 것이다. 실제 우리의 아동문학 현실에서도 메르헨에 해당하는 초현실적 세계를 다룬 옛이야기와, 여기에서 분화되어 나온 동화가 판타지 장르와 함께 독립적으로 존재하고 있다. 따라서 이 세 장르는 초현실적이고 환상적인 세계에 뿌리를 두고 있기 때문에 장르적 특성상 친연성을 지닐 수밖에 없다. 반면에 이들이 각기 다른 독립적 장르로 성립하기 위해서는 나름의 독특한 장르적 변별성을 지니고 있어야 한다. 이오덕은 이 글에서 메르헨과 판타지의 장르적 차이점에 대해 몇 가지 근거를 제시하고 있는데,[13] 여기서 주목할 부분은 메르헨과 판타지에서 나타나는 환상성과 현실성의 구성원리이다. 즉, "메르헨은 초현실을 처음부터 당연한 것으로 얘기하지만, 판타지는 현실과 비현실을 확실하게 나누어, 현실에서 비현실로 넘어갈 때나 비현실에서 현실로 넘

12 위의 글, 105쪽. 이에 대해 김경연은 창작메르헨(쿤스트메르헨)을 이오덕이 잘못 이해하고 있음을 지적한 바 있다. 즉, 메르헨이 "신용할 수 없이 허황된 얘기"라서 "재미있게 들을 수 있도록 맛을 들여놓은 것"이 창작메르헨이라는 이오덕의 정의에 대해 김경연은 본래 쿤스트메르헨은 아동을 염두에 둔 양식이 아니라 국민문학의 원형으로 인식되어 널리 창작된 본격문학으로서 동화와는 다르다고 주장한다. 또한 독일 아동문학의 판타지론은 메르헨과의 장르 구분에서부터 시작되었다고 설명하고 있다. 이오덕이 창작메르헨에서 판타지가 분화되어 나온 것으로 보면서도 정작 장르 구분을 할 때는 판타지를 메르헨과 비교하는 이유가 여기에 있는 것이다. 김경연, 「혼돈과 모색, 한국 아동문학 판타지론」, 『우리들의 타화상』, 창비, 2008, 160~163쪽.

13 여기서 이오덕은 사또오 사또루의 구분을 따르고 있는데, 사또오 사또루 역시 독일의 크뤼거의 구분에 영향을 받은 것으로 짐작된다. 김경연, 위의 글 참조.

어올 때는 거기에 필연성이 느껴지도록 구성"한다는 것이다. 판타지는 "합리적 사고를 바탕으로" 해서 "있을 수 없는 공상적 얘기를, 있었을지도 모른다는 느낌이 들도록 그려 보이는 것"이기 때문이다. 따라서 판타지는 "19세기 후반의 리얼리즘의 영향을 받은 것"이며 "공상 그 자체가 리얼리즘의 바탕 위에서 전개되며, 리얼한 수법으로 묘사"된다는 점에서 메르헨이나 창작메르헨, 즉 동화와는 다른 장르적 특성을 지니는 것으로 보고 있다.[14]

그런데 이오덕은 이후 판타지론을 더 이상 진전시키지 않는다. 단지 임정자나 채인선의 초현실적 동화를 비판하는 잣대로 판타지론을 거론할 뿐이다.[15] 이 대목에 이르면 일찍이 판타지론을 강력하게 제시했던 이오덕이 동화와 판타지를 동일시하는 쪽으로 후퇴한 것은 아닌가 하는 의문이 들기도 한다. 이러한 혼란에 대해 원종찬은 이오덕의 판타지 탐구가 "'생활동화'(소년소설) 편에서 리얼리티가 결여된 '공상동화'(동화) 작품들을 비판하기 위한 준거로 행해진 것이었지, 실제 판타지에 해당하는 작품들이 나왔기 때문에"[16] 이루어진 것은 아니었다고 평가한다. 그런 이유에서 이오덕은 더 이상 판타지론을 전개시킬 수 없었던 것이라 볼 수 있다. 사실 판타지 장르론은 그에 상응하는 작품 창작이 이루어지면서 본격적으로 논의되기 시작했다.

원종찬은 「동화와 판타지」[17]에서 아동 서사에 대한 이원수와 이오덕의 장르 개념을 비교 검토하면서 판타지의 장르적 범주 설정을 시도하고 있는데, 이로써 판타지 창작과 장르 논의가 본격적으로 시작되는 토대를 마련한 셈이다. 여기서 판타지는 동화, 즉 공상동화와 "서로 성격

14 이오덕, 앞의 글, 106~107쪽 참조.

15 이러한 예는 이오덕의 「허황하고 괴상한 이야기들」(『어린이책 이야기』, 소년한길, 2002)이나 「'일하는 아이들'은 버려야 할 관념인가」(『문학의 길 교육의 길』, 소년한길, 2002)에서 찾아볼 수 있다.

16 원종찬, 「'일하는 아이들'과 '유희정신'을 넘어서」, 『동화와 어린이』, 창비, 2004, 30쪽.

17 이 글은 『어린이문학』 2001년 7월호에 게재되었으며, 위의 책에 수록되어 있다.

을 달리하면서 양립·공존해야 하는 것"[18]이라는 장르 인식을 명확히 하고 있다. 아동 서사를 낮은 연령을 대상으로 하는 동화와 높은 연령을 대상으로 하는 소년소설로 구분한 이원수의 장르론에서는 판타지를 염두에 두고 있지 않았다. 반면에 이오덕은 판타지에 대한 장르적 인식을 보이고 있긴 하지만, 범칭으로서의 동화에 공상동화와 생활동화를 하위 장르로 설정해 놓은 상태에서 장편의 판타지 장르만을 따로 언급하고 있어 공상동화와의 관계 설정이 모호한 지점에 놓이게 된다. 이들 장르 논의를 토대로 원종찬은 아동 서사의 전체 구도 속에서 판타지 장르의 경계를 설정하는 진일보함을 보인다. 즉, 대상 연령(저학년과 고학년)과 표현 방법(초현실과 현실)의 관련성에 따라 아동 서사를 공상동화와 사실동화, 판타지와 소년소설로 분류한다. 이때 공상과학소설까지 포함한 판타지를 높은 연령 대상의 초현실성을 지닌 소설로 범주화하고 있다(도표 참조).[19] 이러한 장르 구분은 "일정한 표현 형식에 내재한 내용과의 호응 관계, 곧 특정 형식의 작품군과 다른 것을 구별하게 하는 기본 속성"[20]을 명료하게 드러내는 장점을 지니고 있다. 그렇다면 판타지가 다른 형식의 장르와 구별되는 기본 속성은 무엇인가? 사실 원종찬은 이 글에서 판타지 장르가 지니는 내적 자질에 대한 탐구는 개진하지 않고 있다. 단지 이오덕이 제시한 판타지의 특성을 토대로 '높은 연령을 대상으로 한 장편 분량의 소설적 경향'의 작품이라는 장르적 경계를 설정하는 데 머물고 있다. 이는 당시만 해도 판타지 창작이 활발히 이루어지는 시기가 아니었다는 현실적 한계를 감안해 이해할 수밖에 없다. 따라서

18 원종찬, 「동화와 판타지」, 『동화와 어린이』, 창비, 2004, 100쪽.

19 위의 글, 101쪽.

방법 \ 연령	낮은 연령(동화)	높은 연령(소설)
초현실	공상동화(전래동화와 의인동화 포함)	판타지(공상과학소설 포함)
현실	사실동화(생활동화)	소년소설(아동소설)

20 위의 글, 같은 쪽.

판타지의 장르적 특성을 좌우하는 내적 자질에 대한 논의는 판타지 창작과 조응하면서 이루어질 문제로 남겨진 셈이다.

사실 1990년대 중반부터 대중문학에서 판타지가 대중적 인기를 얻는 한편, 해리포터 시리즈가 몰고 온 판타지 열풍의 영향으로 아동문학에서도 박상률의 『구멍 속 나라』(1999), 김진경의 『고양이 학교』(2001~2007) 등의 판타지 작품이 창작되고 있었다. 이러한 판타지에 대한 관심이 앞에서 살펴본 원종찬의 글을 비롯한 여러 논자들의 이론적 논의를 이끌어낸 것이기도 하다. 그후 판타지 창작이 본격적으로 성과를 내기 시작한 것은 공지희의 『영모가 사라졌다』가 나온 2003년을 전후한 시기라 여겨진다. 서구의 전통적인 판타지 기법을 충실히 따르고 있는 이 작품은 독자들의 많은 관심을 받으면서 이후 판타지 창작과 비평적 논의가 더욱 활성화되는 계기가 되었다. 특히 『영모가 사라졌다』를 중심으로 구체적인 작품 분석을 하고 있는 김상욱의 「판타지, 탐구를 기다리는 장르」[21]는 서구의 판타지 이론을 검토하면서 판타지의 유형화를 시도하고 있다는 점에서 눈여겨볼 만하다. 여기서 판타지 유형은 "현실세계와 판타지세계가 존재하는 방식"을 기준으로 네 가지로 분류된다. 즉, "① 판타지세계 ②현실세계와 판타지세계의 분리 ③현실세계와 판타지세계의 공존 ④현실세계"의 유형에서 보듯이 판타지세계와 현실세계가 결합하는 구조와 구성원리가 판타지의 유형을 결정짓는 요소이다. ①유형은 흔히 말하는 '2차 세계 판타지'를 의미하며, ②유형은 두 세계로 나누어진 구조로서 여기서는 "분리형 판타지"로 부르고 있다. ③유형은 두 세계 간의 경계 없이 현실과 판타지가 공존하는 것으로서 "공존형 판타지"로 분류한다. 마지막으로 ④유형은 현실세계만으로 이루어진 판타지인데, 사실 구체적인 작품이 예시되지 않아 어떤 유형을 말하는 건지 명확

21 2003년 『창비어린이』 가을호에 발표되었으며, 『어린이문학의 재발견』(창비, 2006)에 수록되어 있다.

하지가 않다. 단지 "현실주의적인 작품으로 현실의 법칙이 일관되게 작품 속에 구현되는 유형"이며, 이 "현실성은 현실 너머, 저편의 희망을 역설적으로 표현한다는 점에서 판타지를 지향"[22]하는 것으로 규정하고 있다. 이러한 논의는 두 세계 간의 구조를 유형화함으로써 판타지의 구조적 특성에 주목하고 있다는 점에서 의의를 지니고 있다. 그러나 김상욱의 논의 역시 판타지의 구조적 특성을 이루는 내적 자질에 대한 규명에까지는 이르지 못하고 있어 아쉬움이 남는다. 현실성과 환상성이 유기적으로 결합된 판타지 장르의 구조적 특성은 그러한 구조를 이루는 내재적 요소에 의해 결정되기 때문이다. 따라서 이에 대한 이론적 분석이 뒷받침되었을 때, 판타지의 장르적 특성이 더욱 명확하게 드러날 것으로 본다.

3. 판타지의 구조적 특성과 인접 장르들

판타지를 하나의 장르로 본다는 것은 여타의 작품군과는 다른 장르적 변별 요소를 지니고 있다는 뜻이다. "장르란 제시 형식"이며, "제시 형식은 문학이 독자(청중 또는 관객)에게 어떻게 향유되는가의 문제"[23]라는 것을 상기할 때, 장르는 독자들에게 제시되는 문학 형식이라고 할 수 있다. 여기서 형식이란 특정 장르가 지니는 내 외적 요소를 의미하며, 이러한 요소가 장르를 구별하는 변별적 자질이 된다.

마리아 니콜라예바는 판타지의 장르적 특성을 이루는 요소, 즉 "판타지 장르에 고유한 순환적 서사 요소"[24]를 '판타지소(fantasemes)'[25]로 규정한 바 있다. 판타지의 구조적 요소들은 "이야기에 놀랄 만한 것을 도

22 김상욱, 「판타지, 탐구를 기다리는 장르」, 『어린이문학의 재발견』, 창비, 2006, 106쪽.
23 김준오, 앞의 글, 15쪽.
24 Maria Nikolajeva, *THE MAGIC CODE:The use of magical patterns in fantasy for children*, ALMQVIST & WIKSELL INTERNATIONAL, 1988, 23쪽.

입하기 위한 문학적 장치"이며, 이러한 이야기 단위의 특성을 규정하는 것이 판타지소인 것이다. 즉, 판타지소는 "오로지 판타지에서만 나타나는 현상"으로 비현실적이고 초현실적인 마법의 세계를 구현해내는 여러 요소들을 의미한다. 이들 은 '이차 세계'와 같이 전체 텍스트에 걸쳐 드러나기도 하고, '문' '숲' '엽전' 등 작은 이야기 요소로 제시되기도 한다. 판타지의 고유한 이야기 요소는 다른 종류의 이야기와 판타지를 구별하는 중요한 자질이며, 넓은 의미에서 환상 서사류에 포함시킬 수 있는 동화나 옛이야기의 환상적 요소와도 다른 속성을 지니게 된다.

이 장에서는 일 이차 세계라는 시공간적 특성을 중심으로 판타지의 장르적 특성을 살펴볼 것이다.[26] 이는 시공간의 문제가 판타지의 장르적 특성을 이루는 본질적 요소이기도 하거니와 서구와는 달리 아직은 우리의 판타지 작품이 풍부하지 못한 탓에 여러 개별 판타지소를 추출해 유형화해 내기에는 무리가 있기 때문이다.

1) 판타지의 시공간과 구조적 특성

판타지소 중에서 '시간'과 '공간'은 판타지의 장르적 특성을 드러내는 본질적인 요소이다. 기본적으로 '보이지 않는' '초현실적인 세계'를 가시적인 세계로 구축하는 판타지의 속성상 공간과 시간은 밀접한 결합 양상을 보인다. 이에 마리아 니콜라예바는 바흐친의 시공간(chronotope) 개념을 도입해 판타지의 장르적 특성을 도출해내고 있다. 바흐친의 시공

---

25 판타지소는 신화를 분석할 때 자주 사용하는 신화소(神話素, mythemes)에서 유추해온 개념이다. 소비에트 기호학파는 신화소를 신화가 아닌 문학 텍스트에도 적용하였는데, 문학 텍스트에서 신화소는 "단어로 재현되며, 전체 신화 텍스트로 전개될 만한, 신화로 말미암아 생성된 최소의 순환 단위"로 정의되고 있다. 위의 책, 23쪽.

26 판타지의 시공간에 대해서는 필자가 이미 다른 지면에서 분석한 바 있기 때문에 여기에서의 논의는 상당 부분 그 글을 토대로 정리하였음을 밝혀 둔다. 조태봉, 「보이지 않는 세계의 시공간들」, 『창비어린이』 27호, 2009. 겨울호 참조.

간은 장르적 범주로서, 시공간의 특수한 양식은 어떤 특정 장르에 독특하게 나타난다는 것이다.[27] 따라서 판타지의 시공간은 다른 종류의 문학 작품에서 보이는 시공간의 구성과는 다른 장르적 특성을 드러내게 된다.

판타지의 시공간은 현실 너머의 초현실적 세계인 톨킨의 '이차 세계' 창조 이후 일차 세계인 현실 세계와의 유기적인 결합을 통해 보다 다양한 유형으로 변화해 왔다. 또한 세계 간 경계에 따른 시공간의 구성은 판타지 세계의 구조적 특성을 나타낸다. 이를 토대로 마리아 니콜라예바는 일차 세계와 이차 세계의 관계 구조에 따라 판타지의 시공간을 세 가지 유형으로 분류하고 있다.

①닫힌 이차 세계(closed world)
②열린 이차 세계(open world)
③암시된 이차 세계(implied world)[28]

'닫힌 이차 세계'는 일차 세계를 설정하지 않고 별도의 이차 세계로만 구성된 시공간으로 하이 판타지(High Fantasy)와 동일한 개념이다. '열린 이차 세계'는 판타지에서 일반적인 시공간으로서 한 작품 안에 일차 세계와 이차 세계가 함께 설정되어 있는 유형을 말한다. 마지막으로 '암시된 이차 세계'는 텍스트 안에 이차 세계가 드러나지는 않지만 어떤 요소를 통해 일차 세계에 개입되어 있는 유형이다. 가령 외계의 존재나 마법사 등이 일차세계에 나타나 이야기를 전개하는 경우가 이에 해당한다고 할 수 있다.

시공간의 구조적 특성에 따른 유형 분류는 세계 간 경계 구성에 따라 드러나는 판타지의 성격을 명료히 하고, 판타지의 본질적인 속성을 드

27 마리아 니콜라예바, 김서정 옮김, 『용의 아이들』, 문학과지성사, 1998, 184쪽.
28 Maria Nikolajeva, 앞의 책, 35쪽.

러낼 수 있다. 가령 초현실적 세계로만 이루어진 '닫힌 이차 세계' 판타지는 '현실 밖의 세계'를 의미하기 때문에 '현실 안의 또 다른 세계'를 의미하는 '열린 이차 세계' 판타지의 이차 세계와는 전혀 다른 시공간적 의미를 지니고 있다. 즉, '열린 이차 세계' 판타지는 일차 세계의 인물이 낯선 시공간인 이차 세계를 넘나들며 새로운 여행과 모험을 경험하는 서사로서 현실성과 환상성이 유기적으로 결합되어 있는 구조이다. 반면에 이차 세계만으로 이루어진 판타지는 현실의 은유로 빚어진 닫힌 세계 구조를 보여준다. 이때 일차 세계는 텍스트의 바깥에 존재하며, 일차 세계에 있는 독자가 텍스트 안의 이차 세계를 들여다보는 구조라고 할 수 있다. 따라서 두 세계 구조를 지닌 '열린 이차 세계' 판타지에서의 이차 세계는 일차 세계와 직접적으로 연관성을 지닌 시공간으로 서로 독립적이면서도 상호 교섭적인 성격을 지니고 있다. 이 유형은 루이스 캐럴의 『이상한 나라의 앨리스』이후 가장 일반적인 양식으로 자리잡은 시공간 구조로서, 현실 공간과 환상 공간의 유기적인 결합을 통해 안정적인 서사 구성을 보여준다. 이때의 이차 세계는 현실의 토대 위에 구축된 상상의 세계이기 때문에 두 세계 간의 '확실한 경계 구분'과 '통로', 그리고 '망설임'과 '시간의 뒤틀림'이 판타지의 고유한 시공간을 구성하는 주요 판타지소로 등장한다.

가령 두 세계 구조를 보여주는 판타지인 공지희의 『영모가 사라졌다』(비룡소, 2003)에서 이차 세계는 '라온제나'로 설정되어 있다. 여기서는 아파트 뒤편 야산에 있는 높은 '담'이 라온제나와 현실 세계의 경계이며, 그 담을 넘으면 라온제나로 들어갈 수 있다. 즉, '담'이 이차 세계로 들어가는 '통로'인 셈이다. 이 통로를 통해 주인공 병구는 세 차례에 걸쳐 라온제나로 들어간다. 그런데 그때마다 라온제나는 봄, 여름 가을·겨울로 계절이 비약되어 있고, 영모 또한 처음엔 할아버지였다가 다시 젊은 아저씨로, 마지막엔 본래 모습으로 바뀌어 있다. 이처럼 비약적인 시간의 흐름은 현실 세계와는 다른 이차 세계만의 고유한 '이차적 시간'으로서 이차 세계의 시공간적 특성을 보여주는 판타지소이다. 이러한 시간적 특성은 두 세계 간 경계에서 '시간의 뒤틀림 현상'으로 나타나기도 하는데, 이는 병구가 라온제나에 가 있는 동안 현실의 '사실적 시간'을 멈추어 두는 것이다. 이들 두 세계 구조에서 나타나는 판타지소인 경계와 통로, 이차적 시간과 시간의 뒤틀림은 이차 세계의 초현실적 시공간적 특성을 드러낼 뿐 아니라 현실 세계와 대비를 이루면서 이차 세계의 시공간에 대한 현실성을 강화해 준다. 또한 이는 초현실적인 보이지 않는 세계를 어린 독자들이 믿게 하는, 즉 이차 세계에 대한 설득력을 주는 요소이기도 하다.

2) 일차적 시공간과 중첩된 '다른 세계'

판타지에서 가장 보편적인 유형인 '열린 이차 세계' 판타지의 이차적 시공간은 환상성과 현실성 간의 긴장 관계 속에 구축되는 독특한 장르적 특성을 나타낸다. 반면에 패턴화된 판타지소를 통한 시공간의 구축은 판타지 장르를 몇몇 유형으로 협소화시키는 단점도 지니고 있다. 그러나 서구의 현대 판타지는 패턴화된 유형에서 벗어난 시공간 구축을 통해 다양하고 다원적인 경향을 보여주고 있는 실정이다.

마리아 니콜라예바는 두 세계 간 경계와 통로, 마술적 도구, 마술사 등의 패턴화된 요소를 이차 세계에 대한 설득력을 확보하기 위한 합리적인 요소로 규정하고 있다. 즉, 이러한 요소를 어린 독자들에게 신뢰를 주기 위한 방편이자 교육주의와의 타협으로 보는 것이다. 그러나 대략 1950년대 이후 이러한 패턴에서 벗어나기 시작한 서구의 현대 판타지에서 "마술적 세계나 이차적 시간과 현실 사이의 경계가 허물어지고 심리적 깊이를 갖추게 되는 경향이 일반적"[29]이라고 한다. 현실과 환상 세계가 중첩되어 있거나, 경계는 더욱 불분명해지고, 나아가 유동적이기까지 하다. 이차 세계의 시공간과 연결해 주는 통로조차 언급되지도 않는 경우가 많아졌다. 즉, "현대 아동 판타지에서 전통적인 두 세계의 경계 구분이 완화되면서 심리적 깊이를 더해 가고 있다는 점은 패턴화된 공간 구성에서 보다 자유로워지고 있음을 의미"[30]한다고 볼 수 있다.

이러한 새로운 경향의 판타지는 '암시된 이차 세계' 판타지 유형과 유사해 보이기도 한다. 하지만 '암시된 이차 세계' 판타지가 일차 세계만으로 구축된 시공간 속에 이차 세계에서 온 것으로 설정된 초현실적인 인물이 등장하는 유형으로 한정한다는 점에서 차이가 있다. 사실 현대 판타지는 일정한 유형으로 제한할 수 없을 정도로 다양한 시공간과 장르적 특성을 보이고 있기 때문이다. 가령 조은이의 『소년왕』(문학동네, 2006), 이현의 『장수만세!』(우리교육, 2007) 등은 장편 분량의 판타지임에도 불구하고 두 세계 간 경계가 분명하지 않을 뿐만 아니라 현실과는 '다른 세계'가 현실 공간과 중첩되어 나타나고 있다.

이들 현대 판타지에서는 다양한 형태로 파편화된 판타지소들이 현실 공간의 틈을 비집고 환영처럼 나타나면서 구축해내는 '다른 세계'의 시공간을 통해 억눌린 심리의 분출을 극대화하는 경향이 있다. 이때 현실과 비현실적 요소들이 뒤섞여 있기 때문에 '다른 세계'로 들어가는 통로는 필요하지 않다. 현실 공간이 곧 환상 공간이며, 환상 공간인 '다른 세계'는 다름 아닌 심리적 차원에서 기원하는 억압된 자아의 발현에 다름 아니기 때문이다. 예를 들면, 몽유의 세계를 토대로 판타지 공간을 구축하고 있는 『소년왕』에서 주인공 경표는 꿈인지, 몽유인지, 환상인지 불분명한 상태에서 '다른 세계'의 시공간인 '달섬'을 왕래한다. 여기서 주목할 점은 현실에서의 경표가 달섬에서는 달온과 동일시되고, 달온이

29 마리아 니콜라예바, 김서정 옮김, 앞의 책, 188쪽.
30 졸고, 「공간 변형 모티프를 활용한 동화 창작」, 『어린이책이야기』, 2008. 겨울호, 39쪽.

거울왕과 동일인이라는 것이다. 즉, '다른 세계'는 바로 경표가 현실에서 부딪히는 내면의 갈등에 대한 심리적 표현에 다름 아니다. 이는 부모의 불화가 이혼으로 이어지는 가정의 위기 상황에 대한 경표의 불안 심리가 몽유로 나타나고, 몽유를 통해 달섬에 이르면서 부모의 이혼을 받아들이고 현실을 인식하게 되는 심리적 성장 과정을 보여주는 것이다. 반면에 이승과 저승이라는 무속 신앙에 토대를 두고 있는 『장수만세!』는 처음부터 현실 속에 존재하는 혼령의 세계를 설정하고 있기 때문에 자연스럽게 두 세계가 중첩되어 있다.

이러한 판타지의 새로운 경향은 환상 기제를 통해 현실의 이면을 들추어내는 성인 코드의 환상 서사에 더욱 가까워지고 있다. 두 세계 간 경계를 통해 구축되는 시공간이 합리적이고 분명하게 인지되는 세계인 반면, 이들 새로운 경향의 판타지는 불분명하고 암묵적이지만 현실 세계와의 직접적인 상호관계 속에서 구축되는 환상 세계를 보여준다. 이때 환상 세계는 현실 속의 '다른 세계'로 중첩되거나 공존하고 있으며, 비현실적 세계 앞에서 느끼는 '망설임'이 현실성과 환상성 간의 긴장감을 고조시켜 내적 리얼리티를 강화시켜 주는 판타지소로 작용한다. 하지만 일차 세계와의 구조적 연관성이 없는 '닫힌 이차 세계' 판타지에서는 이차적 시공간의 특성상 '망설임'이 불필요하다. 따라서 여기서는 '망설임'이 판타지소로 작용하지 않는다. '망설임'은 현실 세계인 일차 세계와 이차 세계 간의 경계에서, 또는 일차 세계 내에 초현실적인 요소가 구조적으로 결합되었을 때 초현실적 세계나 현상에 대한 현실성을 강화시켜 준다. 특히 후자의 경우는 초현실적 세계와 현실 세계 간의 경계 구분이 암묵적으로 드러날 뿐이기 때문에 경계를 암시하는 판타지소의 역할이 중요하다. 또한 보이지 않는 경계의 일관된 설정이 내적 리얼리티를 구축해 주는 판타지소이기도 하다. 따라서 『소년왕』에서 거울왕이 갑자기 현실 세계에 모습을 드러낸다거나, 김영혜의 「수선된 아이」

(『수선된 아이』, 푸른책들, 2007)에서 주인공이 자신의 분신인 '수선된 아이'의 몸속에서 과거의 추악하고 아픈 기억들을 끄집어내고 난 뒤, "아이들은 더러워진 내 손을 한 번씩 쳐다보고 지나갔다"라고 함으로써 현실과 비현실이 일관성 없이 뒤섞이게 된다. 결국 현실과 환상의 경계에서 시공간은 균형을 잃고 내적 리얼리티마저 손상을 입게 되는 것이다.

3) 판타지와 인접 장르들 간의 장르적 변별성

현실 너머의 초현실적 마법의 세계를 통해 현실 세계의 결핍과 모순을 반추해 드러내는 판타지 장르의 특성은 이차 세계의 구조적 특성에 의해 좌우된다. 이때 이차 세계는 현실 밖의 은유된 세계이거나 두 세계 간의 경계, 통로, 이차적 시간과 시간의 뒤틀림, 망설임 등의 판타지소를 매개로 현실 세계와 결합되어 있다. 즉, 판타지의 고유한 장르적 특성은 두 세계 구조인 것이다. 두 세계의 연결 방법은 개별 판타지소의 작용에 따라 다르게 나타나며, 이에 따라 다양한 형태의 판타지 유형이 나타날 수 있다. 이러한 판타지의 특성은 다른 서사 장르들과 구별되는 변별적 요소이자, 장르적 자질이라고 할 수 있다. 따라서 판타지가 지닌 독자적인 장르적 특성을 명확히 하기 위해서는 환상성을 지닌 인접 장르와의 차이점을 분명히 이해하는 것이 필요하다. 그동안 판타지를 둘러싼 장르적 혼란은 인접 장르와의 변별성에 대한 불명확한 인식에서 비롯된 것이다. 이는 또한 영어권에서 의미하는 '판타지'에 대한 일방적인 해석에서 비롯된 측면도 있다. 즉, 판타지를 장르 명칭으로 볼 것인지, '환상'이라는 환상서사 양식의 속성으로 볼 것인지에 따라 판타지를 바라보는 입장이 확연히 갈리기 때문이다. 예컨대 "같은 판타지라도 문맥에 따라 인간의 심리적 현실이나 양식 개념으로 쓰였으면 환상(성)이나 공상(성)으로, 장르 개념으로 쓰였으면 환상문학 또는 환상소설"[31]로 읽어야 하는 것이다.

판타지가 환상성을 지닌 동화나 옛이야기와 장르적으로 다른 가장 명확한 특성은 바로 시공간 구조에 있다. 앞에서 살펴본 바와 같이 판타지를 하나의 독자적인 장르로 인식하게 하는 요소는 두 세계 구조이다. 반면에 동화에서는 하나의 세계에서 모든 초현실적인 일이 일어난다. 이는 동화가 애니미즘적이고 물활론적인 세계관에 기초해 있기 때문이다. 동물이 말을 할 수 있거나 사람이 새나 나무로 변신하고, 마법이 공간을 변형시키기도 하는 일 등이 아무렇지 않게 일어난다. 그런데 중요한 것은 이러한 초현실적인 요소에 대해 등장인물이 전혀 놀라워하지 않고 순순히 받아들인다는 것이다. 그러나 판타지에서 마법적인 요소는 반드시 놀라움을 수반한다. 이는 판타지에서 현실과 비현실의 경계가 분명하게 나뉘어져 있기 때문이다. 즉, 토도로프의 '망설임'과 함께 '통로' '이차적 시간' '시간의 뒤틀림' 등의 판타지소는 (현대 판타지에 이르러 변인의 요소가 있긴 하지만) 두 세계 간 경계에서 리얼리티를 구축하는 필수적 요소이다. 이들 판타지소는 현실 세계와 초현실 세계의 경계에서 환상성을 강화하는 요소이지만, 동시에 이차 세계에 대한 신뢰성과 설득력을 불러와 현실성을 불어넣는 요소로도 작용한다. 이러한 서사적 특성이 판타지와 동화를 서로 다른 지점에 위치한 장르로 인식하게 하는 것이다.

판타지와 유사한 속성을 보이는 또 하나의 장르로 공상과학소설을 짚고 넘어갈 필요가 있다. 공상과학소설 역시 현실의 논리를 넘어서는 비현실적 요소를 지니고 있다는 점에서 인접 장르로 볼 수 있기 때문이다. 그런데 간혹 판타지 장르의 영역 안에 공상과학소설을 포함시키는 견해가 나타나기도 한다.[32] 그러나 이 두 장르는 공통점보다 더 중요한 차이점이 있다는 데 문제가 있다. 카메론(Cameron)이 지적하듯이 "판타지

---

31 김경연, 앞의 글, 157쪽.

32 원종찬, 「동화와 판타지」, 앞의 책, 101쪽.

는 초자연적 사건이나 인물을 다루는 비현실적 작품이고, 공상과학소설은 과학 지식이나 추론을 상상으로 그린 이야기"[33]라는 것이다. 예컨대 판타지에서 초현실적 세계는 현실 세계에 대한 은유이자 반추라는 점에서 현실성에 기반을 둔 환상 세계이지만, 공상과학소설은 현실 세계와 부합하지 않는 미래의 일을 공상적으로 그려낸다는 데에서 비현실적 요소를 지닌 장르이다. "현재로서는 불가능하지만 과학과 기술이라는 틀 내에서 상상 가능한 사건이나 장치와 관련"[34]된 공상 세계는 현실과는 무관한 세계이기 때문에 판타지와 장르적 구별이 필요한 것이다.

4. 판타지의 장르적 이중성과 장르론적 입장

판타지는 앞에서 살펴본 바와 같이 다른 서사 장르, 특히 동화와 옛이야기처럼 환상적 성격을 지닌 장르에서조차 볼 수 없는 독자적인 특성을 지닌 환상 서사 장르이다. 따라서 판타지를 하나의 장르로 바라보는 시각은 현실적인 타당성을 지닐 수밖에 없다. 그러나 현단계 아동문학 현장에서 이에 대한 논의가 적극적으로 이루어지고 있다고는 볼 수 없다. 이는 비단 판타지 장르만의 문제는 아니다. 아동 서사에서 전통적인 장르라고 할 수 있는 동화와 아동소설의 문제만 해도 풀어야 할 매듭이 만만치 않은 형편이다. 상황이 이렇다 보니 판타지에 대한 신뢰할 만한 장르 개념이 정립되지 못한 것은 당연한 일인지도 모른다. 판타지와 동화에 대한 장르적 이해와 구분에 있어 발생하고 있는 혼선 또한 마찬가지이다. 더군다나 이는 판타지 장르만 따로 떼어내 논의한다고 해서 쉽게

33 Cameron, Fantasy, SF and the Mushroom Planet Books, In: *The First Steps*, West Lafayette, Ind., 1984. Maria Nikolajeva, 앞의 책, 13쪽에서 재인용.
34 위의 책, 13쪽.

이루어질 사안이 아니라 인접 장르인 동화와 아동소설의 장르 구분과 연관된 문제이기도 하다는 데서 더욱 복잡해진다. 최근 이루어지고 있는 아동 서사의 장르 구분에 관한 논의는 이러한 사정을 잘 보여주고 있다. 이들 논의를 살펴보면 아직도 경계 구분의 문제가 현단계에서 가장 쟁점이 되고 있다는 것을 알 수 있다. 판타지 역시 예외일 수는 없다.

최근의 장르 논의는 아동 서사를 동화와 소설로 이분할 것인지, 동화로 일원화할 것인지의 문제로 초점이 모아지고 있다. 이는 아동 서사 전체의 장르적 재편성을 의미하는 것이기 때문에 판타지 장르의 경계 문제와도 밀접하게 관련되어 있다. 따라서 이들 논의 중에서 판타지와 연관된 부분을 살펴볼 필요가 있다. 먼저, '아동문학의 이야기 장르를 총칭 명칭인 동화로 일원적으로 설정할 것'을 주장하는 김상욱은 동화를 창작기법에 따라 '현실주의 동화와 판타지 동화'로 분류하고 있으며, 여기서 '판타지 동화'의 경우 '전통적 판타지(옛이야기)와 현대적 판타지'를 하위 장르로 두고 있다.[35] 이때 아동 서사의 총칭으로 쓰인 '동화'가 '어린이를 위한 이야기'를 의미하는 것처럼 '판타지 동화' 역시 초현실적인 서사의 총칭이 된다. 즉, '어린이를 위한 환상적인 이야기'라는 큰 갈래를 설정한 셈인데, 이는 아동서사에서 환상 장르를 환상서사의 큰 틀 속에서 바라보는 장점을 지닐 수 있다. 동화와 판타지를 동일시해 혼란을 일으키거나, 환상적 속성을 지니고 있음에도 불구하고 별개의 양식으로 분리해 바라보는 모순을 극복할 수 있기 때문이다. 그러나 하위 장르로 설정한 '전통적인 판타지'와 '현대 판타지'는 서로 다른 장르적 특성에 따른 분류이긴 하지만, 그들의 장르적 특성이 동화와 소설의 양 축으로 나뉘어 있다는 점을 고려한다면 이러한 분류는 다시 원점으로 돌아갈 소지가 다분하다. 더욱이 **소설**적 경향이 강한 현대 판타지를

35 김상욱, 「아동문학의 장르와 용어」, 『아동문학의 장르와 용어의 재검토』, 한국아동청소년문학학회, 2009년 겨울 학술대회, 2009. 2. 14, 19쪽.

'판타지 **동화**'의 하위 장르에 두게 되는 모순을 지니고 있기도 하다. 장르 용어는 장르의 속성을 따라갈 수밖에 없기 때문이다. 이에 비해 아동서사를 표협기법과 연령층에 따라 동화와 소설로 분리하고 있는 원종찬은 "'동화'와 '소년소설(아동소설)'을 기본 장르로 하고 '판타지'는 그 어느 쪽과도 결합할 수 있는 하나의 양식이자 또 다른 층위의 장르"[36]로 보고 있다. 이는 애초의 「동화와 판타지」에서 보였던 장르 분류와는 상당 부분 변화된 인식을 드러내고 있다. 그러나 위의 논의에서는 더 이상의 진전이 없기 때문에 '동화나 소설, 어느 쪽과도 결합할 수 있는 양식이자 다른 차원의 장르'라는 것이 무엇을 의미하는지 명쾌하게 드러나지 않고 있다. 이를 유추해 해석해 보면, 판타지가 지닌 양식적 측면과 장르적 측면에서 나타나는 이중적 성격을 함께 고려해 보자는 의도가 아닌가 한다.

양식은 특정 서사류가 지니고 있는 본질적 속성이자 "공통의 구조적 특질"[37]인 데 비해 장르는 특정 작품군이 드러내는 자질과 특성에 의해 규정된다. 따라서 판타지는 동화와 함께 환상성을 문학적 속성으로 하는 양식으로 함께 묶을 수 있다. 하지만 동일 장르로 볼 수는 없다. 판타지가 '19세기 리얼리즘의 영향을 받'아 형성된 장르라는 이오덕의 견해처럼 판타지는 소설적 경향이 강하기 때문이다. 그럼에도 불구하고 판타지 장르는 환상이라는 속성 때문에 동화의 환상성과 자주 혼동을 불러일으켜 왔다. 이러한 문제들은 판타지 장르의 이중적인 특성에서 비롯된 것이다.

판타지의 장르적 이중성은 텍스트의 구조적 특성에서 비롯되는데, 이는 서구 판타지의 발생 과정과도 연관이 있다. 환상은 동서양을 막론하

---

36 원종찬, 「해방 이후 아동문학 서사 장르 용어에 대한 고찰」, 『아동문학의 장르와 용어의 재검토(2)-해방 이후』, 한국아동청소년문학학회, 2009년 여름 학술대회, 2009. 8. 29, 19쪽.
37 로지 잭슨, 서강여성문학연구회 옮김, 『환상성-전복의 문학』, 문학동네, 2001, 16쪽.

고 비실재적인 세계에 토대를 두고 있는 서사 양식에 내재된 원리로서, 낭만주의에 이르러 세계 인식의 도구로 받아들여졌다. 이러한 영향 아래 19세기 중반 이후 판타지가 전성기를 맞이하게 된다. 이때는 이미 낭만주의가 쇠퇴하고 리얼리즘이 발생하는 시기였다. 따라서 판타지가 리얼리즘의 영향을 받아 발생되었다는 것이 일면 타당성이 있긴 하지만, 그보다는 낭만주의적 초현실성과 사실주의라는 이질적인 문학 양식의 결합으로 보는 것이 좀더 설득력을 지닌다. 환상은 오랜 역사에 걸쳐 지배적인 서사 양식과의 결합을 통해 새로운 방식으로 자신의 생명력을 부단히 갱신해 왔기 때문이다. 판타지에서 초현실적인 세계와 현실 세계의 두 세계 구조야말로 그러한 결합의 결과물에 다름 아니다. 그런데 문제는 이러한 결합이 단순한 구조적 나열이 아니라는 것이다. 판타지를 구성하는 두 세계는 각기 자신만의 세계 인식을 토대로 서로에게 상호작용을 하면서 독특한 장르적 성격을 구성해 간다. 이는 환상성과 현실성의 유기적인 구성 원리로 작용하며, 이를 구축해내는 요소가 판타지소인 것이다. 판타지에서 보이는 통로와 망설임, 시간의 문제 등의 판타지소는 두 세계 구조의 환상성을 강화시켜 주는 요소이자, 판타지 세계와 현실 세계 간의 긴장 관계 속에서 서사의 현실성을 부여해 주기 때문이다. 이러한 환상성과 현실성의 구성 원리는 판타지를 이루는 두 축이다. 어느 한 축이 주요 구성 원리로 작용하느냐에 따라 판타지의 성격이 좌우될 뿐만 아니라 여러 유형으로 다르게 나타날 수 있다.

이러한 이중성은 앞에서 언급했듯이 판타지를 장르적으로 규정하려 할 때 인접 장르들과의 경계에서 장르적 성격을 애매하게 만드는 요인으로 작용해 왔다. 이는 환상성과 현실성이라는 장르적 특성이 타 장르와의 '유사성과 차별성'을 동시에 지니고 있기 때문이다. 즉, 아동 서사의 환상 장르인 동화와의 유사성이 판타지를 동일한 영역으로 포섭하게 만들지만, 판타지 나름의 고유한 내적 특성이 독자적인 장르로 차별성을 드러내는 것이다. 이는 판타지와 동화가 환상성을 본질적 속성이자 구조적 특질로 한다는 점에서 동일한 양식에 속하게 하는 반면에 서로 다른 독자적인 특성을 지닌 별개의 장르로 구분할 수 있게 해준다. 즉, 판타지의 환상성이 현실과 비현실의 확실한 구분을 토대로 구현된다는 특성은 동화의 일차원적 세계와 장르적 차이를 분명히 하는 것이다. 더욱이 판타지가 생성 발전되는 과정에서 리얼리즘이라는 지배적인 서사 방식에 의존할 수밖에 없었기 때문에 자연 판타지는 소설적 특성에 지배받게 된다. 현실적 세계와의 긴장 구도 속에서 현실의 문제를 반추해내는 판타지의 초현실성이 사실주의와 결합된 소설적 기획을 따르는 것이다.

이렇듯 혼종적 성격을 띠고 있는 판타지의 장르적 특성은 판타지를 '초현실적 세계를 다루는 아동소설'로 규정해 준다. 한마디로 '환상소설'이라 할 수 있다. 이는 장르상으로는 소설에 속하지만, 초현실 세계인 환상을 매개로 한 양식적 특성은 동화와 함께 환상서사로 다루어야 한다는 것을 의미한다. 이러한 장르 규정은 판타지가 지닌 고유한 특성을 명확히 드러나게 해준다. 나아가 공통된 자질을 보이는 특정 작품군과 그렇지 않은 것들, 경계에 속한 작품들 사이에 장르적 분류 기준을 세워둠으로써, 창작과 분석에 효율성을 가져오게 될 것이다. 이것이 바로 동화와 소설의 장르적 구분과 함께 판타지의 장르론적 입장을 명확히 해야 하는 이유인 것이다.

참고문헌

1. 기본 자료

공지희, 『영모가 사라졌다』, 비룡소, 2003.

조은이, 『소년왕』, 문학동네, 2006.

이현, 『장수만세!』, 우리교육, 2007.

김영혜, 「수선된 아이」, 『수선된 아이』, 푸른책들, 2007.

2. 국내외 논저

김경연, 『우리들의 타화상』, 창비, 2008.

김상욱, 「아동문학의 장르와 용어」, 『아동문학의 장르와 용어의 재검토』, 한국아동청소년문학학회 학술대회 자료집, 2009.

______, 『어린이문학의 재발견』, 창비, 2006.

김요섭, 『현대 동화의 환상적 탐험』, 한국문연, 1986.

김준오, 『문학사와 장르』, 문학과지성사, 2000.

김현숙, 「판타지론에 대한 고찰」, 『아동문학사상』11 복간호, 물구나무, 2004.

로지 잭슨, 서강여성문학연구회 옮김, 『환상성-전복의 문학』, 문학동네, 2001

마리아 니콜라예바, 김서정 옮김, 『용의 아이들』, 문학과지성사, 1998.

Maria Nikolajeva, *THE MAGIC CODE;The use of magical patterns in fantasy for children*, ALMQVIST & WIKSELL INTERNATIONAL, 1988.

박상재, 『한국 창작동화의 환상성 연구』, 집문당, 1998.

선안나, 『천의 얼굴을 가진 아동문학』, 청동거울, 2007.

원종찬, 「판타지 창작의 현재」, 『창비어린이』, 2007. 겨울.

______, 「해방 이후 아동문학 서사 장르 용어에 대한 고찰」, 『아동문학의 장르와 용어의 재검토(2)-해방 이후』, 한국아동청소년문학학회 학술대회 자료집, 2009.

______, 『동화와 어린이』, 창비, 2004.

이성자, 「한국 현대 판타지동화 연구」, 명지대 대학원 박사학위논문, 2003.

이오덕, 『문학의 길 교육의 길』, 소년한길, 2002.
______, 『어린이를 지키는 문학』, 백산서당, 1984.
______, 『어린이책 이야기』, 소년한길, 2002.
이재복, 『판타지 동화 세계』, 사계절, 2001.
정혜원, 「환상동화의 이중성」, 박임전 외, 『동화의 환상성과 구조』, 한국학술정보, 2009.
조태봉, 「공간 변형 모티프를 활용한 동화 창작」, 『어린이책이야기』, 2008. 겨울호.
______, 「환상동화의 세계 인식과 내적 리얼리티」, 『어린이책이야기』, 2008. 봄호.
______, 「보이지 않는 세계의 시공간들」, 『창비어린이』, 2009. 겨울호.
차은정, 「영국 판타지 아동문학 연구」, 숙명여대 대학원 박사학위논문, 2005.
츠베탕 토도로프, 「문학 장르」, 김현 편, 『장르의 이론』, 문학과지성사, 1987.
______________, 이기우 옮김, 『환상문학 서설』, 한국문화사, 1996.

옛이야기와 서사 장르 체계

이지호

1. 들어가며

예로부터 입에서 입으로 전해 내려오는 이야기를 설화라 하는데, 이 설화 가운데 어떤 것은 개인 작가에 의해서 글로 다듬어져 어린이한테 읽을거리로 제공되기도 한다. 어린이문학에서는 이 특별한 서사물을 여러 가지 이름으로 불러 왔는데, 대표적인 것이 '옛이야기', '설화' 그리고 '동화'이다.

'옛이야기'는 '옛날이야기'와 함께 '옛날에 있었던 이야기', '옛날부터 전해 내려오는 이야기', '옛날 옛적에—로 시작하는 이야기'를 지칭할 때 사용하는 일상 용어라서, 이를 곧장 위에서 말한 그 특별한 서사물을 가리키는 장르 이름으로 채택하기는 곤란하다. 그런데 '설화를 어린이를 위하여 다시 가다듬어 쓴 글'을 다양한 이름으로 불렀다는 것은 그것의 장르적 성격에 대한 합의가 이루어지지 않았음을 뜻한다. 이처럼 장

이지호
jhlee@cue.ac.kr 진주교대 국어교육과 교수. 아동문학평론가, 『글쓰기와 글쓰기교육』 『동화의 힘, 비평의 힘』 『옛이야기와 어린이문학』 들을 냈다.

르적 성격이 분명하게 드러나지 않은 서사물을 지칭할 때는 장르적으로 무색무취한 말을 사용하는 것이 혼란을 줄이는 데 도움이 된다. '옛이야기'가 그러한 말로는 제격이라 할 수 있다.

그 특별한 서사물을 '설화'로 부르기도 했다. 어떤 경우에는 '민담' 또는 '민화'라 부르기도 하였는데, 그 의미는 '설화'와 같은 맥락에서 이해할 수 있는 것이다. 그런데 이러한 이름은 전혀 엉뚱한 것은 아니다. '어린이를 위하여 설화를 가다듬어 쓴 글' 그 자체를 아예 저본이 되는 설화의 새로운 각편, 즉 일종의 문헌설화로 간주할 수 있기 때문이다. 그런데 그 특별한 서사물의 작가의식은 어린이 지향성을 강하게 드러낸다는 점에서 문헌설화의 작가의식과 크게 구별된다. 당연히 그 둘의 문학적 자질이 다를 수밖에 없을 것이다. 이러한 까닭에 그 특별한 서사물을 '설화'에 귀속시키는 것은 조심스러운 일이 될 수밖에 없다.

그 특별한 서사물의 또 다른 이름은 '동화'다. '고래동화', '고전동화', '구전동화', '구비동화', '민족동화', '조선동화', '전설동화', '전래동화' 등으로 부르기도 했는데, 이들 모두 '동화'라는 이름에서 파생된 이름임은 한눈에 알아볼 수 있을 것이다. 그런데 그 특별한 서사물을 '동화'라 할 수 있느냐 할 수 없느냐를 따지는 것은 아무 의미가 없다. 왜냐하면, 그것은 약속에 의한 것이기 때문이다. '설화를 어린이를 위하여 다시 가다듬어 쓴 글'을 처음부터 '동화'로 규정해 버렸던 것이다. '설화'를 바탕으로 삼고 있는 서사물을 '동화'라는 새로운 용어로 지칭하는 것을 정당화할 수 있는 경우는 한 가지밖에 없다. 그 서사물이 '설화'와 구별되는 작가의식 또는 문학적 자질을 확보하고 있음을 전제하는 경우이다.

그런데 어린이문학의 전개 과정에서 '동화'의 개념이 확장되게 된다. 설화에 뿌리를 두고 있지 않은 이야기문학도 어린이가 즐길 수 있는 것이기만 하면 '동화'라 일컫게 된 것이다. 이리하여, '동화'는 '설화' 그 자체를 다시 가다듬어 쓴 '전래동화'와 '설화'와 직접적인 관련성을 보이지 않는 '창작동화'를 모두 아우르게 되었다. 그 결과, '동화' 장르는 체계상의 파탄이 생겨 버렸다. '전래동화'의 '동화'와 '창작동화'의 '동화'는 같은 것이 전혀 아닌데, '전래동화'와 '창작동화'를 '동화' 장르 안에서 양립시키고 있기 때문이다. '전래동화'와 나란히 늘어놓을 수 있는 '창작동화'가 없는 것은 아니다. '설화'에서 이끌어낸 이야기가 분명하지만, '설화'에서 완전히 벗어난 『끝지』(이형진, 느림보, 2003)와 같은 작품을 두고 하는 말이다. '창작'과 '동화'의 본디 개념을 염두에 둔다면, 이 『끝지』야말로 진정한 의미의 '창작동화'라 해야 할 것이다. '설화'와 아무런 관련성이 없는 『강아지똥』(권정생, 길벗어린이, 1996) 같은 작품에는 '동화'가 아닌 또 다른 이름을 붙이는 것이 옳다. 위에서 말한 그 특별한 서사물을 '전래동화'라 하면 이런 문제가 생기는 것이다.

지금까지, '어린이를 위하여 설화를 가다듬어 쓴 글'을 '설화'라 하거나 '동화'라 하는 것이 적절하지 않음을 간략하게 살펴보았다. 그 특별한 서사물을 '설화'라 하는 것을 받아들이기 어려운 것은 그 둘의 작가의식과 문학적 자질이 상당한 차이를 보이기 때문이고, '동화'라 하는 것을 수용하기 곤란한 것은 그것의 개념이 확장됨으로 인하여 장르 체계가 어그러졌기 때문이다. 따라서 그 특별한 서사물을 '설화'나 '동화'가 아닌 다른 이름으로 부를 필요가 있다. 다시 말해서, 그 특별한 서사물을 독자적인 장르로 설정할 필요가 있다는 것이다. 이 글에서는 그에 합당한 장르 또는 장르 이름으로 '옛이야기'를 제안한다. 즉, 설화에 뿌리를 두고 있는 이야기를 '설화'인 것, '동화'인 것 그리고 '설화'도 아니고 '동화'도 아닌 제삼의 것, 즉 '옛이야기'로 분류하겠다는 것이다. 이 순간, '옛이야기'는 일상 용어에서 문학 용어로 전환하게 된다.

이 글의 논의 순서는 다음과 같다. 먼저, '옛날 옛적' 형식의 이야기, 즉 옛이야기와 관련한 용어의 변화 과정을 살펴볼 것이다. 여기에서는 장르 용어는 결국 선택의 문제라는 것, 그리고 그 선택은 주체적인 것이

비주체적인 것보다 낫고, 합리적인 것이 비합리적인 것보다 낫고, 현실적인 것이 비현실적인 것보다 낫다는 것을 확인하게 될 것이다. 다음에는 설화와 옛이야기 그리고 동화의 장르적 거리를 밝힐 것이다. 이것은 옛이야기를 동화와 변별되는 독립된 장르로 설정하는 것을 정당화하기 위한 것임은 말할 것도 없다. 마지막으로, 옛이야기와 동화의 장르적 거리를 염두에 두고 서사 장르 체계를 탐색해 볼 것이다. 여기에서 옛이야기가 서사 장르 체계를 단순화 명료화라는 우리의 현실적 요구에 부응하는 용어임이 드러나게 될 것이다.

김환희는 동화, 요정담, 메르헨, 옛이야기는 '뒤엉킨 용어'라 했다.[1] 그러나 나는 생각이 다르다. 동화, 요정담, 메르헨은 뒤엉킨 용어일지 모르지만 옛이야기는 그렇지 않다는 것이다. 옛이야기는, 서사 장르 용어로서는, 그 개념조차 엄밀하게 정의된 적이 없는데, 얽히고설킬 게 있을 리 없다. 그래서 옛이야기는 희망이 될 수 있다.

2. 옛이야기 관련 용어: '이약이'에서 '옛이야기'까지

우리의 근대 어린이문학사에서 옛이야기를 가리킬 때 처음으로 쓴 말은 '이약이'였다. 최남선은 『소년』(1908), 『붉은져고리』(1913), 『아이들보이』(1913~4) 등 여러 잡지를 창간했는데, 거기에는 '이약이'라는 이름으로 여러 장르의 서사물이 실렸다. 이 '이약이'는 우화, 신화, 전설, 민담, 고담, 기이담, 사담(史談), 역사적 인물담, 비문학적 지식 단화(短話) 등을 일컫는 말이었다.[2] 그러니까 '이약이'는 장르 의식의 산물은 아

1 김환희, 「뒤엉킨 용어의 실타래 : 동화, 요정담, 메르헨, 옛이야기의 경계선」, 『창비어린이』, 2006 가을호 참고.
2 김용희, 「한국 창작동화의 형성 과정과 구성 원리 연구」, 경희대 박사학위논문, 2008, 1쪽 참고.

니었던 것이다.

그 '이약이'로 지칭된 옛이야기는, 「고든 마음의 갑흠」(『붉은져고리』 10호), 「홍부 놀부」(『아이들보이』 2~3호), 「심청」(『아이들보이』 4호), 「새 선비」(『아이들보이』, 7~8호), 「옷나거라 뚝딱」(『아이들보이』 9호) 「나무군으로 신션」(『아이들보이』10~12호) 등이다. 「고든 마음의 갑흠」은 구전설화 '금도끼 은도끼'를, 「홍부 놀부」와 「심청」은 고전소설을, 「새 선비」는 문헌설화를, 「옷나거라 뚝딱」은 구전설화 '도깨비 방망이'를, 「나무군으로 신션」은 구전설화 '나무꾼과 선녀'를 바탕으로 한 옛이야기다.[3] 우리는 여기에서 『아이들보이』가 옛이야기 정착 과정에서 마중물 노릇을 했다는 것을 알 수 있다.

'이약이'에 이어서 옛이야기를 가리키는 말로 썼던 것은 '동화'였다. 우리나라에서 '동화'라는 말을 처음으로 쓰기 시작한 것은 1910년대로 알려져 있다. 그런데 그 무렵에는, 「솟에 관한 동화」(『소년』 2권 5호, 1909. 5)나 《매일신보》의 '동화'란에 실려 있는 「리약이 됴화ᄒᆞ다가 랑픽」(1915. 4. 15), 「龍의 試驗」(1916. 1. 1)에서 알 수 있듯이, 어린이문학의 장르 개념으로 쓴 것은 아니었다.[4] 어린이를 위한 서사물 일반, 그것도 교육적 의도가 두드러지는 서사물을 가리키는 말이 동화였던 것이다.

우리나라에서 동화를 어린이문학의 장르 개념으로 처음 쓴 사람은 방정환이었다. 그는 동화를 다음과 같이 정의했다.

> 童話의童은 兒童이란 童이요 話는說話이니 童話라는 것은 兒童의說話 또는 兒童을爲하야의 說話이다. 從來에 우리民間에서는 흔히兒童에게 들려주는 이약이를 「옛날이약이」라하나 그것은 童話는 特히 時代와處所의拘束을 밧지아니하고 大槪그 初頭가 「옛날 옛적」으로 始作되는 故로 童話라면 「옛날이약이」로

3 구인서, 「1910년대 아이들 독서물 연구」, 연세대 석사학위논문, 2009, 48~49쪽 참고.

4 위의 글, 49쪽 참고.

알기쉽게된까닭이나 決코 옛날이야기만이 童話가 아닌즉 다만 「이약이」라고 하는 것이 可合할것이다.[5]

동화는 아동의 설화, 아동을 위한 설화라 했다. 여기서 말하는 '설화'는 문학적 개념의 설화가 아니라 '이야기'를 가리킨다. 그러니까 '어린이를 위한 이야기' 일반을 동화로 정의한 것이다. 그런데 '옛날 옛적'으로 시작하는 옛날이야기만 동화라 할 것이 아니라 했고, 동화를 '이약이'라 해도 된다고 했다. 이것은 세 가지 의미를 함축하고 있는 진술이다. 당시에는 동화라 하면 일단 옛이야기를 가리키는 것으로 이해했다는 것, 그러나 동화의 개념은 이미 어린이를 위한 이야기 일반으로 확대되었다는 것, 그리고 '이약이'를 어린이문학의 서사 장르 용어로 쓰기도 했다는 것이 그것이다.

같은 글에서 방정환은 동화를 다시 셋으로 분류했다. 하나가 '고래동화'이다. 같은 글에서 이를 '구전동화'라 하기도 했다. 다른 하나는 '번역동화'이고, 마지막 하나는 '창작동화'이다. 아래에 인용한 것을 보라. 방정환의 창작동화관은 오늘날의 그것과 그다지 다를 것이 없다.

古代로부터 다만한說話－한이약이로만 取扱되어오던童話는近世에니르러 「童話는 兒童性을닐치아니한 藝術家가 다시 兒童의마음에 돌아와서 어떤感激혹은現實生活의反省에서생긴理想－을童話의獨特한表現方式을빌어 讀者에게 呼訴하는 것이다」고생각하게까지進步되어왓다.[6]

방정환은 고대로부터 내려오던 동화가 아닌 새로운 동화가 근세에 이르러 나타나게 되었다고 했다. 그것은 예술가의 감격 혹은 현실 생활의

---

5 방정환, 「새로 開拓되는 童話에 關하야」, 『개벽』 31호, 1923. 1, 19쪽.
6 위의 글, 20쪽.

반성에서 생긴 이상을 '동화의 독특한 표현 방식', 즉 고래동화 특유의 표현 방식을 빌어 독자에게 호소하는 것이었는데, 이를 고래동화와 구별하여 창작동화라 했다.[7]

다들 아는 바와 같이, 방정환의 동화론은 일본의 영향을 받은 것이었다.[8] 잠시, 일본에서 이루어졌던 동화의 개념 형성 과정을 살펴보기로 한다. 다음은 「「童話」という呼び名」[9]에서 간추린 것이다.

'동요(童謠)'라는 말은 고대 중국에도 있고 고대 일본에도 있었다. 그러나 이것의 대어(對語)로 사용되는 '동화(童話)'는 어디에도 보이지 않는다. 『大言海』[10]에는 '오또기바나시(おとぎばなし, 御伽噺)'와 같다고 되어 있다. 에도 시대에 「童話考」, 「童話長編」이라는 글이 나왔지만, 여기서 말하는 '동화'는 '와라베노모노가타리(わらべのものがたり)'를 가리킨다. 와라베노모노가타리(わらべのものがたり)는 집에서 아이들한테 들려주던 민간설화를 뜻한다.

메이지 시대에 『西洋童話』(1874), 『修身童話』(1899)가 출판되었다. 『修身童話』는 고래의 '무카시바나시(むかしばなし, 昔噺)'를 주로 하고, 이것에 약간의 그림(Grimm) 동화를 가미했던 것이다. 당시에는 옛날이야기 혹은 전설, 구비(口碑)의 것을, 문학적으로 취급할 때는 'お伽噺'이라 하고, 교육적으로 묘사한 경우에는 '동화'라 했다는 견해도 있다. 메이지 시대 말기와 다이쇼 시대 초기에 '동화'에 관한 연구가 활발하게

---

7 방정환의 다음 진술은 '창작동화'를 전제한 것이다. '우리 동화로의 창작이 보이지 않는 것은 좀 섭섭한 일이나 그렇다고 낙심할 것은 없는 것이다. 다른 문학과 같이 동화도 한때의 수입기는 필연으로 있을 것이고, 처음으로 괭이를 잡은 우리는 아직 창작에 급급하는 이보다도 일면으로의 고래 동화를 캐어내고 일면으로는 외국 동화를 수입하여 동화의 세상을 넓혀가고 재료를 풍부하게 하기에 노력하는 것이 순서일 것 같기도 하다.' 위의 글.

8 「새로 開拓되는 童話에 關하야」만 해도 일본의 몇몇 아동문학론을 거의 그대로 수용한 것이라 한다. 이정현, 「방정환의 동화론 '새로 開拓되는 童話에 關하야'에 대한 고찰－일본 타이쇼시대 동화이론과의 영향 관계」, 『아동청소년문학연구』 3집, 한국아동청소년문학학회, 2008. 참고.

9 藤田圭雄, 「「童話」という呼び名」, 日本文學硏究資料刊行會編, 『日本文學硏究資料叢書 兒童文學』, 有精堂出版, 昭和 52.

10 1891년에 발간한 일본 최초의 국어사전 『言海』의 증보판. 1932~7년에 걸쳐 발간되었다.

이루어졌다. 그러나 이들 연구에서 취급한 '동화'는 『修身童話』의 그것에 가까운 것이었다. 교육에 주안점을 두지 않은 것은 '오또기바나시(お伽噺)'이라든가 '少年文學'이라 불렀다. 마쓰모토 고지로(松本孝次郎)은 '동화를 주는 목적'을, 좋은 일본어를 가르치고, 지식과 흥미를 주고, 상상작용을 기르고, 아동의 정서를 발달시키고, 도덕상의 진리를 알게 하고, 문학상의 취미를 기르는 것이라 했는데, 이때의 '동화' 또한 교육적인 읽을거리의 성격이 강하다.

'동화'라는 말을 아동문학과 결부시켰던 것은 스즈키 미에키치(鈴木三重吉)의 『世界童話集』(1917)이 처음이다. 이것은 오래 전부터 써 오던 동화라는 말을 서양의 옛날이야기를 번역하는 과정에서 어린이문학과 결부시키게 되었음을 의미한다. 그 서양의 옛날이야기라는 것이 märchen이고 fairy tale이다. 이리하여 동화는 한쪽으로는 일본의 와라베노모노가타리(わらべのものがたり)·오또기바나시(おとぎばなし)로 이어지고 다른 한쪽으로는 서양의 märchen·fairy tale로 이어지게 되었다. 동화의 특성으로 흔히 이야기하는 환상성이니 시적 산문이니 하는 것의 연원이 여기에 있었던 것이다.

이러한 것을 방정환이 몰랐을 리 없다. 그런데 방정환의 동화론에는 이에 대한 언급이 없다. 동화는 '어린이를 위한 이야기'라는 것, 그 동화는 고래동화, 번역동화, 창작동화로 나눌 수 있다는 것, 그것이 다다. 이를 두고 일본의 동화론에 대한 방정환의 이해가 부족했다는 지적도 있는 모양이다. 그러나 반대로 의도적으로 피했다고 생각할 수도 있을 것 같다. 어쨌든, 방정환의 글에서는 동화 개념의 핵심으로 여기는 환상성·시적 산문성 같은 것은 찾아볼 수가 없다.

어쨌든, 1920년대는 동화라 하면, 방정환이 지적한 것처럼 '옛날이야기'를 떠올리는 사람이 많았던 모양이다. 1930년대의 창작동화조차도 '옛날 옛적' 형식에 의존하거나 옛이야기의 분위기를 풍기는 것이 적지 않았다. 《동아일보》가 1931년 12월에 내보낸 신춘문예 공고문은 이러한 경향을 차단하는 데 큰 역할을 한 것으로 보인다. 응모 동화의 조건을 '아동의 실생활에서 취재하야 쉽게 재미잇게 쓴 것'으로 제한했던 것이다.[11] 그 결과, 응모 동화의 4할은 생활난, 계급적 불평을 주로 한 사회주의 경향을 가진 것이고, 3할은 씨족적 영웅심과 불평을 주로 한 것, 민족애를 주로 한 것이 2할이고, 기타가 1할이었다. 선자는 이런 동화라면 차라리 '아동소설'이라 함이 합당하다고 했다.[12] 1931~32년이면 일본에서조차 프로아동문학의 생활동화 운동이 본격화되기 이전이다. 그런데《동아일보》 신춘문예에는 벌써 그 기운이 감지된다.

1930년대 초반, 동화가 공상적인 내용 일변도로 흐르는 것에 대한 문제 제기—그것이 문학적인 이유에서든 이념적인 이유에서든 상관 없이—가 이루어진 결과, 동화는 공상적인 것과 생활적인 것으로 분화하게 된다. 이것은 장르 이름에도 영향을 끼친다. 생활적인 동화를 아동소설이라 하여 공상적인 동화와 구별하고, 옛이야기에도 전래·민족·조선·구비 등의 접두사를 붙여서 이를 공상적인 내용을 가진 창작동화와 구별한다. 이와 같은 장르 의식의 변화는 이구조의 서사 장르 분류표에서도 읽을 수 있다. 이구조는 먼저 어린이문학의 서사 장르인 '동화(광의)를 유년소설, 동화, 소년소설, 옛날이야기로 4분하는 종래의 견해는 개념의 혼동으로 인한 구분 원리의 파악이 오류였다'고 비판한 다음, 그 자신의 서사 장르 분류표를 다음과 같이 제시했다.[13]

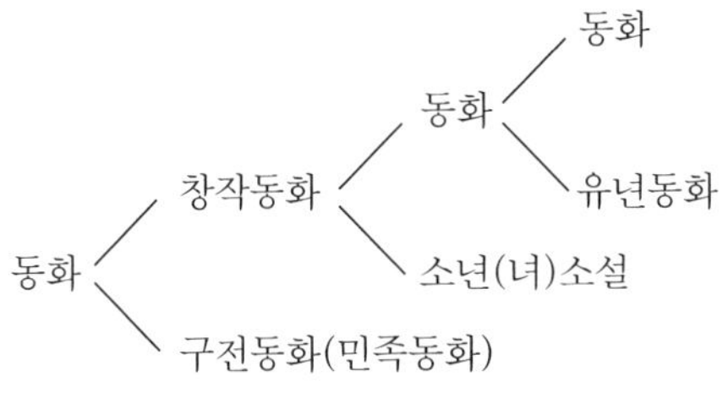

이리하여 옛이야기는 동화에 특정의 접두사를 붙인 이름으로 불렸지만, 오랜 관행대로 여전히 '동화'라는 이름으로 불리기도 했다. 이 장르를 구연했던 '동화회'의 활약에서 그 까닭을 찾을 수도 있을 것 같다. '동화회'는 1920년대부터 해방 직전까지 전국 각지에서 끊임없이 개최되었고 수많은 청중을 끌어들였다. 동화를 '아이들에게 들려주는 이야기' 또는 '(아이들이) 들을 이야기'로 정의하기도 한 것[14]도 이러한 분위기와 무관하지 않다 할 것이다.

해방 이후부터 지금까지 '옛날 옛적' 형식의 이야기를 대표하는 이름은 전래동화가 차지했다. 박영만의 『조선전래동화집』(학예사, 1940)의 영향 때문인지도 모른다. 전래동화라는 말은 그 이전에도 쓰였지만, 책의 제목으로 쓰인 것은 이 책이 처음이다. 신문의 신간 소개란에도 실렸으니, 전래동화라는 말의 전파에 일정 정도는 기여했을 것이다. 전래동화는 그 이전의 동화가 가지고 있던 개념을 그대로 물려받았다. '공상적인 이야기, 시적인 이야기' 같은 것이 그것이다.

동화가 전래동화로 바뀌면서 오히려 더 부각된 개념이 있었는데, 그것은 구전성이었다. '전래'가 '구전'을 연상시켰기 때문이다. 실제로, 손동인은 '전래동화사의 문학사적 고찰은 민간설화인 민담의 문학사적 고찰과 동일하다'[15]고 했고, 조동일은 '어른들이 들려주고 아이들이 듣고 좋아하는 민담은 수용자를 기준으로 해서 규정하면 아동문학이다. 이를 확인하기 위해서 전래동화라고 일컫는다'[16]고 하여 전래동화를 설화(민담)와 동일시하였다. 이 경우는 구전설화를 재화한 이야기의 소속

---

11 '신춘문예' 공고문, 《동아일보》, 1931. 12. 4

12 「新春文藝童話選後言(1)」, 《동아일보》, 1932. 1. 23

13 이구조, 「어린이문학 논의(1) : 동화의 기초공사」, 《동아일보》, 1940. 5. 26.

14 '동화'는 들을 이야기, '아동소설(소년소설)'은 읽을 이야기, '동요'는 '부를 노래', '동시'는 '읽을 노래'라 하여 어린이의 언어 활동의 차이로 장르를 구분하기도 했다.(「新春文藝童話選後言(3)」, 《동아일보》, 1932. 1. 26)

15 손동인, 「한국전래동화사연구」, 『한국아동문학연구』 1권 1호, 한국아동문학학회, 1990, 12쪽.

16 조동일, 『한국문학통사』 4판 5권, 지식산업사, 2005, 589쪽.

이 문제가 된다. 전래동화(설화)라 할 것인지 창작동화라 할 것인지 판단하기가 쉽지 않은 것이다. 한편, 최운식·김기창은 동화를 전래동화와 창작동화로 나눈 다음, 전래동화를 다시 정착동화와 구전동화로 나누었다.[17] 여기서는 정착동화의 정체가 문제가 된다. 재화한 이야기를 가리키는지 문헌설화를 가리키는지 알 수가 없다는 것이다.

근대 이전의 어린이문학에서 설화를 껴들이는 것은 아무런 문제가 없다. 오로지 그것뿐이었으니까. 그런데 개인 작가가 문학 활동의 주축이 되는 근대 이후에는 사정이 그리 간단치 않다. 구전설화, 문헌설화, 재화한 이야기, 창작동화를 동등하게 취급하기는 어렵고 그렇다고 차별을 두기도 어렵기 때문이다. 또 그들 상호 간의 장르적 거리를 규명하는 것도 만만치 않다.

그런데 1990년대 이후 옛이야기가 조금씩 전래동화를 대신하기 시작했다. 동화가 득세하던 시기에도, 전래동화가 대세였던 시기에도 옛이야기가 완전히 자취를 감췄던 것은 아니다. 옛이야기가 그렇게 명맥을 유지할 수 있었던 것은 일반 명사로도 쓰였기 때문인 듯하다. 그렇지만 이번처럼 하나의 흐름을 이룬 적은 없었다. 옛이야기는 하루가 다르게 세를 넓혀 갔고, 언제부턴가는 전래동화와 경쟁하기 시작했다.

옛이야기의 재등장과 급속한 확산을 설명하는 것은 쉽지 않다. 그러나 다음과 같은 요인이 복합적으로 영향을 미쳤을 가능성이 있다. 첫째, 우리 용어에 대한 재인식이다. 1990년대 들어, 아동을 어린이로, 아동문학을 어린이문학으로 고쳐 부르는 경향이 생겼다. 이것은 물론 어린이의 재발견과 관련이 있는 것이다. 그러나 쉽고 고운 우리말로 어린이를 위하는 문학을 하는 것이 진정한 어린이문학을 하는 것이라는, 우리말에 대한 새로운 자각과도 결코 무관하다 할 수 없는 것이다. 이런 시

17 최운식 김기창, 『전래동화교육론』, 집문당, 1988, 31쪽 참고.

각에서 보면, 전래동화는 그냥 지나치기 어려운 용어다. 동화는 비록 외국에서 들여온 말이긴 하지만 그것을 대체할 만한 적당한 우리말이 없으니 그대로 쓸 수밖에 없었다. 그러나 전래동화는 달랐다. 동화라는 말을 우리한테 수출한 일본에서도 잘 쓰지 않는 말이고, 또 우리한테는 이를 대체할 만한 말이 있었던 것이다.

둘째, '옛이야기 들려주기'에 대한 이해와 공감의 확산이다. 해방 이전에 '동화회'의 구연 활동이 문학 용어인 동화라는 말을 대중화시켰다면, 옛이야기 들려주기와 관련한 이론화 작업과 실천 활동이 일상어로 쓰던 옛이야기라는 말을 문학 용어로 끌어올렸다고 말할 수 있다.

셋째는 이 장르와 관련한 창작 그림책의 출현이다. 1990년대는 창작 그림책이 활발하게 출판되었는데, 그 중의 하나가 설화를 이야기의 원천으로 삼은 그림책이었다. 그런데 이 그림책의 타이틀로 삼을 만한 것이 마땅치 않았다. 전래동화는 오랜 세월 동안 글로 읽는 동화의 하위 장르로 간주되었고, 그 자체의 완결된 서사 구조를 가진 독립적인 문학 작품을 가리키는 것으로 인식되었다. 그러나 옛이야기는 그 개념이 열려 있었다. 예로부터 전해 내려오던 것을 그림책에 쓸 글로 가다듬어서 옛이야기라 하여도 전혀 어색하지 않았다. 오늘날 '옛이야기그림책'은 있어도 '전래동화그림책'이 없는 것은 이 때문이다.

이리하여 옛이야기는 어린이문학판에서 설화와 어떤 방식으로든 관련이 있는 서사물의 지시어로 쓰이게 되었는데, 문제는 옛이야기의 장르적 정체성이었다. 옛이야기는 '옛이야기 들려주기'에서는 구전설화를 연상시켰고, '옛이야기그림책'에서는 창작동화를 연상시켰다. 이와 같은 장르적 개방성 때문에 옛이야기는 장르 이름으로 쓰이는 경우가 드물었다. 설화나 전래동화의 이칭으로 쓰이거나 그 둘을 아우르는 통칭으로 쓰였다.

그러나 분명한 것은 옛이야기가 전래동화의 영역을 더 많이, 더 빠르게 잠식해 갈 것이라는 사실이다. 이것은 동화와 소설이 동화로 통합되어 가는 추세와 무관하지 않다. 원종찬에 따르면, 적어도 용어에 있어서는, 1970～1980년대는 동화가 소설을 대신해 갔고, 1990년대－현재는 동화만 남고 소설이 거의 사라졌다.[18] 이것이 의미하는 바는 간단하다. 동화가 굳게 지키고 있던 공상성과 시적 산문성의 틀이 깨졌다는 것이다. 전래동화가 동화에서 그 존재 근거를 두고 있음은 다 아는 사실이다. 동화가 어린이문학의 서사 장르를 통칭하게 된다면, 전래동화는 설 자리가 없게 되고, 그것을 대체할 다른 무엇이 있어야 한다. 전래동화를 대신할 수 있는 것은 옛이야기뿐이다. 설화로 대신할 수는 없지 않은가.

3. 옛이야기 · 설화 · 동화의 거리

옛이야기 · 설화 · 동화의 장르적 거리를 확인할 수 있다면, 독자적인 옛이야기 장르 설정을 제안하기가 훨씬 수월해진다.

먼저 논의 대상이 되는 서사물의 범주부터 규정하기로 한다. 옛이야기는, 이미 정의한 바와 같이, 구전설화에 바탕을 두되, 어린이를 독자로 상정하여, 개인 작가가, 글로 쓴 서사물로 규정한다. 설화는 원칙적으로 민담을 가리키나, 신화와 전설도 배제하지 않는다. 입에서 입으로 전해 내려오는 것을 구전설화라 하고, 구전설화의 말을 그대로 글로 받아쓴 것을 전사설화라 하고, 근대 이전에 개인 작가가 자신의 말로 번역하여 글로 쓴 것을 문헌설화라 한다. 동화는 구전설화의 기본적인 이야기 구조 또는 이야기 구조의 관여 요소를 활용하여 작가 자신의 작품으로 창작한 것을 가리킨다. 여우누이형 설화의 이야기 구조에 기대고 있

18 원종찬, 「해방 이후 아동문학 서사 장르 용어에 대한 고찰」, 『아동문학의 장르와 용어의 재검토(2)』, 한국아동청소년문학학회, 2009, 참고.

는 『끝지』나 『어여쁜 여우 누이』(강숙인, 바우솔, 2008) 같은 것이 이에 속한다. 일반적으로 생활동화라 일컫는 것, 그러니까 설화와 직접적인 관련성이 없는 것은 여기서 말하는 동화에는 포함시키지 않는다.

그러면, 장르적 거리를 확인하는 준거를 마련하기로 한다. 우선, 이에 관한 단서가 찾을 수 있는 선행 논의부터 살펴본다. 이오덕은 설화[19]의 문학적 전통을 계승하는 방법으로 '재화', '재창작', '창작'을 제시했다.[20] '재화'는 옛이야기의 줄거리는 그대로 두고 다만 재미있게 읽히도록 쓰는 것이다. 이것은 듣는 이야기에서 읽는 이야기로 바꾸는 데 따른 새로운 문학성의 부여라고 말할 수도 있다고 했다. 그런데 재화에서도 부분적으로 고치는 일을 허용할 수 있다고 했다. 화소의 첨가·삭제·변개를 통하여 이야기의 부분적인 재구조화를 꾀할 수 있다는 것이다. '재창작'은 이야기의 재구조화가 상당한 규모로 이루어지는 것을 가리킨다. '창작'은 설화에 나오는 소재나 분위기만 빌어 새로운 작품을 생산하는 것을 말한다.

서정오는 설화[21]를 글로 옮겨쓰는 방법에는 '받아 쓰기', '떠올려 쓰기', '다시 쓰기', '고쳐 쓰기', '새로 쓰기'가 있다고 했다. '받아 쓰기'는 이야기하는 사람의 말을 그대로 받아 적는 것이고, '떠올려 쓰기'는 들은 이야기를 머릿속에 떠올려서 글로 나타내는 것이고, '다시 쓰기'는 이야기를 듣고 말투나 곁가지를 조금 손질해서 글로 쓰는 것이고, '고쳐 쓰기'는 줄거리를 군데군데 고쳐서 쓰는 것이고, '새로 쓰기'는 이야깃거리나 분위기만 빌어서 전혀 새로운 이야기를 만들어내는 것이다.[22]

---

19 원문에는 '전래동화'로 되어 있는데, 이 글에서 말하는 '설화'와 같은 의미로 쓰였기에 바꾸어 쓴다. 이오덕, 「전래동화, 그 계승의 문제」, 『어린이를 지키는 문학』, 백산서당, 1984, 참고.

20 이오덕, 위의 글 참고.

21 원문에는 '옛이야기'로 되어 있는데, 서정오는 '전래동화'와 같은 뜻으로 썼다고 했다. 그러나 이 글의 용어로 보면 '설화'에 해당한다. 그래서 바꾸어 썼다. 서정오, 「옛이야기, 어떻게 이어받을 것인가」, 『인문연구』 40 41호, 영남대 인문과학연구소, 2001, 참고.

22 서정오, 『옛이야기 들려주기』, 보리, 1995, 52~53쪽, 참고.

'받아 쓰기'는 글의 문학을 생산하는 글쓰기가 아니다. 말이라고 해서 다 똑같은 말이 아니고 글이라고 해서 다 똑같은 글이 아니다. 글의 꼴을 하고 있는 말(말인 글)도 있고 말의 꼴을 하고 있는 글(글인 말)도 있다. '말인 글'은 들리는 대로 받아쓴 글이고, '글인 말'은 씌어져 있는 대로 읽은 말이다. 그래서 '말인 글'은 읽기가 힘들고 '글인 말'은 듣기가 거북하다. '떠올려 쓰기'는 기억의 한계 때문에 의도하지 않는다 하더라도 저본 설화와 어느 정도 거리가 있는 옛이야기를 생산하게 되는 글쓰기 방법이다. 한편, '새로 쓰기'는 이오덕의 '창작'과 꼭 같은 것인데, 이는 우리의 관심사가 되지 못한다. 그 결과물이 동화라는 것은 자명하니까.

이오덕의 '재화'와 서정오의 '다시 쓰기'는 저본 설화의 말을 글로 번역하는 데 초점을 맞추는 글쓰기이고, 이오덕의 '재창작'과 서정오의 '고쳐 쓰기'는 저본 설화의 구조를 재구조화하는 데 초점을 맞추는 글쓰기이다. 한편, 서정오의 '떠올려 쓰기'는 표현과 구조 양쪽 모두를 건드릴 수 있는 글쓰기라 하겠다. 이러한 것들은 설화와의 거리를 상당한 변폭을 두고 조절할 수 있는 것이라서, 우리의 표지로 삼을 만하다.

문헌설화는 구전설화와 달리 개인의 저작물이다. 우리의 경우, 한문을 구사할 수 있는 지식인이 저자로 활약했다. 지식인은 자의식이 강한데, 문헌설화의 저술에도 이것이 그대로 반영된다. 즉, 구전설화를 글로 정착시켜 보전하는 것만 목적으로 삼는 경우는 드물다는 것이다. 구전설화를 글로 정착시키는 과정에서 자신의 생각과 느낌을 피력하고 싶어 한다는 것이다. 작가의 논평이나 해석이 달려 있는 문헌설화가 많은 것도 이 때문이다.

경우에 따라서는, 구전설화의 정착보다 자기 생각과 느낌의 전달에 더 큰 의미를 두고 문헌설화의 저술에 참여하기도 한다. 다음과 같은 예가 그러하다.

이 선생(저자 이덕무 자신을 가리킨다)은 이렇게 말하였다.

"우리 부자(夫子) 공자(孔子)는 일찍이 괴력난신(怪力亂神)을 말씀하지 않았으니 군자가 어찌 괴이한 것을 말할 수 있으랴? 말하는 것도 오히려 옳지 않거든 하물며 서책에 올리는 것이겠는가?"

장화(張華)의 『박물지(博物志)』, 간보(干寶)의 『수신기(搜神記)』, 왕자년(王子年, 자년은 왕가(王嘉)의 자)의 『습유기(拾遺記)』, 단성식(段成式)의 『유양잡조(酉陽雜組)』, 소식(蘇軾)의 『구지필기(仇池筆記)』 등이 나오면서 괴이한 것을 말한 것이 많이 나왔으니, 이것은 기록으로 허탄한 데에 빠진 것인데 따라 믿은 것이다.

지금 내가 팔만대장경을 기(記)하는 것은 허황되게 속이는 것을 꾸짖어 유괴(幽怪)를 말하는 자의 경계로 삼으려는 것이다.[23]

이덕무는 해인사 창건 전설과 이거인이라는 사람의 저승 환생 전설을 소개한 바 있는데, 인용문은 그 뒤에 논평 형식으로 붙인 글이다. 그런데 그 내용이 흥미롭다. 이덕무는 해인사 관련 전설이 소중해서 자신의 글로 옮겨쓴 것이 아니라 그런 전설을 소중하게 여기는 사람들을 경계하기 위해서 옮겨썼다고 말하고 있다. 즉, 이덕무는 자신의 전설관을 피력하기 위해서 전설을 끌어온 것이다.

문헌설화는 구전설화에 비해서 상대적으로 보수적인 경향을 띠기도 했다. 이인경은 '과부의 개가 갈등 설화' 유형의 구전설화와 문헌설화를 비교한 뒤 다음과 같은 결론을 내렸다.

'개가 권유 물리치고 시부모 받들기' 유형의 경우 구비설화에서는 화자가 시부모의 봉양 문제에만 주목할 뿐 不更二夫의 규범을 문제삼지 않고 있어서 여

23 이덕무, 「해인사 팔만대장경 사적기」, 『청장관전서』 권 3.

인의 '정절'을 핵심으로 하는 중세적 烈 인식과 거리가 있었다. 반면 문헌전승의 경우 과부의 수절이란 정절 수호는 물론 시부모에 대한 봉양까지 포함한 것으로 나타나며, 과부의 수절은 개인의 자발적 선택이기보다 당위적 의무에 해당하는 것으로 나타난다.

한편 '과부 개가하기' 설화 유형에서는 烈이나 정절 이념이 지닌 비정함에 대한 비판 의식이 짙게 드러난다는 점에서 '개가 권유 물리치고 시부모 받들기' 유형과 烈 인식에 있어서 차이를 보인다. 특히 구비로 전승되는 '과부 개가하기' 설화 유형의 경우 이런 특징이 두드러진다. 구비설화의 화자들은 가문의 안정만을 걱정하는 재상의 기득권 의식에 깊은 반감을 보일 뿐 아니라, 과부가 개가한 후에도 양반의 신분을 유지하며 친정의 가족과 절연하지 않는 것으로 나타나 문헌 전승에 비해 과부에게 매우 온정적인 배려를 보여준다.[24]

문헌설화는 과부의 수절을 남편에 대한 정절과 가문의 안정을 위한 당위적인 의무로 규정한 데 반하여, 구전설화는 그것을 당사자의 선택사항으로 규정하거나 그것에 비판적으로 대응했다는 것이다. 이인경은 이를 다음과 같이 해석했다. '문헌설화는 중세적 가치관을 통해서 채록된 것이라면 오늘날 전승되고 있는 구비설화 자료는 인간 해방이라는 근대적 가치관과의 상호 작용을 통해서 이루어진 것이기 때문이다.'

문헌설화에는 개인의 가치관만 개입하는 것이 아니라 개인이 속한 집단의 가치관이 개입하기도 한다. 이러한 것은 저본 설화의 구조를 재구조화하는 동인이 된다. 우리나라 사람치고 단군 신화를 모르는 사람이 없을 것이다. 그런데 곰과 호랑이, 그리고 마늘과 쑥이 나오지 않는 단군 신화도 있다는 사실을 모르는 사람은 꽤 되는 듯하다.

24 이인경, 「문헌과 구비에 나타난 '烈설화'의 변이 양상과 전승자 의식–'과부의 개가 갈등 설화'를 중심으로」, 『국문학연구』 4집, 국문학회, 2000, 182쪽.

『삼국유사』(1285~1289)와 거의 같은 시기에 지어진 『제왕운기』(1287)에 실려 있는 단군신화가 그렇다. 『제왕운기』에서는 단웅천왕—『삼국유사』의 환웅에 해당한다—이 손녀로 하여금 약을 먹고 사람이 되게 하여 단수신과 혼인하게 하는데, 그 사이에서 단군이 태어난다. 『삼국유사』와 『제왕운기』의 단군신화는 각각 그 앞 시대의 서로 다른 옛 기록을 출처로 하는 것이지만 그 옛 기록 또한 거슬러 올라가면 '말로 된 옛이야기'를 옮겨쓴 것이다. 그런데 이렇게 화소가 다르다. 지금으로서는 확인하기가 불가능하지만 어느 단계에선가는 화소의 첨가, 삭제, 변개 등이 있었던 것이다. 그리고 첨가되거나 변개된 화소는 이야기 구조에서 담당하고 있는 기능이 아예 다른 것을 보면 다른 유형의 것일 가능성이 매우 높다. 그리고 이와 같은 신화의 경우라면, 이야기 구조의 재구조화에 영향을 끼치는 것은 개인의 가치관이라기보다 그 개인이 속한 계급이나 계층 또는 파당의 가치관이라 해야 할 것이다.

옛이야기 또한 이야기 구조의 재구조화를 시도한다. 그런데 옛이야기의 재구조화는 문헌설화의 재구조화처럼 그렇게 자유로운 것이 아니다. 곰과 호랑이, 그리고 마늘과 쑥이 없는 단군신화를 만드는 것과 같은 재구조화는 가능하지 않다는 것이다. 문헌설화의 작가가 자기만의 각편을 생산하는 데서 자아를 실현한다면, 옛이야기의 작가는 저본 설화의 각편을 정비하는 데서 자아를 실현하기 때문이다. 옛이야기는 저본 설화에서 뛰쳐나왔으면서도 저본 설화의 곁을 맴돈다고 말할 수 있다. 설화가 아닌데도 설화인 체하는 것, 바로 그것이 옛이야기다. 그래서 저본 설화와의 관련성을 강조하는 옛이야기는 있어도 그것을 부인하는 옛이야기는 없는 것이다.

서정오의 옛이야기 쓰기는 재구조화에 적극적인 것으로 보인다. 그가 옛이야기 쓰기를 할 때 나름대로 지켰다는 세 가지 원칙이 있는데, 이 자리에서는 재구조화와 관련되는 것 하나만 살펴보기로 한다.

①받아쓴 자료를 바탕으로, 읽거나 듣기에 편하게 말을 다듬어 쓰거나(다시 쓰기), 필요에 따라 줄거리를 깎고 보태고 고쳐 썼다(고쳐 쓰기). 유형이 같은 이야기에 서로 다른 화소(모티프)가 있을 때는 여기저기에서 재미있는 화소를 끌어다 새로운 이야기를 꾸미기도 했다.[25]

인용문에서 눈길을 끄는 것은, 유형이 같은 이야기의 여러 각편에서 재미있는 화소를 모아서 새로운 각편을 만들었다는 진술이다. 이것은, 극단적인 경우, 저본 설화의 모든 각편을 해체하여 화소를 재조합하여 전범이 될 만한 새로운 각편을 생산하는 글쓰기도 생각해 볼 수 있다는 것이다. 구전설화의 재구조화가 궁극적으로는 전범이 될 만한 각편을 겨냥한다는 것을 생각하면, 이와 같은 대대적인 재구조화를 통한 옛이야기 생산도 고려해 볼 만하다. 그러나 그 재구조화는 새로운 유형의 이야기를 창안하는 데까지 이르면 안 된다. 화소의 교체는 이야기 구조에서 담당하고 있는 기능이 같은 화소 사이에서만 이루어져야 한다는 것이다. 저본 설화의 이야기 구조에 기대면서 동시에 그것을 부인하는 이야기는 아예 새로운 이야기, 즉 동화라 해야 할 것이다. 그러한 것은 독자한테 저본 설화의 새로운 각편으로 인지되지 않기 때문이다.

이번에는 표현의 표지를 가지고 문헌설화와 옛이야기의 거리를 알아보기로 한다. 문헌설화나 옛이야기나 구전설화의 말을 글로 번역하는 과정을 거쳐 생산되는 점은 마찬가지다. 말과 글의 상호 전환은 기계적으로 이루어질 수 있는 것이 아니다. 말의 표현 방식과 글의 표현 방식이 다르기 때문이다. 예컨대, 말에서는 허용되는 의미 중복·의미 결락·의미 일탈이 글에서는 허용되지 않고, 말에서는 허용되지 않는 장황한 묘사와 복잡한 사건은 글에서는 허용된다. 이와 같은 것은 말의 표

25 서정오, 『우리가 정말 알아야 할 우리 옛이야기 백가지 1』, 현암사, 1996, 머리말.

현 매체인 음성언어와 글의 표현 매체인 문자언어의 특성 차이에서 비롯되는 것임은 말할 것도 없다. 그래서 말을 글로 옮기는 것, 글을 말로 옮기는 것을 일종의 번역 행위로 간주하는 것이다.

문헌설화와 옛이야기는 표현에서도 많은 차이를 보인다. 문헌설화는 말로 전해들은 정보를 글로 붙들어 두는 것을 일차적인 목적으로 하기 때문에 표현의 효과에 대해서 그리 큰 가치를 두지 않는다. 사실 관계를 분명하게 드러낼 수 있으면 그것으로 만족한다. 그러나 작가 개인이나 그 개인이 속한 집단의 가치관과 결부될 수 있는 표현에 대해서는 매우 민감하게 반응한다. 단군신화를 '壇君'의 단군신화와 '檀君'의 단군신화로 나누기까지 하는 것도 이 때문이다.

옛이야기는 표현의 목적을 저본 설화의 재미와 교훈을 어린이 독자한테 효과적으로 전달하는 데 둔다. 한편으로는 저본 설화를 돌아보고 한편으로는 어린이 독자를 돌아보는 것이 옛이야기의 표현이다. 「나무군으로 신션」의 노골적인 서술자의 개입과 7·5조 형식은 저본 설화의 교훈을 독자한테 주입시키는 장치로 도입되었고, 「숫닭의 래력」의 대화체와 경어체는 저본 설화의 재미를 독자한테 효과적으로 전달하는 장치로 도입되었다. 옛이야기는 표현만 가지고도 어린이 독자에 대한 다양한 전략을 구사할 수 있다.

서정오의 옛이야기 쓰기 또한 표현의 효과를 중시한다.

> ②옛이야기의 감칠맛 나는 말투를 그대로 살리기 위해 글말을 버리고 입말을 썼다. 이야기 분위기를 친근하게 하려고 높임말을 버리고 예사말을 썼다.
>
> ③이야기말은 표준말을 쓰는 것을 원칙으로 하였으나, 말맛을 살리기 위해 필요한 경우에는 사투리도 살려 썼다. 말은 될 수 있는 대로 누구든지 쉽게 이해할 수 있는 말로 썼으나, 이야기 속의 물건이나 일 또는 이름같이 옛말을 살려 쓸 곳은 그대로 썼다.

서정오는 옛이야기의 감칠맛 나는 말투를 살리기 위해 입말로 썼다고 했다. 서정오는 『옛이야기 들려주기』에서, 글로 적어 놓은 이야기는 어떤 꼴로 된 것이든 다시 말로 들려줄 수 있다고 전제한 뒤, 말로 들려줄 때는 줄거리를 익혀서 자기의 말로 들려주어야지, 글로 적은 것을 그대로 읽거나 외어서는 이야기가 되지 않는다고 했다.[26] 입말체가 들려주기 위한 장치가 아닌 것이다. 그렇다면, 그것은 독자가 글을 읽으면서도 마치 이야기를 듣는 듯한 느낌을 가지게 하는 표현 효과를 노린 문학적 기교라 할 수 있다. 단순히 구전설화의 문헌 정착을 목표로 했더라면 이와 같은 문학적 기교를 부릴 까닭이 없는 것이다. ③에서 말하고 있는, 표준말과 사투리의 적절한 활용 또한 입말체와 똑같은 의도에서 기획된 서정오 특유의 글쓰기 방법의 하나라 할 수 있겠다.

이번에는 옛이야기와 동화의 거리를 살펴보기로 하자. 동화는 옛이야기와 달리 사건 중심의 서술이라든가 일정한 길이 이내의 서술이라든가 하는 표현상의 제약이 없다. 그러나 옛이야기처럼 저본 설화와 똑같은 이야기 구조나 저본 설화의 전범 각편으로 평가될 이야기 구조를 가지고 있다면, 독창적인 표현을 구사한다 하더라도 동화로 인정받기가 어렵다. 따라서 옛이야기와 동화의 거리는 이야기의 재구조화에서만 확인할 수 있다. 동화에서 시도할 수 있는 이야기의 재구조화는 크게 둘로 나눌 수 있다. 하나는 화소의 기능을 교체하는 것이고, 다른 하나는 화소 자체를 교체하는 것이다. 물론 화소도 교체할 뿐만 아니라 그 기능까지 교체하는 것도 있을 수 있다.

『끝지』는 저본 설화와 거의 똑같은 이야기 구조를 가지고 있다. 여우누이가 죽었다가 다시 살아나는 것만 다르다. 그런데도 『끝지』를 동화라 하는 것은 『끝지』의 이야기 지향점이 저본 설화의 그것과는 전혀 다

---

26 서정오, 『옛이야기 들려주기』, 53~54쪽 참고.

르기 때문이다. 원수 사이이면서 오누이 사이인 꼬랑지오빠와 여우누이. 상대에 대한 분노와 연민 그리고 사랑을 운명적으로 감당해야 하는 그들의 인간적인 고뇌. 작가가 그리고자 한 것은 이것이었다.

『어여쁜 여우 누이』는 화소의 교체와 화소 기능의 교체가 둘 다 보이는 작품이다. '여우누이'설화를 기본으로 삼고, 거기다 '구미호'설화를 덧댔다. 여우누이도 저본 설화와 달랐다. 사람이 되려고 천 년 동안 애썼던 구미호가 자신을 죽인 원수의 딸한테 빙의한 것이 여우누이였다. 이 동화의 이야기 초점 또한 그 여우누이와 막내아들의 운명적인 관계에 맞추어진다. 구미호가 빙의한 진짜 누이를 위해서라면 죽을 수 있다던 막내아들이 마침내 구미호를 위해서 죽을 수도 있다고 생각하게 되자, 구미혼의 혼이 진짜 누이를 떠난다.

지금까지 우리는 근대 이전에 나온 옛이야기·설화·동화의 거리를 살펴보았다. 그것을 도표로 나타내면 다음과 같다.

	작가	표현 언어	글쓰기 목적	화소 교체	화소 교체 이유
전사설화	집단	말	말의 고정	없음	
문헌설화	개인	글	저본 설화의 정착을 통한 작가의 가치관 구현	많음	작가 자신의 가치관 삽입
옛이야기	개인	글	저본 설화의 전범 모색을 통한 작가의 문학 정신 구현	있음	전범이 될 만한 각편의 구성
동화	개인	글	저본 설화를 활용한 작가의 문학 정신 구현	많음	새로운 이야기 구성

우리는 이 표에서 옛이야기가 설화(문헌설화)와 동화로부터 일정한 거리를 확보할 수 있음을 알 수 있는데, 이것은 옛이야기 장르의 설정을 정당화하는 논리적 근거가 된다.

4. 어린이문학의 서사 장르 체계

어린이문학의 전통적인 서사 장르 체계는 다음과 같다.

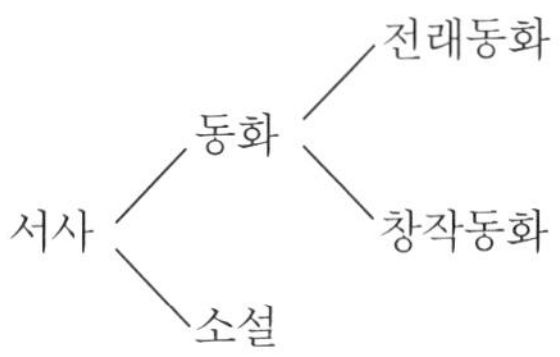

이 도표는 서사를 일단 동화와 소설로 나누고 있다. 즉, 환상적인 이야기는 동화로, 현실적인 이야기는 소설이라 한 것이다. 그리고 이 도표는 동화를 다시 전래동화와 창작동화로 나누고 있는데, 이것의 분류 기준은 설화와의 거리다. 저본으로 삼은 설화의 이야기 구조에 상당한 정도로 기대고 있는 것을 전래동화라 하였고, 그렇지 않은 것을 창작동화라 하였다.

이 도표의 가장 큰 문제는 서사 장르 체계를 인위적으로 짜맞추었다는 것이다. 동화를 환상적인 이야기로, 소설을 현실적인 이야기로 규정하여 서사 장르의 두 축으로 삼은 것은 연역적인 형식 논리의 조작에 따른 것이다.

동화, 즉 전래동화가 그 기원을 설화에 두고 있다는 것은 주지의 사실이다. 그런데 설화에 모두 환상적인 이야기만 있는 것은 아니다. 현실적인 이야기도 설화에서 얼마든지 찾을 수 있다. 그런데도 이 도표는 환상성을 전래동화의 표지로 삼는다. 우리가 지금 갖고 있는 전래동화가 모두 환상적인 이야기라 하더라도 환상성을 전래동화의 표지로 삼아서는 안 된다. 왜냐하면, 우리는 언제든지 현실적인 내용을 가진 설화를 전래동화로 개작할 수 있기 때문이다.

발생적인 측면에서 보면, 전래동화가 소설에 앞선다. 이것이 함축하는 의미는 다음과 같다. 과거의 어린이는 환상적인 이야기만 즐겼는데 오늘날의 어린이는 현실적인 이야기까지 즐기게 되었다거나, 과거의 작가는 환상적인 이야기만 만들었는데 오늘날의 작가는 현실적인 이야기까지 만들게 되었다는 것이다. 이를 어찌 수긍할 수 있겠는가. 현실성에 대한 자각이 없으면 환상성에 대한 탐색도 있을 수 없는 법이다.

이미 말한 바 있지만, 전래동화와 창작동화를 동화로 아우른 것도 연역적인 형식 논리의 조작에 따른 것이다. 엄밀히 말하면, 이 도표는 동화 속에 설화와 직접적인 관련성이 전혀 없는 이야기를 창작동화라 하여 끼워 넣은 것이다. 그 창작동화는 환상적인 이야기이어야만 했다. 그래야 '전래동화(설화에 기대고 있는 환상적인 이야기)－창작동화(설화에 기대지 않는 환상적인 이야기)－소설(현실적인 이야기)'로 서사 장르의 형식 체계가 완성되기 때문이다. 이와 같은 형식 체계를 갖추기 위해서 감수해야 할 것도 있었다. 그것은 동화 자체의 파탄이다. 원래 동화는 환상성을 갖춘 설화에 기원을 둔 것이었다. 전래동화의 '동화'에서는 그러한 의미가 온전하게 보존되어 있다. 그러나 창작동화의 '동화'는 단지 환상성만 환기시킨다.

위의 도표가 가지고 있는 또 다른 문제점은 '판타지'의 자리가 애매하다는 것이다. 내용상으로는 판타지는 창작동화라는 용어로 아우를 수 있을지 모르겠다. 그러나 창작동화라는 용어에서 판타지의 개념을 읽어내기는 거의 불가능하다. 그렇다고 해서 서사의 하위 장르를 '동화－소설－판타지'로 설정하는 것도 말이 안 된다. 동화의 하위 장르인 창작동화와 판타지가 내용상으로 중복되는 것이 있기 때문이다.

장르 용어의 교체는 장르 체계의 교체로 이어진다. 위의 장르 체계에서 전래동화를 옛이야기로 바꾸고, 그것의 개념을 '옛어른이 즐겼던 이야기를 오늘날의 어린이가 즐길 수 있게 재구조화한 이야기'로 정의한다면, 장르 체계도 다음과 같이 된다.

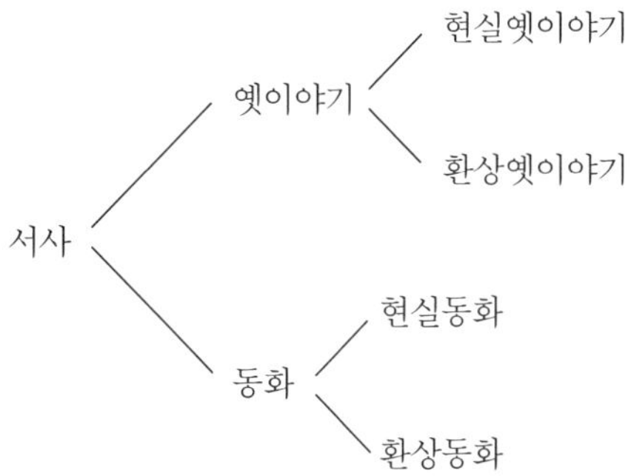

이 서사 장르 체계는 어린이를 위한 서사를 일단 옛이야기와 동화로 나누고, 그 각각을 다시 현실적인 이야기와 환상적인 이야기로 나누는 것을 골자로 한다. 설화의 이야기 구조에 기대는 이야기가 있다면 그렇지 않은 이야기도 있는 것이다. 그리고 옛이야기가 현실적인 이야기와 환상적인 이야기로 나누어진다면, 옛이야기가 아닌 이야기 즉 동화 또한 그렇게 나누어지는 것이다. 이와 같은 서사 체계에서는 소설이 들어설 자리는 있을 수 없다. 판타지 또한 별도의 자리를 마련할 필요가 없다. 환상동화라는 용어는 판타지를 충분히 환기시킬 수 있기 때문이다.

옛이야기에 대해서는 충분히 말한 바 있으므로, 여기에서는 동화를 중심으로 하여 현실적 이야기와 환상적 이야기의 거리를 살펴보기로 하겠다. 현실동화는 어린이의 실생활을 소재로 하는 이야기를 가리키는 것이 아니라 어린이의 실생활이 영위되는 현실세계에서 일어날 법한 일을 소재로 하는 이야기를 가리킨다. 어린이 자신의 삶이 아닌 것도 현실동화로 다룰 수 있다는 것이다. 따라서 현실동화는 기존의 생활동화와 바꾸어 쓸 수 있는 용어가 아니다. 어린이를 위한 서사란 어린이의 삶에서 이끌어낸 이야기가 아니라 어린이의 삶에서 이해하고 공감하고 감동할 수 있는 이야기를 뜻한다는 것을 생각하면 쉽게 이해할 수 있는 논리다. 현실동화가 현실세계에서 일어날 법한 일을 이야기로 꾸민 것이라면, 환상동화는 현실세계와 거리가 먼 세계, 즉 초현실세계 또는 비현실세계에서나 일어날 법한 일을 이야기로 꾸민 것이라 해야 할 것이다.

이 글에서는 옛이야기를 글로 된 것으로 한정했다. 그런데 말로 된 옛이야기도 있을 수 있다. 글로 된 옛이야기를 구연할 때 생기는 것이 바로 말로 된 옛이야기다. 이 경우의 옛이야기는 서사 장르 체계에 넣을 수 없다. 이 서사 장르 체계는 '읽기'를 전제로 한 것이기 때문이다. '쓰기'와 관련된 서사물을 여기에 넣을 수 없는 것처럼 '연행(구연)'과 관련된 서사물도 여기에 넣을 수 없다.

5. 나오며

이미 살펴본 바와 같이, 우리의 서사 장르 용어는 우리 자신의 선택에 따른 것이었다. '이약이' 대신 '동화'를 선택하고, '어린이를 위한 이야기' 대신 '공상적이고 시적인 이야기'를 '동화'의 개념으로 선택한 것은 우리 자신이었다. 굳이 그러지 않아도 되는데 우리는 그렇게 했다. 그리고 세월이 흘렀다.

지금은 '동화'의 개념을 방정환 시대로 되돌리려고 하고 있다. '옛날 옛적' 형식의 이야기도 그 이름을 '동화'에서 '전래동화'로 바꾸었고, 이제 '옛이야기'로 바꾸려고 하고 있다.

장르 용어의 선택이 아무렇게나 이루어지는 것은 물론 아닐 것이다. 문학 내적 논리에 따르는 경우도 있을 것이고 문학 외적 요인의 압박에 따르는 경우도 있을 것이다. 역사와 전통을 존중하는 경우도 있을 것이고 대중의 요청을 중시하는 경우도 있을 것이다. 이 가운데 가장 중요한 것은 대중성이다. 특히, 어린이문학의 경우에는 더욱 그렇다.

어린이문학은 흔히 어린이'도' 즐기는 문학으로 이해한다. 이 세상 모두가 함께 이야기할 수 있는 것이 어린이문학이라는 것이다. 이것은 어린이문학은 쉬워야 한다는 것을 의미한다. 어린이문학이 깊이가 있어서는 안 된다는 뜻이 결코 아니다. 끝도 없이 깊어도 좋지만 그 시작은 얕은 것이어야 한다는 것이다. 그래서 얕은 곳에서 물장구 치는 사람도 있고, 깊은 곳에서 다이빙 하는 사람도 있는 것이 어린이문학이어야 한다는 것이다. 필요에 따라서 따로, 또는 같이 할 수 있는 것이 어린이문학이어야 한다는 이야기다.

그런데 우리 어린이문학은 너무 어렵다. 서너 살 먹은 어린애도 쉽게 읽을 수 있는 것이 동화책인데, 그 책에 실려 있는 작품의 장르를 두고 이야기를 나눌 때는 어른이라 할지라도 절로 어깨가 움츠러든다. 그럴 수밖에 없는 것이, 동화가 무엇인지 말하려면 오토기바나시가 거치적거리고 메르헨과 페어리 테일이 가로막고 나서기 때문이다. 이 모두가 지난 날 우리가 동화라는 용어, 그리고 그것의 일본식 개념을 우리 것으로 받아들인 데 따른 업보임은 말할 것도 없다.

독자 대중은 자신이 감당할 수 없는 것은 포기하거나 감당할 수 있는 것으로 바꾸어 버린다. 작가는 독자를 따르게 마련이고. 어린이문학의 장르 용어가 그런 와중에 있다. 최근, 어린이문학의 서정 장르를 '어린이시'라 하고 서사 장르를 '어린이소설'이라 하자는 어느 비평가의 제안을 들은 바 있다.[27] 대중성을 염두에 둔 장르 체계화 노력이라 높게 평가하고 싶다.

27 김이구, 「어린이문학 장르 용어를 새롭게 짚어본다」, 『창비어린이』 27, 창작과비평사, 2009.

참고 문헌

강숙인, 『어여쁜 여우 누이』, 바우솔, 2008.
권정생, 『강아지똥』, 길벗어린이, 1996.
이형진, 『끝지』, 느림보, 2003.
《동아일보》, 1931. 12. 4 ; 1932. 1. 23 ; 1932. 1. 26.
이덕무, 「해인사 팔만대장경 사적기」, 『청장관전서』 권 3.

구인서, 「1910년대 아이들 독서물 연구」, 연세대 석사학위논문, 2009.
김용희, 『한국 창작동화의 형성 과정과 구성 원리 연구』, 경희대 박사학위논문, 2008.
김이구, 「어린이문학 장르 용어를 새롭게 짚어본다」, 『창비어린이』 27, 창작과비평사, 2009.
김환희, 「뒤엉킨 용어의 실타래 : 동화, 요정담, 메르헨, 옛이야기의 경계선」, 『창비어린이』, 2006. 가을.
방정환, 「새로 開拓되는 童話에 關하야」, 『개벽』 31호, 1923. 1.
서정오, 『우리가 정말 알아야 할 우리 옛이야기 백가지 1』, 현암사, 1996.
서정오, 『옛이야기 들려주기』, 보리, 1995.
서정오, 「옛이야기, 어떻게 이어받을 것인가」, 『인문연구』 40 41호, 영남대 인문과학연구소, 2001.
손동인, 「한국전래동화사연구」, 『한국아동문학연구』 1권 1호, 한국아동문학학회, 1990.
원종찬, 「해방 이후 아동문학 서사 장르 용어에 대한 고찰」, 『아동문학의 장르와 용어의 재검토(2), 한국아동청소년문학학회, 2009.
이인경, 「문헌과 구비에 나타난 '烈설화'의 변이 양상과 전승자 의식-'과부의 개가 갈등 설화'를 중심으로」, 『국문학연구』 4집, 국문학회, 2000.
이오덕, 『어린이를 지키는 문학』, 백산서당, 1984.
이정현, 「방정환의 동화론 '새로 開拓되는 童話에 關하야'에 대한 고찰-일본 타이쇼시대 동화이론과의 영향 관계」, 『아동청소년문학연구』 3집, 한국아동청소년문학학회, 2008.
조동일, 『한국문학통사』 4판 5권, 지식산업사, 2005.
최운식 · 김기창, 『전래동화교육론』, 집문당, 1988.
藤田圭雄, 「「童話」という呼び名」, 日本文學硏究資料刊行會編, 『日本文學硏究資料叢書 兒童文學』, 有精堂出版, 昭和 52.

청소년소설의 장르 용어 고찰

오세란

1. 서론

본고는 최근 활발하게 창작되는 청소년소설의 장르 용어 고찰을 목적으로 한다. 일반적으로 청소년문학은 청소년의 경험을, 청소년의 관점에서, 청소년이 이해할 수 있는 형식으로 청소년을 독자로 상정하고 창작된 작품으로 정의된다. 이를 살펴보면 청소년문학의 개념은 문학의 미학적, 문법적 변별성보다는 독자나 작품을 둘러싼 역사적 사회적 형성과정이 중요함을 알 수 있다.[1] 청소년 중 십대 전반기의 독자를 위한 문학은 청소년소설이라는 단어가 사용되기 오래 전부터 '소년소설'이라는 명칭으로 창작된 바 있다. 또한 최근 청소년소설은 '성장소설'이라는 명칭으로 유통되고 있기도 하다. 따라서 청소년소설이라는 장르 용어를 규정함에 있어서 소년소설 및 성장소설이라는 용어와의 관계를 정리하는 작업이 우선적으로 이루어져야 할 것으로 판단된다. 이들 간의 관계

오세란
bookyoh@hanmail.net 아동문학평론가. 충남대 국어국문학과에서 박사학위를 받았다. 「역사를 소재로 한 어린이문학, 새롭게 읽기」로 제4회 〈창비어린이 신인평론상〉을 수상했으며 (사)어린이도서연구회에서 활동하고 있다.

를 밝히는 것은 단지 장르 용어의 정리뿐 아니라 해당 장르가 가진 내적 질서와 특성을 파악하기 위해서도 꼭 필요한 작업이 될 것이다. 따라서 본고는 청소년소설이라는 용어가 사용되기 이전, 혹은 청소년소설과 혼용되어 사용되는 소년소설과 성장소설과의 관계를 정리하는 것에 일차적인 목적을 둔다.

본디 '아동'은 연령별로 유아, 소년, 청소년을 모두 포괄하는 개념인데, 지난 한 세기 동안 한국 아동문학은 이 가운데 주로 '소년'문학으로 제한되었다. 이 때문에 더 낮은 연령층을 기반으로 하는 동화 장르는 충분히 발전하지 못하거나 다른 모습으로 굴절되었다.[2] 청소년을 위한 서사 역시 마찬가지이다. 청소년소설의 뿌리는 아동문학이 성립한 1920년대부터 찾을 수 있으며 부연하자면 당시에는 소년소설이 현재의 청소년이라 불리는 연령층의 독자까지 포괄한 장르였다. 그후 오랜 기간 동안 소년소설은 십대 독자 전반을 염두에 둔 문학 장르였으므로 소년소설의 내용과 성격을 파악하는 것은 청소년소설 장르 용어에서 매우 중요한 작업이 된다. 이것은 청소년소설에서 '청소년'이 단순한 연령의 개념인지 아니면 좀더 다양한 기의를 내포한 개념인지와 함께 고민해 볼 문제이며 소년소설이라는 장르 명칭이 사용된 역사적 맥락을 살펴보며 판단해야 할 것이다.

소년소설 장르는 청소년에 해당하는 연령층의 독자까지 포함한 개념이었으나 아동문학에서 소년소설 장르가 미성년 전반을 아우르는 장르가 아닌 아동기 상위 연령, 즉 초등학교 고학년 정도에 맞추어지면서 그보다 높은 연령의 미성년을 위한 서사는 실종된다. 이러한 상황에서 청소년을 위한 문학은 주로 공교육 현장을 중심으로 다른 세대를 위해 쓰인 문학을 '빌려오는 형태'의 문학 전달이 이루어졌다. 중고등학생에게

---

1 김상욱, 「전복적 상상력으로서의 청소년문학」, 『내일을 여는 작가』 2009년 여름호, 68쪽 참조.
2 원종찬, 『한국 아동문학의 쟁점』, 창비, 2010, 27쪽.

주어졌던 세계 고전이나 한국 근대소설 혹은 소년 화자가 등장하는 성장소설 장르가 그것이다. 그것은 지금까지 청소년 독자에게 가장 적절한 서사 양식은 성장을 다룬 성장소설이라는 도식을 성립시킨 계기로 작용하였다. 현재 성장소설은 청소년소설이라는 단어와 혼용되어 사용되고 있다. 따라서 성장소설과 청소년소설의 관계를 학문적으로 정리하는 작업 또한 필요한 시점이다. 이 경우 기존 성장소설의 형식 및 내용을 청소년소설의 그것과 견주어 검토해보는 것이 필요할 것이다.

본고는 청소년소설이 성립하기 위해서는 먼저 '청소년'이라는 집단이 형성된 역사적 맥락과 과정을 살피는 것이 필요하다고 판단되어 2장에서 근현대 청소년의 성립과 발전과정을 살피고자 한다. 3장에서는 소년소설 장르의 내용과 사적인 변천과정을 통해 그것이 청소년소설과 어떠한 역사적 관계를 맺고 있는지 알아보도록 하겠다. 4장에서는 성장소설과 청소년소설의 교집합과 변별성을 정리해보고자 한다. 덧붙이자면 소년소설과 성장소설은 각각 청소년소설 장르와 중첩되는 양상이 다르다. 소년소설의 경우 청소년소설과 동일한 문학사적 자장 안에서 발전해 왔고 성장소설의 경우 일반문학의 한 장르가 '청소년을 위해' 유입된 경우다. 이에 따라 소년소설과 성장소설이 청소년소설과 어떤 관계를 맺고 있는지를 접근하는 방식 또한 달라질 수밖에 없음을 미리 밝혀둔다.

2. 청소년의 형성과 변천과정

'청소년'은 청소년문학의 발생을 가능하게 하는 전제 조건이다. 실제 청소년의 연령에 해당하는 세대가 인류의 역사 속에 존재해 왔던 것과 별개로 사회적 역사적 구성물로서의 '청소년이 어떠한 형태로 호출되었는가', 즉 '청소년은 어떻게 있는가?' 하는 질문이 청소년문학의 발생에 앞서 구명되어야 할 과제이다.

청소년의 연령 기준을 보면 각종 법규마다 청소년의 연령 범주가 다르다.[3] 청소년기를 규정하는 생물학적, 심리학적, 사회학적, 법률적 연령이 각각 다른데 이것은 각 분야별로 청소년기에 대한 정의가 제각기 다르기 때문이다. 이것은 시대적으로 앞서 만들어진 청소년의 기준과 개념이 시대가 변하면서 달라지기 때문에 일어나는 현상으로, 과거의 개념 및 용어가 공존하면서 현재의 개념 및 용어에 혼란을 주는 경우도 발생한다.[4] 이러한 현상으로 볼 때 '청소년'의 연령 기준은 시대나 상황에 따라 변하는 상대적인 것이지 절대적인 것은 아님을 알 수 있다. 그러므로 청소년기는 일반적으로 합의된 연령을 기준으로 하되 청소년이라는 집단에 대해 부여되는 각종 정의의 형성과정에 보다 주목할 필요가 있다.

'청소년'은 근대 사회에 들어 신체적인 성장은 성인과 비슷해졌지만 본격적인 사회 구성원이 되는 시기가 늦추어지면서 발생한 세대라고 요약할 수 있다. '청소년' 역시 '아동'과 마찬가지로 근대 사회의 결과로 탄생된 역사적 구성체로 파악할 수 있으며 구체적으로는 근대를 기점으로 변화한 '성장'과 '발달'에 대한 개념을 중심으로 만들어졌다.[5] 청소년기는 단순히 생물학적으로 구분되는 시기라기보다는 근대 사회의 산물로서 심리, 사회학적으로 구성된 생애의 주기이다. 때문에 이러한 청소년에 대한 인위적인 개념 규정은 근대 사회에서 청소년을 불안한 위치에 존재케 하며 필연적으로 문제적 존재로 만들 수밖에 없다.

한국 근대 사회에 '청소년'이라는 단어가 만들어지기 전 주목해야 할

3 생물학적으로 청소년기는 제2차 성징이 나타나는 시기부터 그것이 완료되는 시기까지를 말한다. 우리나라에서 아동복지법에서는 18세 미만을 아동이라 칭하는데 청소년보호법은 19세 미만을 청소년이라 한다. 청소년기본법에서는 9세 이상 24세 미만으로 청소년을 정의한다. 또한 소년법에서는 20세 미만을 소년으로 명시하고 있다. 오늘날에는 주로 초등학교에 다니는 연령을 어린이로, 중고등학교에 다니는 만 13세부터 18세까지를 청소년으로 보지만 이 둘을 묶어 소년, 소녀라 칭하기도 한다.

4 최배은, 「한국 근대 청소년소설 형성 연구」, 숙명여대 석사학위논문, 2004, 25쪽 참조.

5 김현철, 「청소년은 누구인가?」, 『이팔청춘 꽃띠는 어떻게 청소년이 되었나?』, 인물과사상사, 2009, 23~44쪽 참조.

단어는 '청년' '소년' '아동'과 같은 단어이다. 이들 단어의 사적 접근을 살펴보기 위해서는 19세기 말, 20세기 초로 거슬러 올라가야 한다. 약 30년 정도의 짧은 기간이지만 시기별, 분야별로 미성년 관련 어휘는 전에 없이 다양하고 급격한 변화를 보였다. 특히 '소년', '청년', '어린이' 등이 주된 관심의 대상이 되었다.[6] 또한 이들 단어는 청소년이라는 단어가 사회에 등장하기 전 십대에 해당하는 세대를 지칭하는 단어였다. '소년'이라는 단어가 있음에도 우리나라에서 왜 '청소년'이라는 단어가 새롭게 만들어진 것일까? '청소년'이라는 말 역시 우리나라에서는 일제 강점기에 만들어진 신종어이다. '청소년'이란 단어는 대략 1920년대 중반 이후부터 신문, 잡지에서 사용되기 시작했으며, 일제의 사회사업 관련 문건 및 법률 조항에서 그 사용례를 찾아볼 수 있었다. 소년문제와 청년문제가 거의 같은 성격의 문제로 다루어지기 시작하면서 자연스럽게 '청소년'이라는 말이 언론에서부터 쓰이기 시작했다. 또한 일제의 사회사업상에 있어서 훈련되고 개량되어야 할 대상으로서 소년과 청년이 청소년으로 자연스럽게 분류되기 시작했다. 즉 청소년이란 보호받고 개량되어야 할 젊은이를 칭하는 용어로 사용되기 시작했다.[7] 그 말은 달리 해석하면 청소년은 사회에서 보호하지 않으면 불온하거나 불량해질 가능성이 있는 존재로 인식되고 있었음을 의미한다.[8] 따라서 국가는 통제

---

6 조은숙, 『한국 아동문학의 형성』, 소명출판, 2009, 38쪽.

7 김현철, 「일제기 청소년 문제에 대한 연구」, 연세대 박사학위논문, 1999, 23~24쪽.

8 역사적으로 볼 때 근대 이후 국가는 언제나 청소년을 통제할 필요를 가지고 있었다. 국가에게 청소년은 항상 불안한 존재이며 공포의 대상이다. 청소년은 아동에 비해 육체적, 정신적으로 한층 성인에 가까워지지만 아직 사회에 속해 있지 않아 사회의 지배 이데올로기에서 비교적 자유로운 존재이기 때문이다. 우리나라의 경우, 3 · 1 운동, 4 · 19 혁명, 5 · 18민주화 운동과 기타 여러 학생운동 등만 살펴보아도 청소년의 사회적 위치를 짐작할 수 있다. 때문에 국가는 본질적이고 필연적으로 청소년들에 대해 일종의 불안과 공포심을 가지고 있다. 하지만 그들을 효과적으로 통제하기란 쉬운 일이 아니다. 왜냐하면 청소년은 국가의 권력에 직접적으로 노출되는 존재가 아니기 때문이다. 다시 말하면, 청소년은 직접적인 생산의 현장에 속해 있는 존재도 아니고, 가족의 구성원이긴 하지만 가족 안에서 힘을 가진 존재도 아니며 법적 구속력을 지닌 존재도 아니다. 청소년 존재가 가지는 특유의 유동성과 불안정성이 국가의 관리와 지배를 힘들게 하는 것이다. 김형성, 「청소년 문제 담론을 통한 주체 형성 과정에 관한 연구」, 숙명여대 박사학위논문, 2003, 97쪽 참조.

하기 어려운 개별화된 십대를 청소년이라는 집단으로 분류하고 관리하게 된다. 이것이 청소년이라는 단어가 만들어진 핵심적인 부분이며 한국에서는 이러한 현상이 두드러지게 나타난다.

해방 이후, 1950년대가 되면 공교육의 확대와 문맹률의 저하를 기반으로 근대적 청소년이 주로 학생으로 구체화되어 보다 본격적인 실체를 형성하게 된다. 1960년대는 주로 민족의 미래상을 대비하는 존재이며 민족적 주체로서의 청소년의 정체성이 형성된다. 특히 이 시기에 남학생은 산업예비군이며 예비 군인, 민족의 주체로 자리매김해야 한다는 계몽의 대상이 되는 반면 여학생은 예비 주부이며 자녀 교육의 담당자로서 교육 대상이나 국민 주체에서 소외되면서 주변인으로 밀려나는 과정을 거친다.[9] 소년, 소녀라는 단어와는 달리 청소년에 상응하는 청소녀라는 단어가 보편적으로 쓰이지 못하는 원인도 여기에 있다. 1970년대부터는 청소년은 학생이라는 등식을 더욱 깊이 성립시킨다. 1970년대의 청소년 담론을 살펴보면 '학생청소년'과 '노동청소년'으로 분할된다. 학생청소년은 '국가와 민족의 미래를 짊어진 존재'인 반면 노동청소년은 '어려운 가정 조건 속에서 교육 기회의 부족이라는 결핍된 상황을 극복하고 특유의 성실함으로 국가와 민족을 위해 일하고 있는 산업전사'로 양분된다. 노동청소년의 개념은 1980년대에 '결핍으로 인해 피해의식을 지닌 자'로 변질되기 시작하며 1990년대에 들어서면 청소년 담론에서 완전히 배제된다. 1990년대에 들어서서 시장의 영향력이 확대되면서 청소년 집단은 '소비하는 자'와 '소비하지 않는 자'로 구분되면서 경제적 조건에 의해 새로운 문화에 접근할 수 없는 저소득층 주변부 노동계급의 자녀들은 청소년의 개념에서 언급조차 되지 않는다.[10]

---

9 장수경, 「1960년대 『학원』에 나타난 근대화와 청소년의 위계화 양상」, 『Comparative Korean Studies』Vol.17 No3, 국제비교한국학회, 2009. 이와 비슷한 논지의 글로는 권인숙, 「청소년을 길들여라, 대한민국 국민으로 키워라」, 나임윤경 「10대 여학생, 현모양처 만들기 프로젝트」, 『이팔청춘 꽃띠는 어떻게 청소년이 되었나?』, 인물과사상사, 2009. 등이 있다.

청소년이라는 집단이 새롭게 주목받기 시작한 것은 1990년대 전후이다. 1990년대에는 거대 담론이 무너진 자리에 새롭게 주변부 담론이 제기되기 시작된다. 청소년 또한 이 맥락에서 살펴볼 수 있다. 1987년 6월 민주화 항쟁 무렵부터 시작되어 1989년 전국교원노동조합 결성 직후까지 이어졌던 한국 고등학생 인권운동은 당시에는 제대로 평가받지 못했지만 이후 청소년 인권의 향방을 바꾸어 놓았다. 1980년대 후반부터 1990년대 초반까지 일어난 청소년 인권에 관한 주목은 1990년대 청소년 인권문제를 표면에 떠오르게 했고 '청소년 기본법'이 1991년 12월 31일에 제정[11]되었다. 그런데 이 법이 청소년의 인권에 주목했다는 점도 간과할 수는 없지만 이 법의 속내를 보면 일탈 청소년을 배제하고 일반 청소년의 사적 영역을 통제하려는 의도가 강하게 내포되어 있다. 또한 1990년대 청소년 인권 담론을 살펴보아도 표면적이고 공적으로 청소년 인권문제가 제기되는 한편에서 사적이고 일상적인 영역으로 청소년 통제가 교묘하게 확대되는 양면성을 볼 수 있다.[12] 1990년대부터 인식된 청소년의 인권에 대한 주목은 청소년의 보호 및 통제에 관한 대항 담론이나 저항의식을 키워나가게 된다. 또한 청소년 개인의 사적이고 일상적인 영역에 대한 주목과 통제는 청소년을 집단이 아닌 개별적인

---

10 최이숙, 「1970년 이후 신문에 나타난 청소년 개념의 변화」, 서울대 석사학위논문, 2002, 참조. 조한혜정 또한 사회의 변화 과정에서 청소년 개념이 어떻게 변화하고 있는지를 분석하였다. 그 결과 우리 사회의 변동 과정에서 청소년 담론의 중심은 학생이었으며, 여기에 대응하는 것으로 70년대의 근로청소년, 80년대의 비행청소년을 지칭하는 비학생, 그리고 90년대의 소비자로 변화해갔다고 고찰하였다. 조한혜정, 「청소년문제에서 청소년존재에 대한 질문으로」, 『왜 지금, 청소년? 하자센터가 만들어지기까지』, 또하나의 문화, 2002, 참조.

11 청소년의 권리 및 책임과 가정, 사회, 국가 및 지방자치단체의 청소년에 대한 책임을 정하고, 청소년 육성정책에 관한 기본적인 사항을 규정한 법인 '청소년 기본법'은 1991년 12월 31일에 제정되었고, 청소년의 건전 육성에 대한 국민적 공감대 형성을 위해,제정, 공포된 헌장인 '청소년 헌장'은 1990년 5월 12일에 제정되었으며, 청소년 및 이와 관련된 분야의 학술 연구와 회원들 간의 전문적 지식 교환을 하는 학술단체인 '한국청소년학회'는 1992년에 설립되었다.

12 예를 들어 같은 '학교 내 폭력'에 관한 담론이라도 1990년대 학교 폭력에 관한 초기 담론을 보면, 청소년을 공식적인 영역에서 법적 근거에 따라 통제해야 한다는 견해를 보인 반면, 이후 만들어진 집단 따돌림 담론에서는 청소년의 일상 행동을 감시하고 관찰하는 방향으로 청소년 통제 방식의 변화를 보인다. 김현성, 앞의 논문 참조.

존재로 인식하는 계기로 작용한다.

결론적으로 한국에서 '청소년'이라는 단어는 일반적인 연령을 기준으로 삼되 국가에 의해 공적으로 기획되어 교화, 훈육의 대상 집단을 지칭하는 기의를 강하게 내포하며 사용되어 왔다. 이렇게 청소년이라는 단어를 의도적으로 사용하는 언어 관습 때문에 '청소년'은 십대를 지칭하는 보편적인 용어로 널리 쓰이지 못했다. 그러나 1990년대를 지나면서 청소년의 개념은 조금씩 균열 현상을 보이기 시작한다. 청소년 인권에 대한 인식이 표면화되면서 훈육과 통제의 대상으로 바라보던 청소년을, 청소년 주체의 입장에서 바라보려는 노력이 가시화되고 진보적인 성인과 자발적인 청소년에 의해 청소년 문화가 생성되기 시작한다. 여기서 우리가 주목해야 할 것은 문학에서 중요한 것은 '청소년 집단'의 발견이 아니라 '청소년 개인'의 발견이다. 소설은 (시대적 질곡이 응축된) '문제적 개인이 자신을 찾아가는 여행'이다. 청소년을 집단 교육의 대상이 아닌 '문제적 개인'으로 인식하는 사회적 토대가 형성되고, 이러한 상황이야말로 청소년소설의 발전에 매우 중요한 조건이라 하겠다.

3. 소년소설과 청소년소설

1) 소년소설 장르 용어의 역사성

현재 소년소설은 아동문학의 주요 장르로 비교적 높은 연령의 아동을 위해 쓰이는 서사를 일컫는다. 청소년소설이라는 명칭이 쓰이기 전 청소년 독자에 해당하는 연령층을 위한 문학 역시 소년소설이다. 소년소설은 아동문학이 형성되던 시기부터 활발하게 창작되었는데 이는 1920, 30년대 일제 강점기 소년소설을 통해 알 수 있다. 당시 소년소설에 등장하는 주인공과 독자의 연령은 현재 청소년에 해당하는 십대로 볼 수 있기에 소년소설은 아동과 더불어 현재의 청소년에 해당하는 연령층을 위한 장르였다고 유추할 수 있다.

그렇다고 당시의 소년소설이나 한국 아동문학사에서 13세에서 18세 정도에 해당하는 소년 화자나 독자를 위한 소년소설을 모두 청소년소설로 소급할 수 있는가는 간단한 문제가 아니다. '청소년'은 청년, 소년, 아동에 비해 늦게 성립된 집단이므로 소년소설이 형성되던 초기의 서사가 사실상 청소년의 연령에 해당하는 독자를 위한 장르였다 해도 당시의 '소년'이 '청소년소설'에서 정의하는 '청소년'인가 고민해야 한다. 또한 하나의 장르가 발생하고 안정적으로 정착되기 위해서는 해당 장르의 작가와 독자군이 형성되어야 하고 작품이 창작, 유통, 소비되는 사회적 장이 펼쳐져야 한다. 따라서 기존 문학의 장에서 이미 보편적으로 창작, 유통되던 '소년소설'이라는 장르의 역사적 맥락을 살펴볼 필요가 있다.[13]

먼저 소년소설의 형성 시기인 일제 강점기부터 살펴보자. 기존 연구 성과 중에 일제 강점기 소년소설을 청소년소설의 맥락에서 살펴본 연구는 전명희의 『한국 근대 소년소설 연구』[14]가 있다. 전명희는 먼저 소년소설의 장르에 대해 다음과 같이 정리한다. 아동문학의 하위 장르 중 어린이를 대상으로 하는 동화와, 서사문학 장르로 성인문학에서의 소설처럼 아동문학에서도 소설이 있고 그 속에 소년소설이 속하는 장르의 위치를 설정한다. 그리고 아동문학이라는 범주 안에 초등학교 고학년 아이들의 눈높이에 알맞은 아동소설과 어린이와 어른의 중간 단계에 위치하는 성장기의 소년, 소녀를 의식하고 쓰인 소년소설로 구분한다. 그리

13 가령 영미권의 경우 청소년소설의 출발점으로 평가되는 샐린저(Salinger)의 『호밀밭의 파수꾼』은 1951년에 출간되었다. 그 이전에 십대의 화자가 등장하는 아동문학이나 일반문학이 있었음에도 『호밀밭의 파수꾼』을 본격적인 청소년소설이라 여기는 이유는 무엇일까. 그것은 『호밀밭의 파수꾼』에서 비로소 십대의 주체의 시각에서 본 자신의 환경과 세계를 그려내고 있기 때문이다. 따라서 소년소설이라는 장르의 역사적 맥락과 내용을 살펴보면서 위의 문제를 해석해 보는 것이 필요하다.

14 전명희, 「한국 근대 소년소설 연구」, 영남대 박사학위논문, 1998.

고 소년소설을 청소년들의 독특한 정신적 성장과정을 그리고 있는 성장기소설, 즉 소년문학이라고 정의한다. 결론적으로 일제 강점기 소년소설은 저연령층을 위한 문학이라기보다는 십대 독자를 위한 문학이었다는 주장이다. 전명희의 논문은 소년소설을 성장소설과 유사하게 본 한계점은 있지만 소년소설이 단지 '아동'에 국한되지 않음을 밝히고 있다는 것에 의의를 갖는다. 최배은의 『한국 근대 청소년소설의 형성 연구』[15] 역시 일제강점기 소년소설을 청소년소설과 연결하여 연구한다. 최배은은 소년소설이 아동문학의 범주로 들어간 이유에 대해 일제 강점기 청소년 계층의 나이나 학제가 오늘날과 같지 않았기 때문이라고 주장한다. 일제 강점기에는 '소년'과 '청년', '소년'과 '어린이'가 같은 개념으로 혼용되어 쓰이는 경우가 많았기 때문이다.

위의 두 논문은 소년소설이 '청소년 독자'를 포함한 장르였으며 따라서 기존 소년소설에 대한 장르 인식을 아동으로 제한하는 것에 대한 문제제기를 했다는 점에서 의미를 갖는다. 그럼에도 위의 논문들은 같은 문학 텍스트를 분석하면서도 장르 명칭을 다르게 적용하는데 이것이야말로 현재 소년소설과 청소년소설의 장르 규정에 대한 정리가 시급하다는 것을 의미한다. 일제 강점기 소년소설은 화자나 독자의 연령은 분명 현재의 십대에 해당한다. 그러나 그렇다고 하여 최배은의 논문처럼 단순히 연령상의 문제를 들어 일제 강점기 소년소설을 대부분 '청소년소설'이라는 명칭으로 사용할 수 있는지에는 의문의 여지가 있다.

다음은 당시 소년소설이라는 장르 용어에 대한 인식을 살펴볼 수 있는 자료이다.

> 소년소설도 동요와 마찬가지로 많은 독자를 가지고 있다. 이것은 문학적 소

15 최배은, 「한국 근대 청소년소설 형성 연구」, 숙명여대 석사학위논문, 2004.

양이 잇는 취미를 다분히 가지고 있는 장년 아동들이 더욱 좋아한다. 역시 동화와 마찬가지로 아닌 그보담도 더 현실적이요, 구체적이요, 설명적이요 교화적이기 때문에 X의 문학으로서의 역할을 가장 쉽게 한다.

물론 예술성의 본질로 보아 그 모든 것이 있어서 어른의 소설과 다름이 없다. 즉 광의의 어른 소설에 속하는 것이다. 다만 그 사명을 적극적으로 또 광범위하게 다하기 위해서 그 대상에 의해서 질적, 형태적, 기술적 분화를 필요로 한 것이다. 또 다시 말하면 어른 구별이 업시 아동이 이해하고 인식하고 감득할만한 내용으로 아동이 읽을 수 있는 볼 수 있는 단순한 체제와 쉬운 말로서 구현해 논 것임으로 소년소설도 어른 소설에 속하는 한 종류이며 또 어른 소설의 한 분야이다.[16]

위와 같이 1930년대 십대에 해당하는 연령을 위한 작품 전반이 '소년소설'이라는 장르명으로 통용되고 있었음은 널리 알려진 사실이다. 이렇게 청소년 독자를 위한 작품을 소년소설이라 칭하는 경우는 해방 이후에도 지속된다. 해방 이후에 출간된 대표적인 청소년용 연속 간행물인 『학원』(1952. 11~ 1991. 7)의 경우 서사물의 장르 구분을 단편소설, 연재소설, 소년소설, 소녀소설, 희망소설, 애국소설, 역사소설, 동화, 탐정소설, 감격소설, 명랑소설, 인정소설, 실화소설, 순정동화, 영웅소설, 추억동화, 사진소설, 시대소설, 동물우화, 고대소설, 박애소설, 전기소설, 서부소설, 동물소설, 영화소설, 농촌소설 등으로 발표하고 있다. 역시 청소년 잡지인 『학생계』(1954. 4. 창간호)는 장편역사소설, 연재탐정소설, 소년소설, 연재유모어소설, 순정소년소설, 연재순정소설 등으로 발표하고 있다.[17] 이러한 장르 구분으로 보아 1950년대 이후 청소

16 이주홍, 「아동문학 일년간」, 《조선일보》, 1931. 2. 17.
17 원종찬, 「해방 이후 아동문학 서사 장르 용어에 대한 고찰」, 『아동문학의 장르와 용어의 재검토(2)』, 한국아동청소년문학학회, 2009, 13쪽 참조.

년이 실체화되고 청소년을 주목한 읽을거리가 탄생했음에도 불구하고 '청소년소설'이라는 장르 명칭이 등장하지 못했음을 알 수 있다. 또한 특이한 것은 2장에서 살펴본 바와 같이 '청소년' 대상의 잡지가 출간되었음에도 잡지명이 '학원' 혹은 '학생계' 등 '학생'으로서 이들을 호출하고 있다는 점이다.

1965년에 발표된 이원수의 글을 보면 동화의 특징을 "대상 독자의 계층이 많고, 따라서 작품 내용의 나이의 차가 심하다"라고 말하며 그 대상 독자를 5~17세로 보고 '문장을 읽을 수 있는 때부터 성인이 되기까지의 기간'으로 비교적 넓게 설정하고 있다. 또 그는 "소년소설의 대상 독자를 많은 계층을 가진다고 파악하며 10세의 아동과 15세의 아동은 지(知), 정(精)과 함께 커다란 차이를 가지고 있을 것이며 16, 17, 18세로 자람에 따라 급격한 변화를 가지게 될 것"[18]이라고 하여 소년소설의 특징을 설명하고 있다. 이를 보면 소년소설의 독자 연령에 대한 고민을 가지고 있긴 했지만 여전히 십대를 위한 서사 장르를 '소년소설'로 통칭하고 있음을 알 수 있다.

이후 청소년에 해당하는 연령을 위한 소설은 1970년대에도 여전히 소년소설이라는 명칭으로 계속 쓰였다.[19] 각주에 나온 바와 같이 『억만이의 미소』(최요안)나 『남궁동자』(최요안)와 같은 중학생 대상의 소설들이 대부분 소년소설이라는 명칭을 달고 출간되었다. 1983년에 출간된 이재철의 『아동문학의 이론』을 보면 소년소설을 다음과 같이 정의한다.

---

18 이원수, 「아동문학 입문」(1965), 『전집28』, 웅진출판사, 1984, 106쪽 참조.

19 다음은 당시(1979년) 책광고에 등장하는 소년소설의 제목이다. 〈한국소년소녀명작선집〉(소년세계사): 시대소설 『의적 일지매』(정비석), 순정소설 『날개없는 천사』(박계주), 순정소설 『별 하나 나 하나』(김덕), 시대소설 『무사호동』(박연희), 순정소설 『쌍무지개뜨는 언덕』(김내성), 걸작동화 『비둘기가 돌아오면』(마해송), 순정소설 『해바라기의 노래』(장수철), 시대소설 『소년 선인전』(김광주), 명랑소설 『억만이의 미소』(최요안), 과학소설 『금성탐험대』(한낙원), 홍미소설 『처음부터 끝까지』(오영민), 시대소설 『선화공주』(이석정), 모험소설 『무지개꽃』(최요안), 모험소설 『마법 두루마기 』(최요안), 순정소설 『아스팔트에 트는 싹』(오영민), 명랑소설 『나 일 등』(최요안), 장편동화 『나무귀신』(오세발), 명랑소설 『남궁동자』(최요안)

소년소설은 소년소녀소설의 준말이지만 아동문학이란 호칭과 바로 연결해서 아동소설이라 불리우기도 한다. 이 경우 아동소설이 주로 초등학교 중학년 이하를 대상으로 하는 30매 안쪽의 단편물을 의미하기도 하고 소년소설이 주로 초등학교 고학년에서 중학생까지를 대상으로 하는 중편물 이상을 의미할 수도 있지만, 아직은 통일된 분류가 이루어져 있지 않고 대체로 일괄해서 소년소설이라고 통칭하는 것이 일반적이다.[20]

위와 같이 청소년의 존재 여부와는 상관없이 현재 청소년 독자에 해당하는 연령을 위한 작품은 소년소설이라는 명칭으로 지속적으로 출간되었다. 이러한 경향은 1980년을 전후로 '여학생사'에서 출간된 몇몇 청소년소설에서 조금씩 변화하고 1990년대부터는 청소년 독자를 지목한 각종 기획소설이 출간되면서 변화의 물꼬를 튼다. 한편 1990년대 중반 이후 아동문학이 급성장함에 따라 소년소설은 주로 초등학교 고학년 아동을 위한 장르로 축소되어 유통된다. 이와 함께 2장에서 살펴본 바와 같이 청소년소설이라는 새로운 명칭이 등장하여 자리잡을 수 있는 문학적 토대가 현실적으로 가능해지면서 비로소 '청소년소설'이라는 명칭을 활발하게 사용하기 시작한다.

2) 소년소설과 청소년소설의 변별점

앞에서 살펴본 것과 같이 소년소설은 한국 아동문학사에서 청소년소설을 포함한 상태에서 오랫동안 통용되었다. 현대에는 '소년'은 십대 초반까지, '청소년'은 십대 중반에서 후반까지로 나누어지는 경향이 있기에 청소년이 단순히 연령의 문제라면 소년소설 중 그에 해당하는 작품

---

20 이재철, 『아동문학의 이론』, 형설출판사, 1983, 205~206쪽 참조.

을 청소년소설로 단순 이동하면 된다. 하지만 때로는 소년이 청소년보다 넓은 연령대를 지칭하기도 한다. 가령 현재 '소년 가장'이라는 단어가 '청소년 가장'이라는 말보다 훨씬 보편적으로 쓰이는데 이때 '소년 가장'은 미성년이면서 생계를 책임지는 이를 일컫는다. 이처럼 소년은 여전히 청소년을 포괄하여 지칭하기도 한다. 그렇다면 현재 만들어진 '청소년소설'이 이미 존재하고 있던 '소년소설' 장르로 수렴되어야 한다고 주장할 수도 있다. 결국 현재 청소년소설을 소년소설 장르와 구분하기 위해서는 연령의 구분보다는 근대 청소년의 입장에서 자신의 눈높이와 환경에 비추어 당대 사회와 세계를 바라보고 고민하는 작품을 소년소설사에서 포착하여 정리함으로써 청소년소설만이 가진 고유한 독자성을 발견해내야 한다. 여기서 청소년의 눈높이와 환경이라 함은 동화적 세계를 벗어난 개인으로서 근대 청소년에게 주어진 다양한 고민과 세계와의 충돌에 노출되어 있는 상황을 일컫는다. 그리고 그 양상은 시대에 따라 달라질 수 있다.

가령 앞서 주목했듯이 '학생'은 청소년이라는 세대를 잘 드러내 줄 수 있는 기표다. 근대사회에서 청소년이 아동과 성인의 중간에 위치하면서 훈육되거나 보호받아야 하는 존재로 인식되면서 떠오른 대표적인 근대 공간이 '학교'이기 때문이다. 미성년(기)는 학교라는 제도를 통해 일반 사회와 물리적으로 구별되고 질적으로 차이를 갖는 그 무엇으로 자리잡게 되었다. 그렇다면 단순한 소재나 공간적 배경으로서가 아니라 '학생' 또는 '학교'라는 근대적 기표에 대해 일제 강점기 청소년들이 어떻게 반응했을지를 염두에 두고 소년소설을 청소년소설의 프레임에서 다시 읽어볼 필요가 있다.

일제 강점기 소년소설 장르에서 '학생'이라는 신분 때문에 고민하는 십대의 이야기를 담은 작품은 비교적 많이 찾아볼 수 있는데 이태준의 자전적 요소가 강한 「눈물의 입학」(1930년 1월 어린이지) 역시 그러하다.

원산 '청진여관'에서 급사로 일하는 고아 소년 열네 살 귀남이는 상급학교 진학을 위해 서울로 가는 차비만이라도 마련하고자 한다. 그러나 귀남이는 청진여관에서 혹사만 당하고 반면 주인집 아들 을룡이는 상급학교 시험을 보러 서울로 떠난다. 귀남이는 걸어서 서울에 도착하여 신문배달을 하며 고생을 하면서 시험을 치러 합격한다. 이 작품 안에는 귀남이의 근대 학교 진학에 대한 갈망과 그것을 향한 노력이 투영되어 있다. 당시 학업의 지속이야말로 근대인이 되는 지름길이었으며 따라서 소년기 아이들에게 학교 진학은 매우 절실한 삶의 좌표였다. 따라서 학교 공간의 안과 밖에서 벌어지는 사건을 중심으로 주인공의 주체의식이 담긴 소년소설들은 1930년 당시의 청소년들을 대변한다고 볼 수 있다. 1930년대 말 현덕의 소년소설에도 이러한 고민에 휩싸인 청소년의 모습이 등장한다. 보통학교 졸업과 상급학교 진학을 앞둔 아이들이 경제적 형편 때문에 좌절하는 작품이 많은 것이다. 『집을 나간 소년』(1946)에 수록된 「집을 나간 소년」, 「군밤장수」, 「나비를 잡는 아버지」, 「잃었던 우정」 등은 모두 경제적 형편 때문에 고등보통학교에 진학하지 못하고 취업 전선에 나가게 된 아이가 진학을 하여 어엿한 학생이 된 또래 친구를 보며 느끼는 좌절과 슬픔을 그리고 있다. 이러한 청소년의 입장이라는 새로운 프레임을 통해 소년소설 장르의 몇몇 작품을 청소년소설 장르로 바라볼 수 있다.

결론적으로 소년이 단순히 연령적 개념인 데 비해 청소년은 연령과 더불어 해당 연령의 소년, 소녀가 처해 있는 '육체적, 정신적, 사회적, 역사적 상황'이 더해진 개념이기에 근대 이후 청소년이 처해 있는 시대적 경험을 읽어나가는 작업과 작품을 연결할 때 청소년소설 장르의 내용을 채워 나갈 수 있을 것이다. 동시에 그러한 작업을 통해 소년소설은 동시에 청소년소설일 수도 있다는 두 장르 용어 간의 중첩과 변별의 원리에 대해서도 보다 면밀히 탐구해 나갈 수 있을 것이다.

4. 성장소설과 청소년소설

1) 성장소설의 개념과 수용 양상

소년소설의 연령층이 점차 아동으로 내려가면서 청소년을 위한 문학의 장이 새롭게 펼쳐져야 했지만 현실적으로 그렇지 못했다. 훈육, 통제의 집단을 뜻하는 청소년의 기표가 문화를 향유하는 계층이라는 인식으로의 전환을 방해하면서 청소년문학을 생산, 유통, 소비하는 사회적, 문화적 장이 형성되지 못했기 때문이다. 이때 문학교육을 목표로 하는 교육현장에서 청소년에게 읽을거리를 추천하게 되는데 이른바 세계 고전이나 한국 근대소설과 같은 문학이 그것이다. 특히 일반문학 중에서 독일의 교양소설과 같은 장르가 청소년들이 읽을 만한 장르로 서서히 인식되었다. 여기에서 '청소년소설'과 '청소년이 읽을 만한 소설'은 구분되어야 한다. '청소년이 읽을 만한 소설'이란 본래 청소년을 의식하여 쓰인 작품은 아니지만 청소년 독자에게 권해도 좋다고 판단되어 선택된 작품을 말한다. 결론적으로 '청소년이 읽을 만한 소설'이 청소년 독자에게 우선적으로 권해지게 되었는데 이 중 상당수는 성장소설[21] 장르였다.

우리나라에서 성장소설에 관한 관심은 김윤식에 의해 처음 소개된 것으로 알려져 있다. 김윤식은 1970년 『사상계』에 강용흘의 『초당』과 이미륵의 『압록강은 흐른다』를 소개하면서 '교양소설'이라는 용어를 처음

21 성장과정을 다룬 유형의 서사를 지칭하는 용어는 대략 20여 가지가 혼용되어 사용되어 왔다. 성장소설과 비슷한 용어로는 교양소설(bildungsroman), 발전소설(entwicklungsroman), 교육소설(education novel), 형성소설(novel of formation), 입사소설(initiation novel) 등이 있다. 남미영은 성장소설과 비슷한 이러한 용어들을 어원의 유사성에 다라 네 가지 기준으로 분류하는데 ① 빌둥스로망에 뿌리를 둔 용어로 교양소설, 발전소설, 교육소설, 도제살이소설, 형성소설 등이고 ② 인류학에 근원을 둔 용어로는 아니시에이션 스토리, 입사소설, 통과제의 소설, 성인식 소설, 신입소설 등이며 ③ 민담에 뿌리를 둔 용어로 탐색담, 입사담 등이고 ④ 위의 세 부류에 포함되지 않는 용어로 성장소설, 경험소설, 각성소설 등이 있다고 정리하고 있다. 남미영, 『한국 현대 성장소설 연구』, 숙명여대 박사학위논문, 1992.

소개하였다.[22] 이후 김윤식은 『한국현대소설 비판』에서 독일의 빌둥스로만(Bildungsroman)을 교양소설로 번역하였다. 그는 "교양소설이란 어떤 인간이 일정한 삶의 형성에 이르기까지 그 영혼의 발전과정을 표현한 것이며 이것을 달리 발전소설(Entwicklungroman)이라 부르기도 한다."[23]고 하였다. 이재선은 마르커스의 「이니시에이션 소설이란 무엇인가」를 인용하여 "통과제의 소설은 서구식 이니시에이션 스토리의 성격을 가장 구체적으로 가지고 있다"고 평가하였고 이의 관점에서 황순원의 「별」, 「닭제」, 「소나기」 등을 이니시에이션 스토리의 관점에서 비평하였다.[24] 이와 같이 성장소설은 단일한 개념이라기보다는 여러 개념이 모여 이루어진 장르다. 가장 통상적인 분류는 빌둥스로만에서 가져온 교양소설과 이니시에이션 스토리에서 가져 온 통과의례소설로 구분된다.

한국문학에서 성장소설은 주로 성이나 죽음, 세상에 존재하는 악이나 환멸과의 만남 등 이니시에이션 스토리적인 이야기가 많고 아버지 찾기나 부재하는 아버지와 같이 일종의 상징적 자아를 찾아나가는 내용의 작품이 그 다음을 차지한다. 대표적인 성장소설로는 앞서 말한 황순원의 작품과 윤흥길의 「장마」, 김원일의 「어둠의 혼」, 오정희의 「유년의 뜰」 등이 자주 언급된다. 이들 작품은 본래 청소년 독자가 아닌 일반 독자를 대상으로 창작된 것으로 성장소설이라는 장르이기에 문학교육용으로 청소년 독자에게 연결된 경우가 대부분이다. 이는 문학교육 분야의 많은 논문들이 성장소설의 청소년을 위한 수용 가치를 연구한 사례를 살펴볼 때 드러난다. 가령 「소나기」의 문학교육적 가치를 평가한 논문을 보면 "청소년들이 소설의 서술자가 아직 미성숙된 나로 등장하는

22 김윤식, 「유년시절을 그린 두 개의 소설」, 『사상계』, 1970년, 3월호 참조.
23 김윤식, 『한국 현대 소설 비판』, 일지사, 1981, 296쪽.
24 이재선, 『한국현대소설사』, 홍성사, 1979, 468쪽.

성장소설을 다른 소설보다도 친근감 있는 텍스트로 받아들일 수 있고 이로 인해 성장소설의 주인공과 독자가 동일시할 가능성이 있으며 성장소설은 학습자들에게 자신과 비슷한 또래가 겪는 갈등과정을 포함하고 있기에 갈등이 해결됨으로써 자아의 성장을 모색하는 교육적 가치를 지닌다"고 서술[25]하고 있다. 또한 청소년에게 '성장소설'을 권하는 이유에 대해 성장소설이 일반적으로 문학 가운데에서 주로 십대 화자로 표상되는 미성숙한 자아가 다양한 경험을 통해 정신적 위기나 절망의 과정을 극복하고 성숙해 가는 과정을 그린 소설[26]이므로 청소년에게 적합하다고 평가하고 있다. 이러한 생각은 청소년기의 가장 대표적인 과제가 '성장'이라는 인식으로 이어져 청소년에게 권하는 창작물에 '성장소설'이라는 명칭을 붙이는 계기로 작용한다. 결국 청소년용 소설을 성장소설이라 명명하게 된 것은 그동안 청소년 독자에게는 성장소설의 형식과 '성장'이라는 주제가 적합하다는 암묵적 합의가 있었기에 가능한 것이었다. 실례로 1990년대 말 우리나라에서 청소년문학이 형성되던 시기에 집중적으로 출간된 작품들이 대부분 성장소설의 모양새를 하고 있는 것이 그 사례이다. 그것은 앞서 서두에서 밝혔듯이 청소년이 이루어야 할 '성장 과업'과 '성장소설'의 주제 간에 일종의 합의점이 있기 때문이기도 하다.

그러나 앞서 말한 일반 성장소설 중 청소년 독자에게 유입된 작품이 반드시 청소년의 처지와 심경을 대변한다고 보기는 힘들다. 성장소설의 성격상 작품에 따라서는 청소년 독자에게 문학적 감동과 동일시의 감정을 불러오기에는 지나치게 관념적인 작품도 존재한다. 물론 성장소설 중에는 청소년기에 진지하게 고민해 볼 만한 주제를 그린 작품도 있다. 그렇다고 반드시 모든 성장소설이 청소년을 위한 작품에 해당하는가.

---

25 조항미, 「중학교 국어교과서 소재 성장소설 연구」, 홍익대 석사학위논문, 2006, 31~32쪽.
26 문학과사회연구회 편, 『문학과 현실의 삶』, 국학자료원, 1999, 133쪽.

혹은 모든 청소년소설은 성장소설이라 호명할 수 있는가라는 도식은 재고해볼 여지가 있다. 따라서 다음 절에서는 성장소설이 청소년소설과 양립하여 쓸 수 있는지 타당성 여부를 검토해 보고자 한다.

2) 성장소설과 청소년소설의 관계

근대소설은 본래 성장소설적 성격을 내재하고 있다. 근대소설 속 주인공은 당대 사회의 모순을 비판하고 지배 이념을 거부하면서 새로운 이념을 추구하는 문제적 인물이다. 근대소설에서도 성장소설은 특히 주인공이 근대적 시민사회의 구성원으로 진입하기 위한 문화적 교양과 주체 정립의 시련을 겪는 과정을 제시하는 소설 유형이다. 따라서 성장소설은 어느 장르보다 근대를 형성한 철학을 깊숙이 내면화했으며 근대사회를 이룬 가치들이 바탕이 된다. 성장소설, 특히 독일의 교양소설은 서구의 근대화 과정 속에서 자아의 정체성을 정립하려는 '근대적 주체의 욕망'으로부터 비롯하는 소설 유형이다.[27] 성장소설의 이러한 측면 때문에 현대 사회에서는 주체의 근대적 욕망을 회의하며 성장의 의미를 재고하는 반성장소설이 출현하게 된다. 성장소설 중에 성장의 가치를 의심하는 반성장소설의 출현은 성장소설 속에 내재된 근대성이 어떤 의미로든 재평가되고 있음을 의미한다. 성장소설에 내재된 가치관은 현대 청소년소설에서 고민해야 할 담론보다 훨씬 좁은 스펙트럼을 가진다.

청소년소설은 성장소설이 가진 근대적 성격에서 출발하여 나아가 근대사회의 산물인 청소년이라는 세대와 '성장'에 대한 가치까지도 회의하고 재고해 볼 수 있는 탈근대적인 영역으로 확대될 수 있다. 성장소설은 근대성의 소산이지만 현대 청소년소설은 근대 사회에서 발생한 청소년의

27 최현주, 『한국 현대 성장소설의 세계』, 박이정, 2002, 36쪽 참조.

개념을 보다 넓은 각도에서 조망하고 있기 때문이다. 성장소설 장르가 근대의 산물이라면 청소년소설은 근대와 탈근대의 철학을 모두 품을 수 있는 장르이며 앞으로 이것은 보다 정치하게 구명되어야 할 부분이다.

예를 들어 미국의 청소년문학 작가인 로버트 코마이어의 작품으로 1977년 출간된 『나는 치즈다』(I am the cheese)는 성장소설이라고 이름붙이기 힘든 형식과 내용의 청소년소설이다. 주인공인 애덤 파머는 부모가 거대 사회에서 일어난 모종의 사건으로 희생되고 그 와중에 정신적 충격을 받아 정신병자가 된다. 제목에 쓰인 '치즈'(the cheese)는 보잘것 없는 물질과 속어로 '거물'을 뜻하는 중의적인 의미의 단어인데, 주인공 애덤 파머가 처해 있는 분열증적 상태를 상징한다. 자신에게 일어난 사건을 겪으며 정신적으로 성숙해지기는커녕 퇴행과 분열의 증상을 가지게 된 애덤 파머를 통해 이 작품이 말하고자 하는 바는 현대 사회가 선량한 개인에게 가할 수 있는 예기치 않은 폭력이다. 세상은 결코 선하지 않으며 더 이상 인간의 성장을 기대할 수 없고 그러한 종말적 세상에서 우리의 좌표를 찾아야 한다는 메시지는 기존 사회에 대한 무난한 진입과 성장의 환상을 깨뜨린다는 점에서 '근대적 낭만주의'라 불리는 성장소설의 도식을 따르지 않는다. 그럼에도 십대 화자를 통해 앞으로 청소년이 살아갈 복잡한 현대 사회의 이면을 청소년 독자에게 전달해줄 의도를 가졌기에 청소년소설이라 할 수 있다.[28] 만약 우리 사회에서 청소년소설에 근대적 '성장'만을 기대한다면 우리 사회에서는 『나는 치즈다』와 같은 작품이 청소년소설로 나오기 힘들다.

또한 성장소설과 청소년소설은 십대 자아가 등장하여 자아의 정체성을 고민하고 더 넓은 세상으로 나아가는 관문을 그린다는 점에서 공통

28 결론적으로 이 작품에서 주인공인 애덤 파머는 성장하지 않지만 이 작품을 읽는 청소년 독자는 세상에 대한 새로운 관점을 획득하게 된다. 즉 등장인물은 성장하지 않지만 독자의 세계에 대한 인식의 폭은 성장한다. 이것이 청소년소설을 포함한 문학 혹은 독서가 가진 본질적 기능이다. 단순히 성장소설이나 청소년소설 속 등장인물의 성장만을 논하는 것은 표층적 독서에 불과하다.

점을 갖지만 그것을 경험하는 주체의 시각과 관점은 다를 수 있기에 이 점을 좀더 살펴볼 필요가 있다. 가령 작중인물, 서술자, 작가로 이어지는 성장소설의 담론 주체들은 다른 소설 유형들에 비해 소설 구조에서 중요한 비중을 차지하면서 궁극적인 주제를 구현해내는 데 기여하고 있는데[29] 특히 성장소설에서 담론 주체는 주로 이미 성인으로 성장한 후에 어린 시절을 되돌아보는 회상자아인 경우가 많다. 회상자아의 시점에서 고백과 회상의 방식으로 과거를 현재화하는 방식이 성장소설의 보편적인 서술 방식이다. 이러한 성장소설의 문법은 십대 화자가 직접 사건을 겪으며 자신의 심정을 진술하는 청소년소설이 의도하는 서술 효과와는 달라질 수 있다.

열세 살 때 나는 중학교 1학년이었다. 그해, 내가 중학교에 들어가고 형이 서울에 있는 대학에 들어가며 나는 비로소 한 지붕 아래의 천재로부터 해방되었다. 아마 나만큼 형의 합격을 진심으로 기원하고(그렇게 잘났으니까 어련히 합격하랴만은 그래도 사람의 일이란 언제 어떤 실수가 있을지 모르니까) 기뻐했던 사람도 없을 것이다. 그동안 형은 사사건건 내 머리를 나무라고 손발을 동정했다. 서울로 올라가기 전에도 형은 내게 그런 말을 했다.

"나 없더라도 공부 열심히 해 임마. 머리가 안 따르면 나중에 손발이 고생하니까"

인정하고 싶지 않지만, 어쩌면 형은 남보다 일찍 시작될 내 손발의 고생을 미리 알았던 것인지도 모른다. 그러나 아직은 중학교 1년생이었다.

(이순원, 『19세』, 세계사, 1999, 8~9쪽)

이순원의 『19세』는 어른으로 성장한 '나'가 13세에서 19세까지의 시

29 최현주, 앞의 책, 122쪽.

기를 회상하는 성장소설이다. 앞의 지문을 보면 서술자아는 13세 때의 '나'를 "머리가 안 따라 손발이 고생하는 아이"로 회상하는 데 이러한 기억은 '나'의 형이 만들어 준 관념이다. 따라서 '나'에 대한 정체성은 형에 의해 만들어진 것인데 '나'는 이러한 정체성을 부정하기보다는 형의 시각을 대체로 수용하고 있다. 나는 "형은 남보다 일찍 시작될 내 손발의 고생을 **미리 알았**"다고 진술한다. 이것은 성인이 되어 자신이 겪었던 청소년기의 시행착오를 돌아보며 형의 생각에 동의가 될 때 일어나는 생각이다. 만약 13살 소년화자가 현재진행형으로 서술하는 상황이라면 '나'는 형의 판단에 동의하지 않을 수도 있다. 즉 주인공이 모든 사건을 겪은 후에 회상하는 시점에서 인정하는 자신에 대한 관념이 자아 정체성의 핵심이다. 자아 정체성은 스스로에 대한 성격의 단면 중 일관적인 것만을 모은 것이며, 특정한 기억들의 의도적이고 지속적인 재구성을 통해 일어난다. 주인공 '나'는 과거의 나를 회상할 때 형의 기억에 따라 '부족한 존재'로 회상하고 있으며 이러한 인식은 다시 형의 생각에 동의하는 합리화의 과정으로 이어진다. 이것은 13세의 자아에게 일어나는 생각이 아니며 성인이 된 서술자아가 기억을 복기하여 만들어 낸 관념이다. 따라서 회상 형식의 정체성 형성은 경험하는 주체로서의 시각과는 다를 수 있다. 만약 회상자아가 서술하는 형태의 성장소설로 청소년소설을 창작할 때는 담론주체의 서술 의도를 세심하게 고려해야 한다. 따라서 담론 주체로서의 작중인물의 경험화 과정(process)은 청소년소설이라는 장르를 형성하는 주요 문법으로 작용한다.

요약하자면 성장소설은 청소년소설을 형성하는 데에 중요한 역할을 한 장르이며 청소년소설의 문법과 내용에서 여전히 유효한 위치에 있다. 하지만 청소년소설은 성장소설의 주제나 형식, 철학보다 훨씬 넓은 스펙트럼을 가지고 있기에 성장소설과 청소년소설이라는 단어를 동일시하여 사용하는 현상에 대해서는 재고가 요청된다고 하겠다.

5. 결론

본고는 청소년소설 장르 용어의 본격적인 검토에 앞서 청소년소설과 인접 범위에 있는 소년소설, 성장소설 장르와의 관계를 살펴보았다. 먼저 '청소년'이라는 집단이 형성된 역사적 맥락을 인지하는 것이 필요하다고 판단하여 근현대 청소년의 성립과 발전과정을 살폈으며 이를 통해 청소년기가 단순한 생물학적 시기가 아닌 근대 사회의 산물이며 역사적, 사회적 구성물임을 밝혔다. 또한 청소년문학이 형성되기 위해서는 청소년이라는 집단을 교육과 계몽의 대상이 아닌 주체적이고 개별적인 존재로 바라보아야 한다는 지점에 주목하였다. 3장에서는 소년소설 장르의 내용과 사적인 변천과정을 통해 그것이 청소년소설과 어떠한 역사적 관계를 맺고 있는지 알아보았으며 두 장르 간의 중첩과 변별의 양상을 살펴보았다. 4장에서는 성장소설과 청소년소설의 공통점과 변별점을 정리해보았다.

여기서 드는 의문 한 가지는 역사 속에서 청소년이라는 집단이 오래전에 성립하였고 그들이 읽는 소설이 있었음에도 왜 1990년대 이전까지 '청소년소설'이라는 용어가 사용되지 않았는가 하는 점이다. 이 질문에 답을 구하며 알 수 있었던 것은 아동청소년문학의 경우 작품의 출간과 독자가 텍스트를 만나게 되는 환경, 즉 독서 환경이 장르의 형성에 중요한 영향을 미친다는 점이었다. 문학에서 하나의 장르는 미학적 본질로 정의되기도 하지만 문학을 둘러싼 역사적 사회적 장, 그것 자체이기도 하다. 청소년이 존재함에도 그들을 문화적, 문학적 존재로 인식하지 못한 사회적 환경이 청소년소설이라는 장르 용어의 사용을 늦추게 된다. 또 한 가지 현재 청소년소설을 '성장소설'이라고 칭하는 이유를 고민하게 된다. 4장에서 살펴본 바와 같이 '성장소설'은 '청소년소설'과 동일하게 사용되기 힘든 개념이다. 그럼에도 여전히 청소년소설 일반을 성장소설로 명명하는 것은 학문적으로 성장소설과 청소년소설의 변별성이 정리되지 않은 탓도 있지만 청소년소설을 성장이라는 단어에서 연상되는 교육적 의도로 국한하려는 태도에도 있다. 이러한 현상이 지속될 때 청소년소설의 미학적, 문학적 깊이와 범위는 제한을 받을 수도 있다.

결론적으로 1990년대 이후 청소년에 대한 주목, 아동문학의 새로운 국면, 청소년문학 장르의 필요성 등이 청소년소설 장르의 성립과 발전에 중요한 조건이 되었다. 그리고 청소년소설의 활발하고 지속적인 창작 역시 청소년소설 장르의 개념 형성에 영향을 주었다. 2000년대 초반 청소년소설이 거의 없던 시절에는 청소년소설 장르에 '청소년이 읽을 만한 책'을 포함시키려는 경향이 있었다. 그러나 '청소년의 경험을 청소년의 관점에서 청소년 독자를 염두에 두고 생산되는' 작품이 지속적으로 생산되면서 청소년소설의 개념과 장르 또한 점차 뚜렷해졌다. 이제 최소한 '청소년이 읽을 만한 소설'과 '청소년소설'의 구분이 가능해졌다. 그런 점에서 청소년소설은 이제 출발선에 섰다고 할 수 있다.

참고문헌

1. 기본 텍스트

이태준, 「눈물의 입학」, 『어린이』, 1930년 1월호.

이순원, 『19세』, 세계사, 1999.

로버트 코마이어, 『나는 치즈다』, 창비, 2009.

2. 단행본

김현철 외, 『이팔청춘 꽃띠는 어떻게 청소년이 되었나?』, 인물과사상사, 2009.

김윤식, 『한국 현대 소설 비판』, 일지사, 1981.

루카치, 『소설의 이론』, 문예출판사, 2007.

문학과사회연구회 편, 『문학과 현실의 삶』, 국학자료원, 1999.

원종찬, 『한국 아동문학의 쟁점』, 창비, 2010.

이원수, 『아동문학 입문』, 웅진출판사, 1984.

이재선, 『한국현대소설사』, 홍성사, 1979.

이재철, 『아동문학의 이론』, 형설출판사, 1983.

조은숙, 『한국 아동문학의 형성』, 소명출판, 2009.

조한혜정, 『왜 지금, 청소년? 하자센터가 만들어지기까지』, 또하나의문화, 2002.

최현주, 『한국 현대 성장소설의 세계』, 박이정, 2002.

3. 논문 및 평론

김윤식, 「유년시절을 그린 두 개의 소설」, 사상계, 1970년, 3월호.

김현철, 「일제기 청소년 문제에 대한 연구」, 연세대 박사학위논문, 1999.

김형성, 「청소년 문제 담론을 통한 주체 형성 과정에 관한 연구」, 숙명여대 박사학위논문, 2003.

김상욱, 「전복적 상상력으로서의 청소년문학」, 『내일을 여는 작가』, 2009년 여름호.

남미영, 「한국 현대 성장소설 연구」, 숙명여대 박사학위논문, 1992.

박민정, 「1970년대 하이틴 영화에 대한 장르적 접근과 대중성 연구」, 동국대 석사학위논문, 2002.
원종찬, 「해방 이후 아동문학 서사 장르 용어에 대한 고찰」, 『아동문학의 장르와 용어의 재검토(2)』, 한국아동청소년문학학회, 2009.
이주홍, 「아동문학 일년간」, 《조선일보》, 1931. 2. 17.
장수경, 「1960년대 『학원』에 나타난 근대화와 청소년의 위계화 양상」, 『Comparative Korean Studies』Vol.17 No3, 국제비교한국학회, 2009.
전명희, 「한국 근대 소년소설 연구」, 영남대 박사학위논문, 1998.
조항미, 「중학교 국어교과서 소재 성장소설 연구」, 홍익대 교육대학원 석사학위논문, 2006.
최배은, 「한국 근대 청소년소설 형성 연구」, 숙명여대 석사학위논문, 2004.
최이숙, 「1970년 이후 신문에 나타난 청소년 개념의 변화」, 서울대 석사학위논문, 2002.

초등 문학교육 장르 용어의 통시적 고찰

권혁준

1. 서론

작금 우리 아동문학 연구계에서는 장르 용어에 관한 논의가 지속되고 있지만, 그에 대한 연구와 논의는 주로 아동문학 연구자들끼리, 아동문학 내의 문제에만 국한되고 있다. 그런데 아동문학은 성인문학과 달리 생산자(작가, 평론가, 연구자)와 수요자(어린이 독자, 학부모 교사 독자, 문학 교육학자) 사이에 거리가 크다는 특수성이 있다. 장르 용어의 유통에도 이와 같은 특수성이 작용하여 아동문학 연구자와 아동문학 교육자 사이에는 사용하는 내용 지식과 언어가 다르다는 문제가 존재하고 있다. 아동문학 연구자들과 교육자들 사이에 소통이 원활하지 못하여 연구자들의 연구 결과가 교육계에 바람직한 영향을 미치지 못하고 있는 것이다. 어쩌면 교육계에 종사하는 이들이 연구자들의 결과물을 신뢰하지 못하여 그들 스스로 판단하여 교육에 적용하는 것은 아닌지 모르겠

권혁준
shisarang@hanmail.net 공주교대 국어교육과 교수, 아동문학평론가. 아동문학과 아동문학 교육에 대한 공부와 강의를 하고 있다. 논문 「아동문학 서사 장르 용어의 통시적 고찰: '동화'를 중심으로」를 썼고 『문학이론과 시교육』, 『독서교육의 이론과 방법』(공저), 『아동문학의 이해』(공저) 들을 냈다.

다. 학계에서 용어의 개념과 범주를 확실하게 잡아주지 못하여 교육계에 혼란을 주고 있다고 볼 수도 있는 것이다(특히, 서사 장르의 경우가 그러하다).

어쨌든 아동문학계의 연구 결과가 초등 국어과 교육과정이나 교과서에 적용되지 않으면 초등의 문학 교육은 시너지 효과를 발휘할 수가 없다. 아동문학 작가들이 좋은 작품을 써야 초등 문학 교육이 더 활성화되는 것과 같은 이치인 것이다. 따라서 우리의 장르에 관한 연구와 토론은 그 용어를 실제 만나고 쓰는 초등학교 교사와 어린이, 학부모 들에게 수용되어야 한다. 그렇다면 지금까지 아동문학 연구자들이 생산한 관련 지식은 초등 문학 교육에서 어떻게 수용되어 왔을까. 아동문학계에서 아직도 개념 정의와 범주화에 합의하지 못한 장르 용어는 초등 문학교육에서 어떤 용어가 어떤 의미로 사용되어 왔을까. 먼저 우리는 그 실상을 정확하게 인식해야 하지 않을까.

이 연구의 범주와 연구 방법은 다음과 같다.

1. 초등학교 국어과 교육과정과 교과서에서 문학 장르를 지칭하는 데 어떤 용어를 써왔는지 통시적으로 살펴본다. 이 연구에서는 미군정기에 실시된 교수요목기는 제외하고 제1차 교육과정기부터 2007개정 교육과정기까지의 장르 용어의 변천을 조사하려고 한다. 제1차 교육과정이 1955년에 공포되었으니 교수요목기를 제외한다고 하더라도 우리나라 국어교육의 역사가 65년에 이르는 셈이니 짧다고 할 수 없다. 그 동안 문학 장르를 가리키는 용어가 어떻게 변화되어 왔고, 그 용어들이 어떤 의미로 사용되었는지 궁금하다. 여기서는 서사 장르(이야기, 동화, 설화, 우화 등)와 서정 장르(동시, 시, 시조, 전래동요)의 사용 양상과 변화 과정을 고찰하겠다.

2. 교육계에서 써온 서사 장르와 서정 장르의 용어가 정당하고 적절한지 검토해 보려 한다. 용어에 문제점이 있으면 문제가 되는 이유를 밝

히고 대안을 제시하고자 한다. 문학교육계에 적용될 장르 용어는 아동문학 연구계의 연구 결과가 반영되어야 한다.

2. 교육과정기별 장르 용어 검토

1) 서사 장르의 용어 고찰

(1) 제1차 교육과정기의 장르 용어

① 교육과정에 나타난 장르 용어

제1차 교육과정은 단기 4288(1955)년 8월 1일 공포되어 서기 1962년까지 7년 동안 시행되었다. 이 교육과정은 학습자의 경험과 생활을 중시하였으며, 기본적인 언어습관과 언어수행기능을 올바르게 기르는 데 역점을 두었다. 말하기, 듣기, 읽기, 쓰기의 네 영역으로 편성되어 있었으며, 문학과 문법은 영역으로 설정되지 않고, 말하기, 듣기, 읽기, 쓰기의 각 영역에서 골고루 가르치도록 되어 있었다. 국어과의 지도 내용은 따로 제시되지 않고 '학년별 지도 목표'만 제시되었기 때문에 이 글에서는 '지도 목표'에 어떤 갈래 명칭이 사용되었는지를 검토하기로 하겠다.

제1차 교육과정의 학년별 '지도 목표'를 살펴보면 서사 장르를 지칭하는 용어는 대개 '이야기'라는 어휘를 사용하고 있다. 그런데, 여기서 말하는 '이야기'는 꼭 문학 작품의 어떤 장르를 지칭하는 것이 아니라 다음과 같이 '대화'의 의미로 쓰인 곳이 많다.

1. 동무들과 서로 즐겁게 <u>이야기</u>하게 한다. (1학년-말하기)

5. 재미있는 <u>이야기</u>를 듣고 즐길 수 있게 한다. (1학년-듣기)

3. 이야기를 주고 받아서 회화를 할 수 있게 한다. (2학년-듣기)

그런데 '이야기'라는 용어가 문학의 한 갈래를 지칭하는 듯한 항목도 없지는 않다.

2. 이야기의 줄거리를 잡을 수 있게 한다. (2학년-듣기)

2. 이야기의 줄거리를 잡아가며 그 내용을 들을 수 있게 한다. (3학년-듣기)

이상의 내용을 살펴보면, '말하기'와 '듣기' 영역에 '이야기'라는 용어가 사용되었고, '읽기'와 '쓰기' 영역의 지도 목표에는 이야기라는 용어가 등장하지 않는다. 물론, '동화'라든지, '동시'라는 장르 용어도 전혀 등장하기 않는다. 이로 보아 '말하기'와 '듣기'에 제시된 '이야기'라는 용어는 문학의 갈래를 지칭하는 것이 아니라 일상적인 의미에서의 '이야기', 즉, '서로 주고 받는 말', '어떤 사실에 관해 재미있게 늘어놓는 말.' 등을 가리키는 것으로 보아야 한다.

문학적인 글을 지칭하는 지도목표는 다음과 같은 항목에서 찾아볼 수 있다.

7. 좋은 글을 낭독하여 표현을 효과 있게 할 수 있게 한다. (4-읽기)

5. 이야기를 각색(脚色) 할 수 있게 한다. (5-쓰기)

5. 문학에 대하여 흥미를 느끼게 하며 기초적인 감상 능력을 갖게 한다. (6-읽기)

여기에서 '좋은 글', '이야기', '문학' 정도가 문학적인 글을 뜻하는 것으로 볼 수 있는데 여기서의 '이야기'가 모호하나마 문학의 한 갈래로써의 의미를 지지고 있는 것으로 추측할 수 있다. 여기서 처음으로 '문학'

이라는 용어가 등장하는데, 이것도 포괄적으로 '문학'이라는 용어를 쓴 것이지 구체적인 하위 갈래로 '동화'라든지, '동시'라는 용어가 쓰인 것은 아니다.

'동화', '동시' 등의 용어가 등장하는 부분은 '四. 국민학교 국어과 지도 방법의 단원 구성의 예'에 나타난다. 여기에서는 단원 구성의 방법을 "(一). 생활을 위주로 하는 단원의 예(例)", "(二) 기능을 위주로 하는 단원의 예(例)", "(三) 국어순화를 위주로 한 단원의 예(例)"로 나누고 그 중 (二)에 "1. 동요 동시를 읽자. 2. 동화 소설을 읽자 20. 동요, 동시를 쓰자. 21. 동화, 소설을 쓰자."라는 항목이 제시되어 있다. 이를 보면, 교과서에서도 이런 용어가 제시되었으리라 짐작할 수 있다.

② 교과서에 나타난 장르 용어

1차 교육과정기의 교과서에 나타난 장르 용어는 '차례'나 '본문'에는 전혀 언급되지 않고 교과서의 맨 끝에 부록처럼 제시한 '학습 문제'에 나타나 있다. '학습 문제'는 단원 별로 서너 개씩 제시하여 교사가 해당 단원을 지도할 때 참고할 수 있도록 한 것이다. 문학의 장르를 가리키는 용례를 제시하면 다음과 같다.

①동화를 읽고 남에게도 들려줍시다. (4-1, 동화와 연극)
②이 글을 읽고 느낀 점을 글로 써 봅시다. (4-1, 15단원 달님 이야기)
③이 이야기를 읽고 느낀 점을 이야기하여 봅시다. (4-1, 16단원 왕자와 제비)

위에 인용한 항목은 모두 4학년 1학기 국어 교과서에 제시된 학습 문제들이다. 그런데 같은 페이지에 나타난 문학 장르 명칭이 각각 다른 것을 알 수 있다. ①은 대단원의 학습 문제를 제시한 것이고, ②는 안데르센의 작품을, ③은 오스카 와일드의 작품을 가리키는 어휘인데 ②에서는 '글'이라 하였고 ③에서는 '이야기'라고 하였다. 이와 같이 '동화'와 '이야기'라는 용어를 일정한 기준 없이 사용하기는 하였지만, 1차 교과서에서 '동화'라는 용어는 전 학년에 걸쳐서 꾸준히 나타나고 있다.

이 동화의 "이상한 안경"은 무엇인가. (4-1, 2단원 이상한 안경)
명작 동화를 읽어 봅시다. (4-2, 5단원, 달님 이야기)
유명한 동화 작가의 전기를 읽읍시다. (4-2, 5단원, 달님 이야기)
동화를 연극으로 꾸미는 연구를 합시다. (6-1, 2단원 봄이 올 때까지)

'동화'라는 용어가 꾸준히 나타나기는 하지만, '동화'라는 어휘를 써야 할 자리에 '이야기'라는 말을 쓴 곳도 자주 나타나며, 특히 '심청' 같은 고소설이나 '할미꽃' 같은 전설을 가리킬 때는 '이야기'라는 용어를 썼다.

(2) 제2차 교육과정기의 장르 용어 사용 양상(1963~)

① 교육과정에 나타난 장르 용어

제2차 교육과정은 생활중심, 경험중심의 진보주의 교육사조를 실천면에서 수용, 적용한 특징을 보인다. 1차와 같이 '말하기, 듣기, 읽기, 쓰기'의 네 영역으로 편성되었고, '문학'과 '문법'은 따로 편성되지 않았다.

2차 교육과정을 검토한 결과, '동화'라든가, '소설'과 같은 장르 용어는 일체 제시되지 않고 '이야기'라는 용어만이 등장하는데 이 용어의 용례는 'Ⅱ. 학년 목표'에 다음과 같이 제시되어 있다.

동무들과 서로 즐겁게 이야기할 수 있도록 한다. (1-말하기)
이야기를 주고 받으며 회화를 할 수 있도록 한다. (2-듣기)

줄거리의 중점을 엮어서 이야기할 줄 알도록 한다. (5-말하기)

여기서의 '이야기'는 문학의 한 갈래를 뜻하는 것이 아니라 '대화'의 의미로 사용된 것이다.

스스로 이야기나 시를 읽는 데에 힘쓰도록 한다. (2-읽기)

위 항목에 쓰인 '이야기'만이 문학 작품의 한 갈래를 지칭하는 것이다. 여기서의 '이야기'가 동화인지, 설화인지는 아직 알 수 없고, 교과서를 확인해 보아야 하겠다.

실용문, 논설문, 감상문을 구별하여 쓸 수 있도록 한다. (6-쓰기)

실용문이나 문학 작품을 읽어 마음을 윤택하게 하는 데 힘쓰도록 한다. (5-읽기)

문학에 대한 흥미를 느끼고 기초적 감상을 할 수 있도록 한다. (6-읽기)

위의 학년목표 항목을 보면 '논설문', '감상문' 같은 문종을 열거하였지만 문학 영역의 경우는 하위 장르를 제시하지 않고 포괄적으로 '문학 작품'이라는 어휘를 사용하였음을 알 수 있다.

'Ⅱ. 학년 목표' 다음 항목에 'Ⅲ. 지도 내용', 'Ⅳ. 지도상의 유의점' 항이 있으나 문학의 장르 이름을 제시한 곳은 없다.

② 교과서에 나타난 장르 용어

2차 교육과정기의 교과서에는 현재 우리가 '동화', 혹은 '소설'로 부를 만한 작품이 소수 실려 있는데, 이런 작품을 지칭하는 용례는 다음과 같다.

'꽃씨'의 이야기를 읽고 느낀 것을 써 보았습니다. 여러분은 무엇을 느꼈나요? (국어, 3-1)

'꽃씨'라는 작품은 현수라는 아이의 꿈 이야기를 공상동화 형식으로 쓴 작품이다. 교과서의 〈공부할 문제〉에서는 이 작품을 위와 같이 '이야기'라고 부르고 있다. 여기서 이야기는 설화(전래동화)가 아니라 창작동화를 가리키는 것이다.

또, 5-1 국어 교과서에는 '나루터'라는 사실동화 한 편이 실려 있는데 〈공부할 문제〉를 보면 '나루터에 나오는 사람들의 마음씨를 알아보자'(49쪽)와 같이 장르 명칭은 제시되지 않고, 직접 작품의 제목을 쓰고 있다. 6-1 국어 교과서에도 세르반테스의 소설 '돈키호테'의 앞부분을 '기사 임명식'이란 단원명으로 부분 수록하고 있는데, 〈공부할 문제〉를 보면, '소설'이라든가 '이야기'라든가 하는 일정한 장르 이름을 거론하지 않고 "'기사 임명식'에서 저절로 웃음이 나오는 대문은 어디인가?"와 같은 형식으로 제시하고 있다.

2차 교육과정의 교과서에서는 '동화'라는 명칭은 등장하지 않고 '이야기'라고 하든지 그저 제재명을 제시하는 방식을 쓰고 있다. 이것을 보면 '이야기'라는 어휘도 교과서 편찬자가 일정한 장르 의식을 가지고 쓴 것이 아니라 '줄거리가 있는 서사 형식의 글'을 일상 언어로 편리하게 부른 것으로 보인다.

(3) 제3차 교육과정기의 장르 용어

① 교육과정에 나타난 장르 용어

3차 국어과 교육과정은 학문중심 교육원리의 도입과 가치관 교육의 강화로 특징지어진다. 이 교육과정은 말하기, 듣기, 읽기, 짓기, 글씨쓰기의 다섯 영역으로 구분되어 있으며, 여전히 문학과 문법은 내용 영역으로 설정되어 있지 않다. 3차 교육과정은 '가. 목표', '나. 내용', '다. 지도상의 유의점'으로 구성되어 있는데 이는 2차교육과정이 '내용'이 없었던 것이 비하면 이전의 교육과정보다 정교해지고, 가르칠 내용을 구체적으로 제시하였다는 점에서 더 진보한 교육과정이라고 할 수 있다. '나. 내용'은 '지도 사항 및 형식'으로 나누어 제시되어 있다. 장르 용어는 '지도 사항'과 '주요 형식'에 제시되어 있다. 문학 장르와 관련된 용어가 제시된 용례를 보이면 다음과 같다.

⑧이야기의 줄거리를 의식하면서 읽기 (1－읽기, 지도 사항)

③생활 경험담, 우화, 동화, 설화, 극'이 있다. (1－듣기, 주요 형식)

③우화, 동화, 설화, 동시(동요), 극본 (1－읽기, 주요 형식)

③동화, 전기, 소년 소설, 극본, 동시(동요), 설화 (4－읽기, 주요 형식)

위의 내용을 살펴보면, '지도 사항'에는 '이야기'라 되어 있고, '주요 형식'에는 하위 장르가 구체적으로 명시되어 있다. '주요 형식'을 각 내용을 교과서에 제재화할 때에 참고할 문종을 지시한 것으로 보인다. 여기서 당시의 교육과정 편찬자들이 '소년 소설'과 '동화', '설화'를 모두 다른 갈래로 인식하고 있었음을 알 수 있다.

한편, 4학년, '쓰기' 영역의 '주요 형식'에는 '이야기(내용), 전기의 요약·감상, 동시(동요), 극본(각색)'으로 되어 있어 읽기에서 제시했던 '소년 소설'이나 '동화', '설화'라는 갈래 대신에 '이야기(내용)'라는 용어를 사용하고 있다. 아마도 국민학교 4학년 학생이 본격적인 소설이나, 동화를 짓기는 어렵기에 그런 것들을 총칭하여 줄거리가 있는 글을 '이야기'라고 포괄적으로 지칭한 것으로 추측된다.

② **교과서에 나타난 장르 용어**

3차 교육과정기의 교과서에 나타난 장르 용어의 사례는 다음과 같다.

'개와 고양이'를 읽고, 재미있는 데를 찾아서 이야기해 봅시다.

(1－2, 2단원, 재미있는 이야기의 〈공부할 문제〉)

'꽃씨'의 이야기를 몇 도막으로 나누어 이야기해 봅시다.

(3－1, －'2단원 봄' 의 〈공부할 문제〉)

'어깨동무'의 이야기는 어떤 이야기일까요? 옳은 답을 찾아봅시다.

(3－1, '어깨동무' 의 〈공부할 문제〉)

'마지막 수업'을 읽고, 느낌을 이야기해 보자. 이 이야기의 자세한 곳까지 살펴서 읽어 보자. (6－1, 144쪽, '마지막 수업' 의 〈공부할 문제〉)

'기사 임명식'을 읽고, 서로 이야기해 보자.

(6－1, 44쪽, '(2)기사 임명식' 의 〈공부할 문제〉)

다음 이야기들을 도서실에서 찾아서 읽어 보자. －알프스의 소녀, 집 없는 천사, 톰 소오여의 모험, 소공녀－ (6－1, 144쪽, 〈공부할 문제〉)

위에서 보듯이 3차 교육과정기의 교과서에서 '동화'라든지, '소설'이라든지 하는 용어를 써야 할 자리에는 모두 '이야기'라고 표현하거나 그냥 제재명을 썼음('개와 고양이'를 읽고－, '가시 임명식'을 읽고－)을 알 수 있다. '꽃씨'는 공상동화 성격의 글이고, '어깨동무'는 사실동화, '마지막 수업'과 '기사 임명식'(돈키호테를 부분 수록한 글)은 소설이다. '알프스의 소녀'나 '톰 소오여의 모험' 등도 모두 '이야기'라고 지칭하고 있다.

이 시기의 교과서 편찬자들은 '동화'라고 해야할지, '소설'이라고 해야할지 판단하기 어려울 때에 두루뭉술하게 '이야기'라 한 것으로 보인다. 교육과정에는 하위 장르들을 일일이 거론하고서도 정작 교과서에서는 정확한 용어를 회피하고 있다.

(4) 제4차 교육과정기의 장르 용어 검토

① 교육과정에 나타난 장르 용어

제4차 교육과정은 '표현 · 이해(말하기, 듣기, 읽기, 쓰기)'와 '언어', '문학'으로 영역이 구분되어 있는데, 장르 용어는 대체로 '문학' 영역에 제시되고 있다. 4차 교육과정의 체제는 '가. 교과 목표, 나. 학년 목표 및 내용, 다. 지도 및 평가상의 유의점'으로 구성되어 있다. 여기서는 "나. 학년 목표 및 내용"에서 장르 용어가 어떻게 사용되었는지를 검토하기로 한다.

(1)의인화된 짧은 이야기나 단순한 옛날 이야기를 즐긴다. (1-문학)
(2)이야기에서 대화의 주인이 되어 보는 일에 흥미를 느낀다. (1-문학)
(3)의성어나 의태어가 많이 쓰인 노래말을 통하여 말놀이를 즐긴다. (1-문학)

(1)이야기에는 인물이 나옴을 알고, 의인화된 이야기를 사람의 이야기로 바꾸어 이해할 줄 안다. (3-문학)
(2)이야기 속의 일은 인물들 간의 대화만으로도 진행될 수 있음을 안다. (3-문학)
(3)시는 행과 연으로 구성됨을 알고, 구칙적으로 반복된 언어적 요소들을 가려낼 줄 안다. (3-문학)

(1)이야기는 꾸며진 세계이며, 사건은 일정한 배경에서 일어난다는 것을 안다. (4-문학)
(2)극본은 인물의 말과 행동으로 이루어짐을 알고 즐겨 읽는다. (4-문학)
(3)형식적 특징이 잘 드러나는 시와 덜 드러나는 시를 구별하여 이햐하고 즐

긴다. (4-문학)

4차 국어과 교육과정의 문학 영역 내용 항목은 각 학년별로 세 개씩 제시되어있는데, 내용의 (1)은 서사, (2)는 극본, (3)은 서정 장르에 대해 서술하고 있다. 따라서 1학년과 2학년의 내용 항목 (2)에 사용된 '이야기'라는 용어는 극본의 초보적인 형태를 가리키는 것으로 이해할 수 있다. 즉 문학의 장르가 확연하게 구별되지 않는 초보적인 형태의 서사물은 '이야기'라는 용어를 포괄적으로 사용한 것으로 추측된다. 즉 고학년에서 쓰인 '이야기'라는 용어는 서사 장르를, 저학년에서 쓰인 '이야기'라는 용어는 극 장르를 가리키는 말인 것이다.

4차 교육과정의 '내용'에서는 '동화'나 '소설' 등의 용어를 쓰지 않고, '이야기'라는 용어를 사용하였다. 그런데 지도 및 평가상의 유의점 항에서는 다음과 같이 '동화'라는 장르 이름을 사용하고 있다.

바) 동화, 극본의 창작 지도는 특별 활동을 통하여 지도하거난 개별적으로 지도할 수 있으나, 정규 수업 시간에 모든 학생에게 지도하지 않도록 한다.

'지도상의 유의점'에 제시된 '동화'라는 용어는 교육과정 편찬자들의 착오라고 생각된다. 위의 내용으로 미루어 보면, 서사 장르는 전체적으로 '이야기'라는 용어로 통일하려 하였음을 알 수 있다.

② 교과서에 나타난 장르 용어

교육과정에서 서사 장르의 명칭을 '이야기'라고 통일하였는데, 이것을 교과서에서는 어떻게 표현하였을지 궁금하다.

3학년 1학기 교과서에는 창작동화인 '봄비의 나들이'라는 작품이 수록되어 있는데, 〈본문 공부〉 4. 알아두기에 '(1)이 이야기는 꾸민 이야기입니다. (2)사람이 아닌 것도 사람처럼 말도 하고 생각도 하게 꾸밀 수 있습니다.'(17쪽)라는 설명이 있다. 교과서에서도 교육과정과 마찬가지로 '동화'라는 용어를 쓰지 않고 '이야기'라는 용어를 썼음을 알 수 있다. '이 이야기는 꾸민 이야기입니다'라는 문장을 보면 '이야기'가 허구적인 서사물이라는 확실한 장르 개념을 가르치려는 의도가 들어있음을 알 수 있다. 즉, 여기서의 '이야기'는 설화의 개념이 아니라 '창작 동화'를 가리키는 것이다.

그러나 고학년에 가면 '이야기'라는 용어 대신에 '동화'라는 용어가 본격적으로 쓰이기 시작한다.

(1)이 글은 어린이를 위하여 꾸며 지은 글입니다.

(2)이러한 글을 동화라고 합니다.(69쪽)

(3－1 4단원, 재미있는 이야기 (1)다섯 개의 완두콩의 〈본문 공부〉)

(1)이 글도 어린이를 위하여 꾸며 쓴 동화입니다.

(2)동화에는 장소가 나타나 있습니다.

(3－1, 4단원(2)'바위꽃과 아기별' 의 〈본문 공부〉)

여기서는 '동화'라는 용어를 사용하고 '동화'의 뜻과 '동화'의 구성 요소인 배경까지 지도하도록 서술되어 있다. 이렇게 '동화'의 뜻과 특징을 자세하게 지식으로 가르치는 방식은 다음 항목들과도 맥락을 같이 한다.

(1)이 글은 훌륭한 분이 한 일을 적을 글입니다. (2)이러한 글을 전기라고 합니다. (2단원 훌륭한 분들 (1)오성과 한음의 〈본문 공부〉)(29쪽)

(2)어떤 것에 대하여 알기 쉽게 설명하려고 쓴 글을 설명문이라고 합니다.

(3단원.설명하는 글의 〈본문 공부〉)

4차 교육과정은 3차의 학문중심 교육과정의 연속선에 있으며, 학문적 배경을 갖춘 교육과정을 추구하였다. 국어과의 주요 학문적 배경으로 수사학, 언어학, 문학(학)을 설정하였기 때문에 학문적인 용어를 교과서에 노출시켜 직접 지도하는 경향이 있다. 그리고 이 교과서의 단원 편성 방식은 '문종별 단원 편성'이다. 이 방식은 가르쳐야 할 문종(장르)을 먼저 설정하고 문종별로 가르치기 좋은 글을 제재로 선정하여 단원을 편성하는 방법이다. 이 방법의 장점은 일기, 전기, 설명문, 논설문 등과 같이 가르쳐야 할 문종을 골고루 안배하여 수록할 수 있다는 점이다. 따라서 문종의 이름을 지도하지 않을 수 없다. 위에 인용한 전기문과 설명문에 대한 뜻풀이가 이렇게 자세하게 제시된 것은 '학문 중심 교육과정'으로서의 성격과 '문종별 단원 편성' 방식이라는 특징이 잘 반영된 것이다. 이와 같은 관점에서 문학 단원에서도 '동시', '동화' 등과 같은 장르의 이름을 분명하게 밝혔으며, 각 장르의 뜻도 잘 설명한 것이다.

한편, '태극기'라는 글은 어린이가 화자가 되어 공산군이 쳐들어왔을 때의 경험을 쓴 생활문인데, 이 글의 앞부분에 '다음 글은 용호라는 어린이가 6·25를 겪고 쓴 글입니다.'라는 설명이 붙어 있다. 이 단원의 〈본문 공부〉에는 "3-(1) 6·25 이야기를 조사하여 발표해 봅시다. 4-(1)이 이야기는 시간 차례와 다르게 짜여져 있읍니다."라는 설명이 있는데 여기서 '이야기'라는 용어가 허구적인(문학적인) 글이 아니라 사실적인 서사문에 썼다는 것을 알 수 있다.

4차 교육과정에서 '동화'의 용례는 다음과 같은 곳에서도 발견된다.

> <u>동화</u> 속의 사건은 때와 밀접한 관계가 있다.
>
> (4-1, 국어)1단원. <u>동화</u>의 세계 (1)이상한 샘물 (2)흥부와 제비 〈본문공부〉

'이상한 샘물'은 공상동화이고, '흥부와 제비'는 고전 소설을 어린이

용으로 재구성한 글로 전래 동화라고 할 수 있겠다. 즉, 이 단원에서는 '흥부와 제비' 같은 글도 '동화'라는 범주에 포함시키고 있음을 알 수 있다.

한편, 6학년 1학기 국어 교과서에는 '나루터'라는 작품이 실려 있다. 이 작품의 주인공은 6학년 정도의 '기남이'라는 어린이다. 강마을을 배경으로 시골 생활도 나름대로 보람있고 즐겁다는 주제의 사실동화이다. 이 작품도 〈본문 공부〉에 다음과 같이 '동화'라고 지칭하고 있다.

(1) 동화는 있음 직한 일을 상상하여 꾸민 이야기다.

(2) 동화에서는 나중 일을 앞서 일어난 일보다 먼저 이야기하기도 한다.

(6-1 국어, 5단원 이야기의 세계 (1) 나루터, 〈본문 공부〉)

'동화'라는 장르 명칭이 가장 확실하게 가장 많이 쓰인 교과서가 4차 교육과정기의 국어 교과서이다. 교육과정에서는 줄곧 '이야기'라고 부르다가, 교과서에서는 '동화'로 통일하였다. 다만, 저학년에서는 '이야기'라고 하다가 고학년에서 '동화'라고 한 이유가 무엇일까 의아하기는 하다. 추측하건대, 저학년에서는 장르의 명칭을 확실하게 가르칠 필요가 없어서 일상 생활에서 널리 쓰이는 '이야기'라는 용어를 채택한 것이 아닌가 생각된다. 하여튼 고학년에서 일관되게 '동화'라는 용어를 쓴 것은 학문중심 교육과정을 지향하는 4차의 교육과정 편성 지침이 가장 체계적이고 일관성 있게 적용된 사례라고 할 수 있다.

(5) 제5차 교육과정기의 장르 용어

① 교육과정에 나타난 장르 용어

5차 교육과정의 체제는 '가. 교과 목표, 나. 학년 목표 및 내용, 다. 지도상 및 평가상의 유의점'으로 구성 되어 있고, 장르 용어는 '나. 학년 목표 및 내용'에 제시되어 있다.

서사 장르의 용어가 제시된 사례는 다음과 같다.

①바) 이야기와 동시를 즐겨 읽게 한다. (1–목표)

②아) 짧은 동화를 듣거나 읽고, 그 내용과 느낌에 대 하여 말한다. (1–말하기)

③다) 짧은 동화나 친구의 이야기를 즐겨 듣고, 그 내용에 대하여 함께 말한다. (1–듣기)

④가) 이야기를 듣거나 읽고, 언제, 어디서, 누가, 무엇을, 왜, 어떻게 하였는지를 찾아 발표한다. (1–문학)

일단 1학년의 '1.목표'와 '2.내용'에서 장르 용어가 포함된 항목을 들어 보았다. 위에서 보듯이 '목표'에 제시된 항목(①)에서는 서사 장르는 '이야기'라는 용어로 포괄적으로 지칭하고 서정 장르는 '동시'라는 구체적인 장르 이름을 사용하여 유개념과 종개념을 혼란스럽게 사용하고 있음을 알 수 있다. 그리고 '목표'에서는 '이야기'라고 하였다가 '내용'(②)에서는 '동화'라는 용어를 사용한 점도 발견할 수 있다. 뿐만 아니라, 말하기, 듣기에서는 '동화'라는 용어를 사용했다가 '문학'(④)에서는 '이야기'라고 한 점도 발견된다. 이를 보면, 5차 교육과정에서 사용된 장르 용어는 매우 혼란스럽게 쓰였음을 알 수 있다. 더구나. '듣기'(③)에서 쓰인 '이야기'라는 어휘는 문학의 장르 이름이 아니라 대화의 의미로 사용된 것으로 '이야기'가 정확히 어떤 의미인지 혼란스럽게 한다.

〈3·4학년〉의 '2.내용' 항목에 제시된 사례를 좀더 살펴보자.

①다)여럿이 차례대로 말하면서 하나의 <u>이야기</u>를 꾸민다. (3–말하기)

②다)이야기를 듣고, 그 줄거리를 말한다. (3–듣기)

③라)이야기의 앞부분을 듣고, 뒷부분을 예측하거나 상상한다. (3–듣기)

④가)이야기에 나오는 인물이 되어 보고, 그 인물의 성격에 대하여 서로 말한다. (3–문학)

⑤가)이야기는 꾸며진 세계임을 이해하고, 이야기 속의 인물, 사건, 배경, 주제에 대하여 서로 말한다. (4–문학)

위에서 '이야기'라는 용어가 모두 들어 있지만 그 내포적 의미는 두 가지로 구분된다. 먼저, ①, ②, ③의 '이야기'는 사실적인 이야기이거나 허구적인 이야기를 가리지 않고 서사적인 형태를 포괄적으로 가리키는 것 같다. 그리고 ④, ⑤는 문학의 한 장르를 가리키는 것으로 해석할 수 있다. '인물이 되어 보고, 그 인물의 성격에 대하여' 학습하는 것이므로 동화이거나 설화를 가리키는 것으로 생각된다. 앞의 1학년의 사례와 마찬가지로 '이야기'의 의미 범주가 너무 넓어서 혼란을 초래하고 있다.

② 교과서에 나타난 장르 용어

제5차 교육과정기의 국어 교과서는 초등학교 국어 교과서의 역사에서 큰 획을 긋는 변화를 가져왔다. 교과서가 '말하기·듣기', '읽기', '쓰기'의 세 책으로 분책이 된 것이다. 이는 종래의 국어 교육이 읽기 중심으로 이루어졌음을 반성하는 차원에서 시행된 것이며, 국어 교육의 목적이 '언어사용 기능 신장'이라는 점을 염두에 둔 것으로, '말하기·듣기·쓰기'를 실질적으로 교육하기 위한 방책이었다. 장르 용어는 주로 '읽기' 교과서에 제시되어 있으므로 여기는 '읽기'를 중심으로 검토해 보기로 하겠다.

이 이야기의 배경은 어떠한지 알아보자.

이 이야기 속에서 사냥꾼이 부자가 된 이유를 생각해 보자.

(5-1, 읽기 '검정말 이야기'의 〈본문 공부〉)

주인공의 말과 행동에서 드러난 성격을 알아보자.

이 글을 읽고, 어떤 생각을 했는지 말해 보자.

(5-1, 읽기 '할머니의 안경'의 〈본문 공부〉)

'검정말 이야기'는 옛날을 배경으로 한 창작동화이고 '할머니의 안경'은 현대를 배경으로 한 창작동화인데, 여기서는 '이야기'라는 용어를 썼거나, '글'이라는 어휘를 사용하였다. '할머니의 안경'의 본문 공부, '주인공의 말과 행동에서~'라는 발문을 보면 이 글은 창작동화인 것이 분명한데도 '이야기'도 아니고 '동화'도 아닌 '글'이라는 모호한 단어를 사용하고 있다.(개정 7차 교육과정에서는 '글'을 정보전달이나 설득을 학습하기 위한 언어 자료에만 쓰도록 규정하였다.) 9단원 '우리 선생님'의 단원 목표를 "극본에서 갈등이 풀리는 과정을 살피면서 읽어 보자. 방송 극본의 특성을 알고 낭독해 보자."라고 하여 글의 갈래 명칭을 분명하게 표현하고 있는 것과는 달리 8단원 '할머니의 안경'에는 단원 목표에도 "인물의 성격, 행동, 배경을 생각하며 글을 읽어 보자"라고 한 것이다. 이것은 초등학교 국어 교과서 편찬자들이 아동용 서사 장르의 명칭을 '이야기'라고 할지, '동화'라고 할지, '소설'이라고 할지 결정하기 어려운 고민을 반영하고 있다고 추측할 수 있다. 이러한 혼란상은 6학년 읽기 교과서에서도 발견된다.

1)인물의 성격이 사건의 발단이나 결말과 어떻게 연결되는지 살펴 가며 글을 읽어 보자.

2)생략된 내용이 무엇인지 생각하며 글을 읽어 보자.

(6-1 읽기, 2.우리의 고전(장끼전을 재구성한 작품의 단원목표)

이 글의 배경은 어떠한가? 그리고 그것은 사건의 발단이나 결말과 어떻게 연결되고 있는지 알아보자.

(6-1 읽기, 2.우리의 고전(장끼전을 재구성한 작품의 본문 공부)

인물의 성격이나 마음을 짐작해 가며 글을 읽어 보자

이야기의 전개 과정을 생각하며 글을 읽어 보자.

(6-1 읽기, 7. 어린 왕자의 단원 목표)

같은 단원에서도 '글'이라고 했다가, '이야기'라고 했다가 하는 것은 서사 장르를 지칭할 용어를 결정하지 못하였음을 반영한다. 다른 단원에서는 '극본'이라든가, '시'라는 장르 명칭을 분명히 사용한 사례와 비교해보면 유독 서사 장르의 용어에만 모호함과 혼란이 큰 것을 알 수 있다.

(6) 제6차 교육과정기의 장르 용어

① 교육과정에 나타난 장르 용어

6차 교육과정에는 처음으로 교육과정의 내용 체계가 등장하였다. 문학 영역의 내용 체계만을 보면 다음과 같다.

제6차 국어과 교육과정 문학 영역 내용 체계

문학	3. 문학 작품 감상의 실제 1)동화 및 이야기(소설) 감상 2)동시(시) 감상 3)극본(희곡) 감상 4)문학 작품을 바르게 이해하고 감상하는 태도

내용체계에는 '동화 및 이야기(소설) 감상'이라 하여 '동화'와 '이야기'가 같이 제시되어 있다. 이 내용 체계는 초등학교 단계만 나타낸 것이

아니고, 중·고등학교의 내용도 함께 제시한 것이기 때문에 서사 장르의 용어를 '동화'와 '이야기(소설)'로 구분하여 제시한 것으로 볼 수도 있다. 즉 초등학교 단계는 '동화'로 중·고등학교 단계는 '이야기(소설)'로 표현한 것으로 볼 수도 있다는 말이다. 그런데 학년별 내용을 보면 그런 원칙을 정해놓고 장르 용어를 사용한 것은 아니라는 것을 알 수 있다.

> ①(5)동화나 동시를 듣고, 느낌을 알맞은 낱말을 사용하여 말한다. (1－말하기)
>
> ②(1)이야기를 듣거나 읽고, 인물의 행동에서 느낀 점을 발표한다. (1－문학)
>
> ③(4)동화나 동시에 흥미를 느낀다. (1－문학)

1학년의 내용 항목을 보면 이렇게 '동화'와 '이야기'가 모두 사용된 것이다. 여기서 ①, ③의 '동화'와 ②의 '이야기'가 어떤 차이를 지니는지 모르겠다. 말하기나 듣기에서 '이야기'라는 용어가 쓰였다면 '대화'의 의미로 이해되는 경우가 많은데, 여기서는 반대로 '말하기' 영역에서는 '동화'라는 용어를 쓰고, '문학' 영역에서 '이야기'라는 용어를 썼으니 그 의미를 파악하기 어렵다. 또, 같은 문학 영역에서도 (4)항에서는 '동화'라는 용어를 사용하여 궁금증을 더하고 있다. 이로 보면 '이야기'와 '동화'의 의미를 구분하여 제시한 것으로 볼 수밖에 없는데, 그렇다면 '이야기'는 설화 같은 것이고, '동화'는 창작동화나 공상동화 같은 것을 의미한 것인가.

이런 사정은 〈2학년〉에서도 동일하게 나타난다.

> ①(5)동화나 동시를 읽거나 듣고, 내용과 느낌을 알맞은 낱말을 사용하여 말한다. (2－말하기)
>
> ②(4)이야기를 듣고, 그 내용을 일의 차례에 맞게 다시 말한다. (2－듣기)

③(6)동화나 동시의 낭독을 듣고, 떠오르는 장면을 말한다. (2-듣기)

④(2)이야기에 나오는 인물이 되어 보고, 그 인물에 어울리는 말투로 낭독을 한다. (2-문학)

⑤(5)동화나 동시에 흥미를 느끼고, 즐겨 읽는 습관을 가진다. (2-문학)

1학년과 마찬가지로 '동화'와 '이야기'가 혼용되고 있다(①과 ④). '말하기'에서 '동화'라는 용어를 쓰고, '문학'에서 '이야기'를 사용한 것도 1학년과 같다(⑤에서 보듯이 문학에서 '동화'라는 용어를 쓰기도 하였다). 아마 ②에서 쓰인 '이야기'라는 용어는 문학의 한 장르를 의미한 것이 아니라 대화나 현실의 이야기 등을 의미한 것으로 보이는데 이 때문에 ④처럼 문학의 한 장르를 지칭하는 '이야기'와 혼란을 준다.

이상의 내용을 3학년의 경우와 비교하여 보자.

(7)동화나 동시를 읽거나 듣고, 느낌을 생생하게 전달할 수 있는 낱말을 사용하여 말한다. (3-말하기)

(1)이야기 속의 인물, 사건, 배경에 대하여 말해 보고, 이야기의 줄거리를 간추린다. (3-문학)

(2)이야기의 결말을 확인하고, 그 결말의 원인이 되는 행위나 사건을 찾는다. (3-문학)

(3)시에서 행과 연을 구분하여 보고, 시의 글감과 주제를 파악한다.(3-문학)

위에서 보듯이 '말하기' 영역에서는 '동화'라는 용어를 사용했지만, '문학' 영역에서는 '동화'라는 용어를 사용하지 않고 모두 '이야기'라고 하였다. 즉, 1, 2학년까지는 '동화'라는 용어를 병행 사용했다가 3학년부터는 '이야기'라는 용어만 사용한 것이다(이것은 1, 2학년까지는 '동시'라는 용어를 쓰다가 3학년부터는 모두 '시'라고 한 상황과 관련이 있을 것이다).

여기서 6차 교육과정 편찬자들의 장르 명칭에 대한 인식의 일단을 엿볼 수 있다. 저학년 독자들이 읽는 작품은 '동화', '동시'라고 부르고, 3학년 이상의 독자들이 읽는 작품은 '이야기'이거나 '시'라고 불러야 한다는 것이다. 이것은 교과서에 나타난 장르 용어와 비교하여 살펴볼 필요가 있다. 그렇게 본다면 '말하기'에서 '동화'라는 용어를 쓴 것은 일관성을 잃은 것이라고 볼 수 있다. 4학년부터는 '말하기'에서도 '동화'라는 말을 안 쓰고 모두 '이야기'라고 하였기 때문이다. 4학년부터 6학년까지의 학년별 내용 가운데 몇 항목을 발췌하여 본다.

①(7)이야기를 듣고, 그 내용을 요약하여 말한다. (4-말하기)

②(8)이야기를 듣고, 인물이 한 일에 대한 자기의 생각이나 느낌을 말한다. (4-듣기)

③(2)이야기에서 결말의 원인이 되는 행위와 사건을 찾아보고, 그것이 이야기의 결말에 어떻게 영향을 주는지 말한다. (4-문학)

④(4)시에서 반복적으로 나타나는 언어적 요소를 찾아보고, 시의 운율을 살려 낭송한다. (4-문학)

⑤(6)이야기에 나오는 인물에 어울리는 표정이나 몸짓, 어조로 말한다. (5-말하기)

⑥(3)이야기에서 인물의 행동 등에 대하여 묘사한 부분을 찾아보고, 인물의 성격이나 심리적 상태를 추리한다. (6-문학)

①과 ②는 사실적인 이야기일 수도 있고, 허구적인 이야기일 수도 있을 것 같지만, ③, ⑤, ⑥은 서사적인 문학의 장르를 가리키는 것이다. 이상에서 보듯이 4학년부터 6학년까지는 3학년과 마찬가지로 '동화'라는 용어를 안 쓰고, '이야기'라는 포괄적인 용어를 사용하였다. 또, 3학년과 마찬가지로 '동시'라는 용어가 없고 '시'라는 용어를 사용하였음을

알 수 있다.

내용 체계표의 '3. 문학 작품 감상의 실제'에는 '동화 및 이야기(소설) 감상', '동시(시) 감상'이라고 되어 있지만, 내용 항목에는 '동화'라는 용어가 1, 2학년 때만 잠시 쓰이고 3학년부터는 모두 '이야기'라는 용어로 통일되어 있음을 알 수 있다. 교육과정의 내용 항목으로만 보면 교육과정 편찬자들은 1, 2학년 어린이용 서정 장르는 '동시'로 서사 장르는 '동화'로 생각하였으며, 3학년 이상의 어린이를 독자로 한 문학 장르는 '이야기'이거나, '시'로 본 것이다. '소설'도 아니고, '동화'도 아닌 '이야기'라는 용어에 대한 부적합성은 항을 달리 하여 논의하겠다.

② 교과서에 나타난 장르 용어

6차 교육과정기 국어 교과서의 단원 편성 방식은 '문종 중심 단원 편성'이다. 이 방식은 한 가지의 문종(장르)으로 한 단원을 편성하는 방식이다. 이 방식으로 단원을 구성하기 위해서는 교과서 편찬자는 가르쳐야 할 문종을 먼저 선정하여야 한다. 문종 중심 단원 구성 방식의 장점은 여러 가지 문종을 골고루 제시하여 가르칠 수 있다는 장점이 있다. 한 학기를 17주로 계획하여 17단원으로 편성하였다면 최대 17가지의 문종을 가르칠 수 있다(중요한 문종이 두 세 번 제시되기 때문에 이런 경우는 없다).

문종 중심으로 단원을 편성하기 위해서는 가르쳐야 할 문종을 선정해야하는데, 이 과정에서 해당 문종의 명칭도 생각하지 않을 수 없다(예컨대, 극본, 시, 전기문, 일기, 편지글 등). 이런 까닭으로, 6차 교과서에서 서사, 서정 장르의 명칭을 어떻게 사용했는지 더 궁금해지는 것이다.

6차, 1,2학년 교과서를 찾지 못함.

6차 국어교과서도 5차 때와 마찬가지로 말하기·듣기, 쓰기, 읽기의 세 권으로 분책되어 있다. 여기서는 '읽기' 교과서를 중심으로 검토하였다.

교과서를 검토한 결과, 3학년 이상의 서사 장르에는 교육과정의 내용 항목에서 제시되었던 '이야기'라는 용어가 계속하여 사용되었음을 알 수 있다.

①이야기의 결말과 그 원인이 무엇인지 생각하며 글을 읽어 봅시다.

(3-1, 읽기, '다섯 개의 완두콩' 의 차시 목표)

②이어질 내용을 생각하며 이야기를 읽어 봅시다.

(3-1, 읽기, '바위꽃과 아기별' 의 차시 목표)

③이야기를 읽고, 이어질 내용을 상상하여 봅시다.

(4-1, 읽기 '오성과 한음' 의 차시 목표)

④사건의 전개 과정에 주의하며 이야기를 읽어 봅시다.

(4-1, 읽기, '머리 아홉 달린 괴물' 의 차시 목표)

①은 안데르센, ②는 마해송의 작품으로 우리가 '창작동화'라고 일컫는 것인데 교과서에서는 모두 '이야기'라고 부르고 있다. ③의 경우는 전기문이 아니고, 옛 어른의 어린 시절에 관한 재미있는 에피소드이다. 설화도 아니고 창작 동화도 아니므로 그야말로 '이야기'라는 용어 밖에는 쓸 수가 없다. 이런 장면에 쓴 '이야기'라는 용어는 적절하다. ④는 문학 장르 분류상 설화(민담)에 속한다. '전래동화'라고 부를 수 있지만, 통상 설화를 '이야기'라고 부르는 것이 적절하다. 문제는 ①, ②와 같은 창작 동화를 ③이나 ④와 동일한 명칭으로 불러도 좋은가 하는 것이다.

5·6학년 읽기 교과서에서 장르 용어가 어떻게 사용되었는지 살펴보자.

①인물의 성격이 사건과 어떤 관계가 있는지 알아보며, 이야기를 읽어 보자.
(5-1, 4. 따뜻한 마음의 단원 목표, '나무를 심은 사람'(외국의 창작동화)과, '임금의 병'(행복한 사람의 속옷을 입으면 병이 낫는다는 이야기-설화)이 수록되어 있다.
②이야기를 읽고, 느낀 점을 말하여 보자.
(6. 감동의 메아리의 단원 목표, '웃음총'(우화), '우리 집에 이사 온 아이'(창작 동화)가 수록됨)
③주제를 알아보며 이야기를 읽어 보자.
(11. 글 속에 숨은 생각의 단원목표, '배추 장수 아저씨'(창작 동화), '오월의 선물'(창작 동화)이 수록됨)
④인물의 성격과 배경이 사건 전개에 어떤 영향을 끼치는지 알아보며 이야기를 읽어 보자.
(6-1, 8. 이야기 속으로의 단원 목표, 이문열의 '우리들의 일그러진 영웅'이 수록됨.

3학년에서와 마찬가지로 서사 장르는 모두 '이야기'라는 용어가 사용되었다. 여기서 '이야기'가 가리키는 하위 장르는 창작동화와 설화(민담), 우화, 소설 등을 모두 포함하고 있음을 알 수 있다. 특히 ④에서는 이문열의 '우리들의 일그러진 영웅'이 수록되어 있는데, 이 작품이 중·고교 교과서에 실렸을 경우 당연히 '소설'이라고 해야 할 것이다. 그런데 초등학교 교과서에 실리는 순간 장르의 명칭을 뭐라고 해야 할지 고민이 시작되는 것이다. 초등학교에 실리는 작품을 대놓고 소설이라고 한 적은 없기 때문이다.

그런데 소설 작품이 초등학교에 실린 사례가 이 뿐만이 아니다. '로빈슨 크루소'가 일부분 수록되기도 하였다. 앞으로도 소설이 수록될 가능성은 충분하다. 그러면 지금부터라도 소설은 소설로 동화는 동화로 불러주면 될 것이 아닌가. '이야기'라고 두루뭉술하게 구렁이 담넘어가듯 할 수는 없다. 아이들에게 분명한 장르의 이름을 가르치는 것이 문학 교육에서 할 중요한 할 일이다.

교과서 편찬자들이 '이야기'라고 해버리면 편찬자의 입장에서는 편리한 점도 있을 것이다. 이 작품이 동화인지, 소설인지, 설화인지 구별하기가 어려울 때 굳이 하위 장르 이름을 분명하게 하여 오류를 자초하지 않아도 되기 때문이다. 말하자면 두루뭉술하게 넘어갈 수 있는 용어가 '이야기'일 수 있다. 그러나 '이야기'는 이 모두에 해당 되기도 하지만 어떤 서사 작품도 정확하게 지칭하지는 못함. 현재 국문학의 장르 분류상 '이야기'라는 용어는 어디에도 없다.

위와 같은 사례를 아래와 비교해 보자.

①등장 인물의 갈등을 알아보며 극본을 읽어 보자.

(6-1, 9. 생각들의 만남의 단원 목표, '난파선의 사람들', '우리 선생님' 이 수록됨.)

②전래 동요를 읽고, 글감과 주제를 찾아보자.

(6-1, 13. 아이들의 노래의 단원 목표)

여기서는 '극본', '전래 동요'와 같은 장르의 이름을 분명하게 명시하고 있다. 특히 ②는 '전래 동요에 대하여 알아보자.'라는 차시 목표 아래, 전래 동요의 뜻과 작자, 소재, 형식적 특징 등을 서술한 설명문을 수록하여 '전래 동요'라는 장르의 이름을 분명하게 가르치고 있다. 이와 같이 '극본'과 '전래 동요'는 장르의 이름을 분명하게 제시하여 가르치면서 '동화', '소설', '설화' 등은 뭉뚱그려서 '이야기'라고 얼버무리는 서술 방식은 매우 바람직하지 못하다. '전래 동요'를 명시할 때에는 그 상대가 되는 '전래 동화'라는 장르 명칭도 사용할 법한데 이는 모두 '이야기'라는 포괄적인 명칭을 사용하고 있는 것도 일관성을 상실한 서술 방식이다.

교육과정의 내용 체계에 들어있던 '동화'라는 용어가 교과서에서는 저학년에만 제시되고 고학년에는 모두 '이야기'로 표현한 것도 교육과정과 교과서의 연계성을 상실한 것이다.

(7) 제7차 교육과정기의 장르 용어 검토

① 교육과정에 나타난 장르 용어

제7차 교육과정은 6차 때와 같이 내용 체계표를 제시하였는데, 문학 영역의 내용 체계도 6차 때와 크게 다르지 않다.

제7차 국어과 교육과정 문학 영역 내용 체계

문학	작품의 수용과 창작 실제 —시(동시) —소설(동화, 이야기) —희곡(극본) —수필

다만 6차 때에 '3. 문학 작품 감상의 실제' 항에 '1) 동화 및 이야기(소설) 감상'이라고 했던 것을 '작품의 수용과 창작의 실제' 항에 '소설(동화, 이야기)'로 표현한 것이 달라졌다. 6차 때에는 '동화 및 이야기(소설)'이라 했던 것을, 7차에서는 소설을 주요 장르로 표현하고 괄호 안에 '동화'와 '이야기'를 나란히 넣어 놓았다. 이것은 아마도 '시', '소설', '희곡', '수필'은 중·고등학교(7학년~10학년)에서 사용하는 장르 용어로, '동시', '동화, 이야기', '극본'은 초등학교 단계에서 사용하는 용어로 생각한 것으로 보인다. 국민 공통 기본 교육과정을 표방하는 7차 교

육과정의 성격이 드러난 표현이라고 할 수 있다(그렇다면, 초등학교 단계에서는 모두 '동시', '동화, 이야기', '극본'이라고 써야 하는데 실상을 그렇지 못하다. 이 원칙이 가장 잘 지켜진 부분은 '극본'이라는 용어이다).

제7차 교육과정은 수준별 교육과정이라는 특징이 있다. 국어과는 내용 항목을 제시하고 각각의 항목에 수준별 학습 활동의 예에 〈기본 활동〉과 〈심화 활동〉을 제시하였는데 장르의 명칭은 〈기본〉과 〈심화〉 활동의 예에 나타나 있다. 장르의 명칭은 〈기본〉과 〈심화〉 활동에 동일하게 사용되었으므로 여기서는 〈기본 활동〉에 제시된 사항만을 보기로 한다. 단, 장르의 명칭이 〈기본〉과 〈심화〉에서 달리 사용되었을 때는 같이 제시하기로 한다.

(1)작품에 표현된 말에서 재미를 느낀다. (1－문학)

〈기본〉 동시나 동화에서 재미있는 말을 찾는다.

(2)작품에 나오는 인물의 모습이나 성격을 상상한다. (1－문학)

〈기본〉 동화나 동시를 듣거나 읽고, 작품 속의 인물에 대한 생각이나 느낌을 말한다.

(1)작품에 반복적으로 나타나는 말의 재미를 느낀다. (2－문학)

〈기본〉 동시에서 반복적으로 나타나는 언어적 요소가 주는 느낌을 말한다.

(2)이어질 내용을 상상한다. (1－문학)

〈기본〉 이야기나 극본의 일부분을 읽고, 다음에 이어질 이야기를 상상하여 말한다.

1, 2학년의 학년별 내용을 보면 1학년에는 '동화', '동시'라는 용어를 사용하였으며, '이야기'라는 용어가 등장하지 않다가, 2학년에는 서정 장르는 '동시'라고 지칭하고, 서사 장르는 '이야기'라는 용어를 사용하고 있다. '동화'와 '동시'가 상대적인 용어로 사용되지 않았다.

①(1)작품에는 일상의 세계와 비슷한 상상의 세계가 담겨 있음을 안다. (3-문학)

〈기본〉 이야기나 극본에 드러난 인물, 사건, 배경이나 동시의 정경을 현실 세계와 비교하여 말한다.

〈심화〉 전기를 읽고, 동화와 서로 비교하여 그 차이점을 말한다.

②(3)작품의 분위기를 살려서 낭독한다. (3-문학)

〈기본〉 동시나 동화에서 작품의 분위기를 파악하고, 분위기를 살려서 낭독한다.

〈심화〉 동시나 동화의 낭독을 듣고, 분위기를 잘 살려서 낭독하였는지 말한다.

③(4)작품에 나오는 인물이 되어 본다. (3-문학)

〈기본〉 이야기나 극본에 나오는 인물이 되어 어울리는 어조나 말투로 말한다.

〈심화〉 이야기나 극본에 나오는 인물의 말이나 행동을 말한다.

④(1)작품의 구성 요소를 안다. (4-문학)

〈기본〉 동시, 동화나 소설, 극본의 구성 요소를 안다.

⑤(4)작품에 나타난 인물의 삶의 모습을 이해한다. (4-문학)

〈기본〉 작품의 시대 배경과 관련지어 등장인물의 삶의 모습에 대하여 말한다.

①에서는 같은 항목에서 〈기본 활동〉에는 '이야기'라고 하고, 〈심화 활동〉에서는 '동화'라고 한 것이 눈에 띈다. 〈기본〉에서는 '우화'든 '설화'든 서사적인 요소가 있는 읽을거리는 모두 학습의 대상이 되고 〈심화〉에서는 꼭 '동화'만을 학습해야 한다고 본 것인가.

또, ②에서는 '동화'라는 용어를 쓰고 ③에서는 '이야기'라는 용어를 쓴 이유도 분명하지 않다. 분위기를 살려서 낭독할 때는 '동화'를 대상으로 해야 하고, 작품에 나오는 인물이 되어볼 때는 '이야기'를 대상으로 해야 한다는 뜻인가. ③을 '동화나 극본에 나오는 인물이 되어~'라고 고쳐 읽어도 '작품에 나오는 인물이 되어'보는 데는 하등의 지장이 없을 것 같다. 일정한 기준이나 인식이 없이 적당히 혼용한 것으로 밖에 해석되지 않는 대목이다.

한편, ④에서 '동화'와 '소설'이 나란히 제시되었다는 점은 주목을 요한다. 주목할 점은 첫째, 4학년에 '소설'이라는 장르 이름이 등장한 점이고 둘째는 '동화'와 '소설'을 구분하여 썼다는 점이다. 후자를 보면 교육과정 편찬자들은 '동화'와 '소설'은 다른 장르라고 인식하고 있었음을 짐작할 수 있다. 또 ⑤를 보면 '동화'나 '소설', '이야기' 같은 장르 명칭을 쓰지 않고 '작품'이라는 용어를 썼는데, 이는 '동화'나 '소설', '이야기' 같은 서사 장르뿐 아니라 서정 장르까지도 포괄적으로 지칭하기 위해 쓴 것으로 해석할 수도 있지만, '시대 배경과 등장인물의 삶'을 학습하도록 되어 있는 것을 보면 이는 서사 장르에 대한 지칭인 것으로 보는 것이 타당할 것이다.

> (2)작품에서 사건의 전개 과정과 인물의 관계를 이해한다. (5-문학)
>
> 〈기본〉 동화나 소설, 극본에서 사건의 전개 과정과 인물의 말이나 행동이 어떻게 관련되는지 말한다.
>
> (6)작품을 다른 갈래로 표현한다. (6-문학)
>
> 〈기본〉 동화나 소설의 일부분을 극본으로 바꾸어 쓴다.
>
> 〈심화〉 시를 동화나 소설로 바꾸어 쓴다.

5학년과 6학년에도 계속하여 '동화'와 '소설'을 구분하여 지칭하고 있다. 6차 교육과정에서는 '동화'라는 명칭이 1, 2학년에서만 등장하였는데, 7차에서는 6학년까지 사용되고 있다. 이를 보면 '동화'와 '소설'은 다른 장르라는 점, 6학년 어린이들을 대상으로 하는 서사 장르도 '동화'라고 지칭한 점을 알 수 있다. 그러나 국어과 교육과정만 보고는 '동화'와 '소설'의 차이점을 어떻게 인식하고 있었는지 알 수 없다. 즉, 이야기의 공상성이나 현실성이 두 장르의 구분 기준이었는지 어떤지는 알 수 없었다는 것이다. 다만, 제7차 교육과정 편찬자들이 '동화'와 '소설'을 독자의 연령을 기준으로 나누어 보지 않았다는 점은 알 수 있다. 이것은 6차 교육과정에서 1, 2학년을 대상으로 하는 서사 장르는 '동화'로 3학년 이상의 독자를 대상으로 한 장르는 '이야기'로 구분하여 사용한 것과는 다른 인식이다.

6차와 7차의 교육과정에서 장르의 명칭이 왜 이렇게 달라졌는지 설명할 자료를 필자는 찾을 수 없었다.

② 교과서에 나타난 장르 용어

7차 교과서의 단원 편성 방식은 '언어사용 목적별' 편성 방식이다. 7차 교육과정에서는 인간이 언어를 사용하는 목적을 '정서표현, 설득, 정보전달, 친교'의 네 가지로 보고 단원을 정서 표현 단원, 설득 단원 등으로 편성하였다(그리하여 이방원의 시조 '하여가'가 설득 단원에 수록되기도 하였다). 문학 작품이 '문학'으로 다루어진 것은 정서표현 단원이기에 여기서는 정서 표현 단원을 중심으로 장르 용어를 검토해본다.

> 시나 이야기를 찾아 읽고, 느낀 점을 말할 수 있다.
>
> (1－2 읽기, 첫째 마당 : 대단원 목표)
>
> 이야기를 읽고, 인물의 마음이나 생각을 알아봅시다.
>
> (3－1 읽기, 넷째 마당 대단원 목표)
>
> 사건과 배경의 관계를 파악하며 이야기를 읽을 수 있다.
>
> (6－1 읽기 첫째 마당, 대단원 목표)

7차 교육과정의 교과서에서는 서정 장르는 모두 '시', 서사 장르는 모두 '이야기'라고 통일하였다. 6-2 셋째 마당에는 '반영된 문화를 이해하며 이야기를 읽어 봅시다.'라는 차시 목표를 학습하기 위해 이미륵의 "압록강은 흐른다"의 일부를 발췌하여 제목을 '옥계천에서'라고 바꾸어 수록하였다. 이것은 6차에서 이문열의 '우리들의 일그러진 영웅'을 '이야기'라고 지칭한 것과 같은 사례인데, 이미륵 작품의 정확한 장르 명칭을 말한다면 '소설'이라고 해야 할 것이다.

(8) 개정 7차 교육과정기의 장르 사용 양상

① 교육과정에 나타난 장르 용어

2007년에 개정된 교육과정을 '개정7차'라고 부르는 이유는 7차 교육과정을 부분적으로 개정하였기 때문이다. 또 이 명칭에는 이것을 '수시로' 개정할 수 있다는 전제가 깔려 있다. 그러나 국어과의 경우, 개정 7차는 7차와는 매우 다른 이론을 바탕으로 하고 있으며, 교육과정의 '내용' 항목에도 많은 차이가 있기 때문에 7차와는 많이 다른 교육과정이라고 할 수 있다. 따라서 교육과정에 나타난 장르의 명칭을 고찰하기 위해서는 개정 7차 교육과정을 살펴보지 않을 수 없다.

먼저 개정7차의 문학 영역 내용 체계를 살펴보자.

<table>
<tr><td rowspan="5">문학</td><td colspan="2">작품의 수용과 창작의 실제
-시(시가) -소설(이야기) -극(연극, 영화, 드라마) -수필·비평</td></tr>
<tr><td>지식</td><td>수용과 생산</td></tr>
<tr><td>○ 문학의 본질과 속성
○ 문학의 양식과 갈래
○ 한국문학의 역사</td><td>○ 내용 이해
○ 감상과 비평
○ 작품의 창조적 재구성
○ 작품 감상</td></tr>
<tr><td colspan="2">맥락</td></tr>
<tr><td colspan="2">○ 수용 생산의 주체 ○ 사회 문화적 맥락 ○ 문학사적 맥락</td></tr>
</table>

내용 체계표의 '작품의 수용과 창작의 실제' 항목에 장르의 명칭이 드러나 있다. 그런데 여기서 7차 교육과정에까지 존재하던 '동시', '동화' 같은 용어가 완전히 사라졌음이 발견된다. 6차의 내용 체계에서는 '동화 및 이야기(소설) 감상', '동시(시) 감상'이라 하여 '동화'와 '동시'가 앞에 나오고, '소설'과 '시'가 괄호 안에 들어가 있던 것이, 7차에서는 '시(동시), 소설(동화, 이야기)'라 하여 '동시'와 '동화'가 괄호 안에 들어가더니, 급기야 개정7차에서는 '동화', '동시'라는 명칭이 완전히 사라지게 된 것이다.

그러면 '학년별 내용'에는 장르의 명칭이 어떻게 표현되었는지 살펴보자. 장르의 명칭이 드러날 만한 분야는 문학 영역의 ①〈작품의 수준과 범위〉, ②〈성취 기준〉이다.

(3) 그림 동화 속의 그림을 이야기와 관련지어 이해한다. (1-문학)

(3) 이야기의 흐름을 파악하여 내용을 간추린다. (3-문학)

(1) 문학 작품에서 인상적인 부분을 찾고 그 까닭을 이해한다. (5-문학)

영웅이나 위인이 등장하는 이야기나 글 (4-문학, 작품의 수준과 범위)

7차 교육과정과 마찬가지로 서사 장르는 '이야기'라는 용어가 사용되었으며, 내용 체계에서 보듯이 '동화'라는 용어는 사용되지 않았다. 그런데 특이한 점은 1학년의 성취 기준에 '그림 동화'라는 용어가 등장한 점이다. 이는 변화하는 아동문학계의 현실을 수용한 것으로 매우 바람직하게 생각된다. '그림 동화'라는 장르를 수용한 일이나 이 용어를 수용한 일 모두 바람직한 태도이다.

한편 5학년처럼 장르의 명칭을 구체적으로 지시하지 않고 '작품'이라는 포괄적인 용어를 사용한 경우는 그 작품을 지칭하는 용어를 교과서 집필진이 결정할 수 있다고 해석할 수 있다.

② **교과서에 나타난 장르 용어**

개정 7차 교육과정의 교과서는 현재 1, 2학년까지만 발행되었고, 3, 4학년은 2010년 3월부터, 5, 6학년은 2011년 3월부터 공급될 예정이다.

> 글과 그림을 관련지으며 그림 동화를 읽어 봅시다. (1-1, 읽기)
>
> 옛이야기를 읽고 재미있는 장면을 말하여 봅시다. (1-1, 읽기)
>
> 이야기에 나타난 인물의 마음이나 기분을 알아봅시다. (2-2, 읽기)

1, 2학년 교과서를 검토한 결과 개정 7차 교과서도 7차 교과서와 마찬가지로 '동화'에 해당되는 서사 장르에는 '이야기'라는 용어를 사용하였는데, 주목할 점은 '그림 동화'와 '옛이야기'라는 용어가 사용된 점이다. 필자가 보기에 '그림 동화'를 제재로 선정한 일은 변화하는 아동문학계의 현실을 수용한 것으로 매우 바람직하게 생각된다. '그림 동화'라는 장르를 수용한 일이나 이 용어를 수용한 일 모두 바람직한 태도이다. 아울러 '옛이야기'라는 용어를 채택한 일도 긍정적으로 평가할 만하다. 그런데 '이야기'는 일반적인 의미로 '옛이야기'까지도 포함되기 때문에 '옛이야기'와 변별되지 않는 용어이다. '동화'라고 했으면 더 좋았을 것이다. 지금까지 1차부터 개정7차까지의 서사 장르 용어의 변화 과정을 검토하였는데 이것을 표로 정리하면 다음과 같다.

[표 1] 교육과정기별 서사 장르 용어의 사용 양상

교육과정기	교육과정	교과서	비고
1차 (1954~1963)	동화, 소설('단원구성의 예'에 두 차례 언급)	동화'라는 용어가 자주 나타나며 '이야기'도 가끔 사용됨.	
2차 (1963~1974)	이야기	이야기(또는 제재명을 그대로 씀)	

교육과정기	교육과정	교과서	비고
3차 (1973~1981)	'내용'에는 이야기 '주요형식'에는 우화, 동화, 이야기, 설화, 소년소설	이야기(또는 제재명을 그대로 씀)	교육과정에는 하위 장르를 열거하였으나 교과서에서는 '이야기'라고 표현함
4차 (1981~1987)	이야기	1~2학년 조사 못함 3학년: 이야기와 동화 혼용 4~6학년: 동화	
5차 (1987~1992)	1~3학년 말 듣: 동화 1~6학년 문학: 이야기	'이야기'를 주로 쓰고, '글'로 표현	장르 용어에 대한 기준없이 혼용
6차 (1992~1999)	내용체계: 동화 및 이야기(소설) 1~2학년:'동화' 3~6학년: '이야기'	1~2학년 조사 못함 3~6학년: 이야기	
7차 (2000~2010)	내용체계: 소설(동화, 이야기) 1학년: 동화 2학년: 이야기 3학년: 동화, 이야기 4~6학년:동화, 소설	1~6학년: 이야기	교육과정에서는 여러 용어가 혼용, 교과서에는 '이야기'로 통일
개정7차 (2007~)	내용체계: 소설(이야기) 문학 작품	1~2학년: 이야기, 그림동화, 옛이야기 3~6학년: 집필 중(이야기)	교육과정에 '동화'라는 용어가 빠짐.

교육과정과 교과서에 사용된 서사 장르의 용어를 조사해 본 결과 '동화'와, '이야기'라는 용어가 사용되어 왔음을 알았다('소설'이라는 용어가 7차와 개정 7차에 나타나기는 하지만 매우 부분적으로 나타난다). 그런데 이 용어 가운데 '동화'라는 용어가 교육과정에 나타난 사례는 1차, 3차, 5차, 6차, 7차 때였는데, 주로 저학년(1~3학년)에 쓰였고, 고학년에 나타난 사례는 7차 때뿐이었다. 교과서에도 '동화'라는 용어는 저학년에 잠시 등장하였고, 고학년에 이 용어가 사용된 때는 4차 교육과정기뿐이었다. 급기야 개정7차에 와서는 '동화'라는 장르 용어가 교육과정과 교과

서에서 완전히 사라지고 말았다.

교육과정과 교과서에 가장 많이 나타난 서사 장르의 용어는 '이야기'였다. 교육과정에 '이야기'는 2차부터 2007개정 교육과정까지 빠짐없이 사용되어 왔고, 그 빈도수를 보아도 압도적으로 자주 등장한 것을 알 수 있다. 교과서를 보아도 4차 때의 4~6학년을 제외하고는 '이야기'가 거의 대부분을 차지하고 있다.

'이야기'라는 장르 용어는 국문학의 장르 분류에는 등장하지 않는 용어이고, 아동문학의 장르 분류에도 전혀 쓰이지 않는 용어이다. 그러므로 '이야기'라는 장르는 실체가 없는 장르이다. 그런데 어찌하여 초등학교의 국어 교육과정과 교과서에 이 용어가 압도적으로 자주 쓰인 것일까. 추측하건대 교과서 편찬자들은 초등학교의 교과서에 게재되는 서사물들을 무엇이라고 불러야 올바른 것인지 판단하기 어려웠던 것이리라. 초등학교 교과서에 게재되는 서사물은 독자의 특성상 '동화', '소설', '우화', '옛이야기' 등으로 매우 다양한데 이 중에서 어떤 것은 '동화'로 어떤 것을 '소설'로 불러야 할지 판단하기가 곤란한 점이 있으리라 보인다. 아동문학계에서도 이 장르 명칭을 두고 학자마다, 작가마다 생각이 다르고 합의에 이르지 않았으니 교과서 편찬자만을 탓하기도 어려워 보인다. 60여 년 동안 우리나라의 아동문학 연구자와 국어교육학자들은 이렇게 용어 하나 정리하지 못한 채 어린이들을 교육해 온 것이다.

2) 서정 장르의 사용 양상

(1) 제1차 교육과정기의 장르 용어

① 교육과정에 나타난 장르 용어

앞의 서사 장르의 사용 양상에서 살폈듯이, 1차 교육과정의 '三. 국민학교 각 학년의 지도 목표'에는 '동화'나 '동시' 같은 구체적인 문학의 장르 용어는 전혀 등장하지 않고, '四. 국민학교 국어과 지도 방법의 단원 구성의 예'의 "(二) 기능을 위주로 하는 단원의 예(例)"에 "1. 동요 동시를 읽자. 20. 동요, 동시를 쓰자."라는 항목이 제시되어 있다.

② **교과서에 나타난 장르 용어**

1차 교육과정기의 교과서에서 장르를 가리키는 용어는 교과서의 맨 끝에 단원별로 제시된 '학습 문제'에 나타나 있다. 이 시기의 교과서에서 서정 장르를 가리키는 용어로는 '노래', '전래 동요', '민요', '시' 등이 다양하게 나타난다. 그 용례를 보면 다음과 같다.

①봄 노래를 모아서 맛보고 느낀 점을 서로 이야기하여 봅시다.

(5-1, 대단원 봄 노래)

②이 노래에 나타나는 정경을 머리 속에 그려 봅시다.

(5-1, 5단원, 버들 피리)

③노래를 지어서 동요집을 만듭시다. (5-2, 1단원, 노래 세 편)

④전래 동요를 모아 봅시다. (6-2, 4단원, 노래와 우리말)

⑤시조는 대개 어떠한 형식으로 되어 있읍니까? (6-2, 5단원, 시조)

⑥시와 동요는 어떠한 마음으로 맛보아야 합니까? (6-1, 4단원, 시의 세계)

⑦첫 여름에 보고 느낀 점을 동요와 작문으로 나타내 봅시다.

(6-1, 6단원, 첫여름)

위의 사례를 보면 다양한 장르 용어 가운데 '동시'라는 용어가 빠진 것을 발견할 수 있다. 교육과정에는 '동시'라는 용어가 나타나는데 정작 교과서에는 이 용어가 빠진 것은 교과서 편찬자들이 장르 용어에 크게 주의를 기울이지 않은 것으로 볼 수 있다. 위의 인용 가운데 ①, ②, ③

에 '노래'라고 되어 있는 곳은 실려 있는 작품의 특성으로 볼 때, '동시'라고 할 수 있는 곳이고, ⑥의 '시'라고 되어 있는 곳이나 ⑦의 '동요'라고 표현한 곳도 '동시'라고 불러도 될 곳인데 굳이, '동시'라는 말을 피하고, '노래', '시'라고 지칭한 것이 눈에 뜨인다. 오히려 ④의 '전래 동요'라고 한 곳을 '노래'라고 하는 것이 더 어울려 보인다. 교육과정의 '단원 구성의 예'에서는 '동시'라는 용어를 썼는데도 교과서에 이 용어를 안 쓴 사정으로 보면 1차 교육과정기의 교과서 편찬자들은 장르의 용어를 쓸 때에 일정한 기준이나 장르 의식 없이 편의대로 사용한 것으로 볼 수 있다.

(2) 제2차 교육과정기의 장르 용어

① 교육과정에 나타난 장르 용어

장르 용어는 'Ⅱ. 학년 목표'의 각 목표 항목에서 찾아 볼 수 있는데 그 사례는 다음과 같다.

> 10.스스로 이야기나 시를 읽는 데에 힘쓰도록 한다. (2-읽기)
>
> 10.아동 문학이나 신문 잡지를 즐겨 읽고, 학급 문고의 활용에 힘쓰도록 한다. (4-읽기)

2차 교육과정에 서정 장르와 직접 관련된 항목은 2학년에 제시된 10번 항목이 유일하다. 4학년의 10번 항목은 '아동 문학'이라 하여 서정 장르를 포괄적으로 제시한 사례도 드문 일로 전체적으로 문학 학습과 관련된 항목이 매우 적다. '편지', '일기' 등의 문종을 지도하도록 되어 있으나 문학 영역의 경우는 하위 장르를 제시하지 않고 포괄적으로 '문학'이라는 어휘를 사용하고 있다. 'Ⅱ. 학년 목표' 다음 항목에 'Ⅲ.지도 내용', 'Ⅳ. 지도상의 유의점' 항이 있으나 문학의 장르 이름을 제시한 곳은 없다.

② **교과서에 나타난 장르 용어**

2차 교육과정기의 교과서를 검토한 결과 1·2학년에서는 '동요', '동시'에 해당하는 장르를 모두 '노래'라고 부르고 있었다.

> '봄 나들이' 노래를 읽고 무엇을 알았습니까?
>
> (2-1 국어, 5. 봄 나들이의 〈공부할 문제〉)
>
> '운동장에서'와 같은 봄의 노래를 모아서 읽어 봅시다. (국어, 3-1, 38쪽)

'5. 봄 나들이'라는 단원은 봄을 소재로 한 동요 세 편을 싣고 그것에 대한 해설과 감상을 곁들인 글이다. 여기서 '노래'는 '동요'를 가리키는 것이다. 한편, '운동장에서'는 일정한 운율이 있는 동요 형식의 시가 아니라, 자유시 형식으로 되어 있어 '동요'라기보다는 '동시'라고 불러야 할 것인데 교과서에서는 '노래'라고 되어 있다.

> 아름다운 시를 모아서 읽어보자 (국어 4-1, 46쪽 공부할 문제)
>
> '봄바람'이란 시를 읽어 보고, 표현이 재미난 곳을 찾아보자. (국어 5-1)
>
> 예로부터 전해 오는 동요나, 자기가 좋아하는 시를 모아 시집을 만들어 보자. (6-1 국어,8. 시의 세계 〈공부할 문제〉)

이상의 사례를 보면 4학년 이상에서는 모두 '시'라는 용어를 사용하였는데, 주목할 점은 '동요'라는 용어의 용례이다. 다른 곳에서는 모두 '노래'나 '시'라고 하다가, '예로부터 전해 오는'이라는 수식어가 붙을 때만 '동요'라는 용어를 사용하고 있는 것으로 보아 여기서의 '동요'는

'전래 동요'를 뜻하는 것으로 보인다.

2차 교육과정기의 교과서에는 '노래'와 '시'가 같이 쓰였는데, 1~3학년에서는 '노래'를, 4~6학년에서는 '시'라는 용어를 사용하였다. '동요'는 '전래 동요'의 뜻으로만 사용되었고, '동시'라는 용어는 전혀 등장하지 않는다.

(3) 제3차 교육과정기의 장르 용어

① 교육과정에 나타난 장르 용어

3차 국어과 교육과정에서 장르 관련 용어는 '내용' 항의 '지도 사항 및 형식'에 제시되어 있다. 읽기와 쓰기 영역의 '주요 형식'에 제시되어 있는 서정 장르 용어를 발췌하면 다음과 같다.

③우화, 동화, 설화, 동시(동요), 극본(1학년, 읽기)
③우화, 동화, 설화, 동시(동요), 극본(2학년, 읽기)
③동화, 전기, 소년 소설, 극본, 동시(동요), 설화(4학년, 읽기)
③동화, 전기, 소년 소설, 극본, 동시(동요), 시조(5학년, 읽기)
④전기의 요약 감상, 동시(동요), 시조, 극본(각색)(6학년, 쓰기)

위의 사례를 보면 서정 장르의 용어는 1학년부터 6학년까지 모두 '동시(동요)'로 표현되어 있다. 특이한 점은 '시조'가 5학년과 6학년에 제시되어 있다는 점이다.

② 교과서에 나타난 장르 용어

3차 교육과정기 교과서의 서정 장르 용어의 사례는 다음과 같다.

①'봄 나들이' 노래에서 재미있게 노래한 데는 어디안가요?

(2-1, 38쪽, 〈공부할 문제〉)

②'봄의 노래' 두 편을 읽고 감상해 보자. (5-1, 36쪽, 〈공부할 문제〉)

③ 다음 시와 글을 비교해 보자. (5-1, 37쪽, 〈공부할 문제〉)

교육과정에는 서정 장르의 용어로 1학년부터 6학년까지 모두 '동시(동요)'로 표현되어 있었는데, 위 예시를 보면 교과서에서는 '동시'라는 용어를 쓰지 않고 모두 '노래'라고 한 점이 눈에 뜨인다. 특이한 점은 ③에서 '시'라는 용어가 쓰인 점인데, 이것은 운문과 산문의 형식적 차이를 설명하기 위해 쓴 용어이다. 이는 '동시' 작품이 제시되었을 때는 '노래'라고 지칭한 사례와 비교가 된다.

(4) 제4차 교육과정기의 장르 용어

① 교육과정에 나타난 장르 용어

4차에서는 학년의 목표와 내용을 구분하여 제시하였으며, 표현·이해(말하기, 듣기, 읽기, 쓰기)와 언어, 문학으로 영역을 구분하였다. 서정 장르 용어는 문학 영역의 '내용' 항에 제시되어 있다.

(3)의성어나 의태어가 많이 쓰인 노래말을 통하여 말놀이를 즐긴다.

(1-문학)

(3)소리, 낱말 등 언어적 요소들의 규칙적인 반복을 즐긴다. (2-문학)

(3)시는 행과 연으로 구성됨을 알고, 규칙적으로 반복된 언어적 요소들을 가려 낼 줄 안다. (3-문학)

(3)형식적 특징이 잘 드러나는 시와 덜 드러나는 시를 구별하여 이해하고 즐긴다. (4-문학)

(3) 예부터 내려오는 전통적인 시의 특징을 안다. (5-문학)

(3) 시에 쓰인 말이 감각적 경험을 되살려 줌을 안다. (6-문학)

4차 국어과 교육과정의 문학 영역 내용 항목은 세 개인데, 내용의 (1)은 서사, (2)는 극본, (3)은 서정 장르에 대해 언급하고 있다. 1학년과 2학년에서는 장르 이름을 명시하지 않았고, 3학년 이상에서는 모두 '시'로 통일하였음을 알 수 있다. 이는 3차에서 모두 '동시(동요)'로 표현되어 있던 것과 다르다. 그리고 5학년에서 '전통적인 시의 특징'이라고 표현한 것은 3차 교육과정에서 '시조'로 표현되었던 것을 가리키는 것으로 보인다. 이렇게 보면 4차에서는 시조도 시의 범주에 포함시켜 지칭한 것으로 생각된다.

② 교과서에 나타난 장르 용어

교육과정에는 모두 '시'라고 불렀는데 교과서에는 어떤 용어가 사용되었을까. 3학년 1학기 1단원 즐거운 봄에는 '(1)봄 노래 세 편'이는 소단원 끝의 〈공부할 문제〉에는 다음과 같은 흥미로운 발문이 제시되어 있다.

이 노래에 나타나 있는 계절은 어느 계절입니까

이 시에 나타나 있는 계절은 어느 계절입니까

세 편의 동시 중에서 어느 것이 제일 마음에 듭니까? 그 까닭은 무엇입니까?

여기에서는 같은 페이지에 제시된 발문에 '노래', '시', '동시'라는 용어를 모두 사용하였다. 교육과정에는 '시'라고 통일하였지만 교과서에서는 세 가지 용어를 모두 쓴 것이다. 초등학교 단계에서는 서정 장르의 명칭을 '노래'라고 할 수도 있고, '시'라고 할 수도 있고, '동시'라고 할 수도 있다는 의미일 것이다. 그리고 같은 단원의 '알아두기'란에는 '(1)

동시는 연으로 이루어집니다.'라는 문장이 있는데, 이로 보아 세 가지의 용어 가운데, '동시'라는 용어를 좀더 공식화한 것이 아닌가 생각도기도 한다. 그러나 5단원의 〈본문 공부〉를 보면,

'1. 내용알기'에는 '(1)이 시들의 글감은 무엇입니까?'라는 발문이 있고, '4. 알아두기'에는 '(1)동시는 같은 말이 반복될 때가 있습니다.'와 '(2)동시는 글자의 수가 일정하게 반복될 때가 있읍니다.'라는 문장이 있어 아무 원칙 없이 '시'와 '동시'를 혼용한 것이 확인된다.

그러나 4학년 이상의 교과서에서는 사정이 달라진다. 4학년 1학기 '8단원 노래하는 마음'의 〈본문 공부〉에는 다음과 같은 질문이 있다.

* 각 시는 몇 연으로 되어 있는가? 각 연은 몇 행으로 되어 있는가?
* 각 시의 글감은 무엇인가?
* 이 시의 배경이 되는 곳은 어디인가?(실험용 178쪽)

또, 5학년과 6학년 교과서의 시 단원 〈본문 공부〉에는 모두 '시'라는 용어를 사용하고 있다. 6학년 3단원의 단원명은 '시의 세계'이다. 4학년부터 6학년까지의 서정 장르 용어는 모두 '시'라고 통일되어 있다. 3학년 교과서에서는 '동시'와 '시'를 혼용하다가 4학년부터는 '시'라는 용어만 쓴 이유가 무엇일까. 4학년은 고학년이므로 더 성숙한 어린이를 독자로 한 운문 장르는 '시'라고 불러야 한다는 뜻인가.

하여튼, 4차 교육과정기에는 교육과정에는 모두 '시'라는 용어를 썼고, 4~6학년 교과서에서도 모두 '시'라고 하였으니 서정 장르의 용어로는 이 말이 훨씬 우세하게 쓰였음이 확인된다.

(5) 제5차 교육과정기의 장르 용어

① 교육과정에 나타난 장르 용어

5차 교육과정의 서정 장르 용어는 '나. 학년 목표 및 내용' 항목에 제시되어 있다.

바)이야기와 동시를 즐겨 읽게 한다. (1-목표)
라)동시의 낭독을 듣고, 재미있는 말을 찾는다. (1-듣기)
라)동시를 즐겨 암송하다. (1-문학)
바)이야기와 동시를 즐겨 읽게 한다. (2-목표)
다)동시의 낭독을 듣고, 재미있는 말을 찾는다. (2-듣기)
마)동시를 즐겨 암송한다. (1-문학)

1~2학년에서는 서정 장르의 용어로 일관되게 '동시'라는 용어를 사용하고 있다. 서사 장르는 '이야기'라는 용어로 포괄적으로 지칭하고 서정 장르는 '동시'라는 구체적인 장르 이름을 사용하여 유개념과 종개념을 혼란스럽게 사용하고 있는 점이 눈에 띈다.

가)장면을 상상하며 동화나 동시의 낭독을 듣는다. (3-듣기)
라)시의 소재와 주제를 알아보고, 그 분위기에 맞게 낭송한다. (3-문학)
마)시에서 반복적으로 나타나는 언어적 요소를 찾아보고, 시의 운율을 살려 낭송한다. (3-문학)

1~2학년에서는 '목표'에서든, '듣기'에서든 일관되게 '동시'라는 용어를 썼었는데, 3학년 교과서에서는 '듣기' 영역에서는 '동시'라 했다가 '문학' 영역에서는 '시'라고 하였다. 이것은 교과서 편찬자들의 오류라

고 생각된다.

다)시의 소재와 주제를 알아보고, 그 분위기에 맞게 낭송한다. (4-문학)

라)시에서 반복적으로 나타나는 언어적 요소를 찾아보고, 시의 운율을 살려 낭송한다. (4-문학)

4학년 이상에서는 모두 '시'라는 용어를 사용하였다. 전체적으로 보면 5차 교육과정에서는 1~2학년에서는 '동시', 3~6학년에서는 '시'라는 용어를 사용한 것이다.

② 교과서에 나타난 장르 용어

5차 교과서에서나타난 서정 장르의 명칭을 살펴보면 다음과 같다.

빈 곳에 말을 넣어 동시를 완성하여 봅시다. (1-1, 읽기, 86쪽)

다음 동시를 소리내어 읽어 보시다. 그리고 재미있게 쓰인 말을 찾아봅시다. (2-1, 읽기, 19쪽)

장면을 상상하면서 느낌을 살려 시를 낭송해 보자. (4-1 읽기)

자기가 좋아하는 시를 모아보자. (4-1 읽기)

시에 나타난 분위기를 살려 낭송해 보자. (6-1 읽기)

세 편의 시가 나타내고 있는 장면을 상상해 보고, 그 느낌을 이야기해 보자. (6-1 읽기)

위의 사례를 보면 1학년과 2학년에서는 '동시'라는 용어를 쓰고, 3학년부터 6학년까지는 '시'라는 용어를 썼음을 알 수 있다. 이는 교육과정에서 사용한 장르 용어와 일치하는 것이다. 5차 교육과정기의 교육과정 편찬자와 교과서 편찬자가 서로 의논을 하고 소통이 잘 이루어졌음을 보여주는 사례이고, 저학년의 서정 장르는 '동시'로 중·고학년의 서정 장르는 '시'로 부른다는 원칙을 정해놓고 용어를 사용하였음을 보여준다.

(6) 제6차 교육과정기의 서정 장르

① 교육과정에 나타난 장르 용어

6차 교육과정의 서정 장르 용어는 내용 체계표 속에 드러나 있다.

제6차 국어과 교육과정 문학 영역 내용 체계

문학	3. 문학 작품 감상의 실제 1)동화 및 이야기(소설) 감상 2)동시(시) 감상 3)극본(희곡) 감상 4)문학 작품을 바르게 이해하고 감상하는 태도

위에서 보듯이 6차 교육과정에서는 '동시(시)'라 하여 '시'보다는 '동시'가 더 중요한 용어로 취급되고 있다. 그러나 내용 항목에 가면 이런 표현이 무색하게 '시'가 훨씬 더 많이 쓰이고 있다.

(5)동화나 동시를 듣고, 느낌을 알맞은 낱말을 사용하여 말한다. (1－말하기)
(4)동시의 낭독을 들으며 재미있는 말을 찾고, 그 말이 주는 느낌을 말한다. (1－듣기)
(3)동시를 듣거나 읽고, 말의 재미를 느낀다. (1－문학)
(5)동화나 동시를 읽거나 듣고, 내용과 느낌을 알맞은 낱말을 사용하여 말한다. (2－말하기)
(3)동시에서 규칙적으로 반복되는 언어적 요소를 찾는다. (2－문학)
(4)동시를 즐겨 암송한다. (2－문학)

1학년과 2학년의 모든 영역에서 '동시'라는 용어를 사용하고 있다. 그런데 3학년에서는 '말하기' 영역에서는 '동시'로, '문학' 영역에서는 '시'로 표현된다.

(7)동화나 동시를 읽거나 듣고, 느낌을 생생하게 전달할 수 있는 낱말을 사용하여 말한다. 듣기 (3-말하기)

(3)시에서 행과 연을 구분하여 보고, 시의 글감과 주제를 파악한다.(3-문학)

(4)시에서 반복적으로 나타나는 언어적 요소를 찾아보고, 시의 운율을 살려 낭송한다. (3-문학)

1, 2학년에서는 '동시'라고 하다가 3학년에서 '시'라고 한 이유(또, '말하기'에서는 '동시'라고 한 이유)가 무엇일까. 그저 실수나 착오인 것인가. '동시'라고 하거나 '시'라고 하거나 별 차이가 없다고 생각해서 그렇게 한 것인가. 계속해서 4학년 이상의 경우와 비교하여 살펴보자.

(4)시에서 반복적으로 나타나는 언어적 요소를 찾아보고, 시의 운율을 살려 낭송한다. (4-문학)

(4)시의 글감과 주제를 알아보고~ (5-문학)

(5)좋아하는 시를 암송하고, 그 시를 좋아하는 이유와 시에서 받은 감동을 말한다. (6-문학)

위에서 보듯이 4~6학년에서는 모두 '시'라는 용어를 사용하고 있다. '문학' 영역의 장르 용어를 사용할 때, 1~2학년에서는 '동시'로, 3~6학년에서는 '시'로 썼다는 것을 알 수 있다. 이것은 서사 장르에서 1~2학년은 '동화'로, 3~6학년은 '이야기'로 표현한 것과 대응된다. 독자의 연령을 기준으로 저학년(1~2학년)은 '동시'/'동화', 고학년(3~6)은

'시'/'이야기'라고 표현한 것으로 내용 체계표의 '3. 문학 작품 감상의 실제'에는 '동화 및 이야기(소설) 감상', '동시(시) 감상'이라고 표현한 의도가 무엇인지 알 수 있는 대목이다.

② 교과서에 나타난 장르 용어

읽기 교과서에 나타난 장르 용어를 중심으로 살펴보자.

글감과 중심 생각을 알아보며 시를 읽어 봅시다. (3-1, 읽기)

시를 읽고, 글감과 중심 생각을 알아봅시다. (4-1, 읽기)

좋아하는 시를 낭송하고, 좋아하는 까닭을 말하여 보자. (5-1, 읽기)

3~6학년의 서정 장르의 명칭은 위에서 보듯이 모두 '시'로 통일되어 있다. 이것은 교육과정의 내용 항목에 제시된 사례와도 일치한다. 그런데 다음 사례를 보면 이와 같은 원칙이 일관되게 지켜지는 것도 아니다.

①전래 동요를 읽고, 글감과 주제를 찾아보자.

(5-1 읽기, 13.아이들의 노래의 단원 목표)

②내용과 분위기에 어울리게 시조를 낭독하여 보자.

(6-1, 읽기, 14.선인들의 노래의 단원목표)

5-1 읽기, 13단원은 '전래 동요에 대하여 알아보자.'라는 '차시목표'를 설정하고, 전래 동요의 뜻과 작자, 소재, 형식적 특징 등을 서술한 설명문을 수록하여 '전래 동요'라는 장르의 이름을 분명하게 가르치고 있다. (그렇다면 그 상대가 되는 '전래 동화'라는 갈래 명칭도 사용할 법한데 이는 모두 '이야기'라는 포괄적인 명칭을 사용하고 있다.) 6-1 읽기, 14단원에도 '시조의 형식을 생각하며 글을 읽어보자'라는 차시

목표 아래, 시조에 형식에 대한 간단한 설명문을 수록하고, 정형 시조와 사설시조를 각 1편씩 제시하여 두 시조의 형식상의 차이를 가르치도록 되어 있다. 앞의 '전래 동요'에 대한 자세한 설명과 마찬가지로 '시조'에 대해서도 직접 설명함으로써 '시조'라는 장르의 명칭과 형식을 확실하게 가르치고 있는 것이다.

장르의 범주 상으로 본다면 '시조'와 '전래 동요'는 '시'의 하위 갈래이지만 교과서 편찬자들은 이 두 문종은 보통의 '시'와는 다른 갈래라는 인식이 있는 것이다.

(7) 제7차 교육과정기의 장르 용어 검토

① 교육과정에 나타난 장르 용어

'서사' 항목에서 서술하였듯이 여기서는 내용 항목과 〈기본 활동〉을 중심으로 서사 장르의 명칭이 어떻게 제시되었는가를 살펴보기로 한다.

제7차 국어과 교육과정 문학 영역 내용 체계

문학	작품의 수용과 창작 실제 －시(동시)　　－소설(동화, 이야기) －희곡(극본)　　－수필

내용 체계를 보면 위와 같이 '시(동시)'로 제시되어 있다. 이것은 7차 교육과정이 국민공통 교육과정이어서 1학년부터 10학년까지의 내용을 체계표로 나타낸 것이어서 초등학교 단계(1학년~6학년)에서 어떤 장르 용어를 썼는지는 교육과정의 내용 항목을 살펴보아야 한다.

(1)작품에 표현된 말에서 재미를 느낀다. (1－문학)

〈기본〉 동시나 동화에서 재미있는 말을 찾는다.

(1)작품에 반복적으로 나타나는 말의 재미를 느낀다. (2-문학)

〈기본〉 동시에서 반복적으로 나타나는 언어적 요소가 주는 느낌을 말한다.

(3)작품의 분위기를 살려서 낭독한다. (3-문학)

〈기본〉 동시나 동화에서 작품의 분위기를 파악하고, 분위기를 살려서 낭독한다.

(1)작품의 구성 요소를 안다. (4-문학)

〈기본〉 동시, 동화나 소설, 극본의 구성 요소를 안다.

위에서 보듯이 1학년부터 4학년까지는 모두 '동시'라는 용어를 사용하였는데, 이는 서사 장르에 '동화'라는 용어를 쓴 것과 대응이 된다.

(3)작품에 나오는 여러 가지 감각적 표현을 음미한다. (6-문학)

〈기본〉 시를 읽으며, 여러 가지 감각적 표현을 찾고, 그 느낌을 말한다.

(6)작품을 다른 갈래로 표현한다. (6-문학)

〈심화〉 시를 동화나 소설로 바꾸어 쓴다.

1~4학년과 달리 6학년에서는 '시'라는 용어를 사용하였다. 5학년에서는 서정 장르 관련 항목이 없다. 여기서 '동시'와 '시'의 의미상 차이가 무엇인지는 설명되어 있지 않다. 같은 초등학교 단계에서 4학년까지의 내용 항목에는 '동시'라 하고 6학년에서는 '시'라고 한 것은 일관성을 상실한 태도라고 지적하지 않을 수 없다. 어쨌든, 저학년 어린이들을 독자로 한 운문은 '동시'로 고학년 학생을 독자로 한 장르는 '시'로 부른 것은 이전의 교육과정 편찬자들의 태도와 일맥상통하는 바가 있다.

② 교과서에 나타난 장르 용어

7차 교과서의 단원 편성 방식은 언어사용 목적별(정서표현, 설득, 정보전달, 친교) 방식이다. 여기서는 정서표현 단원의 장르 용어를 검토해본다.

> 시나 이야기를 찾아 읽고, 느낀 점을 말할 수 있다.
>
> (1-2, 읽기, 첫째 마당, 단원 목표)
>
> 시를 읽고, 시에 담긴 마음이나 생각을 알아봅시다.
>
> (3-1, 읽기, 넷째 마당, 단원 목표)
>
> 여러 가지 감각적 표현을 음미하며 시를 읽을 수 있다.
>
> (6-1, 읽기, 셋째 마당, 차시목표)

7차교육과정의 교과서에서는 서정 장르는 모두 '시', 서사 장르는 모두 '이야기'라고 통일하였다. 교육과정에는 1~4학년까지는 모두 '동시'라고 했는데, 교과서에서는 1학년에도 모두 '시'라고 지칭한 이유는 무엇일까. 이것은 '동시'와 '시' 사이에 어떤 일관된 기준이 있다고 보기 어렵다. 교육과정 편찬자와 교과서 집필자들이 교육 용어 선정에 엄격한 기준이 없이 편의대로 이름을 붙인 것으로 보인다.

(8) 2007 개정 교육과정의 장르 사용 양상

개정7차의 '서사 장르' 부분에서 서술하였듯이 교육과정에는 내용 체계에 '동시'라는 용어가 사라졌고, 〈작품의 수준과 범위〉, 〈성취 기준〉에는 모두, '시', 또는 '작품'이라고 표현하고 있다. 그리고 교과서에서는 서정 장르의 명칭을 다음 사례에서 보듯이 모두 '시'라고 표현하고 있다.

운율이 잘 드러나는 짧은 표현이나 시 (1-문학, 교육과정, 〈작품의 수준과 범위〉)

반복되는 말의 재미를 살려 시를 읽어 봅시다 (1-1, 읽기)

재미있는 말의 느낌을 살려 시를 읽어 봅시다 (2-2, 읽기)

지금까지 1차부터 개정7차까지의 서정 장르 용어의 변화 과정을 검토하였는데 이것을 표로 정리하면 다음과 같다.

[표 2] 교육과정기별 서정 장르 용어의 사용 양상

교육과정기	교육과정	교과서	비고
1차 (1954~1963)	동요, 동시(단원 구성의 예에 잠시 언급됨)	노래, 동요, 전래동요, 시, 시조	'동시'라는 용어는 사용되지 않음.
2차 (1963~1974)	2학년: 시 다른 학년은 언급 없음	1~2학년: 노래 3~6학년 : 시	
3차 (1973~1981)	1~6학년: 동시(동요)	노래	교육과정에는 '동시'라는 용어를 썼지만 정작 교과서에는 '노래'라는 용어를 사용함
4차 (1981~1987)	1학년: 노래말 2학년: 언급없음 3~6학년: 시	3~6학년: 시 (3학년은 '동시'와 '시'를 혼용)	
5차 (1987~1992)	1~2학년: 동시 3~6학년: 시	1~2학년: 동시 3~6학년: 시	1~2학년에는 동시 3~6학년에는 시 교육과정과 교과서에 일관되게 서술함.
6차 (1992~1999)	내용체계: 동시(시) 1~2학년은 동시 3~6학년의 시	1~2학년: 동시 3~6학년: 시	
7차 (2000~2010)	내용체계: 시(동시) 1~4학년: 동시 6학년: 시	1~6학년 시	
개정 7차 (2007~)	내용체계: 시(시가)	1~4학년: 시 5~6학년: 집필중(시)	교육과정과 교과서에 '동시'라는 용어가 완전히 사라짐

이상의 조사 결과를 보면 '동시'라는 용어는 주로 저학년에서 사용되어왔고, 고학년에는 '시'라는 용어를 사용해왔음을 알 수 있다. '동시(동요)'라는 용어가 전면적으로 사용된 때(3차)도 없지는 않았지만, 4차부터 7차까지 대체로 저학년(학년 정도의 차이는 있다.)에는 '동시'가 고학년에는 '시'가 사용되어 왔다. 그것은 교과서의 경우도 마찬가지이다. 이로써 국어교육학자들의 서정 장르 용어에 대한 인식의 일단을 엿볼 수 있는 바, 이들은 '동시'를 초등학생 중에서도 '저학년 어린이'들을 독자로 한 운문 장르로 생각하는 것 같다.

3. 초등문학교육 장르 용어의 문제점과 대안

교육과정과 교과서에 나타난 장르 용어를 통시적으로 고찰한 결과, 그 용어의 사용 양상이 매우 혼란스럽고 어지럽다는 것을 알았다. 일정한 기준이나 원칙이 없고 교육과정 편찬자나 교과서 집필자의 편의대로 장르 용어를 사용했던 것이다. 같은 학년에서도 교육과정에서는 이 용어를 사용하고 교과서는 저 용어를 사용했으며, 같은 교과서에서도 이 단원에서는 이 용어를 저 단원에서는 저 용어를 사용하였다. 또 각 교육과정기별로 다른 용어를 사용한 점도 문제로 지적하지 않을 수 없다.[1]

이런 문제로 인해 초등학생들에게 올바른 장르의 명칭을 가르쳐주지

1 한국아동청소년문학학회의 2010 겨울 학술대회에서 발제한 이 발표의 토론에서 김상욱은 이런 사정에 대해 "교육과정 편찬자들이 기본적으로 어린이문학에 관한 이해와 인식이 부족하"여, "객관적인 실체를 지닌 학문적 영역으로 어린이문학을 다루기보다 임시방편으로 이리저리 용어를 갖다 붙이기에 급급하다는 것을 알 수 있다"고 지적하였다. 그리고 "이러한 혼란이 일반문학의 장르 인식이나 문학사적 장르 인식 속에 그대로 노정되었다면, 봉기라도 일으켰을 것"이라고 발표자의 생각에 동의를 표시하며, "교육과정을 만드는 사람과 어린이문학 학계가 함께 책임을 져야 할 뼈저린 대목이 아닐 수 없다"고 개탄하였다. 교육과정 편찬자와 어린이문학 연구자의 소통이 안 된 저간의 사정은 참으로 안타까운 일이며, 이제부터라도 두 진영의 적극적인 소통으로 학계와 교육계의 합의된 용어 마련이 시급하다.

못하게 되었으며, 우리 국민들이 어떤 세대는 '동시'라는 이름으로 학습하고, 어떤 세대는 '시'라는 용어로 학습한 사람이 생기게 된 것이다. 개정7차 이후에 공부하는 학생들은 초등학생 시절에 '동화', '동시'라는 말을 한 번도 들어보지 못하고 졸업하게 된 것이다. 아동문학 작가들이나 연구자들이 '동화', '동시'를 쓰고, 연구를 해도 제도 교육에서는 그 용어가 완전히 사라지게 되었다.

1) 서사 장르 용어의 문제점과 대안

1차부터 개정7차까지의 교육과정과 교과서를 고찰한 결과, '동화'라는 용어보다는 '이야기'라는 용어가 압도적으로 자주 사용되어왔음을 알았다. 그런데 교육과정기별 장르 사용 양상을 서술하는 과정에서도 언급되었듯이 이 '이야기'라는 용어는 문제가 많은 용어가 아닐 수 없다.

첫째, '이야기'는 의미 범주가 너무 넓어서 교육과정의 내용 항목이나, 교과서의 문장 진술에서 그 용어가 무엇을 가리키는지 모호할 때가 많다. 교육과정에 진술된 문장만 사례를 들어도 다음과 같이 다양하다.

①동무들과 서로 즐겁게 이야기하게 한다. (1차－1학년－말하기)
②이야기를 듣고 그 내용을 요약하여 말한다. (6차－4학년－말하기)
③이야기는 꾸며진 세계이며, 사건은 일정한 배경에서 일어난다는 것을 안다. (4차－4학년－문학)

문맥으로 그 의미를 짐작해보면, ①은 '대화'의 의미로, ②는 '어떤 사물이나 사실, 현상에 대하여 일정한 줄거리를 가지고 하는 말'로 ③은 문학의 한 장르로써, '있지 않은 일을 사실처럼 꾸민 말'로 각각 해석할 수 있다.

"한두 명 혹은 여러 명의 (다소간 현재적인) 서술자(narrator)에 의해서, 한두 명 혹은 여러 명의 (다소간 현재적인) 듣는 이(narratee)에게 전하는 하나 내지는 그 이상의 현실의, 혹 허구의 사건(event)의 보고를 말하며, 특히 이런 사건들의 결과와 경과, 관여자와 그 행위, 구조와 구조의 보고를 말한다."(프린스, 1992, 162)

'이야기'에 대하여, 서사이론가인 프린스의 정의를 보더라도, '이야기'는 '현실의 혹은 허구의 사건의 보고'이어서 사실적인 사건과 허구적인 사건을 모두 포괄한다. '이야기'가 이렇게 다양한 의미를 포함하기 때문에 문학의 장르 이름으로는 부적합하다.

둘째, '이야기'는 국문학의 학문적 담론 체계에 존재하지 않는 용어이므로, 문학의 한 장르를 가리키는 용어로 적합하지 못하다. 국문학의 갈래 분류상 '이야기'라고 하면 구비문학의 한 분야로 민담을 의미할 수는 있지만 이것도 정확한 용어는 아니다. 정확하게 말하자면, 설화의 하위 갈래는 신화, 전설, 민담으로 분류하는데, '이야기'는 신화도 전설도 민담도 가리킬 수 있기 때문에 학문적인 용어로는 모호한 용어이다. 이 외에도 '이야기'는 서사 이론에서 플롯(plot)과 대응하는 스토리(story)라는 뜻으로 사용되기도 한다.

'이야기'라는 두루뭉술한 용어는 참 편리하기는 하다. 특히 어떤 서사물의 세부 장르가 무엇인지 판가름하기 곤란할 때 틀리지 않고 넘어갈 수 있다. 우화인지, 민담인지, 전래동화인지, 동화인지 소설인지 콕 짚어서 서술하지 않아도 되기 때문이다. 아마도 교과서 편찬자들이 이 용어를 즐겨 쓴 까닭도 바로 이런 장점 때문일 것이다. 그러나 어떤 장르도 틀리지 않고 지칭할 수 있는 이 용어는 또 어떤 장르도 정확하게 지칭할 수 없다는 문제점이 있다. 다시 말하면, '이야기'라는 용어는 실체가 없는 용어라는 말이다.

그렇다면 초등학교의 문학 교육에서 서사 장르의 명칭을 무엇으로 하는 것이 좋을까. 이는 아동문학 작가와 연구자, 국어교육학자들의 토론과 소통으로 해결해야 할 문제이다. 필자는 우선 이 대상에서 '이야기'를 배제할 것을 제안한다. 그 이유는 앞에서 설명한 바와 같다. 그렇다면 남는 용어가 '동화'와 '소설'이다. 이 둘 중에 '소설'이 더 적절하지 않을까 한다.[2]

초등학교 고학년 학생을 독자로 하는 사실적인 서사물을 아동문학가들이나 출판사에서 '동화'로 부르기는 하지만 아동문학계의 여러 연구자들은 이 용어가 이런 방식으로 쓰이는 데 대해서 흔쾌히 동의하지는 못하고 있다. 다들 그렇게 부르고 있으니 따라가기는 하지만 '동화'의 본래 의미가 이런 것은 아니라는 것을 알고 있기 때문이다. 또, 초등학교 교과서 편찬자들이 '동화'라는 용어를 받아들이지 않는 이유도 이 '동화'라는 장르 용어가 포괄하는 의미에 문제가 있다는 생각이 깔려 있기 때문이다. 우리가 '동화'라고 할 때의 배경 지식, 즉 동화의 본질이나 동화의 의미에 비추어 볼 때 현재의 고학년용 서사물을 '동화'로 부르기에는 영 석연치 않은 무엇이 있다는 것이다.

그 석연치 않은 이유를 조목조목 거론하다보면 '동화'와 '소설'에 대한 본격적인 장르론이 필요하여 이 자리에서 일일이 논의하기는 어렵다. 그러나 큰 줄거리만 거론하자면 '동화'는 어린 독자를 대상으로, '소설'은 좀더 나이든 독자를 대상으로 하는 장르라는 점, 따라서 '동화'는 길이가 짧고 그에 비해 '소설'은 길이가 좀 길다는 점, '동화'는 저학년 어린이들의 물활론적 사고 방식을 만족시켜주기 위해 공상적, 비현실적인 사건이 주로 펼쳐지고, 소설은 고학년 어린이들의 합리적·현실적 사고 방식을 만족시켜주기 위해 현실에서 벌어질 법한 사건이 주로 펼

2 필자가 한국청소년아동문학회에서 이 논문을 발표할 때에는 '동화'라는 용어를 쓰자고 주장했었다. 그런데 이후에 더 고민을 한 결과 이 용어에 대한 필자의 견해를 본문과 같이 수정하려고 한다.

쳐진다는 점 등을 들 수 있겠다. (그런데 이런 경계 구분도 사실 딱 맞아 떨어지지는 않는다. 최근에는 고학년 독자를 대상으로 하는 장편 서사물인 '판타지' 작품이 많이 출판되고 있기 때문이다.)

필자는 대학의 아동문학 강의 교재로 쓰기 위해 『아동문학의 이해』(박이정, 2009)를 공동 집필하였는데 이 때에 고민이 된 장(章)이 바로 '사실동화'와 '역사동화' 부분이었다. 고민 끝에 '동화'라는 용어가 우세하게 쓰이는 현실을 고려하여 '사실동화', '역사동화'라고 이름을 붙이고, 장르 관련 학술 대회 같은 데서 필자의 견해를 밝혀야 할 때는 고학년용 서사물도 모두 '동화'로 하자고 말하곤 했다. 언어라는 것은 역사성이 있어서 그 의미가 변화할 수 있는 것이며, 사회성이 있어서 대중이 합의하면 그 쪽으로 의견이 모아질 수도 있을 것이라고 생각하였기 때문이다. 그러나, 학술대회를 할 때마다 '동화'라는 용어가 아동문학 서사 장르를 대표하기에는 부적절하다는 생각이 들었고, 아동문학을 강의할 때에도 고학년 학생을 독자로 하는 비교적 긴 이야기인 역사물을 역사'동화'라고 할 때에 마음으로부터 동의하기 어려워 이 부분을 강의할 때마다 곤혹스러웠던 기억이 나를 괴롭혔다.

이런 상황에서, 교육과정과 교과서에 사용되어온 장르 용어를 통시적으로 검토한 결과, 그 혼란상이 너무 어지럽고 원칙이 없어서, 학자가 학문적인 엄밀성 없이 대세만 따르다가는 아동문학계나 초등의 국어교육계에 합당한 장르 용어로 합의, 정착되기가 매우 어려울 것임을 절감하였다. 그래서 필자는 이 자리를 빌어 내가 써왔던 '사실동화', '역사동화'라는 용어를 철회하고자 한다. 즉, 초등학교 고학년 독자를 대상으로 하는 서사물은 서술 양식과 장르의 본질을 기준으로 보았을 때, '아동소설'이든 '소년소설'이든, '소설'이라는 용어가 더 합당하다고 보아 앞으로는 '아동 사실소설', '아동 역사소설' 등의 용어로 쓰려고 한다. 그러나 서사 장르의 용어가 이렇게 간단히 해결될 수 있는 문제는 아니다.

'동화'와 '소설'을 가르는 기준은 무엇인가. 공상성과 현실성인가, 독자의 연령인가, 아니면 이 둘 다인가. 만일 연령과 공상성을 기준으로 '동화'의 범주를 결정한다면, 어린 독자를 대상으로 하는 사실적인 이야기는 동화인가 소설인가 하는 문제가 끊임없이 우리를 괴롭힌다.

썩 만족스럽지는 않지만 필자는 '동화'와 '소설'을 가르는 기준을 일차적으로 독자의 연령에만 두고자 한다. 즉 저학년을 독자로 한 서사물은 사실적인 세계에서 사실적인 사건이 벌어지더라도 '동화'로 부르고, 고학년을 독자로 한 서사물은 판타지적인 사건이 펼쳐지더라도 '아동소설'로 부르기로 하겠다. 공상성이나 판타지는 장르를 가르는 기준이 아니라 그 장르가 가지고 있는 여러 속성 가운데 하나로 이해하면 될 것이다. 성인 소설에도 '판타지 소설'이 있는 것처럼, 아동소설에도 '판타지 아동소설'이 있는 것으로 이해하면 그만이다. 저학년과 고학년의 경계선쯤에 있는 작품도 있을 수 있다. 그러나 그런 것은 출판사나 작가의 판단에 맡기면 된다.

2) 서정 장르 용어의 문제점과 대안

교육과정과 교과서의 서정 장르의 용어를 살펴본 결과 '동시'라는 용어보다는 '시'라는 용어가 훨씬 많이 사용되었음을 알았으며, 저학년에서는 '동시'라고 하다가도 고학년에서는 거의가 '시'라는 말을 써 온 사실도 확인하였다. 그리고 2007 개정 교육과정에서는 '동시'라는 용어가 완전히 사라졌다는 것도 확인하였다.

초등학교의 문학 교육에서 '시'라는 용어를 쓰는 것이 큰 문제가 되는 것은 아니다. '동시'도 넓게 보면 '시'라고 할 수 있기 때문이다. '시' 중에서 어린이들도 읽고 즐길 수 있는 작품을 초등학교 어린이들에게 읽히고 교육한다고 보면 된다. 그러나 1~2학년까지는 '동시'라고 하다가

3학년이나 4학년부터는 '시'라고 하는 것은 문제가 된다. 두 장르의 경계선이 모호하기 때문이다.

초등학교에서는 '시'든, '동시'든 한 쪽으로 통일을 해야 하는데, 필자는 '시' 쪽에 표를 던지고 싶다. 서사 장르를 '소설'이라고 한다면 그에 대응되는 용어가 필요하다. 초등학생용의 운문 장르는 '동시'라는 용어가 이미 널리 쓰이고 있어서 굳이 이 용어를 버릴 필요는 없지만 중학교, 고등학교의 문학 교육까지 고려한다면 일관성 있는 용어가 바람직하다고 생각한다.

사실 '동시'라는 용어에는 양날의 칼이 숨겨져 있기도 하다. 어린이들에게 알맞은 주제와 기법으로 어린이들이 즐기기 좋은 '시가'를 생산하고 연구하는 일을 자극할 수도 있지만, 어린이들에게만 알맞다고 여겨지는 시가에 고착된 작품이 양산될 염려도 있을 것이다. 필자는 '동시'라는 특화된 명칭의 존재가 긍정적 효과도 있다고 생각한다. 전문적인 '동시 작가'나 '동시 연구자'들이 존재하는 것이 어린이 문학 교육에 더 기여를 할 수도 있기 때문이다. 그러나 최근에는 일반 시인들도 동시집을 많이 출간하고 있어서 창작계에서도 동시인과 성인시인의 경계가 허물어지고 있는 것 같다. 아동을 위한 시이든 성인을 위한 시이든 모두 '시'[3]라고 부르고 특화해서 부를 필요가 있을 때만 '동시'라고 부르면 된다.

3 이 부분도 한국청소년아동문학학회에서 논문을 발표할 때는 '동시' 쪽을 지지했었는데, 앞의 서사문학 용어인 '소설'과 짝을 맞춘다는 의미에서 '시'라는 용어를 쓰기로 한다. 앞으로 아동문학 장르 용어에 대한 필자의 공식 견해는 이 글을 기준으로 하겠다.

참고문헌

1. 자료

제1차 국어과 교육과정~ 2007개정 국어과 교육과정

제1차 교육과정기의 국어 교과서~2007개정 교육과정기의 국어 교과서

2. 논문 및 저서

김상욱, 『국어교육의 재개념화와 문학교육』, 역락, 2006.

이지호, 「시 · 동시 · 어린이시」, 『문학교육학』 12호, 한국문학교육학회, 2003.

한명숙, 「이야기의 유형과 용어에 관한 고찰」, 『청람어문학』 26집. 한국교원대학교, 2003.

프린스, 이기우 · 김용재 역, 『서사론사전』, 민지사, 1992.

- 영미권의 어린이문학은 어떤 장르를 이야기하는가?_김서정
- 독일 아동청소년문학의 몇 가지 개념에 대하여_김경연
- 일본 근·현대아동문학사 속에서 살펴본 동화 장르의 변화 과정_김영순

제4부

외국 아동청소년문학의 장르와 용어

영미권의 어린이문학은 어떤 장르를 이야기하는가?

김서정

1. 어린이문학에 대한 끝없는 정의들

1) 어린이문학이란 무엇인가

'어린이문학(Children's Literature)이란 무엇인가' 하는 질문에 대한 대답은 "갓난아기를 위한 보드북부터 어린이용 그림책과 청소년용 소설까지, 어른들이 자신보다 어린 독자들을 위해 만든 수많은 시와 이야기에 관한 것"[1]이라는 페리 노들먼(Perry Nodelman)의 명쾌한 정의에서부터, "그(어린이문학) 텍스트들의 특성을 드러내는 구조를 발견하고 그 구조의 성격을 분석하는 시스템을 세운다는 것은 대학의 한 학기 과제로 끝나는 일이 아니라 평생에 걸친 일"[2]이라는 수잔 개넌(Susan R. Gannon)의 무거운 고백까지 다양하다. 노들먼의 정의에는 책상에 걸터앉아 콜라캔의 뚜껑을 따는 듯한 가벼운 경쾌함이 있고, 개넌의 정의에

김서정
sjchla@hanmail.net 중앙대 초빙교수, 동화작가, 평론가. 평론집 『동화가 재미있는 이유』 『캐릭터는 살아 있다』 등과, 『함께 걷는 길』 『용감한 꼬마 생쥐』 『두르크 강을 건너서』 등의 작품이 있다.

는 필생의 과업인 신전을 세우는 듯한 엄숙함이 엿보인다. 그 두 태도 사이에는 얼마나 많은 스펙트럼이 펼쳐져 있을 것인가. '예술의 본질에 충실한 책, 인간다운 고귀한 감정을 어린이들의 마음에 불어넣는 책, 지식을 주는 책, 인간의 심성에 대한 인식을 어린이들에게 심어 주는 책'[3]을 좋은 어린이책으로서 사랑한다는 자못 목멘 웅변이 있는가 하면, "어린이책은 중산 계급의 가치관에 맞춰 아이들을 사회화하는 데 아주 유용한 도구로 이바지한다"[4]는 비판에서는 사회와 어린이책 사이의 가늘지만 질긴 역학 관계를 감지하는 이데올로기적 시선이 날카롭다.

사실 어린이문학이 무엇인가를 밝히는 것은 문학이 무엇인가를 밝히는 것보다 훨씬 지난한 일이다. 문학이 어떤 텍스트의 '문학성'에 대한 분석과 판단을 통해서 정의 내려지는 일이라면, 어린이문학은 거기에 덧붙여 (혹은 우선하여) '어린이'라는 수신자의 정체와 특질, 그 수신자와 작가인 어른 발신자 사이의 관계 파악이라는 복잡한 과정이 따르기 때문이다. 그렇게 어린이문학은 '어린이'와 '문학'이 서로 간섭하면서 독자적인 의미층을 만들어낸다.

2) 만들어지는 어린이

'어린이'라는 개념이 사회적, 정치적, 경제적 이데올로기에 의해 어떻게 만들어지는지를 추적한 프랑스의 사학자 필립 아리에스(Philippe Aries)의 『아동의 탄생(L'enfant et la vie familiale sous l' ancien Regime)』(1973)은 근대 사회의 주요 구성원으로서의 어린이라는 계층

---

1 페리 노들먼, 김서정 옮김, 『어린이 문학의 즐거움 1』, 시공주니어, 2006, 25쪽.
2 Gannon, Susan R. Perspectives on Children's Literature: An Overview, *Teaching Children's Literature: Issues, Pedagogy, Resources*, ed. Glenn Edward Sadler, New York, 1992.
3 폴 아자르, 햇살과 나무꾼 옮김, 『책 어린이 어른』, 시공주니어, 1999, 59~61쪽 참조.
4 Gannon, Susan R. 앞의 글, 63쪽.

집단에 대한 새로운 인식을 이끌어냈다.[5] 신본주의 시대였던 중세에는 어린이도 원죄를 지니고 태어난 죄인이라는 점에서 어른과 다를 바 없이 세상의 질곡을 겪는 것이 당연히 여겨졌고, 높은 영아 사망률은 특별히 시간과 재물과 노력을 쏟아 가며 어린이를 돌보는 일을 비효율적이고 비생산적인 행위로 간주하게 했다. 일정한 노동력을 발휘할 수 있을 정도로 자란 어린이는 바로 성인 취급을 받았기 때문에 지금 우리에게 익숙한 영아와 성인 사이의 아동기라는 개념은 존재하지 않는 것이나 마찬가지였다. 이후 중세가 지나고 프랑스 혁명과 영국의 산업 혁명이 일어난 이후 서구 사회의 인간 존재 조건과 의식 구조에는 엄청난 변화가 일어났으며 이러한 변화는 특히 어린이에 대한 개념을 완전히 새롭게 창조하다시피 했다. 어른들이 어린이를 보는 방식과 어린이를 표현하는 방식에 가장 큰 변화를 가져다 준 것은 바로, 어린이가 어른과 다른 존재라는 점인데, 이러한 역사적 과정을 기록한 것이 아리에스의 책이다.

어린이에 대한 개념을 혁신적으로 바꾼 또 하나의 계기는 바로 교육 제도였다. 근대 이전까지는 교육이 집 안에서 소규모의 견습 수업 시스템으로 이루어진 데 반해 학교라는 곳에서 수행되는 공공교육 제도가 생기면서 교육 체계는 일대 지각 변동이 일어난다. 이 변화는 어린이를 위해 어린이에게 필요한 것들이 따로 필요하다는 사회 인식을 낳는데, 그 인식의 연장선상에서 가장 중요한 교육 도구로 쓰인 것이 바로 책이었다. 이 시기에 어린이의 특성을 '빈 서판(tabula rasa)'으로 규정하고 그 서판에 유익하고 재미있는 방식으로 정보와 지식과 철학을 기록함으로써 어린이를 유용한 영국의 시민, 신사로 만들자는 존 로크(John Locke)의 사상은 어린이와 관련된 모든 분야의 절대적인 지침 역할을 하였다.

---

5 이후 어린이 개념에 대한 논의는 차은정, 「영국 판타지 아동문학 연구」, 숙명여대 박사학위논문, 2005와 손향숙, 「영국 아동문학과 어린이 개념의 구성–뉴베리에서 배리까지」, 서울대 박사학위논문, 2004를 참조했음.

어린이를 사회적·도덕적으로 발전시키려 했건, 종교적 교의의 강조를 통해 영혼을 구원하려 했건, 지향점은 조금씩 다르지만, 어린이는 오로지 교육의 대상이라는 차원에서 규정되고 다루어졌던 당시의 도덕주의자와 청교도들의 아동관은 이후 낭만주의에 의해 도전을 받는다. 낭만주의자들은 혁명이 가져온 비관적 사고와 문명의 이름으로 퇴색된 인간 본질에 대한 향수에서 '순수함'을 갈망한다. 그들은 경험이나 합리, 이성 등에 물들지 않은 자연의 정수를 간직한 존재로 어린이를 상정하여, '어린이는 어른의 아버지'라는 명제를 만들어낸다. 어린이라는 존재 자체를 완전무결한 이상향으로 내세우는 것이다. 어린이를 자연과 결합시켜 찬양하는 태도는 루소(Jean-Jacques Rousseau)에게서도 보이지만, 그는 교육을 통해 어린이의 선한 천성을 보존하고 그 천성적 자질과 문화를 조화시키게 만들어야 한다고 생각하는 교육지상주의자라는 점에서는 로크와 궤를 같이 한다.

로크와 루소, 그리고 낭만주의자들의 아동관은 백 년 이상 서구 아동관의 중요한 밑 흐름을 형성하면서 유지되어 왔지만, 1980년대 들면서 심각한 도전을 받는다. 그 선봉에 선 논자가 재클린 로즈(Jacqueline Rose)로서, 그는 '관찰 가능하고, 객관적이고 과학적인 실재로서의 어린이란 없다'는 말로 어린이 개념에 대한 논란의 허구성을 가장 과격하면서도 날카롭게 지적하고 있다. 그에 의하면 어린이문학 속에 나오는 어린이 개념은 어른과 어린이 사이의 관계를 규정하는 언어, 어린이에 대한 어른의 욕망을 반영하는 언어라는 것이다.

> 어린이 픽션(Children's Fiction)은, 우리가 말을 걸 수 있는 어린이가 그냥 거기 있고, 그 어린이에게 말하는 것은 아주 간단하다는 생각 위에 있다. 그것은 어린이의 순수한 보편성이 수많은 죄를 가릴 수 있다는 생각이다. (…) 피터 팬은 우리 문화권에서 통용되는 말도 안 되는 주장—어린이 픽션이 어린이

를 재현하고, 어린이를 위해서, 어린이를 향해서 말한다는 주장, 그 책을 위해 존재하는 한 그룹으로서의 어린이, 우리가 충분히 알고 있는 어린이에게 말을 건다는 주장—을 기념비적으로 보여 준다.[6]

'어린이 픽션'을 어른과 어린이 사이의 역학 관계, 어린이의 섹슈얼리티에 대한 교묘한 욕망과 은폐, 어린이를 규정짓고 지배하려는 어른의 언어 관습으로 보는 로즈의 분석은 어린이에 대한 교육적 낭만적 견해의 관습적인 답습을 거의 기소하는 지경에까지 이른다. 로즈의 주장이 비록 영미 문학계에서 주류로 받아들여지지는 않지만 우리 앞에 전개되는 어린이 상에 대한 여러 정의가 다양한 사회 상황과 다양한 학문, 예술에 의해서 만들어지는 것일 뿐, 연역적으로 규정된 어린이에 대한 개념이라는 것은 없다는 사실, 널리 통용되는 어린이 개념에는 끊임없는 반성과 성찰의 눈길이 필요하다는 인식이 여기서 다시 한 번 점검된다.

이 모든 논의 속에서도 확실한 것은, 어린이문학의 어린이 상은 교육, 심리사회, 역사, 회화 등 여타 학문이나 예술 속의 어린이 상에 한편 기대면서도 한편 그것을 뛰어넘는 독자적인 인간 유형을 만들어내 왔다는 것이다. 어쩌면 어린이는 여타 학문 속의 어린이보다는 문학 속의 어린이에 의해 살아나면서 규정되는 존재일 수도 있을 것이다. 깊이 있고 다양한 인간 탐구를 가능하게 하는 본보기 어른들은 기나긴 인류 역사를 통해 예술, 과학, 정치, 종교 등 각 분야에 산재해 있지만, 그에 대응하는 어린이가 우리 앞에 주어진 일이 있었는가. 개념으로서의 어린이, 집단으로서의 어린이가 아니라 개인적 실체로서의 어린이로 우리 눈앞에 서 있는 아이들은 거의 모두가 문학 속의 아이들—앨리스, 톰 소여, 앤, 삐삐, 하이디, 맥스, 도로시, 피노키오, 해리 포터 등이다. 어린이들의

6 Rose, Jacqueline, *The Case of Peter Pan or: The Impossibility of Children's Fiction*, Philadelphia, 1992, 1쪽.

책 읽기의 가장 큰 원동력이자 즐거움으로 '동일시'를 말하지 않는 사람이 없을 정도로 어린이문학 속의 인물은 어린이들이 자기 자신이라고 믿는, 혹은 믿고 싶어 하는 존재이다. 그러니 어린이란 무엇인가가 이보다 더 분명하고 생생하게 증거되는 현장을 문학 외에 어디서 찾을 수 있겠는가. 결국 어린이가 어떤 존재인지는 어린이를 조명하는 빛이 어느 분야에서 오는지에 달려 있는 만큼, 어린이문학은 다른 학문에서 자료 찾기에 골몰하는 일보다는 문학 속에서 살아 있는 어린이 상을 빚어내고 찾아내는 데 힘써야 할 것이다.

3) 어린이에게 좋은 책?

어린이'문학'은 '어린이를 위한 책'임을 자처하고 나선 수많은 책들 가운데서 어떤 책들이 살아남았는가 하는 문학사적 평가와, 어떤 책이 좋은 책인가 하는 문학 비평적 평가에 의해 정의 내려질 수 있다. 15세기부터 17세기 말까지가 '어린이문학의 선사시대'로 상정되기도 하지만, 어린이문학의 태동기는 대체로 어린이에 대한 완전히 새로운 사고방식과 태도가 자리잡은 18세기 초부터 잡는 데 이견이 없는 듯하다. 최초의 근대소설로 알려진 『파멜라(Pamela)』(1740)는 작가인 사무엘 리처드슨(Samuel Richardson)이 "젊은 남녀의 마음에 미덕과 신앙의 본질을 심어 주기 위해" 출판한 책이었고 청소년들에게 맞도록 개작한 축약판도 나왔지만, "줄거리 때문에 리처드슨의 책을 읽으려다간 너나없이 못 참고 목을 매고 말 것"[7]이라는 빈정거림 속에 어린이문학에 소속되는 데는 실패했다. 대신 아동 청소년 독자를 염두에 두지 않은 『로빈슨 크루소(Robinson Crusoe)』(1719), 『걸리버 여행기(Gulliver's Travels)』

7 존 로 타운젠드, 강무홍 옮김, 『어린이 책의 역사 1』, 시공주니어, 1996, 32쪽.

(1726), 『천로역정(The Pilgrim's Progress)』(1678~1684)이 자연스럽게 어린이문학의 영역으로 편입해 들어간다. 의도적이었던 어린이책이 실패한 반면 전혀 어린이 독자를 염두에 두지 않았던 소설들이 어린이책이 될 수 있었던 이 사건은 어린이문학이 어떠해야 하는가 하는 질문에 중요한 시사를 던진다. 마리아 니콜라예바(Maria Nikolajeva)가 말했듯 그것은 '뛰어난 문학적 특성' 그리고 '보편성과 영원성'이다.[8] 어린이문학이 어린이를 교육시켜야 한다는 투철한 목적의식에서 벗어나 스스로를 충족시킬 수 있을 때 비로소 문학으로서의 평가를 받을 수 있다는 것이다.

어린이문학에 대한 정의는 어린이가 어떤 존재인가에 이어 어린이에게 좋은 책은 어떤 책인가에 대한 논의로 이루어진다. 존 로 타운젠드(John Rowe Townsend)의 말대로 어린이가 인류의 일부인 것처럼 어린이책도 문학의 일부이다.[9] 어린이에게 좋은 책은 그 자체로도 좋은 책이어야만 한다. 미셸 랜스버그(Michele Lansberg)는 "좋은 어린이책이 아이들의 인식 지평을 열어 주고, 삶의 놀라운 복합성에 대한 감각을 길러준다"고 말한다.[10] "즐거움을 통해 아이들의 마음을 심벌, 패턴, 깊이, 문명화의 가능성으로 풍성하게 채울 수 있는 좋은 매체가 어린이책"이라는 것이다. "독립적인 예술 작품으로서의 어린이책은 아이들의 상상과 마음과 가슴에 다가가야 한다"는 추상적 언술도 있고, "강력한 소재, 좋은 플롯, 풍성한 배경, 잘 짜인 캐릭터, 중요한 주제, 예술적 스타일, 단순하고 힘차면서도 상상적인 언어"라는 구체적 항목 제시도 있다.

어린이책을 쓰는 작가는 '낮춰 쓰기(writing down)'를 해야 한다는 주장이 있는가 하면 "만약 작가들이 교육 받은 성인을 마음에 두고 어린이책

---

8 마리아 니콜라예바, 김서정 옮김, 『용의 아이들』, 문학과지성사, 2008, 21쪽~24쪽 참조.
9 존 로 타운젠드, 앞의 책, 서문.
10 Karin Lesnik-Oberstein, Defining Children's Literature and Childhood, ed. Peter Hunt, *International Companion Encyclopedia of Children's Literature*, London and New York, 1996, 17쪽에서 재인용. 이후 어린이책의 정의에 관한 논의는 위 글 21~29쪽 참조.

을 쓴다면 그 이야기는 잘해 봐야 재미없다거나 너무 지적이라는 평가를 받고, 최악의 경우에는 아이들에게 해롭기만 하다는 소리만 듣게 된다"는 주장도 있고, "소재, 감정, 어휘에 있어서 어린이문학과 어른문학 사이에 정말로 심각한 불일치는 없다"는 반론도 있다. "어린이책은 대체로 짧다. 행동은 수동적이기보다는 적극적인 편을 선호하고, 대화와 사건 역시 내성적이면서 묘사적이기보다 활동적이다. 어린 주인공은 그 자체가 법이다. 관습적인 성향이 있다. 이야기는 명쾌한 도덕적 체계 안에서 전개되는데, 어른 소설은 이런 요소를 무시한다. 어린이책은 비관적이기보다는 낙관적이다. 언어는 어린이 지향적이다. 플롯은 확고한 순서가 있고, 가끔 개연성이 무시되기도 한다. 마법, 판타지, 단순성, 모험에 관한 이야기는 끝도 없이 나온다" 같은 단호한 선언 맞은편에는, 『버드나무에 부는 바람(The Wind in the Willows)』(1908)과 『율리시스(Ulysses)』(1922)가 그 범위나 깊이에 있어서 무엇이 그리 다른가 하고 묻는 목소리가 있다.

> 온전히 어른들만 느끼는 감정이란 없다. 어린이문학도 그 모든 것들을 다룬다. 전쟁, 장애, 가난, 잔인, 삶의 모든 거친 국면들이 모두 어린이문학 안에 들어 있다. 어린이책은 훈련 받지 않은 어린이들을 위해 단순한 어휘를 사용한다고? 헤밍웨이(Ernest Miller Hemingway)와 키플링(Joshep Rudyard Kipling)의 소설을 예로 들어 보자. 헤밍웨이의 『무기여 잘 있거라(A Farewell to Arms)』(1929)는 이렇게 시작한다. "가을이 되자 나무들은 헐벗고 길은 질퍽해졌다." 키플링의 단편 「코뿔소는 왜 가죽에 주름이 생겼을까?(How the Rhinoceros Got His Skin)」의 첫 문장은 "옛날 옛날 홍해의 인적 없는 섬 해변에, 엄청나게 동방적인 광휘를 반사시키는 모자를 쓴 파시 교도 한 사람이 살았습니다"이다. 나 원, 참![11]

11 Natalie Babbit, 위의 책 26쪽에서 재인용.

결국 우리는 다시 양쪽을 왔다 갔다 할 수밖에 없다. 어린이문학에 대한 정의는 어린이문학 작품 수만큼이나 다양하다. 어린이문학은 존 로 타운젠드의 "오늘날 어린이책을 정의하는 유일한 현실적 기준은, 좀 이상하게 들릴지도 모르겠지만, '출판업자의 어린이책 목록에 올라 있는 작품'"이라는 지극히 현실적이고 경제적인 정의와, 하비 다턴(Harvey F. J. Darton)의 "어린이문학은 교훈(instruction)과 즐거움(amusement), 억압과 자유, 머뭇거리는 도덕성과 자연 발로의 행복, 그 사이에서의 투쟁"[12]이라는 자못 철학적이고 포괄적인 정의 사이 어딘가에, 어디에나 들어 있다.

2. 어린이문학의 장르, 종류, 타입, 카테고리

1) 어린이문학의 갈래 용어들

어린이문학은 유난히 그 하위 갈래가 많다. 동화, 동시, 동극, 어린이문학평론, 그림책. 그 밑으로 다시 수많은 갈래 개념어들이 난무한다. 아동소설, 소년소설, 소녀소설, 모험소설, 판타지, 판타지동화, 동시, 어린이시, 생태동화, 철학동화, 수학동화, 그림동화, 그림이야기책, 전래동화, 재화, 옛이야기, 사실주의동화, 의인동화 등등. 어린이책에 관계되는 사람들은 한 작품의 성격을 규정짓는 용어를 찾아내기 위해서 애를 쓴다. 이 이야기는 동화인가 아동소설인가, 판타지인가 공상동화인가, 아동문학이란 용어보다는 어린이문학이라는 용어가 더 적합하지 않은가 등등. 머리가 어질어질할 정도이다.

성인문학은 어떤가. 적어도 내가 알기로는 이런 개념어 문제보다는

12 차은정, 앞의 논문, 41쪽에서 재인용.

사조 문제가 훨씬 심도 있는 관심의 대상인 듯하다. 물론 고대 중세의 문학은 비극, 희극, 로맨스, 영웅서사시, 신화, 전설, 전원시 등의 장르 구분에 기대는 바가 컸지만, 근대 이후 문학은 시·소설·희곡 혹은 서정·서사·극으로 뚜렷이 구분되면서 장르 용어가 비교적 명확하게 정리되고 정착되는 양상을 보인다. 서사 장르인 소설에서는 낭만주의, 자연주의, 사실주의, 표현주의 같은 말들이 문학을 주로 일컫고 설명하는 용어가 되었는데, 이 용어들이 지칭하는 바는 그 작품이 어떤 세계관과 인간관, 문체를 가지고 있느냐 하는 것들이다. 말하자면 문학을 볼 때에는 세상과 인간을 '어떻게' 보고 '어떻게' 그리는지에 집중한다는 것이다.

이에 비해 어린이문학은 '어떻게'보다는 '무엇을'에 집중하는 경향이 있다. 페리 노들먼은 『어린이 문학의 즐거움』에서 장르를 "어떤 특성을 공통으로 포함한 것으로 정의되는 문학 텍스트의 범주. 시, 드라마, 소설은 장르이다. 로맨스 소설, 공포소설, 어린이를 위한 소설도 장르이다. 어린이문학 안에는 수많은 하위 장르가 있다. 난센스 시, 시간 판타지 등등"으로 설명한다.[13] 그렇다면 어린이문학은 로맨스 소설, 공포소설과 동격인 장르인가? 그의 장르 구분의 기준은 형식인가, 내용인가? 그것들이 뒤섞여 있는 분류 체계를 보면 그런 의문이 생긴다. 노들먼은 이어 모리스 샌닥(Maurice Sendak)의 간단한 그림책 『괴물들이 사는 나라(Where the Wild Things Are)』(1963)나 알란 가너(Alan Garner)의 복잡한 소설 『레드 시프트(Red Shift)』(1973)에는 공통적으로 어린이용 '소설'로 규정지을 만한 것들이 들어 있기 때문에, "그래서 어린이문학은 자신의 권리를 갖는 문학 장르로 인정될 수 있다"고 하면서 어린이문학의 하위 장르로 과학소설, 판타지, 십대 로맨스, 역사소설, 모험 이야기 등을 언급한 직후, "이렇게 서로 다른 타입들이 존재한다"고 덧붙

13 페리 노들먼, 『어린이 문학의 즐거움 2』. 이후 노들먼의 논지는 제3부 어린이 문학과 문학적 레퍼토리, 제4부 어린이 문학의 종류 참조.

임으로써 장르, 타입의 개념을 중층(中層)시켜 놓는다. 그런가 하면 '어린이문학의 종류(kind)'라는 장에서는 "특히 중요한 세 종류의 어린이 문학"인 시, 그림책, 전래동화와 신화에 대한 논의를 펼치는데, '탐구' 항목에서 "난센스 시, 시간 판타지, 허풍 이야기, 야구 이야기, 인형 이야기, 마음대로 모험을 고르는 소설 등 어린이문학 중 한 종류를 선택하여 하위 장르의 세마타(schemata)를 가려낼 것"을 권한다.

노들먼이 장르와 관련하여 언급하는 용어들을 따라가 보면 이렇듯 모호하고 어리둥절한 상황과 마주치는 경우가 빈번하다. 그의 이런 태도는 어린이문학에 일반 문학적인 접근법을 사용하면서도 소재적 접근에서 완전히 벗어나지 못하고 있다는 비판을 받기도 한다. 물론 노들먼의 이 책이 어린이문학 장르를 체계적으로 구분하고 설명하기를 목표로 하는 것은 아니지만, 영문학 전공 교수이면서 북아메리카에서 아동 텍스트에 이론적으로 접근한 선구자라는 데 의심의 여지가 없다는 평가를 받는 이 학자의 장르 용어 사용법이 이렇게 혼란스럽다는 것은 어린이문학의 장르 개념이 아직까지 어떤 견고한 체계를 갖추지 못하고 있음을 충분히 반증해 준다. 그러면서도 장르(genre)[14]와 타입(type)[15]과 카테고리(category)[16]와 종류(kind)[17] 같은 수많은 용어들을 사용하여 애써

14 종류(kind)의 프랑스어. 영어권과 독일어권에서도 장르라는 용어로 정착되어 있다. 문학이라는 잡다한 현상에 질서를 가져오기 위한 논의의 하나로, 여러 문학을 분류하기 위해 어떤 기준을 제시하는가가 논의의 쟁점이 된다. 문학 장르 논의는 아리스토텔레스와 플라톤으로 거슬러 올라가는데, 비극/서사시/희극/단시 등의 개념이 그때부터 쓰였다. 르네상스 및 고전주의 시대에는 장르를 불변의 틀로 보고 그 사이의 엄격한 위계질서와 법칙을 논하지만 아리스토텔레스에도 못 미치는 허술한 체제로 지적받는다. 18세기 이후 전통 장르론이 등장한다. 프랑스에서는 각 장르의 생성과 쇠퇴를 생물학적으로 유추하는 역사 장르론이 생긴다. 노스럽 프라이(Northrop Frye)의 신화 비평에 의한 희극(봄)/로맨스(여름)/비극(가을)/아이러니와 풍자(겨울) 장르론도 유명하다. 장르는 율격, 구조 같은 외부 형태와 어조, 목적, 테마 같은 내부 형태가 분류 기준으로 작용된다. 현재 가장 유효하게 사용되는 장르는 1940년대 에밀 슈타이거가 정리한 시/소설/드라마 구분이다. 이 장르 구분의 가장 중요한 요소는 기억(시), 사건(소설), 대화(드라마)이다.

15 장르의 하위에 있는 분류 체계. 유형으로도 번역된다. 장르가 역사적으로 규정되어 있는 구분법이라면 타입은 좀더 유연하게 현재적으로 쓰인다. 한 작품이 장르와 타입 양쪽에 부합되는 경우도 있다. '통속소설' 같은 경우가 그것이다. 장르와 혼용되어 쓰이기도 한다.

어린이책을 종류별로 묶어 분류하고 분석하면서 그 집단적 특성을 추출하고자 하는 태도가 어린이문학을 보는 보편적 현상임을 새삼 일깨워 준다. 그 집단적 특성은 그 책들이 어떤 기호를 가지고 있는 어떤 연령층 아이들에게 적합한가, 어떤 교육적, 사회 적응적 도움이 되는가를 판별하는 데 긴요한 자료 역할을 맡는다. 그리하여 어린이문학은 다시 그 안의 교육학, 사회학의 혈통을 확인하게 된다. 어린이문학이 교육학, 사회학과의 연결 고리 안에서가 아니라 온전히 문학의 범주에서 다루어질 수 있을까, 어린이를 연령별 집단으로 묶어 분류하듯 어린이책을 종류별 집단으로 묶어 분류하는 시스템은 언제까지 유효할 수 있을까. 이런 시스템은 어린이문학의 전개 과정 어느 단계에서의 특정 징후일까, 아니면 어린이문학에 대한 본질적인 접근 방법의 하나로 자리잡을 수 있을까. 어린이문학의 장르 개념을 살피면서 우선 갖게 되는 의문들이다.

2) 어린이책 분류의 몇 가지 현장

그렇다면 어린이문학(혹은 어린이책) 연구자들은 어린이책을 갈래 짓는 과정에서 어떤 분류 시스템을 사용하는가. 몇 권의 책에서 용어들을 추출해 보았다. 영미 어린이문학 연구의 가장 기초적인 교과서로 간주되는 『어린이책의 역사』를 쓴 존 로 타운젠드는 이 책에서 영미 어린이문학의 역사를 일별하며 다음과 같은 용어들을 사용한다.

예절 책(courtesy books), 신화, 전설, 민화, 민담, 요정 이야기, 모험 이야

16 카테고리(범주)는 장르, 타입과 그야말로 다른 범부의 용어이다. '가장 기본적인 유(類) 개념'을 뜻하는 철학 용어인데, 일반적으로는 부문을 의미하는 말로 사용된다. 여기서는 임의의 기준에 의해 묶일 수 있는 어떤 집합적 작품들을 지칭하고 있다.

17 종류(kind)는 장르의 영어 대응어이지만 문학 용어로 쓰이지 않는다. 카테고리처럼 어떤 기분에 따라 나눈 갈래라는 광범위한 용법으로 쓰인다.

기, 역사소설, 가정 드라마, 판타지, 근대의 판타지, 동물 이야기, 학교 이야기, 어린이를 위한 시, 그림책, 직업소설(career novel), 피카레스크 소설, 영국식 사실주의, 미국식 사실주의[18]

피터 헌트(Peter Hunt)가 엮은 『어린이문학 백과사전(International Companion Encyclopedia of Children's Literature)』에서는 '타입과 장르' 란에, 타입과 장르라는 용어의 개념에 대한 설명은 없이, 이런 분류가 시도된다.[19]

1. 어린이에게 읽힌 초기 텍스트들
2. 요정 이야기와 옛이야기(fairy tales and folk tales)
3. 신화와 전설(myth and legend)
4. 놀이터 노래와 구비 전승(playground rhymes and oral tradition)
5. 어린이를 위한 시
6. 드라마
7. 일러스트 된 텍스트와 그림책의 발달
8. 근대 그림책(the modern picture book)
9. 대중문학: 만화(comic), 싸구려 소설들(dime novels/pulps and penny dreadfuls)
10. 어린이를 위한 종교적 글(religious writing for children)
11. 동물 이야기(animal stories)
12. 상상의 두꺼비가 있는 현실의 정원: 가정 판타지(domestic fantasy)

18 이 용어들에 대해서는 번역된 책에서 확인할 수 있는 원어만 병기한다.

19 나의 번역. 가능한 한 단어의 뜻 그대로 옮긴다. novel은 소설로, tale과 story는 이야기로, book은 책으로, fiction은 픽션으로 등이다. 『어린이 책의 역사』의 번역도 아마 이 원칙을 따랐을 것으로 짐작된다. 단수, 복수 용법은 우리말로는 구분하지 않되—이야기들, 이야기 혹은 책들, 책으로 나누지 않고 단수로 통일한다—원어에서 쓰인 그대로 소개한다.

13. 하이 판타지(high fantasy)[20]

14. 사이언스 픽션(science fiction)

15. 소년기 만들기: 제국 건설자들과 모험가들

16. 가족 이야기(the family story)

17. 학교 이야기(school stories)

18. 조랑말 책(pony books)

19. 역사적 픽션(historical fiction)

20. 어린 독자들 책(books for younger readers)

21. 십대 픽션(teenage fiction): 리얼리즘(realism), 로맨스(romance), 현대의 문제 소설(contemporary problem novels)

22. 메타픽션과 실험적 작품

23. 어린이를 위한 주요 작가들의 작품

24. 어린이들에게 차용된 책들(books adopted by children)

25. 정보책(information book)

26. 어린이 잡지(Children's magazines)

마리아 니콜라예바가 『용의 아이들』에서 거론하는 갈래 용어는 이렇다.

판타지, 고딕 판타지, 유머러스 판타지, 심리적 판타지, 시간 판타지, 아동소설(children's novel), 전통적 아동 서사 소설(traditional epic children's novel), 생활동화(everyday story), 생활 리얼리즘(everyday realism), 청바지 산문(jean prose),[21] 청소년소설(juvenile novels), 전래동화(fairy tale,

20 판타지 중에서도 '이차 세계'를 배경으로 하는 판타지. '실재' 세계로 초자연적인 요소들이 침입해 오는 '로우 판타지(low fantasy)'와 반대 개념으로 설명된다. 돌킨, 루이스, 르 귄의 판타지들이 여기 해당된다.

21 십대의 전형적인 문화를 반영한 소설. 유고슬라비아의 학자 알렉산더 플라커가 그의 논문에 도입한 용어이다.

folklores), 신화, 우화, 소년소설(boy's book), 소녀소설(girl's book), 모험소설, 가족 이야기, 모험이야기, 형제 이야기, 장애인이나 노인 이야기, 역사소설, 회고소설, 현대의 복잡 미묘한 소설, 그림책, 여자 아이들을 위한 이야기[22]

문학 이론가들이 아닌 독서 교육, 언어 교육학자들의 분류는 보다 실용적이고 체계적으로 보인다. 어린이책 입문서의 고전이 되었다고 할 수 있는 『어린이와 책(Children & Books)』은 1947년 초판의 저자 메이 힐 아버스넛(May Hill Arbuthnot)에서부터 1996년 9판의 저자 지나 서덜랜드(Zena Sutherland)에 이르기까지 필자를 바꿔 가며 50년 이상 '높은 수준의 어린이책'에 대한 정보를 꾸준히 제공하는 책이다. 이 책에서는 어린이문학의 타입(type)을 이렇게 규정한다.

1. 민담
2. 우화, 신화, 서사시
3. 근대 판타지(modern fantasy)
    - 초기 작가들: 안데르센(Hans Christian Andersen)
    - 민담적 요소의 판타지: 톨킨(J. R. R. Tolkin), 루이스(C. S. Lewis)
    - 순전한 상상력의 이야기: 캐럴(Lewis Carroll), 노턴(Mary Norton), 피어스(Philippa Pearce), 샌닥(Mourice Sendak), 배비트(Natalie Babbit)
    - 말하는 동물에 관한 근대 이야기: 포터(Beatrix Potter), 키플링(Joseph Rudyard Kipling), 그레이엄(Kenneth Grahame), 화이트(E. B. White)
    - 의인화된 장난감 등: 밀른(Alan Alexander Milne), 버튼(Virginia Lee Burton)

22 1998년 당시 나의 번역을 그대로 소개한다. 당시 장르 용어에 대한 개념이 뚜렷하지 않았던 탓에 치밀하지 못한 점이 눈에 많이 띈다. 뚜렷했더라도 지금 보자면 적확하지 않은 표현도 있을 것이다. 장르나 타입은 시간의 흐름과 문화의 변화에 따라 유기체적으로 변화하기 때문이다.

—유머러스한 판타지: 트래버스(Pamela Lyndon Travers), 린드그렌 (Astrid Lindgren)

—사이언스 픽션: 렝글(Madeleine L'Engle)

4. 시

5. 근대 픽션

—어린아이들 책: 아디존(Edward Ardizzone), 맥클로스키(Robert McClosekey), 졸로토 (Charlotte Zolotow)

—중간 그룹 책: 드종(Meindert DeJong), 폭스(Paula Fox), 코닉스버그(E. L. Konigsburg), 블룸(judy Blume), 페터슨(Katherine Paterson), 맥라클란(Patricia MacLachlan), 로우리(Lois Lowry)

—나이 든 아이들 책: 타운젠드, 펙(Robert Newton Peck), 코마이어 (Robert Cormier)

—동물 이야기

—스포츠 이야기

—미스터리와 모험

6. 역사적 픽션

—초기 작가들

—어린아이들 책

—중간 그룹 책: 진 프리츠(Jean Fritz), 와일더(Laura Ingalls Wilder)

—나이 든 아이들 책: 서트클리프(Rosemary Sutcliffe), 오델(Scott O'Dell)

7. 전기

—어린아이들 책

—중간 그룹 책

—나이 든 아이들 책

8. 정보 책

—생물학

—물리학

—사회과학

—종교와 예술

—활동과 실험

'뛰어난 어린이문학 교사'에게 주는 아버스넛 상을 받은 뉴욕대학 독서(Reading) 교수인 버니스 E. 컬리넌(Bernice E. Cullinan)과 조지아대학 언어교육 교수인 리 갈다(Lee Galda)는 『문학과 어린이(Literature and the Child)』(1981. 1998 4판) 중 '어린이책의 패턴(pattern)'이라는 장 속에서 어린이책을 다음과 같이 분류한다.[23]

1. 그림책

   그림책의 장르:

   —픽션(민담, 판타지/사이언스 픽션, 사실적 픽션, 역사적 픽션)

   —논픽션(정보 책, 컨셉트 북, 시, 전기/자서전)

2. 시와 운문

3. 구비문학(folklore)

   구비문학의 타입: 엄마 거위와 자장 이야기, 민담, 우화, 신화, 영웅 이야기, 민요와 노동요, 문학 속의 성경

4. 판타지와 사이언스 픽션

   판타지의 카테고리: 하이 판타지, 라이트 판타지

   라이트 판타지의 타입: 동물 판타지, 시간 판타지, 가벼운 판타지

   사이언스 픽션의 타입: 마인드 컨트롤, 미래의 삶, 서바이벌

23 각 패턴은 몇 개의 장르를 포함한다. 그림책의 장르는, 사실적 혹은 환상적, 현대적 혹은 역사적, 시, 민담, 정보 등으로, 그 장르 구분의 요인은 '내용(content)'이다.

5. 현대(contemporary)의 사실적 픽션

사실적 픽션의 타입: 모험 이야기, 미스터리, 동물 이야기, 스포츠 이야기, 유머러스한 이야기, 로맨스, 시리즈 책

6. 역사적 픽션

연대기 순서로 보는 역사적 픽션:

선사 시대, 고대 시대, 중세, 르네상스와 탐험의 시기, 식민지 개척과 혁명 시대, 남북전쟁, 개척지 생활, 새로운 세기(이민과 산업 혁명), 1차 대전, 대공황, 2차 대전과 그 여파, 1950~80년대의 정치적 사회적 혼란

7. 전기

8. 논픽션

논픽션의 영역: 과학, 사회 탐구, 수학, 언어 연구, 예술

영국의 동화작가인 조안 에이킨(Joan Aiken)은 어린이문학 창작 지침서인 『꿈과 상상력을 담은 동화 쓰기(The Way to Write for Children)』(1983; 이영미 역, 큰나, 2003)에서 어린이문학의 장르를 이렇게 나눈다.

그림책, 시, 십대소설, 신화와 판타지, 유령 이야기, 유머 소설, 역사소설

신화와 판타지를 한 장르에 묶은 것이 눈에 띄는데, "판타지가 전통적인 신화 전설에 근거를 두고 있다"[24]는 것이 그 이유인 듯하다. "유령 이야기는 판타지의 다섯 번째 범주에 들어간다"[25]는 언급에 기대어 유령 이야기를 판타지 안으로 넣으면, 그의 장르 체계는 크게 그림책, 시, 판타지, (십대 · 유머 · 역사) 소설로 정리될 수 있을 것이다.

19세기 후반부터 1990년대까지의 대표 작품들을 수록하면서 미국 어

24 조안 에이킨, 이영미 역, 『꿈과 상상력을 담은 동화 쓰기』, 큰나, 2003, 187쪽.
25 위의 책, 199쪽.

린이문학 100년사를 정리했다는 마조리 앨렌(Marjorie N. Allen)의 『미국의 아이들은 무얼 읽고 자라나?(100 Years of Children's Books in America)』(1996; 조무석 외 역, 숙명여자대학교출판부, 2001)는 개별 작품들을 소개하면서 장르적 구분과 소재별 구분, 주제별 구분, 독서 수준별 구분을 혼용하고 있다. 예를 들면 러셀 호번(Russel Hoban)의 '프란시스 시리즈'는 '쉬운 독본(easy reader)/사회적 행동(social behavior)'으로, 레오 리오니(Leo Lionni)의 『꿈틀꿈틀 자벌레(Inch by Inch)』(1998)는 '그림책/컨셉트'로, 토미 웅거러(Tomi Ungerer)의 『에밀(Emile)』(1978)은 '판타지/그림책/동물/유머'로, 매들렌 렝글(Madeleine L'Engle)의 『시간의 주름(Wrinkle in Time)』(1962)은 '판타지/사이언스 픽션'으로, 엘리자베스 조지 스피어(Elizabeth George Speare)의 『청동 화살(The Bronze Bow)』(1997)은 '사실적 픽션/역사/이스라엘'로 되어 있다. 가장 앞에 나오는 항목이 아마도 장르 구분인 듯한데, 대부분 그림책과 사실적 픽션과 판타지로 분류되지만, 민담, 오리지널 민담(original folk), 현대 민담(contemporary folk), 챕터 북, 시, 정보적(information), 사이언스 픽션, 시간 판타지 등의 항목도 드물지 않게 눈에 띈다.

갈래 용어들이 연대기적으로, 형식적으로, 독자 연령층에 따라, 소재에 따라, 주제에 따라, 매체에 따라 이토록 임의로 쓰이는 현상은 어린이문학이 학문적으로 조명받고 분석되는 기간이 절대적으로 짧았던 데 기인하겠지만, 또 다른 이유로는 어린이책이 길지 않은 기간 동안 폭발적인 성장세를 보였다는 것도 있을 것이다. 어른문학이 수백 년에 걸쳐 이루어 놓은 것을 단 백여 년 동안 따라잡은 어린이문학은 '이제 어린이문학 전체가 일반문학의 흐름에 더 가까워진다'는 평을 들을 정도로 문학과 문화의 중심부를 향해 가고 있다. 어린이문학이 보여주는 이 괄목할 만한 변화와 성장에 발맞추어 그것들을 갈무리하고 의미를 부여하고 정리하는 작업의 행보도 빨라져야 할 것이다.

3. 몇 가지 갈래 개념들

1) 옛이야기에서 시까지

앞 장에서 찾아본 수많은 어린이문학의 갈래 용어들 중 논자들이 공통적으로 거론하는 상위 개념어들을 정리하면 다음과 같다. 이 정리 과정에서는 번역상의 문제가 몇 가지 대두되는데, 민담이나 전래동화로도 번역되는 folk, folk tale은 옛이야기로 쓰는 것이, fantasy는 판타지로 쓰는 것이 보편화되어 있거나 크게 논란이 되지 않기에 옛이야기와 판타지로 통일하며, 경우에 따라 구분할 필요가 있을 때 민담이라는 용어를 사용하기도 할 것이다. realistic fiction은 적절히 대응되는 역어를 찾기가 힘들다. fiction을 소설로 옮기기에는 novel이라는 보다 축자적인 용어가 있으면서 children's novel 등으로 따로 쓰이기도 하기 때문이다. 여기서 fiction은 판타지의 맞은편에서, 또한 논픽션의 대척점에서 현실의 일상적 법칙에 따르는 사건을 서술하는 허구의 서사 구조물이라는 의미로 쓰인다.[26] 논픽션이라는 말이 소재별, 분량별, 연령별 구분 없이 이미 하나의 상위 장르 개념으로 통용되고 있는 만큼 그에 맞서 픽션을 그대로 내놓는다.

1. 옛이야기(와 요정 이야기)

---

26 fiction과 novel은 영미권의 이론서에서 다양하게 혼용된다. fiction은, 설명했듯이 non fiction이 아닌 것, 즉 작가의 머릿속에서 나온 허구의 이야기이다. 아무리 현실성 있고 실재적이고, 혹은 실제로 일어났던 일을 자료 삼아 썼더라도 그 소재가 선택되고, 다듬어지고, 작가의 개성적 언어에 의해 재구성됐다는 점에서 그것은 가공의 이야기인 것이다. novel은 시, 희곡에 대응하는 장르 개념으로서 쓰인다. 즉 서사 구조가 있는 산문 이야기인 것이다. 가장 근대적인 장르인 소설은 중세의 로맨스 맞은편에 서 있다. 로맨스가 용이나 거인 같은 초현실적인 존재가 등장하는 영웅적이고 전설적이며 신비로운 이야기인 데 반해, 소설은 당시 사람들의 실제 생활을 그리는 사실적인 이야기들을 지칭하는 용어가 되었다. 소설은 태생부터 리얼리즘적인 함의를 담고 있는 것이다. 소설과 픽션의 경계를 또 다른 면에서 정해 보자면, 소설은 픽션의 하위 개념이다. '소설은 픽션이다'는 명제가 성립되는 것이다. 그러나 그 반대, '픽션은 소설이다'는 성립되지 않는다.

2. 판타지(와 사이언스 픽션)
3. 사실적 픽션
4. 역사적 픽션
5. 논픽션(정보책)
6. 전기
7. 그림책
8. 시

이 장에서는 위 여덟 개 카테고리 중 '서사문학'이라고 할 수 있는 옛이야기, 판타지, 사실적 픽션, 역사적 픽션에 대한 일별을 시도한다. 몇 가지 사전이나 이론서에 나오는 그 용어들에 대한 정의와 해당 작품들, 역사적 변화 과정을 간략하게 따라가 봄으로써 어린이문학의 갈래 개념에 대한 일부 지형도가 거칠게나마 세워지기를 희망한다.

2) 옛이야기, 요정 이야기

옛이야기(folk tale)는 세계 어느 나라에나 존재하는 구비문학 전통 속에서 비교적 어렵지 않게 찾아볼 수 있는 장르이다. 흔히 민담, 민화, 설화 등으로 번역되는데, 최근에는 민담으로 굳어지고, 어린이문학 쪽에서는 '옛이야기'라는 우리말이 대신 자리를 잡고 있다. 서구 문화권, 특히 영국에 널리 퍼져 있는 **요정 이야기**(fairy tale)라는 용어는 다른 문화권 독자나 연구자들을 당혹스럽게 만든다. 마법의 지팡이를 휘두르며 갖가지 신기한 일들을 벌이는 요정의 이미지가 디즈니 애니메이션을 통해 전 세계로 퍼진 후 요정 이야기는 옛이야기를 대체하는 어린이문학의 용어로서 그 영토를 확장해 가고 있는 듯하다.

옛이야기를 소박하게 '구비문학 갈래 중에서 어린아이용 읽을거리로 분류된 짧고 재미있는 이야기'로 정의하고 나면, 그 아래로도 여러 종류의 이야기가 나뉜다. "잭이 지은 집에 있는 치즈를 먹은 쥐를 물어 죽인 고양이를 못살게 군 개를 받아 버린 암소를……" 식으로 모티프나 에피소드가 꼬리를 물고 이어지는 누적적 이야기, 「함께 사는 고양이와 쥐」, 「장화 신은 고양이」처럼 동물들이 인간의 언어를 통해 인간과 혹은 동물들끼리 의사소통을 하는 말하는 동물 이야기, 「영감님 하시는 일은 뭐든지 옳아요」나 「똑똑한 엘제」처럼 유머와 난센스를 담은 어릿광대 이야기 혹은 유머러스한 이야기, 「파란 수염」처럼 일종의 우화적 메시지를 담고 있으면서 전혀 불가능하지 않은 사실적 사건을 다룬 사실적 이야기, 베드로나 성 요셉 등 종교적 인물이 나오는 종교적 이야기, 「미녀와 야수」, 「왕과 거위치기 소녀」처럼 남녀 사이의 사랑이 주제가 되는 로맨스(romance), 옛이야기의 심장(heart)으로 단언되는 마술적 이야기 들의 분류를 그 예로 들 수 있다. 굳이 이 분류법을 따르지 않더라도 옛이야기 하면 우화적이고 사실적인 바보 이야기나 우스개 이야기, 로맨스나 치정 이야기보다 초자연적이고 마법적인 요소들이 강력하게 작동하는 마술적 이야기가 옛이야기의 중심에 서 있다는 데에는 어떤 이의도 제기되지 않을 것이다.

『옥스퍼드 어린이문학 사전』에는 아예 folk tale 항목이 없는 대신 요정 이야기, fairy tale 혹은 fairy story가 여러 페이지에 걸쳐 설명되어 있다. 그렇다면 어린이문학은 옛이야기 중에서도 초현실적이고 마법적인 이야기만을 자신의 영역 안에 받아들이기로 한 것일까? 그러나 "먼 옛날을 배경으로 하는 이야기 혹은 실재 세계에서는 일어날 수 없는 사건", "가끔 마술적 사건들이 일어나고 요정들이 등장하지만 초자연적인 것들이 언제나 나타나는 것은 아니다"[27]라는 정의를 보면 요정 이야기는 좁은 의미의 마술적 이야기가 아니라 옛이야기의 대체 표현임이 확

27 Carpenter, Humphrey and Prichard, Mari, *The Oxford Companion to Children's Literature*, 177쪽 참조.

인된다. 그런가 하면 옛이야기와 요정 이야기를 구비문학과 기록문학의 차원에서 명쾌하게 나누는 노들먼의 독특한 정의도 있다. 그에 의하면 옛이야기는 "글로 쓰이지 않은 채 입에서 입으로 전해지던 이야기. 학자들이 세계 각 문화권에 속한 옛이야기들을 이야기 타입의 차원에서 정리했다. 타입이란 기본적인 플롯 라인으로서 거기에서 다양한 버전이 퍼져 나간다. 요정 이야기는 옛이야기의 인쇄본이다."[28]

옛이야기는 16세기 경까지는 '뛰노는 아이들도, 난롯가의 노인들도 사로잡는 이야기'였지만, 18세기의 교육 사상가들에게는 '무식한 농민의 것', '촌스럽고 비합리적인 것'으로서 천시되었다. 사상가들은 요정이나 마녀 같은 쓸데없는 것들이 아이들의 머릿속을 채워서 어리석게 만드는 것을 경계했다. 이성의 이름으로 상상력을 경계하고 억압했던 계몽의 시대에 대항하여 낭만주의가 등장한 18세기 말, 요정 이야기는 상상력이 마음껏 발휘될 수 있는 공간으로 콜리지(Samuel Taylor Coleridge)나 워즈워스(William Wordsworth) 같은 작가들에 의해 강력한 옹호를 받았다. 영국의 낭만주의자들은 이성주의 분위기에 대항하여 상상력이 강력히 개입할 수 있는 공간인 요정 이야기를 감싼다.[29] 요정의 세계는 정신적 공간이며, 마음의 세계이자 상상력의 터전이고 존재와 인식의 조건이라는 것이다. 이 낭만주의자들이 요정 이야기와 신화와 전설을 복원하고 아이들의 상상력을 찬미했던 이유는, 아이들을 가두고 길들이려 했던 이성과 경험과 현실법칙의 틀을 깨고 새로운 인식과 진정한 자아를 찾는 길을 그 안에서 발견했기 때문이다.[30] 그 뒤 19세기 후반 앤드루 랭(Andrew Lang)의 '색깔 요정 책 시리즈'인 『파란 요정 책(The Blue Fairy Book)』(1889), 『빨강 요정 책(The Red Fairy

28 페리 노들먼, 『어린이 문학의 즐거움 2』, 556쪽.
29 차은정, 앞의 논문, 51쪽 참조.
30 손향숙, 앞의 논문, 58쪽 참조.

Book)』(1890), 『초록 요정 책(The Green Fairy Book)』(1892), 『노란 요정 책(The Yellow Fairy Book)』(1894)과 조셉 제이콥스(Joseph Jacobs)의 『영국 요정 이야기(English Fairy Tales)』(1892), 『더 많은 영국 요정 이야기(More English Fairy Tales)』(1894) 두 권은 옛이야기가 영국 어린이문학의 전통 안에 확고히 자리잡게 하는 계기가 되었다.

요정 이야기가 다시 환영을 받으면서 19세기 중반 이후 작가들은 요정 이야기를 고쳐 쓰거나 새롭게 창작하려는 시도를 끊임없이 해왔다. 『황금 강의 왕(The King of The Golden River)』(1842)을 쓴 존 러스킨(John Ruskin)을 비롯해서 조지 맥도널드(George MacDonald), 찰스 킹즐리(Charles Kingsley), 찰스 디킨스(Charles John Huffam Dickens), 에디스 네스빗(Edith Nesbit)으로 이어지는 작가들의 행렬은 요정 이야기의 재창작을 넘어 판타지라는 새롭고 강력한 장르의 탄생을 예비한다.

3) 판타지(와 사이언스 픽션)

장르로서의 판타지 개념에 대해 논의할 때 언제나 가장 먼저 나오는 것은 츠베탕 토도로프(Tzventan Todorov)의 이론이다. 현실 생활 속으로 신비스러운 것이 갑자기 들어오는 것을 환상의 특질로 규정한 그는 그 신비에 대한 독자의 반응에 따라 이야기를 경이담, 괴기담, 환상담 등으로 나눈다. 그러나 그의 정의는 어린이문학으로서의 판타지에 적용시키기에는 무리가 많다는 것이 논자들의 보편적인 의견이다.

판타지에 대해서는 그 뒤로 수많은 논자들이 수많은 정의를 내린다. '불가능의 문학', '우리가 존재하는 현실, 우리가 가능하다고 생각하는 현실과는 또 다른 질서', '초자연성이나 불가능한 것을 포함하는 픽션', '불가능하고 초자연적인 것들을 다루는 이야기', '이야기꾼으로서의 작가의 상상력과 솜씨에 의해, 일어날 수 없는 일이 거의 없는 이야기',

'초자연적인 것 또는 불가능한 것을 포함한 픽션' 같은 정의들은 문학 장르로서의 판타지와 낱말의 뜻으로서의 판타지에 대한 개념이 뒤섞인 설명들이다. 판타지의 하위 갈래를 이차 세계 판타지·형이상학적 판타지·감정적 판타지·희극적 판타지·전복적 판타지·아동 판타지로 나누는 연구자가 있는가 하면, 아동 판타지를 알레고리와 우화·동물·유령·유머·가공의 존재·마법적 모험·이차 세계·시간여행·장난감·마법과 요술로 나누는 연구자, 동물·시간·이중세계·공상적·이차 세계로 분류하는 시각도 있다.[31] 판타지는 다른 어느 장르보다 그 기원과 정의와 하위 장르에 대한 논의가 분분한데, 그 연구들을 따라가다 보면 판타지는 도저히 정의할 수 없고 갈래 지을 수 없는 분야가 아닌가 하는 절망감이 들 정도이다. 정의 내리기 불가능함, 경계의 불분명함이 판타지에 대한 가장 설득력 있는 정의가 아닐까.

사이언스 픽션이 판타지의 한 갈래이거나, 요정 이야기와 옛이야기처럼 서로 대체할 수 있는 용어로 사용되는 것은 아니다. 그러나 종종 사이언스 픽션은 판타지와 밀접한 관련 아래 있는 장으로 인식된다. 이는 판타지가 장르 개념으로 자리잡기 전 fantastic이라는 말이 포괄적으로 신기하고 낯선 것을 지칭하는 용어로 쓰이던 상황에서 기인하는데, 1930년대와 40년대 미국 과학 소설계에서는 과학 소설과 환상 소설을 한데 아우르는 용어로 fantastic을 사용하기도 했다. 사이언스 픽션은 1920년대에 와서야 '과학적 픽션'에서부터 시작하여 하나의 장르 용어로 정착하게 된다. 신기한 일이 일어나지만 그것이 초자연적이고 마술적인 원인이 아니라 과학에 의해 실현되는 사건을 그리는 많은 소설들, 예를 들어 쥘 베른(Jules Verne)과 H. G. 웰즈(H. G. Wells)의 작품들도 초기에는 '과학적 로맨스'로 불리다가 사이언스 픽션으로 다시 편입된

31 차은정, 앞의 논문, 70~71쪽 참조.

다. 과학자의 실험으로 괴기스러운 인간이 만들어진다는 1818년 출간작 『프랑켄슈타인(Frankenstein)』(매리 셸리 Mary Shelley)도 고딕소설이라는 분류표 아래 있었지만 그 작품이야말로 최초의 근대 사이언스 픽션이라는 논의의 중심에 있다. 이 작품의 주제인 '과학을 통해 자연과 겨루어 보고자 하는 욕망'은 오늘날 사이언스 픽션의 전형적인 모티프로 간주된다.[32]

오늘날 어린이문학에서 사이언스 픽션과 판타지의 정의는 비교적 명쾌하게 구별된다. '사이언스 픽션은 과학적 가능성을 탐색한다. 판타지는 과학적 설명과 자연의 법칙을 넘어선다. 언젠가 과학의 발전에 의해 이루어질 수 있는 사건을 다룬 이야기는 사이언스 픽션이며, 아무리 과학이 발전해도 불가능한 일은 판타지이다'라는 것이 그 요지이다. 그러나 과학적 사실 혹은 가능성에 의해 사건이 일어나고 세상이 바뀌는 이야기들에서는 그런 명쾌한 구분이 흐려진다. 과학의 힘으로 가능한 일, 불가능한 일을 누가 어떻게 단정할 수 있을 것인가. 모종의 실험 끝에 들쥐들이 인간과 의사소통을 하게 되고 나아가 인간의 통제를 벗어나 도서관까지 갖춘 지하 도시를 건설한다는 내용의 『니임의 비밀(Mrs. Frisby and The Rats of NYHM)』(로버트 오브라이언 Robert C. O'brien, 1971)은 판타지일까, 사이언스 픽션일까. 몇몇 논자들은 이 작품을 사이언스 픽션의 영역으로 집어넣는다! 인간의 생각과 꿈까지 엄격하게 통제되는 암울한 미래 사회를 그리는 『기억전달자(The Giver)』(로이스 로우리 Loise Lowry, 1993)도 사이언스 픽션이다. 수억 광년의 우주를 한순간에 가로질러 간다는 환상적 설정이 정밀한 과학 공식에 의해 가능한 일로 설명되는 매들렌 렝글의 『시간의 주름』과 그 후속편들은 아예 사이언스 픽션 판타지(science fiction fantasy)라는 새로운 장르 용어를 탄생시킨다.

---

32 Yates, Jessica, Science Fiction, *Encyclopedia of Children's Literature*, 314쪽 참조.

4) 사실적 픽션

사실적 픽션은 강력한 실재성, 즉 현실감을 가지고 있다. 우리가 살고 있는 세상에서 실제로 존재하는 사람에게 실제로 일어날 수 있는 일이다. 사실적 이야기는 흥미롭거나 유머러스하거나 로맨틱하거나 판타지처럼 상상적일 수 있지만 언제나 정말 같아야 하고 가능해야 한다. 가끔은 주인공들의 모험이 너무 기발해 보이기도 하지만 그래도 그것은 가능한 일이어야 한다 등등의 정의를 종합하면, 사실적 픽션은 우리 눈에 보이는 지금 이곳의 현실 세계에서 일어날 수 있는 가능성과 개연성 있는 일을 그리는 이야기이다.

사실적 픽션에 대한 이런 포괄적 정의는 별 무리 없이 받아들여진다. 정작 중요한 문제는 그 이후이다. "이는 겉으로 드러나지 않는 이면을 살피고 '직시하자'는 식의 접근을 암시하려는 것이지만, 여기에서는 단지 소설 속에 묘사되어 있는 사건이 현실에서 실제로 일어나는 사건이며, 그 배경도 역사적인 과거라기보다 현재를 바탕으로 한다는 것을 지적하려는 목적을 지니고 있을 뿐이다"[33]라는 타운젠드의 말은 사실적 픽션을 살피는 눈이 그 표면적 이야기 뒤에 숨어 있는 구조, 즉 '겉으로 드러나지 않는 이면'을 보아야 함을 지적한다. 그는 '영국식 사실주의'와 '미국식 사실주의'를 나누면서 이 두 나라의 사실적 픽션에 어떤 변별점을 찾아낸다. 그의 분석에 따르면 영국식 사실주의는 과거와 현재를 뒤섞어 시공 개념을 확장시키고, 일상 뒤에 숨어 있는 기이한 일들을 능숙하게 전달함으로써 사실주의의 한계를 넓히고, 복잡하고 미묘한 감정적 깊이를 보여주고, '감정의 사실주의'를 시험하기도 한다. 미국식 사실주의가 가장 첨예한 문제로 다루는 것은 인종, 성역할 등 사회적 문제이

33 존 로 타운젠드, 앞의 책, 436쪽.

다. 백인이 쓴 흑인 이야기나 인디언 이야기, 흑인이 쓴 흑인 이야기, 전통적 성역할을 넘어서는 여자 아이 이야기 등이다. 타락, 위선, 죽음, 현실 도피 등 '거친 주제'가 증가한다는 것도 미국식 사실주의에 대한 그의 평가이다.

확실히, 사실적 픽션을 다루는 학자들의 관심은 사회와의 연관성 안에서 그 이야기가 얼마나 실용적인지, 혹은 위험한지를 따지는 주제적, 이슈적 특성에 기울어져 있다. 동물 이야기, 가족 이야기, 스포츠 이야기, 모험 이야기, 형제 이야기, 장애인 이야기, 노인 이야기 등의 분류는, 사실적 픽션이 아이들의 어떤 생활 단면을 조명하는가, 어떤 사회문제에 대해 언급하는가를 나누어 제시함으로써 그 이야기를 일종의 참고서 차원으로 밀어 놓을 위험과 함께 그 주제와 이슈의 시의 적절함과 요긴함에 주의를 집중시킴으로써 문학적 성취도나 개성에 대한 평가를 가릴 위험이 있다. 특정 소재의 유행, 어른들이 주로 관심을 가질 만한 정치 이데올로기의 설익고 성급한 구현 같은 현상이 일어나는 장르도 사실주의 픽션이다.

5) 역사적 픽션

역사적 픽션은 역사상 어느 구체적인 시점과 지점에서 실제로 살았을 법한 (혹은 살았던) 인물들에게 실제로 일어났을 법한 (혹은 일어났던) 일을 그렸다는 점에서 사실적 픽션이지만, 현재가 아닌 과거를 시대 배경으로 하고 있다는 점에서 사실적 픽션과 갈라진다. 실제로 살았던 인물을 주인공으로 내세울 수 있지만 그의 일생에 초점을 맞춘 것이 아니라 훨씬 넓은 시야를 가지고 있다는 점에서 전기와 다르다. 실제로 일어났던 사건을 그릴 수 있지만 그 안에 허구적 이야기를 짜 넣는다는 점에서 논픽션과 다르다.

역사적 픽션에 대한 정의는 일견 이렇게 간단해 보이지만, 역사적 신빙성과 증거를 어느 정도로 정확하게 갖추느냐 하는 골치 아픈 문제가 그 안에 도사리고 있다. 주거지, 자연 환경, 복장, 음식, 언어, 정치적 상황, 계급 문제, 의료 수준 등등 그 시대를 그리는 세부 사항에 대해서 작가는 역사가 이상으로 정통해야 한다. 사실의 확인만으로 임무가 끝나는 것이 아니라 그 위에 독자가 그 세계에 얼마나 몰입할 수 있는가, 캐릭터는 얼마나 그 시대에 잘 녹아들어 있는가 하는 요건들도 충족시켜야 한다.

어떤 과거 시대를 역사적 픽션의 배경으로 보아야 하는지도 검토의 대상이 된다. 타운젠드는 "배경은 과거이지만 기억 속에 살아 있다거나 그리 멀지 않은 과거를 다룬 것들은 (사실주의의) 하위 장르에 가져다 놓는다."[34]라는 다소 모호한 규정을 내린다. 1980년대의 특정 사회 상황을 다룬 이야기를 역사적 픽션으로 간주하는 논자들은 그 시기를 '대부분의 어린 독자들이 직접적 지식을 갖지 못한 과거 시대'로 잡음으로써 독자 중심 시각으로 규정하는 데 반해[35] 니콜라예바는 "사건이 일어나는 시간이 작가의 생애가 닿을 수 있는 범위를 넘어서는 종류의" 이야기를 역사적이라고 지칭하는 정의를 빌려 옴으로써 작가 중심 시각을 보여준다.[36] 그 정의를 따르면 작가에게는 자기 시대였지만 독자에게는 먼 옛날이 되어 버린 시기의 이야기를 역사적 픽션의 범주에 넣을 수 있을 것인가 하는 문제점을 해결할 수 있다는 것이다.

역사적 픽션의 기원은 월터 스콧(Walter Scott)의 『아이반호(Ivanhoe)』(1819) 같은 작품으로 거슬러 올라가기도 하고 어린이문학 초기의 모험

---

34 존 로 타운젠드, 『어린이 책의 역사 2』, 436쪽.

35 Sutherland, Zina, Children and Books, 383쪽 참조. 이 경우 출판 당시에는 '사실적 픽션'이었지만 시간이 지나면서 '역사적 픽션'으로 장르가 바뀐다. 『작은 아씨들(Little Women)』(Louisa May Alcott, 1868~1869)을 그런 식으로 역사적 픽션으로 분류하는 논자도 있다. 시간 경과에 따라 한 작품의 장르가 바뀌는 경우는 역사적 픽션밖에 없을 것이다.

36 마리아 니콜라예바, 앞의 책, 199쪽.

소설들 중 일부는 역사적 사실에서 소재를 빌려왔다는 이유로 역사소설로 간주되기도 한다. 현대 모험소설 중에서도 스콧 오델의 『푸른 돌고래 섬(Island of the Blue Dolphins)』(1961)이 그 전통을 잇는다. 1930년대에 나온 조프리 트리즈(Geoffrey Trease)의 『호족들에 맞서서(Against the Barons)』(1934)는 이 장르의 특성을 바꾸었다는 평을 듣는다. 이 이야기는 역사적 상황을 배경으로 하고 있지만 로빈 후드 식의 영웅담이 아니라 어린이들이 동일시할 수 있는 젊은 주인공이 부조리한 시대 상황에 맞서 실재적으로 싸우는 내용을 담고 있다. 생기와 색채 감각이 넘치는 이 책은 단순한 역사적 모험을 뛰어넘어 작가의 예리하면서 굳건한 세계관이 개성적으로 드러나는 깊이 있는 픽션으로 평가받는다. 카렌 쿠시맨(Karen Cushman)의 『너는 쓸모가 없어(The Midwife's Apprentice)』(1995)는 중세를 배경으로 고아가 된 소녀가 적대적이고 각박한 환경 속에서도 살아남아 자기 세계를 세워 나간다는 전형적인 성장 소설이다. 로라 잉걸스 와일더의 『큰 숲 작은 집(Little House in the Big Woods)』(1862) 시리즈는 서부 개척 시대 일가의 일상생활을 풍성하면서도 따뜻한 묘사로 생생하게 살려낸다. 가장 최근의 책으로서 역사적 픽션으로 주목받는 작품인 흑인 여성 작가 밀드레드 테일러(Mildred D. Taylor)의 『천둥아, 내 외침을 들어라!(Roll of Thunder, Hear My Cry)』(1977)는 1930년대 한 미국 흑인 가족이 겪는 인종 차별을 연대기적으로 엮어 간다.

로마 시대를 즐겨 배경으로 삼아 역사소설을 쓰면서 "근대 역사소설의 발전에 가장 중요한 인물 중 하나"로 간주되는 로즈마리 서트클리프는 특히 장소를 실감나게 살려내는 재능이 뛰어나 그의 작품을 읽는 독자는 책 읽기가 끝나면 "거의 향수를 느낄 정도"가 된다. 청동기 시대, 로마 시대, 중세, 영국 초기 등 어린 독자들이 보기에 까마득한 과거를 무대로 주로 설정하는 서트클리프는, 그러나 그 시대와 자신이 사는 시대가 근본적으로 다르지 않다고 생각한다. "우리는 로마시대와 마찬가지로 불확실성의 시대에 살고 있지만, 이 터널의 끝에서는 틀림없이 빛이 비춰 올 것"이라고 믿으면서 그 시대가 "우리가 지금 사는 시대의 진실을 담고 있다"고 주장하는 그의 말대로 어쩌면 과거는 현재의 우리를 비춰주는 가장 명징한 거울일 수도 있을 것이다.[37]

4. 문제의 요정 이야기, 문제의 판타지

1) 판타지의 리얼리티

영국 어린이문학의 가장 굳건한 전통을 만든 장르는 사실상 요정 이야기와 판타지라고 할 수 있을 것이다. 요정 이야기와 판타지 사이에서 14세기에서 18세기까지 어린이를 위한다며 쏟아져 나왔던 예절 책, 우화, 도덕 책, 종교 책 들은 역사 속으로 사라져 갔고, 요정 이야기는 창작 요정 이야기(literary fairy tale)[38]를 거쳐 판타지로 확장되면서 어른 문학과 달리 어린이문학의 깊은 뿌리 역할을 한다. 아동문학사가들이 첫 번째로 저지른 가장 큰 실수는 아동문학의 역사를 옛이야기에서 시작한 일이라는 니콜라예바의 한탄이 있기는 하지만, 그런 그도 옛이야기가 소재 면에서나 사건 면에서 뿐 아니라 서술 방식이나 캐릭터 창조, 상징의 사용이라는 면에 있어서도 어떤 형태로든 (신화와) 옛이야기에 기초를 두고 있음을 인정한다.[39]

옛이야기를 **요정 이야기**(fairy tale)와 **옛이야기(folk tale)**로 나눈 루스 보티그하이머(Ruth Bottigheimer)의 논의[40]를 보면 요정 이야기와 옛이

---

37 Fisher, Janet, 앞의 글, 370쪽 참조.

38 나는 『어린이 문학의 즐거움』을 번역하면서 이 용어를 '문학적 전래 동화'로 옮겼다. 지금은 전체 논의의 흐름 속에서 창작 요정 이야기로 바꾸어 옮긴다.

39 마리아 니콜라예바, 앞의 책, 31~33쪽 참조.

야기 그리고 판타지 사이의 흐름을 잡을 수 있다. **요정 이야기**를 다시 **요정에 관한 이야기**(tales about fairies)와 **요정 이야기**로 분류한다. **요정에 관한 이야기**는 켈트 민담을 기초로 하여 '요정의 왕국과 레프레컨(장난을 좋아하는 요정), 놈(땅속의 보물을 지키는 꼬마 도깨비), 엘프(난쟁이) 등의 소인들 나라를 그리는 복잡하고 섬세한 내러티브'이다. 도덕적 교훈 없이 복잡한 로맨스와 잔인한 살인, 비극적 결말을 보여주는 비교적 긴 이야기도 있지만 아이들을 무섭게, 혹은 즐겁게 만들며 민중들 사이에서 전해져 내려온다. **요정 이야기**는 반드시 요정이나 소인이 나오는 것이 아니며, 단순한 언어를 사용해서 행운이 불운으로 변한다거나 거지가 부자가 되는 등의 전복적 이야기를 짤막하게 펼치는데, 결혼으로 끝나는 경우도 많다. 도덕적 교훈이 페로(Charles Perrault)처럼 이야기 말미에 붙거나 그림처럼 이야기 안으로 녹아 들어가는 것을 흔히 볼 수 있다. 요정에 관한 이야기와 요정 이야기에서 근대 판타지 픽션의 혈통이 생겨났다는 것이 일반적인 연구자들의 견해이다.

옛이야기에 대한 정의는 훨씬 유동적이다. 보티그하이머는 옛이야기를 난센스 이야기, 인과관계(aetiology)[41], 익살(jest), 벌레스크(burlesque)[42], 동물 이야기, 끝없는 이야기 등으로 분류한다. 그의 옛이야기 논의 중에서 독특한 것은, 중세 옛이야기와 근대(modern) 옛이야기이다. 둘 다 용과 거인과 왕과 왕비, 사악한 엄마들과 충실한 요정들이 나온다는 기본 틀 안에 있지만, 중세 옛이야기는 훨씬 길다는 면에서 근대 옛이야기와 구별된다. 18세기 초반 챕북(chapbook)을 통해 '옛이야기'라는 분류 아래 선보였던 '잭과 콩나무 이야기'와 '원탁의 기사 이야기'를 뒤섞은 '거인 퇴치자 잭(Jack the Giant Killer)'이나 '엄지 톰(Tom

---

40 Bottigheiner, Ruth B. Fairy Tales and Folk－tales, *Encyclopedia of Children's Literature*, 152~163 참조.

41 아마도 누적적 이야기의 학술적 표현일 것이다

42 웃기는 모방, 희화, 익살 연극. 요즘 개그 프로그램의 패러디를 떠올리면 된다.

Thumb)' 같은 이야기들이 옛이야기의 구조를 그대로 가져가면서 길이를 늘인 중세 옛이야기의 대표적인 예이다. 이렇게 뒤섞여 쓰이던 요정 이야기와 옛이야기에 대한 개념은 톨킨이 아이들은 어른들보다 요정 이야기를 더 잘 이해한다고 논파한 이후로 새로운 도전을 받으며 재정립된다.

요정 이야기는 독일 낭만주의와 만나면서 창작 요정 이야기(literary fairy tale)라는 새로운 국면을 전개시킨다. 창작 요정 이야기는 독일어 쿤스트메르헨(Kunstmächen)의 영어 번역어인데, '전통적 요정 이야기를 모델로 한 이야기지만 특정 작가가 만들었으며 따라서 한 가지 판본만이 존재한다.'[43]는 명쾌한 영국의 정의에서부터, "①민담(볼크스메르헨 Volksmächen)의 '단순한 형식'이 이야기 양식의 문학화와 인물 묘사의 심리화를 통한 생산적-예술적으로 발전한 결과물이다. ②그것은 메시지를 암호화하고, 수수께끼로 만들고, 알레고리로 만들고, 낯설게 한다. ③쿤스트메르헨은 독자의 수용 능력을 높은 수준으로 끌어올릴 것을 요구한다. 대부분의 쿤스트메르헨은 난해하고 다의적인 문학에 속한다. ④그러나 쿤스트메르헨은 무책임한 '예술을 위한 예술'이 아니다. 그것은 농담 속에서도 현실을 똑똑히 그려낸다. ⑤선이 보상받고 악이 응징당한다는 민담의 소박한 도덕률 안에서는 언제나 소원이 이루어지지만, 쿤스트메르헨에서는 냉소적인 현실 인식이 그 자리에 들어선다. ⑥어느 경우든 쿤스트메르헨에서는 **놀라운 일들의 서사적 전개**가 뚜렷한 특징을 이룬다"[44]라는 독일의 광범위한 정의까지, 다양한 정의를 거느린다. 영국에서는 창작 이야기의 뿌리가 셰익스피어의 『한여름 밤의 꿈』이나 『템페스트』로 거슬러 올라가기도 하고, 독일에서는 노발리스의 『푸른 꽃』이 거론되기도 하지만, 어린이문학에서는 존 러스킨의 『황금강의 왕』이 가장 대표적인 작품으로 나서면서 그 뒤로 『이상한 나라의

43 페리 노들먼, 『어린이 문학의 즐거움 2』, 555쪽.
44 Wührl, Paul-W. Das deutsche Kunstmärchen, Heidelberg, 1984. 16~17쪽.

앨리스』, 『오즈의 마법사』, 『피터 팬』, 『피노키오』 등이 거론된다.

판타지에 대한 논의는 토도로프에서 시작하지만, 앞서 기술한 대로 그의 정의는 지나치게 협소하여 대부분의 어린이문학 판타지 작품들, 루이스의 『나니아 연대기』시리즈나 롤링의 『해리 포터』시리즈는 그의 논의에 따르면 판타지에 포함되지 않는다. 토도로프 이후 중요한 판타지 논의는 토도로프를 비판하는 로즈마리 잭슨(Rosemary Jackson)의 『환상성-그 전복의 문학(Fantasy: The Literature of Subversion)』(1981; 서강여성문학연구회 역, 문학동네, 2001)에서 펼쳐진다.[45] 잭슨은 서로 다른 시기에 쓰인 다양한 작품들 밑에 깔려 있는 공통의 구조적 특질들을 드러내기 위해 양식이라는 용어를 사용하면서, 환상을 장르가 아닌 양식(mode)으로 보아야 한다고 주장한다.[46]

이에 반해 캐스린 흄(Kathryn Hume)은 『환상과 미메시스(Fantasy and Mimesis)』(1985; 한창엽 역, 푸른나무, 2000)에서 환상을 장르나 양식으로 보는 것에 반대한다. 그는 모든 문학이란 한쪽 끝은 미메시스, 다른 쪽 끝은 판타지로 되어 있는 연속성 가운데 어딘가에 위치한다고 말함으로써 판타지를 모든 문학의 기본 요소로 책정한다. 그에 의하면 문학은 미메시스와 판타지라는 두 가지 충동의 산물이다. "미메시스는 다른 사람들이 그럴 법하다고 생각하며 참여할 수 있는 사건, 사람, 대상 등을 묘사하고 흉내 내려는 충동이다. 판타지는 주어진 것들을 바꾸고 현실을 고치려는 충동이다. 지루해서, 놀고 싶어서, 비전이 있어서, 뭔가 부족한 것을 메우기 위해서, 혹은 청중들이 따지고 드는 것쯤은 가볍게 넘길 수 있는 은유적 이미지가 필요해서 판타지는 생겨난다." 판타지에 대한 가장 유용한 정의로 평가받는 이 말은 한 문학 작품 안에서의

45 이 제목에서 환상성은 잘못된 번역임을 김경연은 지적한다. 문학의 등가물로서 환상 문학, 환상 소설로 옮겨져야 한다는 것이다. 굳이 번역할 필요 없이 이미 장르 개념어로 굳어 버린 판타지를 그대로 쓸 수도 있었을 것이다.
46 차은정, 앞의 논문, 74쪽 참조.

판타지와 리얼리티의 떼어 놓을 수 없는 연관 관계를 강조한다.[47]

판타지를 리얼리즘과의 관계 안에서 보는 톨킨, 자이프스(Jack Zipes) 같은 논자들은, 판타지를 통해 인간과 사회의 정수를 파악할 수 있다고 주장한다. 톨킨은 판타지가 이성이 갈 수 없는 마음 깊은 곳으로 우리를 안내하면서, 과학 기술의 진보 속에서 잃어 가는 인간 본질을 회복할 수 있는 길을 제시한다고 말한다. 초현실적 세계로 가서 마술적인 인물들과 함께 신비한 사건을 겪는 일이 오히려 현재 우리의 위치에 대한 명확한 관점을 획득하도록 해 준다는 것이다. 판타지에 대한 부정적인 견해 중 하나가 '도피주의'이지만, 이것은 판타지가 만들어 내는 환상 세계의 은유와 상징을 의미화하지 못한 채 현실을 벗어난 도피로 단순화시키는 오류이다. 인간의 이성과 논리와 과학만이 세계 파악의 잣대인 어른과 달리 환상으로 현실을 해석하고 재구성하면서 그 핵심을 파악하는 데 뛰어난 능력을 보이는 아이들에게 판타지는 오히려 현실보다 더 가열한 현실이 될 수 있다. 로이드 알렉산더(Lloyd Chudley Alexander)의 이 말은 판타지와 사실적 픽션 사이의 경계를 완전히 허물어 버린다.

> 넓은 의미에서 모든 형태의 문학은 판타지이다. 진짜로 존재하는 객관물이 아닌 종이 위의 단어들인 것이다. 그들은 현실을 반영할 수도 있고, 우리에게 현실에 대한 분명한 통찰력을 제공할 수도 있다. 그러나 현실에 대한 가장 설득력 있는 묘사조차도 사실은 그저 실재인 것처럼 보일 뿐이다. 소재는 선택되고, 교묘하게 조작되고, 강화된다.[48] 달리 말하자면, 그것은 예술 작품이다. 나는 가장 엄격한 리얼리즘과 가장 독창적인 사이언스 픽션 혹은 판타지 사이에서 아무런 본질적 대립을 발견하지 못한다.

---

47 위의 논문, 75쪽 참조.
48 강화라는 사전적 번역어는 이 문맥을 충분히 살려 주지 못한다. 요즘 용어로 하자면 '뽀샵'처리 된다는 말을 떠올리면 될 것이다.

> 그들은 같은 원천에서 나오며, 같은 목표를 갖는다. 우리는 누구인가, 그리고 우리는 무엇인가를 발견하는 것을 돕는다는 목표 말이다.[49]

여기에 이르면 논의는 제자리로 돌아온 것처럼 보인다. 그러나 어린이문학 작품의 가장 기본적인 구조 'home—away—home'처럼 그것은 한 바퀴 돌아온 제자리이다. 굶어 죽기 직전의 헨젤과 그레텔이 아니라 마녀를 물리치고 보물을 한보따리 가지고 돌아온 헨젤과 그레텔인 것이다.

2) 왜 장르를 말하는가

니콜라예바는 "많은 현대 어린이책이 여러 장르에서 점차 예술적으로 세련되어 가고, 언어를 풍부하게 하고자 의식적으로 노력하고, 다양한 문학적 장치와 표현 기법과 패턴을 사용하고 있음을 보여준다"고 증언한다. 그는 그런 책들의 공통적인 특징 중 하나를 '장르의 수렴'으로 본다. 갈래갈래 나뉘어 있던 장르적 특성들이 한 작품에 함께 모여든다는 것이다.[50] 그 가장 좋은 예를 니콜라예바는 린드그렌의 『산적의 딸 로냐(Ronja Rövadotter)』(1981)에서 찾는다. 그 책에는 지금까지의 어린이책 구분 개념에 의하면 각각 다른 장르인 모험 이야기, 사랑 이야기, 영웅 신화, 판타지, 역사소설, 가족소설, 심리소설의 특징이 모두 들어 있다.

자, 그렇다면 도대체 이 이야기를 어느 장르에 갖다 넣어야 할 것인가. 출판업자나 어린이 도서관 사서, 독서 지도사 같은 사람들은 고민할지도 모른다. 그런데, 왜 꼭 한 이야기를 어느 한 장르에 소속시켜야 하는가. 니콜라예바는 이 점을 냉정하게 지적한다.

---

49 로이드 알렉산더. 차은정, 앞의 논문 92쪽에서 재인용. 원문에서의 번역은 나의 번역.
50 마리아 니콜라예바, 앞의 책, 17쪽

여러 해 동안 어린이문학에서는 장르와 종류를 명쾌하게 구분 짓는 분류가가 있어 왔다. 이 개척자들은, 책에 라벨을 붙이는 출판업자들의 지지를 받아 왔다. 스웨덴에서는 한때 남자 아이들을 위한 책에는 녹색 표지, 여자 아이들을 위한 책에는 빨간색 표지가 붙여졌었다. 그들은 또 재빨리 그 책에 모험 이야기, 미스터리 이야기, 가족 이야기, 전래 동화 등 소비자 정보를 갖다 붙이는 평론가들의 원조도 받았다. (…) 이런 구분과 장르 표시는, '어린이'란 똑같은 기호와 취미와 흥미와 지식을 가지고 있는 균질의 그룹이라는 일반적 편견에서 나온 것이다.[51]

이러한 엄격한 장르 구분 성향은 어린이가 사회적, 교육적 특수 계층으로서 분류되고 관리되는 사회에서는 상당히 쓸모 있는 체제일지도 모른다. 니콜라예바도 '어린이문학의 초기 단계에서는 이 분류와 구분이, 어린이문학을 다양한 수준과 구조를 가지고 있는 하나의 특별한 문학적 시스템으로 자리잡게 하는 데 필요했을지도 모른다'고 말한다. 그러나 사실은 이 논의들이 대부분 통시적 차원의 문학적 탐구를 거친 장르 구분이 아니라 사회적, 교육적 필요에 의한 독서 지도 자료로서의 소재적 분류에 지나지 않은 경우가 대부분이었다는 진술은 그다지 심한 과장이 아닌 듯하다. 어린이를 다양한 개성을 가진 개인으로서가 아니라 어른의 편의에 의해 설정한 집단적 특성에 맞춰 넣어 규정하면서, 이 책이 어느 장르, 어느 타입, 어느 종류, 어느 카테고리에 속해 있느냐로 고민하는 단계는 빨리 넘을수록 좋을 것이다. "장르의 특성은 변하는 데 있다. 전통의 변형이나 개량만이 문학적 의미를 가지고 있다"[52]는 앨러스티어 파울러(Alastair Fowler)의 언급은 장르에 관한 논의가 나아가야 할 방향에 의미 있는 시사를 준다. 우리는 장르를 넘어서기 위해 장르를 이해해야 하는 것이다.

---

51 위의 책, 23쪽.
52 페리 노들먼, 『어린이 문학의 즐거움 2』, 303쪽.

독일 아동청소년문학의 몇 가지 개념에 대하여

김경연

1. 아동문학, 청소년문학, 아동청소년문학

독일에서 아동문학 또는 청소년문학을 나타내는 용어는 매우 다양하다. Kinderliteratur, Jugendliteratur, Kinder–und Jugendliteratur, Kinderbücher, Jugendbücher, Kinderschrifttum, Jugendschrifttum, Kinderlektüre, Jugendlektüre가 그것이다.[1] 따라서 그 정의는 '불명료성'과 '비통일성'을 그 특징으로 한다고까지 이야기된다.[2] 이렇게 용어가 불명료한 까닭을 한 연구자는 어린이에서 청소년, 청소년에서 성인으로 발달하는 단계를 구분짓는 데 문제가 있다는 데서 찾고,[3] 한 연구자는 개념 형성에 관련된 분야의 다양성에서 찾는다.

여기서는 문학이라는 체계 속에 정착되고 명확하게 정의될 수 있는 개념이

김경연
ahakky@dreamwiz.com 아동청소년문학평론가, 번역가. 중앙대, 경기대, 명지대에서 아동청소년문학을 강의했다. 옮긴 책으로는 이론서 『미학 이론과 문예학 방법론』『옛날 옛적에 – 민담의 본질에 대하여』, 소설 『몽유병자들』『앙리4세』, 어린이책 『책 먹는 여우』『행복한 청소부』『조금만, 조금만 더』『바람이 멈출 때』『왕도둑 호젠플로츠』『브루노를 위한 책』『수호유령이 내게로 왔어』『마녀사냥』 등이 있고, 평론집으로 『우리들의 타화상』이 있다.

문제가 되는 것이 아니라, 오히려 도덕적, 교육학적, 심리학적 관념들, 그리고 직업 특유의 관념이나 출판 기술적인 관념들 등 가능한 모든 관념들의 혼합체가 문제된다. 이들은 모두 한데 엉켜 모호하기 짝이 없는 개념상을 낳는다.[4]

아동청소년문학의 원로 연구자인 클라우스 도더러(Klaus Doderer)는 '아동(Kinder)'과 '청소년(Jugend)', 그리고 '문학(Literatur)'과 '글(Schrifttum)', 혹은 '문학'과 '책(Buch)' 사이의 강세 변화를 지적한다. 그에 따르면 '어린이' 또는 '아동'[5]에 강세를 둔 '아동문학(Kinderliteratur)', '어린이책(Kinderbuch)', '어린이를 위한 글(Kinderschrifttum)'은 18세기에 즐겨 사용되었으며, 이 용어는 1960년대의 반권위적 경향의 아동문학처럼 정치적, 특히 사회주의적 입장에 선 연구자들에게서 다시 채택된다. '청소년(Jugend)'에 강세를 둔 '청소년문학(Jugendliteratur)', '청소년책(Jugendbuch)', '청소년을 위한 글(Jugendschrifttum)'이라는 표현은 19세기와 20세기까지 특히 부르주아 문학비평, 문학교수법, 문예학에서 사용되었다. 다른 한편 최근에는 '아동 및 청소년을 위한 글(Kinder-und Jugendschrifttum)'이라는 표현이 '아동청소년문학(Kinder-und Jugend literatur)'이라는 표현으로 대치되는 경향이 확인되는데,[6] 그 이유는 1960

---

1 우리나라에서는 '어린이책' 혹은 '아동도서' 또는 '어린이문학'이나 '아동문학'이라는 표현이 함께 쓰인다. 이때 책 또는 도서로 일컬을 때는 비허구적 성격의 글까지 포함시킨다는 뜻이 강조되고, 문학으로 일컬을 때는 대상의 허구적 성격이 강조된다고 보아도 무리가 없을 것이다. 독일어의 경우 'Schrifttum'은 '글'의 성격이 강조되고 'Lektüre'는 '읽기'의 성격이 강조된다고 여겨져 본문과 같이 옮겨 보았으나, 개념 정의 이외의 장에서는 문맥으로 미루어 문학으로 옮겨도 크게 무리가 없을 경우에는 문학으로 옮기고자 한다.

2 Vgl. Juliane Eckhardt, Kinder-und Jugendliteratur, Darmstadt, 1987, S. 24.

3 Vgl. Horst Kunze, Probleme bei der Erarbeitung einer Geschichte der deutschen Kinder-und Jugendliteratur, in : Beiträge zur Kinder-und Jugendliteratur 1979, H. 17, S. 22ff.

4 Th. Brüggemann, Literaturtheoretische Grundlagen des Kinder-und Jugendschrifttums, 1966, S. 44.

5 본고에서는 어린이와 아동을 동의어처럼 썼으나, 지금 우리나라에서는 어린이는 낮은 연령의 아동을 지칭하는 것으로 보인다.

6 뮌헨의 '청소년문학연구회(Arbeitskreis für Jugendliteratur)'는 1969년까지 '청소년을 위한 글 연구회(Arbeitskreis für Jugendschrifttum)'라고 불렸다.

년대의 문예학과 문학교수법에서 문학이라는 개념이 비허구적 텍스트와 통속적 텍스트까지 확대되었고, '청소년을 위한 글'이라는 용어는 '청소년 보호'의 차원에서 '정신적 위생'을 이야기한 요제프 안츠(Joseph Antz)[7]의 예에서 보듯 과거의 좋지 못한 기억을 환기시킨다고 여기기 때문이다. 또한 '어린이책/아동도서' 혹은 '청소년책/청소년도서'라는 표현은 '아동청소년문학'의 분야를 책에 한정시킴과 동시에, '좋은 청소년 책'이라는 표현에서 드러나듯이 만화와 같은 '저급한 책자'와 구분하려는 소리 없는 가치평가가 내포되어 있기도 하다.[8]

번역에 있어서 가장 큰 문제는 Kinder와 Jugend가 지닌 함의에서 비롯된다. 우리나라에서 보통 Kinder는 '아동'으로, Jugend는 '청소년'으로 번역되지만, 그 함의는 우리처럼 분명하지 않다. 가령 리하르트 밤베르거(Richard Bamberger)가 "4살에서 16살까지의 청소년"[9]이라는 표현을 쓰는 데서 알 수 있듯이 Kinder와 Jugend는 역사적으로 거의 같은 범주로 쓰였다.

개념사적으로 보아 '아동(Kinder)' 혹은 '유년(Kindheit)'과 '청소년(Jugend)'은 1960년대까지 동의어로 사용되었다.[10] 둘 다 똑같이 어른이 되기 전 연령단계를 지칭하는 것으로서 서로 구별되지 않았다. 예를 들어 요아힘 하인리히 캄페(Joachim Heinrich Campe)는 '유년'을 1세부터 7세까지, 다음은 10세까지 그리고 그 이상까지, 세 단계로 나누고, 마지막 단계를 '청소년'으로 부르기도 한다.[11] 하지만 그의 용어 사용이 관철된 것은 아니어서, 서독의 경우 1960년대까지 '청소년'은 '유년' 내지

---

7 Vgl. Joseph Antz, Führung der Jugend zum Schrifttum, 1920(3판, 1954)

8 우리나라의 경우 '청소년도서' 혹은 '아동도서'라는 표현에는 이러한 가치 평가가 내재되어 있지 않다. 오히려 최근에는 어린이들의 선호를 고려하여 특히 만화와 같은 장르를 어린이책에 적극적으로 도입하려는 움직임도 있다.

9 Richard Bamberger, Wie international ist die Jugendliteratur?, in: Bücher spiegeln die Welt. Das Bild der Rassen und Völker in der Jugendliteratur, Insel Mainau 1969, S. 27

10 Vgl. Hans–Heino Ewers, 'Kinder–und Jugendliteratur'–Entwurf eines Lexikonartikels, in: Kinder– und Jugendliteraturforschung 1994/ 95, hrsg.vo. Ewers u.a. Stuttgart 1995, S. 16ff

'아동'과 동의어로 쓰였다. 이 무렵 주로 출판사, 서점, 도서관에서는 관행적으로 10세 내지 11세까지의 독자를 위한 '아동도서(Kinderbuch)'와 12세에서 14세 이상의 독자를 위한 '청소년도서(Jugendbuch)'로 나누었다. 1970년대 후반부터는 13세 내지 14세 이상의 독자를 위해 '어린 성인(Junge Erwachsene)'[12]이라는 범주가 도입됨으로써 '어린이책(Kinderbuch)'은 12세 내지 13세까지의 독자를 위한 명칭으로도 쓸 수 있게 되었다. 이상을 요약하면 '아동문학'이든 '청소년문학'이든 고정 개념이 아니며, 역사적으로 변화를 겪은 개념임이 드러난다.

서독에서 '아동청소년문학(Kinder-und Jugendliteratur)'이 총칭 개념으로 관철된 것은 1966년 테오도르 브뤼게만(Theodor Brüggemann)의 연구 논문 「아동청소년문학의 문학 이론적 기초(Literaturtheoretische Grundlagen des Kinder-und Jugendschrifttums)」에서 비롯되며, 예테 클링베리(Göte Klingberg)의 아동문학 개론서 『아동청소년문학 연구(Kinder-und Jugendliteraturforschung)』 번역과 클라우스 도더러의 『아동청소년문학 사전(Lexikon der Kinder-und Jugendliteratur)』 항목에도 이 용어가 채택된다. '아동문학'과 '청소년문학'을 총괄하여 '아동청소년문학'으로 쓰는 것은 둘 사이의 경계를 명확히 할 수 없음을 고려하면서도, 연령에 따라 구분할 수 있다는 원칙을 유지할 수 있다고 평가된다.[13] 사실상 어린이와 청소년의 발달과 수용 능력에는 어떤 식으로든 단계를 이야기할 수 있기 때문에 '아동문학' 또는 '청소년문학'을 단독으로 총괄 개념으로 쓰는 것은 문제가 있다고 파악된다.

호르스트 쿤체(Horst Kunze) 역시 역사적 연구를 주로 하는 연구자로

---

11 Joachim Heinrich Campe, Hambergscher Kinderalmanach auf das Jahr 1779, Hamburg 1778, S. 7. Ewers, 'Kinder-und Jugendliteratur'-Entwurf eines Lexikonartikels, in: Kinder-und Jugendliteraturforschung 1994/ 95, hrsg.vo. Ewers u.a. Stuttgart 1995, S. 14에서 재인용.

12 이는 영어권의 'Young Adult' 개념을 차용한 것으로 보인다.

13 Vgl. J. Eckhardt, Kinder-und Jugendliteratur, S. 38

서 '아동청소년문학'을 총괄 개념으로 사용하는 데 찬성한다.

> 성인이 아닌 독자를 위한 책의 역사를 쓸 때, 청소년을 위한 사회의 문학적 노력을 등록하고 분석하는 것 역시 마땅히 있어야 하고 또 유용한 일이기 때문에 '아동청소년문학'이라 부르는 것이 합목적적이다.[14]

독일의 경우, 원칙적으로 이 모든 지칭은 크게 보아 두 관점으로 나누어 이야기해 볼 수 있을 것이다. 하나는 '아동청소년문학'을 넓은 의미의 문학 개념으로 보느냐 좁은 문학 개념으로 보느냐의 문제이고, 또 하나는 '아동문학'과 '청소년문학'을 구분하여 보느냐 혹은 이 둘을 연결어로 묶어 '아동청소년문학'이라는 용어로 사용하느냐의 문제가 그것이다.

문자로 쓰인 모든 저술을 뜻하는 문학의 넓은 개념에서 볼 때, 명시적으로 어린이와 청소년을 목표 집단으로 하여 쓴 것이라면 그 생산자가 어른이냐 어린이 내지 청소년이냐는 중요하지 않다. 그러나 분명히 어린이와 청소년을 위해 쓴 것이 아니면서 그들에게 수용되는 문학, 다시 말해 '비의도적' 문학인 경우에는 의견에서 차이를 보인다. 많은 연구자들은 어린이와 청소년을 위해 쓴 '의도적' 문학과 나란히 '비의도적' 문학도 똑같이 고려해야 한다고 주장한다. 이와 관련하여 어린이와 청소년이 수용하는 모든 문학을 '아동청소년문학'으로 보는 클링베리의 견해가 흔히 인용된다.[15] 클링베리에 따르면 수용 중심의 정의는 특정 목표 집단을 대상으로 생산된 문학을 주요 연구 대상에서 배제하지 않지만, 목표 집단과 관련된 생산이라는 측면에서 내린 정의는 수용 또는 영향 측면의 연구를 제한하는 결과를 낳는다. 발터 셰르프(Walter Scherf) 역시

---

14 H. Kunze, Probleme bei der Erarbeitung einer Geschichte der deutschen Kinder—und Jugendliteratur, S. 24

15 Vgl. G. Klingberg, Kinder—und Jugendliteraturforschung, S. 25f.

수용 중심의 정의에 찬성하면서, 아동문학사 서술 대상을 규정한다.

> 아동문학의 역사 서술의 대상은 글 또는 입으로 전해지는 모든 텍스트인데, 여기에는 첫째, 명시적으로 어린이를 위해 쓰고, 둘째, 어른을 위한 문학에서 선택되어 어린이를 위해 가공된, 셋째, 실제로 어린이가 읽고, 넷째, 어린이 자신이 쓴, 다섯째, 학교 교육 수단으로 사용되는 텍스트가 모두 포함된다.[16]

다른 문맥에서이지만 밤베르거 역시 수용 중심의 개념 정의를 강조한다.

> 여기서 청소년문학은 4세에서 16세까지의 청소년이 취하는 모든 책으로 이해된다. (…) 의식적으로 청소년을 위해 생산된 책뿐만 아니라, 처음에는 어른을 위한 것이었지만 청소년의 책이 되었거나 적어도 청소년이 읽게 된 책도 다룬다.[17]

'아동청소년문학' 연구에서 '비의도적' 문학을 연구 대상에 포함시키는 문제는 수용 연구에서 중요하다. 그러나 원칙적으로 '비의도적' 문학을 '아동청소년문학' 개념에 포함시키는 것을 옹호하더라도 흔히 연구 상황의 부족 때문에 제한이 따른다.[18] 한스-하이노 에버스(Hans-Heino Ewers)와 테오도르 브뤼게만에 따르면 "어린이책의 역사적 연구조차도 제한적으로만 그런 식의 준비작업을 활용할 수 있다."[19]

---

16 Walter Scherf, Von der Schwierigkeit, die Geschichte der Kinderliteratur zu schreiben, in: Jörg Drews (Hrsg.), Zum Kinderbuch. Betrachtungen, Kritisches, Praktisches, Frankfurt a. M. 1975, S. 151

17 Richard Bamberger, Wie international ist die Jugendliteratur?, in: Bücher spiegeln die Welt. Das Bild der Rassen und Völker in der Jugendliteratur, Insel Mainau 1969, S. 27

18 이와 관련하여 엠리히는 어린이와 청소년을 위한 실용적 문학 영역의 연구에서 '앞으로의 과제' 중 하나임을 이야기한다. Vgl. Christian Emmrich, Zum Literaturbegriff, in: ders. u. a. (Autorenkollektiv), Literatur für Kinder und Jugendliche in der DDR, Berlin 1981, S. 16

19 Th. Brüggemann u. H.-H. Ewers, Handbuch zur Kinder-und Jugendliteratur. Von 1750-1800, S. 3

> 역사적 영향사 및 문학 수용 영역의 연구 상황에서는 불충분한 자료로 인해 어린이가 읽는 글의 역사적 발전은 오늘날 (그리고 앞으로도 대단히 제한적으로) 상세하고 확실하게 기술될 수 없다.[20]

그렇다고 자료 부족을 이야기할 수 없는 현대의 어린이 및 청소년의 수용 습관 연구에서 충분한 성과가 있는 것은 아니다. 이 분야를 연구했던 말테 다렌도르프(Malte Dahrendorf)도 '비의도적' 문학 수용과 관련하여 "강령적인 진술을 제외하면 거의 체계적인 연구가 없음"을 확인한다.[21]

이처럼 많은 연구자들이 원칙적을 '비의도적' 문학까지 포함한 넓은 의미의 문학 개념에 찬성한다고 하더라도, 기존 연구의 부족으로 말미암아 대부분은 '의도적' 문학 연구에 제한되는 결과에 이른다. 물론 의도적 문학 개념 역시 넓은 의미와 좁은 의미가 있다. 넓은 의미에서 파악되는 의도적 '아동청소년문학'은 특별히 어린이와 청소년을 위해 쓴 문학을 넘어서 그들이 접할 수 있도록 가공한 문학까지 포함하며, 좁은 의미에서 파악되는 의도적 '아동청소년문학'은 우선적으로 어린이와 청소년을 위해 쓴 문학을 이야기한다. 예를 들어 '아동청소년문학'의 역사를 논하면서 바움게르트너(Alfred Clemens Baumgärtner)는 "의식적으로 또 오로지 아동과 청소년을 위해 쓰고 인쇄한 텍스트" 개념을 확대하여 "어린이들이 직접적으로 변형시키지 않고 그대로 어른의 문학에서 받아들여 자기 것으로 한 것뿐만 아니라, 가공을 통해 접근할 수 있게 된 텍스트들까지 포함시킬 것"을 주장한다.[22] 에크하르트(J. Eckhardt)도

20 Horst Kunze, Vorwort zu Egon Schmidt: Die deutschen Kinder-und Jugendliteratur von der Mitte des 18. Jahrhunderts bis zum Anfang des 19. Jahrhunderts, Berlin 1974, S. 17

21 Malte Dahrendorf, Rezeption, in: K. Doderer (Hrsg.), Lexikon der Kinder-und Jugendliteratur, Bd. 3, S. 171

22 Vgl. Alfred Clemens Baumgärtner: Der Weg zum Jugendbuch der Gegenwart, S. 10, zitiert nach: J. Eckhardt, Kinder-und Jugendliteratur, S. 30

지적하듯이 '의도적' 문학 개념이라고 하더라도 최근의 연구에서는 이렇게 넓은 개념으로 파악하는 입장이 두드러진다.[23]

그러나 염두에 두어야 할 점이 있다. 독일 '아동청소년문학'의 영역에서 좁은 문학 개념을 이야기한다 할지라도 전통적 문예학에서 말하는 좁은 문학 개념과 같은 의미가 아니라는 점이다. 전통적 문예학에서 좁은 문학 개념을 이야기할 때는 주로 '순수문학(Dichtung)'[24]과 관련되는데, '아동청소년문학'에서는 '순수문학'을 이야기하는 경우가 드물다. 여기서 '아동청소년문학' 개념은 넓은 의미로 파악되는 경향이 있음이 반영된다. 사실상 전통적인 미학적 가치관을 근거로 '아동청소년문학'이 열등한 가치를 지녔다고 배제하는 입장은 오늘날 널리 극복되었으며, 또한 '아동청소년문학'에 대한 서로 다른 평가에도 불구하고 포괄적인 연구의 필요성은 더 이상 논란거리로 부각되고 있지 않다.

1999년 '청소년문학연구회(Arbeitskreis für Jugendliteratur e.V.)'가 발행한 『독일 아동청소년문학(Kinder－und Jugendliteratur in Deutschland)』을 보면 통상적으로 '아동청소년문학'의 연구 대상으로 삼아 왔던 문예물(그림책 포함)을 비롯하여 만화, 영화, 카세트테이프, 나아가 시디롬과 인터넷 같은 멀티미디어까지 그 대상 영역을 확대한 것을 볼 수 있다. 여기서도 '아동청소년문학'의 개념이 얼마나 넓게 파악되고 있는지가 명확히 드러난다. '아동청소년문학'이 이렇게 넓은 범위로 파악될 때는 당연히 분과 상호간의 협력 연구가 불가피하며 문화 전반의 연구로까지 나아갈 수 있다.[25] 이것은 '아동청소년문학' 연구에 있어서 문예학 분과의 고립성과 폐쇄성을 벗어날 수 있는 가능성이기도 한 동시에, 그 고유성을 확보하는 데 필요한 힘겨운 노력을 예고하는 것으로 여겨진다.

---

23 Vgl. J. Eckhardt, Kinder－und Jugendliteratur, S. 31

24 독문학의 'Dichtung'은 우리말에는 정확히 대응되는 개념이 없다. 'Literatur'와 구분하는 의미에서 본고에서는 '대중문학'과 대비되는 의미로 쓰는 '순수문학'으로 옮긴다.

1) 아동문학과 청소년문학의 구분

앞에서 언급했듯이 '아동문학(Kinderliteratur)' 혹은 '청소년문학(Jugendliteratur)'을 포괄적인 개념으로 쓰는 경우도 있지만, 통상적으로는 아동문학과 청소년문학은 다른 의미로 쓰인다. 예를 들어 디터 리히터(Dieter Richter)는 이데올로기적으로 부정적인 의미가 있음을 근거로 '청소년문학'이라는 용어 대신 '아동문학'이라는 용어를 택하고, 밤베르거나 바움게르트너는 어린이가 가장 넓은 의미에서 청소년에 포함된다고 보기 때문에 '청소년문학'을 넓은 의미로 사용한다. 그러나 실제로 모든 연구들에서 자신이 사용하는 개념의 근거를 밝히고 있지는 않다. 개념 문제가 특별히 주제가 되지 않는 연구들에서는 정의를 내리지 않고, 때로는 자의적으로 개념을 쓰는 것이 보통이다.

'아동문학' 혹은 '청소년문학' 그 어느 한쪽을 총괄 개념으로 쓰는 것도 문제가 있지만, 이 둘을 구분하는 데에도 문제가 없는 것은 아니다. 우선, 아동과 청소년의 연령을 구분하고, 아동과 청소년의 수용 능력을 구분하는 데 있어 과학적으로 확실한 규준을 얻기 어려운 실정이기 때문이다. 이제까지 합의에 이른 바에 의하면, '유년(Kindheit)'과 '청소년(Jugend)'은 역사적으로 고정된 개념이 아니며, 따라서 상응하는 연령단계 및 이에 따른 수용 능력을 확인하기 위한 규준들은 언제나 검증을 요한다.[26] 이때 무엇보다도 아동과 청소년의 정신적, 심리적 발전은 특

---

25 이와 관련하여 말테 다렌도르프는 아동문학을 '어린이 문화' 개념으로 통합시키려는 노력을 이야기한다. Vgl. M. Dahrendorf, Kinderbuchforschung, S. 73: Seit Mitte der 70er Jahre gibt es in der Bundesrepublik Bestrebungen, Kinderliteratur i.e.S, in ein umfassendes Konzept von 'Kinderkultur' zu integrieren, in dem die Tatsache gebührend berücksichtigt wird, daß Kindheit heute durch eine Vielzahl von Medien bestimmt ist, in und mit denen sich Kinder artikulieren und die zu ihrem Selbstkonzept und zu ihrer Sozialisation beitragen.

26 Vgl. H.-H. Ewers, 'Kinder-und Jugendliteratur'. Entwurf eines Lexikonartikels, in: ders. u. a. (Hrsg.), Kinder-und Jugendliteraturforschung 1994/95, Stuttgart 1995, S. 16ff.; J. Eckhardt, Kinder-und Jugendliteratur, S. 71

히 교육 및 사회 정치적 조건들에 달려 있다는 점이 고려되어야 함은 물론이다.

청소년문학 개념이 시야에 들어오기 시작한 우리나라의 아동문학 용어는 성인문학에 대비되는 총괄 개념으로 아동청소년문학이라는 용어로 바꾸어 사용하는 것이 타당하다고 생각한다.

2. 독일 '아동청소년문학'의 형식

'아동청소년문학'의 형식에 대해서는 아직까지 충분한 합의가 되지 않은 것으로 보인다. 에크하르트는 그 이유를 "'아동청소년문학'의 시학(Poetik)이 없는 데다가, 기존 성인문학의 시학은 '아동청소년문학'의 현상 형식들을 체계적으로 고려하지 않기 때문"이라고 본다.[27] 그렇지만 개설서들을 통해 아동청소년문학의 형식을 어떻게 구분하고 있는지를 살펴볼 수는 있다.

우선 카를 에른스트 마이어(Karl Ernst Maier)의 개론서[28]가 있다. 이 책은 1965년 초판이 나온 이래 여러 번의 개정과 보완을 거쳐 1993년 10판에 이르렀다. 1980년 개정 8판부터는 제목도 『청소년을 위한 글(Jugendschrifttum)』에서 『청소년문학(Jugendleteratur)』으로 바뀐다. 이때 유념할 것은 마이어가 '청소년문학'을 총괄 개념으로 쓴다는 점이다.[29]

---

27 J. Eckhardt, Kinder−und Jugendliteratur, S. 39

28 Vgl. Karl Ernst Maier, Jugendschrifttum. Formen, Inhalte, pädagogische Bedeutung. 1. Auf.(1965), 3., durchgesehene Aufl.(1968), 7., neubearbeitete Aufl(1973); Jugendliteratur. Formen, Inhalte, pädagogische Bedeutung. 8., neubearbeitete Aufl.(1980), 9., überarbeitete Aufl.(1987), 10., überarbeitete u. erweiterte Aufl.(1993)

29 Vgl. 3판 서문 S. 12: "Der Begriff 'Jugendschrifttum' ist ein Sammelname, der das Literaturgut der frühen Kindheit ebenso umfaßt wie das Schrifttum der Pubertät."; 7판 서문 S. 13: "Der Begriff Jugendliteratur oder Jugendschrifttum ist ein Sammelname, der sich auf das Lesegut der frühen Kindheit ebenso bezieht wie auf das der Pubertät (bis etwa 16 Jahre)."

초판에서 3판까지 '청소년문학' 즉 '아동청소년문학'의 형식은 크게 '그림책(Bilderbuch)', '동요 및 동시(Kinderlied und Kindervers)', '옛이야기(Märchen)',[30] '창작동화(Kindergeschichte)',[31] '소녀도서/소녀문학(Mädchenbuch)', '소년도서/소년문학(Jungenbuch)', '모험 책/모험 이야기(Abendeuerbuch)', '정보를 주는 책(Sachbuch)'[32]으로 나뉜다. 완전개정이 이루어진 7판을 보면 이상의 형식에 '만화(Comics)'의 장르가 덧붙여진 것이 눈에 띈다. 그리고 다시 한 번 완전개정이 이루어지고 제목도 바뀐 8판을 보면 '소년도서' 항목이 없어지고 대신에 '문제에 맞춘 청소년책(Das problemorientierte Jugendbuch)'이라는 장르가 들어선다. 이 형식의 틀은 10판까지 이어진다.

마이어의 개론서에서 가장 많은 수정과 변경을 거치는 것 가운데 하나가 '창작동화' 항목이다. 3판에서는 '창작동화' 항목에 '주변 세계 이야기', '동물 이야기', '판타지 동화'가 설정되어 있지만, 7판에 오면 '주변 세계 이야기'가 '리얼리즘 동화(Realistische Kindergeschichte, 사실동화)'라는 표제로 바뀐다. 그리고 8판에서는 '리얼리즘 동화'가 다시 '일상 이야기', '모험과 비슷한 이야기', '문제에 방향을 맞춘 청소년책'으로 세분된다.

3판까지 '탐정 이야기', '여행 체험', '악동 이야기', '진지한 삶의 문제'가 다루어지던 '소년도서' 항목이 8판에서 삭제되면서, '탐정 이야기'는 '모험 이야기' 항목으로 옮겨진다. 대신 8판에는 '문제에 방향을 맞춘 청소년 책'의 항목 아래 '정치적 교육'과 '사회적 교육—사회적 학

30 'Märchen'을 옛이야기로 옮긴다. 마이어의 책에서 독일 낭만주의의 이른바 '예술동화'는 이 단원에서 다루어진다.

31 'Kindergeschichte'를 글자 그대로 옮기면 어린이를 위한 이야기, 즉 동화(童話)지만, 우리나라에서 동화라고 할 때는 전래동화까지 포함하여 이야기하기 때문에 본고에서는 창작동화로 옮긴다.

32 'Sachbuch'를 '실용서'라고 옮기지 않는 이유는 '아동청소년문학'의 경우 사물뿐만 아니라 역사, 정치, 예술, 생물, 과학 분야 등 어른문학의 경우에는 실용서로부터 독립된 영역으로 다루는 부분까지 포괄하기 때문이다.

습', '발전 문제', '종교 문제' 항목이 다루어진다. 그리고 10판에서는 '정치적 사회적 영역', '사회적 생활 및 과제 영역', '청소년기의 특수한 문제들'로 바뀌어 분류된다. '모험 이야기' 항목에는 3판까지 '민속 및 지리에 방향을 맞춘 모험 책', '로빈슨 류', '바다 이야기', '역사에 방향을 맞춘 모험 책', '인디언 이야기', '동물과 함께 하는 모험 이야기', '유토피아 이야기'가 설정되어 있다가, 7판에서 '탐정 이야기'가 덧붙여지고, 10판에서는 '유토피아—판타지 이야기' 밑에 '사이언스 픽션'과 '판타지'가 나뉘어 설명된다. 이처럼 '아동청소년문학'의 형식을 끊임없이 재분류 혹은 보완해야 할 필요성은 저자 개인적 관점의 변화에서라기보다는 오히려 그 기간 동안 이루어진 '아동청소년문학'의 발전으로부터 말미암은 것임은 충분히 추측할 수 있는 일이다.

물론 저자도 '이상적인 분류 도식'이 존재하지 않음을 알고 있다. 따라서 전통적인 문예학의 의미에서 장르란 괴테가 말하듯 '순수 문학의 자연 형식들(Naturformen der Dichtung)', 즉 서정문학, 서사문학, 극문학을 뜻하지만, 자신이 분류해 놓은 장르 개념 역시 전통적 문예학적 의미에서 이해되어서는 안 되고, 어린이책 이론의 '관행'에 따른 것임을 밝힌다.

그와 더불어 정확한 체계성을 요구하는 견지에서 보면 유감스러운 분류지만, '아동청소년문학'의 중요한 현상 형식을 전반적으로 보여주려는 '실용적'인 견지에서는 이런 개괄적인 분류가 불가피하며, 분류 기준도 '형식적 문학적인 원칙'(그림책, 동시, 만화), '연령과 성에 따른 원칙'〔동화(Kindergeschichte), 소녀도서, 청소년책〕, '내용에 따른 원칙'(옛이야기, 모험 책, 정보를 주는 책) 등 그때그때 달리 적용하게 되었다는 변명을 잇는다.[33] 결과적으로 중복 분류를 감수해야 되는데, 예를 들어 '그림책' 가운데 많은 것은 '옛이야기' 부분에서, 이야기 형태의 '정보를 주

33 Vgl. 8판(1980) 서문, S. 13f.

는 책' 가운데 많은 것은 '동화'에서, '모험 책' 가운데 많은 것은 '문제에 방향을 맞춘 청소년 책'에서 다루어질 수 있게 된다.

이러한 비체계적 형식 분류는 마이어 개인의 한계라기보다는, 형식 혹은 장르 구분은 "통일된 구분 원칙 없이" 아직까지 '관행'의 수준에 머무르고 있는 '아동청소년문학'의 현 단계의 연구를 보여주는 것으로 여겨진다.[34]

체계적인 형식 분류 시도와 관련하여 흥미로운 시사를 던져주는 것은 하스가 엮어 펴낸 개론서 『아동청소년문학—문학적 장르의 유형 및 기능(Kinder—und Jugendliteratur. Zur Typologie und Funktion einer literarischen Gattung)』이다. 1974년 초판에서는 '그림책', '만화', '옛이야기', '동시', '판타지적 아동 및 청소년 소설', '리얼리즘 어린이책', '소녀도서', '청소년문학인 탐정 이야기와 사이언스 픽션', '모험 책', '동물 책', '정보를 주는 책', '현대의 정치적 청소년문학', '종교적 아동 및 청소년 책', '동극'이라는 형식이 상위 분류 없이 나열식으로 다루어지다가, 1984년 개정 3판에서는 크게 '리얼리즘 아동청소년문학'과 '리얼리즘 문학과 판타지 문학 사이', '판타지 아동청소년문학', '동시'로 분류된다. 그리고 '리얼리즘 아동청소년문학' 항목에서는 '정보를 주는 책', '시대사적 정치적 아동청소년문학', '소녀문학', '탐정 및 범죄 이야기'가, '리얼리즘 문학과 판타지 문학 사이'에서는 '그림책', '동물 책', '모

34 10판 서문, S. 14. 1992년 오스트리아 빈의 '국제 청소년문학 및 독서 연구소'에서 펴낸 개론서에도 상위 분류 없이 '그림책', '동시', '옛이야기', '설화', '판타지 소설(Phantastische Erzählung)', '리얼리즘 동화와 청소년을 위한 소설', '모험 이야기', '동물 책', '정보를 주는 책', '만화', '어린이 및 청소년 잡지'로 나누어 소개한다. Vgl. Einführung in die Kinder—und Jugendliteratur der Gegenwart, hrsg. vom Internationalem Institut für Jugendliteratur und Leseforschung, Wien 1992. '아동청소년문학의 가장 중요한 장르들을 소개한다'는 마르쿠바르트의 개론서 역시 그 분류는 크게 다르지 않아서, '그림책', '동시', '옛이야기', '어린이책', '소녀책', '청소년책', '모험책', '정보를 주는 책', '종교적 어린이 및 청소년 책', '만화', '소리로 듣는 아동청소년문학', '어린이 및 청소년 잡지', '어린이 및 청소년 극'이 소개된다. Vgl. Manfred Marquardt, Einführung in die Kinder—und Jugendliteratur. 9. Aufl., Köln 1995.

험 책', '종교적 어린이 및 청소년 책', '어린이와 청소년을 위한 극'이, '판타지 아동청소년문학'에서는 '판타지 아동청소년문학'과 '옛이야기 및 설화', '사이언스 픽션'이 다루어진다. 이렇게 '판타지'와 '리얼리즘'이라는 형식을 분류 원칙으로 하여 체계적인 분류를 시도한다는 점에서 일단 하스의 분류는 주목을 끈다. 분류의 출발점에 대한 하스의 설명을 들어보자.

> 장르 체계의 출발점으로는 우선 허구와 비허구 텍스트의 구별을 생각할 수 있을 것이다. 정보를 주는 책 텍스트 가운데 일부를 제외하면 아동청소년문학의 모든 서사적 텍스트와 극적 텍스트는 허구적 성격을 지닌다. 다시 말해 이 텍스트들은 고유 법칙과 고유의 질을 갖고 있는 언어 현실을 구축한다. [⋯중략⋯] 사실적 허구 텍스트는 물론 그 현상 방식과 법칙에서 실제 현실에 상응하는 현실을 형상화한다. 말하자면 실제 현실의 모사로 여겨지는 것이다. 그에 반해 '판타지적' 허구 텍스트는 이러한 모사의 일치를 포기한다. 그것은 있음직한 현실의 새로운 형식들을 구상하는데, 흔히는 실제 주어진 현실의 유추를 사용한다. 가령 인간처럼 말을 하지만 인간은 아닌 우주인, 혹은 생물학적으로 사자로 묘사할 수 있는 것처럼 보이지만, 생물학적으로 보아서 인간도 사자도 아닌 말하는 사자가 그 예이다.[35]

하지만 이렇게 크게 '리얼리즘'과 '판타지'를 구분한다 해도 형상화 구조에서 양쪽에 다 속하는 장르들이 있기 때문에, 혼합 장르 집단을 설정하지 않을 수 없다. 여기까지는 충분히 수긍이 가는 분류이다. 그러나 하위 분류 기준을 보면 앞에서 보았듯이 다시 한 번 형식과 내용, 대상 집단 등의 기준이 중복되며 기준의 통일성을 보여주지 못한다. 결국 거듭해서 중복 분류를 감수해야 하는 것이다.

35 G. Haas (Hrsg.), Kinder－und Jugendliteratur, 3. völlig neu bearb. Aufl., S. 8f.

마이어와 하스의 예에서 보듯 '아동청소년문학'의 형식 분류는 아직까지 체계성과 통일성을 결여하고 있다. 이는 '아동청소년문학' 영역에서 전래하는 개념들을 무비판적으로 쓰는 데서 말미암은 것이기도 하지만, 어쩌면 기존 장르 개념의 무비판적 차용에서 말미암은 것이기도 하리라 생각된다. 에크하르트 역시 같은 지적을 하고 있다.

> '아동청소년문학'의 장르, 텍스트 종류, 형상화 수단에 대한 기존 연구들은 포괄적이고 체계적인 목표 설정 아래 이루어진다기보다는 문학적 개개 현상 특히 문학사의 기본 물음(예를 들어 문학적 시기의 서술에서 체계적 국면들이 위치하는 가치에 대한 물음)과 관련하여 이루어지고 있다. 이 점에서 '아동청소년문학'에서 통용되는 개념들뿐만 아니라 기존 문학 이론에서 통용되는 개념들이 흔히 무비판적으로 계속 사용되는 것은 놀라운 일이 못 된다. 이러한 견지에서 앞으로 논구해야 할 특수한 개념성의 문제는 제외하고도, 무엇보다도 문학론적 논쟁에서 통일되지 않은 의미 내용까지도 함께 받아들인 장르 개념의 무비판적 사용이 눈에 띈다.[36]

가장 최근에 나온 2권짜리 개설서 『아동청소년문학－기초와 장르(Taschenbuch der Kinder－und Jugendliteratur. Grundlagen · Gattungen)』[37]의 장르 편에는 '리얼리즘 아동청소년문학', '판타지 아동청소년문학', '동시', '그림책', '메르헨 · 신화 · 설화', '우화', '동물 이야기', '심리 아동소설', '소녀문학', '사춘기문학(Adoleszenzroman)',[38] '종교 아동청소년문학', '모험 문학', '역사 아동청소년문학', '시대 아동청소년문학', '만화', '아동청소년 범죄소설', '아동청소년 사이언스 픽션'으로 나누어 나

---

36 Vgl. J. Eckhard, Kinder－und Jugendliteratur, S. 39

37 Günter Lange(Hrsg.), Taschenbuch der Kinder－und Jugendliteratur, Baltmannsweiler 2000. 2Bde.

38 청소년소설이라고 옮긴 적도 있다. 참고: 졸고, 「청소년문학의 이해」, 『문학과 교육』 제17호, 2001년 가을.

열식으로 소개한다. 이때 앞의 개론서와 비교하여 눈에 띄는 것은 심리 아동소설과 사춘기문학을 독립된 장르로 나눈 것이다. 심리 아동소설은 1980년대 이후 아동소설에서도 심리에 초점을 맞춘 작품이 많아진 것을, 사춘기문학은 이른바 청소년문학의 정착을 반영하는 것으로 보인다.

3. 메르헨과 판타지

판타지는 영어로는 'fantasy', 프랑스어로는 'fantasie', 라틴어로는 'phantasia', 그리스어로는 'phantasia'라고 쓴다. 고대 문학에서 라틴어 'fantasia'는 상상 또는 상상력과 비슷한 뜻으로 쓰인다. 영어권에서도 판타지는 16세기 후반까지 그런 뜻으로 쓰였고, 문학 장르의 뜻은 지니고 있지 않았다. 예를 들어 영국의 극작가 윌리엄 셰익스피어가 쓴 『햄릿』의 제1장 1막에 "Horatio saya 'tis but our fantasy"라는 구절이 나온다. 햄릿의 아버지인 선왕의 유령이 나타났다는 이야기를 호레이쇼는 '판타지'라고 여기는 것이다. 이때의 판타지 역시 객관적인 실체가 없는 상상의 결과물, 즉 환상이라든가 망상이라는 의미이지, 문학 장르의 의미는 아니다. 물론 작품의 존재와 문학적 담론의 형성은 구별해야 한다.

판타지는 영어권의 경우 19세기 중반부터 특정 작품들을 일컫는 장르 개념으로 쓰인다. 여기 속하는 것이 존 러스킨(John Ruskin)의 『황금강의 왕(The King of The Golden River)』(1851), 새커리(William Makepeace Thacheray)의 『장미와 반지(The Rose and The Ring)』(1855), 킹즐리의 『물의 아이들(The Water Babies)』(1863), 조지 맥도널드의 『판타스테스(Phantastes)』(1858), 캐럴의 『이상한 나라의 앨리스(Alice's Adventures in Wonderland)』(1865), 『거울 나라의 앨리스(Through the Looking-Glass: and What Alice Found There)』(1971), 바움(Lyman Frank Baum)의 『오즈

의 마법사(The Wonderful Wizard of Oz)』(1900)와 같은 작품들이다.

하지만 장르로서 판타지에 대한 문학적 담론이 형성된 것은 츠베탕 토도로프(Tzvetan Todorov)에 와서이며, 판타지가 문학 장르로 사전적 정의가 내려진 것도 비교적 최근의 일이다. 옥스퍼드 영어사전에 'fantasy'가 "문학적 구성의 한 장르"라는 정의가 나타나는 것은 1972년 증보본뿐이라고 한다.[39] 하지만 1984년 『옥스포드 아동문학 사전(The Oxford Companian to Children's Literature)』에는 "특정 작가에 의해 쓰이며, 초자연적이거나 비현실적인 요소를 포함하는, 보통 소설(novel) 길이의 픽션을 일컫는 용어"라고 아예 장르로서 명시되어 있다.

1) 판타지와 환상, 환상동화

따라서 영어권의 판타지론을 읽거나 우리말로 옮길 때는 그것이 어떤 개념으로 쓰였는지를 주의 깊게 보아야 한다. 자칫하면 "환상은 미숙한 장르로 경멸받을 이유가 없다"[40]거나 "환상성—전복의 문학"[41] 하는 식의 어이없는 번역이 나오기 때문이다. 환상이라든가 환상성은 문학의 장르라든가 문학과 동격으로 놓을 수 없다. 주어와 보어가 논리적 동치를 이루려면 둘 다 환상문학으로 옮겨야 마땅하다. 같은 판타지라도 문맥에 따라 인간의 심리적 현실이나 양식 개념으로 쓰였으면 환상이나 공상으로, 장르 개념으로 쓰였으면 환상문학 또는 환상소설이라고 옮겨야 올바르게 이해할 수 있는 것이다.

다음에는 판타지를 공상이나 상상 또는 환상으로 파악하면서 동화의 본질로 주장하는 근거가 무엇인지 간단하게 살펴보자.

---

39 참고: Diete Petzold, Fantasy Fiction and Related Genres. In: Modern Fiction Studies (1986), 32, 12쪽.
40 캐서린 흄(Kathryn Hume), 『환상과 미메시스(Fantasy and Mimeses)』, 푸른나무, 2000, 17쪽.
41 로즈메리 잭슨(Rosemary Jackson), 『환상성—전복의 문학(Fantasy: The Literature of Subversion)』 Routledge, 1981; 문학동네, 2001.

> 18세기 동화와 계몽주의의 관계를 연구한 독일의 문학사가 벤츠는 이성만능의 계몽주의시대에 있어 동화는 중세적 미신의 유물, 반이성적인 것으로 배척되었으나 낭만주의적 시대에 이르러서는 동화를 최고의 예술문학의 규범으로 생각한 때라고 그의 저서 『로망파의 동화 문학』[42]에서 밝혔다.[43]

> 독일 낭만파의 대표적 시인인 노발리스는 그의 동화 『푸른 꽃(Heinrich von Oferdingen)』(1802)에서 "모든 시는 동화적이어야 한다"고 말하고 있다. 이것을 역설적으로 말하면 "모든 동화는 시적이어야 한다"라고 바꾸어 놓을 수 있는 것이다. 그는 또 "나의 정서를 가장 잘 드러낼 수 있는 것은 동화의 세계"라고 하여 동화를 시의 귀감으로 내세우고 있다. 동화를 시에 가까운 산문 문학이라고 정의 내린 것도 이와 같은 맥락에서 이해될 수 있을 것이다.[44]

두 인용문은 다 같이 서구 낭만주의, 특히 독일 낭만주의의 '동화관'을 배경에 깔고 있다. 전후 문맥으로 보아 김요섭이나 박상재가 동화로 옮긴 것은 메르헨(Märchen)이기 때문이다. 실제로 이재철은 방정환이 "1923년 1월 『개벽』지에 발표한 「새로 개척되는 동화에 관하여」에서 '동화'를 Märchen의 역어로 보지 않고 아동 설화의 준말 곧 '옛날이야기'로 본 것"을 비판적으로 지적한다.[45]

2) 메르헨, 쿤스트메르헨에 대한 오해

독일어의 메르헨은 그 함의 때문에 다른 나라 말로 옮기기가 어려워

---

42 『Märchen-Dichtung der Romantiker: mit einer Vorgeschichte』(Richard Benz, Gotha, 1908)로 짐작된다. 그러나 독일문학사에서는 로망파가 아니라 낭만파라는 용어를 쓴다.
43 김요섭, 『현대동화의 환상적 탐험』, 59쪽 이하.
44 박상재, 『한국 창작동화의 환상성 연구』, 32쪽.
45 이재철, 「아동문학의 형성」: 황패강 외 편, 『한국문학연구입문』, 지식산업사, 1990, 578쪽.

영어권에서도 논자들에 따라서는 옛이야기에 해당하는 '민담(folk tale)' 또는 '요정 이야기(fairy tale)'로 옮기는 대신에 그냥 '메르헨'으로 쓰기도 한다. 그런데 메르헨에는 옛이야기만 있는 것이 아니라 '쿤스트메르헨(Kunstmärchen)'이라는 또 하나의 갈래가 있다.[46] 그리고 위의 두 인용문이 다같이 동화라고 옮긴 것, 다시 말해 벤츠의 '동화—예술문학(Märchen—Dichtung)'[47]이나 노발리스의 『푸른 꽃』은 사실 쿤스트메르헨에 속한다.

쿤스트메르헨은 메르헨의 소재나 모티프를 빌려온다는 점에서 메르헨과 밀접한 관련을 지니지만, 창작 주체를 통한 메르헨 소재나 모티프의 의식적인 가공이 이른바 본격 문학의 수준에서 이루어진다. 박상재가 시적 환상의 예로 든 『푸른 꽃』이 그 대표적인 예이다. 이 작품은 꽃이나 동물로 변신하는 요정들이 출현하기는 하지만 그 환상적인 모티프들은 작가의 철학적인 우주관과 세계관을 펼쳐 보이는 수단이며 우리가 흔히 아동문학 또는 동화로 생각하는 것과는 거리가 멀다. 우리 옛이야기 또는 민담과 마찬가지로 메르헨 자체도 원래는 아이들 대상이 아니었거니와, 독일 낭만주의가 쿤스트메르헨이라는 장르로써 메르헨에 애착을 보인 것은 인간 원형으로서의 아동에 대한 관심과 마찬가지로 문학, 특히 국민문학의 원형을 거기서 발견했기 때문이지 현실의 아동을 염두에 두었기 때문은 아니었다. 원래 동화가 아닌 동화를 놓고 "최고

46 어떤 이들은 쿤스트메르헨을 창작동화라고 부르는데, 우리 아동문학의 용법과는 너무나 차이가 있다. 우리는 창작동화라는 말로, 넓은 의미로는 아동문학 산문 갈래 전체를 지칭하며, 좁은 의미로는 소년소설과 함께 아동문학의 산문 갈래를 이룬다. 하지만 쿤스트메르헨은 독자로서 아동을 전제하는 아동문학이라든가 동화와는 별로 관계가 없다. 여기서 별로 관계가 없다는 것은 작품들에 따라(안데르센의 쿤스트메르헨이 그 예이다) 아이들이 주된 수용자로 등장하기도 하기 때문이다. 또한 우리나라에서 유행하는 '어른을 위한 동화' 류하고는 거리가 멀다. 메르헨이 동화로, 쿤스트메르헨이 창작동화로 종종 옮겨진 것은 그간 아동청소년문학을 주목하지 않았던 독문학자들의 잘못도 크다고 생각한다. 아마도 이러한 용법은 일본을 통한 독문학의 수용과도 관련이 있을 것이다.

47 여기서 예술문학이라는 말은 Dichtung을 옮긴 것인데 이는 독일문학에서만 찾아볼 수 있는 개념으로 현대 문학에는 Dichtung으로 부르지 않을 정도로 우리가 흔히 말하는 Literatur와는 달리 예술성을 인정받는 작품에 대해서만 붙여진다.

의 예술문학"을 이야기하고 "모든 시는 동화적이어야 한다"고 선언한 셈이다. 오해에 근거한 '동화'의 자부심이여! 아무튼 메르헨 내지 쿤스트메르헨을 동화라고 생각한다면 결국 "판타지 동화만이 진짜 동화다"라고 선언할 수밖에 없다. 그리고 이따금 동화가 꼭 아이들을 위한 문학작품이 아니라고 덧붙일 수밖에 없다."[48]

3) 장르로서 판타지와 메르헨

"판타지 동화만이 진짜 동화다"는 주장과 대결하려면 결국 판타지 개념 자체를 문제 삼아야 한다. 이와 관련하여 리얼리즘 아동문학 진영의 반론은 이오덕의 장르론으로 나타난다. 1983년 『영대신문』에 발표한 「판타지와 리얼리티」가 그것이다.

> 대관절 판타지를 환상이라고 하는 것부터 틀린 말이다. 이것은 판타지의 말뜻과, 판타지가 문학의 장르로서 어떻게 생겨났는가 하는 것, 그리하여 판타지는 리얼리즘과 어떤 관계에 있으며, 판타지 동화란 어떤 동화인가, 하는 극히 초보적이고 기본적인 문제조차 제대로 파악하지 못하고 있는 이들이 편벽된 문학관으로 무책임하게 발언하는 것이라 생각한다.[49]

이오덕은 판타지를 장르로 못박는다. 물론 판타지를 "환상이라고 하는 것부터가 틀린 말이다"라는 식의 단정은 앞에서 간략하게 보았듯이 판타지의 개념사를 무시한 발언이다. 그러나 그것을 달리 보면 장르로서 판타지를 인식함으로써 환상동화의 환상이 문학적 개념으로서도 문

48 참고: 선안나, 「판타지 동화와 판타지 소설의 비교」; 박상재, 『한국 창작동화의 환상성 연구』, 집문당, 1998.
49 이오덕, 『어린이를 지키는 문학』, 백산서당, 1984, 103쪽.

제적임을 인식했다는 뜻으로 받아들여도 좋을 것이다. 이를 원종찬은 "이오덕의 판타지 탐구는 '생활동화'(소년소설) 편에서 리얼리티가 결여된 '공상동화'(동화) 작품들을 비판하기 위한 준거로 행해진 것"이었다고 정리한다.[50]

장르로서의 판타지 개념을 이야기하려면 어쩔 수 없이 가장 먼저 대면해야 하는 장르는 옛이야기이다. 옛이야기야말로 환상적 요소들이 가득한 장르이기 때문이다. 판타지라는 것이 외래 장르임을 인식한 이오덕은 판타지 장르의 특성 및 구성 원리를 따질 때 그 근원을 메르헨, 특히 창작메르헨(쿤스트메르헨)에 있다고 본다. 그러면서 그 차이를 이렇게 설명한다.

> 첫째, 메르헨은 초현실을 처음부터 당연한 것으로 얘기하지만, 판타지는 현실과 비현실을 확실하게 나누어, 현실에서 비현실로 넘어갈 때나 비현실에서 현실로 넘어올 때는 거기에 필연성이 느껴지도록 구성을 하는 것이다.
>
> 둘째, 메르헨의 등장인물은 유형성을 벗어나지 않지만, 판타지는 개성적인 인물이 설정된다. 그래서 메르헨은 사람의 심리에 잠재해 있는 초현실을 그대로 외부로 드러내어 놓는 것이 되고, 판타지는 사람의 심리적 세계에 파고 들어가 얘기하는 형식이 되는 것이다.
>
> 셋째, 메르헨은 초자연의 존재가 나오고 이상한 사건이 벌어지지만 판타지는 사상과 논리적인 구성을 가진다는 점에서도 대조가 된다.[51]

이러한 구분은 독일의 아동문학 연구자 안나 크뤼거(Anna Krüger)의 견해와 유사하다. 토도로프의 환상문학론이 독일에 소개되기 약 20년 전인 1954년 크뤼거는 메르헨이라는 이름으로 부르기에는 마땅치 않은

---

50 원종찬, 「'일하는 아이들'과 '유희정신'을 넘어서」: 『창비어린이』, 창간호, 2003, 32쪽.
51 이오덕, 앞의책, 106쪽.

이야기들이 있음을 지적하며 이들을 "환상적인 이야기(phantastische Geschichte)"라고 일컫는다. 메르헨과의 장르 구분에서 독일 아동청소년문학의 판타지론이 시작된 것이다. 크뤼거에 따르면 메르헨은 그 전체가 경이의 세계이며 구체적 현실은 그 속에 짜여 들어가 있는 반면, 환상적인 이야기는 현실과 비현실이 뚜렷하게 구별된다. 이오덕의 구분은 사토 사토루(佐藤さとる)의 구분을 따른 것으로 나와 있는데, 사토의 구분이 크뤼거의 구분과 유사함은 일본 아동문학에 대한 독일 아동문학의 영향을 짐작할 수 있다.

그런데 따지고 보면 이오덕은 판타지 장르가 창작메르헨에서 파생되었다고 보면서도 창작메르헨이 아닌 메르헨과 장르 구분을 시도한다. 이 역시 쿤스트메르헨에 대한 오해에서 비롯된 것임을 미루어 짐작할 수 있는 것이, 이오덕은 창작메르헨은 "신용할 수 없이 허황된 얘기(메르헨—필자)를 그래도 재미있게 들을 수 있도록 맛을 들여놓은 것"으로 정의하기 때문이다. 그러나 이러한 이해가 얼마나 오해인지는 앞에서 간단히 살펴본 바와 같다.

4) 쿤스트메르헨과 판타지

다소 지루하게 느껴질 수 있겠으나 쿤스트메르헨과 영어권의 판타지의 관계를 간단하게 짚어보자. 낭만주의 시대 쿤스트메르헨은 독일만의 현상에 그치지 않는다. 『판타스테스』를 쓴 영국의 조지 맥도널드는 독일의 낭만주의 작가 노발리스의 작품을 영어로 번역할 만큼 독일의 쿤스트메르헨에 지대한 영향을 받았다.[52] 아동문학에서도 E. T. A. 호프

52 『판타스테스』, 『공주와 고블린』처럼 옛이야기, 신화, 전설의 소재와 모티프를 옛이야기 형식('옛날에……')으로 쓴 작품을 영어권에서는 'literary folktale' 또는 'literary fairytale'라고 일컬으며 판타지 장르에 포함시키기도 한다. 안데르센 동화도 이에 속하는 작품으로 꼽히며, 논자에 따라서는 그림 형제의 옛이야기들을 여기에 포함시키기도 한다.

만(Ernst Theodor Amadeus Hoffmann)의 『호두까기 인형(Nussknacker und Mausekonig)』(1819)이 루이스 캐럴의 『이상한 나라의 앨리스』에 영향을 준 것으로 나타난다. 그렇지만 이들 영어권의 작품들은 모두 판타지로 불린다. 토도로프의 이론이 소개되고 난 후 독일에서 쿤스트메르헨 계열의 작품은 오히려 환상문학으로 간주되는 것이 보통이다. 심지어 어떤 연구자는 "쿤스트메르헨과 환상소설은 궁극적으로 동일"하며 정확히 말하면 "쿤스트메르헨은 현대 환상소설의 역사적 선구자 또는 일찍이 나타난 역사적 변종"이라고 진술한다.[53] 우리가 판타지로 분류하는 미하엘 엔데(Michael Ende)의 『모모(Momo)』(1974), 『끝없는 이야기(Die Unendliche Geschichte)』(1979)를 독일에서는 아직도 쿤스트메르헨이라 일컫는 연구자들이 있다. 이를 정리하면 독일의 쿤스트메르헨은 1970년대 이후 환상문학 담론이 형성되기 전의 장르 명칭으로 보는 것이 타당하며, 영어권의 의미로 볼 때는 판타지에 속한다고 해도 무방하다.[54] 이를 도표로 보면 아래와 같다.

구전 ———————— 낭만주의 ————————————

메르헨(영: folk tales, fairy tales) ————————————————

쿤스트메르헨/환상문학(영: fantasy) ——

5) 판타지 동화, 공상동화

판타지를 리얼리즘 계열의 작품과 함께 아동문학 산문의 큰 갈래로 받아들인다면 하위 분류는 당연히 가능하다. 이때 판타지 동화와 판타

53 Helmut M ller, Phantastische Erz hlung. In: Lexikon der Kinder–und Jugendliteratur. Hrsg. v. Klaus Doderer. Bd. 3. Weinheim, Basel 1979, S. 39

54 우리나라에서도 쿤스트메르헨은 '환상문학전집'에서 소개된다. 참고 : E. T. A. 호프만, 『악마의 묘약』, 환상문학전집1, 황금가지, 2002.

지 소설을 구분하는 논자들이 눈에 띈다. 선안나는 「판타지 동화와 판타지 소설의 비교」에서 넓은 의미의 동화와 좁은 의미의 동화의 관계를 이해하기 쉽게 도표로 보여주면서 판타지 동화와 판타지 소설의 예로서 각각 『트리갭의 샘물(Tuck Everlasting)』(Natalie Babbitt, 1975)과 『호비트(The Hobbit)』(John Ronald Reuel Tolkien, 1937)를 분석한다. 그리고 "판타지 동화는 대체로 현실의 시공간을 무대로 하여 사건이 시작되는 반면, 판타지 소설은 신화적 차원의 시공간에서 사건이 일어난다"라고 결론짓는다. 여기서 도출해낸 판타지 소설 개념은 1990년대 후반 대중문화 쪽의 좁은 의미의 판타지 개념과 유사하여 아동문학에서 판타지를 논하겠다던 의도에서 벗어날 뿐더러 판타지 아동문학의 범주를 축소시킨다. 앞에 언급했다시피 서구 아동문학의 판타지는 『호비트』 이전에 70년이 넘게 발전해왔기 때문이다. 또한 이 분류를 적용하면 『이상한 나라의 앨리스』는 판타지 동화인가 소설인가? 『샬롯의 거미줄(Charlotte's Web)』(Elwyn Brooks White, 1952)이라든가 『오이대왕(Wir pfeifen auf den Gurkenkönig)』(Christine Nöstlinger, 1972)은 또한 논자가 이야기하는 판타지 동화와 '좁은 의미의 동화'는 같은 개념인가, 다른 개념인가?

판타지 세계의 시공간을 분류 기준으로 하는 선안나와는 달리 원종찬은 "소설적 리얼리티"를 강조한다.

> 공상동화와 판타지의 차이는 동화와 소년소설의 차이에 대응한다. 예컨대 필리파 피어스의 『학교에 간 사자』가 공상동화라면, 『한밤중 톰의 정원에서』는 판타지다. 공상동화는 자연법칙에 대한 이해가 없는 나이의 독자를 상대로 하기 때문에 옛이야기처럼 현실과 초자연의 세계에 구분이 없지만, 판타지는 자연법칙에 대한 이해를 지닌 나이의 독자를 상대로 하기 때문에 초자연의 세계를 포함하더라도 소설에 상응하는 리얼리티가 요구되며, 이에 따라 대개는 현

실과 초자연의 세계가 구분되어 있다. 공상동화의 주인공은 초자연의 세계를 거의 아무렇지도 않게 받아들이지만, 판타지의 주인공은 초자연의 세계를 만났을 때 흔히는 놀라고 머뭇거리고 주저한다.[55]

『학교에 간 사자』나 『한밤중 톰의 정원에서』는 서구에서 다 같이 'fantasy'로 분류되는 것은 말할 것도 없다. 소설적 리얼리티를 강조하면서, 원종찬은 흥미롭게도 "자연법칙에 대한 이해가 없는 나이"의 독자를 거론한다. 『학교에 간 사자』에 엮인 동화로 미루어 그것은 4~8세 정도의 어린이를 이야기하는 것으로 짐작된다. 이 연령대의 자연법칙에 대한 이해 정도로 각 연령에 따라 또 개인에 따라 동일하지 않다는 점은 도외시하고 이렇게 물어보자. 귀신이나 도깨비, 요정이나 마법사를 믿는 시대나 사회의 독자들에게 판타지가 존재할까? 그들에게는 그 존재가 환상이 아니라 사실일 수 있다. 다시 말해 자연법칙에 대한 이해가 없는 독자에게 초자연의 세계는 판타지가 아니다. 신화시대에 신화가 판타지가 될 수 없는 것도 이 맥락에서이다.[56] 그렇기는 하지만 독자의 나이와 장르를 연결시키는 것은 혼란을 안겨줄 수 있다고 본다. 이른바 "전래동화 나이"니 "모험소설 나이"를 상기해 보자. '자연 법칙에 대한 이해'와 같은 모호한 한정어가 붙을 경우는 특히 그렇다고 여겨진다.

'주인공'의 놀람과 머뭇거림이라는 개념도 마찬가지다. 이것은 주지하다시피 토도로프의 환상문학론의 핵심 개념이므로 직접 들어보기로 하자.

환상문학은 세 가지 조건이 충족되어야 한다. 첫째, 텍스트는 독자들로 하여

55 원종찬, 앞의글, 32쪽 이하.

56 이와 관련하여 우리 고대 소설이나 서유기 같은 작품을 섣불리 판타지 장르로 넣는 일은 숙고를 요한다고 본다. 왜냐하면 환상문학을 이야기하려면 문학의 모방(미메시스) 원칙을 '의식적'으로 떠났을 때부터, 즉 낭만주의 시대 이후에야 가능하다는 점을 생각해봐야 할 것이기 때문이다. 참고 : D. Petzold, Fantasy and Related Genres, in : Modern Fiction Studies, 1986 H. 32, 15쪽.

금 작중 인물들의 세계를 살아있는 사람들의 세계로 간주하도로 해야 하는 동시에 묘사된 사건들을 자연적으로 설명할 것인지 초자연적으로 설명할 것인지 망설이도록 해야 한다. 둘째, 이러한 망설임은 작중 인물이 경험할 수도 있다. [⋯중략⋯] 셋째, 독자는 텍스트와 관련해서 어떤 확실한 태도를 취해야 한다. 즉 독자는 "시적인" 해석뿐만 아니라 "알레고리적"인 해석도 거부해야 한다. 이 세 가지 요구 사항은 비중이 똑같지는 않다. 첫번째와 세번째는 실제로 장르를 구성하는 요소이다. 그러나 두번째는 충족되지 않을 수도 있다. 그렇지만 대부분의 예들은 이 세 조건을 충족한다.[57]

위 인용문에서 보았듯이 토도로프의 환상문학 정의에서 반드시 충족되어야 하는 조건은 '독자의 망설임'이다. 망설임의 주체를 주인공까지 확대시킨다 해도 토도로프의 환상문학 정의는 일반문학 쪽에서도 이미 너무 좁은 것으로 판명되었지만, 아동문학의 경우는 더욱 거북한 코르셋으로 작용함은 이미 서구에서도 여러 논자들이 지적하고 있다. 리얼리티의 인식은 중요하지만, 만약 독자의 나이와 머뭇거림이라는 개념을 가지고 '공상동화'와 판타지를 가려내는 '형식적 변별점'으로 삼는다면 많은 판타지 작품을 잘라내는 결과가 된다. 주인공이 초현실에 대해 머뭇거리지 않는 『호비트』라든가 『공주와 고블린(The Princess and the Goblin)』(George Macdonald) 또는 『내 이름은 삐삐 롱스타킹(Pippi Langstrump)』(Astrid Lindgren)은 '자연법칙에 대한 이해가 없는 나이의 독자'를 대상으로 한 '공상동화'인가? 또 설령 '자연법칙에 대한 이해가 없는 나이의 독자'를 대상으로 했다고 해서 『즐거운 무민 가족』 시리즈를 '공상동화'에 넣을 수 있을까? 우리 아동문학에서 예를 찾자면 주인공의 초현실에 대한 머뭇거림이 있는 「모래마을 아이들」[58]은 '자연법칙

57 Tzvetan Todorov, The Fantastic, Ithaca, New York: Cornell 1975, 33쪽.
58 김옥, 『학교에 간 개돌이』, 창비, 1999.

에 대한 이해가 있는 나이의 독자'를 대상으로 한 판타지인가? 이런 의문들은 궁극적으로 분류 기준을 재고해야 한다는 것을 의미할 것이다.

6) 판타지, 두 개의 세계?

주인공의 망설임을 강조하는 것은 그간 우리 아동문학이 이오덕이 했듯이 현실과 비현실 내지 초현실이라는 '두 개의 세계'의 구분을 판타지의 주요 요건으로 생각한 데서 비롯될 것이다. 독일 아동문학에서도 초기 판타지론은 크뤼거의 견해를 바탕으로 '두 개의 세계' 개념을 중심으로 전개된다. 이 이론의 체계적인 정리를 시도했던 예테 클링베리는 『호비트』나 『즐거운 무민 가족』 시리즈 같은 작품들을 보며 결국 1980년대부터 이런 식의 구분을 포기하고 환상문학을 "낯선 현실(fremde Wirklichkeit)" 즉 '다른 세계'의 문학으로 통칭하기에 이른다. 문학 자체가 이미 장르간의 경계가 무너지는 추세인 데다가 특히 다양한 가능성이 열려 있는 형식의 경우에는 어쩔 수 없는 귀결이라 하겠다.

원종찬의 판타지론 시도는 문제가 있기는 하지만 이오덕에 이어 이른바 환상동화를 무조건 판타지 장르에 포함시키기 어렵다는 인식을 명확히 했다는 데 의미가 있다. 그러나 이오덕과 원종찬의 판타지론 사이에는 유례없는 한국 아동문학(번역 동화까지 포함하여) 시장의 융성과 환상문학 담론의 성립이 위치한다. 그뿐 아니라 이오덕이 높게 평가했던 이른바 생활동화 개념 역시 많은 문제점을 노출한다. 이것은 이오덕이 '공상동화'를 비판하면서도 구체적인 판타지 장르론을 펼 수 없었던 반면, 원종찬은 '공상동화'와의 구분을 시도하고 또 판타지의 가능성에 긍정적인 시선을 보내게 된 설명이 될 것이다.

원종찬 역시 논의가 이루어진 두 시점 사이 상황의 차이를 보지 못하는 것은 결코 아니다. 그러나 이오덕의 판타지론을 한계 짓는 과정에서 다시 한 번 환상 내지 공상을 동화의 본질로 파악하는 '환상동화론자'들의 '동화' 개념을 붙드는 한편 서구 판타지의 개념을 좁게 적용함으로써 다시 혼돈을 초래하고 있다. 현재의 동화들은 생활동화를 인정하든 안 하든 오히려 방정환식 동화 개념에 가깝게 다양한 스펙트럼을 보이고 있기 때문이다. 결론적으로 동화와 소년소설의 구분에서 출발하여 판타지 동화와 소설의 형식적 변별점을 찾으려는 시도는 오늘날의 시점에서 오히려 혼란을 초래한다. 알다시피 동화의 특성을 공상으로 생각하는 이원수도 "문학으로서 볼 때 동화는 소설의 한 갈래"[59]임을 인정하지 않았는가.

59 이원수, 「동화작법」, 『이원수아동문학전집』 29, 웅진출판, 98쪽.

일본 근·현대아동문학사 속에서 살펴본 동화 장르의 변화 과정

김영순

1. 들어가며

일본에서 아동문학이 하나의 독립된 장르로서 정착된 것은 메이지기(1868~1912)부터이다. 이후, 아동문학에 대한 장르와 그와 관련된 용어는 근대 이후 급변하는 정세 속에서 새로운 시대 흐름이 반영되어 앞선 용어에 대한 비판과 대안으로 새로운 용어로 대체되고 통용되어 가는 과정을 거치면서 지금에 이르기까지 거듭되는 변화 과정이 이루어져 오며 시대의 축적이 이루어져 왔다.

이 글은 일본 아동문학의 태동기가 되는 메이지기를 시작으로 현대에 이르기까지의 일본에서 보여준 변화 과정을 동화 장르 중심으로 살펴본 것이다. 또한 장르 용어의 변천 과정에 대한 탐색은 당시 아동문학의 특성과 작품 성향을 엿볼 수 있는 데다, 그 시대 변화 속에서의 도전과 한

김영순
tobi0909@hanmail.net 단국대 동양학연구소 연구교수. 아동문학연구자. 1999년 일본 오사카에 있는 바이카(梅花)여자대학 아동문학과 3학년에 편입학하여, 같은 대학 대학원에서 『1960年代に日本と韓國で描かれた家族像―山中恒と李元壽を中心に』(석사, 2003), 『植民地時代の日韓兒童文學交流史研究―朝鮮總督府機關紙「每日申報」子ども欄を中心に』(박사, 2007) 학위를 취득했다.

계를 짚어볼 수 있다. 즉 장르 용어의 변천에 대한 고찰은 또 하나의 아동문학사에 대한 탐색이기도 하다. 따라서 일본 근·현대아동문학사의 흐름과 특징을 동시선상에서 살피면서 일본의 동화 장르의 변천을 통시적인 관점에서 점검해 보고자 한다.

2. 어린이를 위한 옛이야기 창작물 '오또기바나시'
—1894년 이후

메이지 유신은 "봉건적인 것을 온전하면서 자본주의 사회를 구축한 시기로, 유신정부는 봉건적인 정신을 발판으로 삼는 등의 모순된 자세를 유지하면서도 형식적으로는 닥치는 대로 봉건적 구체제를 타도하고 명목상으로나마 일단은 근대자본주의 일본 건설을 성급하면서도 강제로 단행했는데 문화면에서는 후진국의 상투 수단인 서구 선진국들의 문화 문물을 그대로 이식·모방하는 것에서 출발했다. 아동문학 또한 이러한 신일본 건설을 목표로 한 정책 지반 위에서"[1] 그 첫 걸음을 내딛었다.

일본에서는 창작 아동문학의 시작을 1890년[2]과 1891년으로 보고 있다. 1891년에 당시 일본에서 가장 활기를 띤 신흥출판사 하꾸붕깐〔博文館〕에서 전 32권이 간행된 〈소년문학(少年文學)〉(1891~94)총서에 '소년문학'이란 용어가 독일어 'JugendSchrift'에서 차용된 것을 계기로 아동문학에 대한 용어가 생겨난다.[3] 이 전집의 첫 번째 작품이 이와야 사자나미(巖谷小波, 1870~1933, 이후 사자나미로 표기)의 『고가네마루(こがね

1 巖谷榮二,「解說」,『日本兒童文學大系(1)』, 三一書房, 1955년 9월 30일, 387쪽.

2 1890년으로 보고 있는 입장은 미와 히로타다〔三輪弘忠〕의 『소년의 옥구슬(少年之玉)』을 가리킨다. 이 작품은 교육계의 교재로 활용하기 위한 현상응모에서 당선되어 단행본으로 출간된 작품으로 이와야 사자나미의 『고가네마루』보다 2개월 빠른 1890년 11월 17일에 발간되었다. 작품성이 떨어지고 작가가 그 후 작품 활동을 지속하지 않는 점에서 일본에서 최초의 창작 작품으로서 평가가 유보되어지기도 하나 생활동화 형식에 가까운 이 작품을 일본 창작 아동문학의 시초로 두는 연구자도 있다.

丸)』이다. 이처럼 '소년문학'이란 용어를 차용함으로 인해 어린이만을 의식한 용어[4]가 생겨난 점은 높이 평가되지만 구체적인 개념이 수반되었다기보다는 추상적인 용어 자체가 선행되었다. 즉 새로운 용어의 도입과 더불어 형식적으로는 혁신을 꾀한 전집이었지만 그 내용면에서는 당대 기성, 신진 문단작가들이 참가하였음에도 불구하고 여전히 구태의연한 봉건시대의 내용이 되풀이되었던 것이다. 주인공인 개, 고가네마루의 활약을 그려 당시 소년 독자들을 열광시킨 사자나미의 『고가네마루』 역시 부모의 복수라든가, 권신징악 등 기존의 봉건적인 관습을 그대로 답습한 작품이었다.

『고가네마루』가 출간될 당시의 신문이나 잡지 평을 참고하면 번역·번안되어 소개된 그림, 안데르센 동화를 가리켜 독일어인 "Mäerchen", "그림, 안데르센 등의 메르센"[5]으로 표기하고 있는 점을 보아서는 "Mäerchen"이란 용어가 작품을 가리키는 용어로서 보다 구체성을 띠었지만 당시 메이지기에 그 용어에 대응한 창작품이 등장한 것은 아니었다. 따라서 일반적으로 '소년문학'과 "Mäerchen"은 같은 의미로 차용되며 이 둘은 뚜렷한 구별없이 동의어로 쓰였다. 또한 이들 두 용어는 이후 파급 효과가 생겨나 그에 호응하는 작품이 그려졌다고는 말할 수 없으며, 따라서 엄밀하게는 이들 용어로는 아직 장르가 형성되었다고

---

3 사자나미는 『고가네마루』 권두언(凡例)에 소년용 문학의 의미로서 일본에는 그에 해당하는 적절한 숙어를 찾을 수 없어서 용어를 독일어에서 빌려 왔다고 밝히고 있다. 한편 하꾸붕깐의 소년문학 총서는 다이쇼 말기까지 소년들에게 애독되었다. 사자나미는 10살경에 당시 일본에서 독일인 여성에게서 독일어를 배웠고, 독일에서 유학중인 큰형에게서 보내온 Otto의 메르헨집을 통해 서구 옛이야기에 흥미를 가졌다고 한다(內山憲尙, 『日本口演童話史』, 文化書房博文社, 1972년 3월 5일).

4 일본에서 어린이를 위해 출판된 간행물은 근세에도 존재했다. 1661년경에 목판본으로 인쇄된 아까혼(赤本, 빨간책)은 옛이야기에 그림을 곁들여 간행되었는데 지금의 그림책에 가깝다. 아까혼이란 표지가 빨개서 붙여진 이름으로 그후 구로혼(黑本, 검은책), 기뵤시(黃表紙, 노란 표지) 등으로 이어지며 아이들의 실생활 속에서 애용되었다. 또한 중세 유행한 이야기책으로 무로마치시대에서 에도기 중기에는 부녀자와 아동을 대상으로 한 오또기조우시(御伽草子, 御伽草紙)가 널리 읽혔는데 오또기조우시 안에 들어 있는 그림이 그려진 책들은 아이들이 즐겨 읽었으며, 교육을 위한 교재로도 쓰였다.

5 「「こがねまる」についての新聞雜誌評」, 『日本兒童文學大系(1)』, 330~331쪽, 'メルシェン'은 메르헨의 오류이거나 초창기 표현으로 보인다.

말하기는 어렵다. 이 두 용어와 덧붙여 서로 혼용되는 경우도 있었지만, 메이지기 아동문학의 특징을 가장 잘 대변해 주는 대표적인 용어로 거론할 수 있는 것이 '오또기바나시(お伽噺)'이다. 이 용어를 시작으로 비로소 장르 형성의 조짐을 보여주는 작품이 그려진다.

일본에서 외국 작품 번역 붐이 일어난 것은 1878년경으로 이러한 경향은 1887년까지 이어져 절정에 달했으며 이때 번역된 외국 작품은 '기담' 형식으로 유입되어 독자의 호기심을 자극했다.[6] 그림동화가 1887년, 안데르센 동화가 번역되는 것은 1888년 이후이며, 아동문학 작품의 번역은 이를 기점으로 융성기를 이루게 된다.[7] 이에 발맞추듯 일본 안에서 아동문학적인 시야를 지닌 잡지 『소년원(少年園)』이 발간된 것은 1888년이었지만 아직 '오또기바나시'라는 용어는 눈에 띄지 않았다. 일본에서 이 용어가 처음 모습을 보인 것은 하꾸붕깐에서 간행된 『유년잡지(幼年雜誌)』(1891년)에서이다. 이 잡지는 일본의 역사, 과학상식, 시사정보, 작문법, 외국 역사와 신화 등 학습과 이야기를 다룬 종합잡지로 1894년 1월호에 '오또기바나시란'이 신설되어, 여기에 게재된 사자나미의 작품이 독자의 호응을 얻으면서부터 이 용어가 메이지기 어린이 문학을 가리키는 의미로서 인식되기 시작한다.[8]

용어의 어원을 살펴보면 '오또기(お伽)'란 예로부터 밤을 새우며 집주인이나 성주와 이야기꾼이 서로 대좌하는 의미로, 원래 '오또기바나시'란 밤중에 이야기꾼이 높은 사람의 지루함을 달래 주기 위해 들려 주는 옛이야기를 가리켰다.[9] 근세에 어른들이 밤을 새우며 이야기를 즐기던 '오또기바나시'가 메이지기에 들어서 어린이를 위한 옛이야기의 창작물

6 『圖說兒童文學飜譯大事典(1)』, 大空社, ナダ出版センター, 2007년 6월 27일, 26쪽.
7 위와 같은 책, 20쪽.
8 管忠道, 『日本の兒童文學』, 大月書店, 1956년 4월 5일, 52쪽.
9 『現代兒童文學辭典』, 寶文館, 1958년 5월 25일, 55~56쪽과, 박숙경, 「일본 아동문학의 장르와 그 특질」, 〈어린이문학 용어 짚어보기〉 보림출판사 주최 세미나 자료집, 2006년 5월 11일.

을 가리키는 용어로서 새로운 의미부여가 이루어진 것이다. 1883년에 신데렐라를 포함한 메르헨집이 하꾸붕깐에서 간행되었을 때만 해도, "'요괴 기담'이라고 하는 번역어를 갖다 붙이는 등 정체를 분명하게 표현하지 못했던 소년을 위한 '이야기'가 이 짧은 기간 동안에 '오또기바나시'라고 하는 메이지 소년문학을 특색 짓는 용어로 성장"[10]한 것이다.

1894년에 창간과 동시에 사자나미가 편집주필을 담당한 소년잡지 『소년세계(少年世界)』에도 사자나미 주도로 '오또기바나시' 재화가 실리게 되면서는 유년을 위한 이야기에서 소년을 위한 이야기로도 부상한다. 이 용어는 그후, 일본에 소개되지 않은 외국 옛이야기를 선별하여 사자나미가 야심에 찬 기획하에 출간한 『세계 오또기바나시(世界お伽噺)』(1899~1908) 백 편이 재화[11]되면서 그 입지를 굳히게 된다.

이런 일본 고대의 신화·전설·설화가 어린이용으로 재화된 것을 가리키는 사자나미류의 '오또기바나시'의 특징은 소박하고, 간단 명료하며, 선과 악이 뚜렷하고, 명쾌하며 밝은 이야기로 재화된 것을 말한다. 이후 사자나미 문하생으로 배출된 전문적인 소년물 작가들의 등장과 더불어, 『소년세계』에 투고된 일반 응모자들 작품에게도 이런 사자나미 식의 '오또기바나시'는 결과적으로는 표본으로 작용하며, 이후 소년문학·오또기바나시 하면 사자나미를 떠올리는 등 큰 영향을 끼쳤다. 따라서 당시 '오또기바나시'는 어린이를 위한 창작물의 한 개념으로 정착하며 장르를 형성하게 되는데, 일본 옛이야기를 소재로 하고 있으면서도 형식면에서는 공상적이면서도 이야기성이 풍부한 서양중세 메르헨을 떠올리게 하기도 했으며,[12] 용어 자체는 일본 고유의 전통에서 파생되었지만 그 내용과 형식을 일본과 서양의 것을 융합하여 재화한 것을 '오또기바나시'로 볼 수

10 巖谷栄二, 「解說」, 같은 책, 396쪽.

11 사자나미는 이 책을 내기 전에 『日本昔噺』(1894~96), 『日本お伽噺』(1896~98) 등 일본의 옛이야기와 역사물을 먼저 간행했다.

12 巖谷栄二, 「解說」, 같은 책.

있겠다. 하지만 '소년문학', '메르헨', '오또기바나시'는 각각 용어 표기는 다르지만 이 시기에 서로 같은 의미로 혼용된 것에서 알 수 있듯이 미분화와 개념 정립이 이루어지지 않은 데다, 그 당시에 작가로서 후세에 남을 작품을 남겨 놓지 못한 약점을 동시에 안게 되었다.

한편 창작 작품으로서 근대 시민의식을 지닌 작품으로 평가되는 오가와 미메이(小川未明, 1882~1961)의 『빨간 배(赤い船)』[13](1910년)도 메이지 후반에 출간되었는데 '오또기바나시집'이란 부제를 달고 있었다. 대중독자를 강하게 의식한 사자나미의 '오또기바나시'와는 달리 자기 표현의 시적인 글로 옛이야기에 소재를 둔 재화 방식에서 벗어난 창작동화임에도 불구하고 '오또기바나시집'으로 출판된 것은 당시 이러한 아동물 창작을 가리키는 대표적인 장르 용어가 '오또기바나시'였기 때문으로 볼 수 있겠다. 하지만 '오또기바나시'는 어린이 독자를 새로 발굴하고, 어린이들을 독자로서 획득하는 데는 성공했지만, "문학으로서 시대를 뛰어넘지는 못했다."[14]

그 이유로 근대 문명을 접한 일본 사회에 지식이나 독서욕에 목말라하는 새로운 독자층이 생겨나며 다양한 계층의 전문잡지가 우후죽순처럼 간행되던 시기에 기존의 소년의 지도와 계몽 교양을 중시한 잡지와 차별화를 두며[15] 『일본의 소년(『日本之少年』, 1889년 창간)』, 『유년잡지』(1891년 창간) 간행 이후 어린이 독자를 적극적으로 겨냥하여 "유익하고 재미있는"[16] 대중성이 강한 상업주의 노선을 지향한 하꾸붕깐 출판사와

13 첫 작품집에 '오또기바나시집'이란 부제를 달고 있기는 하나 오가와 미메이는 동화가 새로운 장르로 부각된 다이쇼기에 활약한 대표적인 동화작가이다.

14 大藤幹夫, 『日本兒童文學史論』, くろしお出版, 1981년 9월 16일, 18쪽.

15 向川幹夫, 「日本兒童文學と宮澤賢治」, 『한국과 일본에서 본 미야자와 겐지 동화의 세계』, 동화와 번역연구소춘계세미나자료집, 2008년 6월 14일, 桑原三郎, 『諭吉 小波 未明—明治の兒童文學—』, 慶応通信, 1979년 7월 1일.

16 이 문구는 『유년잡지』발간사에 표방되었는데, 구와바라 사부로는 이를 가리켜, "'유익하고 재미있는(有益にして面白き)'이라고 하는 것은 뒤에 고단샤의 '재미있고 유익한(面白くて為になる)'이라고 하는 표어와 상통하는 면이 있다"라고 그 공통점을 지적하고 있다. 桑原三郎, 같은 책, 261쪽.

오랫동안 동반관계를 유지한 사자나미의 관계를 지적할 수 있겠다.[17] 이로 인해 아동문학의 태동을 알리는 시기의 '오또기바나시'는 예술성보다는 철저하게 독자를 의식해서 그들 독자 구미에 맞게 재화된 것이 특징으로 대중성이 강했다. 오락성을 중시한 상업주의 노선의 추구는 결국은 어린이문학에 첫발을 디딘 메이지 독자들이 지닌 문학적인 한계를 동시에 껴안으며 문학성에 대한 탐구, 아동문학 작가로서의 자각 부족 등을 초래하는 원인으로 작용하였다. 이처럼 일본의 봉건체제가 서구열강의 근대화로 대체되며 대전환기를 맞이한 시대에 탄생한 아동문학 장르 형성과 용어였지만 시대를 통찰하고 그것을 승화시키는 작품이 그려졌다기보다는 그 시대의 현실 논리를 추종하고 독자의 요구에 안주한 자세로 작품이 그려진 점이 '오또기바나시'의 쇠퇴를 부른 가장 큰 요인이 된 것은 두말할 필요도 없겠다. 이 점이 또한 다이쇼기(1912~1926)에 비판을 받으며 '동화' 운동을 촉발시키는 한 원인이 되었다.

3. '동화 동요'의 시대, 작가정신과 창작동화의 발현
—1918년 이후

일본은 자체 내의 모순과 자국 내 국민들의 불만을 자국 밖에서 찾아내는 침략 전쟁을 통해 문제 해결을 풀어 가는 방식을 취하며 청일전쟁(1894)의 승리 이후 대만을 식민지로 점령(1895)하고, 이어서 러일전쟁(1904년)까지 승리로 이끌고 나서, 한일합방(1910)을 강요하며 제국주

17 1887년에 문을 연 하꾸붕깐과 이야와 사자나미:소년 소녀를 주인공으로 그린 소설들을 발표하며 문단에 등단한 사자나미는 1891년 하꾸붕깐에서 간행된 『소년문학』 총서에 『고가네마루』를 집필한 것을 계기로 그 이듬해에 하꾸붕깐에 입사하여 1927년에 갈라서기까지 36년간의 동반자 관계를 유지하게 된다. 사자나미의 대부분의 책이 하꾸붕깐에서 간행되고 여러 아동잡지 편집을 주도하며 작가로서, 잡지편집자로서, 상업성을 전면에 내세운 영리기업체 후꾸붕깐과 밀접한 관계를 맺으며 메이지기 아동문학을 주도해 나갔다.

의 식민주의 정책을 확장시켜 나간다. 이러한 메이지기 말년경에 기세를 떨치는 일본제국주의와는 반대로 시대적 폐쇄감을 민감하게 감지한 지식 청년들은 정치적 무관심으로 대처하며, "젊은 시인·작가들은 참기 힘든 현실을 관념이란 날개짓으로 탈출을 시도하고, 시대의 고뇌를 허무감 속에서 허덕이거나, 관능의 세계로 빠져들기도 했다. 이러한 사람들 중에서 이윽고 개화하는 일본 근대아동문학을 짊어질 주인공들이 태어난다."[18] 이러한 세기말의 혼돈 속에서 방황하는 젊은이들은 이윽고 새로운 움직임을 보이는 다이쇼기를 맞이하게 된다.

"다이쇼기의 아동문학은 메이지 다이쇼 쇼와 3대에 걸친 일본아동문학사 상에서 보면 가장 활기에 넘쳐 있다"[19]나, "15년으로 종말을 알린 다이쇼기는 시간적으로는 아주 짧았지만 일본 근대문화, 특히 성인문학보다 뒤늦게 출발한 아동문학에 있어서는 상당히 큰 의미를 갖는 시기였다"[20] 등, 다이쇼기는 일본 아동문학사에서 부흥기로 평가되고 있는 시기이다. 그 배경에는 메이지기를 시작으로 일본 아동문학 자체 내의 발전 성장과 더불어 다이쇼기의 민주주의 물결이 크게 반영되었기 때문으로 볼 수 있다.

1914년에 발발한 제1차세계대전에 일본은 전장에는 직접 참가하지 않고 연합국 측에 군수 물자 공급을 담당하며 경제 호황을 가져오는데 "일본의 자본주의는 어부지리로 이익을 독점하며 일시적으로나마 일종의 안정기를 맞이하게 된다. 따라서 제1차세계대전 이후 일본 국민의 여유로운 에너지가 처음으로 문화 방면으로 방출되며 전쟁 중 연합국 측에서 선전된 민주주의 사상을 수용하여 자유와 평등 그리고 생활을 근대인답게 향유하고자 하는 시민문화가 생겨났다. 물론 이 시민문화는

18 管忠道, 같은 책, 71~72면.
19 高山毅, 「大正期の兒童文學」, 『危機の兒童文學』, 1958년 3월 7일, 132쪽.
20 上笙一郎, 「収載論文解題」, 『日本兒童文學研究 叢書近代文芸研究』, 三弥井書店, 1974년 10월 1일, 449쪽.

당시 유행한 문화주택, 문화사전이란 말에서도 엿볼 수 있는 것처럼 소시민문화라고 하는 쪽이 더 정확할 것이다. (…) 민주주의 사상은 당연한 결과로서 부인과 아동에 대한 관심을 증폭시키며 처음으로 아동 해방이 지향되었다. 이러한 시대적 풍조가 다이쇼기 아동문학의 개화에 큰 힘이 된 점을 빠뜨릴 수 없다."[21] 여기에 덧붙여 메이지기부터 시작된 번역 문학의 성황도 크게 작용했다. 특히 메이지 유신이 단행되어 근대화가 본격적으로 추진된 지 20년이 지난 시점은 성인문학에 이어 다양한 아동문학작품이 번역되었는데, 바로 이 시기에 어린시절을 보내며 번역아동물을 향유한 세대들이 다이쇼기에 문화를 새롭게 주도하는 이들로 성장한 것이다. 그들이 가정을 이루고 자녀를 두게 되고 사회활동을 시작하는 1910년 중반 이후에도 아동문학계에는 예술성과 문학성이 뛰어난 외국 아동문학의 총서와 선집이 전집 형태로 간행되었다. 이 시기 번역본의 특징은 원본인 텍스트에 대한 고찰과 원작에 충실한 번역, 책의 장정이나 삽화 및 편집에 있어서 전문가적인 시점을 가지고 예술적인 가치를 전면에 내세우며 편집된 점을 들 수 있다.[22]

이러한 다이쇼기에 아동문학 장르를 가리키는 용어로서 '동화'와 '동요'가 새롭게 대두된다. 하지만 '동화'와 '동요'라는 용어는 이 시기에 처음으로 창안된 용어가 아니라 일본 안에 내재했던 기존의 용어가 다이쇼기의 새로운 정신과 결합되며 재차 의미 부여되고 발굴된 용어라 할 수 있는데 기폭제 역할을 한 것은 스즈키 미에키치(鈴木三重吉, 1882~1936)에 의해서 1918년에 창간된 아동문예잡지 『아까이토리(赤い鳥)』이다.

'동화'의 어원을 살펴보면 에도시대(1603~1867)부터 '동화'라는 용어는 작가와 학자들 사이에 쓰였으며, 구체적으로 아동문학과 관련해서는

21 高山毅, 같은 책, 132~133쪽.

22 『圖說兒童文學翻訳大事典』(1)(2), 大空社, ナダ出版センター, 2007년 6월 27일.
高山毅, 같은 책.

메이지기 말인 1912년에 결성된 〈소년문학연구회〉의 연구회 결성 취지 내용을 보면 "매월 신작 동화에 관한 비평연구를 실시하고자 하니 미리 연구할 동화를 정해 두고 회원 각자 이것을 연구하여 매월 집회 때마다 발표한다"[23]에서 목격할 수 있는 것처럼, 이미 다이쇼기 초창기부터 동화로 표기되어 통용되고 있음을 알 수 있겠다. 특히 1913년에는 이 연구모임에서 연구된 성과가 『동화의 연구(童話の研究, 芦谷重常)』로 간행되고, 1916년에도 『동화의 연구(童話の研究, 二瓶一次)』, 『동화의 연구(童話の研究, 高木敏雄)』 등, '동화'라는 용어가 연구서 제목으로 중복되어 사용된 점을 봐서도 확인할 수 있으나, 이들 연구는 창작동화에 대한 연구라기보다는 옛이야기와 구연동화에 대한 것이었다. 한편 더 멀리는 교육계를 중심으로 1898년에 〈아동학회〉가 창설된 이후로 아동심리에 대한 연구가 활발해지며 계몽운동 차원에서 아동학자 교육학자들은 동화의 교육적 가치에 대해서 논하기도 했는데, 〈아동학회〉의 결성을 맡은 마츠모토 코우지로(松本孝次郎)의 『실제적 아동학(実際的 兒童學)』(1901) 저서에서도 '동화'란 용어가 사용된 걸로 보아 아동학자들 사이에서는 이미 메이지기부터 동화란 용어가 쓰였으며,[24] 또한 번역서에서도 이 용어가 1900년대부터 이미 차용되었다.[25] 이처럼 다이쇼기에 창작동화가 발표되기 전까지만 해도 동화는 에도시대 때에 전래되는 옛이야기 중에서 아이들에게 들려줄 만한 것을 가리키는 용어로 쓰여 왔다.[26] 스즈키 미에키치는 『아까이토리』 창간 1년 전인 1917년에 『세계동화집』(17권)을 펴내며 '동화'라는 용어를 차용하고 있으나, 동화집의 내용은 옛이야기의 재화인 사자나미 식의 오또기바나시에 가까우며, 이

23 「少年文學研究會に就て」, 『日本兒童文學大系(1)』, 382쪽.

24 管忠道, 같은 책, 65~66쪽.

25 이정현, 『方定煥の翻訳童話研究―『サランエ　ソンムル(사랑의 선물)』を中心に―』, 大阪大學大學院 言語文化研究科 博士學位論文 (2008년 3월)집 87쪽을 보면 『独逸童話集』(大日本國民中學會)란 책명이 적혀 있는데 이 책은 1906년에 번역되었다.

26 『兒童文學とうは何か』, 明治書院, 1974년 1월 15일.

때까지만 해도 『아까이토리』에 의해 표방된 '동화동요운동'이란 적극적인 자세와는 의식의 차이가 있었다.

『아까이토리』가 창간되기 전에 배포된 선전문 머리말에 인쇄된 "동화와 동요를 창작하는 최초의 문학적 운동"[27]에서 알 수 있는 것처럼, 동화와 동요는 일란성쌍생아처럼 이 시대를 대표하는 용어로 등장하며 아동문학을 가리키는 의미로서 '동화동요(童話童謠)'로 표기되며 이 시대 아동문학을 이끄는 쌍두마차 역할을 담당했다.

하지만 '동요'가 "저열한 어린이의 노래와 음악을 배제하고"[28]처럼, 창가에 대한 비판과 극복에서 의식적으로 등장한 용어인 것에 반해 '동화'는 사자나미의 '오또기바나시'에 대한 적극적인 비판과 반성에서 연유하였다기보다는 당시 서점에서 유통되고 있던 사자나미의 '오또기바나시'류를 포함한 제반 출판물에 대한 스즈키 미에키치의 미의식이 반영된 속성도 띠었다.[29] 여기다 창간호인 1918년 7월을 시작으로 매호마다 그 취지를 알리는 '『아까이 토리』의 표어'에는, "현재 일본 사회는 아이들의 품성과 감성을 교양하기 위한 시설과 주의에 있어서 아직도 종래와 마찬가지로 해악과 태만을 드러내고 있다. 그 한 가지 중요한 문제로 어린이 대상 출판물의 저급함과 그에 대한 대다수의 무신경을 꼽을 수 있다."[30]에서 알 수 있는 것처럼 당시 아동도서 출판물에 대한 비판도 작용했다고 볼 수 있다.

이처럼 다이쇼기에 '동화'와 '동요'가 발굴된 원인은 다이쇼기에 들어

27 鈴木三重吉, 「童話と童謡を創作する 最初の文學的運動」, 『日本兒童文學大系(2)』, 三一書房, 1955년 8월 30일, 325쪽.
28 「『赤い鳥』の標榜語」, 『赤い鳥』, 『日本兒童文學大系(2)』, 327쪽.
29 스즈키 미에키치는 당시 어린 딸을 두고 있었는데, 이 딸에게 스즈키 미에키치 구미에 맞는 예술성 있는 어린이책을 선물해 주고자 하는 것도 하나의 계기로 작용했다. 또한 소설가로서 문단에서 활동하던 스즈키 미에키치는 소설창작이 원활하게 이루어지지 않는 시기이기도 했는데, 이처럼 스즈키 미에키치는 소설 창작가로서의 본인의 한계를 의식하고 새로운 돌파구로서 동화를 선택했을 가능성도 생각해 볼 수 있겠다.
30 「『赤い鳥』の標語」, 『赤い鳥』, 4월호, 1920년 4월 1일.

서 민주주의를 중심으로 한 새로운 기운이 발화되기 시작하는 지점에 있었다는 점, 아동에 대한 관심이 증폭되며 동화를 문학성이 풍부한 예술작품으로 인식하고자 했던 시기였다는 점, 문학성은 떨어지고 대중성이 강한 오또기바나시와 창가를 중심으로 한 메이지기에 대한 반성과 비판이 작용했다는 점, 사자나미 이후 아동문학 연구가 활성화되고 메이지기 이후 다양한 번역문학이 등장하며 양질의 아동문학전집과 잡지가 출판된 점, 『아까이토리』를 창간한 스즈키 미에키치를 중심으로 당시 아동문학가들이 연대한 점 등이 복합적으로 작용하였다고 볼 수 있겠다.

문단 작가들의 대대적인 찬동과 지지 하에 창간된 『아까이토리』는 세인의 관심을 모으며 이후 『오또기의 세계(おとぎの世界)』(1919), 『킨노후네(金の船)』〔1922년부터 킨노 호시(金の星)로 개명, 1919~29〕, 『동화(童話)』(1920~26) 등의 예술성을 내세운 아동문학 전문잡지 창간에 영향을 끼치며 다이쇼기 아동문학을 주도해 나가게 된다. 이 시기 '동화'와 '동요' 장르의 특징으로 이들 동화와 동요 전문잡지의 창간으로 발표의 장을 획득한 다양한 작가의 창작활동을 들 수 있다.[31]

다이쇼기를 문학적이고 예술적인 '동화동요운동'으로 이끈 구심점 역할을 한 스즈키 미에키치는 『아까이토리』에 사자나미 식 서양 옛이야기의 재화에 머무르는 등 정작 본인은 창작활동에서는 뚜렷한 족적을 남기진 못했지만, 아쿠타가와 류노스케, 시마자키 도손, 아리시마 다케오, 도요시마 요시오를 비롯한 소설가 문단 작가들을 대거 동화 창작 참여로 이끌며 메이지기와는 다른 문단 작가의 탄생을 촉발시켰다.[32]

31 이 점은 동요에서도 공통적으로 말해진다.

32 이와야 사자나미 식의 오또기바나시적인 옛이야기의 재화를 계승하면서도 문학적으로 극복한 이가 아쿠타가와 류노스케와 도요시마 요시오이고, 개인적인 체험이나 생활의 단상을 당시 자라나는 본인의 아이들을 의식하여 창작한 이는 시마자키 도손과 아리시마 다케오이다. 한편 『아까이토리』는 1918년에서 29년까지를 제1기로, 그후 판매 부진에 따른 휴간 기간을 가진 뒤 31년부터 스즈키 미에키치가 타계한 36년까지를 제2기로 나눈다. 제2기에는 일본 아동문학사에 이름을 남긴 동화작가 츠보타 죠지와 니이미 낭키치가 등장한다.

여기에 단편을 고수하며 독특한 상징성을 띠는 시적인 동화를 쓴 오가와 미메이, 『아까이토리』와는 거리를 두며 전문 동화작가로 등장하여 유년동화를 개척한 하마다 히로스케(浜田広介), 잡지 『동화』 편집에 관여하며 어린시절의 시골 체험을 생동감 있게 그려낸 치바 쇼죠(千葉省三)가 이 시대를 대표하는 동화작가이다. 한편 위에 열거한 예술파 동화 잡지에는 참여하지 않았지만 사후에 재평가가 이루어져 1930년대 중반 이후의 쇼와기에 부활하는 이로서 미야자와 겐지(宮澤賢治)를 빠뜨릴 수 없다. 미야자와 겐지의 동화집 『주문 많은 음식점』이 자비출판 형식으로 간행된 것도 1924년 역시 다이쇼기에 해당한다.[33]

이들 동화는 지금에도 여전히 '겐지 동화', '미메이 동화', '히로스케 동화'로 통칭되며 애독되고 있는데, 오늘날 독자들에게 읽히는 이유는 제각기 다르더라도, 이들의 공통점은 작품 속에 작가 자신의 고유의 소질과 개성과 작가성이 발현된 점을 들 수 있겠다. 오늘날에는 '오또기바나시'도 '동화'도 동의어적인 뉘앙스를 띠는 용어로 통용되는 경향이 있기는 하지만, 이들 작가의 이름과 함께 '동화'라는 용어가 여전히 살아남아 있는 것은 역시 작가 정신의 산물로 볼 수 있겠다. 메이지기에 신데렐라 등의 메르헨이 '요괴 괴담'으로, 다이쇼기에는 '그림 오또기바나시' 및 '안데르센 오또기바나시'로 소개되었던 것이 '그림 동화', '안데르센 동화'로 통용되기 시작한 것도 이 시기와 때를 같이한다.

이러한 다이쇼기에 정착한 용어인 동화가 가진 다양성은, 하지만 동시에 개념에 있어서 그 의미가 확충되는 결과를 초래하거나 쇼와기에 들어

33 미야자와 겐지의 대부분의 작품은 다이쇼기에 창작되었다. 그후 1933년에 타계하기까지 이들 원형이 되는 작품들은 거듭되는 퇴고 과정을 거치며 새로운 작품으로 창작되거나 변모되어 갔다. 겐지는 중편 이상의 테마가 난이하고 리얼리즘의 성향을 띠거나 판타지 성향을 띠는 작품들(포라노 광장, 바람의 마따사부로, 은하철도의 밤, 구스코 부도리의 전기)을 자신의 창작 메모에 '소년소설'이란 용어로 따로 분류하고 있다("少年小說 ポラーノの広場, 風野又三郎, 銀河ステーション' グスコーブドリの伝記" 「創作メモ」, 宮沢賢治全集１０ 農民芸術概論 手帳 ノート ほか』, 筑摩書房, 1995년 5월 24일, 457쪽).

서서는 동화를 공상적인 요소를 지닌 창작물로 한정하는 움직임이 대두되며, "동화의 의미가 지닌 애매함을 피하기 위해서 생활동화라든가 유년동화라든가, 창작동화라든가, 때로는 무국적동화라든가 하는 한정적인 관사를 붙여 민담과 일선을 긋는 작가의 자유로운 제작 의미를 주장하게 되었고, 그로 인해 복잡하고 자의적인 소개념을 난립시킨 결과를 초래하고, 극단적인 경우에는 소설 분야로까지 휩쓸려"[34]가는 양상을 초래하게 된다.

4. 용어의 혼란기

—1926년 이후

1) 1926~1945년의 패전 전 상황

쇼와기(1926~1988)는 경제 위기 및 사회주의의 대두와 억압, 일본 군국주의에 의한 식민지 약탈과 전쟁, 패전, 미군에 의한 점령기, 고도 경제성장의 돌입 등 역사적으로 큰 변혁기에 해당한다.

1927년에 들어서며 제2차세계대전 이후 일본은 금융공항으로 인해 불경기와 생활고에 빠지고 이어 미국의 금융 공황과 더불어 일본의 자본주의가 위기를 맞게 된다. 생활권을 지키기 위한 동맹휴업, 소작쟁의가 급증하자, 일본의 금융독점자본은 저임금과 부인 아동노동 중심의 산업합리화를 강행하고 중소자본을 희생하면서 지배력을 키워 갔다.[35] 아동문학 또한 암흑의 시기로 접어들며 아동문예잡지가 사라지면서 그에 대체하여 동인지가 활발해지고, 『아까이토리』가 독자를 확보하지 못해 힘을 잃어가는 등의 동화문학의 쇠퇴와 더불어 새롭게 어린이의 오

34 瀬田貞二, 「空想物語が必要なこと」, 『日本兒童文學』, 1958년 7 8월호, 29쪽.
35 管忠道, 같은 책, 157쪽.

락과 학습을 겸한 실리적인 학습잡지가 간행되었다.[36] 즉 쇼와기는 "근대 일본의 태동기였던 메이지기를 시작으로 이른바 다이쇼 민주주의기에 성립된 일본 아동문학이 처음으로 태풍을 맞이한 시기"[37]이다.

1931년의 만주사변, 1937년의 중일전쟁, 1938년의 제2차세계대전, 1941년의 태평양전쟁 발발에서 알 수 있는 것처럼 일본의 침략 군국주의가 맹위를 떨치며 극으로 치달아간다. '동화' 창작의 전성기를 가져온 다이쇼기 아동문학은 시대인식과 아동관의 측면에서 비판 대상이 되었다. 이에 대한 대안으로 1926년에 동화나 동화극 또는 연구에 종사하는 동화작가가 연맹하여 〈동화작가협회(1926~1941)〉[38]를 창립한 것이 다이쇼기의 종말을 알리고 쇼와기의 시작을 알리는 기점이 되며, 이들은 자신들의 동화를 '신흥동화(新興童話)'란 용어로 가리키고 있다. 이어 반자본주의 입장을 표방하며 프롤레타리아 아동문학운동을 지향하는 〈신흥동화작가연맹〉이 1928년에 결성되고, 같은 해에 〈전일본무산자예술연맹(나프)〉이 발족되어 그 기관지로서 『전기(戦旗)』가 창간되며,[39] 이로 인해 프롤레타리아 아동문학의 전초를 마련하게 된다.

이처럼 쇼와 초기에 그전과 다른 아동관과 시대에 대한 비판적인 시각이 대두하여 새로운 대안으로서 제시된 장르가 '프롤레타리아 아동문학'이었다. 일본에서 프롤레타리아 문학이 시작되는 것은 다이쇼기인 1919년으로, 쇼와기에 들어서 시작된 프롤레타리아 아동문학은 당시 시대의 요구에 부응하며 일하는 아이들에 대한 교화를 목적으로 1926년에 일본공산당기관지인 『무산자신문(無産者新聞, 1925창간)』에 '어린이 세계(コドモのせかい)'란을 두면서부터라고 일반적으로 알려져 있

36 弥吉管一編著, 『兒童文學ー物語を中心にー』, 関書院新社, 1960년 12월 15일, 91쪽.
37 上笙一郎, 「収載論文解題」, 『日本兒童文學研究 叢書近代文芸研究』, 三弥井書店, 1974년 10월 1일, 453쪽.
38 渋沢青花, 「童話作家協會の創立と解散まで」, 『日本兒童文學研究 叢書近代文芸研究』.
39 横谷輝, 「プロレタリア兒童文學運動とはなにか一その成果と欠陥一」, 『日本兒童文學研究 叢書近代文芸研究』

다.[40] '아동문학'이라는 용어는 1928년 10월에 결성된 〈신흥동화작가연맹〉[41]의 성명서에서 우선 발견할 수 있다. 프롤레타리아 아동문학 운동가들을 중심으로 결성된 이 단체는 자본주의의 폐단에 의한 정치적 혼란, 경제적 궁핍, 지배계급의 교육 방침의 폐해로부터 아동을 해방한다는 목표를 내걸고, "본래 아동문학 작가의 역할은 아동을 모든 해악으로부터 보호하고 건강하게 성장할 수 있도록 해주는 데 있다. 지금 그것을 해낼 수 있는 이는 우리들 반자본주의 아동문학자뿐이다. (…) 예술가치가 있는 아동문학을 제작 보급하는 데 힘을 쏟아 교화전선의 한 부분을 담당한다"[42]는 성명서를 발표하고 있다.

이러한 '아동문학'을 이론으로 정립한 이가 프롤레타리아 노선의 창작가이며 이론가이자 평론가로 활동한 마키모토 구스로(槇本楠郎, 1898~1956)이다. 그는 1928년에 「프롤레타리아 아동문학의 제창」, 「프롤레타리아 아동문학의 이론과 실제」를 발표하고, 『프롤레타리아 아동문학의 제문제』(1930), 『신아동문학이론』(1936) 등의 평론집을 간행하며 젊은 아동문학자에게 큰 영향을 끼쳤다.[43] 이러한 공적으로 마키모토는 "일본 아동문학 이론의 확립자로서 또한 아동문학운동의 조직적 지도자로서는 제1인자였다"[44]는 평가를 받았다.

마키모토 구스로는 당시 선행되었던 독일의 프롤레타리아 아동문학 이론을 번역 수용하는 등 영향을 받으며, "어른 문학에 대해서는 이미 일반적으로 그 계급성을 인정받았다. 하지만 아동문학에 대해서는 아직

40 横谷輝, 같은 책과 向川幹夫, 『日本近代兒童文學史研究Ⅳ—昭和前期の兒童文學—』, 兵庫教育大學向川幹夫研究室, 2000년 3월 20일.

41 〈신흥동화작가연맹〉은 1929년 기관지(학회지)로서 『童話運動』을 창간하는데 회원으로, 狩野省三, 入交総一郎, 上田唯朗, 小川未明, 岡一太, 尾関岩二, 槇本楠郎 등이 참가하였다고 한다(向川幹夫, 같은 책).

42 『日本兒童文學大系(3)』, ほるぷ出版, 1975년 11월 20일.

43 向川幹夫, 『日本近代兒童文學史研究Ⅳ—昭和前期の兒童文學—』, 兵庫教育大學向川幹夫研究室, 2000년 3월 20일.

44 関英雄, 『日本兒童文學』, 1956년 12월.

까지도 강경하게 거부한다"[45]라며 성인문학과 대등한 위치에서 아동문학의 특성을 제시하며, "아동문학이라고 일괄적으로 불리는 것 중에도 수종의 명칭과 특수성을 지닌 아동문학이 존재"[46]한다며, 아동문학을 본질적으로 대표하는 장르로서 동요, 동화, 우화, 소년(소녀)소설을 들며, "이것은 아동문학 기능의 4요소이며 또한 아동성의 전부"[47]라고 그 이유를 설명하고 있다.

그러나 마키모토의 이론은 여러 장르를 아우르는 문학이론의 용어로서 새로운 흐름을 촉발하는 역할을 담당하기는 했으나 이에 부합하는 작품이 활발히 창작되지는 못하였다. 정세의 혼란만큼이나 '동화문학', '신흥동화', '프롤레타리아 동화'[48], '프롤레타리아 아동문학', 군국주의 정부의 강압에 의한 '소국민문학'이란 용어가 개입되는 등 용어의 난립이 패전까지 이어져 이 시기를 특징지었다.[49]

당시 사회의 계급관계를 직시하며 새로운 시대를 반영해야 한다는 문제의식, 아동문학에서 리얼리즘의 필요성, 아동관의 차이를 배경으로 프롤레타리아 아동문학이 대두하였으나, 어린이와 리얼리즘에 대한 충분한 검토가 부족한 데다가 이데올로기가 선행되는 결과를 초래해 후세에 남을 만한 작품을 양산하지는 못하는 아쉬움을 남기게 된다.[50] 자체 내 방향 상실, 정부에 의한 검열과 탄압 등으로 기세가 꺾이며 33년경부터 프롤레타리아 아동문학에서 활동한 작가들이 참가하여 아이들의 생활을 집단적이고 사회적인 관점에서 현실의 일상적인 삶을 객관적으

45 槇本楠郎, 「プロレタリア兒童文學の理論と實際」, 『プロレタリア兒童文學の諸問題』, 世界社 1930년 4월 21일, 16쪽.

46 槇本楠郎, 같은 책, 24쪽.

47 槇本楠郎, 같은 책, 25쪽.

48 마키모토 구스로의 동요집 『붉은 깃발』(1930), 『작은 동지』(1931)를 보면 '프롤레타리아 동화', '프롤레타리아 동요'란 용어를 쓰고 있다.

49 또한 이 시기의 아동문학 장르 용어의 특징을 아동문학 작가 츠보타 죠지(坪田譲二)의 경우로 설명할 수도 있겠다. 『아까이토리』에 작품을 게재하며 등장한 츠보타 죠지는 1935년, 36년에 『오바케의 세계』, 『바람 속의 아이』 같은 중편을 썼는데 소설과 동화의 경계가 모호한 것이 그 특징이다.

50 横谷輝, 같은 책.

로 파악하여 새롭게 시작하는 새시대를 그리고자 하는 목표로 '집단주의동화', '생활동화'라고 하는 새로운 장르를 파생한다. 이러한 논조는 츠카하라 겐지로(塚原健二郎)의 「집단주의 동화에 대한 제언」(1933)으로 정리되었다.[51] 하지만 당시 진보적인 교육운동으로 전개되던 '신흥교육'과 맞물려 다이쇼기의 동심주의을 부정하는 입장에서 시작된[52] '생활동화'였지만, 결국은 "생활동화 작가들은 현실에서 후퇴하는 과정에서 어린이 생활 속에 자신들의 주장을 응집시키려고"[53]한 결과 결국 현실에 대한 안목과 어린이에 대한 리얼리티를 상실하고 만다.

그런 와중에 이론적인 정립을 꾀한 '프롤레타리아 아동문학'이 예술파 아동문학계에 영향을 끼쳤다면, 당시 소년 소녀들에게는 고단샤(講談社)에서 창간된 대중잡지 『소년구락부(少年倶楽部)』가 그 역할을 담당했다. 1914년에 창간되어 1962년에 폐간된 종합잡지 『소년구락부』는 '재미있고 유익한' 잡지를 표방하여 1920년대에 들어서 대중 아동문학잡지로서 소년 소녀 독자를 확보하며 아이들에게 열렬한 환영을 받았다. 이 잡지에는 '시대소설', '현대소설', '유머소설', '소녀소설', '군사소설', '애국소설', '모험소설', '탐정소설'이란 용어로 다양한 장르가 게재되었는데, 단편동화가 주류를 이룬 다이쇼기와 달리 '소설'이란 용어를 붙여서 연재 장편 읽을거리가 주류가 된 이 시기를 '요미모노(読物)'시대란 용어로 구분하는 연구자도 있다.[54] 『소년구락부』는 소년소녀들의 구미에 맞는 작가 중심의 새로운 작품들을 계속해 연재하는 등 상업 목적을 전면에 내세우며 철저한 서비스 정신으로 소년 소녀 독자들을 열광시켰다. 당시 한국이나 대만 독자도 확보하며 가장 환영받은 잡지였지만 중

51 神宮輝夫, 「生活童話」, 『童話への招待』, 日本放送出版協會, 1970년 10월 25일, 185쪽.
52 塚原健二郎, 「座談會 兒童文學運動の今日的課題」, 『日本兒童文學』, 1962년 5월호, 22쪽.
53 神宮輝夫, 같은 책, 195쪽.
54 向川幹夫, 「日本兒童文學と宮沢賢治」, 『한국과 일본에서 본 미야자와 겐지 동화의 세계』, 동화와 번역연구소춘계세미나자료집, 2008년 6월 14일.

일전쟁 이후부터는 일본 군국주의 국책을 적극적으로 반영하고 이에 편승하는 편집으로 그 방향을 잡아가기 시작해 잡지의 매력으로 작용한 오락적인 요소를 잃어간다.[55] 1938년에 일본 군부는 "아동요미모노 개선에 관한 지시요강"을 실시하며 아동문학에 정책적으로 관여하게 되는데, 이러한 국가의 관섭으로 통속 · 대중잡지가 타격을 입은 대신에 침체되었던 예술파 아동문학이 잠시나마 활성화를 띠게 되는데 이는 시대의 아이러니라 볼 수 있겠다. 쇼와기 아동문학의 특징은, 전반기는 일하는 아이들에 대한 교화를 목적으로 한 '프롤레타리아 아동문학'과, 자본주의의 시장 논리 속에 부합하며 잘 팔리는 잡지를 전면에 내세운 고단샤의 『소년구락부』라고 하는 일견 극명하게 대립하는 성향이 공존하던 시기, 1941년 이후부터는 '소국민문학(少國民文學)'이란 용어로 대체되며 군부가 정책적으로 아동문학을 통제하고 관여하던 시기로 대표된다.

2) 1945년 이후 근대 장르에 대한 극복을 위한 움직임

1946년 3월에 결성된 아동문학자협회[56]의 협회지로서 같은 해 9월에 창간된 잡지 『일본아동문학』은 지금에까지 이어지고 있는 일본의 아동문학을 대표하는 잡지이다. 패전 후가 되는 1940년대 중후반부터 50년대 초까지는 근대아동문학에 대한 반성과 현대아동문학으로 첫발을 내딛기까지의 과도기라 할 수 있는데 『일본아동문학』에서 가장 먼저 선행된 작업은 동화(메르헨)와, 리얼리즘을 상실한 생활동화에 대한 비판과 새로움에 대한 모색이었다. "생활동화는 현실생활이 작품 속에 투영되어 있기는 하지만 리얼리즘이라고 볼 수는 없다. 대부분의 작품이 생활의

55 『少年倶楽部』7월호(1938), 8월호(1938), 山中恒, 「少年雑誌と子供の夢『少年倶楽部』を中心に」, 『少國民ノート第三』, 勁草書房, 1993년 11월. 『兒童文學辞典』, 東京堂出版, 1970년 3월 15일.
56 현재는 일본아동문학자협회.

본질을 통찰하는 리얼리스트의 안목을 갖추지 못했다. 단지 아이들 생활의 사소한 단면을 피상적으로 그렸을 뿐이다. 따라서 작품으로서 재미도 없다 (……) 주문처럼 민주주의가 외쳐질 뿐 현실은 신뢰하기 어려운 어른과 상황으로 가득 차 아이들은 그 모순 속에 그대로 던져져 있다. (……) 기법이 현실적이든 공상적이든 리얼리스트의 눈은 진실을 추구해야 하며 주제와 플롯이 풍부하고 명쾌한 작품은 이런 눈을 지닌 작가에 의해 창작되리라 본다"[57]며 새로운 작가와 용어의 탄생을 예고하게 된다.

아동문학작가이자 평론가인 세키 히데오(関 英雄) 또한 "『아까이 토리』 이래 '동요·동화'라고 지칭되며 동심의 세계를 그래낸 단편문학이 전후의 아동정신을 이끌 만한 지도성을 잃고 있는 점, 이것이 51년부터 52년에 이어서 오늘날까지 이어지는 아동문학의 정체, 활기있는 새로운 운동이 전개되지 않는 이유"[58]로 들며, 복잡한 사회 변화를 기존의 '동화' 장르가 담아내지 못하는 한계를 지적하고 있다.

한편 평론가 요코타니 테루(横谷 輝)는 오가와 미메이 동화로 대표되는 기존의 동화에 대해 "시적인 요소가 촘촘하게 침투된 시적 작품이 압도적"[59]으로 많았다는 것을 그 특성으로 들며, 이들 동화를 '근대동화'라는 용어로 표현하고는 오가와 미메이의 경우를 예로 근대 동화의 한계를 아래와 같이 지적하고 있다.

미메이 동화는 독자의 근원적인 면을 자극하고 시적인 무드를 불러일으키며 감동을 주는 면은 있을지라도 독자를 생활 속으로 끌고 들어가 현실과의 대결의식을 불러일으켜 행동으로 이어지게 하는 데까지는 이르지 못한 것은 아닌

57 管忠道, 「現實と兒童文學」, 『日本兒童文學』, 1947년 8월 15일, 2~5쪽.
58 横英雄, 「一九五一—五二 兒童文學の展望」, 『年間日本兒童文學代表作集 第5集』(1953년 5월 5일), 단 인용은 『日本兒童文學別册 復興期の思想と文學 資料 戰後兒童文學論集1 1946~54』, 1979년 3월 25일, 163쪽.
59 横谷輝,「'詩'ということ」, 『日本兒童文學』, 1962년 4월호, 18쪽.

> 가 싶다. 즉 어떠한 정서를 환기는 시키지만 설득은 못 하는 것이다. 말하자면 그것은 시의 기능이지 산문의 기능은 아니라고 말할 수 있다. (……)
>
> 더욱더 불행한 점은 미메이가 가지려 했던 지점인 자신을 속박하려는 것과 대결하려는 정신과 에너지가 그 후 동화작가에 의해서 충분하게 계승, 발전되지 못하고 스스로 문제의식을 상실하고 말아 순수하기는 하지만 너무나 섬세하고 감상적인 시적 요소를 근근히 부여잡으며 폐쇄적, 자기 완결적인 방향으로 기울어 간 점이라 할 수 있겠다. (……)
>
> 일찍이 동화 하면 곧 아동문학이라고 하는 생각이 지탱하고 있던 문학 이념의 붕괴 내지 무력화가 있고 그에 대체할 만한 아동문학 이념이 세워지고 있지 않는 공복이다.[60]

하지만 가장 강도 높은 비판을 하며 논쟁을 이끌어 낸 것은 후루타 타루히(古田足日), 도리고에 신(鳥越 信)으로 대표되는 신예 평론가와 작가들로 구성된 '와세다대학동화회'[61]로, 이들은 1953년에 〈'소년문학'의 깃발 아래에!〉란 성명서를 발표한다. 이들은 기존의 아동문학으로 대표되는 '메르헨', '생활동화', '무국적동화', '소년소녀소설'을 극복할 것을 주장하며 그 이유로, "'아동문학'이란 총칭 아래에 불리워지는 이들 모두는 그 의도와는 상관없이 결국은 근대문학으로서의 위치를 확립할 수 없었다"[62]라고 비판하며 아래와 같이 주장하였다.

> 따라서 우리들이 나아가야 할 길은 진실로 일본 근대 혁명을 목표로 변혁의 논리 위에 서는 것 말고는 없으며, 그 논리를 뒷받침해주는 창작방법이 소년소설을 주류로 한 것이 아니면 안 되는 점도 또한 자명한 이치이다. 우리들이 종

60 横谷輝, 같은 책, 21쪽, 23쪽.

61 정식 명칭은, 早大童話會.

62 「'少年文學'の旗の下に！」, 『少年文學』(19호, 1953년 9월 25일), 단 인용은 『日本兒童文學別册 復興期の思想と文學 資料 戰後兒童文學論集1 1946~54』, 1979년 3월 25일, 166쪽.

래의 '동화 정신'에 따른 '아동문학'이 아닌 근대적 '소설 정신'을 중핵으로 한 '소년문학'의 길을 선택한 것도 실로 그 이유다.[63]

이들 와세다대학동화회 소속의 젊은 아동문학가들의 주장은 그 후 50년대 중반을 전후하여 일본아동문학에 큰 이슈로 부각되며, "아동문학 세계에서는 논쟁다운 논쟁이 거의 행해지지 않았었다. (……) 하지만 이 무풍상태라고 말해도 좋을 아동문학 세계에도 드디어 논쟁이 일어났다. 그것은 와세다대학동화회에 소속된 젊은 세대들로부터 터져나와 동화와 소설을 둘러싼 논쟁으로 발전하여 갔다"[64]라며 주목을 끓었다.

이들 젊은 세대의 주장을 좀 더 구체적으로 짚으면 "현재와 같은 복잡한 사회에서 고민하는 아이들에게는 상징적인 메르헨이라든가 사소설적인 생활동화로는 만족할 수 없게"[65] 된 사회 배경 속에서, 루이스 캐럴의 『이상한 나라의 엘리스』나 마크 트웨인의 『톰 소여』와 같은 작품[66]을 그들이 원하는 전형적인 '소년소설', '소설'의 표본으로 들어, "우리들이 목표로 하는 소년소설의 원형"[67]이라고 밝히고 있다. 이들의 이론과 주장 및 표방한 정신은 그후 야마나카 히사시(山中恒), 후루타 타루히 등의 작품을 통해 결실을 맺어가나, '소년 소설', '소년 문학'이란 용어 자체는 큰 파장을 못 일으키며, "소년소설의 계보가 1955년"[68]에

---

63 위와 같음.

64 高山毅, 「童話か小說か—最近の兒童文學論争—」, 『教育』(38호, 1954년 10월 1일), 단 인용은 『日本兒童文學別冊 復興期の思想と文學 資料 戰後兒童文學論集1 1946~54』, 1979년 3월 25일, 252쪽.

65 鳥越信, 「少年小說への道」, 『朝日新聞』(1953년 12월 1일), 단 인용은 『日本兒童文學別冊 復興期の思想と文學 資料 戰後兒童文學論集1 1946~54』, 1979년 3월 25일, 171쪽.

66 그밖의 일본 아동문학작품으로는 『君たちはどう生きるか』(吉野源三郎), 『ビルマの竪琴』(竹山道雄)를 들고 있다.

67 古田足日, 「童話から文學へ 新しい少年文學の課題」, 『早稲田大學新聞』(1953년 12월 2일), 단 인용은 『日本兒童文學別冊 復興期の思想と文學 資料 戰後兒童文學論集1 1946~54』, 1979년 3월 25일, 173쪽.

68 横川寿美子, 「少女の読み物はどう変わったか——九八○年代の集英社「コバルト文庫」をめぐって」, 『研究 日本の兒童文學5 メディアと兒童文學』, 東京書籍, 2003년 7월 7일, 233쪽. 물론, 이 시기의 젊은 세대가 주장한 '소년 소설'과 메이지 시대부터 이어온 '소년 소설'은 그 명칭은 같으나 그 정신에 있어서 확연한 차이는 있다.

단절된다.

1945년 패전 후의 일본 아동문학은 이처럼 근대의 동화 및 패전 전후의 아동문학에 대한 극복과 산문정신의 획득이 중요한 과제로 제시되었다. 이러한 흐름 속에서 현실을 리얼하게 직시하는 산문정신이 담긴 장르로서 판타지가 그 역할을 맡으며 새로운 장르로 대두되게 된다.[69]

5. 판타지, 현대아동문학의 시작
—1959년 이후

"패전에서 15년이 지나 1960년부터 시작된 일본의 고도경제성장"[70]은 일본의 사회구조 자체에 큰 변화를 주며, "60년대 이후 급속한 신장을 보이는 핵가족화와 그로 인해 어린이 책이 융성을 이루는 것이 겹치게 된 것은 우연이 아니다. 70년대의 창작 그림책 붐도 가족 환경의 변용과 깊게 관련하고 있다"[71]에서 알 수 있는 것처럼 1960년대를 전후로 일본 사회는 다시 한 번 큰 변화에 직면하게 된다.

일본 아동문학에서 실질적인 현대아동문학의 시작은 장편 판타지가 등장한 1959년으로 보는 것은 주지의 사실이다. 바로 이 해에 사토 사토루(佐藤さとる, 1928~)의 『아무도 모르는 작은 나라(だれも知らない小さな國)』와, 이누이 도미코(いぬいとみこ, 1924~2002)의 『나무 그늘 집의

---

69 横川寿美子의 위 글에 의하면 '소년 소설', '소년 문학'이 단절된 것에 대하여, "쇼와 30년대(1955~)에 소년들의 읽을거리(요미모노)는 거의 전부 만화로 전환되었다. 또한 (…) '라이트 로벨'의 범주에서 판타지 계보 모험소설이 소년들로부터 많은 지지를 얻었는데 이는 애니메이션이나 컴퓨터 게임 등 후발 미디어와의 관련이 더 깊어 반드시 기존의 소년소설 계보로 이어진다고 볼 수는 없다"라고 말하고 있다.(위와 같은 책, 257~258쪽)

70 野上暁, 「家族という神話(4)"家族"の揺らぎ"母"の変容 —『道子の朝』と『ぼくがぼくであること』から—」, 『鬼ヶ島通信 AUTUMN』, 2000년 11월 30일, 42쪽.

71 野上暁, 「家族という神話(6)"離婚"物語の超克—『星に帰った少女』『優しさごっこ』『さよならファミリー』—」, 『鬼ヶ島通信 AUTUMN』, 2001년 11월 30일, 67쪽.

소인들(木かげの家の小人たち)』이 출간된 것이다. 한편 "일본에서 판타지가 아동문학자들 사이에서 이론적으로 제창되기 시작하는 것은 1950년대 중반 무렵에 해당한다. 판타지 이론이 도입된 초창기 일본아동문학 평론가 및 작가, 편집자에게 가장 지대한 영향을 끼친 연구서로 L·H. 스미스의 『아동문학론』(원서는1953, 일본어역은 1964년 출판[72])"[73]을 들 수 있다.

하지만 "1950년대 이후부터 판타지가 이론적으로 대두되어 70년대 일본아동문학계에 이르기까지도 용어와 개념은 여전히 난립 상황을 연출하였다. 특히 '판타지'라는 용어는 메르헨, 동화와의 혼용은 물론이고, 더 구체적으로 판타지 자체를 가리키는 용어로서 아동문학평론가들 사이에서도 '공상동화(空想童話)', '공상이야기(空想物語)'라는 용어와 혼용"[74]되어 논해졌다. 일례로, 중견 평론가이자 이론가인 간 타다미치(管忠道)나 신예 평론가로서 활발하게 활동을 벌이던 후루타 타루히가 담당위원을 맡아 그 해 추천도서로 선정된 사토 사토루의 『아무도 모르는 작은 나라』에 대한 추천 이유를 들어, "(……)공상적 동화 소설로 일본의 창작 메르헨에 신풍을 불러일으킨 작품"[75]이라고 밝히고 있는 문장에서도 확연하게 드러난다. 1959년에 현대 판타지로 이어지는 기념비적인 작품이 탄생했어도, 이 작품을 가리키는 용어가 '공상', '동화', '소설', '메르헨'이란 네 가지나 동원된 것을 보아서도 알 수 있는 것처럼 이 시기에 이른 일본에서도 아동문학을 가리키는 용어나 장르는 불분명하기는 마찬가지였다.

72 일본어 번역은 1964년이지만 이 책은 이미 아동문학가(평론가, 작가) 및 도서관 사서들을 중심으로 1950년대부터 영향을 끼쳤다.

73 김영순, 「일본 판타지의 현황과 의미–공존과 보호 수호가 내포한 의미를 중심으로–」, 『한국아동문학연구』 16, 한국아동문학학회, 2009년 5월 20일, 102쪽.

74 김영순, 같은 논문, 104쪽.

75 「兒童圖書 選択事業の十二年間」, 『日本兒童文學』, 1959년 11월호, 110쪽.

하지만 60년대 이후에 번역된 영미 판타지의 영향이 더해지며 오카다 준(岡田淳), 가도노 에이코(角野栄子), 도미야스 요우코(富安陽子), 우에하시 나호코(上橋菜穂子), 오기하라 노리코(荻原規) 등이 각자 활발한 작품활동을 펼치며 일본에서도 '판타지'라는 장르와 용어가 1980년 이후에는 정착한 듯이 보인다.

6. 현대 독자를 사로잡는 장르 영어덜트, 사춘기문학
—1980년대 후반 이후

1970년대 후반 무렵부터 '성, 자살, 가출, 이혼' 등 지금까지의 아동문학에서는 볼 수 없었던, "아이들이 안고 있는 현실에 문제의식을 둔 작품군"[76]이 그려진다. 이 시기는 '터부의 붕괴'란 말로 특징지어지며, "80년 후반부터 90년대 후반까지의 거의 10년 사이에 어린이문학은 변용을 거듭하며 아동문학이라고 하는 의상(카테고리)을 대신할 새로운 옷"[77]으로서 일명 'YA'라 통칭되는 '영어덜트 문학(사춘기문학)'이 독자들을 사로잡기 시작하였다.'YA'란 'young adult'의 약자로 "10대 소녀들을 의식적으로 타겟으로 하여 출판된",[78] "아동문학이라고 하는 카테고리와의 차이를 확연하게 하기 위하여 출판사측에서의 필요성에 의해 탄생된"[79] 배경 또한 담고 있었다. 이 용어는 미국에서 유입되었는데 평론가 노가미 아키라(野上 暁)는 "수용자 측에서가 아닌 발송자인 출판사가 'YA'란 호칭을 필요로 한 것은 일본의 경우도 마찬가지이다. 그것보

76 石井直人, 「第18章 多様化の時代」, 鳥越信編著, 『はじめて學ぶ日本兒童文學史』, ミネルヴァ書房, 2001년 4월 10일, 332쪽.
77 野上暁, 「兒童文學1990~2005 12 成熟する思春期の文學」, 『飛ぶ教室 12』, 2008년 1월 25일, 150쪽.
78 野上暁, 같은 책, 146쪽.
79 위와 같음.

다도 미국 출판 용어에서 YA란 말을 들여옴에 따라 새로운 작가의 작품군을 포괄할 수 있는 장르인 것처럼 사용되었다"[80]라고 분석하고 있다. 이러한 영어덜트 문학은 '사춘기 문학'이란 용어로도 불리우는데, 1945년 이전의 대중적인 요소를 가지며 당시 소녀들의 감성을 담아 많은 독자를 확보한 '소녀소설'의 계보가 1960년대 이후에 "시대의 흐름에 맞추어 내용을 조금씩 변질시키며",[81] '주니어 소설'로 이어지고, 그 이후의 '소녀만화'붐과 연결되며 더욱더 현실의 독자의 심성에 부합하는 대중적인 요소가 가미되어 미국의 영어덜트의 영향을 받으며, "아동문학작품이면서 어른 독자를 흡입할 수 있는 작품"[82]군들이 그려지기 시작하였다.

따라서 최근 2005년 전후의 작품의 특징은 "아동문학이라는 장르가 어린이 독자를 특화화하지 않고 그것을 넘는 다양성을 전개"[83]한 것을 들 수 있겠다. 이러한 어린이 독자와 어른 독자를 아우르는 양상에서 알 수 있듯이, 영어덜트 문학은 청소년들의 연애나 사랑은 물론이고 그동안 어린이문학에서 터부시되어 오던 성(性)에 대한 과감한 표현, 삶과 죽음의 문제, 스포츠를 통해 역경과 극복을 그린 성공이야기 등 진지한 주제에서부터 경쾌한 주제까지 다양한 요소를 포괄하고 있다.

7. 나오며

평론가 진구 데루오(神宮輝夫)는 2008년의 글「전후일본아동문학사」란 글에서 아래와 같이 서술하고 있다.

80 野上暁, 같은 책, 148쪽.
81 横川寿美子, 같은 책, 235쪽.
82 野上暁, 같은 책, 150쪽.
83 野上暁, 같은 책, 151쪽.

미메이나 히로스케나 죠지[84]가 구축해놓은 창작동화의 전통은 현재에도 중요한 문학 장르이며, 계속 읽어야 할 작품도 많다. 하지만 그 전통의 특징은 다양한 종류의 작품 속에서 비로소 그 진가를 발휘하는 것은 아닐까 싶다. 1945년부터 시작된 새로운 어린이의 문학은 모험소설, 추리소설, 유머소설, 소녀소설, 스포츠소설, 유넌 대상의 동화, 가정소설, 동화 등 다양한 전개를 보이며 오늘날로 계속되고 있다고 봐야 할 것이다.[85]

하지만 위와 같은 진구 데루오가 보인 '동화'란 용어에 대한 낙관론은 2000년대 이후 "기존의 아동문 학개념을 파괴하는 새로운 작가의 작품"[86]이 등장하며, "아동문학이라든가 어린이의 문학으로서는 포괄할 수 없는 장르의 확대"[87]가 이루어지고 있는 현재의 양상을 지켜보았을 때 현재에도 이 '동화'란 용어를 표방하고 문제화할 수 있는 창작 작품이 그려지고 있는가 하는 것에는 의구심이 든다.

아동문학 잡지 『날으는 교실(飛ぶ教室)』은 '동화란 무엇인가? 작가 52명 앙케이트, 동화만이 가능한 것'[88]이란 설문조사를 2009년의 특집으로 실었는데, 이러한 설문조사는 오히려 일본에서 근대의 새로운 정신과 맞물리며 새로운 의미가 더해져 재발굴된 '동화'라는 장르와 용어가 현대에 이르러 그 힘을 상실해가는 반증으로도 볼 수 있겠다.[89]

---

84 오가와 미메이, 하마다 히로스케, 츠보타 죠지를 가리킴.
85 神宮輝夫, 「神宮版 戰後日本兒童文學史1 新時代―はじめの風景」, 『飛ぶ教室 14』, 2008년 7월 25일, 150쪽.
86 野上暁, 「兒童文學1990~2005 12 成熟する思春期の文學」, 『飛ぶ教室12』, 2008년 1월 25일, 146쪽.
87 위와 같음.
88 『飛ぶ教室 18』, 2009년 7월 25일.
89 본문에 인용된 일본어 문헌의 한국어 번역은 필자에 의함. 한편 이 글은 김영순, 『일본 동화 장르의 변화 과정과 한국으로의 수용 ―일본근대아동문학사 속에서의 흐름을 중심으로―』(『아동청소년문학연구 4』, 한국아동청소년문학학회, 2009년 6월 30일)를 바탕으로 앞부분은 수정하고 현대로 넘어오는 뒷부분은 다시 새롭게 쓰고 보충하였다.

참고 문헌(연대순)

「『赤い鳥』の標語」,『赤い鳥』, 4월호, 1920년 4월 1일
北原白秋,『日本童謡集』, 新潮社, 1925년 6월 17일
小川未明,『未明感想小品集』, 創生堂, 1926년 5월 15일
槇本楠郎,『プロレタリア兒童文學の諸問題』, 世界社, 1930년 4월 21일
槇本楠郎,『赤い旗』, ほるぷ出版, 1930년 5월 5일
槇本楠郎・川崎大治 共編,『小さい同志』, ほるぷ出版, 1931년 7월 25일
『少年倶楽部』, 7월호(1938), 8월호(1938)
管忠道,「現實と兒童文學」,『日本兒童文學』, 1947년 8월 15일
『日本兒童文學事典』, 河出書房, 1953년 3월 5일
『日本兒童文學大系(2)』, 三一書房, 1955년 8월 30일
『日本兒童文學大系(1)』, 三一書房, 1955년 9월 30일
管忠道,『日本の兒童文學』, 大月書店, 1956년 4월 5일
関英雄,『日本兒童文學』, 1956년 12월호
高山毅,『危機の兒童文學』, 1958년 3월 7일
『現代兒童文學辭典』, 宝文館, 1958년 5월 25일
瀬田貞二,「空想物語が必要なこと」,『日本兒童文學』, 1958년 7 8월호
『日本兒童文學』, 1959년 11월호
弥吉管一編著,『兒童文學ー物語を中心にー』, 関書院新社, 1960년 12월 15일
横谷 輝,「'詩' ということ」,『日本兒童文學』, 1962년 4월호
塚原健二郎,「座談會 兒童文學運動の今日的課題」,『日本兒童文學』, 1962년 5월호
リリアン H・スミス著, 石井桃子・瀬田貞二・渡辺茂男訳,『兒童文學論』, 岩波書店, 1964년 4월 20일
『兒童文學辭典』, 東京堂出版, 1970년 3월 15일
神宮輝夫,『童話への招待』, 日本放送出版協會, 1970년 10월 25일
内山憲尚,『日本口演童話史』, 文化書房博文社, 1972년 3월 5일
安藤美紀夫,『兒童文學とうは何か』, 明治書院, 1974년 1월 15일

上 笙一郎, 『日本兒童文學研究 叢書近代文芸研究』, 三弥井書店, 1974년 10월
『日本兒童文學大系 小川未明(3)』, ほるぷ出版, 1975년 11월 20일
富田博之, 『日本兒童演劇史』, 東京書籍株式會社, 1976년 8월 24일
『日本兒童文學別册 復興期の思想と文學 資料・戰後兒童文學論集1 1946～54』, 1979년 3월 25일
桑原三郎, 『諭吉 小波 未明一明治の兒童文學一』, 慶応通信, 1979년 7월 1일
大藤幹夫, 『日本兒童文學史論』, くろしお出版, 1981년 9월 16일
山中恒, 『少國民ノート第三』, 勁草書房, 1993년 11월
『宮沢賢治全集10 農民芸術概論 手帳 ノート ほか』, 筑摩書房, 1995년 5월 24일
向川幹夫, 『日本近代兒童文學史研究Ⅳ一昭和前期の兒童文學一』, 兵庫教育大學向川幹夫研究室, 2000년 3월 20일
野上暁, 「家族という神話(4)“家族”の揺らぎ“母”の変容－『道子の朝』と『ぼくがぼくであること』から－」, 『鬼ケ島通信 AUTUMN』, 2000년 11월 30일
野上暁, 「家族という神話(6)“離婚”物語の超克－『星に帰った少女』『優しさごっこ』『さよならファミリ一』－」, 『鬼ケ島通信 AUTUMN』, 2001년 11월 30일
『研究 日本の兒童文學5 メディアと兒童文學』, 東京書籍 , 2003년 7월 7일
박숙경, 「일본 아동문학의 장르와 그 특질」, 〈어린이문학 용어 짚어보기〉, 보림출판사주최세미나자료집, 2006년 5월 11일.
『圖說兒童文學翻訳大事典』(1)(2), 大空社,ナダ出版センタ一, 2007년 6월 27일
野上暁, 「成熟する思春期の文學」, 『飛ぶ教室』 12, 2008년 1월 25일
이정현, 『方定煥の翻訳童話研究－『サランエ ソンムル(사랑의 선물)』を中心に－』, 大阪大學大學院言語文化研究科 博士學位論文, 2008년 3월
向川幹夫, 「日本兒童文學と宮沢賢治」, 『한국과 일본에서 본 미야자와 겐지 동화의 세계』, 동화와번역연구소춘계세미나자료집, 2008년 6월 14일
神宮輝夫, 「神宮版 戰後日本兒童文學史1 新時代一はじめの風景」, 『飛ぶ教室』 14, 2008년 7월 25일
이재복, 「탈자본의 신화적 상징이 작동하는 어린이문학 운동의 길 찾기」, 『어린이와 문학』, 통권44권, 2009년 3월호.

김영순, 「일본 판타지의 현황과 의미−공존과 보호 · 수호가 내포한 의미를 중심으로−」, 『한국아동문학연구』 16, 한국아동문학학회, 2009년 5월 20일.
『飛ぶ教室』 18, 2009년 7월 25일

찾아보기

■ 원문 출처(발표 연도순)

김경연, 「독일 아동청소년문학의 몇 가지 개념에 대하여」, 『어린이문학 용어 짚어 보기』, 보림출판사 창사 30주년 기념 세미나 자료집, 2006. 5. 11.

김서정, 「영미권의 어린이문학은 어떤 장르를 이야기하는가?」, 『어린이문학 용어 짚어 보기』, 보림출판사 창사 30주년 기념 세미나 자료집, 2006. 5. 11.

김상욱, 「아동문학의 장르와 용어」, 『아동문학의 장르와 용어의 재검토』, 한국아동청소년문학학회 2009년 겨울학술대회자료집, 2009. 2. 14.(『아동청소년문학연구』 4호, 2009.)

김영순, 「동화 장르의 변천 및 한국으로의 수용 – 일본 근대아동문학사 속에서의 흐름을 중심으로」, 『아동문학의 장르와 용어의 재검토』, 한국아동청소년문학학회 2009년 겨울학술대회자료집, 2009. 2. 14.(『아동청소년문학연구』 4호, 2009.)

박영기, 「식민지시기 동시 및 동요 장르명의 통시적 고찰」, 『아동문학의 장르와 용어의 재검토』, 한국아동청소년문학학회 2009년 겨울학술대회자료집, 2009. 2. 14.(「일제강점기 동시 및 동요 장르명의 통시적 고찰」, 『아동청소년문학연구』? 4호, 2009.)

조은숙, 「식민지시기 아동문학 서사 장르의 용어와 개념 고찰 – 아동잡지에 나타난 '동화'와 '소설'의 역사적 장르를 중심으로」, 『아동문학의 장르와 용어의 재검토』, 한국아동청소년문학학회 2009년 겨울학술대회자료집, 2009. 2. 14.(「일제강점기 아동문학 서사 장르의 용어와 개념 고찰」, 『아동청소년문학연구』 4호, 2009.)

김제곤, 「해방 후 아동문학 '운문 장르' 용어에 대한 사적 고찰」, 『아동문학의 장르와 용어의 재검토(2)-해방 이후』, 한국아동청소년문학학회 2009년 여 학술대회자료집, 2009. 8. 29.(「해방 후 아동문학 '운문 장르' 명칭에 대한 사적 고찰」, 『아동청소년문학연구』 5호, 2009.)

원종찬, 「해방 이후 아동문학 서사 장르 용어에 대한 고찰」, 『아동문학의 장르와 용어의 재검토(2)-해방 이후』, 한국아동청소년문학학회 2009년 여름학술대회자료집, 2009. 8. 29.(『아동청소년문학연구』 5호, 2009.)

임지연, 「한국 아동극 장르의 용어와 개념 고찰」, 『아동문학의 장르와 용어의 재검토(2)-해방 이후』, 한국아동청소년문학학회 2009년 여름학술대회자료집, 2009. 8. 29.(「한국 근대 아동극 장르의 용어와 개념 고찰」, 『아동청소년문학연구』 5호, 2009.)

권혁준, 「초등 문학교육 장르 용어의 통시적 고찰」, 『현단계 아동청소년문학의 장르와 용어의 쟁점』, 한국아동청소년문학학회 2010년 겨울학술대회자료집, 2010. 2. 27.(『아동청소년문학연구』 6호, 2010.)

선안나, 「지난 10여 년간 동화· 아동소설의 흐름과 장르 문제」, 『현단계 아동청소년문학의 장르와 용어의 쟁점』, 한국아동청소년문학학회 2010년 겨울학술대회자료집, 2010. 2. 27.(『아동청소년문학연구』 6호, 2010.)

오세란, 「청소년소설의 장르 용어 고찰」, 『현단계 아동청소년문학의 장르와 용어의 쟁점』, 한국아동청소년문학학회 2010년 겨울학술대회자료집, 2010. 2. 27.(『아동청소년문학연구』 6호, 2010.)

이지호, 「옛이야기 장르 설정을 위한 시론」, 『현단계 아동청소년문학의 장르와 용어의 쟁점』, 한국아동청소년문학학회 2010년 겨울학술대회자료집, 2010. 2. 27.(「옛이야기 와 서사 장르 체계」, 『아동청소년문학연구』 6호, 2010.)

조태봉, 「판타지를 바라보는 장르론적 입장」, 『현단계 아동청소년문학의 장르와 용어의 쟁점』, 한국아동청소년문학학회 2010년 겨울학술대회자료집, 2010. 2. 27.(『아동청소년문학연구』 6호, 2010.)

여을환, 「현단계 아동문학 장르론에 대한 비판적 고찰 – 원종찬의 이원수 장르론 해석을 중심으로」, 『아동청소년문학연구』 6호, 2010.